Docteur Campagne

Dépôt légal:
Bibliothèque nationale du Canada
Bibliothèque nationale du Québec

ISBN 2-922512-23-1

André Mathieu

Docteur Campagne

ROMAN

L'éditeur
9-5257, Frontenac
Lac-Mégantic G6B 1H2

L'amour est un clin d'oeil que l'éternité fait à la vie !
A.Mathieu

Les plus belles fleurs du coeur sont celles
que l'on arrose de ses larmes.
A.Mathieu

Note à l'intention de ceux qui ont lu la saga des Grégoire...

Dans les 7 tomes de la saga, les noms réels furent utilisés. Dans la trilogie *Docteur Campagne* qui est antérieure à la saga, des noms de personnes réelles ont été changés. Le lecteur saura s'y retrouver avec l'aide de notes au début des tomes 2 et 3.

C'est ainsi que la famille Maheux de la trilogie Docteur Campagne est en fait la famille Mathieu, la mienne, telle que décrite dans la saga des Grégoire... Et bien d'autres encore... des Maheux devenus Bellegarde... des Dulac devenus Bougie...

L'auteur

Chapitre 1

***Canton de Shenley**, juin 1938...*

Un pied chaussé se posa sur le sol. Tâta. La semelle du soulier prit contact avec un caillou puis changea de place. À peine. Instable, indécis, le pied finit par se plaquer d'aplomb hors de la petite pierre incommodante.

Elle en avait fait du chemin, cette chaussure tout éraflée craquant de choses à dire. Sans doute avait-elle foulé des lieux parsemés d'herbes sèches piquantes et de ronces. Et combien de surfaces poussiéreuses, boueuses, caillouteuses!

C'était un soulier noir taillé dans du cuir coriace, un de ces souliers que ces messieurs du vieux temps ne portaient que les dimanches et jours de noce, et encore, sans la moindre élégance, eux, habitués à vivre dans des bottes tous azimuts, plissées, froissées, percées, blessées...

Savatée par les intempéries, maganée par une usure prématurée, l'air pauvre, cette chaussure chargée d'ans, qui ne bougeait pas pour l'instant, invitait l'oeil de l'observateur à une recherche plus approfondie qui se ferait plus tard. Au-dessus, un pantalon de couleur kaki parlait quant à lui d'un autre âge, d'une époque porteuse de violence et d'abondance, révolue depuis deux décennies : celle de la Grande Guerre.

Une serre de métal entourait la jambe pour protéger le

tissu des noires morsures d'une chaîne de bicyclette. Le fragile engin avait emporté jusque là, sur cette hauteur, pas loin du village, un personnage hors du commun qui ne passait jamais inaperçu où qu'il aille dans les environs.

Jeune homme à la fine moustache dégagée par le milieu, qui lui conférait un air d'aristocrate européen, le teint pâle pour un campagnard, le cycliste promenait son regard bleu, profond comme un ciel de fin de jour, sur le coeur de sa paroisse d'adoption : l'église et le troupeau serré de bâtiments l'entourant. Sur la droite, un couvent massif. Au fond d'une allée bordée d'érables, un presbytère gonflé à bloc par ses galeries et vérandas. Et à gauche de l'église, devant le cimetière, une grande bâtisse toute neuve, propriété exclusive du curé inspiré qui l'avait fait construire à ses frais entiers afin de sortir un peu ses ouailles de leur morosité chronique.

–Eh bien, ça y est, mon vieux Sam, te voilà définitivement le '*Docteur Campagne*' que t'avais juré ne jamais devenir, soupira-t-il en lissant de son index gauche les poils clairsemés au-dessus de sa lèvre supérieure.

La fascination qu'exerçait sur lui cet endroit tout neuf qu'il découvrait chaque jour un peu plus essuyait en son âme le mal du pays qu'il aurait dû sentir encore.

Il avait mis un pied à terre pour reprendre son souffle après cette longue montée, et pour se payer le luxe d'un moment de réflexion et de joie de vivre : répit de bien courte durée en une époque de dépression où toutes choses, même les plus roses, parlaient abondamment de misère noire.

Son regard s'arrêta un peu plus sur une maison longue revêtue de bardeaux assombris par les tenaces rayons du soleil qui les avait dépourvus de leur couleur blonde depuis longtemps pour les teindre en gris foncé. Il vivait là en compagnie d'une femme de deux fois son âge et qui lui avait donné le jour trente-trois ans auparavant au loin là-bas, à Montréal en ville, à trois cents kilomètres au moins.

Jeune médecin fraîchement établi dans cette paroisse de plus de deux mille habitants, Samuel Goulet était loin encore de connaître tout le monde. Cela viendrait au fil des semaines et des mois. Il lui serait donné sans doute comme à tous les docteurs de campagne, de se rendre dans la plupart des foyers sinon tous, qui pour y délivrer un foetus, qui pour y livrer les soins ultimes à un mourant, qui pour sauver la vie d'un accidenté peut-être ou bien réconforter simplement un malade plus inquiet.

En fait, en cette période malaisée, on ne se faisait pas soigner pour des vétilles et il n'était guère fréquent que le docteur fût demandé par quelqu'un dont l'état physique lui permettait de s'en passer. Acheter des soins médicaux, acheter des médicaments quand il faut d'abord se procurer des vivres essentiels : chaque famille mangeuse de misère y pensait à plusieurs fois avant de faire appel à la médecine normale. Et puis il y avait les guérisseurs, charlatans ou autres, ceux qui disaient bloquer l'écoulement du sang, contrôler la douleur, soigner par imposition des mains, soulager les coliques aussi bien des enfants que des bêtes et faire fuir loin des intestins les vers indésirables. Et enfin les remèdes de bonnes femmes souvent efficaces, mais pas toujours, et auxquels s'ajoutaient dans une vaste pharmacopée artisanale populaire diverses poudres de perlimpinpin vendues par des marchands itinérants voire même par catalogue ou annonces de journal.

Tout cela préoccupait le jeune praticien, non pas en raison de la concurrence, car il aurait eu besoin de trois fois plus de temps pour répondre aux besoins d'une telle population, mais par un véritable esprit professionnel. Chaque malade lui tenait à coeur; chaque maladie l'affligeait; chaque douleur lui transférait une part du mal enduré. Chaque fois qu'il s'adonnait à un acte médical, c'est en même temps un acte d'amour qu'il posait, que le patient soit le pire personnage qui se puisse concevoir, le moins favorisé, le plus agressif et détestable, ou qu'il ait été à soulager la douce et patiente servante du curé.

Il promena son regard plus loin, sur les maisons cordées en deux rangs qui allaient de chaque côté de l'église à un demi-kilomètre vers l'est et vers l'ouest. Un de ces villages linéaires comme il y en avait tant au pays et qui constituaient autant de vertèbres d'une épine dorsale aboutissant après une traversée spirituelle de la mer et du monde, droit à Saint-Pierre-de-Rome dans une apothéose triomphale.

Pour aller aux malades, le jeune homme portait parfois ce pantalon de soldat hérité de son père médecin qui avait travaillé au front durant la Grande Guerre. Cela suscitait toujours un sujet de conversation apprécié des hommes du milieu qui tous avaient connu un gars de quelque part mort au champ d'honneur ou revenu amputé ou gazé. Et par voie de conséquence faisait oublier le dur présent alors que tout manquait y compris et surtout l'espoir de jours meilleurs, tant les années difficiles s'entassaient inexorablement, s'empilaient les unes sur les autres depuis 1929, la plus noire de toutes parce qu'elle avait été si rose jusqu'à ce jour fatidique du krach boursier déclencheur de la grande crise économique mondiale.

Il arborait aussi une chemise kaki en pur coton, boutonnée jusqu'à l'avant-dernière boutonnière, ce qui laissait voir la naissance de sa toison foncée qu'il prendrait soin de camoufler une fois rendu aux abords de la maison où il se rendait en ce moment.

Il y songea, à sa malade visitée ce matin-là, une femme âgée, veuve, diabétique, gardée par son fils et sa bru selon la tradition. Une vieille dame acariâtre, autoritaire et limoneuse, selon les dires de sa belle-fille, mais qui se montrait affable, docile et charmante avec le docteur Goulet. D'instinct, elle savait établir un équilibre certain entre les attitudes à son égard afin que ses vieilles années soient viables et relativement heureuses à voir pousser dans la maison familiale cinq petits-enfants turbulents, trois garçons et une fillette de cinq ans, la petite soeur cadette, ainsi qu'un jeune bébé d'à peine six mois.

L'image de la femme prénommée Amanda vint remplacer celle du village dans l'esprit du médecin. Le visage en flou et en gris appelait, invitait à venir vers lui. Il remit la bicyclette en position, appuya sur la pédale gauche... Il aurait pu ne pas s'arrêter sur le dessus de cette côte abrupte tant il était en bonne forme physique, mais il avait choisi de le faire pour mieux repartir du bon pied ensuite. On lui avait montré durant ses études à la faculté de médecine, à rentrer en lui-même au besoin et à tout moment, même les plus durs, dans des pauses confinant à l'auto-hypnose, pour se rafraîchir l'esprit, les idées, les émotions, les muscles, avant de continuer sa tâche avec plus d'aise et de compétence.

Il entra dans une érablière, véritable marée de verdure dans laquelle il plongea corps et coeur, assis bien droit sur la selle de son vélo, un peu d'eau dans les yeux. Et quelle odeur magique combinée à la fraîcheur de l'air ambiant pour inonder ses poumons et vivifier toutes les cellules de son cerveau. Il y avait là en masse de quoi ne pas s'ennuyer des rues grises et dures de Montréal, sauf que ses racines se trouvaient là-bas et non ici, dans cet éden champêtre.

Et voilà qu'il se lança dans une chanson joyeuse dont les échos retentirent par la forêt attentive. Et tant qu'à faire puisqu'il dévalait une côte, il leva les pieds et laissa le vélo atteindre sa pleine vitesse en toute liberté.

Plus loin, des yeux le voyaient venir. Des yeux curieux et intimidés. Le jeune homme l'ignorait, qui ne pouvait apercevoir une bicyclette pourtant debout, appuyée contre un arbre, ni mieux voir à distance son propriétaire.

C'étaient des yeux du même bleu que ceux du docteur effarouché. Mais ils contenaient en plus une grande tristesse. Quand la joie y passait comme en ce moment, à voir venir ce personnage bizarre sur son vélo débridé, la bonne humeur n'avait allure que de voile éphémère.

La trousse noire attachée sur le porte-bagages laissait échapper un bruit de verre et de métal qui s'entrechoquent : bruit camouflé par le chant incessant qui fendait l'air sous les arbres aux feuilles étonnées. Et la voix de ténor éclatait, vibrante, parfois même tonitruante, ivre de liberté :

"Tu vas partir, charmante messagère
Pour ne venir nous revoir qu'au printemps
À ton retour, hirondelle légère,
Avec amour, je guetterai ton chant..."

C'était une femme qui le regardait venir. Personnage dans la jeune vingtaine aux cheveux d'un noir éclatant coupés à la garçonne comme dans les années 20, voici qu'elle se renfrogna un peu afin de n'être pas aperçue par ce passant inconnu. Elle ne se trouvait pas dans sa paroisse à elle et plutôt loin de chez elle. Et puis ses vêtements délabrés, délavés, effrangés, vieux lui donnaient allure d'itinérante.

Elle présentait tous les caractères d'un quêteux de grand chemin à l'exception de son sexe. Car il n'y avait pas de quêteuses en ce temps-là où la mendicité était une profession typiquement, exclusivement masculine.

Perdue dans une salopette d'overall, vêtue d'une blouse en coton de même couleur, sa personne se confondait avec le tronc des arbres; il aurait fallu un hasard ou un oeil de lynx pour la repérer ainsi assise par terre devant les dessins de choses imaginaires grossièrement exécutés avec un bout de branche dirigé par sa réflexion solitaire. Tracés interrompus au moment où, relevant la tête, alertée par le chant énorme du cycliste excité, elle l'avait regardé descendre la côte, relever les jambes et s'amuser comme un enfant.

La trousse typique lui révéla qu'il devait s'agir d'un médecin, sans doute celui de cette paroisse, en route vers ses malades. Cette idée la rasséréna. Car elle craignait tous les hommes de cette terre à divers degrés sans pour autant les fuir, comme si quelque chose en son for intérieur lui avait sans cesse commandé de les défier. Jeune femme d'action, elle était quelqu'un qui attend et réagit devant eux. Donc femme de rébellion parmi des contemporaines de soumission. Les seuls reflets du regard racontaient son âme en ce moment.

"*Qu'il passe donc son chemin, ce joyeux luron! Qu'il aille se faire entendre ailleurs*!" Qu'aurait-il pu faire pour elle à part lui livrer du mépris bien enrobé de miel et de douceur hypocrite ? Elle avait l'habitude depuis le temps de ces regards bourrés de malice...

Et Samuel continuait de chanter comme un artiste farfelu et indiscipliné :

"Tu trouveras sous mon toit
Si tu restes fidèle, mon hirondelle
Ton petit nid d'autrefois.
Quand je t'appelle,
Ne sois pas trop rebelle
Mon hirondelle, surtout reviens chez moi."

Emporté par la joie de vivre, exalté par l'air vivifiant, le jeune homme eut l'idée saugrenue de faire cabrer son vélo comme s'il avait eu affaire à un cheval emballé. Il le fit aussitôt. Mal lui en prit : il en perdit le contrôle et fonça tout droit dans le bois à quelque distance à peine de la femme éberluée. Il fut éjecté par le brasse-camarade qui survint alors en raison du sol bossu. Lc vélo alla se perdre plus loin, son mouvement épuisé par un tonneau suivi d'un impact au sol, tandis que son propriétaire s'affalait de tout son long à quelques pas de la femme. Pour un moment, l'on n'entendit plus que le bruit léger d'une roue qui achève de tourner en baraudant et en frottant sur le métal de la fourche.

Samuel se frappa la tête contre un jeune arbre. Il perdit conscience.

Sidérée, la jeune femme, resta un moment incapable du moindre geste. Par quelle tortueuse ficelle du destin cet homme venait-il se blesser à ses pieds ? Au fait, n'était-il que blessé ? Elle avait vu sa tête heurter l'arbre : un coup dangereux par sa violence. Cela pouvait signifier la mort ou une blessure entraînant la mort si on ne la soignait pas. Il fallait agir. Mais comment ? Le docteur, c'était lui, pas elle.

Du sang parut dans la chevelure. Des gouttes tombèrent à l'endroit même où quelques instants auparavant, elle traçait le portrait imaginaire d'un enfant. Il vivait donc. Et puis il bougeait un peu la tête. Il se mit à gémir sans toutefois reprendre ses esprits. Elle se rendit au vélo accidenté sans trop savoir pour quelle raison à part son intention d'en détacher la trousse et de l'apporter auprès du blessé en se disant qu'elle était sur la bonne voie et qu'il arriverait quelque chose de valable.

Elle s'accroupit auprès du corps étendu :

–Monsieur, monsieur...

Nulle réponse : que des soupirs!, Elle ouvrit la trousse pour n'y découvrir qu'un fatras inextricable. Fioles dont quelques-unes brisées, instruments qu'elle ne connaissait pas à part le stéthoscope, rouleaux de sparadrap, linges gris, ouate, seringue, aiguilles... Et des boîtes de pilules dont l'une s'était ouverte. Quoi prendre ? Et quoi faire avec ce qu'elle prendrait ?

–Monsieur ?

Elle toucha le blessé à l'épaule. Le mieux serait de l'aider à reprendre ses sens et pour cela, une compresse mouillée appliquée sur le front lui parut indiquée.

–Je m'en vas revenir...

Elle prit le seul linge gris à moitié sec dans la trousse et s'éloigna vers un lieu où il passait un ruisseau d'écoulement des eaux de surface que les premières chaleurs de l'été n'avaient pas encore asséché.

Samuel porta la main à son front, grimaça. Puis explora son cuir chevelu, palpa, cherchant la source de sa douleur à la tête. Ses doigts atteignirent une zone mouillée, gluante. Il sut que c'était du sang. Il sut aussi qu'il s'était assommé de la belle manière. Une plaie ouverte indiquait des risques moindres de fracture du crâne.

Encore abasourdi, il crut défaillir de nouveau lorsqu'apparut cette tête insondable au-dessus de lui. Ange ou démon ? Il semblait si froid, ce visage, malgré l'esquisse d'un sourire, si dénué de compassion, ne manifestant pas la moindre émotion, comme celui d'un être déréel, ésotérique. Et pourtant, une main posa un linge mouillé sur son front. Et puis la Samaritaine portait des cicatrices : l'une à la lèvre supérieure et l'autre à l'arcade sourcilière gauche. On est humain quand on porte au visage de telles marques. Anges et démons n'en ont pas.

–Faire le fou en bicycle, c'est des affaires de même qui arrivent, dit-elle d'une voix qui effaçait par sa douceur infinie toute première impression à son sujet.

–C'est qui est arrivé donc ?

–Vous devriez le savoir, vous devriez le savoir.

–Ben... justement non... j'en perds des bouts.

Elle continuait d'éponger le front puis se risqua à se rendre avec le linge sur le cuir chevelu. Il lui retint la main :

–Où as-tu mouillé ce linge-là ?

–Dans le ruisseau là-bas... de la belle eau fraîche pis propre, craignez-pas.

–Bon...

Mais par sa réticence, Samuel avait brisé l'élan altruiste de la jeune femme. Elle délaissa le linge qui resta partie sur le front partie dans la chevelure, et se remit sur ses jambes. Le blessé se souleva de côté et tourna un peu son corps pour le mettre en appui sur son coude. D'un coup d'oeil montant, il détailla le personnage étrange qu'un drôle de coup du sort venait de mettre en travers de sa route. Pour le mieux ou pour le pire.

Des chaussures autrement plus usées que ses souliers à lui : espèces de savates grises sans couleur, informes, qu'on aurait pu situer quelque part entre la botte et le simple soulier. Puis cette salopette de guenillou comme en portait toujours le forgeron du village : peut-être un vêtement de cheminot récupéré dans quelque bazar de paroisse tenu au profit des plus démunis parmi les démunis. Et ce visage de fillette marqué par quelque chose d'indéfinissable, une indifférence, une distance, une froide retenue ou quoi encore...

–Qui es-tu ? Tu n'es pas de cette paroisse ?

–Une... passante, dit-elle, le regard évasif.

–Ton nom ?

–C'est quoi que ça peut vous faire, mon nom ? demanda-t-elle en remettant sur lui un regard durci.

–Que je te dise merci.

–C'est fait là.

–Pas si j'ignore ton nom.

Elle cessa de le regarder et dit sans trop d'intérêt :

–Votre bicycle est pas mal magané. La roue d'en avant est ben crochie... pis ça va barauder en masse.

–Pas grave, je vais le faire radouer.

–Bon, d'abord que vous êtes pas mort...

–Suis le docteur Goulet. Et toi ?

–Une passante, redit-elle encore.

–Aide-moi à me relever.

–Comment ?

–Bouge pas de là, je vais m'accrocher à toi...

Elle s'écarta vivement pour qu'il ne la touche pas. Mais tout de même, elle lui tendit la main pour l'aider à tenir son équilibre devinant qu'il restait sûrement un peu groggy. Il fut bientôt debout à deux pas d'elle qui ne disait plus rien, qui soutenait son regard sans bouger d'une ligne.

–C'est pas une honte de dire son nom.

–Quand on est docteur, non; quand on est quêteuse, oui.

C'est lui alors que la honte atteignit et frôla de son aile sombre. Il ne put garder ses yeux sur elle et changea le sujet tout en se touchant à la tête où le linge demeurait accroché. Il s'en servit pour s'éponger une dernière fois.

–Suis tombé sans connaissance... longtemps ?

–Trois, quatre minutes... le temps d'aller au ruisseau...

–Je vais voir une malade plus loin dans le rang. Elle va se plaindre si je la fais attendre trop longtemps.

–Dans ce cas-là, allez-y.

–T'as raison, j'vais. Mais ça va être long à pied.

–J'peux vous reconduire sur mon bicycle à moé.

Samuel que cet être exceptionnel intriguait au plus haut point, fut très heureux de cette proposition. Il y agréa par une phrase spontanée dite à la manière des gens du coin :

–Ben d'équerre, moé.

–Venez-vous en. Mon bicycle, c'est pas les chars, mais...

Le jeune homme hésita. Comment on pourrait voyager à deux sur la drôle de bécane de cette passante qui se prétendait quêteuse, sans doute par moquerie à son endroit.

Lui qui, jusque là, n'avait aperçu du vélo de la jeune femme que la roue avant s'étonna quand elle le mit debout, à voir ce tandem comportant deux selles, deux pédaliers, deux paires de guidons et un long porte-bagages sur lequel une valise grise était attachée, bien ficelée.

–Chacun son siège, dit-elle.

–Et la trousse avec la valise.

–C'est ça.

–Et la grosse côte, de l'autre côté du bois, on pourra la monter à pied.

Il l'aida. Bientôt le tandem fut sur la route, chemin de terre tapée qui ne portait pas de traces des ornières du printemps grâce à un entretien sérieux fait au grattoir à chevaux et au rouleau compacteur traîné aussi par une paire de lourds percherons.

La jeune femme se fit peu bavarde. Elle se contentait de répondre aux questions, et pas toutes, sans élaborer. Il n'osa plus lui demander son nom. Et tout en se laissant emporter par l'énergie de l'étrangère, il garda une certaine distance.

–As-tu déjà passé par ici ?

–Trois, quatre fois.

Elle tournait légèrement la tête pour répondre à la question puis se remettait le front dans le vent. En fait, l'air était immobile et le demeura, même au sortir de la forêt quand on émergea devant l'image de ce rang double dont on pouvait voir jusqu'en haut de la côte suivante deux maisons de chaque côté de la route.

–Moi, je vais dans le descendant de la côte, de l'autre bord vers... vers le sud.

Elle souleva une épaule, un geste qui ne voulait rien dire.

Il reprit :

–Madame Josaphat Boulanger... Peut-être que t'as de la parenté dans le rang ?

–Personne.

–Tu viens... d'ailleurs ?

–D'ailleurs... oui, c'est ça...

–Rendu là-bas, je vais soigner ma blessure. C'est pas fendu trop creux, on dirait.

–Pas trop.

Puis il se fit une longue période de silence. L'on approchait de la première maison, une bâtisse grise enfoncée dans le sol, sans doute assise sur des pièces de bois et non sur des fondations de pierre. Il semblait même qu'elle n'était plus à niveau, mais ce pouvait être une illusion causée par le terrain en pente sur lequel on l'avait bâtie et du chemin qui lui, ne montait pas autant.

Le docteur résolut d'attendre, de rester aux aguets sans dire et de pédaler avec une énergie mesurée. Puisque cette jeune femme voulait se cacher derrière un voile de mystère, qu'elle y reste donc! Et s'il advenait qu'elle veuille s'ouvrir un peu, cela viendrait à son heure. Il supputait toutefois. Elle devait venir d'une paroisse voisine voire deuxième voisine, sans doute pas plus loin que Saint-Samuel ou Saint-Sébastien, peut-être Courcelles. En tout cas ce rang menait par là-bas en passant par la concession forestière du canton de Dorset puis en contournant le grand bois. Et il se pouvait bien après tout qu'elle fût une mendiante à en juger par son accoutrement. Quoique cela ne se serait sans doute jamais vu dans trois comtés et peut-être n'importe où ailleurs au Québec, à part les grandes villes où, en ce temps cruel, beaucoup de femmes tendaient quotidiennement la main aux passants pour obtenir une pitance leur permettant de subsister et d'apporter des riens à leur famille. Quand elles ne vendaient pas simplement leur corps pour une bouchée de pain...

L'autre maison, sise en biais avec la première, était couverte de bardeaux, noircis par le temps, comme nombre d'habitations de la paroisse. Là, comme devant la première, le docteur remarqua qu'on les épiait derrière les rideaux jaunes d'une fenêtre. C'était l'ébahissement dans les chaumières de voir ainsi voyager le docteur de la place sur un tandem mené par une jeune personne aux airs de bohémienne.

–Les gens doivent être surpris de nous voir, dit-il.

Elle ne fit aucun commentaire et garda toute son attention à la route, et toutes ses énergies pour pédaler.

Le jeune homme se tut de nouveau pour un temps encore au cours duquel il se plut à imaginer cette femme dans un bal pour gens chic là-bas, à Montréal, dans cet univers étroit et guindé où il avait grandi à l'abri du besoin. Il se vit plus particulièrement à celui de la fin de ses études en juin 1929, quelques mois avant que le krach ne sonne le glas de la société d'abondance d'après-guerre et n'efface impitoyablement d'un seul coup de torchon boursier toutes ces années folles d'insouciance et de dissipation.

C'était à l'hôtel Windsor, dans la grande salle de bal, sous les grands lustres de verre taillé aux éclats grandioses. Les musiciens livraient une valse de Strauss. Et les couples de danseurs virevoltaient sur le parquet, volants de robes aux couleurs brillantes flirtant au passage avec les noires queues de pie de ces messieurs. Du bonheur grand luxe.

Samuel tourne et tourne avec sa partenaire et fiancée, Elzire Laplante, fille d'un prospère commerçant de la rue Saint-Laurent, concessionnaire automobile de la General Motors. Et une chanteuse en rose lance pour tous un air de valse populaire : *Étoile amoureuse*.*

Belle amoureuse,
Étoile d'or d'un ciel pur,
J'adore tes grands yeux d'azur,
Frangés d'une ombre soyeuse.
Ta clarté radieuse
Guide mon coeur vers ton séjour
Et je garde en moi pour toujours
Ton rayon d'amour.

**Paroles de Lepeltier et Champagne; musique de Joseph Rico*

Elzire danse comme une étoile. Samuel, lui, est un cavalier léger et dévoué. Au beau milieu du chant, quelque chose d'inattendu se produit : par une grande porte entre dans la pièce immense un être qui attire les regards de tous, comme venu d'un conte de fée ou bien d'un autre monde, ou peut-être d'une autre époque. C'est une guenillou égarée, l'air effaré et qui regarde toutes ces brillances sans en comprendre le sens. D'où vient et où va donc cette Cendrillon aux grands yeux écarquillés qui semblent chercher quelqu'un parmi le groupe de danseurs ?...

Il y a une fleur rouge dans ses cheveux foncés. Ses pieds sont dénudés. Sûrement qu'elle vient des bas-fonds de Montréal, en tout cas, elle surgit de quelque part où règne la misère humaine la plus sordide. Quelques danseurs s'arrêtent pour l'observer, d'autres les imitent et finalement tout devient immobile quand par la force des choses, les musiciens cessent de jouer.

La mendiante en salopette s'avance vers le jeune diplômé qu'elle semble reconnaître et tend les bras. Samuel délaisse Elzire. Il accueille la nouvelle venue qui, sitôt touchée par lui, devient une femme du monde à l'exceptionnelle beauté...

Et la danse reprend un peu plus vite, accompagnée du couplet de *Étoile amoureuse*.

Tel l'éclat mystérieux
D'une étoile au fond des cieux
Brillent les jolis yeux bleus,
Rêveurs et capricieux,
Sous ton sourire moqueur
Se cache le vrai bonheur,
L'éternel amour vainqueur,
Secret de ton coeur.

Là devait se terminer le rêve éveillé du docteur. La jeune femme freina soudain et s'arrêta en disant :

–Le reste, on peut pas le faire à deux. Ça fait que... ben va falloir marcher.

On arrivait au pied d'une pente assez abrupte appelée la côte à Nérée sur laquelle se trouvaient deux maisons face à face, ni l'une ni l'autre encore celle de la malade à visiter ce jour-là. Samuel mit le pied à terre, proposa aussitôt :

–On marche ensemble jusqu'en haut ?

–Ben... O.K!

Elle avait un côté masculin qu'il devinait pas si naturel que ça et qui le faisait sourire : cette façon de parler avec une touche de débarras dans chaque mot comme si d'ouvrir la bouche lui avait paru tâche bien futile.

Cette fois, il se jura de ne plus ouvrir la sienne tant qu'elle ne l'aurait pas fait elle-même. S'engagea un véritable duel de silences. Et plus leurs pas s'espacèrent vers le sommet, plus il comprenait que cette marche muette en disait bien davantage qu'un échange-fleuve, de ceux qui le plus souvent déforment les images réelles et détruisent la vraie poésie des choses. Il y a un temps pour se taire; il pensa qu'au prochain siècle, les gens atteindraient un tel équilibre intérieur et dans leur vie qu'ils n'auraient plus besoin de tout le temps pérorer pour ne rien dire.

Quel sublime ciel bleu! Que de grandeur dans sa démesure! Que de mystères à découvrir en ce monde et qu'il n'est pas utile de percer! Le jeune homme aurait voulu que le temps cesse de rouler ses grains de sable sous leurs pieds. Que le désir d'en savoir sur elle demeure figé comme maintenant par la plénitude des moments passés à gravir ensemble cette côte raide.

Son esprit se remit à vagabonder dans une époque très éloignée parce que si différente de celle-ci par les lieux qu'il habitait et fréquentait alors ainsi que les pensées composant sa vie intérieure au début de la vingtaine.

Le bal de graduation lui revint en tête et au coeur, mais sans la présence dérangeante de Cendrillon cette fois. Seul avec la belle Elzire parmi la foule des danseurs de valse. Et tourne et tourne encore sur le dernier couplet de la chanson :

Dans les ténèbres du soir,
Le coeur palpitant d'espoir,
J'ai cherché dans le ciel noir;
Je n'ai qu'un désir, te voir.
Loin de la réalité,
Je suis mon rêve enchanté
Vers la troublante clarté,
Astre de beauté.

Vient un moment divin où tous les rayons de lumière produits par les lustres se réunissent en un unique faisceau qui tombe sur leur seul couple : le plus beau de cette soirée mémorable, le plus beau couple du monde. Elzire et Samuel s'aiment. Ils s'épouseront bientôt. Leur bonheur est pur. Il durera toute leur vie.

Arrive un autre moment où le faisceau devient encore plus étroit et n'éclaire plus alors que le visage féminin qui passe au blanc éclatant comme un visage angélique. Même ses cheveux roux pâlissent et ses yeux si doux, si verts émettent une lumière inconnue, étrange, mais à la beauté rare éternelle.

Elzire est l'étoile amoureuse.

Samuel adore son étoile si lumineuse.

Cette minute d'éternité finit quand une main légère touche l'épaule du tout jeune homme qui se croit réclamé pour la prochaine valse. Il se tourne. Cendrillon est là, revenue.

"*Ce n'est pas pour toi qu'elle vient, mon ami, murmure la belle Elzire, c'est pour moi.*"

Qu'est-ce que tout cela veut donc dire ?

"*Qui es-tu donc, toi, la bohémienne* ?" demande le jeune homme inquiet.

"*Je suis... son ange gardien à elle.*"

"*Pourquoi venir ainsi brouiller notre bonheur ?*"

"*Je fais en sorte que votre amour soit éternel. N'est-ce pas ce que tu souhaites ?*"

“Oui, je le souhaite de toutes mes forces. Tout pour que notre amour soit éternel. Je veux qu’il le soit.”

“En ce cas, laisse-la venir avec moi.”

“Quand reviendra-t-elle ?”

“Elle ne part pas; elle vient avec moi seulement.”

“Je... ne comprends pas la différence.”

“Elle vivra en toi pour toute l’éternité. Comme tu le désires.”

“Mais je la veux aussi auprès de moi avec sa chair et son sang.”

“Sa chair et son sang seront ta chair et ton sang.”

“Nous aurons donc des enfants ?”

Cendrillon regarde le ciel, songeuse :

“D’une certaine façon... que tu comprendras un jour...”

Et Cendrillon fait signe à Elzire qui la suit.

Le rêve prit fin. On approchait du haut de la côte et des deux maisons paternelles qui les regardaient venir avec leurs grands yeux maternels. La jeune bohème n’avait toujours pas ouvert la bouche. Et Samuel était bouleversé. Pourquoi avait-elle pris la forme de Cendrillon dans sa rêverie ? Et pourquoi ce rêve nouveau, jamais fait auparavant ? Et dont le sens n’avait rien de nébuleux : si aisé à trouver.

Cendrillon, l’ange gardien aux allures de clocharde miséreuse, était porteuse de la mort physique, seule voie pour rendre un amour éternel.

Quelques mois à peine après le bal de graduation alors que les deux tourtereaux se préparaient au grand jour prévu pour l’été 1930, il y avait eu cette journée noire, si noire que tout autre malheur aurait eu de quoi faire rire le jeune médecin : on avait diagnostiqué chez sa chère Elzire le terrible mal de la tuberculose.

Elzire avait dû se faire hospitaliser au sanatorium du Mont-Sinaï dans les Laurentides afin d’y être soignée. Et Samuel avait effectué le trajet de Montréal à Sainte-Agathe, chaque semaine pendant cinq longues années au bout desquelles Elzire lui avait été rendue dans un cercueil tout noir.

Inconsolable, Samuel avait vécu un deuil interminable. Et sa mère lui disait chaque jour, que le soleil continue de briller dans le ciel, que son amour pour Elzire ne saurait être éternel qu'arrosé de bonheur et non de pleurs incessants. Et puis la femme ne cessait de lui répéter que ses patients du quartier souffraient de sa souffrance morale et qu'il était moins bon soignant à devoir sans cesser panser sa propre plaie purulente.

Un jour, lui qui avait juré pratiquer toute sa vie en ville avait été sollicité par un curé de campagne, de la lointaine Beauce, par une lettre persuasive où le prêtre vantait la convivialité de ses paroissiens, leur générosité, leur fierté, tout en insistant sur leur jeunesse et leurs besoins en soins de santé. Accouchements, accidents, maladies n'épargnaient pas plus sa paroisse que les autres et il fallait quelqu'un de jeune et fort pour remplacer le vieux docteur qui avait rendu son âme au Seigneur quelque temps auparavant.

En conclusion, le prêtre avait eu ce coup de chance inespéré lui permettant de rendre son offre irrésistible :

"*Monsieur, croyez que si tout passe en ce bas monde, les sentiments de mes paroissiens et paroissiennes vous seront éternels*."

Expression magique : *amour éternel*. C'est là-bas, dans ce canton de Shenley, que son amour pour Elzire recevrait sa consécration éternelle grâce à une guérison du coeur. Alors Dr Samuel Goulet, praticien de Montréal en ville, avait fait ses bagages et, accompagné de sa mère veuve, il était allé installer ses pénates à deux cents milles de ces lieux pour lui cruels, afin d'y devenir Docteur Campagne comme ses collègues le lui avaient prédit du temps de ses études. Comme quoi le malheur des uns fait le bonheur des autres.

Et voici qu'en ce jour de juin, un an après son arrivée, tout juste assommé par un excès de vitesse et de joie sur son vélo, il marchait avec une inconnue qui semblait à chaque pas qu'ils faisaient vouloir s'entourer d'un voile de mystère encore plus épais.

–C'est quelle maison, où c'est que vous allez ?

Sa façon de parler révélait une scolarité minimale et son silence une personnalité introvertie. Le docteur avait fait de la psychologie durant ses études, mais ce mot n'était guère à la mode en ce temps où seule la survie et ses exigences comptaient; et près de cent pour cent des paroissiens du canton en ignoraient non seulement le sens mais tout simplement l'existence.

–Celle-là dans la descente du côté gauche.

–Embarquez, je vas vous rendre en bicycle.

–C'est bon. Ça sera facile : ça descend.

Pour la première fois, il la vit sourire sans rien d'autre derrière les yeux.

Il ne leur fallut guère de temps pour parvenir à la maison désignée et pour la dernière fois, Samuel mit le pied à terre tandis qu'elle dénouait la corde de jute qui avait permis d'attacher la trousse sur sa petite valise du porte-bagage.

L'homme tendit la main à la jeune femme qui fit semblant de ne pas la voir.

–Ben salut, là! fit-elle en enfourchant sa bécane.

–Je ne sais toujours pas ton nom.

–Un nom... à quoi c'est bon ?

Ce furent ses derniers mots. Elle se donna un air d'aller avec le pied gauche et se laissa descendre vers son propre destin. Leurs routes en sa tête s'étaient croisées et aussitôt bifurquaient. Il lui lança :

–Si tu veux faire soigner quelque chose en passant au village, demande où je pratique.

Elle ne répondit pas, ne se retourna pas, continua dans ce qui ressemblait à la plus totale indifférence.

Samuel se dirigea vers la maison en hochant la tête.

Cette étrangère l'intriguait. Sa rêverie lui posait question. Et leur rencontre avait quelque chose de plus insolite encore.

Pourquoi cela était-il survenu ce matin-là? Connaîtrait-il la réponse un jour ou l'autre ou bien le message à en tirer s'inscrirait-il quelque part en lui à son insu pour lui tracer une voie quelconque? Cela restait à voir...

***

Chapitre 2

–Ha ha ha, docteur, on dirait que vous avez une...

La femme qui ouvrait la porte pour laisser entrer le visiteur regardait au-dessus de son épaule pour désigner ainsi la jeune vagabonde qui poursuivait son chemin là-bas sur son vélo. Ayant vu venir de loin le couple de cyclistes, elle avait eu tout le temps de préparer une phrase d'accueil à la fois vague et qui questionne voire qui insinue par ce 'une' suivi d'un silence éloquent.

–Elle? Une bonne samaritaine... Oui, je ne sais même pas son nom. Vous devez la connaître... peut-être...

–Ha ha ha, qui c'est qui la connaît pas depuis l'temps qu'elle braille d'une porte à l'autre pour avoir des vieilles cennes noires.

–Ah bon! Du... 'porte-en-porte'...

La femme fit une moue péjorative:

–En plein ça: une quêteuse... Quêteuse de grands chemins... Pis espérons que c'est rien que ça! En tout cas, c'est pas un métier trop trop catholique pour une femme... Entrez donc! Restez pas dehors.

Samuel était pourtant déjà debout à l'intérieur de la maison, dans la cuisine, après avoir franchi le seuil gris tout rongé par l'usure. À ce temps de l'année et jusqu'aux froids de l'automne, la grosse porte d'hiver demeurait grande ouverte et seule la porte légère à moustiquaire constituait la frontière entre l'extérieur et l'intérieur. C'était comme ça partout dans les campagnes. Mais ça ne suffisait pas pour empêcher les mouches d'entrer par légions dans les maisons de ferme, cherchant quelque sucrerie à se mettre sous la trompe pour dessert après le repas principal pris sur le tas de fumier derrière la grange. Dans les cuisines, elles avaient accès à du manger du dimanche: grosses miches de pain, sucre d'érable, grenailles tombées de la table et pas toujours balayées à mesure.

–Et comment va madame Amanda ce matin?

Fin de la trentaine, assez regardable, la jeune femme aux cheveux roulés en un gros beigne autour de la tête, grimaça:

–Comme de coutume: elle se plaint pis se lamente.

L'homme désigna vaguement sa blessure:

–Avant de monter à sa chambre, faudrait peut-être que je me soigne un peu moi-même.

–Ben oui, c'est qui vous est donc arrivé: la tête en sang de même...

–J'ai culbuté... versé avec mon bicycle dans la première côte du rang. Assommé net. Par chance qu'il y avait cette jeune inconnue pas loin... et que j'ai, dit-on, une vraie tête de pioche...

Elle dit, le ton détaché:

–Elle en aurait pas profité pour vous voler toujours?

–Me voler?

–Sais pas... de l'argent dans vos poches ou des remèdes dans votre trousse, là.

–Penserais pas. Sinon, elle se serait enfuie avant que je reprenne conscience.

La femme soupira:

–Avec c'te monde-là, on sait jamais à quoi s'attendre.

Puis elle prit son ton le plus autoritaire:

–Venez au 'sink' pour vous laver comme il faut, là.

–Vous avez de l'eau chaude ?

–Ben non. Le poêle, on le chauffe pas fort de ce temps-là. Mais on a de l'eau tiède dans le p'tit 'boiler' par exemple. Si ça peut faire votre affaire. J'pourrais en faire bouillir, de l'eau, dans la 'bombe', mais faudrait le temps. J'pourrais le faire tandis que vous serez avec ma belle-mère en haut.

–Faites donc. Ça pourrait être utile pour désinfecter un peu la plaie qui n'est pas trop profonde, je pense. Pour tout de suite, je vais laver à l'eau froide de la pompe et aseptiser temporairement avec du mercurochrome.

Samuel suivit la femme jusqu'à l'évier en tôle usée et bosselée, décapée à la grandeur par le temps et les coups, un lieu commun où il se passait beaucoup de choses: bain des enfants, lavage des adultes à la mitaine, lavage de vaisselle, trempage du linge, nettoyage de ci, de ça...

–Votre mari est aux champs, j'imagine.

–Non, à l'étable... On a une jument qui est sur le bord de pouliner... Il guette ça à matin... Je vas vous mettre de l'eau dans le plat des mains...

Son bras musculeux s'empara du levier de la pompe qu'elle actionna vigoureusement trois ou quatre coups jusqu'à ce que l'eau surgisse et tombe en vrillant dans le récipient de fer-blanc.

Pièce exiguë, la cuisine comprenait à part l'évier et un petit comptoir attenant, quelques armoires en bois brut jamais peint, un poêle en fonte tout noir surmonté d'un tuyau tordu qui perforait une cheminée de briques rouges, ébréchées pour la plupart. Au beau milieu de la place, une table longue et six chaises carrées en érable massif semblaient clouées dans le plancher de bois tout aussi dur. Pour finir le décor, deux berçantes trônaient près des fenêtres; on ne les occupait que le soir ou le dimanche quand on n'était pas dehors.

Près de l'entrée, un escalier menait au second étage que partageaient les enfants et la grand-mère. En dessous, un placard pour le linge d'étable. Et juste à côté une porte donnant sur la chambre des maîtres, le couple Boulanger. Une maison comme bien d'autres de ce temps sombre dans les rangs de la paroisse: humble, petite, aux plafonds bas avec poutres apparentes et planchers de bois qu'il fallait laver chaque quinze jours à la brosse et au savon de Castille.

Les enfants d'âge scolaire n'étaient pas là et le bébé dormait dans la chambre de ses parents.

–Pis j'vas vous trouver un linge propre.

–Laissez, j'en ai dans ma trousse.

Il ouvrit sa petite valise noire posée sur la table et ne put que se désoler:

–J'en avais... J'ai fait un beau dégât là-dedans.

–Je vas vous en chercher un...

–Merci.

Elle allait pénétrer dans la chambre à coucher pour y quérir le linge requis quand tout à coup, elle s'arrêta. Tournant la tête, elle tordit son corps, un corps pas trop déformé par les maternités, et dit avec une touche d'ironie dans le regard:

–Vous pourriez m'appeler Germaine que ça me ferait pas de peine. Suis pas encore à bout d'âge, pensez pas ?

Il ne put se retenir de la regarder de pied en cap sans trop de gêne et avec un brin d'insolence, puis il voulut rattraper son geste et dit en secouant la tête:

–Germaine, c'est un joli nom.

Elle ne bougea pas. Il se pencha sur le plat et prit de l'eau avec ses mains pour asperger son visage.

–Comment c'est que vous trouvez ça, la vie par icitte? C'est pas trop la grande ville, par chez nous, hein ?

–J'aime bien le canton. De braves gens...

–Braves...

–Oui, braves.

–Braves, je pensais que c'était pour les soldats de la guerre.

–Brave soldat veut dire courageux soldat au combat, tandis que braves gens veut plutôt dire bonnes gens.

–Ah !

Elle hésita encore puis poussa la porte et disparut pendant un moment. En se lavant toujours, il se mit à fredonner un air agréable:

Le beau troupeau de mon étable,
Les jolis fruits de mon verger,
Le vin qu'on buvait à ma table,
Dont se grisait mon vieux berger !
Et mon grand pré bordant la route,
Ne finissant qu'à l'horizon...

La porte qui se referme et le pas de la femme qui revient vers lui le ramenèrent à la réalité. Elle prit un ton plein d'assurance:

–Je connais ça, le chant que vous...

–Une chanson de campagne... Sur mesure pour un docteur campagne comme moi, pensez-vous?

–Ça s'appelle *Les jolis yeux de Suzon**, lança-t-elle avec un regard entendu. J'peux même en chanter des bouttes moé itou.

L'homme pencha un peu la tête:

–Dans ce cas-là, chantons-la donc en choeur. Notre bon curé dit chaque dimanche que chanter, c'est prier.

Elle s'arrêta devant lui, serviette et linge blanc sur le bras:

–Vous devriez traîner votre guitare avec vous sur le chemin des malades.

–Ma guitare?

–Tout le monde sait dans la paroisse, jusqu'au fond des rangs comme icitte, que des fois, le soir, sur votre balcon au village, vous jouez de la guitare pis vous chantez.

Il s'étonna et son visage s'éclaira:

–Je ne l'ai fait qu'à deux ou trois reprises l'été dernier...

* *Les jolis yeux de Suzon, paroles et musique de Albert Larrieu*

–Ah!... disons les notes de guitare voyagent vite...

Il se mit à rire:

–En effet!... Et vous pensez que les malades seraient mieux soignés si je leur chantais une ballade ou deux?

–Ça pourrait toujours pas nuire. Moé, quand j'chante pour les vaches, on dirait que le lait est plus abondant.

Elle mit une main roulée sur sa hanche forte. Il la détailla dans sa robe de coton d'un bleu décoloré par les lavages nombreux. Elle reprit:

–Je veux ben chanter avec vous. Assisez-vous à table pis en même temps, je vas nettoyer votre plaie comme il faut, là.

–Écoutez, Germaine...

–Taisez-vous pis venez vous assire à table. Pis on va chanter le temps que je vous soigne.

–Mais l'eau est pas encore à bouillir.

–C'est-il nécessaire, de l'eau bouillie? Notre eau de puits est pure comme de l'eau de pluie. C'est ce que dit Joseph tout le temps.

Samuel obéit, se demandant comment la situation avait pu évoluer jusque là. Il y avait quelque chose en cette femme qui le troublait un peu. Ses rondeurs, sa bouche boudeuse, ses ordres enrobés dans des questions ou bien soudainement lancés carrément.

À son âge, le pauvre docteur n'avait jamais partagé la couche d'une femme et en cette matière, la maladie et la mort de sa fiancée Elzire, et ce deuil profond et interminable qui en avait découlé, faisaient de lui, maintenant au début de sa trentaine, un attardé certain. Même que la rumeur avait fait le tour de la paroisse: le petit docteur campagne, comme disaient d'aucuns, même s'il faisait six pieds de taille, conservait jalousement sa "josephté" à trente-trois ans. C'est cela que chuchotaient quelques langues de vipère à l'oreille de la petite vermine ricaneuse. Fallait bien rire un peu sous cape en ce temps où la morosité écrivait ses pensées les plus lourdes dans les regards abattus de tous, même des enfants.

Il prit place. Elle posa ses linges sur son épaule et retourna à l'évier vider le plat et le remplir d'eau fraîche grâce à quelques coups de pompe qui révélaient de nouveau la force de son bras. Puis revint à lui qui avait eu le temps d'analyser la question pour se rendre compte qu'il n'y aurait tout de même aucun mal à se faire nettoyer une blessure comme il le faisait lui-même souvent à son bureau, et peut-être à chanter. Mais il y avait les autres: le mari qui pouvait revenir à la maison à tout moment et la malade là-haut qui devait sûrement être aux aguets et pouvait prêter oreille pour mieux nourrir sa curiosité famélique sur ce qui arrivait en bas. Pouvait-elle dormir et ne pas savoir que le docteur, venu pour elle, était arrivé? Comme si elle avait entendu sa crainte, Germaine dit alors qu'elle écartait les cheveux ensanglantés:

–Si Joseph arrive, il va trouver ça drôle de me voir soigner le docteur. Mais j'pense qu'il va rester avec sa jument. Elle devrait avoir pouliné, mais ça vient pas... Il a peur de la perdre pis le poulain avec...

–C'est peut-être pas le temps de chanter, nous autres, hein? dit l'homme en prenant le ton cultivateur. Votre belle-mère malade en haut. La pouliche qui veut pas pouliner dans l'étable pis le docteur accidenté assis dans la cuisine...

–C'est pus trop une pouliche d'abord qu'elle va pouliner d'une heure à l'autre, c'est une jument faite.

–C'est sûr. Bon... Ayoye donc...

–Je vas faire plus attention. Ça a saigné pas mal, vous...

–Non, pas tant que ça. Ce qu'il faut, c'est laver et désinfecter au mercurochrome. Le cuir chevelu, c'est pas un endroit du corps qui contient beaucoup de vaisseaux sanguins. Quand la plaie est superficielle, ça coagule vite... comme là-bas quand la... personne...

–La quêteuse.

–Quel est son nom déjà ?

Germaine répondit en travaillant sur la tête du blessé:

–On sait pas. Elle a honte de le dire, j'pense, moé. Elle

passe par les portes, mais dit rien d'elle-même. Je pense qu'elle doit venir du coin de Courcelles ou ben de Saint-Samuel. Elle arrive tout le temps de c'te boutte-là. Probable qu'à matin, elle allait faire le village au complet. Me semble qu'elle se rend jusqu'à Saint-Benoît. En faut grand pour gagner sa vie à quêter quand c'est la crise comme asteur... Les trois quarts du monde où c'est qu'elle va demander l'aumône sont aussi pauvres qu'elle. Pis elle est pas tuseule à faire ça, hein, vous devez savoir... Y a le bossu pis y a le bonhomme Labrosse qui fait ben peur aux enfants... pire que le grand Lustukru, celui-là... maigre comme un bicycle, le vieux, pis le nez croche pis long comme un arrache-clou... Ah! misère humaine, si ça peut lâcher un jour! Ah, le bon Dieu doit nous punir pour nos péchés. Mais me semble qu'on en fait pas tant que ça, des péchés, vous pensez pas, vous, docteur? Le monde, c'est-il si méchant que ça qu'il faut tant souffrir pour traverser le chemin de la vie?

–On appelle ça une question existentielle, madame Boulanger. Vous avez le mérite et je dirais l'intelligence de vous la poser, mais la plupart des gens n'y songent même pas. Ils endurent en priant le ciel. Et leur vie coule sous le pont de leurs incessants soupirs...

–C'est ça le pire: se faire fouetter par la vie pis remercier le bon Dieu tous les dimanches pis même tous les matins qu'il nous ramène dans notre misère, nos maladies, notre pauvreté pis nos malheurs...

–Les voies du Seigneur sont impénétrables.

Elle soupira tout en démêlant les cheveux agglutinés:

–Chantons en attendant que ça aille mieux en ce bas monde. C'était quoi, la chanson? Ah oui, *Les jolis yeux de Suzon*... Le deuxième boutte, c'est...

J'avais un bois planté de chênes,
Respectés par le bûcheron,
Et ma grange était toujours pleine,
À la fin de chaque moisson !

Samuel entra dans le chant à son tour et ce fut un choeur pour la partie suivante:

J'avais caché sans qu'on s'en doute
Tout mon argent dans la maison !
Ma fortune, je l'ai donnée toute,
Pour les jolis yeux de Suzon !...

–Une chance qu'on chante, comme ça, j'ai pas le temps de crier ayoye.

–Quoi, je vous fais mal encore ?

–C'est juste un peu sensible.

–Tout est nettoyé comme il faut. Donnez-moé la bouteille de mercurochrome.

Il la trouva dans la trousse et la posa sur la table. Elle l'ouvrit et badigeonna la plaie avec le liquide rouge.

–Quand je dit ayoye, c'est pas pour de vrai. C'est rien que pour faire comme les enfants quand je les traite. Ça fait moins mal de le dire, il paraît.

–Pis là, on finit notre chanson...

Il entonna le dernier couplet. Elle suivit sans trop connaître les mots que lui toutefois savait par coeur:

Je n'ai plus rien, ni sou, ni maille,
Et je n'ai plus le coeur joyeux;
Je suis plus bon à rien qui vaille !
Trop de malheurs m'ont rendu vieux !

Un bruit éclata, venu d'en haut. Un coup répété sur le plancher. On marchait ou on cognait pour attirer l'attention.

–C'est ma belle-mère qui nous entend. Continuons jusqu'au boutte, elle en mourra pas.

Samuel se leva et fit comme Germaine le proposait.

Suzon m'a fait perdre la tête,
J'ai vendu jusqu'à ma maison !
Et pourtant, et pourtant je regrette
Les jolis yeux de Suzon.

–Bon, eh bien maintenant, je vais aller voir notre malade.

–Elle se plaint d'un gros mal de jambe depuis une couple de jours. Une jambe. La gauche. C'est pour ça qu'on vous a demandé de venir par monsieur Boucher.

–Avez-vous vu ses jambes? Ses varices probablement?

–Elle dit que c'est une phlébite, mais c'est quoi qu'elle connaît là-dedans, elle?

L'homme leva un sourcil:

–Beaucoup de malades savent ce dont ils souffrent, même si le nom de leur mal leur est inconnu.

–Elle prétend que c'est une phlébite... pis elle dit que y a un rapport avec son diabète.

Le bruit en cadence lente et régulière se poursuivait. Samuel et Germaine se regardèrent sans rien se dire et le docteur prit sa trousse. Il allait emprunter l'escalier étroit, tournant à angle droit au milieu quand Joseph entra, essoufflé:

–M'sieur l'docteur, je vous ai vu arriver tantôt. J'ai ben de la misére avec ma jument. Vous pourriez pas venir voir? Faire quelque chose? Une piqûre, sais pas, là, moé...

Homme de courte taille, coiffé d'une calotte à longue palette noire et habillé d'une chemise à carreaux rouges sur fond blanc foncé, il rajusta son galurin sur sa tête, et apparurent des cheveux blonds peu abondants, et en épis à force de n'avoir pas été lavés.

Il regarda la tête du docteur puis le visage de sa femme en ayant l'air de chercher une réponse, mais se désintéressa aussitôt de la question pour revenir à sa jument:

–Rien que voir... une minute ou deux...

–C'est votre mère qui m'attend en haut.

–Euh!... Elle est pas à la veille de pouliner, la mére, ça

fait que venez voir la jument avant elle.

Il fit un signe de tête. Samuel jeta un regard à Germaine qui elle-même en jeta un vers le trou de l'escalier:

–Si elle a été capable d'attendre jusqu'asteur, elle peut ben attendre encore une demi-heure. Ça fait que... allons voir la jument...

Ils sortirent, accompagnés du bruit incessant produit par la femme malade qui se servait d'une canne pour frapper le plancher et forcer quelqu'un à venir.

Et marchèrent jusqu'à l'étable.

Le médecin se demandait ce qu'il pourrait bien faire dans la situation annoncée par le cultivateur.

La jument blonde était allongée dans un grand parc intérieur servant à garder les moutons l'hiver. Elle gisait sur le côté et parfois levait la tête en hennissant doucement. Elle semblait épuisée et paraissait demander la délivrance, quelle qu'elle soit, même la mort.

Joseph s'agenouilla derrière l'animal pour chercher du regard dans la région génito-anale un signe de progrès:

–C'est quoi qu'on peut faire? Le poulain, il se montre même pas une patte. Il est peut-être mort, mais il devrait sortir pareil.

–C'était une pouliche? C'est son premier poulain?

–C'est pour ça, dit Germaine. Le chemin est pas fait, là...

Comme si elle avait voulu des spectateurs pour assister à la mise-bas, la jument souleva la tête en regardant vers son derrière et en bavant. Son flanc se contracta. Joseph agrandit les yeux:

–Ça rouvre, ça rouvre...

Germaine retrouva son mari tout en parlant au cheval:

–Encore un coup, la Gueuse, encore un coup... encore... force-toé un peu, là...

–Maudit torvisse, ça sort, ça vient, s'écria Joseph qui se jeta sur le derrière près des pattes de la jument et allongea les bras pour attraper le foetus qui apparaissait devant ses yeux écarquillés.

Samuel restait au même endroit depuis son arrivée dans le parc et questionnait la scène sans trouver encore ce qu'il pourrait bien y ajouter pour que les choses de la vie aillent un peu mieux.

C'est alors qu'on entendit au loin le klaxon d'une automobile, un son de grenouille amplifié par la mécanique et par l'air tiède du jour. Le nombre de voitures motorisées était plutôt restreint dans la paroisse: moins d'une douzaine encore. Et le docteur qui en avait possédé une à Montréal l'avait vendue avant de venir s'établir à la campagne et ce, pour deux grosses raisons. L'une, c'était que le véhicule lui rappelait trop de sentiments perdus et de souvenirs douloureux accumulés durant toutes ces années à voyager au sanatorium chaque semaine pour y voir s'étioler de plus en plus sa chère Elzire. L'autre, c'était de se dire qu'une automobile ne lui serait pas utile dans une paroisse perdue de la Beauce en raison des hivers précoces, des printemps prolongés et des chemins peu carrossables. En cela, il n'avait guère réfléchi et ne s'était pas non plus renseigné. Car les grands chemins devenaient passables au printemps jusqu'en décembre et on pouvait aisément alors se rendre dans les autres paroisses ou à Québec, Montréal ou les États via les routes principales. De plus, les rangs de la paroisse étaient tous praticables jusqu'au bout en la belle saison.

En conséquence, pour aller plus vite et plus confortablement aux malades, il avait l'intention bien arrêtée de faire l'acquisition d'une auto flambant neuve dans les prochaines semaines. Et plus jamais de débandades en vélo... Mais non plus de belle samaritaine en haillons pour le soigner au bord de la route. Rançon du progrès...

–Ouahu, ouahu, ouahu...

Le klaxon se rapprochait. Qui passait donc sur le chemin en se faisant ainsi valoir?

Et la jument hennissait à chaque contraction qui expulsait un peu plus le poulain peu pressé.

Et Germaine tapait des mains pour encourager la bête en

répétant comme pour l'aider par la suggestion:

–Force-toé, force-toé...

Et Joseph, attelé au foetus, tirait comme une bête de somme lui-même, soufflant:

–Sors, toé, maudit torvisse, sors, le poulain, sors de d'là, tordivisse... ahan... ahan... ahan...

Dans la maison, au deuxième, Amanda maugréait, assise sur le coin de son lit. Elle avait eu beau piocher sur le plancher, personne n'était venu et voici maintenant qu'elle entendait le bébé pleurer et réclamer lui aussi de l'attention.

Après avoir entendu chanter en bas, elle s'était levée et traînée de peine et de misère à la fenêtre. Puis elle avait entendu des mots échangés entre son fils et le docteur pour percevoir par la suite qu'ils allaient à l'étable. "*Soigner les animaux, c'est plus important que le monde. Si ils peuvent être débarrassés de la vieille folle qui a mal aux jambes, hein, là, eux autres. Bonne sainte Anne, envoyez donc le petit Jésus me chercher au plus coupant. Qu'il me laisse pas traîner de même à pas loin de quatre-vingts ans... d'abord que j'sus rien qu'un embarras...*"

Là, elle avait vu le trio entrer dans l'étable. Et voici que le bruit d'une automobile, le klaxon tout d'abord, puis le bruit du moteur, lui indiquaient qu'on venait, qu'on entrait sur le terrain. Elle se leva. Aidée de sa canne, une racine tordue, elle retourna à la fenêtre pour savoir de quoi il retournait dehors. La voiture était facilement reconnaissable et encore plus l'homme qui en descendit: Uldéric Blais.

La vieille dame à lunettes rondes porta sa main à sa bouche et frotta l'espace entre son menton ridé et sa lèvre inférieure ratatinée avec le bout de son pouce gercé. Ses yeux se rapetissèrent. Sa jaquette, son expression du visage de même que sa chevelure blanche désordonnée retombant sur ses épaules lui donnaient allure d'une sorcière supputant, mijotant, concoctant.

"C'est quoi que tu viens faire par icitte en machine, toé, Déric Blais? Tu dois manquer de bras dans ton moulin à scie pis tu veux avoir mon Joseph après avoir usé mon Josaphat. Quand c'est que t'es mal pris, hein, tu sais de quel bord aller..."

Enfin le poulain fut là aux pieds de Joseph et aux pattes de la jument. Il se dégagea de son enveloppe et fit une première tentative pour se mettre sur ses jambes fragiles. Jeune prétentieux qui aussitôt retomba au sol, sur la paille lui ayant servi de lit de nouveau-né.

Tous entendirent le moteur de l'auto et un autre coup de klaxon tout près, là, dehors.

–Qui c'est ça à matin? dit Joseph en se relevant.

La réponse leur fut vite servie par une silhouette imposante dans l'embrasure de la porte et surtout une voix de stentor qui remplit toute l'étable jusque dans les tasseries de la grange:

–Docteur Goulet, c'est Déric Blais. Faut venir pis vite. J'ai un homme qui s'est coupé les doigts. On a enveloppé sa main, mais ça y prend des soins. Une belle écharognure... Deux, trois doigts tombés à terre... Sais pas comment c'est qu'il s'est pris...

–J'avais une malade à voir, madame Boulanger, mais je vais revenir.

–C'est un beau poulain que vous avez là... il vient de venir au monde, on dirait.

–Avec l'aide du docteur, fit Germaine.

–Non, non, protesta Samuel, je n'ai fait que regarder.

Uldéric parla avec encore plus d'autorité et de puissance:

–Rien que l'idée de savoir le docteur proche, ça règle souvent une partie du mal... ou ben du problème à régler... Pour tout de suite, docteur, faut embarquer pis remonter au village...

–J'embarque...

Les deux hommes se suivirent vers l'auto. Joseph les salua vaguement et s'intéressa à son nouveau cheval tandis que Germaine restait dans la porte de l'étable, mains sur les hanches en continuant de goûter le plaisir qu'elle avait ressenti en soignant la plaie du jeune homme et en fusionnant sa voix à la sienne dans *Les yeux de Suzon*.

Puis elle leva les yeux vers le deuxième étage de la maison et aperçut sa belle-mère.

–Si vous êtes capable de marcher jusqu'au châssis, là, vous, votre phlébite vous fera pas mourir aujourd'hui.

Quant à la vieille dame, elle sentit le sang lui monter au visage. Quoi, le docteur qui s'en retournait avec Déric Blais! Et qui la soignerait, elle?

–Se faire soigner de nos jours, c'est l'enfer, maugréa-t-elle en retournant à son lit. Non, mais as-tu vu pire?

Elle s'assit et reprit:

–Si le frére André serait pas mort l'année passée, lui, il me la guérirait, ma phlébite, que ça prendrait pas goût de tinette. Mon diabète avec...

Puis elle s'étendit et se demanda quoi faire. Prier la bonne sainte Anne peut-être ?...

Elle préféra plutôt prendre sa canne-racine et commença d'en frapper le plancher en cadence. Non, personne ne pourrait lui répondre pour le moment, mais ce bruit avait aussi pour effet de calmer le bébé et de le rendormir souvent.

"Boum... boum... boum... boum..."

***

Chapitre 3

Uldéric Blais possédait un moulin à scie au village.

D'abord cultivateur dans un rang éloigné de la paroisse, il avait un jour eu l'idée de barrer la rivière passant sur son terrain et d'y construire une scierie. C'étaient les belles années. Le succès remporté par son entreprise l'avait conduit à déménager ses pénates au village dans une construction neuve où l'énergie provenait non plus de l'eau courante, mais de la vapeur utilisée par un engin.

La crise économique ne l'avait aucunement affecté, car il avait annexé au moulin une fabrique de boîtes à beurre et fournissait de son produit une clientèle répartie dans tout le Québec agricole de l'époque, un groupe moins durement touché par la récession prolongée.

Parce qu'il était un employeur, il se méritait le respect de tous. Parce qu'il était le seul employeur de la paroisse, on faisait plus que lui vouer du respect, on lui vouait de l'admiration. Et parce qu'il donnait du travail en pleine période de crise économique, on l'encensait de respect. Orgueilleux, buté, il en était fort aise.

–Qui c'est qui a eu l'accident? demanda Samuel quand il fut dans l'auto.

–Le beau Thanase Pépin. On lui a dit ben des fois de faire attention... Mais ils viennent qu'ils s'endorment sur la scie.

–Les doigts sont coupés à net?

–Les bouts de doigt dans le bran de scie à terre. Pas trop beau à voir...

–Quand c'est coupé net, on ne peut rien y faire.

–Ça, je le sais en batêche de crime. Il manque des doigts à deux de mes gars.

–Ah oui? Lesquels donc?

–Ovide pis Raoul. Des gaucheries de jeunes. Se faire estropier pour la vie. Ah, ça les empêche pas de travailler par exemple. Ils se débrouillent...

–L'être humain s'adapte.

Uldéric avait un visage carré, un visage de bulldozer, virilisé encore davantage par une épaisse moustache poivre et sel, et sa voix éclatait dans l'habitacle de la Chrysler. Voilà qui impressionnait fort son interlocuteur qui n'aurait pas osé le contrarier sauf en matière de soins médicaux et encore, l'aurait-il fait avec ménagement. Samuel fit alors un coq-à-l'âne, histoire de plaire à l'imposant industriel:

–Ça va bien, cette voiture-là.

–Je te la vends, répliqua aussitôt Uldéric sur un ton définitif. Un docteur de campagne pas de char, c'est un cordonnier mal chaussé, ça.

–J'avais une auto...

–C'est pas parce que t'en avais une que ça te fait aller plus vite aux malades. En bicycle, ça va pas trop vite.

Samuel soupira:

–Surtout quand on verse...

–Justement, où c'est que t'as mis ton bicycle à matin?

–J'ai versé pas loin d'ici, par là, en avant. Faudrait le ramasser en passant. La roue baraude.

–Batêche de crime, tu vois! Arrêter dans le temps que le Thanase Pépin se vide de son sang...

–Vous avez fait un pansement temporaire... que vous avez dit tantôt...

–Ça imbibe pareil dans le coton à fromage. C'est ça qu'on a pris pour faire le pansement.

–Je reviendrai pour mon bicycle.

–Où c'est qu'il est?

–Quoi?

–Ton bicycle accidenté.

–Dans le bas de la côte de la sucrerie, là-bas.

–On va arrêter.

–Je reviendrai, monsieur Blais.

–Pis si d'autres cas pressants arrivent, tu vas courir les rangs à pied? Mon gars, on est en 1938, là, pas en 1838. C'est pas parce que c'est la crise qu'il faut tout le temps aller à reculons... Anyway... tu viens me voir au plus vite pis je te vends c'te char-là. Moé, ça me prend une machine flambante neuve à tous les deux ans; j'ai trop souvent affaire à Québec pis à Montréal.

Le visage du jeune homme s'éclaira, même s'il lui restait au milieu du front une ride soucieuse:

–Ça vaut quoi, une Chrysler de même? Sa vraie valeur, je veux dire.

–Flambante, c'était huit cents piastres. Mais avec deux ans en arrière, je te la vends... six cents... Ah, mais, mon ami, n'importe quel temps que t'aurais un problème avec sur le chemin, tu me téléphones si t'es dans le village ou ben tu m'envoyes un commissionnaire si t'es dans un rang où y a pas le téléphone, pis je t'envoye quelqu'un pour régler ça. Comme ça, si t'arrives en retard pour soigner quelqu'un, ça sera certainement pas la faute à Déric Blais. C'est un batêche de bon char. Je l'ai ben mené, ben usé. Pis le millage, c'est raisonnable... vingt-deux mille milles...

Le docteur était subjugué. Plutôt de se cabrer comme il l'aurait fait devant quelqu'un à la volonté plus faible que la sienne ou même égale, il choisit le meilleur parti: se rallier et agréer. Il dit, conciliant:

–Bon ben... je pense qu'un "docteur campagne" comme moi, en 1938, devrait être équipé comme il faut. Y a assez que l'hiver, faut aller aux malades en berlot. Ah, j'aurais pu m'acheter un bon cheval de selle peut-être. Aussi vite qu'une automobile, ça, dans nos chemins. Et c'est rare que ça étouffe dans les côtes...

–Trop tard, mon gars, tu viens de t'acheter une bonne machine. C'est comme je t'ai dit, si t'es mal pris quelque part, je vas t'envoyer quelqu'un. Pis même un cheval au besoin. Pis en plus, laisse-moé te dire, pis c'est ben important, avec un bon char pour aller aux malades, le monde, ça va penser: ça, c'est un batêche de bon docteur, il a du pouvoir entre les mains, il va nous guérir, c'est certain. Ben mieux que si tu te promènes sur un bicycle... une barouche avec une roue qui baraude, batêche de crime...

C'est ainsi que la transaction fut définitivement bâclée sans un mot de plus.

Plus loin, au pied de la côte de l'érablière, l'on ramassa comme prévu le vélo brisé qui put être embarqué à l'arrière puis on se remit en route pour le village. En descendant l'autre côte, Uldéric lança soudain:

–Connais-tu ma fille Monique, mon ami?

–Un peu, hésita Samuel. Je la vois passer des fois pour aller à la messe... au bureau de poste, au magasin général.

–Comment que tu la trouves?

–C'est quelqu'un de bien.

–Tu sais son âge à peu près?

–La jeune vingtaine, sûrement.

–En plein ça. Pis c'est le temps qu'elle pense à se caser.

–Ah!...

–Quand tu vas venir acheter la machine, je vas te la présenter. Va ben falloir que tu rentres dans la maison pour signer le papier.

–Ben... c'est que...

–T'as pas peur des filles, toujours?

–C'est que... je porte encore le deuil, vous savez.

–Bah! on a entendu parler de ça à travers des branches. Il

est temps que ça finisse. Un deuil qui en finit pas, c'est pire que la mort.

–Faut que ça fasse son temps.

–C'est pas en te repliant pis en te racotillant dans une boîte à beurre que tu vas régler ça. Ta mère doit t'avoir dit ça. À part de ça que ma fille ou une autre, elle en tout cas, elle va pas te sauter au cou avec une corde pour te la passer comme un licou ha ha ha ha...

–J'espère bien.

–Après tout, t'es pas un cheval, batêche de crime, ha ha ha ha...

L'on parvint enfin à la rue principale du village, au sortir du rang, devant une boutique de forge. Le maréchal-ferrant délaissa un cheval dans le travail où il était à lui ajuster un fer rouge et sortit pour saluer du marteau son ami Déric dont il reconnaissait toujours, et de loin, la brillante Chrysler noire, même quand elle transportait un peu de poussière de grand chemin comme en ce moment.

Uldéric abaissa la vitre et s'écria en tournant:

–Une p'tite game de dames à soir, mon Georges?

–Si tu veux, mon Déric.

–Pis tu vas te faire battre comme de coutume...

–C'est à voir, le père, c'est à voir.

L'auto filait sur le chemin graveleux que l'on avait huilé pour figer la poussière au sol et l'échange se termina dans le vent et l'inutile. Les maisons grises, noires ou brunes et jamais blanches se succédaient à diverses distances plantées de ronces, d'herbes folles, de végétation maigre laissée pour compte par les hommes et par les bêtes qui préféraient se nourrir à même le foin gras et riche généré par les terres noires en retrait. C'est qu'en bien des lieux, on avait fait exprès de tuer les plantes avec une couche d'argile pour empêcher les moustiques et autres insectes indésirables de trop entourer les habitations. Car il y avait eu mort d'enfants déjà à cause des guêpes.

On tourna bientôt dans la cour du moulin et le docteur

eut l'impression qu'on roulait sur un coussin de plume, mais ce qui faisait le fond du chemin en cet endroit était un mélange de terre noire et de bran de scie qui dégageait une odeur particulière, ni agréable ni écoeurante.

Un jeune homme qui les vit arriver, courut à leur rencontre en s'exclamant, une main tournoyant dans l'air:

–Les quatre fers en l'air, le Thanase.

–Il a tourné de l'oeil?

–On a changé son pansement pis il a perdu connaissance. On l'a laissé à terre, la tête sur un tas de bran de scie. On pouvait rien faire de plus en attendant le docteur?

–Vous avez bien fait, dit Samuel qui, trousse à la main, se hâta derrière Raoul, le fils de l'industriel, jeune homme handicapé de la main gauche et qui comprenait ce que vivait en ce moment l'estropié du jour.

Pendant ce temps, Uldéric restait debout à se gratter la tête, à regarder son auto et sa maison l'une après l'autre, son cerveau en train de mijoter quelque chose. Comme il ne pouvait pas grand-chose en ce moment pour le pauvre Thanase, il se mit en marche dans la terre molle en direction de chez lui, cette grande demeure à deux étages, l'une des plus belles de toute la paroisse, comparable au presbytère, imposante comme son propriétaire.

Le docteur s'agenouilla dans les copeaux et le bran de scie. Il défit aussitôt le bandage de la main blessée pour trouver une véritable écharognure. Par chance, il restait le pouce et l'index possiblement, même si la scie avait attaqué la phalange de ce doigt sans le sectionner entièrement. Le majeur restait là, mais il était entièrement détaché tandis que les deux autres gisaient sur le plancher.

L'on pouvait entendre le bruit de la grande scie à l'autre étage et celui d'une dégauchisseuse pas loin à l'arrière. Pas question de faire cesser la production pour un événement pareil, si pénible était-il.

–Il va être emmanché comme moé, fit Raoul qui montra

sa main gauche.

–Dommage... Je vais lui refaire un autre bandage et ensuite, on va le conduire à mon bureau pour nettoyer tout ça et désinfecter.

–Ça serait-il que t'as eu un accident toé itou? demanda Raoul avec un signe de tête et une oeillade en direction de la blessure de Samuel.

–Une fouille en bicycle... en bas d'une côte.

Raoul se mit à rire.

–Achète-toé une machine.

–Ouen...

Et le docteur s'affaira sans tarder au pansement tout en questionnant:

–T'as quel âge, Raoul?

–Dix-neuf ans.

–Tu travailles depuis longtemps?

Le jeune homme lui jeta un oeil ironique:

–Suis venu au monde en travaillant. Quand ton père s'appelle Déric Blais, t'es mieux de travailler ou ben tu prends tes guenilles pis tu fais de l'air.

–Bah! c'est pareil dans toutes les maisons.

–Quen, quen, de la visite qui s'en vient, dit Raoul à mi-voix.

Le blessé reprenait ses esprits et hochait la tête en grimaçant, sortant et rentrant la langue comme quelqu'un qui a une grande soif, et le docteur ne leva pas la tête pour voir qui venait.

Lorsque des pieds de femme furent à côté, tout près, il regarda au-dessus de lui. Des jambes bien tournées lui apparurent tout d'abord puis une robe blanche à motifs rouges comme on n'en voyait pas souvent dans ces temps si gris. Sur le moment, il ne sut pas qui c'était: elle tenait sur son bras un drap blanc qui cachait son visage au regard du jeune homme accroupi.

Raoul s'éclipsa en douce. Son père arrivé derrière sa fille

venait de lui faire un signe de s'éloigner puis Uldéric resta un moment à épier la scène. La jeune femme se pencha en avant et prit la parole:

–C'est papa qui fait envoyer ça, pour vous aider si vous manquez de linge à pansement. Vous pouvez le déchirer si vous voulez.

Son visage souriant et affable apparut enfin à Samuel qui répondit par l'expression d'une joyeuse surprise:

–Ah, si c'est pas mademoiselle Monique !

Il tendit la main pour recevoir le drap. Elle regarda la blessure et mit sa main devant sa bouche.

Le docteur qui s'en rendit compte lui dit:

–Prends garde de ne pas t'évanouir. J'en ai déjà plein les bras...

Émue autant par la présence de ce beau jeune homme inaccessible que par la blessure du pauvre estropié, elle dit faiblement:

–Craignez pas, j'tomberai pas sans connaissance.

Samuel ne put en dire plus. Il se remit aux soins du blessé qui reprenait du poil de la bête, surtout à se savoir pris en charge par un docteur. Il ne put néanmoins s'empêcher de dire:

–Ça fait mal en vieux tabarnac.

–Je sais... Et je me demande pourquoi on ne vous a pas conduit tout droit à mon bureau après l'accident au lieu de vous laisser ici dans la poussière et la saleté.

Ayant entendu le commentaire, Uldéric répondit par-dessus l'épaule de sa fille:

–Il voulait pas grouiller d'icitte pantoute, lui, là. Ça fait que j'ai pas perdu une minute pis suis allé à ton bureau. Ta mère m'a dit que t'étais parti voir la mère Boulanger. Téléphoner, ç'aurait pas été plus vite que d'aller te chercher. Ça fait que j'ai fait ni un ni deux pis je t'ai retrouvé là... vu que je savais que lui avait un pansement pis un garrot. C'est comme ça que c'est arrivé. Il aurait pas saigné moins dans ton bureau, là...

–C’est sûr, mais c’est toujours mieux quand on le peut, de se rendre chez le docteur directement. On sauve du temps précieux et on a plus de remèdes disponibles que ce qu’on peut traîner dans notre petite trousse.

–On s’en rappellera pour la prochaine fois, grommela l’industriel en s’éloignant.

Après trois pas, il s’arrêta et lança à l’endroit de sa fille:

–Toé, Monique, tu vas y aider... comme une garde-malade... là...

***

Chapitre 4

On enleva le vélo de la banquette arrière de la Chrysler du père Déric. Le blessé à la main bandée y fut installé en la compagnie de Monique agissant comme infirmière d'occasion. L'industriel dit au médecin qu'ainsi, on ferait d'une pierre deux coups: tout d'abord l'estropié serait conduit au bureau du docteur où il recevrait les soins les plus complets qui se puissent être dans les circonstances et puis ce transport permettrait à Samuel d'essayer l'auto qu'il avait achetée de parole une demi-heure plus tôt dans le rang des grandes côtes dit le Grand Shenley.

C'était la salade servie par Déric au jeune homme. Mais l'autre coup qu'il voulait en fait asséner avec sa pierre, c'était celui de l'amour ou du moins d'un beau sentiment à faire naître en le coeur de ces deux-là qu'il jugeait faits pour aller ensemble: Monique qui pourrait continuer à s'occuper des livres de la compagnie et Samuel qui pourrait s'occuper de Monique.

–Pourquoi que vous chauffez pas vous-même, monsieur Blais?

–Toé, t'es capable; pis moé, j'ai pas le temps.

L'astucieux personnage referma la portière avec autorité sur le docteur déjà assis au grand volant.

Derrière, Monique avait avec elle dans un plat à vaisselle

des linges mouillés pour tenir Thanase au monde des conscients et lui permettre d'entrer au cabinet du médecin sur ses deux jambes.

Uldéric se recula de quelques pas. D'un geste de la main, il ordonna à Samuel de faire tourner les roues pour que la Chrysler effectue dans la terre noire un virage en U. Et le quinquagénaire fit lui-même demi-tour pour se diriger vers l'entrée du moulin aux scies lamenteuses.

Au début de sa manoeuvre, Samuel toucha sans le vouloir le bouton du klaxon. L'auto fit entendre son drôle de bruit espiègle qui faisait sursauter quand il prenait par surprise. Uldéric poursuivit sa marche sans le moindre écart, sans le plus petit geste du bras montrant un minimum de nervosité. Un homme de bois et pas du plus mou...

Le véhicule fut stationné à l'envers du chemin devant la maison du docteur, une longue bâtisse grise à deux étages avec balcon et jalousies blanches aux fenêtres bien alignées dans la structure rectangulaire de la façade. On aida le blessé à descendre de voiture et on l'escorta dans sa marche sur le trottoir de bois qui menait du chemin à l'escalier du cabinet.

Dans la maison d'en face, dans celle en biais, dans la maison voisine vers le centre du village et dans l'autre vers le moulin, des têtes se mirent dans les vitres pour voir qui arrivait ainsi soutenu, ainsi mal en point. Et qu'est-ce qu'il avait donc, le Thanase Pépin, sinon qu'il s'était coupé quelque chose dans une scie du moulin ou qu'il avait une articulation démise ou un os de cassé. À moins d'une soudaine crise d'appendicite. Il fallait plus que des riens pour mener un homme tel que lui au bureau du docteur. À plus forte raison sous pareille escorte. Il avait une famille à faire vivre, ce personnage, et il ne pouvait se permettre de dépenser les soixante-quinze cents d'une journée d'ouvrage à se faire soigner pour une écharde dans le pouce, un ongle incarné ou même un gros mal de dent.

–Suis capable de me tenir deboutte, protestait le blessé à chaque dizaine de pas que l'on faisait.

–Ça, on le sait. Mais vous avez perdu connaissance tout à

l'heure. On prend aucune chance. Vous êtes pas mal affaibli par la perte de sang.

Quand on fut sur la galerie, prêt à entrer, le blessé gémit:

–Hostie du bon Dieu, j'avais ben besoin de ça, moé, aujourd'hui. Ça va me coûter combien de doigts?

Le docteur voulut faire avaler les dégâts:

–Trois, mais pas au complet.

Il ouvrit la porte qui restait non verrouillée le jour. Et montra le chemin en marchant le premier. Thanase le suivit, tenu à peine par Monique qui avait laissé dans l'auto son attirail mouillé.

La mère de Samuel savait déjà tout. De sa cuisine à l'arrière, ayant entendu via la moustiquaire de la porte l'auto qui se stationnait, elle s'était rendue en avant pour voir. Son fils ramenait un homme blessé à la main et l'accompagnait Monique Blais: cela signifiait un accident au moulin. Elle courut aussitôt mettre du bois dans le poêle pour que l'eau des bouilloires ne tarde pas trop à entrer en ébullition. Il y avait toujours de l'eau ainsi en attente et sans cesse un feu dormant dans la fournaise du poêle. Tout le reste dont pouvait avoir besoin un docteur et qu'une femme était en mesure de préparer se trouvait dans le cabinet, depuis le temps qu'elle voyait à ces préparatifs, pour son mari d'abord puis pour son fils.

Sexagénaire à cheveux gris, Armandine avait le visage ravagé par le soleil excessif de tous ces étés en ville et portait au moins une ride par année d'une vie remplie. Elle paraissait plus vieille que son âge chronologique. Mais solide comme un arbre, elle butinait comme une abeille à l'intérieur de la maison et travaillait comme une fourmi dans le jardin potager de même qu'à l'aménagement paysager aux alentours de la résidence. Partout où elle mettait la main, il y avait de l'ordre et de la beauté.

Ce fut sa voix pointue mais avenante qui retentit la première dans le bureau quand les trois arrivants y furent:

–Pauvre monsieur, il s'est fait mal à la main.

–Va falloir de l'eau bouillante, maman.

–Tu vas l'avoir, ça sera pas long. Bonjour, mademoiselle Blais. Si vous êtes là, je comprends que c'est un accident survenu...

–Au moulin à scie, c'est ça, madame Goulet. Les doigts. Pas toute la main heureusement.

Monique possédait une voix chaleureuse, riche qui contrastait avec celle un peu sèche de la vieille dame; mais seul Samuel fit la comparaison. Athanase n'avait pour unique préoccupation que sa douleur et son soulagement espéré.

Les soins requis lui furent prodigués dans ce cabinet étroit et long où voisinaient une chaise de dentiste et un lit d'auscultation entre des armoires vitrées contenant toutes sortes de fioles étiquetées ou non. Et c'est un mélange complexe d'odeurs de remède qui prévalait dans la pièce pardessus le parfum exagéré de la mère Goulet et celui à la fois plus capiteux et subtil de Monique Blais.

Les deux femmes se montrèrent d'une grande gentillesse l'une envers l'autre voire même d'une délicatesse certaine. Bien sûr, elles se connaissaient déjà sans toutefois s'être jamais parlé. Mais il y avait chez Armandine une retenue cachée par un léger accent de manières. Certes, elle poussait dans le dos de son fils pour qu'il s'intéressât davantage aux jeunes femmes de son âge, mais inconsciemment, la mère couvait le jeune homme et savait qu'une nouvelle venue dans le décor de cette maison réduirait son autorité, son espace vital, ses aises.

–Pas question de retourner en machine, je vas marcher sur mes deux jambes, fit Athanase quand la main fut bandée proprement.

–On a l'auto de monsieur Blais, dit Samuel comme si l'autre n'en savait rien.

–Marcher, ça va me faire du bien.

–Peut-être, mais...

–C'est de même que ça va être... Comment c'est que ça va me coûter, cette histoire-là?

Monique prit la parole:

–Pas un sou. C'est la compagnie qui paye.

–Sus capable de payer mes affaires au docteur.

–C'est pas de la charité, monsieur Pépin. Quand il arrive un accident au moulin, papa paye toujours pour les soins nécessaires.

–C'est exact! enchérit le médecin qui tout en parlant tendait un pot de pilules au patient.

–C'est pour faire quoi, ça?

–Pour la douleur.

–J'sus capable d'endurer mon mal.

–D'abord que c'est monsieur Blais qui paye les remèdes.

–Donnez-moé les d'abord, fit le blessé sur le ton de l'impatience.

Et il blessé s'empara de la bouteille qu'il fourra dans la poche de son pantalon poussiéreux pour ensuite pousser la porte et franchir le seuil sous la recommandation du docteur:

–Si vous sentez quelque chose de pas correct dans votre pansement, hésitez pas une minute et venez que je le change. Faudrait pas qu'un empoisonnement de sang survienne là-dedans. Vous avez été pas mal exposé aux poussières là-bas et on sait jamais. On a eu beau désinfecter, il pourrait se trouver encore des microbes ayant échappé à nos soins.

–Ouais, ouais...

Le docteur et Monique s'échangèrent un regard.

–J'aurais aimé mieux qu'on le reconduise en automobile vu qu'il faut retourner chez vous.

–Et monsieur Pépin, il a sa maison à deux pas de la nôtre de l'autre côté du chemin.

–Je sais où il reste. Mais je m'inquiète de le voir aller. Il a perdu beaucoup de sang et il se croit plus fort qu'il ne l'est.

–Je peux le suivre, proposa la jeune femme.

La vieille dame fit un sourire énigmatique et lança de sa voix la plus sucrée:

–Allez vous asseoir dehors dans la balançoire tous les deux et regardez-le aller.

–Bonne idée, maman ! S'il se rend aussi loin qu'à la boutique de forge, il pourra faire le reste jusque chez lui. Tu viens, Monique, on va jaser un peu dans la balançoire.

Elle échangea un regard avec Armandine qui fit un signe de tête approbateur, et précéda Samuel à l'extérieur. Ils marchèrent dans l'herbe verte en badinant:

–L'auto, elle va bien et en plus... étanche à la poussière.

–Papa, il traite ses machines comme des reines.

–Mieux que sa fille? fit Samuel en riant.

–Sûrement! Mais j'suis pas jalouse.

–C'est très bien. Quelle belle journée aujourd'hui!

–Le soleil... pas trop fort, juste bien.

Il aspira avec persuasion:

–Et sentez-moi l'air qu'on respire!

–L'odeur des lilas.

–Et de l'herbe fraîche.

Sur le trottoir de bois plus loin, Athanase allait de son plus long pas. Il se tourna, aperçut le couple qui le regardait aller et se donna meilleure contenance encore. On verrait de quel bois se chauffait Athanase Pépin: c'est pas quelques doigts coupés qui l'empêcheraient de se rendre jusque chez lui à pied, sur deux jambes solides...

On fut bientôt dans la balançoire le long du chemin dans un bosquet de lilas odorants au plus beau de leur couleur entre le rose et le mauve. Samuel prit place de manière à voir aller au loin son patient auquel il ne jetait maintenant que de rares coups d'oeil.

À l'intérieur de la maison, Armandine vint voir par la moustiquaire. Elle demeura en retrait pour être sûre qu'on ne la verrait pas surveiller les deux jeunes gens. La femme hésitait entre le plaisir et la crainte. Elle n'eut pas à le faire longtemps: le charme vint la chercher, celui de la voix de son fils qui entonna un refrain* :

* *Le temps des lilas, paroles et musique de Paul Arel*

C'est le temps des lilas, la nature est en fête,
Dans les champs, dans les bois, au concert, on s'apprête
Le bonheur est dans l'air, il est là sous nos pas,
C'est le temps le plus cher, c'est le temps des lilas.

Et Monique qui connaissait l'air et les paroles chanta à son tour. Ce fut le premier couplet:

La terre s'éveille aux baisers du soleil,
La fleur apparaît dans la verte prairie,
Le coeur endormi va sortir du sommeil,
Avec le printemps c'est l'amour, c'est la vie.

Elle achevait quand survint Armandine tenant entre ses mains un gros objet de couleur foncée que Monique un moment ne put distinguer avec précision à cause des lilas formant écran. Samuel jeta un ultime coup d'oeil en direction de son patient qui continuait de déambuler au loin avec sa main diminuée, sa douleur pénible et ses angoisses de travailleur menacé par le chômage à cause de ce nouveau handicap dans sa vie de misérable.

–Tiens, ça va chanter mieux avec ça.

La femme tendit sa guitare à son fils et ajouta avant de faire demi-tour:

–Chantez les jeunes, ça met du bonheur dans l'air.

–Maman, le bonheur est le plus doux des parfums... avec celui des lilas...

La femme s'arrêta et commenta en se tournant à demi:

–Si le monde souriait plus, la crise finirait plus vite.

–Hum hum...

Il gratta les cordes comme pour obtenir l'attention non point que de Monique mais celle de tout le voisinage, des oiseaux énervés, des insectes interdits, des marmottes enfouies.

Aux portes des maisons d'alentour, des oreilles attentives, curieuses, mais discrètes, se rapprochèrent des treillis métalliques. On voulait savoir quelle sérénade le jeune docteur chantait à la plantureuse Monique pour qui l'âge rendait urgentes de justes noces.

Les notes s'égrenèrent dans l'air doux du printemps en sursis pour aller chuchoter un joyeux appel à un été plein de santé et déjà en maraude dans les environs.

Et ce fut de nouveau le refrain du *Temps des lilas*, mais en choeur cette fois. Puis le duo se lança dans le deuxième couplet tandis que les émotions grandissaient vite dans le coeur de la jeune fille. Jamais de toute sa vie elle n'avait ressenti un tel émoi. Est-ce pour le vivre qu'elle avait attendu si longtemps pour se laisser courtiser sérieusement par un prétendant? Tous, elle les avait évincés, se disant que son heure d'aimer n'était pas encore venue, et voici que bientôt, elle coifferait le bonnet de sainte Catherine.

Les couples s'en vont doucement dans le soir
Rêver sous la lune aux amours éternelles;
Les coeurs sont heureux, ils revivent d'espoir;
Car c'est le printemps et les filles sont belles.

Quelle jeune fille du canton aurait pu imaginer situation pareillement romantique? Monique aurait voulu courir à son père pour l'embrasser et lui dire sa reconnaissance pour l'avoir poussée vers le jeune médecin.

Samuel détailla la robe à fond blanc et à fleurs rouges dans des petits tourbillons de couleur verte. Le buste apparaissait abondant de même que les hanches et cela était signe de santé et d'une certaine sensualité qui le troublait bien un peu entre les envolées du troubadour en lui.

–Samuel, c'est ben beau de t'entendre comme ça! dit soudain une voix masculine venue de nulle part.

Et pourtant, le personnage qui avait parlé se trouvait à quelques pas seulement, petit, malingre, vêtu d'une veste jaunie, le dos voûté, le visage rouge et les yeux absents.

C'était le voisin d'en face, un aveugle ayant perdu ses deux yeux par accident et dont les orbites s'étaient vidées des humeurs vitreuses et cristallines. Commissionnaire du curé et fossoyeur à l'emploi de la fabrique, l'homme tâchait de survivre du mieux qu'il pouvait.

–Monsieur Lambert, s'exclama Samuel, j'vous dérange pas trop avec ma guitare et mes chansons.

–Jamais de la vie, voyons donc! Quelqu'un qui chante comme vous par icitte, c'est une bénédiction du ciel.

–C'est vrai, ça, fit Monique.

–C'est toé, ma petite Blais qui chante itou. T'as une mosail de belle voix.

–Quand y aura une fête publique à la salle paroissiale, on va demander à Samuel de nous faire un numéro, dit-elle.

–Pis pas rien que ça, faudrait qu'il se mette au choeur de chant. Je vas en parler à Gaby, notre maître de chapelle.

–Prenez pas d'engagement pour moi, là, opposa Samuel.

–Je vas y en souffler un mot... en même temps que je vas souffler l'orgue dimanche...

Le docteur s'amusa du jeu de mots et songea que sa voix ajouterait du neuf certainement dans la chorale mixte que dirigeait Gaby Champagne à l'église. Personne n'avait osé lui en faire la proposition jusqu'à ce jour, pas même le curé pourtant si friand de musique et de chant chorale.

Lambert, un homme dans la cinquantaine, ajouta:

–Je peux même en parler à Marie-Anna quen...

Samuel protesta avec un sourire dans la voix:

–Pas si vite tout de même! Chanter tout seul avec une guitare, c'est pas comme en groupe aux accents de l'orgue.

–Une belle voix est une belle voix partout, opposa la jeune fille qui ajouta sur un ton plus marqué à l'endroit de l'aveugle: "*Gênez-vous pas, monsieur Lambert, parlez-en à tout le monde. On veut voir Samuel au choeur de chant dimanche.*"

–J'y vas tusuite.

Et le petit bonhomme tâtonna un peu du bout de sa canne pour situer le trottoir dans ses perceptions raffinées. On put entendre s'éloigner son pas furtif et le bruit de la canne frappant le bois.

–Bon, autant s'intégrer comme il faut, dit Samuel en déposant sa guitare hors de la balançoire. Et là, va falloir ramener l'auto à ton père.

–Je croyais que tu l'avais achetée.

Ils avaient passé au tutoiement sans même s'en rendre compte.

–J'ai pas encore signé, mais je suis décidé, c'est vrai.

Elle se pencha vers lui pour dire sur le ton de la confidence:

–Je pense que papa veut être infidèle à la marque Chrysler. Il a beaucoup parlé d'une... Packard.

–Il a les moyens, lui.

Il soupira, se leva et ajouta:

–Je ne m'ennuie pas en ta compagnie, Monique, mais faut que je travaille. Et pour commencer, qu'on retourne chez toi avec l'auto...

–Suis prête.

Et elle se leva prestement.

***

Chapitre 5

–Mais tu vas être en retard encore, là, toi, cria de loin la vieille dame sur le ton du reproche.

–On comprend ça de la part d'un docteur, voyons, maman, répondit Samuel en lançant sa voix vers la porte entrouverte. On se dit que j'ai sans doute eu un patient avant la messe. On se dit aussi que le docteur ne se permettrait jamais d'arriver en retard à l'église sans cette raison majeure. Et vous pensez bien que l'on me donnera l'absolution sans confession. Et même la bénédiction.

Le jeune homme était dans la salle des toilettes du deuxième étage en train d'ajuster mieux le noeud de sa cravate qui lui avait été fait par Armandine un moment plus tôt. C'était l'une des rares maisons de la paroisse avec le presbytère et leur voisine Bernadette à disposer d'un bain. Samuel l'utilisait tous les jours, ce qui le rendait encore plus attirant pour les personnes du beau sexe habituées à des hommes pour qui l'hygiène corporelle ne jasait pas souvent ni trop fort. Il se dégageait de lui une odeur de propreté virile qui dans le cerveau de plus d'une provoquait la sécrétion de substances leur allumant drôlement le regard en sa présence.

Ce dimanche de la Fête-Dieu, il avait revêtu son complet bleu marine à rayures rouges: des vêtements faits sur mesure et qu'il portait rarement. Mais voici que l'occasion était appropriée, grande, belle et unique puisqu'il ferait partie de la chorale pour la première fois. Il n'avait même pas été requis de lui faire passer une audition: on savait qu'il possédait une voix d'or, juste et charmante. Marie-Anna, l'organiste de vingt-deux ans, l'avait même entendu à quelques reprises depuis chez elle à deux pas de l'autre côté de la rue, l'été d'avant quand il avait fait sur son balcon ses prestations pour les grands arbres et son plaisir. Mais elle n'avait osé l'approcher pour le faire entrer au choeur de chant, se disant avec Gaby, la directrice de la chorale que voilà une tâche à être accomplie par le curé lui-même. On en avait soufflé un mot à l'abbé Ennis qui préférait attendre que Samuel mûrisse pour le convaincre, attendre qu'il soit bien intégré à ses ouailles, qu'il ait appris à respirer avec aisance l'air de la paroisse et à l'aimer, qu'il ait macéré dans le bouillon de culture local.

Et l'avant-veille, après avoir parlé avec Gaby qui elle-même avait eu contact avec Marie-Anna, qui elle avait conversé avec l'aveugle, voici que le curé s'était présenté au cabinet du docteur pour vanter ses dons vocaux et lui demander d'en faire profiter tous les paroissiens de la même manière qu'il le faisait de son art médical.

Devant son miroir du dimanche, Samuel se rappelait cet échange avec ce prêtre d'une quarantaine d'années qui avait la présence d'un archevêque par ses lunettes rondes, son visage de patriarche, sa lenteur pieuse sans affectation et la certitude de sa voix pleine et riche.

–Je serai appelé à des présences ébréchées...

–Et des retards et des départs prématurés pour aller d'urgence à un malade, je sais cela, d'enchérir le prêtre. Mais c'est un bien faible prix à payer pour une voix comme la vôtre... en tout cas suivant bien des gens qui s'y connaissent... à commencer par monsieur Lambert qui a développé encore davantage que nous son sens de l'ouïe depuis qu'il a perdu celui de la vue.

Et le contrat moral avait été signé par une heureuse poignée de mains.

–Quant au montant annuel de deux piastres qui est versé aux chantres, je veux que mon... 'salaire' soit versé à monsieur Pépin que le malheur frappe...

–Pas à lui. Il en serait offensé.

–Ah oui?... Tiens, à cette jeune quêteuse de je ne sais où... et qui fait les portes en bicyclette...

–Cette jeune personne qui vient tendre la main une ou deux fois par année au presbytère?... Je lui donnerai les deux dollars en votre nom.

–Vous... savez d'où elle est?

–Saint-Sébastien par là.

–Et... comment on peut mendier à un si jeune âge ?

–C'est une jeune veuve, paraît-il... et qui a des enfants à sa charge.

–Une veuve: ah bon! Pas jasante. Je vais vous raconter ce qui m'est arrivé cette semaine en allant visiter madame Boulanger...

–Oui, oui... Joseph et Germaine... de bons cultivateurs... et de bons chrétiens aussi...

Il y avait un brin d'ironie dans le regard du prêtre. Samuel se demanda pourquoi. Mais le récit de son aventure en vélo, de son accident et de son réveil aux pieds d'une bohémienne lui fit oublier l'étincelle que le couple Boulanger avait fait jaillir dans l'esprit du curé.

L'entrée en scène d'Armandine qui écoutait parfois à la porte et venait saluer le visiteur s'il faisait partie de l'élite paroissiale, avait mis un terme à l'échange à propos de la belle et mystérieuse itinérante dont l'image hantait les nuits de Samuel. Il tâcherait d'en savoir un peu plus à la prochaine occasion.

Il revint à la réalité du moment, en ce matin de la Fête-Dieu. Dans son miroir, il aperçut cette jeune femme dont il ignorait encore le nom et son grand regard bleu au-dessus de lui quand il gisait au sol. Puis d'autres yeux s'ajoutèrent de l'autre côté de sa propre image, ceux de Germaine qui lui lançaient des lueurs bien particulières et pas si catholiques que ça, puis ceux de Monique, admiratifs et confiants.

–Dépêche-toi, Samuel! lui chantonna de nouveau sa mère du pied de l'escalier.

–Suis prêt, maman, suis prêt.

Il courut à sa chambre de l'autre côté du couloir où il s'empara de son veston qu'il enfila pour ensuite se précipiter dans l'escalier.

–Ben, t'es pas obligé de te casser le cou quand même.

Armandine qui le vit venir s'écarta du chemin et se tint à côté de la rampe en bas. Lui passa devant elle en coup de vent et courut à la porte menant dehors.

–Tu traîneras pas après la messe, cria-t-elle de loin.

–Ben non, maman. Mais je dois aussi suivre la procession après la messe.

Puis elle parla dans le vide:

–Le dîner va être prêt pas loin après le coup de midi, là... Y a des patates et de la viande bouillie... Et du gâteau au chocolat avec des fraises et de la crème fouettée...

Samuel marcha de son pas le plus long sur le trottoir de bois qui faisait résonner les fers de ses chaussures dans l'air chaud de ce dimanche-là. Tout le long de la rue, des hampes plantées dans le sol supportaient trois drapeaux de diverses couleurs dont le rouge, le jaune et le bleu, dont celui du Vatican afin de souligner la fête du jour et pavoiser sur le chemin de la procession à la fin de la messe. Plus personne ne se dirigeant vers le temple paroissial, le jeune homme comprit qu'en effet, il aurait un sérieux retard. On devait se dire au jubé de la chorale qu'il avait changé d'idée et décidé de ne pas s'y présenter.

À l'approche du magasin général, dernière bâtisse avant l'église, il commença d'entendre l'*Asperges Me* qui, transporté par les accents du puissant orgue touché par Marie-Anna, jaillissait par les fenêtres et portes grandes ouvertes par ce si beau jour. Une rencontre imprévue survint alors. Jeanne d'Arc Maheux, jeune maîtresse d'école de dix-huit ans, traversa le chemin et arriva au trottoir au bon moment pour qu'il lui soit impossible de ne pas lui adresser au moins une salutation.

–Bonjour toi, fit-il sans s'arrêter.

–Bonjour monsieur Samuel... vous êtes pressé en titi?

–La messe est commencée.

–Moi, suis allée à la basse messe.

–Je le devine. Tu manquerais pas la messe tout de même.

Il parlait en poursuivant son chemin, mais moins rapidement, comme s'il hésitait entre la politesse et la ponctualité.

–Et vous? demanda-t-elle en riant fort.

Deux forgerons exerçaient leur métier dans le village et l'un d'eux avait sa boutique face au magasin général. Jeanne d'Arc était sa fille. Elle possédait l'autorité d'une aînée de famille, le sourire d'une diva, le toupet d'une soubrette et surtout un penchant certain pour les beaux hommes.

C'était un jeu d'enfant de surveiller les allées et venues du docteur et de se mettre en travers de son chemin. Surtout maintenant qu'elle avait entendu parler de cet épisode avec la Monique Blais dans la balançoire où il lui avait, disaient certains qu'elle ne croyait pas beaucoup, chanté la sérénade. Le problème, c'est que la semaine, la jeune femme enseignait dans un rang de la paroisse et couchait à l'école, ce qui réduisait pas mal ses chances de croiser le beau Brummel, artiste du scalpel et de la guitare.

Elle comptait pour amie Rachel, la fille du marchand, une autre aînée de famille, et qui ne se gênait pas pour dire son intérêt pour le docteur. Une connivence existait entre les deux jeunes femmes; elles travaillaient de concert à poser une toile d'araignée dans laquelle peut-être Samuel se prendrait, et en tout cas qui servirait à éloigner les rivales ou les neutraliser. Astuce féminine au naturel et sans aucune méchanceté... encore du moins...

Et voici qu'en ce moment même, Rachel, embusquée derrière une vitrine du magasin, guettait la scène. Les deux amies avaient convenu de barrer la route au docteur quand il irait à la messe. On n'avait pas prévu qu'il serait en retard. Qu'importe, les gens parleraient moins ainsi!

–Si mon métier le veut, faudra bien: je suis médecin, fit-il en se retournant pour jeter un dernier coup d'oeil à la jeune séductrice.

–Ça dit dans l'évangile: "*Si ton âne ou ton boeuf tombe dans un puits, tu l'en retireras, même le jour du Sabbat*."

Samuel mis sa tête en biais et fit l'étonné:

–Ouais, on connaît son évangile.

Elle haussa les épaules et plongea son grand regard noir dans le sien:

–On est catholique ou ben on l'est pas!

Le jeune homme fit quelques pas vers elle tout en jetant une oeillade vers l'église qui achevait, semblait-il, de livrer à Dieu un *Asperges Me* puissant et unanime.

–Et on l'est beaucoup, hein?

–Moi, oui.

–Et moi aussi. Et c'est pour cette raison, Jeanne d'Arc, que je ne vais pas pouvoir te parler plus longtemps. Je dois chanter avec les autres à la messe et je suis drôlement en retard, tu vois.

–Comme ça va être beau de vous... de t'entendre. On a écouté ta voix l'été passé quand tu chantais sur ton balcon...

–On dirait que tout le village m'a entendu.

–C'était si... enchanteur...

Et elle éclata d'un rire communicatif.

Pas très grande, brunette, bien installée dans sa poitrine et ses hanches, vêtue d'une robe blanche à fleurs bleues, Jeanne d'Arc se laissait aisément aller en public à ses sentiments de joie, de satisfaction sans jamais se retenir pour séduire son interlocuteur. Une passionnée qui ne voyait pas le péché là où le péché ne se trouvait pas, ce qui en faisait une jeune fille exceptionnelle, mais pas forcément unique en son genre puisque d'autres femmes aussi commençaient à prendre conscience de leur valeur et de leurs désirs.

–En ce cas-là, tu veux bien que je fasse partager ce talent comme dirait monsieur le curé avec les autres paroissiens.

–Sûrement!

–Alors je m'en vais, même si tu me dis n'importe quoi.

En même temps, il tourna les talons et reprit sa marche tout en parlant à la jeune fille sans se retourner.

–J'ai pas voulu te retarder, dit-elle avec un sourire malin.

–C'est fait quand même.

–Bon dimanche, là.

–À toi aussi, ma belle Jeanne d'Arc.

La jeune fille se tourna vers Rachel qu'elle savait en attente de l'autre côté d'une vitrine où étaient étalés des râteaux, des faulx et autres outils utiles au cultivateur. Elle lui adressa un puissant clin d'oeil, un large sourire et un signe de la tête.

Rachel se montra dans la vitre de la porte, une main sur la bouche pour y retenir un rire étouffé. Son amie monta les marches du large escalier jusque sur le perron, tandis que l'autre ouvrait la porte et sortait la rejoindre à l'extérieur.

–C'est que tu lui as donc dit à matin, toi, là?

–Parlé de... de religion. Hey, pas si petit que ça: faut que je lève la tête aux nuages pour le regarder dans les yeux.

Rachel arborait un visage plutôt maigre et de coutume très pâle, mais rougi en ce moment par l'émotion et un plaisir à moitié réprimé par une fausse retenue. Plus grande que l'autre, elle n'en possédait toutefois ni la chaleur ni le charme, mais compensait par sa naissance plus bourgeoise qui lui donnait une longueur d'avance dans la course au prétendant.

Elles échangèrent ainsi au soleil du coeur de l'avant-midi, tandis que Samuel gravissait deux à deux les marches de l'escalier menant au premier jubé où il fit sensation silencieuse dans les regards et dans les âmes.

Toute l'église le regarda aller vers l'escalier de l'autre jubé. On s'étonnait. On se réjouissait. On s'interrogeait. On attendait depuis des mois cet événement prévisible, nécessaire. Shenley avait maintenant, on le devinait ou on le savait par ouï-dire, son Jean Lalonde, son Tino Rossi et son Bing Crosby en un seul homme. Le mystère de la Sainte-Trinité était enfin résolu pour cette paroisse beauceronne. Dans toutes les têtes, dans tous les coeurs, la morosité de cette époque perdue fut mise en pénitence. Car malgré la crise économique et ses misères, on aurait droit en ce jour de la Fête-Dieu à de l'or pur, celui, plus précieux encore que le vrai, de la voix de Samuel Goulet.

Après un moment de crainte, car on savait que le docteur avait un banc dans la seconde allée du premier jubé, ce fut tout un soulagement de le voir disparaître par l'étroite entrée du dernier escalier qui aboutissait là-haut derrière l'orgue qu'il fallait contourner pour accéder enfin aux bancs du plus haut jubé, celui où évoluait le chorale.

L'aveugle ne s'arrêta pas de pomper le soufflet, mais il comprit qu'il se passait quelque chose quand l'organiste en train de jouer pour accompagner les chantres dans le *Kyrie Eleison* se trompa de pédale, ce qui était rare car la musicienne possédait un talent sûr que seule une grande distraction pouvait faire gaffer. L'homme songea aussitôt à l'arrivée de quelqu'un, mais son ouïe développée ne parvenait tout de même pas à distinguer des pas légers à travers les grands sons de l'instrument et les voix réunies d'une quinzaine de choristes.

Marie-Anna adressa à Samuel un sourire rempli de contentement et d'affection et pour cela, ferma ses paupières de façon significative. C'était une jeune femme fort jolie, aux traits harmonieux et à la belle chevelure foncée qui encadrait son visage avec bonheur.

Puis ce fut au tour de la maître de chapelle d'apercevoir le nouveau venu et de s'en réjouir visiblement, tout en ayant pour devoir de continuer à battre la mesure. Elle risqua toutefois un geste vers lui pour lui indiquer la place qui l'attendait au bord de l'allée au second rang des choristes. Quelques-uns seulement, quelques-unes surtout, prirent conscience de cette venue par l'arrière de celui qui était appelé à devenir la vedette de leur groupe.

Il prit place et Gaby le salua de plusieurs petits sourires. Il fallait bien finir le *Kyrie* avant de lui glisser un mot et des feuilles de chant. Lui qui connaissait par coeur depuis toujours les notes du cantique y ajouta aussitôt sa voix et la jeune femme le perçut pour sa plus grande joie. Quel enrichissement! Avec une voix comme celle-là et quelqu'un qui connaît aussi le grégorien, la qualité du choeur augmentait d'un bon cran. Lorsque le *Kyrie* eut pris fin, Gaby se tourna vers la nef. Son regard charmé croisa celui du curé dans sa chaire, lui qui dirigeait la foule de sa main et de sa voix puissante. Elle fit un signe de tête affirmatif; le prêtre comprit ce qui arrivait. Il avait demandé qu'on lui signalât l'arrivée du docteur là-haut, même s'il devait arriver en retard.

Et parce qu'il voulait le clouer dans son choeur de chant, le prêtre plus tard au début de son sermon, dit avec emphase:

–Mes bien chers frères, aujourd'hui est un grand jour. Notre chorale accueille un nouveau membre, un jeune homme fort talentueux, une voix d'or, quelqu'un qui fait sa marque depuis plus d'un an dans cette paroisse et qui en est très sûrement un des piliers, c'est-à-dire notre jeune docteur Samuel Goulet...

Une rumeur respectueuse et ravie parcourut l'assemblée. Partout des voix murmurantes se firent des commentaires heureux. Et un bouquet de prières s'éleva vers le ciel en guise de reconnaissance pour avoir envoyé à la paroisse un personnage aussi extraordinaire. En des coeurs de jeunes femmes disponibles, le sentiment se teintait d'une autre nuance.

En celui de Gaby autant et plus encore, car elle dépassait vingt-cinq ans et son père, le vieux Louis Champagne, ne cessait de lui dire qu'elle devenait vieille fille un peu plus chaque jour, maintenant qu'elle avait franchi le grand cap.

Par la forme de son visage, par sa taille et son élégance, par la couleur de ses cheveux et leur coiffure ainsi que par la couleur de ses yeux, Gaby ressemblait vaguement à Marie-Anna sans qu'il ne se trouvât entre elles le moindre lien de parenté, et les deux jeunes femmes s'entendaient en toutes choses, même en les pratiques parfois ardues de la chorale mixte.

L'entrée du docteur au choeur de chant risquait-elle de les mettre en opposition et de les rendre sournoises l'une envers l'autre? D'aucuns auraient pu s'y attendre à les voir toutes deux enterrer le jeune homme de miel tout le reste de la messe et par la suite. Mais, jeunes personnes remplies de dignité et de pudeur, elles connaissaient la hauteur des murs à franchir. Ou à ne pas franchir. Le reste appartenait aux décisions d'autrui. Et au destin.

Voisin de Samuel dans le banc, il y avait le professeur de l'école des garçons ouverte à la salle paroissiale depuis quelques années, un jeune homme au visage austère et aux cheveux lisses sur la tête, empesés d'eau et séchés en rangs serrés tracés par un peigne à larges dents. Il salua vaguement le docteur à son arrivée puis riva sa tête bien droite. Plusieurs dont Gaby et Marie-Anna auraient bien jeté leur dévolu sur lui s'il n'avait été si fuyant, si distant, si fermé, si sévère...

La grande Cécile Jacques, jeune personne rousse bien en chair et affublée de lunettes à verres épais, ne se gênait pas pour tourner la tête et dévisager Samuel en espérant qu'il se tournât aussi afin qu'elle puisse lui décocher quelques flèches enflammées dans des regards entendus. Il pouvait l'apercevoir dans sa vision périphérique et souriait en lui-même. Pas question de lui donner le moindre encouragement ou bien il se ferait harceler par cette jeune personne plutôt délurée lui rappelant un peu ces femmes de petite vertu qui déambulaient, l'oeil poché, dans certaines rues de Montréal au petit matin.

Après la messe, ce fut la procession.

Comme à tous les deux ans, le cortège alla vers l'est, soit le haut du village, tandis qu'à l'ouest de l'église, on parlait du bas du village. On avait aménagé un reposoir devant la demeure des Jacques, une résidence en longueur sur le même modèle de celle des Goulet. Cécile avait travaillé fort à l'installation et en était fière. Elle reçut les bons mots du curé entre deux bénédictions signifiées par un tracé de l'ostensoir. Au retour du pieux convoi, le prêtre, emprisonné dans ses habits trop chauds, s'arrangea pour côtoyer un moment Samuel et lui exprimer sa grande satisfaction.

Le jeune homme qui croyait en avoir fini avec les beaux yeux des jeunes femmes pour ce dimanche se trompait. Au moment d'entrer chez lui par la porte donnant directement sur la maison privée, une auto s'arrêtait plus loin devant la porte du cabinet et une femme en descendait en lui adressant la parole sur un ton qui n'admettrait pas un refus:

–Docteur, j'peux vous voir une minute ou deux?

–Oui, madame Martin, entrez dans mon bureau, c'est pas fermé à clef.

–J'ai cogné tantôt pis c'est barré.

–Vous auriez dû vous venir à la maison, ici, ma mère vous aurait sûrement répondu.

–En tout cas, là, je rentre par le bureau.

Puis à l'endroit de son mari assis derrière le volant, elle dit sur le ton de l'autorité mais d'une voix qu'il était seul à pouvoir entendre:

–Toé, Gus, tu m'attends icitte. Ça sera pas long.

–Ben oui, ma belle Rose...

À la fin de la trentaine, Rose Martin avait l'oeil décidé, le geste assuré. Mère de trois adolescents, une fille de dix ans et deux fils de treize et seize ans, elle avait pour mari le modèle inversé d'elle-même: un être mollasson, paillasson. Il tenait un garage de mécanique automobile, mais les affaires allaient durement en cette période de récession interminable. Elle rêvait de gagner sa vie par son propre travail et ses propres efforts, mais cela attendrait.

–J'ai du mal là, dans le dos, dit-elle au docteur quand elle fut assise devant lui.

–Suite à quoi? Vous avez forcé... Étirée?

–Non, justement. J'ai rien fait en toute. Pis ça m'a pris

avant-hier. Je voulais venir hier, mais ça faisait trop mal. Allez-vous m'examiner ça de plus proche?

–Sûrement. Venez ici, derrière le paravent. Vous pouvez enlever votre blouse. Portez-vous un corset?

–Pas aujourd'hui.

–L'aviez-vous quand la douleur a commencé ?

–Je l'avais. Je le porte pas mal à tous les jours.

Elle se rendit ôter sa blouse noire puis apparut en brassière blanche devant le médecin qui lui fit signe de se retourner. Et il ausculta avec ses pouces qui exerçaient des pressions en divers endroits afin de situer le plus exactement possible les endroits douloureux.

Soupçonnant un caprice ou un mensonge, ou les deux à la fois, Samuel revint aux endroits qu'elle avait indiqués comme souffrants pour n'y plus provoquer, malgré des pressions plus fortes, le moindre malaise. À l'évidence, elle jouait la comédie. Ce n'était pas la première fois.

–Avez-vous essayé de l'aspirine?

–Justement, j'en ai pris plusieurs. Pis... ben ça restait ben sensible dans ce boutte-là, là...

–Je vais vous donner de l'huile électrique et vous pourrez en mettre...

–Comment voulez-vous que je mette ça là, là, vous?

–Faites-vous la appliquer par votre mari.

–Lui? Il est bon dans l'huile à moteur, pas pantoute dans l'huile électrique.

Elle se retourna en arborant un large sourire. Malgré sa pudeur naturelle, le docteur ne put s'empêcher de frôler du regard cette poitrine abondante que la femme faisait bouger légèrement en même temps que tout son torse pour attirer l'attention sur sa brassière si bien remplie.

–Vous voulez pas m'en mettre vous-même, là?

–Ben... oui, pour aujourd'hui. Asseyez-vous et je reviens. Je vais chercher la bouteille.

Satisfaite et excitée au dedans, elle prit place et demeura

immobile, dans le plus grand calme.

Le docteur trouva la bouteille dans un meuble vitré et quitta un moment le cabinet pour revenir quelques instants plus tard, précédé de sa mère.

–Madame Rose, quand moi, j'ai mal au dos, je me fais appliquer l'huile par maman. Je vous jure qu'elle a tout un doigté. Elle est bien meilleure qu'un médecin, vous savez. Je vous garantis que vous aurez le meilleur massage au monde. Qu'est-ce que vous en dites qu'elle le fasse à ma place?

Rose ne perdit pas contenance. Elle ne sourcilla même pas en répondant:

–Ah, mais certainement! Suis venue pour me faire soulager le mieux que ça se peut. Allez-y, madame Goulet, je vous laisse faire.

Samuel tendit la bouteille à sa mère et se pencha un peu vers sa patiente:

–Moi, je vais aller faire des petites choses de l'autre côté, le temps que maman travaille sur votre personne.

–Ben correct de même!

Et Rose se lança dans des propos à bâtons rompus avec Armandine. Mais quelque chose bouillait en elle. Deux instants auparavant, dans sa substance profonde se répandait la chaleur d'un certain désir provoquée par la situation et voici que cette chaleur se transformait en celle d'un dépit certain.

Les mains de son mari sur son corps la nuit, le soir, le matin, avaient de l'effet seulement –et alors terriblement– quand elle les imaginait celles de certains hommes de la paroisse: le vicaire Turgeon, le docteur Goulet, le forgeron Maheux, le professeur Beaudoin.

Non, elle n'aurait pas cédé aux inclinations de sa chair trop vive par crainte de la damnation éternelle et du grand feu qui la brûlerait toujours sans jamais la consumer, sauf que des mains d'homme sur les siennes, sur ses bras au passage, une 'frôlerie', une drôlerie sans conséquence, juste pour donner du pouvoir à ce gros ver de terre de Gustave visqueux et rampant...

Elle avait eu les mains du docteur sur son ventre une fois durant l'hiver et l'auscultation avait paru divine...

Il fallait d'autres énergies que les faibles forces de Gus pour alimenter ce qu'elle appelait au secret de son âme *un certain désir*...

Armandine donna le soin du mieux qu'elle put et ne cessa de parler avec Rose qui riait souvent et de manière fort bruyante bien qu'un peu sèche.

Plus tard, Samuel revint. Il était temps pour la patiente de partir. Elle voulut payer. Il la retint.

–Je ne sais pas si vous êtes au courant, mais je me suis procuré une automobile, celle de monsieur Blais, sa Chrysler, et j'ai des choses à faire voir par le mécanicien. Je verrai monsieur Gus cette semaine et on fera le bilan des comptes.

–Je peux vous payer, fit-elle en rapetissant les paupières, la main dans sa bourse.

–C'est comme je vous dis... Changement de propos, est-ce que votre vue est bonne... vous semblez avoir des problèmes... J'ai remarqué cela depuis votre arrivée dans mon cabinet tout à l'heure.

–Ça, c'est vrai. Va falloir que je me fasse ajuster des lunettes dans pas grand temps. Que voulez-vous, on vieillit...

Elle adressa un clin d'oeil à la mère du docteur qui mit sa tête en biais, souriant avec fatalisme.

Puis on se salua mutuellement. Rose quitta les lieux avec sa bouteille d'huile électrique tenue haut comme un trophée à ne pas laisser tomber.

Gustave n'y vit que du feu...

***

Chapitre 6

–Jeanne d'Arc prit la lampe sur la table et allait monter au deuxième quand son père l'interpella sans ménagement:

–Où c'est que tu vas de même avec la lampe à l'huile, donc, toé?

–Me coucher, jeta-t-elle sur la défensive avant de mettre le pied sur la première marche.

–Pis nous autres icitte en bas? On verra pus clair, là. T'as pas besoin...

Elle l'interrompit tout en levant son bras libre puis en tournant le commutateur électrique:

–Vous avez l'électricité, servez-vous en. C'est ben le moins que le courant monte pas en haut de la maison pis qu'il faut se promener à noirceur dans nos chambres.

L'homme qui fumait sa pipe assis dans le noir d'un coin peu accessible de la cuisine prit un ton encore plus autoritaire et vindicatif:

–Tu saras, toé, qu'on est du pauvre monde, nous autres, pis que le courant de la Shawinigan, ça coûte des bidous en maudit torrieu.

–C'est ça: ménagez, ménagez, ménagez encore pis tout le temps ménagez...

Une voix féminine protesta sans excès. C'était la mère de

famille, une petite personne enfoncée dans une berçante et qui se savait enceinte pour la onzième fois en dix-huit ans de mariage:

–Voyons donc, Jeanne d'Arc, t'as ben du toupet pour parler de même à ton père, là.

–Maman, y a des limites pour manger de la chienne à Jacques pis de la vache enragée, pis en plus se donner de la misère quand c'est pas nécessaire. Pourquoi avoir mis le courant électrique rien que dans la cuisine en bas pis pas en haut? Pis en plus qu'on s'en sert même pas, on s'éclaire à la petite lampe à tous les mardis soirs. Je veux pas dire mardi, je veux dire maudits soirs... C'est-il bon rien que pour montrer au reste du village qu'on est aussi bons qu'eux autres?

Ernest se leva d'un bond. En trois pas, il fut auprès de sa fille qu'il apostropha à deux doigts du nez dans le but de lui faire peur et ainsi la mieux dominer, la subjuguer:

–Tu saras que tu te mettras pas à maudire icitte-dans. Quand c'est que tu seras pas contente, toé, t'auras rien qu'à paqueter tes maudites guenilles pis sacrer ton camp.

Elle se redressa et l'affronta vraiment pour la première fois de sa vie:

–Qui c'est qui est en train de maudire, là? Vous maudissez tout le temps vous pis vous vous en apercevez même pas. Pis vous voulez me sacrer dehors parce que moi, je maudis.

–Tes maudites guenilles, tu comprends ça, là?

–Je m'en sacre... Je vas coucher à mon école pis quand ça va être l'été comme là, je vas coucher... dans le 'campe' à Armand Grégoire... pis ça vous regarde même pas pantoute. Sacrez-moi la paix. Assez tannée de vivre icitte.

–Ben tu t'en iras où c'que tu voudras, maudit torrieu...

L'homme tourna les talons et sortit de la maison, suivi par sa femme qui le retint au pied de la galerie, tandis que leur aînée gravissait en tapant fort des talons les treize marches de l'étroit escalier menant là-haut.

–Ernest, écoute, c'est rendu une femme, là, la Jeanne

d'Arc. Elle fait l'école dans le bas de la grande ligne depuis un an. Ça fait que... arrête de la traiter comme une enfant de six ans. Non, mais la vois-tu coucher dans le 'campe' à Armand Grégoire? On aurait l'air fin, nous autres, dans le village. Ça fait six ans qu'on vit par icitte pis ça va ben avec le monde... T'as une bonne clientèle à la boutique...

–Je la gagne à sueur de mon front, mon argent, maudit torrieu.

–Tout le monde gagne son argent à la sueur de son front, surtout asteur que la pauvreté est partout...

–Ça regarde pas le monde, c'est qu'il se passe icitte. Rendu à quarante ans, j'sus capable de faire un maître dans ma maison hen hen hen...

Le ton était devenu vibrato à la fin de la phrase.

–Tu sais ben que tout ce qui arrive dans une paroisse, ça compte.

Impatient, l'homme s'élança vers la boutique sise à l'arrière de la maison, à une trentaine de pas, en jetant derrière lui:

–Bon, ben, elle fera c'est qu'elle voudra, moé, j'm'en mêlerai pus d'abord que c'est d'même.

Éva soupira en hochant la tête...

Jeanne d'Arc se rendit dans sa chambre du fin fond du deuxième. Elle posa la lampe sur un coffre de cèdre qui commençait de contenir son trousseau de noce. Par la fenêtre lui parvenaient les cris des enfants qui jouaient encore dans les cours arrière.

C'était une pièce étroite aux murs d'un vert pâle que la lueur incertaine et vacillante rendait encore plus délavé. Ernest fabriquait lui-même les peintures dont il avait besoin, mais en deux couleurs seulement: rouge foncé et vert moyen. Il n'était pas expert en pigments comme dans la pose de fers aux chevaux. Pour obtenir des nuances comme dans celle qui recouvrait ce mur, il ajoutait de l'huile de lin; les résultats laissaient à désirer.

Qu'importe l'aspect de la peinture, la jeune femme ne la

voyait même pas et tous ses regards portaient sur son intérieur à elle, sur ses rêves, ses espoirs, ses émotions, ses ambitions et ses désirs...

Elle baissa la mèche et alla s'accroupir, s'agenouiller devant la fenêtre pour jeter un regard troublé dans la brunante incertaine qui silhouettait en ombres chinoises à travers les feuilles des arbres les maisons et autres constructions du voisinage.

Juin avait chaud comme un chauffeur de bouilloire depuis deux jours. Et l'aveugle, météorologue de la paroisse, disait voir devant un été insupportable. Et une canicule d'au moins trois semaines qui demanderait plus que les Rogations pour se terminer et nécessiterait peut-être jusqu'à une neuvaine paroissiale et une procession en l'honneur de la Vierge Marie. Même le ciel de ce juillet menaçant, avait-il dit, entrerait en crise et se montrerait jaloux de ses réserves de pluie et de fraîcheur.

Tout n'y prêtaient pas foi. On préférait appeler monsieur Lambert pour soulager les coliques des chevaux par imposition des mains plutôt que de croire en ses prévisions si sombres pour cet été de 1938 qui avait bouté le printemps dehors à coups de grands écarts de température.

Là-haut, les étoiles constellaient le ciel noir et parlaient à la jeune fille de poésie, de calme et de sérénité. Son sang qui n'avait fait qu'un tour dans ses veines pendant son altercation, circulait maintenant à vitesse normale, agréable, mesurée, grâce à un coeur qui s'apaisait peu à peu, agréablement.

Cela fut de courte durée. Voici que des notes de guitare lui parvinrent. Elle en savait l'origine et ce n'était pas la première fois qu'elle entendait cet instrument. Hélas! il lui était impossible de voir en cette saison le balcon des Goulet où devait sûrement se trouver le docteur chantant. Le feuillage abondant des grands ormes, d'érables et même de peupliers aux racines perceuses de solages qui faisaient souvent pester Ernest, bloquait la vue par quelques épaisseurs. Tant mieux, pensa la jeune fille, il ne saurait pas qu'elle était à sa fenêtre à l'entendre.

Que chanterait-il ce soir-là? Peut-être devrait-elle descendre et ramener les cahiers de la bonne chanson dans lesquels, on le disait, il puisait abondamment et même peut-être exclusivement. Ce qu'elle fit à tâtons, sans reprendre la lampe. Personne ne se trouvait en bas donc personne pour lui barrer le chemin. Les enfants étaient toujours dehors de même que ses parents. Elle revint mettre les albums verts sur le coffre à côté de la lampe. Déjà le ménestrel entamait son chant du soir: *Le petit mousse* *

Sur le grand mât d'une corvette,
Un petit mousse un soir chantait;
Il redisait, l'âme inquiète,
Ces mots qu'au loin le vent portait:
"Qui me rendra ton doux sourire,
Heureuse mère ouvrant tes bras ?"
(Refrain)
Filez, filez, ô mon navire,
Car le bonheur m'attend là-bas,
Filez, filez, ô mon navire,
Car le bonheur m'attend là-bas.

Chaque vers, chaque mot ravissaient la jeune femme assise par terre près de la fenêtre pour mieux entendre le chanteur. En même temps, elle cherchait le nom du chant dans les albums sous la rubrique table des matières et n'y parvenait pas vite. Et son enchantement fut de plus en plus mélangé de mécontentement, de frustration et de grommellements:

–Motadit, quand on veut trouver quelque chose, c'est toujours dans le dernier cahier qu'on le trouve.

Elle n'en avait encore fouillé que quatre, mais le refrain du petit mousse avait vécu une fois déjà, lui. Et Samuel y allait du couplet suivant:

Quand je partis, ma bonne mère
Me dit: "Tu vas sous d'autres cieux;
Ton cher village et ta chaumière
Seront bientôt loin de tes yeux.
Quand tu seras sur le navire,
Tu m'écriras souvent, mon gars !"

Les mots parlaient à Jeanne d'Arc qui ne se faisait aucune tristesse à la pensée de quitter son "village" et surtout sa "chaumière". Quand elle y pensait ou bien en parlait avec Rachel, c'est comme d'un rêve doré qu'elle percevait son départ un jour ou l'autre pour Montréal. Et il lui arrivait souvent de plaindre le jeune docteur d'avoir quitté la grande ville pour venir se morfondre d'ennui dans un hameau perdu et aussi insignifiant que le canton de Shenley.

–Maudit, je finirai jamais par la trouver, la chanson...

Sauf qu'elle cherchait pour titre *Sur le grand mât d'une corvette* tandis qu'il lui aurait fallu trouver *Le petit mousse*. Et le chanteur solitaire reprit le refrain...

Elle le parodia pour exprimer son dépit:

–Filez, filez... ô mon motadit navire... as-tu donc fini de me filer entre les mains, toi...

Si elle ne pouvait voir le balcon du troubadour en ligne directe à cause des arbres, par contre, il lui était encore possible avant la grande noirceur de distinguer par des regards en biais les gens qui déambulaient en bas. L'un d'eux échappé de son septième album tomba sur deux femmes là-bas, et qui avançaient à la vitesse de l'escargot devant la maison des Goulet. Elle reconnut aisément Monique Blais et Rose Martin.

–C'est ça, là, essayez donc de vous faire remarquer, vous autres!

Mariée, Rose n'avait rien d'une rivale. Du moins Jeanne d'Arc le croyait. Quoique dans ses perceptions intuitives, elle ne lui aurait pas donné l'absolution sans confession. Mais la fille à Déric, elle, c'était autre chose... La rumeur avait circulé ces dernières semaines à l'effet qu'elle 'sortait' avec Samuel; mais d'autres sources infirmaient la nouvelle.

Rachel, Éva, d'autres qu'elle avait interrogées sans en avoir trop l'air, disaient toutes n'avoir jamais vu la Monique Blais avec Samuel sauf ce jour-là dans la balançoire, et la paroisse avait compris grâce aux explications de l'aveugle Lambert que c'était à cause de l'accident à Thanase. Monique avait beau faire partie des choristes, le docteur ne se plaçait pas avec elle dans le banc. Donc... Oui, mais... Des fois... On sait jamais...

La jeune femme se désintéressa des albums et se remit à genoux devant la passe qui laissait traverser l'air tiède chargé d'humidité et d'odeurs grasses. Elle avait pu reconnaître les deux femmes à cause de la lumière jaune d'un lampadaire installé avec d'autres à chaque arpent de chemin l'année (1926) où on avait amené l'électricité au village.

Elles n'étaient plus des escargots, elles étaient maintenant l'une en face de l'autre, sans plus marcher du tout, comme deux interlocuteurs qui n'ont pas fini de se dire des choses tout en s'apprêtant à prendre chacun leur bord.

–En plein devant chez le docteur, dit-elle en maugréant.

Et le troisième couplet tombait note à note sur les feuilles pour les mouiller de bonheur, sur la chaussée graveleuse, le trottoir de bois et les sens des oreilles à l'écoute.

J'étais heureux, petite mère,
Quand je vivais auprès de toi.
Pourquoi faut-il que la misère
M'ait éloigné de notre toit ?
Bientôt j'espère, un jour va luire,
Où ton enfant te reviendra.

–Si eux autres ont du toupet tout le tour de la tête, j'en ai, itou pis autant....

La jeune femme délurée se mit vivement sur ses jambes.

Délaissant albums, intentions et lampe, elle courut à tâtons jusque dehors et marcha comme quelqu'un qui a une destination bien précise, mais doit passer par le devant de la maison Goulet.

Elle tomba bientôt sur les deux marcheuses arrêtées tandis que la voix du poète là-haut terminait le refrain et entrait dans le dernier couplet.

Ainsi chantait le petit mousse...

–Le petit mousse, tabarnouche, dit Jeanne d'Arc pour elle-même. Pis moi, je cherchais *Sur le grand mât...*

Puis elle s'exclama d'une voix que trois maisons ne pouvaient pas ne pas entendre:

–Tiens, bonsoir vous autres! On se promène au village. Ça fait un petit bout depuis chez vous, mais ça se fait bien...

–Salut Jeanne d'Arc, dit Rose d'un ton sec, mais ne signifiant pas forcément qu'elle l'était.

–Salut Jeanne d'Arc, dit Monique d'un ton sec signifiant qu'elle l'était.

–Ah, il chante-t-il assez ben, notre petit docteur! J'imagine que c'est pour ça que vous êtes arrêtées... pour l'écouter... Par chance que j'avais affaire chez madame Campeau parce que j'aurais manqué le concert...

Jeanne d'Arc parlait si fort que Samuel devait entendre par-dessus ses paroles:

Sur le grand mât, au bruit des flots;
Et dans la nuit, sa voix si douce,
Semblait monter comme un sanglot.
Soudain, on crie avec délire:
"Voici le port, hardi, les gars !"

Elle n'eut pas le temps de tout dire ce qu'elle avait préparé en chemin qu'un quatrième personnage s'ajouta au petit groupe: Marie-Anna traversa la rue et fut mieux accueillie que sa devancière. La maison familiale des Nadeau était voisine de celle des Maheux, mais plus près de celle des Goulet. La jeune musicienne avait donc tout vu, tout entendu. Pas question de laisser la meute faire bombance sans elle. Et tout naturellement, elle se mit à converser avec Monique tandis que les deux autres entraient dans un échange.

Le barde quant à lui achevait le dernier refrain et il modifia les notes de la dernière phrase, du dernier vers pour les faire monter et monter... en apothéose...

Car le bonheur m'attend là-bas...

La guitare et les cordes vocales se turent en même temps et ce fut alors un grand éclat de rire à travers lequel une voix féminine lança pour tout le coeur du village:

–Bravo, bravo, monsieur le docteur, c'est beau comme c'est pas possible. Ah, mon doux Jésus, j'ai jamais entendu une belle chanson de même, moi.

Les quatre femmes réunies sur le trottoir se regardèrent les unes les autres, ébahies, interdites, interloquées par tant de joyeuseté bon enfant. Et pourtant, elles connaissaient toutes depuis toujours celle qui, venue de nulle part en claudiquant silencieusement, parvenait jusqu'à elles. En outre, aucune des quatre ne la voyait comme une rivale ou quelqu'un qui puisse leur faire du tort.

C'était Bernadette Grégoire, trente-quatre ans, soeur du marchand Alfred et tante de Rachel. À la mort de ses parents quelques années plus tôt, elle, sa soeur Berthe et son frère Armand avaient dû quitter la demeure familiale pour se loger ailleurs. On avait rénové la maison à côté, dite la maison Foley, mais qui faisait partie du patrimoine des Grégoire; et c'est ainsi que Bernadette était la voisine du beau docteur célibataire et qui avait quasiment son âge.

–Docteur Goulet, on est cinq folles sur le trottoir pis on voudrait en entendre encore une autre, lança-t-elle vers le balcon de l'artiste amateur.

–Qu'est-ce qui arrive donc en bas?

–C'est votre voisine Bernadette avec la petite Jeanne d'Arc Maheux... pis Marie-Anna... pis Rose Martin... pis...

–Monique, cria Monique.

–Tout un auditoire ce soir!

–Oui, mon noir, dit Bernadette en s'esclaffant.

–Ça me met un peu mal à l'aise. Avez-vous quelqu'un une suggestion?

Jeanne d'Arc qui avait en mémoire fraîche les titres de quelques airs lança le premier qui lui vint en tête:

–*Le petit Grégoire*.

–Celle-là: connais pas.

–C'est quoi, ça, le petit Grégoire? plaisanta Bernadette. Tu veux-tu parler de mon petit neveu Doré?

–Moi, j'en ai une, dit Monique. *O Canada*...

–C'est pas trop une ballade, fit Samuel qui gratta la guitare et en fit jaillir quelques notes.

On pouvait difficilement apercevoir le jeune homme qui n'avait pas utilisé de cahier. Il connaissait par coeur les paroles et la musique des chansons qu'il interprétait dans le noir. Mais sa voix chaude et ce que l'on imaginait de lui rendaient ses auditrices encore plus fébriles, chacune à sa façon. Rose s'imaginait qu'il la couvrait de la manière la plus biblique qui se puisse concevoir. Monique se voyait à son bras en robe de mariée au pied de l'autel. Marie-Anna se disait qu'elle aimerait bien se trouver avec lui dans une grande salle de bal au Château Frontenac. Et Jeanne d'Arc, malgré son ardeur, ne dépassait pas en son for intérieur le stade du baiser tendre. Seule Bernadette ne nourrissait en ce moment aucune arrière-pensée et s'amusait de la situation comme une enfant espiègle.

–Qu'est-ce tu dirais de... *Vive la Canadienne*?

–Bernadette, c'est vous, là, qui venez de me faire cette proposition?

–D'abord, on est toutes des Canadiennes, nous autres, là.

–Je pourrais essayer... si vous me promettez de répondre toutes les quatre...

–Hey, on est cinq, fit encore Bernadette. Je suis là, moi

aussi.

–Ça, je l'avais deviné. Et il y a... Rose, Monique, Marie-Anna, Jeanne d'Arc... de la plus vieille à la plus jeune, c'est ça?

–Pis moi, plus jeune que Rose, pis plus vieille que Monique, reprit Bernadette avec un autre grand rire.

–Commencez, Bernadette, à chanter et je vais vous accompagner à la guitare, O.K?

Et la femme y alla des premières paroles du chant:

Vive la Canadienne,
Vole, mon coeur, vole,
Vive la Canadienne
Et ses jolis yeux doux !

Puis elle parla:

–Envoyez les filles. Marie-Anna, dirige-nous donc, toi.

–Suis pas maître de chapelle, suis organiste, c'est pas pareil, là.

Sur toutes les galeries du voisinage maintenant, des curieux attirés dehors par le bruit se mettaient à l'écoute du concert improvisé. De côté de chez Bernadette, il y avait sa jeune soeur Berthe et Armand au pied accroché à une rampe, et qui mâchouillait un bâton d'allumette en guise de cure-dents. Chez les Poirier, de l'autre côté de la maison des Goulet, le bonhomme Jos, pansu et joufflu, riait à saute-bedaine d'entendre cette jeunesse en bonheur. De l'autre côté, l'aveugle Lambert et sa rondouillarde épouse se berçaient en espérant d'autres notes, d'autres mots, d'autres joies simples. Et chez les Nadeau, les parents de Marie-Anna se confiaient que leur fille unique serait sûrement celle qui décrocherait le coeur du docteur puisqu'elle était, parmi toutes ces jeunes femmes, celle qui avait le plus de classe.

Une voix féminine chanta la deuxième strophe du chant:

Elle est vraiment chrétienne,
Vole, mon coeur, vole,

Elle est vraiment chrétienne,
Trésor de son époux.
Trésor de son époux, poux, poux,
Trésor de son époux,
Trésor de son époux, poux, poux,
Trésor de son époux.

–Qui c'est, là, qui vient de chanter? demanda Samuel. C'est toi, Jeanne d'Arc?

–Non, c'est Monique, dit Rose.

–Tiens, on fait un concours... Je vous dis les paroles et chacune de vous va chanter son bout. Tout le monde est d'accord?

Il n'attendit pas une réponse et se contenta des demi-approbations. Son autorité suffirait à les entraîner à sa suite.

–Je vous dis les deux phrases du début et de la fin, et vous faites le reste. On commence par... la plus jeune... Jeanne d'Arc... Les mots sont "*elle est fine et gentille... on la chérit partout*."

Et Jeanne d'Arc chanta. Hélas! elle faussait comme un perroquet fatigué et cela fit rire les autres. Malgré son impatience, elle garda patience.

–Que d'enfants elle donne... à son joyeux époux...

Ce fut au tour de Marie-Anna.

–Elle fait à l'aiguille... nos habits, nos surtouts...

Ce fut à Rose de chanter.

–Elle apprend à sa fille... à ménager les sous...

–Moi, je veux chanter ça, dit Jeanne d'Arc, c'est trop comme chez nous.

Après elle, Samuel dit les mots de la strophe suivante:

–On adore ses tartes... son beurre et ses ragoûts...

–Ça, c'est moi, fit Bernadette qui se mit à chanter les tartes, le beurre et les ragoûts...

Soudain, on entendit le bruit d'un marteau sur l'enclume.

Toutes les têtes se tournèrent en direction du bruit provenant de la boutique de forge. L'on pouvait voir par une fenêtre le feu qui dansait dans le noir. Et si on avait pu entendre Ernest maugréer, on aurait entendu:

–Si ils veulent s'énarver pis faire du vacarme dans le chemin, qu'ils endurent quand c'est que moé, j'bats le fer. Travailler, c'est nécessaire, maudit torrieu, pis chanter, ça l'est pas pantoute.

–Ce n'est qu'au cimetière... que son règne est dissous...

Samuel voulait terminer le chant et tous avec lui malgré les coups répétés qui avaient une résonance étrange dans cette obscurité jaunâtre. Ce fut Monique qui termina:

–Allons fleurir sa tombe... Un grand coeur est dessous...

Ce furent des applaudissements venus de partout sauf du coeur de la boutique là-bas. Jeanne d'Arc retourna à la maison humiliée par sa propre voix de coq et par celle, terrifiante, du bras de son père, tueur de poésie et de joie...

***

Chapitre 7

Un homme réfléchissait tranquillement dans un coin sombre quelque part au coeur du village endormi. C'était le soir et seuls ses yeux qui ramassaient quelques rayons d'un quartier de lune accroché dans la flèche de l'église, brillaient dans la pénombre.

Il y avait dans son regard plusieurs signes définissant le personnage. Solitude, regret, mansuétude. Mais aussi, dans son autre oeil, du narcissisme, de la peur bien enrobée et une petite dose de suffisance. Et tout comme chez Rose Martin, un certain désir qui allumait ses pupilles.

Il lui arriva de bouger un peu et le celluloïd de son col romain attrapa un peu de lumière lunaire, mais l'image s'estompa l'instant d'après quand sa tête revint à sa position normale, droite et immobile.

Le vicaire Turgeon prenait ombrage de la popularité du docteur Goulet. Depuis la venue du médecin un an plus tôt, la sienne s'était pas mal diluée. Et voici que depuis la montée de Samuel au choeur de chant, les jeunes femmes et, semblait-il bien des moins jeunes aussi, n'avaient plus d'yeux que pour lui. Il lui était même arrivé une semaine plus tôt d'entendre en confession l'inavouable. Et malgré le pardon accordé à la pénitente, il ne pouvait s'empêcher d'être harcelé en son for intérieur par cet aveu inimaginable et troublant. Quoi, ce docteur subjuguait-il donc certaines personnes du beau sexe simplement par sa présence?

"Mon père, j'ai péché..."

C'était sept jours auparavant. Germaine Boulanger venait de s'agenouiller dans la boîte étroite où Dieu dispense sa commisération par le bras rédempteur de son serviteur le prêtre.

"Je vous écoute, ma fille."

"Mon père je m'accuse de... d'avoir péché contre le neuvième commandement..."

"Le neuvième commandement? Mais comment est-ce possible puisque vous êtes déjà mariée. Vous savez ce que dit le neuvième commandement?"

"Je le sais ben trop... Ça dit: "*L'oeuvre de chair ne désireras qu'en mariage seulement.*""

"Mais puisque vous êtes mariée à Joseph, Germaine..."

"C'est justement: j'sus marié à Joseph, pas à un autre."

"Je... ne comprends pas..."

"Ben..."

"Allez-y franchement. Dieu est ici pour vous entendre et il est prêt à vous pardonner à la condition de vous entendre. Vous pourriez attendre et vous confesser à un autre prêtre, par exemple à monsieur le curé Ennis..."

"Jamais de la vie! Ça me gênerait ben trop."

"Mais il faut confesser votre péché, maintenant que vous êtes au confessionnal. Vous savez, Germaine, cacher un péché mortel en confession, c'est commettre un autre péché mortel."

"Mais si rien qu'un, c'est ben assez pour nous envoyer en enfer, on va-t-il plus creux avec deux?"

"Ça... Surtout, faut pas prendre l'habitude de cacher des péchés ou bien on risque de les oublier, et un péché mortel oublié, c'est l'enfer assuré..."

"Mosus de mosail!"

"Attention, il ne faut pas jurer ainsi dans un lieu sacré."

“Ouais, je le sais ben trop. Moé, je...”

“Revenons à nous moutons, si vous le voulez, Germaine.”

“Nos moutons?”

“Vos péchés.”

“J’ai pas fait de péchés avec les moutons, là, moé.”

“Je sais... c’est rien qu’une manière de dire... Vous parliez d’un péché contre le neuvième commandement...”

“Peut-être ben que je pourrais vous en parler la prochaine fois, mon père.”

“Il est trop tard pour attendre... Et puis vous pensez qu’il s’agit d’un péché grave, tandis qu’il pourrait ne s’agir que d’un péché véniel. Vous êtes mieux de le dire à Dieu et Dieu vous dira à travers son serviteur ce qu’il en est. S’il y a réellement matière grave ou non.”

“Quand... quand c’est la chair, c’est toujours grave, non?”

“Non! Pas forcément. Surtout quand tout se passe dans la tête. Il y a des pensées impures qui peuvent arriver sans que la personne ne l’ait voulu. Ce n’est pas d’avoir des pensées impures qui est grave, c’est de s’y complaire, c’est de les accueillir. Vous comprenez? Mais pour savoir, parlez de votre... enfin de ce que vous avez pris pour un péché...”

La pénitente avait pris un immense respir et jeté enfin:

“Ben... j’arais eu le désir de... de... d’accomplir mon devoir conjugal avec un autre homme que mon mari.”

“Ah, ça, par exemple, c’est très grave si... si vous avez contemplé le désir.”

“Faut-il que je vous donne le nom de l’homme que... que...”

L’abbé Turgeon avait tout de suite pensé à lui-même; il fut consterné quand elle lui avoua la vérité:

“C’est le beau docteur Goulet quand il est venu chez nous pis qu’on est allés dans la grange ensemble...”

Germaine hésitait. Le vicaire la pressa un peu:

“Maintenant que vous avez plongé, allez-y, n’hésitez plus

à tout me... à tout dire au bon Dieu qui vous entend par mes oreilles et vous parle par ma bouche.”

“C’est que... avant d’aller dans la grange, le docteur pis moé, on a chanté une chanson dans la cuisine chez nous... mon mari, heu... lui était à la grange pour s’occuper de la jument...”

“Est-ce que le docteur vous avait examinée?...”

“Non, il venait pour ma belle-mère qui avait l’air de faire une phlébite... c’était pas ça pantoute, c’était pour se plaindre encore une fois...”

“Et vous avez chanté?”

“*Les yeux de Suzon*... une ben belle chanson...”

“Comment en êtes-vous arrivée à chanter avec le docteur ou bien...”

“Il fredonnait en se lavant, vous comprenez, pis ça m’a donné le goût...”

“Le goût?”

“C’est ça: le goût de le faire avec lui pour de vrai.”

“De faire quoi?”

“Ben de chanter c’t’affaire!”

“Et vous avez chanté *Les yeux de Suzon*. Et là, vous avez pensé à autre chose...”

“Non, pas là, ça s’est pas passé là pantoute. C’est comme si ça, ça m’avait juste mis en train de... de...”

“D’aller à la grange?...”

“Non... mon mari est arrivé, on avait fini de chanter, le docteur pis moé. Il voulait que le docteur vienne voir sa jument. Moé, j’ai suivi. Pis là, quand le petit poulain est arrivé, j’ai eu une pensée... impure.”

“Comme?”

“Ben... je me voyais avez le petit docteur dans un état de devoir conjugal, si vous voulez tout savoir.”

“C’est la naissance du petit poulain qui inspirait ça?”

“Ben... peut-être d’une manière... Ça doit être ça...”

“Il ne s’est rien passé de plus?”

“Non, pas là...”

“Mais plus tard: oui?”

“C’est ça: j’ai eu la même pensée le soir quand c’est que mon mari pis moé on faisait notre devoir conjugal.”

L’abbé avait alors profondément soupiré comme pour s’attrister au nom du Dieu sauveur:

“En effet, il y a là matière grave.... Mais avez-vous chassé cette idée quand vous avez réalisé que vous l’aviez en tête?”

“C’est ben certain.”

“Pourquoi vous en faire? Oui, il y a matière grave; non, il n’y a pas de péché, car vous avez chassé la pensée impure de votre tête aussitôt qu’elle est arrivée...”

“C’est là que... ben j’ai pas pensé de chasser la pensée... impure avant que mon mari finisse d’accomplir son devoir.”

“Ce qui fut... disons long?”

“Ben... y y y... y a des journées que le Jos, il aboutit pas vite vite... Ça fait qu’on peut dire quatre, cinq minutes...”

“En effet, il prend beaucoup de temps.”

“Ça se pourrait-il que ça soye pas un péché mortel, docteur... scusez, je veux dire mon père...”

“C’est la première fois que ça vous arrivait?”

“Ben... oui... “

“Et... ça ne vous est jamais arrivé... concernant un autre homme non plus... je veux dire autre que le docteur?”

“Pour dire la vérité... oui. Mais je chassais l’idée tusuite, tusuite...”

“Vous ne l’avez jamais contemplée vraiment?”

Germaine avait insisté par un son soufflé et quasiment un son de voix:

“Oh non!”

“Il s’agissait bien d’autres hommes que votre époux?”

“Oui... Un autre... Ça m’est arrivé rien que deux fois, cette histoire-là, rien que deux fois.”

“Il vaudrait peut-être mieux me dire qui était cet autre homme. Dieu le sait déjà puisqu’il connaît toutes vos pensées, mais il voudrait l’entendre de votre bouche.”

“D’abord que j’ai pas... comment vous dites ça... contemplé l’idée, faut-il que je m’en confesse pareil?”

“Dieu serait très content de vous l’entendre dire. Faites la paix avec Lui. Il est votre Sauveur après tout. Il a versé son sang sur la croix pour la rémission de vos péchés, de tous vos péchés... à la condition que vous en ayez le sincère repentir et cela suppose l’aveu complet de vos fautes... et même des tentations que vous avez si sagement repoussées. Vous pouvez me révéler le nom de cet homme...”

“C’était vous, monsieur le vicaire...”

Elle souffla fort et s’étouffa, et sa phrase dégénéra en une quinte de toux que d’autres pénitents attendant leur tour de se confesser interprétèrent comme une quinte de sanglots de la part d’une pécheresse repentante.

“Bon, maintenant, vous devez vous sentir bien soulagée. Avec l’absolution du bon Dieu, votre âme, Germaine, va redevenir propre comme celle d’un bébé naissant. Et les portes du Royaume vont de nouveau s’ouvrir devant vous comme deux bras accueillants et resteront ainsi jusqu’à votre mort si vous ne commettez pas bien entendu de péchés mortels qui auraient pour effet de les faire se fermer en claquant lourdement...”

Le vicaire avait dit n’importe quoi pour amortir le coup qu’il venait de recevoir. Cette jeune femme avait repoussé une pensée impure l’impliquant lui, mais elle avait contemplé une pensée impure impliquant le docteur. Dur à avaler. Amer à boire.

Il lui donna quand même l’absolution et pour pénitence, lui demanda de retourner à l’endroit où était survenue cette pensée impure et d’y réciter trois dizaines de chapelet, de préférence en présence du petit poulain... symbolisant la pureté... la pureté retrouvée...

“Le petit poulain, mais il est dans le clos de pacage avec sa mère.”

“Alors vous irez faire votre pénitence dans le clos de pacage, Germaine. Au nom du Père, et du Fils, et du Saint-Esprit. Ainsi soit-il.”

Voilà à quoi songeait le vicaire dans son coin noir par ce beau soir d’été. Certes, il repoussait hors de lui avec autorité tout sentiment d’envie à propos de son coparoissien et fidèle, le docteur Goulet. Car il n’avait guère d’accointance avec ces monstres de la terrible famille des sept péchés capitaux, famille ayant pour père l’orgueil et pour mère la luxure, et pour enfants débiles et si laids: la jalousie, la colère, l’avarice, l’envie et la paresse.

Et puis comment aurait-il donc pu prendre ombrage et s’attrister en raison d’une quelconque, d’une possible infériorité par rapport à Samuel Goulet? Rose Martin avait osé lui souffler à l’oreille au confessionnal déjà qu’il était lui, l’abbé Joseph Turgeon, le plus bel homme de la paroisse. Et la même suggestion se trouvait inscrite dans bien des regards féminins croisés depuis son arrivée un an auparavant.

Au milieu de la trentaine, roux, le nez droit, les yeux profonds, le prêtre possédait un visage juvénile qui éveillait en les femmes un sentiment maternel mélangé à une admiration pour la soutane qui signifiait pouvoir... pouvoir divin en l’homme. L’auréole du prestige sacerdotal dépassait en brillance celle dont on ceignait le front du docteur. Samuel en somme ne le battait que par sa voix. Pour le reste, dans une compétition, qui sait lequel aurait gagné la faveur populaire féminine?

Mais au chapitre des yeux doux posés sur lui, le docteur tout comme lui-même était protégé en quelque sorte par le nombre. La seule façon de mettre les choses dans un ordre normal eût été que Samuel trouve chaussure à son pied... en fait une épouse qui le seconderait et prendrait soin de lui tout en éloignant par sa présence toutes les autres prétendantes. Alors le vicaire redeviendrait le centre d’attraction des jeunes coeurs en chômage. Il élabora une stratégie. D’abord resserrer son lien d’amitié avec Samuel. Puis favoriser par tous les moyens son rapprochement d’une seule des jeunes femmes en fleur et en liberté. Première étape: dresser la liste de ces personnes. Et aligner leurs atouts en regard des besoins d'un "docteur campagne".

L'abbé se leva d'un bond et marcha sur la galerie du presbytère jusqu'à la porte d'entrée qui, par un hasard malencontreux, s'ouvrit au même moment. Il en fut heurté et son propre mouvement repoussa la porte sur la personne qui venait de l'ouvrir: la servante du curé, mademoiselle Létourneau, qui était là pour apporter au vicaire un verre de limonade bien fraîche et citronnée.

Une seule conséquence fâcheuse: la perte du précieux et luxueux breuvage. Même le verre qui tomba sur le bois ne se cassa point et on put le récupérer. Ce que fit le prêtre avec empressement.

–Faudrait un globe plus fort sur la galerie! s'exclama-t-elle de sa voix riche et assurée.

–Je vais en poser un.

–C'est au bedeau de faire ça.

–J'ai des mains, c'est pour travailler.

–Non, vos mains, monsieur le vicaire, c'est pour bénir, confesser, absoudre, baptiser, unir...

–Mais tout ça, mademoiselle Létourneau, c'est du travail, vous savez.

–Un travail sacré, c'est pas un travail manuel. Je pense qu'un prêtre devrait pas trop user ses mains dans des travaux... disons terre-à-terre.

–Tout de même, changer un globe...

Elle se montra détachée:

–Faites comme vous voulez, monsieur le vicaire, faites comme vous voulez.

Elle tint la porte ouverte. Il entra et se dirigea sans plus à son bureau sous l'éclairage mitigé dispensé par des ampoules d'intensité moyenne. Il fallait économiser, même au presbytère, en ces temps difficiles. Il fallait surtout donner l'exemple; c'est pourquoi le curé voulait qu'on ne garde toujours qu'une seule lumière timide sur la galerie le soir. Assez qu'on éclairait le dehors comme auraient dit les limoneux du village dont Ernest Maheux à la critique trop facile et à la mèche trop courte.

L'homme fut bientôt installé à son bureau, plume à la main, encrier ouvert, cahier ligné prêt à recevoir la fameuse liste contenant les noms des personnes disponibles pour le docteur et leurs caractéristiques les plus louables garantissant leur compatibilité avec lui.

1. Cécile Jacques: grande, rouquine, voix profonde, affable, bonne cuisinière, grosse travaillante... la vue un peu basse, mais... le regard clair...

2. Monique Blais: brunette, rondelette, belles toilettes, bonne classe, intelligente, instruite...

3. Rachel Grégoire: affable, polie, spirituelle et aussi...

4. Bernadette Grégoire: avenante, joyeuse, très pieuse, travaillante, ricaneuse, dévotieuse, bonne jardinière, bonne cuisinière, bonne en décoration intérieure, dévouée, dit du bien de tout le monde...

5. Marie-Anna Nadeau: musicienne, instruite, sociable, grande croyante, jolie, charmante... bon goût, bonnes manières...

6. Gabrielle Champagne: mêmes qualités que la précédente...

7. Jeanne d'Arc Maheux: plutôt jolie, souriante, bonnes études, chaleur humaine... un peu fantasque et indépendante...

8. Irène Jolicoeur, dévotieuse, instruite, réservée, fille unique...

Le jour suivant, le vicaire rendit visite au docteur à son cabinet.

–C'est sans raison médicale, mon cher Samuel, c'est sans la moindre raison de santé. Parce que je me sens dangereusement en forme.

–Et vous l'êtes, monsieur le vicaire.

–Samuel, dis-moi donc Joseph. On est quasiment du même âge.

–Tutoyer un prêtre: ça me coûte un peu.

–Ben... c'est pas le prêtre qui est ton ami, c'est Joseph Turgeon, un homme ordinaire.

–Très bien, je vais essayer de faire ça pour toi, mon ami Joseph.

–À la bonne heure!

Les deux hommes jasaient à l'intérieur où la fraîche de la nuit s'était conservée jusque là, au coeur de l'avant-midi. Ils étaient debout dans la petite salle d'attente qui donnait d'un côté sur l'extérieur avant et de l'autre sur le grand salon encore plus frais parce que gardé sombre par des tentures toujours fermées. Et puis de grands arbres protégeaient la maison des rayons solaires excessifs.

–Allons donc s'asseoir un peu au salon, veux-tu?

Le prêtre mit sa tête en biais et accepta. Il précéda l'autre et pénétra dans la pièce qui comptait deux autres sorties à l'autre bout, l'une donnant sur un couloir central et l'autre sur l'extérieur avant.

–Suis toujours étonné d'entrer ici, fit le prêtre. Un véritable havre de paix. Quel bel endroit pour penser ou pour faire de l'art... Même le bureau de monsieur le curé n'est pas aussi... comment dire... retiré du monde extérieur...

–C'est un bureau public, tandis qu'ici, il s'agit d'un salon.

–Ici, c'est la paix, la sérénité...

–Ah, mais pas toujours, mon ami, pas toujours! Quand je sors ma guitare ou bien que maman s'installe au piano, des fois, ça bouge ici.

–Un vrai beau piano que celui-là. J'ai déjà entendu quelques notes par votre mère: le son est plus riche que celui du presbytère. Si la famille Nadeau ne possédait pas le sien, c'est mademoiselle Marie-Anna qui pourrait venir pratiquer sur celui-ci...

Il s'agissait d'une phrase-test afin de sonder l'intérêt de Samuel pour la jeune organiste; et en même temps, elle contenait une suggestion déguisée.

–Ils ont leur piano. En plus mademoiselle Marie-Anna préfère toucher... l'orgue.

–Une personne bien, cette jeune femme, tu trouves pas, Samuel?

–Sûrement! Une jeune femme de classe.

–Me semble qu'elle irait bien dans ce décor. Je l'imagine au piano et vous deux, toi et ta mère, en train de l'écouter religieusement... bien assis sur ce beau sofa...

Le vicaire éclata de rire pour camoufler son intention véritable.

–Ou ce fauteuil-ci que je t'invite à prendre, mon cher Joseph.

Le prêtre fit glisser ses mains sur l'arrière de sa soutane pour éviter de la froisser et il prit place. Samuel s'assit sur le sofa, croisa la jambe.

Ils se parlèrent de la pluie et du beau temps, des nouvelles inquiétantes venues d'Europe, des rumeurs de plus en plus crédibles à propos d'une seconde guerre mondiale. Tous deux suivaient l'actualité internationale et se donnaient la réplique.

–Le chancelier Hitler ne va pas s'arrêter avec l'Anschluss. Il a l'oeil sur la Tchécoslovaquie, la Pologne et sur combien d'autres régions d'Europe centrale. Il est un conquérant et il ira au bout de quelque chose.

L'un ou l'autre aurait pu avancer cela; c'était le vicaire qui l'avait déclaré. Samuel commenta:

–Le référendum du dix avril, on peut dire sans se tromper qu'avec un résultat de 99,7% en faveur du rattachement de l'Autriche au Reich allemand, c'est de la bouillie pour les chats. Aucune cause au monde ne pourrait rassembler autant de gens pour la cautionner. J'imagine un référendum dans la province de Québec pour approuver l'entrée du Canada français dans la Confédération canadienne... On aurait quoi comme résultat? Kif-kif? 50-50?

–Faudrait peut-être imaginer un référendum pour séparer le Québec du Canada. Là, on pourrait peut-être dépasser les 90%...

–Mais pas 99% tout de même.

–Suis d'accord.

La discussion amicale se poursuivit pendant une demi-heure. Le vicaire ne fit aucune autre suggestion directe ou voilée à propos du célibat du docteur. Ni aucune allusion à une jeune fille ou l'autre. Cela viendrait en son temps. Il fallait y aller à doses mesurées tout comme le docteur devait le faire avec ses ordonnances de médicaments.

***

Chapitre 8

–C'est-il le docteur Goulet qui parle, là?

–En personne.

–Docteur Goulet, j'pense que ma femme va avoir un bébé d'une heure à l'autre, là. Vous pouvez-tu venir, là, vous autre?

–À la condition de savoir qui parle.

–Moé, c'est Méo Boutin. Allez-vous tu venir, là?

Samuel sourit d'entendre à l'autre bout de la ligne téléphonique ce personnage qu'une grande nervosité semblait faire frissonner autant qu'un grand froid. Or on était au beau milieu de juillet et de cette canicule annoncée par l'aveugle Lambert à la fin du printemps. L'excitation imprimait à sa voix une allure staccato que le docteur n'avait pas remarquée les deux fois où ils avaient été en contact. Même que le docteur ignorait dans quel rang de la paroisse vivaient cet homme et sa famille. Pas une seule fois durant sa grossesse, la femme n'était venue le voir. À croire que tout s'était bien passé pour elle. Et elle n'était pas la seule à ne réclamer la présence du médecin qu'à la dernière minute quand le bébé s'annonce à grands coups de tête dans les parois internes de la mère.

–À la condition aussi de savoir dans quel rang vous habitez et quelle maison du rang. Je ne connais pas toute la paroisse encore sur le bout de mes doigts.

–Moé, je reste dans le rang de la concession. Au boutte du Grand-Shenley. Mais là, j'sus pas chez nous parce que j'ai pas le téléphone. Le téléphone, il se rend pas chez nous. Suis venu téléphoner su Jos Boulanger, là... Faudrait pas retarder, là. Vous allez-tu venir en machine ou ben en voiture fine?

–Pensez-vous que pourrais me rendre chez vous en automobile?

–Ben... sais pas trop... Ça doit ben... Y a un boutte pas mal 'rough'... Tu pourrais défoncer ta panne à l'huile su' une roche.

–J'en ferai le tour. Mais si vous voulez m'attendre chez monsieur Boulanger... au cas où... Je serai là dans dix, douze, quinze minutes au plus.

–Faut je retourne chez nous... Y a Germaine Boulanger qui va prendre le cornet pour vous parler... Attends un peu...

Ce mélange de vouvoiement et de tutoiement traduisait bien les sentiments de la plupart des paroissiens à son égard: une mixture de respect et d'amitié, de crainte et de confiance. Il ne put y réfléchir bien longtemps.

–C'est madame Boulanger... Y a-t-il quelque chose que je pourrais faire, moé, en allant avec monsieur Boutin?

–Faites rien excepté préparer des linges propres et de l'eau chaude, en fait de l'eau bouillante.

–C'est ce que j'pensais. Bon, ben, j'vas vous attendre pis embarquer avec vous. Je vas être au bord du chemin...

–Si vous voulez. Mais...

Il ne put en dire davantage: Germaine avait raccroché. De toute façon, elle ne serait pas rendue plus vite. Donc, à part des linges propres qu'elle apporterait de chez elle, la femme ne pourrait rien préparer chez les Boutin puisqu'elle n'y serait pas avant lui.

Le jeune homme prévint sa mère. Il lui dit qu'elle ne pourrait pas le rejoindre par téléphone à moins d'appeler chez des voisins, peut-être les Boulanger. Il ne pourrait être de retour avant quelques heures et même tard dans la journée si le bébé devait s'accrocher à l'intérieur de sa mère...

Peu de temps après, la Chrysler s'arrêtait devant la maison des Boulanger. Tel que dit, Germaine attendait près du chemin, une pile de linges sur les bras. Le docteur mit le frein à main et descendit pour lui ouvrir la portière.

–Vous en avez apporté un et un autre?

–Vaut mieux trop que pas assez.

–Quant à ça...

Elle posa la pile sur la banquette arrière puis elle prit place à l'avant et le chauffeur regagna la sienne derrière le volant. Avant de repartir, il aperçut Joseph en train de tourner du foin dans une prairie et qui les regardait en songeant à l'automobile que lui aussi aurait voulu posséder. Samuel klaxonna en guise de salutation; l'homme répondit en agitant sa fourche en l'air.

–Elle se trouve où, la maison des Boutin?

–On la voit pas d'icitte. Elle se trouve dans le chemin du trait carré de la concession, pas loin.

–Jamais passé par là, moi...

La voiture se mit en marche. Germaine posa une main sur le tableau de bord pour se retenir, et avec l'autre attrapa une sangle suspendue pour mieux s'étançonner encore.

–Craignez pas, Germaine, on ira pas vite.

–C'est mieux parce que le chemin de la concession est pas mal...

–Pas fait pour les automobiles.

–C'est ça: pour des voitures à chevaux, pas des machines. Ou ben des bicycles, mais ça... qui c'est donc qui passerait par icitte?...

Samuel se composa un ton distrait:

–Il y a cette jeune femme de l'autre jour...

–Ah oui, la gipsy de Saint-Sébastien...

–Une mendiante n'est pas forcément une... Tsigane.

–Une quoi?

–Gypsy... en français, on dit une gitane ou Tsigane.

On passa devant une autre maison et le docteur se demanda pourquoi Roméo ne s'y était pas rendu pour téléphoner puisqu'elle était plus près de chez lui et qu'à l'évidence –les fils raccordés à la maison le disaient– ces gens-là avaient le téléphone.

–Monsieur Boutin aurait pu appeler de chez... Quelle est cette famille déjà, là, dans cette maison noire?

–Des Bougie. Mathias Bougie. Mais je pense que ça se parle pas, Roméo pis lui. Mathias, il fait peur au monde. Sauvage en mosus...

–Monsieur Bougie... oui, oui, je l'ai eu au bureau cet hiver ou peut-être l'automne passé, je ne me souviens pas précisément. Un vilain accident. Il s'est fait mordre –façon de dire– par un piège à ours.

–Première fois que j'entends parler de ça. Mais ça me surprend pas pantoute. Il en poigne pas mal au piège, des ours. Ils mangent ça, eux autres. Mangent la graisse. Mangent tout. Comme une bête à cornes. Ça leur viendrait de leurs ancêtres sauvages.

–Intéressant! C'est vrai qu'il a un visage pas mal ridé pour un homme de son âge. Autour de cinquante ans, si je me souviens bien.

–Pis ça sort jamais. Rien que pour aller à basse messe le dimanche. Ça achète pas beaucoup au magasin.

–L'autosuffisance, c'est nécessaire à pas mal de monde depuis dix ans.

Samuel réduisit la vitesse comme l'auto s'engageait sur un sentier cahoteux et herbeux dit le chemin de la concession.

Germaine se demandait ce qui arriverait si l'auto tombait en panne. Quelque chose de libidineux lui traversa l'esprit. Et la chair... Peut-être que... Et puis non, fallait chasser sans pitié cette pensée indésirable... Elle avait obtenu l'absolution pour la même chose et le prêtre avait bien dit qu'il n'y aurait pas de péché si elle combattait la tentation et *ne contemplait pas le désir de se faire aimer par un autre que Jos.*

Entre le départ de Roméo et l'arrivée du docteur devant la maison, elle avait eu le temps, chez elle, de se changer de robe et d'en mettre une plus claire, plus éclatante, plus pâle et qui la moulait mieux. Mais il fallait qu'elle soit propre pour aller aider sa voisine Maria Boutin qui aurait ce jour-là son huitième enfant et peut-être une septième fille après six et après un garçon l'année d'avant.

L'auto avançait à peine maintenant et cahotait sans cesse. Quand il arrivait à Samuel de prêter attention à sa voisine dans sa vision périphérique, il pouvait apercevoir sa poitrine qui bondissait comme un ballon et ça lui donnait à sourire.

–En tout cas, si Maria met au monde une septième fille, moé pis Jos, on veut être de cérémonie.

–Ah?

–Ben la septième, c'est pas rien, ça. L'enfant va avoir des dons.

–Comme...

–Toutes sortes de dons...

–Pourquoi ça ne serait pas la sixième ou la huitième ou l'aînée de la famille?

–Ben voyons donc, parce que c'est toujours la septième fille qui a des dons. Tout le monde sait ça.

–Moi, je l'ignorais.

–Vous êtes savant, mais vous savez pas tout.

–Ça, c'est bien certain, c'est bien certain. Et les dons, ça serait quoi? Quels dons? Guérir? Voir l'avenir? Arrêter le sang, la douleur? Quoi? Prédire le temps à venir comme monsieur Lambert devant chez moi?

–Tout ça pis encore plus que ça.

–Eh ben!

–Vous avez pas trop l'air de croire à ça, vous, là?

–J'ai rien dit. Je me renseigne, c'est tout. Les gens ne croient pas aux mêmes choses à la ville qu'à la campagne. Ici, dans la Beauce, on croit pas mal fort aux revenants...

–Y a rien de plus vrai que les revenants. Mon mari en a vu pas rien qu'une fois, lui. Il a vu son père ben des fois.

–En quelles circonstances?

–Ben... heu... faudrait lui demander. Je sais qu'il en a parlé à sa mère qui croit à ça elle itou. Même qu'elle a demandé à son défunt de mari, monsieur Boulanger, de la guérir de sa phlébite.

–Vous avez dit que son mal de l'autre jour, c'était pas une phlébite.

–Ben... à vrai dire, je le sais pas. Elle dit que c'est son défunt mari qui l'a soignée par ses prières.

–C'est la raison pour laquelle elle n'a jamais redemandé mes services?

–En plein ça... pis... ben ça y coûte moins cher de même.

–Heureusement que les fantômes sont pas tous des docteurs parce que le docteur vivrait maigre par ici.

On entrait maintenant dans un secteur boisé. Le fond du chemin devenait mou et les ornières révélaient une terre noire spongieuse contenant de l'humidité. Cela, par un pareil temps sec, révélait des sources d'eau d'origine phréatique.

–Ça fait du bien de lâcher le soleil un peu pis la chaleur.

La femme qui avait des sueurs au front se souleva de la banquette et s'étira vers l'arrière pour prendre un de ses linges secs dont elle se servit ensuite pour s'essuyer.

–Voudriez-vous m'essuyer un peu aussi, Germaine?

–Quen, prenez le linge! Ou ben je vous en prends un autre ben propre.

–Non, non, celui-là. Et essuyez mon front et mon visage sans trop me mettre le linge devant les yeux pour que je puisse voir le chemin devant.

–Si vous voulez...

Elle se glissa un peu vers lui et elle épongea les sueurs qui perlaient dans le visage masculin. Ça lui valut quelques frissons qui n'avaient rien à voir avec la température excessive du jour que la forêt maintenant atténuait un peu.

–C'est pas aujourd'hui qu'on va chanter, je pense.

–J'y pensais pus... Vous avez une saprée belle voix, hein, tout le monde le dit dans la paroisse. Le choeur de chant est quasiment pas le même depuis que vous êtes dedans. Les gens en reviennent pas.

–C'est un don... Et pourtant, je ne suis pas le septième garçon de ma famille.

–Riez pas de ça, c'est sérieux, les dons que le bon Yeu donne.

–Je ne ris pas de ça. Je fais un peu d'humour.

–De quoi?

–Humour?

–Ah, des folies, vous voulez dire.

–Si on veut. Des blagues. Rien de méchant.

Samuel soupira et reprit:

–Le fond du chemin 'rempironne' comme disent les vieux... Si ça continue, on va s'enliser... C'est encore loin, la maison Boutin?

–Un arpent, pas plus. On la voit pas d'avance. Reculée un peu dans le bois.

–Dites-moi comment il gagne sa vie? C'est pas de la terre à cultiver par ici, c'est la concession forestière de la compagnie John Breakey. Bon, vous le savez mieux que moi, Germaine.

Elle dit sur le ton de la confidence:

–Faut pas le dire, mais il se trouverait à squatter, Méo Boutin.

–À mon tour de dire: c'est quoi, ça?

–Un squatteur, vous savez pas c'est quoi?

–J'ai bien peur que non.

–Eh ben, vous savez pas tout, vous. Ben... c'est quelqu'un qui s'établit, je veux dire qui bâtit sa maison sur une terre qui appartient à la Couronne. Pis icitte, c'est la concession... ce qui fait que ça appartient au gouvernement... au roi... au roi George VI...

–Et, bien entendu, les droits de coupe de bois appartiennent à la compagnie Breakey.

–En plein dedans, monsieur! Vous comprenez vite les affaires, vous.

–Mais... ce pauvre Roméo et sa famille, ils vivent de quoi au juste? D'abord qu'ils ne peuvent pas cultiver la terre par ici...

–Ben... il a une espèce de petite grange, je dirais un hangar... une cabane... après sa maison, en arrière... pour une vache pis un cheval... quelques poules. Il cultive pas comme nous autres, c'est sûr. Ses enfants vont même pas à l'école.

–Ça, c'est une véritable tragédie, des enfants qui ne fréquentent pas l'école de nos jours. Ne pas savoir lire, ne pas savoir écrire... quel malheur et quelle misère!

–Faut pas que je dise ça, y a une qui va à l'école: la plus vieille. Pis elle montre aux autres, revenue à la maison. Maria peut pas trop leur montrer à lire pis écrire, elle le sait pas trop elle-même...

–Je veux croire que Roméo possède une vache et un cheval, mais... comment il fait pour les nourrir, surtout en hiver. Faut du foin pour ça...

–C'est lui qui ramasse le foin sur le bord du chemin... Il fauche ça jusqu'au village d'un bord pis jusqu'à l'église de Dorset de l'autre bord. Nous autres, on lui en donne un peu quand on en a des surplus... les bonnes années à foin. Pis d'autres dans le rang font pareil, les Poirier, les Poulin, les Champagne... Ils savent tous que c'est une famille dans la misère noire, pis qui fait pitié à plein. On est tout du pauvre monde, mais là, c'est des crève-la-faim pas pour rire. Pis des beaux petits enfants, vous allez voir ça. Mais lui, il pêche pas mal, il chasse, ça ramasse des fraises, des framboises... Font du jardinage... un ben beau pis ben grand jardin... Vous allez voir ça.

Elle s'arrêta un moment et reprit en penchant la tête comme si la confidence était son propre aveu:

–Pis j'pense qu'il vend un peu de bois de poêle au village. Il le coupe où? Ça...

–La concession est une terre de la Couronne... le bois devrait appartenir aux familles pauvres du voisinage autant qu'à la grande compagnie Breakey... En plus que c'est une compagnie anglaise.

–Oui, mais on n'a pas le droit d'en couper. En tout cas, j'ai pas dit que lui le fait, là... Mais... d'où il vient, le bois de poêle?... Il en vend jusqu'à monsieur le curé.

–Monsieur le curé est un homme sage, intelligent et généreux et c'est pour ça qu'il en achète... même si c'était du bois de la Couronne.

Germaine garda le silence. Les mots de Samuel prenaient un sens clair dans sa tête: le bois était à tout le monde et en l'utilisant, le curé le faisait savoir sans le dire.

On entra dans un fond de terre noire plus humide et l'auto ne tarda pas à s'enliser. Plus moyen de l'extraire de la petite fondrière. En tentant de le faire, Samuel risquait de casser un essieu.

–Va falloir continuer à pied.

–On demandera à Méo de venir nous sortir avec son cheval.

–On le lui demandera. Allons enfants de la patrie... Vous allez descendre de mon côté, le chemin est moins mouilleux par ici.

Elle se glissa vivement vers lui. Mais comme il descendait déjà, elle faillit tomber hors de l'auto. Il la retint par une main à l'épaule. Une fois dehors, elle faillit lui tomber dans les bras: il dut la retenir par les deux épaules. Leurs yeux se croisèrent un court moment, puis il ouvrit la portière arrière afin qu'elle prenne la pile de linges propres. Il lui fut alors donné de mesurer la générosité des formes de cet être encore jeun et fort. Elle lui rappelait vaguement Rose Martin dans l'ensemble...

Il prit sa trousse sur la même banquette. Après avoir refermé les portières, on se mit en marche.

Et il fut question de nouveau de Mathias Bougie. Une famille marginale, asociale, mais silencieuse et pour toutes ces raisons, mystérieuse. Des gens allant au village à pied tôt le dimanche matin et se renfermant dans leur maison pour le restant de la semaine.

–Curieux qu'ils aient le téléphone... pour des gens qui ne communiquent même pas avec leurs voisins.

–C'est vré, ça. J'avais pas pensé à ça, moé.

–Peut-être qu'ils ont de la parenté ailleurs... sans doute qu'ils en ont. Ah, mais ce qui se passe dans la marmite des autres et, comme on dit, derrière les portes closes, au fond des chaumières, ça ne nous regarde aucunement, n'est-ce pas?

–Là, je dis pareil comme vous.

De chaque côté du chemin, une forêt opaque constituée de conifères en rangs serrés semblait elle aussi receler des mystères profonds. On déboucha assez rapidement sur une clairière, en fait une éclaircie taillée à la hache à même le grand bois, et au milieu de laquelle se trouvait la modeste propriété de Roméo Boutin.

–Elle a un bébé en couche, l'autre commence juste à marcher. Pis ça va jusqu'à dix, onze ans, leurs enfants.

L'habitation ressemblait plus à un camp qu'à une maison. Faite de bois rond avec une cheminée de pierres sur un côté, elle avait pour dépendance cette construction dont Germaine avait parlé, qui servait de grange, dans un style à l'européenne, ce qui en saison froide, permettait de conserver plus de chaleur tant pour la maison elle-même que pour la partie réservée aux animaux.

Une petite fille d'environ dix ans dans une robe noire à fleurs blanches comme en portaient aussi les vieilles personnes, bondit de l'endroit où elle se trouvait et courut à la maison en criant:

–Monsieur le docteur arrive, monsieur le docteur arrive...

Elle entra et Roméo sortit:

–Faites ça vite, docteur, parce que j'pense que le bébé est sur le bord de venir.

–On est resté pris, lança Germaine. Là-bas, dans le chemin.

–Ça va prendre votre cheval pour nous sortir de là.

–On va s'en occuper plus tard.

–Mais oui, mais oui!

À l'intérieur, les autres enfants attendaient patiemment, sans rien dire, assis, immobiles, leurs grands yeux perdus en attente de quelque chose.

Il régnait dans la pièce servant de cuisine une chaleur humide insupportable venue à la fois de l'été et d'un poêle à deux ponts qui chauffait fort pour que l'eau contenue dans des chaudrons de fer bout au plus vite. Ce qui se produirait dans les prochaines minutes puisqu'elle fumait déjà abondamment.

–Ça va-t-il être assez, l'eau de là... parce que je peux faire un feu dehors itou.

–À mesure qu'on va en prendre, t'auras qu'à la renouveler.

–J'en ai déjà plein une grosse tonne dehors, en arrière de l'étable.

C'est à ce moment que l'on entendit un cri terrible, celui d'une douleur insupportable, venir de la chambre dont la porte d'entrée était à côté du poêle.

–Venez, Germaine. Et toi, Roméo, apporte-nous un grand plat d'eau chaude.

Le docteur entra le premier dans la pièce sombre. La première chose qui le frappa fut la présence de nombreuses mouches noires. Il se rendit aussitôt à la fenêtre pour découvrir qu'elle était ouverte et qu'il n'y avait pas de moustiquaire.

Maria gisait sur le lit, tordue de souffrance, ses longs cheveux mouillés, des mèches agglutinées sur le front, une main sur le ventre comme pour demander au foetus de la quitter et avec lui, cette douleur atroce que les traits de son visage, tous sans exception, disaient avec force. Heureusement qu'elle n'était qu'intermittente.

–On s'occupe de vous, madame Boutin, on s'occupe de

vous, là. Ne vous inquiétez plus. Madame Boulanger et moi, on va vous délivrer de votre mal.

À part le lit, il y avait quelques meubles de bois brut dans la chambre: une commode à tiroirs, une petite table ordinaire au pied du lit ainsi qu'une table de chevet sur laquelle on avait mis un pot d'eau et une tasse en fer-blanc.

–Par exemple, il va nous falloir un peu plus de clarté. Si vous voulez, on va ouvrir les rideaux pour laisser entrer toute la lumière du soleil possible.

La femme enceinte fit un signe de tête approbateur et Samuel ouvrit comme dit. Avec la lumière entra l'image du bois voisin, sombre et inquiétant.

–Il vient souvent... des ours rôder par icitte, marmonna Maria.

–On va s'en occuper, d'eux autres itou.

Germaine posa les linges sur la table.

–La première chose, on va tous les deux se laver les mains comme il faut.

–C'est certain...

Roméo entra avec un plat rempli d'eau chaude et le posa à côté des linges. Puis il revint avec une barre de savon maison. Le docteur se lava copieusement les mains. On changea l'eau et Germaine fit la même chose que lui.

À ce moment, la fillette qui les avait accueillis à l'extérieur se mit le nez dans la fenêtre et aperçut pour la première fois sa mère couchée et si terriblement souffrante. Ses yeux s'agrandirent. Elle à qui on avait dit et répété que les bébés étaient apportés par les Sauvages et à qui sa mère redisait chaque fois qu'elle portait un nouvel enfant que son ventre, "c'était rien du tout", comprit enfin ce en quoi consistait le mystère de la naissance.

Mais... comment pouvait-il sortir de là, le petit bébé? Ouvrirait-on le ventre de sa mère pour l'en extraire? Il fallait qu'elle sache, mais il ne fallait pas qu'on sache qu'elle voulait savoir... Le mieux était de ne pas se laisser voir et simplement d'écouter en s'embusquant tout près de la fenêtre ouverte.

Elle comprenait que les trois grandes personnes vaquant aux soins de sa mère, y compris son père, étaient bien assez absorbées par la tâche pour ne pas s'occuper d'elle et de sa présence dans les parages. De plus, à titre d'aînée, son père qui lui avait demandé de surveiller l'arrivée du docteur pour l'en avertir aussitôt, ne devait pas s'attendre à la trouver dans l'alignement des enfants qu'il avait ordonné à son retour plus tôt.

Ces raisonnements, bien que vagues et confus dans sa tête, avaient le même effet sur elle que s'ils avaient été clairs et nets.

Cette fillette de dix ans avait pour prénom Clara et depuis quelques semaines, c'est elle qui voyait à l'ordinaire de la maison sous la direction de sa mère si souvent malade dans son ventre. Elle avait des cheveux bruns coupés très courts et un visage mince ainsi que le corps amaigri de ceux qui ne mangent pas souvent à leur faim. Et pourtant, elle ne se sentait pas malheureuse pour autant et il lui arrivait souvent de fredonner des airs appris à l'école du rang. En ce moment, elle avait en tête l'un d'eux qu'elle savait d'un bout à l'autre. C'est qu'à son école comme en bien des endroits se trouvaient les cahiers de l'abbé Gadbois. Et avec la permission spéciale de la maîtresse, madame Roy, la fillette les feuilletait le plus souvent possible et apprenait par coeur des paroles de chansons dont la femme lui montrait la mélodie par occasions.

Comme elle ne pouvait émettre de sons en ce moment par crainte d'être repérée, elle fredonna mentalement *Partons la mer est belle* tout en prêtant l'oreille aux propos venus de l'intérieur.

–Faut d'abord laver la patiente, dit le docteur à Germaine sur un ton professionnel après avoir examiné Maria et appris que la rupture des eaux s'était faite une demi-heure plus tôt, ce qui se pouvait constater à voir l'état des piqués sous elle, tout imbibés de liquide.

–Eau propre. Linges propres. Et changement des piqués,

ajouta-t-il aussi.

L'intensité de la douleur exprimée par les cris de la femme enceinte lors des contractions de plus en plus rapprochées faisait craindre le pire au médecin, soit que le bébé se présentât par le siège, chose qu'il redoutait le plus lors d'un accouchement à cause des complications inévitables et donc des risques pour la mère et son enfant.

La femme avait accouché sans médecin la dernière fois, en cette période où la paroisse était restée orpheline, médicalement parlant. Germaine Boulanger, aidée par Roméo, avait alors agi comme sage-femme et tout s'était bien déroulé. Mais cette fois, l'accouchement s'annonçait bien difficile pour un huitième.

–Bon, ben Maria, je m'en vas te laver comme il faut, dit Germaine.

Maria jeta un coup d'oeil du côté du docteur qui se tourna vers la fenêtre. Il semblait qu'un regard d'homme, fut-il celui du médecin, gênait la femme bien qu'elle devrait s'exposer bientôt quand l'enfant serait en voie d'être expulsé. Même son mari ne l'avait jamais vue aussi nue et ainsi livrée au regard.

–Nous faudrait quelqu'un dehors qui balancerait une branche d'arbre pour faire entrer un peu de fraîche à l'intérieur.

–Je peux y aller, dit Roméo qui revenait dans la pièce avec un nouveau plat d'eau.

Dehors, Clara demeura figée de peur un moment. S'il fallait que son père la surprenne à espionner de cette manière, elle serait sévèrement punie. Mais la réponse du docteur la rassura:

–Non... on a besoin de toi ici, dans la maison...

Les deux plus jeunes enfants dormaient dans un attique aménagé dans le pignon de la petite maison et les autres, quatre petites filles de huit, six, cinq et quatre ans attendaient toujours sagement, assises sur un banc dans la cuisine, hors de vue de la porte de la chambre. Elles auraient bien voulu sortir, courir autour de la maison, jouer, folâtrer dans le boisé environnant, mais la voix de leur père les avait clouées à cette place et elles retenaient leur souffle du mieux qu'elles pouvaient. Samuel intervint en leur faveur en disant sans se retourner:

–Les petites fillettes, pourquoi elles restent là, sans bouger, comme des statues de pierre?

–Ben... ben c'est ça qu'il faut... Peuvent toujours pas venir icitte, dans chambre...

–Pourraient s'amuser dehors. Une naissance est un événement heureux, pourquoi leur faire prendre ça comme un événement... difficile? Elles seraient plus aptes à faire face à la musique quand plus tard, ce sera leur tour.

L'homme laissa tomber simplement:

–C'est de même que ça se fait.

–Bon...

Et le docteur hocha la tête.

Dehors, Clara contemplait en son imagination le visage du jeune médecin. Il lui paraissait un être venu d'ailleurs que sur la terre, un ange habillé en humain ou bien un humain doté d'un pouvoir d'ange. Il était bien plus que son père, bien plus... Et elle refaisait en son esprit le refrain de son chant silencieux...

Là, elle ne sentit plus sa présence tout près. Et lui sortit de la chambre pour aller parler aux fillettes qui lui faisaient pitié, moins à cause de la misère noire dans laquelle elles grandissaient que de cet immobilisme imposé. Comment s'épanouir dans pareil dénuement sans un minimum de liberté?

Il s'approcha d'elles. Et les fillettes se crispèrent encore davantage, craignant avoir fauté en quelque chose.

–Bonjour, les petites filles.

Aucune ne répondit. La plus vieille lorgna du côté de son père qui venait une autre fois prendre de l'eau sur le poêle, mais qui se désintéressait d'elles.

–Savez-vous ce qui me ferait grand grand plaisir?

Deux hochèrent la tête en signe d'ignorance et les deux

autres le regardèrent de leurs yeux démesurés.

–Je voudrais savoir comment vous vous appelez. Moi, je m'appelle Samuel... oui, Samuel... Et toi... avec de si beaux yeux tout bruns?

–Rolande, dit l'enfant qui ne parvenait pas à croire que si peu de chose puisse intéresser cet homme grand comme un bon Dieu.

–Un beau nom, oui, un bien beau nom. Et quel âge as-tu, Rolande?

–Huit ans.

–Toi, comment tu t'appelles? demanda-t-il à la suivante.

–Françoise pis j'ai six ans, fit aussitôt l'enfant qui baissa ensuite la tête comme si elle venait de confesser un vilain péché.

–Françoise... c'est beau aussi, un nom comme ça... Et toi... et toi, je pense que tu as cinq ans...

–Oui, elle a cinq ans, dit Rolande pour l'autre. Pis Clara, elle, elle a dix ans...

–Clara? Ah oui, elle est pas ici. C'est elle, hein, qui était là quand je suis arrivé. Elle est dehors quelque part?

–Oui, elle est dehors, Clara, reprit Rolande avec un signe de tête affirmatif.

L'homme continua de questionner. Il découvrit Colette en la fillette de cinq ans et Yvonne en celle de quatre ans. Puis son front se rembrunit à la pensée qu'ils étaient trop d'enfants là comme ailleurs. Pourquoi la religion catholique imposait-elle la famille à ce point en un temps où l'indigence était si grande partout dans le monde et jusque dans les recoins les plus reculés de la campagne québécoise? Et ce raisonnement s'ajoutait à ses autres réticences face au mariage. Pas question pour lui de donner la vie à plus de deux ou trois enfants.

Il ne lui fut pas donné de continuer à réfléchir. Une nouvelle contraction et un cri de douleur profonde le réclamèrent dans la chambre. Roméo jeta un oeil aux enfants et les petites se figèrent de nouveau à leur place comme des personnages de cire.

Le docteur consulta sa montre-bracelet posée sur la table et sut que le moment était venu de procéder à l'accouchement. La tête du bébé serait là dans peu de temps. Tout l'indiquait maintenant.

–Écartez vos jambes, Maria... genoux pliés...

Roméo comprit que le moment arrivait. Il retourna dans la cuisine en refermant la porte derrière lui. Et alla s'asseoir sur une chaise berçante face à ses quatre fillettes qu'il ne regarda aucunement.

Le sexe de la femme enceinte apparut sur les piqués jaunes mais propres que Germaine venait de changer. Poilu, noir et luisant.

–Est ben propre, fit Germaine en désignant la vulve d'un geste vague de la main.

–Je vais faire une certaine pression sur son ventre maintenant. Et vous, Germaine, essayez de chasser les mouches à l'aide d'un linge...

Ce qui fut fait de part et d'autre. Les contractions se rapprochèrent encore davantage puis les tissus de la vulve commencèrent à prendre de l'expansion. L'accouchée hurlait maintenant de douleur, main tenue par l'autre femme qui lui épongeait aussi le front du même coup. Quelques secondes encore et apparaissait le dessus du crâne. Enfin...

Le premier contact de l'enfant avec cet autre monde lui fut donné par une autre espèce que celle des hommes, la plus opportuniste de toutes, celle des insectes. Alléchées par l'odeur du sang et voraces, des mouches se posèrent une fraction de seconde dans le liquide visqueux pour aussitôt décoller en se nourrissant déjà.

Dehors, Clara agitait la main au fur et à mesure qu'une mouche se posait sur son visage ou ses bras et l'en chassait impitoyablement. Mais elle ne sentait pas toujours les maringouins avant qu'ils ne s'envolent le ventre bourré de sang frais et chaud.

C'est dans un terrible hurlement venu du fond des entrailles de la femme que passa la tête du nouveau-né. Clara ressentit une puissante secousse dans son ventre, suivie d'un remous énorme. Comme si un gouffre immense s'y était tout à coup creusé pour ensuite aspirer violemment et s'en remplir des morceaux entiers de sa substance profonde. Un véritable raz-de-marée intérieur. La souffrance de sa mère la vidait de son enfance. Tout en la remplissant de sa lourde féminité.

Puis une épaule plissée parut. Le docteur introduisit ses doigts et dégagea le bras droit du bébé. C'était le moment de la délivrance et la mère n'avait plus besoin de pousser encore et encore.

Le médecin mit alors ses deux mains sur l'enfant, l'une à l'épaule et l'autre sous la tête et il tira en mesurant la pression pour ne causer aucun dommage tout en aidant la mère à terminer son pénible travail. Le reste du corps passa rapidement sans plus d'efforts par la mère. Aussitôt des pinces furent mises sur le cordon que coupa un instrument tranchant brillant et bien aiguisé. L'homme introduisit son doigt dans la bouche du bébé pour la dégager un peu.

Pendant ce temps, Germaine ne cessait de s'exclamer:

–Mon doux Seigneur, une petite fille... pis je vous l'avais ben dit qu'elle aurait un don vu que c'est la septième... regardez sur sa tête... la membrane de la poche des eaux qui lui fait un beau petit chapeau... Ça prouve qu'elle a un don, c'est la preuve, je vous le disais ben qu'elle aurait un don...

L'enfant ne pleurant pas, le docteur le souleva par les pattes et lui infligea une gifle sur la fesse, ce qui provoqua le cri primal et une crise de pleurs bruyants.

Malgré toutes les tentations, Clara n'avait pas bougé. Quand elle entendit le bébé crier, elle osa mettre son nez sur le bord de la fenêtre. La scène l'horrifia. Toutes ces choses pleines de sang sortant du corps de sa mère. Et le docteur qui tenait un bébé tête en bas. Et les hurlements de l'enfant comme s'il était sous la torture.

–C'est une fille, annonça Samuel à la mère.

–Encore! dit Maria.

Germaine quant à elle fit son signe de la croix deux fois plutôt qu'une et déclara:

–C'est le bon Yeu qui a permis ça. Elle va avoir des dons, vous allez voir.

Puis le médecin déposa l'enfant sur la poitrine de sa mère. Maria le prit dans ses bras. Vint bientôt le placenta que le docteur trouva entier comme il le souhaitait. Il fallait maintenant s'assurer de la rétractation et de la contraction de l'utérus. Le docteur palpa et massa gentiment le ventre; il repéra l'organe redevenu dur comme un pamplemousse, ainsi qu'il le fallait. Germaine mit le placenta dans un morceau de gazette et l'emballa avec d'autres résidus rendus par le corps libéré.

–Un autre accouchement normal et qui a bien réussi, fit le médecin en se levant et en se remettant à la table pour se laver les mains une autre fois.

–Pis une belle grosse fille avec des dons...

–Et avec un nom. Elle va s'appeler comment ?

Clara ne put en voir davantage. Le docteur se tourna subitement, se sentant observé, et tomba sur l'image que donnait la fillette au visage pâle comme la mort. Il lança un petit regard de côté pour s'assurer que personne ne l'avait vue à part lui et s'approcha d'elle en souriant et en posant un doigt, l'index, en travers de sa bouche pour lui demander le silence en même temps que pour lui promettre sa complicité. Ce qu'elle perçut comme un geste de rassurance.

La fenêtre à guillotine était levée au maximum. L'homme s'assit sur le rebord puis par une torsion du tronc, il glissa le haut de son corps à l'extérieur. Clara s'était déjà reculée et restait interdite, un pied devant l'autre, l'oeil rapetissé par l'intensité lumineuse du soleil.

–Comment ça va, Clara?

La fillette eut un léger mouvement de recul de la tête pour exprimer son étonnement à cet appel de son prénom.

–C'est ta petite soeur qui m'a dit ton nom tout à l'heure.

–Ah!

–Fait chaud, hein?

–Oui.

–Ta maman vient d'avoir un petit bébé.

–Oui, dit la fillette en hochant de tête, le regard triste à la pensée de la douleur entendue.

–Mais c'est fini. Elle ne souffre plus maintenant. Tu le savais, comment les bébés viennent au monde?

–Non.

–Asteur, tu le sais?

–Oui.

Le ton bas, mesuré et si doux utilisé par Samuel n'évoquait rien de semblable aussi loin qu'elle se souvienne, et l'homme adulte pour Clara n'était guère autre chose qu'une machine autoritaire qui fait sa loi et l'impose, point final. Elle fut vite apprivoisée.

–Je vas être obligé de te laisser, tu comprends.

Elle sourit.

Et ce sourire émacié ramena le jeune homme plusieurs années en arrière devant sa fiancée malade au Mont-Sinaï. Il y avait plus que cette maigreur en cette fillette pour lui rappeler sa douce Elzire. Sa façon de pencher la tête. Ce regard profondément triste, parfois perdu dans un monde lointain...

Puis Samuel regarda tout autour cette noire ceinture boisée si semblable à celle derrière le sanatorium des Laurentides, si douloureusement pareille.

Entièrement absorbées par le bébé et le nettoyage, Maria et Germaine ne se rendaient pas compte que le docteur parlait à quelqu'un. On crut qu'il prenait de l'air moins torride que celui de la chambre et se marmonnait des choses à lui-même, peut-être des prières.

On frappa à la porte. Samuel cria à Roméo d'entrer.

–Tout est fait, tout est O.K.

–J'ai entendu ça...

Son mouvement de tête et le sens de la phrase voulaient

dire que le “ça” désignait le bébé. Le père ajouta:

–Si tout est comme il faut, je retourne travailler... J’ai du bois à couper.

–Pas si vite, là... faudrait venir avec le cheval pour tirer la Chrysler pis la remettre en voie de repartir.

–Ouais...

–Pour ce qui est de la facture, je vais vous l’envoyer par la malle?

Roméo se gratta la tête sous ses cheveux noirs et raides et demanda:

–Dites-moé tusuite comment ça coûte.

–Un accouchement, c’est deux piastres. C’est le prix... Si on compte le voyage, ça fait une demi-journée d’ouvrage, pis plus ben des fois.

Roméo songea qu’il n’avait pas l’argent. Qu’il n’avait pas de biens à part quelques vieux meubles, cette masure et quelques animaux. Il faudrait attendre les livraisons de bois de poêle et de fournaise de l’automne au village pour disposer de l’argent nécessaire. Mais il était embarrassé. En même temps, une idée lui avait traversé la tête pour régler cette dette au plus tôt.

Comme pour s’excuser de faire payer un personnage aussi indigent, le docteur en remit:

–Deux piastres, c’est le prix d’une délivrance.

–Délivrance?

–Accouchement... délivrer votre épouse de...

–Ouais, ouais, je comprends. Vous autres les “gensses” instruits, vous avez des mots qu’on poigne pas toujours tusuite, nous autres, le petit monde... Deux piastres: le prix d’une délivrance... Ben certain, ben certain... Bon, ben je m’en vas greyer mon cheval pis attendre devant la porte...

–Et moi, je vais terminer avec madame.

Jetant un coup d’oeil aux quatre fillettes toujours prisonnières du banc de bois, Samuel ajouta:

–Vous pouvez les... délivrer, elles itou, asteur que c’est

fini...

–Ouais, ouais... Vous autres, vous pouvez aller jouer dehors, là...

Aussitôt les petites misérables sautèrent sur leurs pieds nus et coururent à l'extérieur. Rolande jeta quand même un regard inquiet vers la porte entrebâillée de la chambre de ses parents en quittant les lieux.

Samuel entendit des cris:

–Clara, Clara, Clara...

De retour dans la chambre, le docteur palpa une dernière fois le ventre de Maria puis annonça son départ après une prise de pression et la vérification du pouls. Entre-temps, le bébé avait été lavé, nourri et il dormait à poings fermés à côté de sa mère, légèrement enveloppé, mais le visage et le crâne assaillis par des mouches domestiques.

Germaine hésita un moment entre la décision de s'en aller avec le docteur, ce qui aurait été un nouvel agrément pour elle, et rester auprès de Maria, ce qui lui apparaissait un devoir de solidarité entre femmes. Elle choisit de rester...

Samuel prit sa trousse et salua les deux femmes.

–Marci ben gros, là, dit Maria.

–Moé, je vas passer une couple d'heures encore avec elle, dit Germaine.

–Et finalement, madame Boutin, vous allez la faire baptiser sous quel nom, votre nouvelle petite fille?

–Y a-t-il quelqu'un, monsieur le docteur, que vous avez ben aimé dans votre vie, vous?

–J'ai été fiancé, oui.

–Elle s'appelait comment, votre fiancée?

–Parce que...

Comprenant ce qu'elle voulait, il désignait le bébé sans finir sa phrase.

–Comment qu'elle s'appelait, votre fiancée? redemanda Maria avec insistance.

–Elzire.

–Comme la mère des jumelles Dionne! s'exclama vivement Germaine.

–Bon, ben elle, ça va être Elzire itou...

Samuel sourit et après une brève pause, dit:

–Bon, je vous fais mes recommandations. Surveillez les saignements et que madame fasse des exercices avec ses jambes... Là-dessus, je vous salue, Maria et Germaine et je vous dis: à la prochaine.

–À la revoyure! dit Germaine.

–Marci encore! dit Maria.

Et le docteur s'en alla. Il s'arrêta un moment dans la cuisine. Regarda tout autour. Soupira. Repartit. Et marcha jusqu'à sa voiture embourbée, flanqué de Roméo et de sa jument attelée à un bacul chaîné.

L'auto fut tirée par l'arrière jusqu'à un terrain plus sûr. Là, Roméo la déchaîna et Samuel lui fit faire demi-tour. Puis il s'apprêtait à remercier l'autre quand celui-ci lui demanda d'arrêter le moteur un moment, ce qui fut fait.

–La facture... faut-il que je vous l'envoye par la malle ou ben...

Le docteur devint confus un court instant:

–Je l'ai offert tantôt...

–Je veux dire... ma facture à moé pour avoir sorti la machine...

Samuel devint à la fois songeur et rieur:

–Pour avoir sorti la machine?

–Mettons deux piastres...

–Deux piastres?

–C'est ça, deux piastres. Une délivrance, c'est deux piastres de coutume. T'as délivré ma femme, pis moé, ben j'ai délivré ta machine.

Samuel hocha un peu la tête et acquiesça:

–C'est plein d'allure. J'ai délivré ta... t'as délivré ma... Ça veut dire qu'on est kif-kif...

–Qu'on est quoi?

–Kif-kif... ça veut dire qu'on se doit rien, plus rien pantoute, toi pis moi, Roméo.

–Comme ça, tout le monde est content.

Après avoir salué, Samuel s'en alla en hochant la tête et en riant de lui-même...

Plus loin, il se mit à fredonner *Partons la mer est belle* et le fit jusqu'au village...

***

Chapitre 9

C'était la voix de Germaine à l'autre bout du fil en cette fin d'après-midi, le jour suivant l'accouchement de Maria Boutin.

–Ça d'l'air que ça va pas trop ben pour Maria... vous savez, madame Boutin. J'me demande si vous devriez pas venir la voir, là, vous. Moé, j'peux pus rien faire pour elle... rien ou ben pas grand-chose...

–Il se passe quoi au juste? Vous l'avez vue depuis hier? demanda Samuel Goulet.

–Non, mais... Ben y a quelqu'un qui l'a vue aujourd'hui. Je vous la passe; elle voudrait vous parler, là.

–Dites-moi qui c'est...

Mais il parut qu'on n'avait pas entendu sa requête et c'est la promise qui se fit entendre. Une voix qui n'était pas inconnue et pourtant qui parut peu familière au docteur: une voix rare.

–Bon, ben... madame Boutin, j'ai passé la journée avec elle pis j'pense qu'elle est pas mal malade comme c'est là. Vous devriez venir...

–Et, et... qui parle pour commencer?

–C'est... Catherine Bussière...

–Une parente des Boutin?

–Non... non...

Cette hésitation ajouta à celle du médecin:

–On me demande de venir ou quoi? C'est l'heure du souper quasiment...

–Elle fait de la fièvre...

–Comment le savez-vous?

–Ben... j'passais par là de bonne heure à matin... monsieur Boutin m'a demandé de rentrer pour la voir... vu que je suis une mère pis qu'ils me connaissent un peu comme ça. Bon, j'ai passé la journée avec elle... à essayer de faire baisser sa température avec de l'eau frette... Mais ça continue pareil... Ça fait que là, c'est sa plus vieille qui a pris ma place...

–Monsieur Boutin vous a demandé de venir me téléphoner chez monsieur Boulanger?

–Non... ben disons... Non...

–Mais si on ne me demande pas, c'est qu'on juge que ma présence n'est pas requise...

–Mais moé, j'en ai eu, des enfants, pis je sais c'est quoi. Sus venue proche de mourir des fièvres après mon deuxième bébé... Pis vous devez le savoir que ça arrive souvent que des femmes meurent des fièvres après un accouchement...

–Je ne vous connais pas... Vous n'êtes pas parente des Boutin... Est-ce que vous seriez une voisine du rang... vers Dorset mettons?

La voix devint coléreuse tout à coup:

–Ça pas une maudite graine d'importance d'où c'est que je viens, moé, pis comment que je m'appelle. Y a une femme qui va peut-être mourir pour avoir mis un enfant au monde parce que y a son mari qui sait pas trop s'il doit faire venir le docteur pis parce que y a un docteur qui sait pas trop s'il doit venir la soigner... Quand c'est que vous allez avoir des enfants, vous autres, les hommes, vous allez changer de manière de faire. Venez-vous la voir ou ben si vous venez pas? Je vas en appeler un autre si vous venez pas.

Samuel resta pantois un moment. À l'autre bout du fil, la

voix changea et c'est Germaine qui intervint:

–Ben moé, j'pense que la quêteuse a ben raison... ben raison de vous brasser la cage de même... On rit pas avec les fièvres d'après un accouchement...

–La quêteuse? La quêteuse de l'autre fois?

–Ouais, la bohémienne de l'autre fois... La bonne samaritaine comme vous l'avez appelée... Ben elle l'a fait avec vous sur le bord du chemin, la samaritaine, pis aujourd'hui, elle l'a fait avec Maria...

Samuel l'interrompit:

–J'y vais, j'y vais... Je raccroche, je prends ma trousse et je pars dans deux minutes...

–C'est ça qu'il faut...

Et l'homme fit comme dit tout en s'interrogeant. Le nom qu'il avait tant voulu savoir ce jour de son accident de vélo, il l'avait entendu de la bouche même de la mystérieuse inconnue: Catherine Bussière. Mais était-ce pour cette raison, pour la revoir, cette jeune femme hors de l'ordinaire, qu'il s'était décidé si fermement à se rendre au chevet de Maria sans y avoir été demandé par le mari? Ou bien parce que la samaritaine lui avait prêté secours sans se faire prier cette fois-là? Ou simplement parce que les voix des deux femmes avaient été assez alarmistes pour faire bouger sans tarder le disciple d'Esculape en lui?

Il cria son départ à sa mère, courut dehors à la Chrysler et démarra en trombe en songeant aux terribles conséquences pour certaines accouchées de la fièvre puerpérale. Il se remémora l'accouchement sans y trouver une cause apparente. Il n'y avait pas eu de déchirure du périnée. On avait soigneusement lavé la région génitale de la femme. Pas de rétention du placenta. Pas d'hémorragie donc pas de déchirure de l'utérus à l'intérieur. Et puis l'utérus s'était vite et bien contracté pour reprendre son espace naturel et sa fermeté.

C'est en soupirant très fort que l'homme engagea la voiture dans la grande côte du rang... Au village, des doigts se grattaient la tête de curiosité. On pensa qu'il pouvait s'agir de la femme à Roméo que tous savaient avoir eu la visite de la cigogne la veille pour une septième fille... et un huitième accouchement.

–Ça serait une bonne occasion de se parler, toé pis moé, dit Germaine à Catherine qui s'apprêtait à s'en aller. Je dois te dire que j'te considérais pas trop trop avant aujourd'hui, mais là, je te trouve ben bonne pour ce que t'as fait... pis pour avoir eu le courage que t'as eu de parler de même au docteur Goulet.

Catherine, debout près de la porte, regarda l'autre, et ses yeux devinrent ras d'eau:

–Elle va mourir, c'te pauvr' femme pis c'est pas sûr qu'il faut qu'elle meure. Huit enfants en tout. Quasiment trois bébés aux couches. Pis la plus vieille qui a rien que dix ans...

–Le bon Yeu viendra pas la chercher.

Le regard de Catherine passa de la tristesse à la colère et le ton exprima de la révolte:

–Le bon Yeu, il s'occupe pas de ça, il s'occupe pas de ça pantoute. Des femmes qui meurent avant leur temps de toutes sortes de maudites manières, on voit ça à tous les jours. Pis du bon monde. Ben meilleur que moé en tout cas. Il vient les chercher pareil... pis même quand c'est des mères de cinq, dix ou ben douze enfants.

–J'en ai le frisson, d'entendre ça.

–J'vous dis pas de prendre mon dire pour la vérité, mais c'est mon dire pis j'en changerai pas, madame Boulanger.

Germaine secoua la tête. Elle hésitait, baissait les yeux, les relevait. Comme si pour la première fois de sa vie, elle était confrontée à une question majeure, existentielle, capable de modifier toutes les idées reçues à propos de la vie et de la mort, de l'injustice, du vrai sens des choses.

–Tu... t'es montrée trop bonne avec le monde pour avoir le coeur méchant... Mais... notre sainte religion...

–Elle nous dit de tout endurer... pis de faire confiance à

Dieu... Dieu tout-puissant... Madame Boutin va mourir que je vous dis pis ça... ben ç'a rien à voir avec un bon Yeu tout-puissant...

Germaine fit trois pas en avant et prit la quêteuse par les épaules:

–Mais... on peut pas parler de même... parce que...

Elle leva les yeux au ciel et chercha une réponse à sa propre question pour reprendre:

–... ben parce que c'est un blasphème...

Catherine rejeta la tête en arrière et se laissa éclater dans un rire énorme.

–C'était pour rire... pour voir c'est quoi que vous en penseriez...

–T'es sûre... que c'était pour rire?

–Ben voyons donc, suis une bonne chrétienne comme vous pis tout le monde. Le bon Dieu est bon pis ça s'arrête drette là. On discute pas de ça... Mais le bon Dieu nous permet de rire un peu... Quand on rit, on souffre un peu moins... vous savez ça...

L'autre femme se détacha de la jeune bohémienne et lui tourna le dos lentement. Il y eut une pause lourde. Le bruit d'une canne frappant le plafond se fit entendre.

–Quen, la belle-mère qui se réveille, dit Germaine à mi-voix en se retournant vers Catherine. Elle a dû nous entendre pis elle veut qu'on se parle encore pour enterrer le bruit qu'elle fait. Comme ça, elle écoute aux portes pis elle rumine ça ensuite... Je le sais, je la connais... Tant qu'on se remettra pas à parler tout haut, elle va cogner sur le plancher avec sa mosus de racine...

–Moé, j'vas partir.

–Attends un peu... Tu faisais une tournée de charité... je vas te donner un petit quelque chose.

–Non, vous m'avez déjà donné pas mal sans le savoir.

–Je t'ai rien donné pantoute. Je t'ai dit que j'te considérais pas avant aujourd'hui. Tu vas prendre quelques cennes au moins, là. Attends-moé, je vas revenir.

C'est fort soucieuse que la femme se rendit prendre des sous noirs dans la chambre et en revint:

–Retournes-tu voir Maria à soir?

–Oui, j'y retourne tusuite, là.

–Tu lui as dit, à Roméo, que t'irais appeler le docteur?

–J'lui ai dit trois fois durant la journée d'aller l'appeler... que c'était plus grave qu'on pense... mais il a pas une cenne pour payer.

–Comment qu'il a donc fait pour payer pour l'accouchement hier?

–Il a parlé d'une... d'une sorte de "change pour change".

–C'est ça: il va lui repasser du bois de chauffage dans le courant de l'automne.

–Probable.

Voici que l'on n'entendait plus le bâton de la vieille dame. Germaine leva les yeux au plafond pour exprimer à la fois son soulagement et du désabusement.

–Bon, ben allons-y! Je vas marcher un boutte pis faire le reste avec le docteur Goulet en machine comme hier.

–J'peux vous embarquer sur mon bicycle pour un boutte.

–Ouais?

–Ben ouais.

–Ben on va essayer ça. De même, on sera plus vite rendues, peut-être avant le docteur... La pauvre Maria, elle doit se sentir ben tuseule comme c'est là.

Germaine soupira pour ajouter ensuite:

–Bon, moé, je reste habillée en homme.

–Moé itou.

–Sont ben, les hommes, habillés en culottes, eux autres. Pas de corset sur le corps: on se sent donc libre.

–Ça, j'en porte jamais. Fini, ces folies-là!

–Attention, ma petite fille, quand c'est que tu vas avoir eu assez d'enfants, tu vas te déformer pis va falloir que t'en mettes un, un corset... en tout cas le dimanche.

–Dans le temps comme dans le temps...

Dehors, Catherine exprima une vague inquiétude:

–Monsieur Boutin va peut-être se choquer de contre moé par avoir appelé le docteur.

–Ah ben non! Il est mieux pas, lui... Nous autres, on leur rend ben des services, aux Boutin, on leur donne du foin pour leurs animaux pis du sucre le printemps. Va falloir qu'il se taise pis qu'il la fasse soigner comme il faut, sa femme, s'il veut la garder. Ah, pis... pis il va comprendre quand il va s'apercevoir que c'est vré que la vie à Maria est en jeu avec une fièvre de même après un accouchement.

–Vos enfants, vous, madame Boulanger, qui c'est qui s'en occupe?

–Y a mon mari dans les alentours avec eux autres... Pis quand c'est que ça force, ma belle-mère, elle se grouille les deux fesses, j'te dis. Quand je m'en vas un bout de temps, elle descend en bas pis elle s'occupe des enfants. Pis quand je reviens à maison, elle retombe malade ben raide.

On était encore en pleine chaleur même si le soleil de fin d'après-midi déclinait imperceptiblement à chaque minute. Et partout, la durée prolongée de cette sécheresse inquiétait de plus en plus.

–Des fois, j'pense que la terre se réchauffe, dit Catherine quand elle fit monter l'autre femme sur la seconde selle puis qu'elle mit la bicyclette en chemin.

Germaine lui cria presque aux oreilles:

–Pourvu que le feu pogne pas dans la concession! Ça serait un désastre. J'te dis que ça ressemble à l'année du grand feu. J'avais quatre, cinq ans... je me rappelle pas trop trop... J'pense que c'était en 1908. T'es trop jeune pour te rappeler de ça...

–J'pense ben: suis venue au monde en 1914.

–Pis le grand feu, c'était de l'autre bord de la paroisse, pas par icitte... Mais la boucane montait assez haut qu'ils la voyaient jusqu'à Dorset, Courcelles pis Saint-Sébastien de ce bord-citte... Quand tu dis que la terre se réchauffe, c'est rien que sur le dessus, ça... parce que dans le bois, c'est encore humide des bouts dans les fonds de terre noire...

Catherine tourna la tête pour dire sans essoufflement malgré la charge traînée:

–Quand j'dis que la terre s'réchauffe, j'parle de la terre entière... pas de la terre... à terre, là...

–Ah! Eh ben... c'est la première fois que j'entends une idée de même, moé, là. Tu sauras que la terre, c'est grand en titi, ça. Mais... si faut que ça vienne comme tu dis, on va cuire comme des oeufs dans le sirop... Le bon Yeu laissera pas faire ça...

–Comme les petites à Fatima ont dit: va falloir prier fort en mosus pour que le bon Yeu s'en mêle.

–Si le bon Yeu s'en mêle pas assez, c'est parce que le péché est partout sur la terre.

Le visage de Catherine durcit, mais l'autre ne pouvait le percevoir. Elle dit:

–Ben moé, des péchés, j'en fais pas. Pis vous, madame Boulanger? C'est sûr que vous en faites pas non plus.

Cette pauvre Germaine rougit par tout son visage et sa voix chevrota. La jeune femme devant ne pouvait se rendre compte de sa réaction. Germaine avoua tout de même:

–Pas des trop gros en tout cas!

Et elles rirent avant d'entrer dans une pause accompagnée du chuintement des pneus sur la terre battue. C'est le klaxon d'une voiture qui les ramena à la réalité du moment. Bientôt Catherine sut que le docteur les rattrapait passé la terre des Bougie; elle s'arrêta et mit pied à terre pour laisser sa compagne changer de taxi.

Samuel riait:

–Ça me rappelle des souvenirs, de voir deux personnes sur ce bicycle-là.

–Une quêteuse, des fois, ça sert à quelque chose, pas rien qu'à quêter...

–Quand une personne fait ce qu'il faut pour ne pas mourir de faim et pour aider les siens à se nourrir, on peut pas faire autrement que lever notre chapeau bien haut.

–En tout cas, c'est pas le temps de jaser, y a madame Boutin qui a ben besoin de vous.

–Pars en avant, Catherine, tu vas être rendue avant nous autres. Nous, va falloir arrêter avant à cause du chemin. Hier, l'auto s'est enlisée... et ça m'a coûté ma visite...

Les deux femmes s'échangèrent un regard entendu. Puis la bohémienne repartit et accéléra rapidement. Samuel sortit sa tête pour lui crier:

–Tu peux continuer de faire baisser sa température en nous attendant.

La jeune femme fit un signe d'acquiescement de la main et poursuivit sans se retourner.

–Un personnage extraordinaire!

Germaine fronça un sourcil et s'ajusta sur la banquette avant en refermant la portière. Chacun des trois, de la quêteuse sur son vélo et des deux autres dans l'auto, devint silencieux et du plus grand sérieux à mesure que le temps passait et que la maison Boutin se rapprochait. À la fondrière, Samuel évalua la situation: il contourna l'endroit où était le ventre-de-boeuf et ainsi, l'auto put se rendre sans encombres à la maison où une image de désolation les attendait.

Tout d'abord Catherine sortit et courut à l'auto en criant:

–Pour moé, elle est morte... j'ai ben peur... Elle respire pus pantoute... lui pense qu'elle est morte... les enfants pleurent... c'est épouvantable...

Le docteur prit sa trousse et le plus rapidement qu'il put entra dans la maison, suivi des deux femmes. Il pénétra dans la chambre où le reçut l'image familière de la mort écrite sur le visage de Maria. Roméo était à genoux à côté du lit, la tête sur la main alanguie, gémissant, torturé, impuissant, perdu.

Peut-être que tout ça venait juste de se produire et Samuel ne perdit pas de temps en interrogations. Il courut au lit et se lança aussitôt dans un massage cardiaque en dénudant tout d'abord la femme jusqu'au cou. Cela s'était vu au bout de plusieurs minutes de mort apparente, qu'un coeur arrêté se remette en marche. Et la manoeuvre réussit. Après une demi-minute, il parut que Maria retrouvait la vie. Le docteur le constata par le pouls puis par les frissons qui agitaient sa personne de bout en bout.

–Elle paraît avoir froid, mais faut continuer d'abaisser la température de son corps avec de l'eau...

Roméo reprit conscience des choses. Il fut soudain survolté et s'écria en pleurs:

–Est là? Est encore là? Un miracle...

–On va tout faire pour la sauver.

Mais Samuel avait peu d'espoir. Le front disait une forte fièvre, signe d'une infection grave de l'utérus. Sûrement au streptocoque.

–Si on avait donc de la pénicilline! marmonna ensuite le docteur.

On se demanda ce qu'il avait pu dire. Lui savait par ses lectures sur les progrès médicaux et par ses études que la pénicilline existait et pouvait venir à bout de plusieurs bactéries, mais il n'ignorait pas non plus que la découverte de Fleming n'était pas encore introduite en thérapeutique. On attendait le produit d'une année à l'autre et entre-temps, les malades mouraient.

Pâleur cadavérique qui lui avait fait penser à la mort irrémédiable à son entrée dans la chambre, yeux entourés de bistre, langue épaisse, tout confirmait le diagnostic de fièvre puerpérale. On ne pouvait qu'attendre et surveiller sa température en évitant qu'elle ne dépasse les 40 degrés. Et pour ça, il fallait sans cesse laver, éponger le front, la tête, le corps tout entier avec de l'eau froide, la plus froide qu'on puisse trouver. Et cela, c'était la tâche de Roméo qui y retourna et l'accomplit avec l'énergie du désespoir, courant à une source à l'orée du bois avec deux seaux et revenant à bride abattue au tonneau de bois à l'arrière de la maison. C'est que le puits peu profond était tari à cause de la sécheresse prolongée et que la pompe à bras ne faisait plus entendre depuis une semaine le bruit rassurant de l'eau fraîche qui coule en tourbillonnant dans l'évier de la cuisine.

Catherine et Germaine accomplissaient leur tâche avec une constance rigoureuse et parfois s'échangeaient des regards attristés exprimant leurs craintes devant l'extrême faiblesse de la patiente que l'on croyait partie à tout moment.

Clara s'occupait du bébé au fond de la cuisine, le nourrissant au biberon et Rolande faisait la même chose avec l'autre bébé, le seul fils de la maison, prénommé Eugène. Quant aux quatre autres filles, Françoise, Colette, Yvonne et Gisèle, elles étaient dehors et s'amusaient après avoir pleuré sans tout à fait savoir pourquoi, à voir Clara désespérée et leur père dans un état de choc.

Samuel savait qu'il ne pouvait rien faire d'autre, rien de plus pour Maria Boutin. Le temps et Dieu décideraient de son sort. Toutefois, sa présence augmentait considérablement la confiance en tous y compris en la malade qui rouvrait les yeux parfois et semblait parfaitement consciente avant de les refermer pour continuer à hocher la tête dans un semi-coma qui risquait de s'approfondir à tout moment ou peut-être, si un miracle se produisait, de se terminer.

À la brunante, Maria rendit l'âme. Le docteur tenta de nouveau de la réanimer: en vain. Personne dans la chambre ne parla pendant plusieurs secondes. Les regards exprimaient les états d'âme. Celui de Germaine était empreint de colère et les paroles de Catherine à propos de la non-intervention divine dans les affaires humaines lui revinrent en tête. Et l'autre femme présente était affligée d'une profonde tristesse qui transparaissait dans son regard tombé.

La morte demeura un moment les yeux fixes et la docteur allait de cette image funeste à une autre image funeste, celle où sa fiancée avait rendu le dernier soupir un soir d'automne qu'il était présent auprès d'elle au sanatorium.

Comme s'il avait appréhendé le moment précis du tragique événement, Roméo s'était glissé dans la chambre et adossé à la cloison derrière la porte. Ses yeux étaient ceux d'un désespéré, d'un condamné à mort rendu sur l'échafaud.

Le vent qui n'avait pas soufflé depuis des jours et des

jours se leva et fit battre les rideaux légers; mais il n'apporta de soulagement à personne. On entendit pleurer le bébé Elzire qui devait être baptisé dans quelques jours. C'est le docteur Goulet qui le premier sortit de la chambre; et son regard accablé tomba sur celui de Clara qui brillait dans le noir. Il fit des hochements de tête sans cesser de la regarder. Malgré son jeune âge, la fillette comprit que cette fois, c'était la fin. Sa mère n'était plus. Et elle avait dans ses bras la cause de sa mort: cet bébé-fille censément porteuse d'un don du ciel pour améliorer le sort des autres...

Catherine Bussière sortit à son tour de la chambre et vint prendre le nouveau-né des bras de Clara pour que la fillette puisse aller voir sa mère avant la noirceur profonde.

Quand Clara fut au bord du lit, Samuel se mit derrière elle et lui enveloppa les épaules de ses mains en disant:

–Ta maman est au ciel. Toutes ses souffrances lui ont valu le ciel.

La petite s'effondra en larmes et s'assit sur le bord du lit. Puis elle coucha sa tête sur le ventre inerte et se vida d'une mer de sanglots. Comme si toutes les misères de sa vie et de la vie de cette maisonnée avaient déferlé en trombes depuis son coeur vers celui, arrêté, de sa mère...

***

Chapitre 10

Les enfants furent dispersés en des lieux de transition à part les deux plus vieilles, Clara et Rolande, qui demeurèrent dans la maison alors même que le corps de leur mère était exposé dans une boîte noire sur la table de la cuisine.

On les répartit ensuite dans des foyers d'adoption. Huit à 'donner', ce n'était pas tâche aisée pour le père éploré. S'il devait se remarier, ce qui était dans l'ordre des choses, il irait les reprendre tous ou bien la plupart suivant la suite des événements et suivant la volonté de la nouvelle mère. En conséquence, ceux qui prendraient avec eux un enfant risquaient de le garder jusqu'à son âge adulte. Quoi qu'il advienne plus tard, si Roméo devait se trouver une veuve ayant elle-même des enfants, il y aurait la refonte de deux misères dans un temps de misère noire. Ce qui attendait donc les enfants risquait d'être pire, bien pire que leur vie antérieure. Au moins ceux en âge scolaire fréquenteraient-ils l'école, la distance les en séparant dans leur famille d'accueil ayant toutes les chances d'être bien moindre que celle entre la concession et la petite école du rang 8.

Le bébé Elzire fut recueilli par la soeur de la défunte. On ferait baptiser le jour de l'enterrement de Maria dans l'après-midi. Et pour montrer l'affliction de la paroisse, c'est le curé et non le vicaire qui officierait au baptême.

Eugène fut pris sans peine par une autre soeur de la défunte qui y posa une seule condition: je le prends, je le garde. Accepté.

Gisèle, deux ans, fut adoptée par un frère de Maria et son épouse, qui déjà avaient cinq enfants, tous des garçons. Une fillette serait bienvenue dans la famille. On était cultivateur. Si on a des oeufs pour cinq, on a des oeufs pour six, direntils à Roméo. Quand c'est que je s'rai capab', je la r'prendrai, dit l'homme entre deux sanglots étouffés.

Yvonne partit pour Saint-Benoît chez sa tante Ida qu'elle aimait beaucoup d'avance. C'est le visage rayonnant qu'elle entra dans sa nouvelle vie.

La fillette de cinq ans, née vingt-cinq ans jour pour jour après Aurore, la petite martyre de Sainte-Philomène, fut de tous la plus heurtée d'avoir à se séparer des siens, de sa paroisse pour aller habiter au bout du monde, soit dans un petit hameau de la région de Hull où elle grandirait chez un oncle Boutin, frère de son père. Elle serait la seule à qui son père manquerait, car il en avait fait sa préférée.

Françoise quant à elle devait trouver refuge dans le rang voisin chez un autre oncle, tandis que Rolande irait chez ses grands-parents du côté de sa mère.

Resta Clara, l'aînée, qui semblait devoir ne trouver place nulle part. Il fut question de la garder à la maison pour qu'elle y vive seule avec son père. Sauf par les grands froids d'hiver, elle était capable de se rendre à l'école sans escorte et sans autre moyen de transport que ses jambes. Connaissant le dénuement de la famille, des gens de la parenté, du voisinage et même du village, à la requête des prêtres renseignés par le docteur Goulet, firent parvenir ou vinrent porter du linge pour elle et les autres à qui on le ferait suivre. Et ils profitèrent de l'occasion pour rendre un dernier hommage à la disparue qui dormait dans sa robe noire, le front empreint des signes de la douleur et de la misère morale et physique.

*

C'était le matin de l'enterrement. Le corbillard noir tiré par quatre chevaux noirs attendait déjà au bout du rang, mais n'irait pas plus loin dans le chemin de la concession. Il n'avait pas plu depuis un mois, mais ce jour-là s'était levé sous une couverture nuageuse qui avait enfin envahi la terre beauceronne. Partout dans les chaumières, les gens priaient ardemment pour que se termine enfin cette canicule si dommageable en une époque aussi endommagée. Qu'il tombe de la pluie, de la grêle ou des clous, qu'il tombe n'importe quoi à part des sauterelles, mais qu'il tombe donc quelque chose de ce ciel aride!

Il s'écoulait un liquide nauséabond de la table où était déposé le corps: un pus noirâtre et plus épais que l'eau, une sorte de bave qu'il fallait essuyer parfois avec des linges à jeter. Il n'y avait pas eu d'embaumement du corps et par ce temps chaud et humide, les organismes vivants, par milliards à l'intérieur du cadavre et au moins autant à l'extérieur, avaient commencé leurs sinistres travaux de nettoyage et de recyclage.

Il y avait plein de gens dans et autour de la maison. Des gens de tout le rang à l'exception des Bougie, d'autres de coins plus éloignés de la paroisse, de la parenté venue d'ailleurs et jusque du bout d'Ottawa, et ayant voyagé par train jusqu'à Saint-Évariste où le postillon les avait amenés au village puis reconduits au fond du rang tôt le matin.

Catherine Bussière qui par hasard et par bonté de coeur avait assisté aux dernières heures de Maria Boutin était revenue elle aussi, à l'aide de son mode de transport privilégié, sa bicyclette. Elle suivrait le corbillard et irait à l'église avec les autres. Pour elle, c'était le prolongement de son devoir de samaritaine.

Le docteur Goulet aussi était venu, accompagné d'une passagère. Bernadette Grégoire lui avait demandé pour y aller avec lui en auto. Cette jeune femme était de toutes les sympathies, de toutes les joyeusetés, de toutes les fêtes et de toutes les tristesses de la paroisse. Toutes affaires de coeur qui n'avaient aucun lien avec sa fonction de marchande à l'emploi de son frère Freddé. L'idée de faire de la promotion pour le magasin ne lui aurait jamais traversé l'esprit. Et puis à quoi bon puisque la concurrence était faible? Et eût-elle été vive qu'on ne s'en serait guère préoccupé, les Grégoire n'ayant pas hérité de leurs parents de l'agressivité concurrentielle requise pour constituer le fondement des grandes réussites commerciales, et se contentant de dispenser les services du magasin à profit minimal.

Clara se tenait au pied du cercueil, assise à côté de son père inconsolable. L'homme avait le coeur bourré d'un sentiment de culpabilité pour n'avoir pas été assez vigilant après un accouchement aux conséquences mal évaluées. La fillette portait une robe noire trop grande et gardait ses bras croisés dans une attitude prostrée, le regard rivé sur le plancher de bois dur, l'âme sombre, la gorge en feu de l'avoir eue trop serrée depuis la tragédie.

Qu'adviendrait-il d'elle désormais? Consciente des événements la concernant, elle savait que pas une seule porte ne s'était ouverte pour elle par quelqu'un qui la prendrait sous son aile, qui l'adopterait pour un temps du moins. Comment vivrait-elle dans cette cabane sans sa mère, sans ses petites soeurs et son petit frère? Pourquoi les autres avaient-ils tous trouvé un nouveau toit et pas elle? À cause de cela, le deuil qu'elle vivait devenait une sorte de rejet. Comme si sa mère l'avait abandonnée de son plein gré. Comme si Dieu Lui-même en était venu à ignorer son existence.

Tandis qu'un des préposés au corbillard s'en venait à pied avertir le veuf qu'il fallait maintenant amener la dépouille au coin du chemin de la concession, la fillette se faufila parmi les gens debout et sortit à l'extérieur où elle longea le mur jusque sur le côté là même où elle avait vu naître ce bébé qui avec la vie avait entraîné la mort dans la maison.

Elle appuya ses mains au rebord de la fenêtre ouverte et regarda les choses de la chambre. Puis elle coucha son visage pâle sur sa main droite et se mit à fredonner tout doucement un couplet de son air favori *Partons la mer est belle...*

Ainsi chantait mon père
Quand il quitta le port
Il ne s'attendait guère
À y trouver la mort...

La mort, fin de tout et commencement de trop, lui apparaissait dans toute sa tristesse après lui avoir été jetée au visage dans toute son horreur. Qu'adviendrait-il d'elle dans un monde aussi hostile? Rester dans cette maison, y grandir et y mourir un jour sans savoir ce qu'il y a de l'autre côté de la grande forêt? Pour la première fois de sa vie, elle parvenait à imaginer l'avenir et rien devant ne lui semblait autrement que sombre et noir.

Par les vents, par l'orage,
Il fut surpris soudain,
Et d'un cruel naufrage,
Il subit le destin.

Un bruit se fit entendre derrière elle. S'arrêta. Quelqu'un se trouvait là à l'angle des murs, qui la regardait peut-être, mais qui? Elle ne voulut pas se retourner, figée comme le jour de l'accouchement funeste. Lui reprocherait-on d'avoir chanté? Même si peu et si bas? Était-ce son père venu auprès d'elle pour pleurer avec elle? Car il semblait tout à fait incapable de se fâcher le moindrement depuis la tragédie, privé de toute colère, de presque toute son énergie. La quêteuse peut-être qui viendrait la consoler, l'aider à donner un sens à la vie, elle qui plus que tous en ce lieu, ce jour, connaissait la misère... En fait, elle n'en savait rien à part ce que les apparences donnaient de la jeune femme de Saint-Sébastien... ou de ce bout-là... On savait qu'elle était mère, et on se doutait qu'elle était veuve, mais on n'était sûr de rien la concernant...

Le visage de la fillette s'éclaira soudain quelque peu. Malgré sa douleur morale toujours aussi vive, une pensée agréable lui traversa l'esprit. Celle du moment où le docteur l'avait prise par les épaules lors du décès de sa mère pour lui insuffler du courage, de la force. Puis elle se souvint de ce qu'il lui avait dit à cette même fenêtre. Et si c'était lui qui venait vers elle? Cette idée la figea encore davantage en cet endroit. La suite de la chanson lui vint en tête, mais elle n'en fredonna que l'air sans les paroles qui elles, passaient tout de même dans sa mémoire:

Je n'ai plus que ma mère
Qui ne possède rien
Elle est dans la misère
Je suis son seul soutien.

Une voix se fit entendre et qui vint faire choeur avec la sienne. De plus, comme si la personne qui s'était mise à chantonner avait lu dans son esprit, ce fut la suite et la fin de la chanson qu'elle livra en s'approchant:

Ramons, ramons bien vite,
Je l'aperçois là-bas;
Je la vois qui m'invite
En me tendant les bras.

C'était une voix de femme, une voix qu'elle connaissait bien un peu, mais ne reconnaissait pas.

–T'as de la peine pas mal, hein, ma petite Clara, pis j'te comprends. Tu me connais-tu? Oui?...

L'enfant se tourna et se retrouva nez à nez avec Bernadette qui l'avait vue sortir et discrètement suivie avant de l'observer un moment pour enfin s'approcher tout en douceur et en respect, une larme dans un oeil et un grand sourire dans l'autre.

–Oui.

–J'ai entendu dire que t'avais nulle part où c'est aller? Pis que tes petites soeurs sont toutes placées quelque part. Ben si tu veux venir rester avec moi au village... Je vas te prendre pour une secousse... Je reste pas loin de l'église... Tu vas avoir une chambre avec ma petite nièce. Pis tu vas aller à l'école au couvent avec les bonnes soeurs. Tu vas être en quelle année, là, au mois de septembre? T'as fait ta quatrième année?

–Oui.

–Ça fait que tu vas être en cinquième. Ma petite nièce, elle commence en première année. Tu pourrais l'emmener à l'école avec toi...

Clara avait beaucoup de mal à imaginer cette situation

future possible et donc à y croire. Par contre, Bernadette étant la sincérité incarnée, sa voix qui offrait à la fillette un bouquet de bons sentiments, la rendait très persuasive. Devant le visage figé de l'enfant, la femme en remit:

–Pis ben... y a ma soeur Berthe qui est ben fine... pis mon frère Armand... Pis la maison d'à côté, ben c'est monsieur le docteur Goulet. Il est ben fin, lui aussi...

Voilà qui fit réagir la fillette. Son visage esquissa un sourire qui ne devait pas échapper à l'autre. Elle conclut:

–Ben tu vas y penser un peu, là... pis si ça te le dit, je m'en vas en parler à ton père... Et quand t'auras une nouvelle maman ici, là, tu pourras revenir avec tes petites soeurs et tout...

Grande jardinière, Bernadette avait semé la graine; elle savait qu'il lui fallait le temps pour lever. Avant de retourner dans la maison, elle ajouta quelques mots:

–Bon... on va aller dire une prière pour ta mère... Tu peux rester ici, au calme... Je vas prier pour toi itou. À plus tard là...

Clara hocha la tête et regarda le ciel gris qui lui parut si sombre, si sombre...

Il lui venait encore des larmes quand une autre personne s'approcha, mais moins en discrétion que Bernadette précédemment:

–Clara, je te cherchais, dit Catherine Bussière en venant vers elle. J'ai parlé avec ton père. Il m'a dit que t'avais nulle part où aller... Ben j'pourrais te prendre avec moé... Suis pas riche, mais je me ramasse assez d'argent pour nourrir trois enfants... J'en ai déjà deux... un petit gars de quatre ans qui s'appelle Lucien pis une petite fille de six ans qui s'appelle Carmen... Tu pourras t'en occuper quand je vas faire mes tournées... Au lieu que je les fasse garder... Pis durant l'année, tu vas aller à l'école... On a assez une bonne maîtresse, nous autres, à notre école de rang. Elle aime les enfants pis c'est rare qu'elle en met un en punition... des fois un petit gars, jamais une petite fille...

La jeune femme portait une robe de deuil, presque toute

noire avec de rares motifs en mauve çà et là. Sûrement qu'elle l'avait déjà portée, mais personne, pas même Germaine Boulanger avec qui elle se tenait depuis son arrivée, n'avait cherché à savoir si elle avait perdu quelqu'un dans les mois précédents. C'est le deuil de sa mère qu'elle portait encore depuis sa mort quelques mois auparavant. Son père aussi avait trépassé, mais cela datait de bien plus longtemps et même si cela avait été de la veille, elle n'en aurait jamais porté le moindre signe d'affliction.

Samuel Goulet arrivé un peu sur le tard, à peine avant le corbillard et qui lui avait pu se rendre jusqu'à la maison avec son véhicule malgré sa mauvaise expérience d'enlisement le jour de l'accouchement de Maria, eut tôt fait de repérer la mendiante. Une fois encore et bien plus encore que la précédente, il en avait été ébloui. Ce beau visage lumineux tout rempli de douceur et de quelques taches de rousseur, possédait une aura de mystère qui le rendait doublement agréable et attirant. Fascinante, se disait-il à répétition.

Quand il la vit sortir, il prit un retard de quelques minutes, pas même trois, et la suivit à l'extérieur. Rendu au coin de la maison, il l'entendit parler avec une personne cachée par elle, mais qu'il devina être la jeune Clara. Toutefois, il ne saisit pas les mots, encore moins les phrases. Mais que voilà une scène favorable pour ce dont il voulait entretenir la fillette. Et il s'approcha en marchant exprès sur les végétaux secs dont les craquements sous ses pas révélaient sa présence.

–Je vous coupe dans votre conversation?

Malgré l'évidence, elle répondit sans y penser:

–Non, non...

–En réalité, c'est à Clara que je veux parler.

–Je vais m'en aller, fit Catherine en esquissant un pas.

Il la retint par le bras:

–Non, reste et... aide-moi à la convaincre de ce que j'ai à lui proposer.

–Si vous voulez.

Il lui dit, le ton enjoué mais un peu retenu en raison des circonstances endeuillées:

–Tu peux continuer à me dire 'tu' si tu veux.

–Je me rappelle pas d'avoir commencé.

–Si t'as pas commencé, commence, veux-tu?

–Bon.

–Bon... eh bien, Clara, j'ai parlé de toi à ma mère hier soir et lui ai dit que t'avais pas encore trouvé de toit pour rester après l'enterrement d'aujourd'hui et tu sais ce qu'elle m'a dit? Qu'elle aimerait beaucoup avoir une fillette comme toi dans la maison. Et comme à moi aussi, ça ferait un grand plaisir, je suis venu te proposer de venir habiter avec nous le temps qu'il faudra. Bien sûr, si ton père veut venir te reprendre plus tard... mais là, on verra.

La fillette croyait faire un grand rêve peuplé de fées et de bons princes. Personne n'avait voulu d'elle ni ne l'avait choisie quand son père avait dispersé les autres enfants, et voici que dans pas même dix minutes, trois propositions tombaient à ses pieds en cascade. Et il lui paraissait que les trois personnes à les lui avoir faites étaient les meilleures du monde. Tant de bonté dans le visage et les phrases de Bernadette avait inondé son coeur. Tant de compassion et d'amour maternel dans les propos trop vite interrompus de Catherine s'unissant en elle au souvenir des soins si généreux de la femme étrangère envers sa mère, lui disaient qu'elle trouverait auprès d'elle au moins autant que sa maman disparue. Et maintenant, cet homme si différent des autres, si fort, si grand, si beau, si doux, et qui aimait chanter tout comme elle, lui proposait à son tour un foyer où elle ne connaîtrait plus la misère, la faim, la peur des bêtes sauvages.

Quel dilemme dans son coeur! Quel tourbillon d'incertitudes! Quel déchirement se préparait!

Catherine se demandait quant à elle si elle devait révéler au jeune homme qu'elle venait de faire à la fillette une proposition d'un même ordre. Puis la raison travailla à la vitesse de l'éclair en sa tête. Assurément que la place de Clara serait bien plus belle, plus sécuritaire, plus heureuse chez le docteur Goulet que dans une maison de misère d'un rang de campagne entre Courcelles et Saint-Sébastien. Avoir la chance de continuer à grandir dans une famille aisée par ce temps de crise ne se pouvait troquer pour n'importe quelle considération sentimentale.

Samuel arborait son plus large sourire et attendait un commentaire, un mot de la part de l'enfant. Clara pencha la tête et regarda un moment la terre noire et les herbes clairsemées qui en sortaient, et elle éclata en sanglots. Et resta là, sans bouger, à pleurer, les épaules sautillantes.

Les deux autres s'échangèrent un regard désolé. Samuel adressa un léger sourire à Catherine et fit une moue du visage qu'elle comprit et voulait dire: faut que sa peine s'écoule hors d'elle.

Et puis cette proposition contenait aussi quelque chose qui n'était pas dit et c'était la brutale coupure qu'il lui faudrait finalement faire dans sa vie après l'enterrement de sa mère. Plus moyen d'y échapper. Le point final devrait être mis. Comme à la fin d'une dictée à l'école.

–Elle est là, elle est par là... Viens Roméo, suis-moi, là...

C'était Bernadette qui revenait, suivie du père de la fillette, afin de persuader Clara de venir vivre chez elle. Ils s'approchèrent et la trouvèrent en pleine crise de larmes:

–Braille pas de même, la fille, là, lui dit son père. Ça nous ramènera pas ta mère.

–Surtout qu'asteur, ben, t'as une place où aller, hein? dit Bernadette.

–Où ça? dit Samuel.

–Ben chez moi au village...

Le docteur éclata de rire:

–C'est drôle, je viens de lui faire la même proposition. Ma mère est d'accord. On pourrait continuer de l'élever, nous autres. L'envoyer à l'école et tout...

–Comme moi, fit Bernadette.

Catherine Bussière ne disait rien. On ignorait bien sûr son offre à elle. Le mieux était d'attendre. La fillette leva la tête et la regarda. C'est avec elle qu'elle aurait voulu partir, la personne qui ressemblait le plus à sa mère, celle qui lui paraissait le plus proche de son monde de misère à elle. Mais Catherine garda le silence et se contenta d'un sourire à peine exprimé.

–Ben... on va lui demander c'est quoi qu'elle aimerait le mieux, fit son père. T'aimerais-tu mieux aller avec mam'selle Grégoire ou ben avec m'sieur le docteur Goulet?

L'enfant interrogea Catherine du regard afin qu'elle formule aussi sa proposition. La jeune femme prit la parole:

–À chaque fois que je vas passer au village, je vas arrêter te voir. Pis une bonne fois, j'aurai mes deux enfants avec moé pour te les montrer.

Clara acquiesça d'un signe de tête.

–Ben dis-le, insista son père.

Il était bien plus naturel à la fillette de choisir une femme et surtout Bernadette qui exprimait tant de bonté par ses gestes, ses mots, la richesse de sa voix. Et pourtant, elle choisit d'aller vers le docteur sans donner de raison ni même savoir pourquoi. Peut-être l'idée d'y être la seule enfant et de s'assurer ainsi une place durable? Peut-être parce qu'elle prêtait des vertus presque magiques aux mains de ce guérisseur qui la soignerait quand elle serait malade et l'empêcherait de mourir comme sa mère? Peut-être parce qu'il aimait chanter tout comme elle quoique Bernadette aussi comme elle l'avait démontré un peu plus tôt? Peut-être parce qu'elle pressentait en cet homme suite à ses propos par la fenêtre le jour de l'accouchement et à la mort de sa mère quand il l'avait prise par les épaules, qu'il serait pour elle un grand protecteur? Qui saura jamais comment se font les choix dans la tête des petites filles n'ayant connu depuis leur naissance que la misère physique et morale?

–Ben ça me fait plaisir pareil, déclara Bernadette sans sourciller. On t'aura pareil autour de nous autres. Pis tu vas pouvoir venir jouer avec notre petite Lise quand tu voudras.

–J'aime autant vous... t'avertir, dit Roméo à Samuel, qu'elle a pas grand-chose à se mettre su' l'dos, elle.

–On va s'arranger.

–Pis je vas m'en occuper itou, ajouta Bernadette. On a du matériel à la verge au magasin pis on va en faire, des petites robes. Y a la femme à mon frère Pampalon, qu'est ben habile sur une machine à coudre.

–Ma mère, c'est la même chose, dit Samuel.

–Bon, fit Roméo, d'abord que c'est arrangé comme il faut, va ben falloir retourner en dedans pis lever le corps pour l'emmener au bord.

–Je vas rester un peu avec la petite Clara, dit Catherine qui l'énonça sur le ton de la demande.

Les autres se retirèrent.

–Tu vois: t'as trouvé la meilleure place qu'on peut pas avoir au monde. J'ai pas parlé pour t'emmener avec moé parce que comme suis pauvre comme Job, tu vas être ben mieux dans la maison d'un docteur. Pis l'autre madame itou t'aurait ben élevée. Ça fait que tu vas voir tes petites soeurs qui sont pas loin quand tu vas aller au village. Pis ton père va aller te voir un peu le dimanche. Pis moé en passant. Pis la madame qu'est ben fine, elle va être juste dans la maison à côté de toé. Tu peux pas avoir mieux, tu peux pas avoir mieux...

De nouveau, la fillette éclata dans une crise de sanglots. Cette fois Catherine se pencha et la prit dans ses bras et la serra sur elle:

–Je te trouve assez chanceuse. Pas parce que ta maman est partie, là, mais d'avoir trouvé une bonne maison... Tu vas connaître des petites filles de ton âge dans le village, pis tu vas te faire des amies... tu vas être assez heureuse. Tu vas manger tous les jours. Tu vas avoir des belles robes. Pis tu vas aller à l'école. Tu vas apprendre le piano peut-être. Pis tu vas faire une garde-malade ou ben une maîtresse d'école.

Aussi loin qu'elle se souvienne, Clara n'avait jamais été serrée dans les bras d'une grande personne. En compensation, elle l'avait souvent fait avec ses petites soeurs qui l'adoraient et ne s'imaginaient pas encore leur séparation: à toutes fins pratiques déjà un fait accompli. Et définitif.

On leur avait dit et redit que leur éloignement de la maison ne durerait que le temps des roses et que la famille serait regroupée sans tarder. Un ‘sans tarder’ sans signification précise, mais qui les rassurait un peu. L’enfance s’adapte vite aux situations les plus insolites et aux misères les plus cruelles, bien mieux que les grands.

–Si t’aurais pas eu de place où c’est aller, je t’aurais emmenée avec moé, mais comme asteur, t’as deux bonnes places au village...

Catherine se répétait en disant cela, mais elle cherchait à rassurer l’enfant du mieux qu’elle pouvait. Toutefois, la phrase tomba dans l’oreille du docteur Goulet qui, après avoir raccompagné Bernadette et Roméo à l’intérieur, s’était trouvé un prétexte pour revenir parler, si possible seul à seul, avec Catherine, cette jeune femme forte qu’il voulait connaître mieux et qu’il ne parvenait pas à désigner dans sa tête par l’appellatif de quêteuse, de la manière que le faisaient tout haut Germaine Boulanger et d’autres.

Les émotions enfermant Catherine et Clara dans une tour d’ivoire, elles n’entendirent pas venir le jeune homme qui s’arrêta sans oser dire. Puis la femme s’éloigna un peu et saisit l’enfant par les épaules pour la rassurer une troisième fois en lui répétant pour qu’elle l’assimile en profondeur:

–Tu peux être sûre que quand c’est que je vas passer au village, je vas aller te voir. Pis une bonne fois, si le docteur me le permet, je vas t’emmener avec moé pour quelques jours. On va traîner les chemins comme ils disent de moé. Pis je vas te faire connaître mes deux enfants. Sont de l’âge de tes deux petites soeurs comme je te l’ai dit...

La jeune femme vit quelqu’un dans le regard de Clara posé haut par-dessus son épaule et se retourna:

–Mosus que vous m’avez fait peur!

–Je ne voulais pas vous déranger. Par contre, c’est peut-être une de mes rares chances de te parler, Catherine. Clara, tu peux aller ramasser les petites choses à toi, tes robes, tout ce qui t’appartient: on va les emporter tout de suite...

–Ben... j’ai rien à moé...

–Des barrettes pour tes cheveux, des chaussettes...

Catherine intervint pour l'enfant:

–Eux autres, ils se partagent tout. Sont accoutumés de même. C'est p't'être parce qu'ils possèdent pas grand-chose.

Le docteur soupira et regarda la lisière noire de la forêt:

–J'ai lu ça quelque part, oui, que plus on en possède, plus on devient possessif.

Puis l'homme toucha les cheveux de la fillette et ajouta:

–Veux-tu aller voir ta maman une dernière fois? On va l'emporter pour le service. Tes petites soeurs sont avec elle; il ne manque que toi.

Clara acquiesça d'un signe de tête et partit.

–Je tenais à te parler un peu avant les funérailles. Au fait, veux-tu monter avec moi et Bernadette? Je pourrais te ramener ici pour que tu reprennes ta bicyclette. Ce serait ma façon de te rembourser ton taxi de l'autre jour quand je me suis assommé. Même qu'on pourrait la placer en arrière comme j'ai fait cette fois-là en retournant au village avec monsieur Blais. Je te ramènerai avant midi. Comme ça, tu pourras continuer ta tournée. J'y pense... t'es venue pour les funérailles ou tu passais comme l'autre jour et celui de la mort de madame Maria?

–Suis venue pour l'enterrement. Pis pour les enfants, pour voir si chacun va se trouver une place.

–D'après ce que j'ai entendu sans le faire exprès, t'avais offert à Clara d'aller vivre avec toi?

–Personne avait l'air de vouloir d'elle. Pis dans l'espace de dix minutes, elle a eu trois offres.

–Mais tu avais fait la tienne la première et tu t'es désistée... je veux dire que tu as...

–Reculé sur le bacul, comme on dit. Oui... pour son bien. Moé, suis rien qu'une bohémienne...

–T'as des enfants... et comme tu fais les portes, c'est donc que tu es veuve.

–Les questions qui recommencent.

–C’est pas une insulte, je m’intéresse, c’est tout.

–J’avais un mari, fit-elle en regardant les nuages noirs monter dans le ciel.

–Mort depuis longtemps?

Elle soupira et croisa ses bras sous sa poitrine comme pour se refermer:

–Pourquoi voulez-vous savoir ça?

Il prit le ton de l’autorité:

–Écoute, Catherine, on sait pas d’où exactement que tu viens, qui c’est que t’es dans la vie, pourquoi tu fais les portes... c’est pour ramasser des sous pour les tiens, je le sais, ça, mais tu n’as pas un mari? Des parents? J’ai rien contre quelqu’un qui est pauvre: quatre-vingt-dix-huit pour cent des gens le sont de nos jours. Encore moins contre quelqu’un qui se débrouille par ses propres forces pour faire vivre ses enfants, mais explique-nous qu’on puisse y voir clair... afin de t’aider peut-être... et de protéger nos enfants comme Clara... T’es prête à t’en aller avec elle... comme les gitans... mais pour l’emmener où, vers quel port, vers quelle misère plus noire encore que la sienne d’aujourd’hui et d’hier? Tout ce que t’as à faire, c’est de nous donner un peu d’éclairage. On a peur de tout ce qu’on ne comprend pas. Moi un peu moins, mais les gens en général plus.

–Pis on va refuser de m’ouvrir les portes si je parle trop.

–Pas si tu dis la vérité en toute sincérité.

Elle hésita, se tourna à moitié et baissa la tête et maugréa sa colère froide et déterminée:

–Une autre fois peut-être... une autre fois.

Elle se déroba et s’en alla presque en courant.

***

Chapitre 11

Des yeux profonds, étranges, charbonneux regardaient à travers une vitre sale le corbillard noir en attente dans la jonction en L des deux chemins, le rang huit en terre battue et la route forestière étroite de la concession.

Il trottait dans la tête du personnage des idées sombres, enchevêtrées. Comme depuis toujours... L'homme à la psyché complexe suivait ses instincts sans les comprendre et seul le code catholique y mettait un certain ordre primaire. Heureusement, car il possédait le besoin viscéral de prendre la vie d'êtres vivants qu'il chassait plus que pour la survie de son groupe familial, mais aussi pour assouvir une bizarre soif de sang. L'humain échappait à sa vindicte, mais une forme d'atavisme en ses recoins secrets de son être le poussait à repousser hors de son territoire toute personne indésirable, soit presque tout le monde.

Certains le disaient même dangereux. Pour le voisinage. Pour les passants. Pour sa propre famille. Et peut-être pour lui-même. En tout cas, que se le redisent tous les ours noirs de la grande forêt voisine! Et les chevreuils, et les orignaux, et les perdrix, et les lynx, et les racoons, et les castors, et surtout les renards, et tout ce qui bouge et porte poils ou plumes.

Une fois la semaine, le lundi, Mathias se rendait au village chercher les abats de boucherie, viscères de porcs abattus pour la viande, queues, têtes, organes invendables, ne laissant pour le commerce que la chair, le sang et les os. On lui faisait cadeau de ces choses qu'il aurait bien fallu mettre quelque part avec tous les inconvénients qu'une telle disposition aurait signifiés. Il en usait pour l'élevage de renards et pour appâter les ours dans la forêt. Et le reste, il le laissait composter dans une fosse pour le répandre un an ou deux plus tard sur une portion ou l'autre de sa terre en tant que fertilisant.

Sa famille était peu nombreuse: une épouse et une fille dans la vingtaine, toutes deux secrètes et effacées. La rumeur courait dans la paroisse que la mère souffrait de tuberculose, mais personne n'aurait pu l'affirmer avec certitude. Germaine Boulanger n'avait jamais vu le docteur se rendre là, ni Samuel, ni son prédécesseur. On ne leur savait aucune parenté dans la paroisse même, mais il était dit que le couple originait des bas, c'est-à-dire de la région située entre la Beauce et Québec. Ce n'était pas certain.

–Sont venus chercher un mort! dit-il après un long silence, sans se tourner vers la personne à qui il s'adressait.

–Ou ben donc une morte, dit une voix de femme sans grande force.

–C'est rien en toute: on passe tous par là. La mort, c'est le commencement.

–Ça sera la femme à Boutin qu'a eu un bébé l'autre jour.

–Quoi, t'as encore écouté sur la ligne du téléphone?

–Faut ben qu'il serve à quelque chose, le téléphone, icitte-dans!

La femme était assise dans une berçante près d'une fenêtre à l'arrière de la maison. C'était un être maigre, aux yeux exorbités, aux ossements qui sous-tendaient mal la peau craquelée de son visage, de ses bras et de ses jambes. À cinquante ans, elle donnait l'air d'une petite vieille écrasée par le temps et prête à s'envoler pour un monde meilleur, moins dur, plus serein et moins ensanglanté.

Il y avait du sang partout autour de cette maison et même

à l'intérieur. Du sang des abats de boucherie. Du sang des bêtes piégées, fusillées, écorchées. Du sang séché. Du sang de blessures comme celle que Mathias s'était infligée avec un piège à ours. Et maintenant, le plus détestable de tous les sangs: celui de ses poumons à elle.

Au deuxième étage, dans une chambre, une jeune femme accroupie devant une fenêtre regardait elle aussi en direction du corbillard. Embusquée derrière un rideau jaune, elle sentait venir l'orage et son front rendait à l'atmosphère l'humidité de l'air ambiant. Une chambre minuscule avec un plafond en pente la compressait et voûtait ses épaules. Au-dessus de la porte donnant vers le coeur de la maison, une croix noire suspendue portait l'immense poids de sa solitude et de sa détresse. Maigre, vêtue d'une robe d'un rose terne, les cheveux noirs attachés derrière la nuque, lisses sur le dessus de la tête, elle aurait eu l'air d'un cadavre, sans son teint que le long soleil de l'été et les obligatoires travaux des champs avaient foncé bien au-delà d'une carnation révélant chez elle des gènes amérindiens.

Un observateur aurait eu du mal à croire qu'un tel personnage avait été marié un jour. Et pourtant, Rose-Anna Bougie s'appelait aussi madame Louis Talbot. Sauf que son mari ne vivait plus avec elle depuis plusieurs lunes, s'étant exilé au Vermont en quête de travail. Il n'était pas revenu ni n'avait exprimé le voeu de voir sa jeune femme le rejoindre de l'autre côté de la frontière. Immigrant clandestin aux États-Unis en cette époque de chômage universel, le jeune homme n'était pas le bienvenu en territoire américain.

Tout en regardant venir la voiture à planches qui transportait le noir cercueil de Maria Boutin vers le grand corbillard, Rose-Anna se demandait si l'homme qu'elle avait marié reviendrait un jour la chercher, la sortir de cette maison mortuaire pour la conduire quelque part au soleil, hors de l'emprise de ce père autoritaire, violent et dangereux qui était le sien et dont elle devait subir depuis toujours les agressions verbales.

À la merci de son père, puis de son mari, puis de nouveau de son père, elle s'imaginait que son départ pour un ailleurs moins fermé et non limité par une forêt noire d'un côté et des barreaux l'empêchant de communiquer avec le petit univers paroissial de l'autre, serait la clef de sa liberté. Ou alors que ce soit la mort comme celle de Maria Boutin. Mais cela était peu probable puisque son mariage avait démontré qu'elle était infertile; peu probable donc qu'elle meure un jour des suites d'un accouchement! À tout le moins devrait-elle côtoyer son époux de temps en temps pour espérer enfanter...

Désordonné dans la forêt, le convoi se regroupait maintenant dans l'équerre du chemin pour se donner un meilleur ordre qui le conduirait à l'église paroissiale dont on pouvait entendre au loin le triste glas. On put alors entendre aussi le tonnerre gronder et ce n'était pas si loin encore. L'humidité de l'air laissait présager un violent orage. Personne, après toutes ces semaines de sécheresse, n'aurait osé demander à Dieu d'empêcher la venue de cette manne liquide, fut-elle accompagnée des pires éclairs et des vents les moins respectueux d'un cortège funèbre.

On espérait toutefois que le ciel donnât le temps au fourgon mortuaire d'atteindre l'église et permît à ceux qui suivaient en voitures découvertes de ne pas subir les pans de pluie drue que tous savaient venir.

Les deux conducteurs allèrent prêter main forte aux hommes de la voiture à planches pour y prendre le cercueil et le transférer dans la boîte vitrée du corbillard. L'un d'eux, Dominique Blais, fils d'Uldéric, vingt-trois ans, remarqua une coulisse de liquide sous les madriers; il ordonna qu'on attende un peu, le temps qu'il glisse sur le plancher du fourgon un lé de toile imperméable. Puis on effectua le transfert sous les yeux de Clara qui resta bien encadrée entre Bernadette Grégoire aux lèvres qui ne cessaient de réciter des Avé et Samuel Goulet qui restait droit, planté comme une épinette, dans son complet sombre et son air sérieux.

Dominique eut ensuite l'occasion de s'approcher de Samuel pendant que son compagnon faisait aligner les voitures à chevaux pour échanger quelques mots n'ayant rien à voir avec les funérailles en marche:

–Pis, es-tu satisfait de la Chrysler du père?

–Numéro un! J'ai eu une petite vérification et une petite réparation par monsieur Gus. Impeccable!

–Good!

Bernadette pendant ce temps fusillait Dominique du regard comme pour lui dire que ce n'était pas du tout le moment de parler d'automobile quand on avait devant soi le corps d'une jeune femme à inhumer et un orage grondeur qui menaçait pas loin.

Dominique la salua sans remarquer sa pieuse colère et grimpa sur le siège du fourgon où il enfila un ciré noir avant de prendre les guides et faire avancer les chevaux, tandis que son compagnon prenait place debout à l'arrière. On avait une demi-heure de route à franchir avant d'arriver à l'église.

Viendraient ensuite les voitures à chevaux dont en tête celle du veuf aux deux banquettes remplies de ses fillettes en âge de voyager ainsi. Quant aux trois bébés, ils étaient dans des foyers de transition avant qu'on les remette à leurs familles d'adoption après la cérémonie funèbre en même temps que les petites le seraient aussi, pour de bon cette fois.

On avait finalement trouvé un espace dans une des voitures pour la bicyclette de Catherine. Celle-ci avait eu sa place pour voyager avec Samuel sur la banquette arrière aux côtés de Bernadette. Et Clara était devant elles, voisine de son père d'adoption.

Plusieurs autres voitures suivaient celle de Roméo. Les véhicules à moteur au nombre de trois, suivraient à distance afin de ne pas effaroucher les bêtes, surtout si l'orage devait éclater avant l'arrivée au village.

Bougie sortit de la maison quand il sut qu'on ne pourrait le voir à moins de se retourner. Il sortit sa pipe et son sac de petit tabac haché dont il la bourra avant de la porter à sa bouche tout en jetant parfois un oeil vers le ciel noir afin de souhaiter que l'orage éclatât. Un moment plus tard, il craqua une allumette en la frottant contre la jambe de son pantalon et en même temps que le feu montait en cascade, de violents éclairs zébrèrent le ciel dans l'horizon rapproché. Il lui parut que son souhait se réaliserait bientôt... Et il eut un sourire qui serait apparu grimaçant si le soleil avait été au rendez-vous ce matin-là...

Sa femme Séverine toussa puis expectora et cracha dans un mouchoir. Elle vérifia la couleur. Il lui parut qu'elle était rosée, signe que le sang était moins présent. Si la mort l'indifférait, la curiosité d'en connaître l'échéance de plus en plus précisément à mesure qu'elle se rapprocherait, resterait vive en elle.

Et là-haut, le nez dans la moustiquaire, Rose-Anna eut une vision, tandis que le corbillard commençait à disparaître au-delà de la première côte. Il lui parut que toute la maison était dans un désordre infernal, que du sang maculait tous les murs et planchers de la cuisine et de la chambre de ses parents, qu'un corps de femme était étendu sur le lit d'en bas... Elle dut secouer la tête pour que finisse pareil cauchemar et n'eut pas le temps d'identifier la morte. Ce n'est pas difficile à savoir, soupira-t-elle quand elle reprit ses esprits... Non, sa mère ne mourrait pas de tuberculose, il ne le fallait pas...

Dominique leva la tête vers l'horizon ouest au-dessus des arbres. Maintenant, les éclairs se croisaient tant ils étaient nombreux et rapides. Il fallait accélérer ou bien on essuierait le pire de l'orage avant d'atteindre le village. Mais comment faire trotter les chevaux dans de pareilles côtes, descendantes ou montantes? Il prit les guides et les enroula autour de ses poignets, pressentant l'énervement des bêtes s'il advenait que le pire en vînt à s'abattre sur eux. Son père l'avait prévenu. Il ne fallait pas prendre la route d'un pareil matin au temps si visqueux. Mais il voulait, lui, jeune homme ambitieux et désireux d'occuper la place de représentant thanatologue dans la paroisse, accomplir son devoir, beau temps, mauvais temps. Roméo Boutin l'avait demandé pour transporter la dépouille de sa femme à l'église, il avait accepté, sachant bien qu'il serait mal ou pas payé du tout.

Clara portait un petit chapeau plat tout noir avec un ruban noir en X suspendu à l'arrière. Elle gardait la tête droite et un silence de pierre. Malgré la profondeur de son chagrin, il y avait en elle une grande excitation devant la perspective d'une vie nouvelle qu'on lui annonçait heureuse.

Samuel songeait à sa chère Elzire et à son enterrement. Il n'écoutait que vaguement les propos échangés à l'arrière par Bernadette et Catherine.

–Habillée de même, je t'aurais jamais reconnue.

–C'est parce que vous me voyez toujours en homme.

–Je te dis qu'on est chanceuses d'avoir monsieur le docteur pour nous voyager à matin. Mon doux Jésus, regarde donc le temps au-dessus du bois là-bas. On dirait qu'il tombe des clous, c'est pas mêlant...

–Des fois, ça nous exempte, soupira Catherine.

–Justement, pour ça, faudrait prier le bon Dieu. Si ça vous fait rien, on va dire une dizaine de chapelet. Pour Maria pis pour demander que la pluie nous rattrape pas.

–J'pense que ça donnera pas grand-chose.

–Comment ça? Tu crois au bon Dieu... oui...

–Oui... mais pas quand la pluie est proche de même... pis que tout le monde prie depuis deux semaines pour qu'il mouille. Le bon Dieu, il doit être tout mêlé avec les demandes de tout un chacun, pis de tous bords, tous côtés.

Samuel les regarda dans le rétroviseur. Il intervint avec un sourire:

–Ça, je pense que c'est tout à fait vrai, Catherine.

–Pis tu l'approuves! dit Bernadette avec une hésitation rieuse.

–Si c'est plein d'allure: oui.

–Bon... comme ça, on va prier rien que pour le repos de l'âme de m'ame Boutin. Clara, tu vas tu prier avec moi pour ta maman?

L'enfant fit un signe affirmatif. Samuel trouva charmante

sa façon de faire. Elle serait bien élevée, cette fillette; elle deviendrait quelqu'un de pas ordinaire dans la vie.

La Chrysler fermait le convoi qui devait bien s'allonger sur un huitième de mille. Parfois, au pied des côtes, le conducteur de la première automobile stoppait pour laisser les voitures à chevaux atteindre le sommet et ainsi ne pas risquer la surchauffe de son moteur. Mais à la dernière, il fallut s'arrêter au milieu de la précédente, car elles se suivaient de près, sans aucune surface plane entre les deux, là où Samuel avait eu son accident de vélo quelque temps auparavant. On en parla justement.

–Bernadette, sais-tu comment j'ai connu Catherine? Au pied de la côte, ici, dans la sucrerie.

–Hein! Comment ça?

Il lui raconta son accident, ce qui provoqua chez elle, de nombreux éclats de rire. Si bien que même Clara en vint à sourire un peu.

–Des plans pour qu'on perde encore notr' docteur! Si avait fallu...

Mais le visage de Samuel passa d'un certain plaisir à une grande inquiétude quand un craquement sec se fit entendre et que le tonnerre éclata juste à côté. En fait, il venait de tomber sur la côte suivante au-dessus de laquelle arrivait le corbillard. Et avec lui, un nuage de pluie en paquets géants fouettés par le vent s'abattit sur tout le convoi. On put voir les chevaux noirs du corbillard se cabrer dans la grisaille et on devinait qu'ils devaient aussi ruer dans les brancards. La situation était dantesque.

–Huhau là! Huhau là! répétait Dominique en tirant sur les guides, mais sans excès pour ne pas empirer les choses.

Coup sur coup, le tonnerre claquait. Et les éclairs fusaient, semblant posséder tout le ciel maintenant. Les chevaux au comble de l'énervement se tordaient dans les menoires au point où le conducteur craignait qu'ils ne les brisent. S'il fallait qu'ils arrachent tout l'attelage, bacul, timon, rallonges et menoires, et s'échappent, le fourgon laissé à lui-même dévalerait la grande côte ou pire, par un effroyable hasard, atteindrait le village pour foncer tout droit dans la boutique de forge d'en face.

–Dis-moé donc c'est qu'il se passe là? s'écria Bernadette de sa voix la plus pointue.

Alertée par l'attitude de Samuel et Clara à l'avant, elle s'était penchée pour chercher ce qui attirait ainsi leur attention et provoquait leur tension extrême.

–Sacrifice du bon Dieu! s'exclama Samuel, lui qui pourtant jamais ne jurait. Dominique va échapper les chevaux... Jamais vu une scène pareille, moi. On se croirait au cinéma.

Catherine regardait aussi, sa tête voisinant celle de Bernadette entre celle, immobile, du jeune homme et celle en mouvement perpétuel de Clara qui se désespérait un peu plus à chaque seconde d'horreur qui passait.

–Mais maman, maman, gémissait-elle en se tenant le plus en avant qu'elle pouvait, son chapeau décentré sur sa tête par la pare-brise de l'auto.

Le fourgon demeura tout d'une pièce et les chevaux survoltés par les furies du ciel, fouettés par les lames de pluie et révoltés par leur emprisonnement à cet attelage, s'élancèrent devant d'un commun accord.

–Il faudrait qu'on les rattrape avec l'auto, qu'on les dépasse et qu'on se mette devant pour les ralentir, fit Samuel qui se prenait pour John Wayne dans un de ces westerns genre *la chevauchée fantastique*.

–Allons-y donc! fit Catherine qui n'avait pas froid aux yeux de son ordinaire, encore moins dans pareille situation.

–Va falloir dépasser tout le convoi, dit Samuel en mettant la Chrysler en marche.

–Vite, vite, gémissait Clara que la situation dépouillait de sa réserve naturelle.

–Tu peux y aller quant à moi, fit Bernadette. J'ai pas peur des mouches pantoute... En avant la galère!

L'auto s'engagea à côté des autres, les dépassa puis longea les voitures à chevaux, toutes arrêtées et dont chaque conducteur retenait son cheval par la bride, plusieurs ayant même installé un capuchon d'urgence sur la tête de l'animal afin qu'il ne voie plus les éclairs et s'énerve moins.

Dominique, lui, les pieds bien ancrés dans le plancher du fourgon, tirait fermement sur les guides, sans exagérer pour éviter que les chevaux crampent à droite ou à gauche et n'entraînent le corbillard sur le bas-côté de la route, provoquant un grave accident qui pourrait lui coûter la vie, qui ruinerait le fourgon, qui serait une sorte de profanation du cadavre et de son cercueil, sans compter les risques encourus par son collègue qui, debout à l'arrière, agrippé aux montants de fer forgé était mort de peur et trempé jusqu'aux os.

–Huhau là! Huhau là! Tout doucement, tout doucement.

Les mots contrastaient avec les furies du ciel et celle des chevaux. La voiture noire résistait aux assauts de la pluie et du vent. Et le cercueil dansait dans la vitrine.

L'auto de Samuel fonça vers la côte montante, atteignit le plateau court puis s'engagea à son tour dans la descente. On venait de voir reparaître le corbillard devant après l'avoir perdu de vue pendant plusieurs secondes interminables.

–Je vous salue Marie, pleine de grâce, le Seigneur est avec vous...

Bernadette priait le ciel et pour obtenir plus de résultat, cherchait fébrilement son chapelet dans sa bourse noire. Elle se souvint tout à coup qu'elle l'avait dans la poche de sa robe de crêpe, le sortit et l'arbora dans un bruit qui fut enterré par ceux du tonnerre roulant sur les nuages et de l'auto roulant à tombeau ouvert sur la route.

–Je prierais, mais on m'écoutera pas, fit Catherine qui se tenait solidement à l'attache suspendue et se tenait maintenant le corps droit.

L'on rattrapait vite l'attelage. Impossible de le dépasser puisqu'il occupait le milieu de la route et qu'à sa hauteur, s'il devait prendre la fantaisie aux chevaux de cramper sur la gauche, c'est la Chrysler qui s'écraserait dans le fossé profond.

–Eh bien moi, je pense que je vais prier avec mademoiselle Bernadette, fit Samuel. Il reste rien d'autre à faire, on dirait ben. Faudrait un miracle... pour pas qu'un accident survienne...

Clara qui n'avait pas été exaucée de ses prières le jour de la mort de sa mère alors qu'elle avait tant exhorté le ciel de la lui laisser, se souvint tout à coup des paroles de Germaine Boulanger entendues le jour de la naissance d'Elzire et voulant que l'enfant nouveau-née ait été gratifiée d'un don du ciel, d'un pouvoir qui venait de quelque part au pays du bon Dieu sans doute, mais pas forcément de Lui.

Sa mère morte ne courait aucun danger: elle n'était plus qu'un cadavre. Mais dans l'esprit de la fillette, son corps souffrirait encore s'il devait se produire un accident, comme cette journée de l'accouchement et jusqu'à sa mort affreuse.

"*La septième fille, elle a un don. Pis la preuve, elle vient au monde avec un chapeau sur la tête.*"

Clara se souvenait de la substance de ces paroles entendues quand elle espionnait à côté de la fenêtre de la chambre d'accouchement. Et tout le temps qu'elle avait pris soin du bébé, elle avait prié le ciel en vain pour obtenir la guérison de sa mère. Mais pas une fois, il ne lui était venu à l'esprit de faire appel à ce don fabuleux que madame Germaine, approuvée par d'autres, attribuait à Elzire. Et voici qu'en cet instant de grand danger, sachant que les prières ne valent pas aussi cher qu'on le dit, elle ramassa toutes ses forces mentales, concentra son esprit sur le visage imaginaire de sa petite soeur et lui demanda d'intervenir à travers elle, à travers sa volonté, son voeu, sa peur, sa colère même...

Elle leva la main, toucha la vitre, et dans son esprit, sa main s'allongea, traversa l'orage et se rendit jusqu'à la vitre du corbillard où quelque force invisible s'ajouta à la sienne pour conduire encore plus loin son bras qui finit par atteindre les chevaux emballés pour les calmer, les calmer, les calmer encore...

Dominique sentit la pression faiblir dans ses bras. Samuel dut freiner et sut que la vitesse de l'attelage diminuait.

–On dirait qu'il va se produire un miracle, fit le docteur.

L'orage lui-même diminuait d'intensité quoique les vents

fussent toujours violents et la pluie forte.

–Quand on prie, c'est comme ça, fit Bernadette dans sa grande naïveté de femme trop généreuse. Le bon Dieu, Il nous abandonne jamais.

Malheureusement, ses paroles ne trouvaient d'écho ni dans le coeur de la mendiante ni dans celui de l'orpheline.

Bientôt le fourgon s'immobilisa sous la pluie battante. Et l'auto du docteur fit de même à quelques pieds seulement. Aussitôt Clara ouvrit la portière et courut jusqu'au corbillard sous les protestations des occupants de l'auto.

–Elle va se faire mouiller terrible, dit Catherine qui voulut descendre aussi.

Samuel le lui interdit:

–Fais pas ça. Tu pourrais attraper la mort. Restez ici. Elle va revenir vite.

Clara monta sur le marchepied arrière avec le jeune homme de faction à cet endroit et qui tâchait tant bien que mal de se remettre de ses émotions. Il tira sur une toile roulée sur le toit et la rabattit derrière lui et l'enfant pour en faire un abri de fortune, ce que la course folle des chevaux l'avait empêché de faire plus tôt car il avait alors besoin de toutes ses réserves pour se retenir de tomber.

–Maman, maman, dit à deux reprises et pitoyablement l'enfant en regardant à travers la vitre le cercueil tout de travers mais intact, lui sembla-t-il.

L'homme sut qu'il avait près de lui une enfant de la morte. Il jugea bon la rassurer en glissant par-dessus le grondement du tonnerre:

–C'est fini. Les chevaux sont tranquilles asteur.

–Ah!

Dominique leur redonna le signal du départ. Il avait les cheveux trempés, mais son ciré le protégeait des intempéries. On arrivait au pied de la côte. Presque tout maintenant redevenait sous contrôle.

–La pauvre enfant! s'exclama Bernadette en remisant son vieux chapelet, un héritage de sa mère décédée huit ans auparavant.

–Faut qu'elle fasse son deuil! fit Samuel qui en disant cela se parlait aussi à lui-même.

Pendant quelques secondes, il songea à sa chère Elzire, puis chassa le trop-plein de tristesse de son coeur. Il regarda par le rétroviseur et détailla le visage de Catherine tout en essayant de percer sa carapace si épaisse et qui semblait si lourde à porter.

Elle avait promis à Clara de venir la voir; il aurait l'occasion de lui parler de nouveau. Et puis il téléphonerait à ses collègues médecins des paroisses du sud. On finirait bien par le renseigner sur cette mystérieuse jeune femme qui survenait dans le décor à tout bout de champ, comme si elle avait été envoyée par la main divine au moment opportun, comme si elle avait été quelqu'un qui sait guérir... qui possède un don peut-être, qui était peut-être la septième fille d'une famille ou bien qui était peut-être née avec la poche des eaux de sa mère posée sur son crâne comme un petit chapeau...

Ces pensées dessinèrent dans son visage un vague sourire...

***

Chapitre 12

Par chance pour eux, les occupants de toutes les voitures à chevaux s'étaient protégés de la pluie à l'aide de toiles et ou de manteaux de toile. On avait anticipé le temps du jour au lever même du soleil alors que tout, y compris et surtout le sens du vent signalé par le coq-girouette planté au bout de la flèche de l'église, indiquait la probabilité d'orages violents ce jour-là. Un vent franc ouest.

Roméo avait abrité les siens sous une grande toile noire. Et lui-même protégé par un manteau adéquat s'était mis à la tête de son attelage afin de garder la jument au calme. Ce qu'il avait parfaitement réussi, mais qui l'avait empêché de se rendre compte de ce qui arrivait au fourgon.

Il ne l'apprit par le détail que plus tard au village, par la bouche de Dominique, à l'entrée du corps à l'église où Clara, arrivée la première attendait les siens dans le tambour, entourée de Catherine et Bernadette, tandis que le docteur rejoignait le choeur de chant au jubé de l'orgue.

Il avait été entendu avec le curé que la levée du corps aurait lieu là et non point à la maison de la défunte comme le voulait la tradition. Cette exemption était due à la distance et au chemin incertain de la concession. Quelle bonne décision se redisait le prêtre en aspergeant le cercueil d'eau bénite sur les paroles du *De profundis*. L'orage et tout... Et le bon Dieu du curé Ennis comprenait ces choses-là, ces ajustements aux impératifs du quotidien, à ceux de la réalité, du raisonnable.

Deux chantres, Alphonse Champagne et Georges Boulanger étaient là et répondaient aux prières de l'officiant qui, mine de rien, jetait parfois un coup d'oeil furtif du côté de Clara et autres enfants de la famille éplorée.

Dehors, le ciel s'était mis au garde-à-vous et l'on n'entendait plus le bruit lointain du tonnerre bientôt entièrement supplanté par les accents du grand instrument de musique si solennellement touché par Marie-Anna dès qu'elle aperçut par son miroir là-haut le cercueil arrivé au milieu de l'église à l'avant.

Comme toujours un jour de funérailles, la moitié de la paroisse avait délégué quelqu'un à l'église pour soutenir moralement la famille endeuillée. Presque toute la nef était maintenant occupée. Clara était subjuguée par tant de sympathie dont elle attribuait la cause à la seule personne de sa mère disparue. Comment aurait-elle pu s'imaginer qu'elle-même et ses petites soeurs attiraient la pitié générale? Mais ce qu'elle ignorait, c'est que déjà, on la prenait pour une enfant appartenant à la maison du jeune docteur. Comment aurait-elle pu se douter de la chose puisqu'elle-même l'ignorait encore deux heures plus tôt? Sauf que déjà, Armandine Goulet avait révélé à d'aucuns leur intention de prendre chez eux la fillette sans toit, et que le téléphone avait transporté la nouvelle comme une traînée de poudre dans tous les rangs de la paroisse.

Aussi, quand la famille Boutin fut réunie dans les deux bancs d'en avant à côté du cercueil en attente du rituel funéraire, tous les regards se portaient d'abord et avant tout sur la petite Clara qu'un grand malheur sortait de la misère abjecte et faisait entrer dans la douceur et la sécurité d'une maison accueillante où elle ne manquerait de rien. Combien de fillette de son âge l'enviaient déjà au fond de leur coeur?

Un *Kyrie* chanté sur un ton de grande affliction vint arracher des larmes au coeur de la fillette. Et jusque la voix de son père d'adoption qu'elle reconnaissait parmi les autres grâce à une sorte de nouvel instinct, jusque cette voix si belle pourtant qui ajoutait à son désarroi. Comme si en certaines occasions aussi profondes, le réconfort ne servait plus qu'à creuser encore davantage à l'intérieur d'un chagrin universel.

Bernadette et Catherine la mendiante occupaient un même banc dans la rangée de côté, un peu en retrait par rapport aux enfants Boutin, au veuf et à la dépouille dont le cercueil avait été recouvert d'un ornement liturgique, le catafalque, en mauve et noir. Et l'une priait en double, aidée par son chapelet qu'elle égrenait tout en murmurant des Avé répétitifs tandis qu'à tout moment, son coeur s'envolait vers le ciel avec les notes de l'orgue et les paroles latines des psaumes livrés par les choristes.

Catherine en ce moment ne ressentait aucune tristesse, même de voir les pauvres orphelins, même de songer à ses propres enfants qui l'attendaient là-bas, où elle demeurait et où elle ne serait de retour que dans deux, trois jours avant de repartir encore dans une autre tournée qui la conduirait, cette fois, à Mégantic. Il rôdait en elle un sentiment indésirable qu'elle avait combattu depuis le début, depuis le moment même où elle en avait perçu les premier symptômes ce jour-là dans la sucrerie quand ce pauvre Samuel était venu s'assommer à ses pieds, puis qu'elle l'avait soigné et ensuite transporté en bicyclette jusque chez les Boulanger. Indésirable, ce sentiment car impensable, car prétentieux, car fou...

Beaucoup de gens la regardaient tour à tour, qui ne le reconnaissaient pas et pourtant l'avaient déjà vue; mais comment faire le lien entre une jeune femme aussi jolie et cette misérable loqueteuse que l'on recevait une ou deux fois l'an, et pas toujours avec plaisir, quand elle passait par les portes pour ramasser des petits vivres pour les siens, des restes, des miettes de table?

Une image du passé surgit soudain en elle comme un coup de tonnerre imprévu. On l'enfermait dans une garde-robe et on l'y laissait des heures durant, ignorant ses pleurs; et elle finissait pas s'y évanouir dans le froid, épuisée par la douleur morale et la peur, et surtout le rejet de sa personne d'enfant par un homme de mal.

Elle se demandait pourquoi Roméo Boutin n'avait pas requis la venue du docteur auprès de sa femme et avait-il fallu qu'elle, une étrangère passant par là le fasse pour lui.

Y a-t-il des hommes de bien en ce bas monde? se demandait-elle pour la millième fois. En tout cas, elle se méfiait de tous ceux de l'autre sexe, y compris des prêtres, et ne parvenait pas à croire qu'on pût toujours prêter le sexe masculin au bon Dieu lui-même. Et pourtant, quelque chose qu'elle n'était jamais parvenue à définir vraiment, l'attirait chez certains d'entre eux. Quelque chose qui ne se trouvait pas en ceux qu'elle avait haï et continuerait de haïr pour toute l'éternité malgré toutes les exhortations au pardon de la religion catholique.

Cette étincelle, voici qu'elle l'avait perçue dans les yeux de Samuel et il lui semblait que ce je-ne-sais-quoi, elle le possédait aussi. Alors lui vint une idée osée qui bouleversa son coeur et son esprit:

"Nés pour guérir."

Voilà peut-être ce qui les caractérisait tous les deux. Lui guérissait les corps et elle les coeurs. Quand on la connaissait mieux, on se confiait volontiers à elle comme si on percevait son don pour la guérison de l'âme ou du moins son soulagement.

Il lui parut tout à coup qu'on la regardait. Un sixième sens le lui disait. Sensation étrange. Parfois elle la ressentait, mais d'une façon fort désagréable, par exemple quand elle passait devant cette maison du rang 8 devant laquelle s'était formé le convoi funèbre plus tôt et dont Germaine Boulanger lui avait dit qu'elle était habitée par des gens solitaires et inquiétants...

Mais en ce moment, sa petite voix intérieure suscitait en elle un certain bonheur en même temps qu'un besoin. Elle tourna lentement la tête vers le jubé de l'orgue et aperçut Samuel qui la regardait en chantant de toute son âme.

Elle retint un sourire. Peut-être chantait-il aussi un tant soit peu pour elle. On ne saurait chanter pour quelqu'un sans ressentir quelque chose de particulier à son égard. Il lui sembla que l'homme lui adressait un signe de tête et un sourire. Mais ce ne devait être que sa façon de faire en chantant. Elle tourna la tête sans hâte, sous bien des regards intrigués.

Et puis non, ça n'avait pas de sens! L'homme était si inaccessible, comme une montagne lointaine qui disparaît dans le rêve plus on s'en approche.

Tout était si beau malgré la mort en ce lieu cérémonial. Le chant, la lumière, la foule lointaine, la musique et une voix plus riche que les autres, plus douce que les autres, plus céleste que toutes les autres réunies.

Elle baissa la tête en se disant que le bonheur en ce bas monde, ce n'était pas fait pour elle. Et comme elle enviait Clara malgré le si dur malheur qui la frappait!

Ce fut ensuite le *Dies irae*, un chef-d'oeuvre en son genre parmi les chants liturgiques, exprimant la vengeance, la colère, la violence de Dieu en contrepartie de la vilenie de la condition humaine, de la petitesse de l'homme, du péché universel. Rares étaient ceux qui disposaient d'un missel contenant la traduction française des paroles latines et il valait mieux ainsi ou bien d'aucuns auraient pu s'en révolter; et plutôt de se vautrer dans l'humiliation et la peur du jugement dernier, auraient peut-être refusé ce pacte de rage entre Dieu et sa créature déchue.

"*Jour de colère, que celui qui réduit en cendres l'univers: David et Sibyllle l'attestent. Combien grande sera la terreur, lorsque le Juge se présentera pour tout scruter avec rigueur*."

Un seul personnage lisait ces paroles en français et c'était le vicaire Turgeon qui assistait à la messe de funérailles depuis son banc dans le choeur de l'église. Et il s'inquiétait pour lui-même, pour certains désirs de la chair qu'il avait tant de mal à réprimer. Mais s'il tenait bon la barre et s'il combattait, il serait béni par le Juge...

"*La mort et la nature seront remplies de stupeur quand surgira la créature pour répondre au Juge*."

La confession de Germaine Boulanger lui revint en tête et d'elle, il passa à la Rose Martin qui, depuis qu'il était arrivé dans cette paroisse, lui lançait des regards si chargés de... quelque chose qu'il ne parvenait pas à définir.

"*Que dirai-je alors, moi, misérable! Quel avocat demander puisque le juste à peine peut être rassuré?... Juste Juge, Vengeur des crimes, accordez-moi le pardon avant le jour du jugement... Mes prières ne sont pas dignes, mais vous qui êtes bon, ayez pitié: que je ne brûle pas dans le feu éternel.*"

Il prit une longue inspiration, tourna légèrement la tête et tomba sur Catherine dont le visage le troubla. Il lui était familier et pourtant... Qui donc était cette si jolie personne aux côtés de Bernadette? Une parente? Il en douta. On lui en aurait parlé. Il n'avait jamais eu cette si belle tête au confessionnal. Une étrangère à la paroisse sûrement. La voix de Samuel Goulet lui parvint parmi les autres; et il retourna à la lecture édifiante du *Dies irae*...

"*Sauvez-moi de la confusion des maudits voués aux flammes dévorantes... Suppliant et prosterné, le coeur broyé comme la cendre, prenez soin de mon heure dernière...*"

Une heure plus tard, c'était l'inhumation au cimetière paroissial dans un coin humble, loin du lot des Grégoire qui occupait fièrement la première place au bord de l'entrée et devant lequel Bernadette s'arrêta un moment pour saluer ses parents et ses frères Ildéfonse et Eugène, tous deux morts à l'âge adulte et enterrés là aussi.

Roméo fut saisi d'une crise de larmes quand vint la fin du rituel et Clara, tête baissée, n'avait quant à elle pas cessé de pleurer depuis leur arrivée près de la fosse.

Dominique déclencha le mécanisme et le cercueil commença à s'enfoncer. Catherine s'approcha de Clara par derrière et enveloppa ses épaules. Quelqu'un accaparait Samuel plus loin: il ne lui fut pas possible de venir réconforter la petite. Mais son heure viendrait.

Puis vint le temps de la grande séparation. Il avait été entendu que les fillettes iraient chacune de son côté vers la famille qui la prenait en charge juste après l'enterrement. On avait rendez-vous à la sortie du cimetière à côté de la salle paroissiale. Roméo réunit les cinq filles autour de lui et leur parla brièvement, le front soucieux, le regard absent:

–Ben là, vous allez vous en aller avec ceux-là qui vont vous garder pis quand ça sera le temps, on va aller vous chercher pour vous ramener à maison. Ça fait que toé, Yvonne, tu vas retourner avec ta tante Ida...

La femme et son mari avaient ramené l'enfant pour ce jour d'enterrement de sa mère, et la petite qui avait bien accepté son départ, se mit à pleurer cette fois, comme si quelque chose lui disait que tout était fini, qu'elle ne reverrait plus jamais ses soeurs, surtout Clara que tous aimaient tant.

Ida vint la prendre par la main et l'emmena en la consolant du mieux qu'elle pouvait. Colette paraissait inconsolable. Roméo la prit dans ses bras et la transporta jusqu'à l'auto de son frère. Sa belle-soeur qui avait prévu cet instant offrit une friandise à la petite fille à sensualité élevée. Cela devait la consoler... pendant un temps.

Puis ce fut au tour de Françoise et Rolande qui se montrèrent plus raisonnables, peut-être parce qu'elles vivraient dans la paroisse et qu'on leur avait promis à plusieurs reprises qu'elles reverraient Clara chaque dimanche.

Mais c'est l'aînée qui fut le plus accablée, déchirée.

Son père fit comme s'il ne s'en rendait pas compte. Bernadette et Catherine prirent l'enfant en charge et la conduisirent, après le départ de ses soeurs, à la maison du docteur Goulet. L'homme avait dû s'y rendre avant même la fin de l'inhumation pour donner des soins à quelqu'un qui les avait réclamés au cimetière même.

Bernadette ne cessa de parler tout le temps qu'elles marchèrent jusque là:

"C'est ici, ma maison, tu vois. Et de l'autre côté, là, c'est mon jardin. Tu pourras venir quand tu voudras à la maison, au magasin, dans mon jardin... quand tu voudras... Tu vas être assez bien là... avec madame Armandine, elle va t'élever comme sa propre fille...

Pauvre Clara qui n'avait même pas une petite valise misérable à la main et se présentait à sa nouvelle famille avec pour seuls biens sa robe et son petit galurin noir ainsi que des sous-vêtements crasseux plus des habitudes et une pensée à devoir être modifiées, policées notamment au chapitre de l'hygiène, de la bienséance, des bonnes manières et de l'image de soi. Il faudrait transformer une petite sauvageonne en jeune fille du monde en quelque sorte.

Samuel et sa mère en avaient abondamment discuté la veille. Et pas seulement des objectifs à atteindre, mais aussi des manières de faire. Il faudrait prendre l'enfant par la douceur et ajouter de la fermeté au besoin sans jamais la brusquer ni la décourager. En cette époque où la plupart des enfants recevaient régulièrement ou de temps à autre des volées de la part de leurs parents et même de la part des 'bonnes soeurs' –et le docteur devait souvent panser des plaies ainsi faites par les coups de pied ou les coups de bâton– il n'était pourtant pas question d'élever et d'éduquer une fillette en usant de pareils moyens violents. Cela ne trouvait aucun espace pas dans la mentalité d'Armandine, encore moins dans celle de son fils.

Dans les premiers jours, Armandine lui ferait prendre goût à la propreté corporelle, au savon fin, aux parfums, elle l'initierait à prendre un bain quotidien. Et pour mieux en faire une petite fille bien mise, elle lui ferait prendre conscience de sa belle image dans un miroir, et jamais ne l'obligerait à se regarder quand elle serait à son pire, ce que l'enfant ne manquerait pas de faire toute seule, histoire de se comparer à elle-même, croyait-on.

Discipline, oui; brutalité, jamais.

–Si c'est pas ma petite Clara! s'exclama la mère de Samuel en ouvrant la porte pour la recevoir.

–Monsieur le docteur nous a demandé, à madame Catherine pis moi, de s'occuper d'elle avant-midi. C'est ça qu'on a fait. Pis là, on vous l'amène comme de raison. Naturellement qu'elle a ben de la peine pour sa pauvre mère, là...

Pendant que Bernadette livrait son message dans un véritable chapelet de paroles, Armandine et Clara se toisaient du regard sous l'oeil observateur de la mendiante. La vieille dame savait que le moment était crucial et qu'il ne devait passer par ses yeux que du bon, que du vrai, et que rien de ce que la nature humaine recèle de menaçant ne devait apparaître, ne pouvait être perçu par ce petit être auquel, dans les circonstances, rien ne saurait échapper.

–Pauvre elle, elle s'est fait mouiller comme il faut par l'orage... je vous dis qu'il est arrivé toute une affaire sur le dessus de la grande côte en venant... le beau Dominique Blais a échappé les chevaux du corbillard... votre garçon a dû vous en parler...

–Non... il est arrivé tout à l'heure avec un patient et je ne lui ai pas parlé du tout encore... Bon, entrez vous deux, là... Vous, c'est madame...

–Mon doux Seigneur, je vous l'ai pas présentée... c'est madame Catherine... heu...

–La quêteuse de grands chemins... je passe par les portes pour nourrir mes enfants...

Et la jeune femme garda le front haut sans sourciller.

–Ah! c'est vous, ça! Samuel m'a conté que vous l'avez pas mal aidé quand il a eu son accident de bicycle l'autre fois... aussi que vous aviez soigné du mieux que vous avez pu sa pauvre mère à elle... Entrez, on va jaser un peu... Ah oui, il vous appelle la bonne samaritaine...

–Hey, que c'est donc ben dit! s'exclama Bernadette qui de ses mains ouvertes, poussa doucement Catherine et Clara vers l'intérieur.

Toutes furent bientôt dans le grand salon. Clara était ébahie, figée devant tant de beauté et, pour elle, d'étrangeté. De ses yeux démesurément agrandis, elle regardait chaque chose: le divan, les fauteuils, le piano surtout. Et puis les grands cadres sur les murs. L'un qui offrait à la vue une reproduction de la *Création d'Adam* de Michel-Ange. L'autre qui contenait une toile toute de rose léger, de vert tendre, de bleu ciel et de noir, montrant une femme en train d'écouter religieusement un autre personnage féminin assis devant un piano et en jouant. Et divinement, semblait-il, suivant les expressions des visages.

Il parut à l'enfant que cette pièce à elle seule faisait aussi grand que toute la maison de ses parents.

–C'est beau ici, hein, ma petite Clara! dit Bernadette.

–Oui, fit Clara à mi-voix.

–Prenez chacune une place et moi, je vais aller chercher de la bonne limonade. J'en ai préparé pour souhaiter la bienvenue à notre petite Clara.

–De la limonade, c'est si bon! fit Bernadette.

Clara ignorait ce que voulait dire ce mot. Elle n'avait jamais bu autre chose de toute sa vie que de l'eau, du thé et du lait. Bien sûr, elle savait qu'il existait des boissons gazeuses et en avait vu des bouteilles à l'école, mais jamais n'y avait goûté. Elle s'attendait donc à voir la dame revenir avec des bouteilles et s'étonna d'apercevoir un plateau sur lequel trônaient de grands verres remplis d'un liquide qui ne ressemblait ni à de l'eau ni à du lait.

–Par cette chaleur humide, ça va vous faire grand bien.

Il y avait même de la glace cassée dans les verres et des morceaux de citron, un fruit que Clara ne connaissait pas.

–Hey que vous êtes chanceuse, vous! dit Bernadette en prenant un verre offert. Avoir de la glace à l'année comme ça.

–Il en faut pour le docteur. Et tant qu'à en garder à l'année dans le bran de scie pour les besoins de la médecine, autant en garder en plus grande quantité pour les besoins de la cuisine.

–Hey que vous parlez donc ben! Moi, suis allée à l'école jusqu'à la dernière année qui se donne au couvent... j'ai même eu mon Brevet de capacité... je pourrais enseigner le français dans les écoles primaires... mais jamais j'pourrais parler aussi bien que vous, madame Goulet. C'est effrayant comme vous parlez à mon goût...

Catherine s'était assise sur le divan avec Clara, et Bernadette sur un fauteuil. Quand elles furent servies toutes les trois, la fillette eut l'attention un bref moment:

–C'est comme je vous le disais, pour souhaiter la bienvenue dans sa nouvelle maison, à la petite Clara. Je dis petite, mais c'est déjà une grande fille. Buvons à Clara, dit Armandine restée debout.

–À Clara, dirent les deux autres femmes de leurs voix entremêlées, tandis que la fillette les regardait tour à tour sans oser rien faire, sans oser boire une seule goutte de ce breuvage qui lui paraissait délicieux.

–Asteur, tu peux en boire itou, dit Catherine à Clara qui lui sourit et se décida enfin.

La tristesse du jour, la douleur de la séparation d'avec ses soeurs et toute cette nouveauté se conjuguaient pour serrer sa gorge comme dans un étau. Le liquide lui fit du bien, mais ne put empêcher des larmes silencieuses de rouler sur ses joues pâles.

Les trois autres femmes s'échangèrent un regard et comprirent qu'il valait mieux la laisser faire et ignorer son chagrin qui s'écoulerait hors d'elle tout doucement de lui-même.

Armandine prit l'autre fauteuil. La conversation reprit sur des riens quotidiens.

Bientôt Samuel se joignit à elles toutes. À son tour, il se délecta de la limonade fraîche que lui servit sa mère. Il s'intéressa plus à Catherine qu'aux autres.

Mais Catherine, une fois encore, se montra peu jasante.

***

Chapitre 13

Le curé Ennis fut le premier à bénir cette adoption que l'on disait temporaire, mais que les paroissiens prédisaient permanente. Le reste de la paroisse donna aussitôt sa bénédiction.

Après son arrivée chez les Goulet ce jour-là, suivie du départ de Catherine et Bernadette qui se fit sans heurts, l'événement marquant pour elle fut l'entrée dans la chambre qui serait désormais la sienne et pour elle toute seule. D'un côté, il y avait ce sentiment de liberté de se savoir l'unique occupante du lieu, mais de l'autre, il lui manquait terriblement la présence de ses petites soeurs dont elle s'était faite la protectrice, la seconde mère et le professeur.

Armandine lui montra les commodités:

–Regarde le grand lit: c'est pour toi. Et ici, la garde-robe, c'est rien que pour toi. Es-tu contente?

–Oui.

–Et le coffre de cèdre, tu pourras y mettre ton linge trop petit et le garder pour tes enfants plus tard. Parce qu'un jour, toi aussi, tu vas te marier et tu auras des enfants...

–Non.

–Non? s'étonna la femme. Et comment le sais-tu déjà?

–Sais pas.

–Tu as bien le temps de changer d'idée, va.

Armandine ignorait à quel point la naissance d'Elzire avait marqué la jeune fille. Et si Clara ignorait encore comment les bébés arrivaient dans le ventre des mamans, elle savait comment ils en sortaient et avait cruellement appris que la naissance d'un enfant avait tué sa mère.

Debout devant son nouveau lit, dos à la vieille femme, elle dit de nouveau et franchement:

–Non.

Armandine devina pourquoi la fillette réagissait ainsi, elle qui restait le plus souvent sans rien dire. Là aussi, il y aurait du travail à faire pour la transformer en femme au fur et à mesure que son propre corps y veillerait.

Dans les premières semaines, Clara put apprivoiser les lieux intérieurs et extérieurs. Son père vint lui apporter celui qu'elle aimait le plus du groupe de chats que l'on gardait autour de la maison. Il était jaune et blanc. On le baptisa Tommy. Il serait autorisé à entrer dans la maison durant la saison froide, mais jamais ne devrait se rendre dans le bureau du docteur; et on le dompterait à cet égard, même s'il fallait lui faire un peu de mal. Ce qui ne fut pas dit à Clara cependant, c'est qu'on ne pouvait se permettre d'élever un matou et qu'il faudrait l'opérer. Samuel savait comment faire et il s'en occupa avant que l'animal n'atteigne un âge adulte.

Clara pleura beaucoup dans les premières semaines. Par bonheur, sa mère adoptive veilla de près. Non seulement elle lui refit de la limonade à quelques reprises, mais elle lui montra comment s'y prendre pour en fabriquer elle-même. Et cet enseignement valut cent fois mieux au coeur de la fillette que les meilleurs breuvages du monde.

"Elle aime apprendre!" ne cessaient de répéter les Goulet à ceux qui demandaient des nouvelles de la petite fille.

Ce ne fut pas bien long que Clara prit goût aussi à l'hygiène corporelle et aux vêtements neufs bien plus jolis que les rares qu'elle possédait en venant.

Puis elle commença de regarder les autres de son âge qu'elle pouvait apercevoir dans le voisinage ou bien qui venaient du bas du village et passaient devant la porte sur le trottoir de la rue. En réalité, elle ne s'intéressait qu'aux fillettes, car les garçons l'intimidaient ou bien l'effrayaient tout simplement.

Quelques maisons plus loin, il y avait Huguette Lapointe dont elle sut le nom et qu'elle devait connaître un soir d'août finissant. En la compagnie de sa mère adoptive, elle se berçait dans la balançoire. Samuel grattait la guitare de nouveau au balcon pour le grand plaisir du coeur du village à l'attention.

–Tu viens pas te 'balanciner' avec nous autres, dit Armandine à la fillette aux cheveux roux qui déambulait sur le trottoir, l'air timide et la nuque raide, en chemin pour aller quérir la 'malle' au bureau de poste.

Huguette, pas plus en chair que Clara, s'arrêta à leur hauteur et marmonna:

–Ben... sais pas...

–T'es-tu donc si pressée? Embarque avec nous autres, je vas te faire connaître notre Clara. Pis on va écouter Samuel chanter... si il peut se décider. Avec lui, pas besoin de gramophone et de records...

–Nous autres, on a un 'graphophone'. Pis tous les records à madame Bolduc.

Clara qui ne connaissait ni le mot gramophone et encore moins sa déformation en 'graphophone' dans la langue enfantine comprit que c'était l'appareil qui se trouvait près de l'horloge grand-père du salon et dont elle n'avait réalisé la présence que plusieurs jours après son arrivée dans sa nouvelle maison.

Samuel qui ne faisait que de toucher une corde de temps en temps, comme pour appeler les auditeurs à son écoute, prêtait oreille aux propos échangés en bas. La phrase de la jeune Lapointe le fit sourire. Aussitôt, il se mit à fredonner un air de la Bolduc pour se le remettre en mémoire, mais à voix retenue.

–Tu vois, fit Armandine qui saisissait les sons approximatifs, c'est ce que je disais: avec lui, pas besoin d'écouter le gramophone. Assis-toi avec Clara, là, devant moi.

Et tandis que la fillette s'accrochait timidement une fesse au siège où Clara, elle, était bien engoncée dans un coin, la femme imprima un tout léger mouvement à la balançoire. Et à sa manière, le ménestrel, là-haut, posait sur les notes de la guitare, un instrument quand même peu adaptable aux chants de madame Bolduc, les paroles de *Le petit sauvage du nord*...

Le sauvage du nord et en tirant ses vaches
Y'avait des bottes aux pieds, qui faisait la grimace
Tout le long de la rivière,
Tam ti li dam tam ti li di li lam
Les petits sauvages étaient couchés par terre
Pis y'en avait d'autres su'l'dos d'leur mère.

Dans les chaumières voisines, on se surprenait d'entendre un docteur chanter quelque chose d'aussi commun, d'aussi bas peuple. Mais en même temps, cela rassurait, car tous un jour ou l'autre écoutaient la Bolduc, même Marie-Anna qui se cachait pour le faire et attendait que personne ne se trouve dans les parages. Et voici qu'un personnage de ce rang social, venu de la grande ville de surcroît, osait chanter ces *ritournelles entrecoupées de turlurettes sur un air de gigue*. Il y avait de quoi réhabiliter la Bolduc au regard des paroissiens les plus huppés et d'augmenter sa popularité chez tous les autres.

Armandine commença à battre des mains et par des signes de tête, elle incita les deux fillettes à l'accompagner. Et puis toutes tournèrent la tête vers la maison d'en face où le petit homme aveugle et sa femme rondelette battaient aussi des mains, debout, enchantés, emportés par le rythme, joyeux comme des petits enfants.

Tu m'as aimé pis j'tai aimé
A présent tu m'quittes;
Tu m'aimes pus et pis moi non plus
Nous sommes quitte pour quitte...
Tout le long de la rivière,
Tam ti li dam tam ti li di li lam
Les petits sauvages étaient couchés par terre
Pis y'en avait d'autres su'l'dos d'leur mère.

Les deux fillettes établissaient contact à travers leur enthousiasme dans leur joie communicative. Et des longueurs d'ondes semblables se créaient entre elles.

Il vint deux passantes dans la brunante, qui s'arrêtèrent à hauteur de la balançoire et se mirent à bouger la tête sur le chant rythmé: c'étaient Ida, l'épouse de l'hôtelier Pampalon et Itha, deux voisines et amies, femmes en fin de la trentaine, déjà mères plusieurs fois comme la plupart des épouses de la paroisse. L'une demeurait dans la bâtisse à trois étages sise au coin de la rue dite de l'hôtel à mi-chemin en angle entre l'église et le magasin général. Ida était la belle-soeur de Bernadette et Freddé puisqu'elle avait pour mari le plus ratoureux de la famille Grégoire.

Itha quant à elle montrait un visage sévère derrière des lunettes rondes qui la vieillissaient considérablement. Mais elle subissait l'influence de l'autre et entra dans le jeu de plusieurs.

Tu te rappelles-tu quand tu me promenais
Dans ton canot d'écorce
Dans c'temps-là, tu faisais ton frais
Tu me j'tais su' les roches.

Et voici que pour la deuxième fois cet été-là, un choeur improvisé accompagna l'artiste amateur dans sa prestation maison, et le joyeux refrain suivit:

Tout le long de la rivière,
Tam ti li dam tam ti li di li lam
Les petits sauvages étaient couchés par terre
Pis y'en avait d'autres su'l'dos d'leur mère.

Clara n'aurait jamais cru qu'un tel bonheur fût possible en ce monde. Son deuil s'effaçait, l'âge aidant et les quelques semaines l'éloignant de la tragédie survenue à sa famille. Mais le malheur et la misère peuvent en certains cas servir de catapulte vers des joies grandies et cela se produisait en ce moment. Est-ce pour cette raison que la jeune Huguette entra si vite dans son coeur et y resterait toujours? Huguette à cet égard avait eu la chance de se trouver au bon endroit, au bon moment...

Toi dans ton coin pis moi dans l'mien
On se r'gardait sans cesse
Dans c'temps-là, t'avais d'lair fin
Aujourd'hui, t'as d'lair bête.

Et Jeanne d'Arc Maheux entendait elle aussi, assise dans sa chambre près de la fenêtre ouverte. Depuis quelque temps, le docteur l'intéressait moins. Sa mère, dans sa sagesse naïve, lui avait dit en passant une bonne fois: *fais pas les doux yeux au docteur, il est ben trop vieux pour toi*. Et voici que la jeune fille s'était mise à reluquer vers l'hôtel où l'aîné, Luc, âgé de seize ans maintenant, grandissait en force et en grâce. Comme elle l'avait fait pour le docteur, elle faisait tout en son possible pour se mettre en travers de son chemin et y parvenait fort bien.

Le refrain fut bientôt repris. N'y tenant plus, Marie-Anna qui avait tout entendu et surveillé jusque là sortit de chez elle et marcha sur le trottoir de l'autre côté de la rue en direction de l'agora de fortune où elle espérait qu'il survînt une chance d'entrer en conversation avec Samuel quand il ferait pause ou après sa prestation.

Le mouchoir que tu m'avais donné
Tiens, mets-le dans ta poche
Retire-toi d'auprès de moi
Que le sorcier t'emporte.

Marie-Anna ne put se rendre à destination. Elle fut rattrapée par le vicaire Turgeon qui, venu au bureau de poste et au magasin, avait décidé en sortant de faire une marche plus loin dans le village avant de retourner au presbytère. Ils se plantèrent l'un devant l'autre et se parlèrent tout en prêtant une oreille au dernier refrain collectif.

–Il met du bonheur dans le village, notre docteur, n'est-ce pas? fit le prêtre.

–Tout comme vous, monsieur le vicaire, tout comme vous assurément.

–Oh, moi, j'essaie d'apporter un peu de soulagement et de paix dans les coeurs. C'est la mission de tout prêtre digne de ce nom. Pour ce qui est de la joie... disons peuple, je m'y entends un peu moins.

–Chacun son rôle! Même si le rôle de médecin ne comprend pas nécessairement de chanter des ballades au clair de lune.

–Il fera un... un mari en or pour celle qui aura la chance de toucher son coeur, tu ne crois pas, Marie-Anna?

La jeune femme devint confuse et la brunante camoufla son visage rougissant.

–D'après Bernadette, il ferait de l'oeil à une mendiante, c'est à ne pas croire. Mais Bernadette voit partout des belles choses, elle. Elle embellit la réalité...

–En effet! Mais... je pense que toi et lui avez beaucoup de points communs et que vous allez vous en rendre compte à mesure que le temps passera. Je pense à la musique par exemple.

–La Bolduc, tout de même...

–C'est pas grave, si toi, tu préfères l'orgue à la guitare et lui le contraire, l'important, c'est votre goût commun pour la musique: ça, ça rapproche...

–Tant que ça? fit-elle, incrédule. Vous croyez?

–Si je crois? À plein! À plein!

On applaudit Samuel de toutes parts: des battements des mains isolés, mais éloquents. Ida et Itha s'amenèrent auprès de la balançoire et entreprirent la conversation avec Armandine, tandis que les deux fillettes faisaient connaissance.

–Je sais chanter, moi aussi, fit Clara. Et toi?

–Ben... non... pas trop...

–Les livres de la bonne chanson, tu connais?

–Ben... non... pas trop...

–On les avait à l'école. La maîtresse m'a montré *Partons la mer est belle*. Pis moi, je l'ai montré à mes petites soeurs. Je vas te le montrer si tu veux...

–Ben... ouais...

Clara prit l'autre par la main:

–Viens, on va aller demander à monsieur Goulet.

C'est ainsi qu'elle appelait son père adoptif et on ne l'obligeait pas à lui dire Papa, même si on l'avait espéré un moment.

–Vous allez où comme ça? demanda Armandine alors que les fillettes partaient.

–Voir monsieur Goulet sur le balcon.

–Ben oui... allez-y... et faites-le chanter encore.

Heureuses comme des princesses, les deux fillettes coururent sur le parterre, puis dans l'escalier et entrèrent dans la maison. Leur course les conduisit dans le long escalier intérieur, dans le couloir du haut et un autre qui menait au balcon où était le docteur chantant.

Clara se mit le nez dans la moustiquaire et dit:

–On peut-il sortir avec vous?

–Sûrement! Mais il n'y a aucune chaise ici. Vous devrez

rester debout ou bien vous asseoir par terre.

Il faisait presque nuit maintenant et c'était soir de nouvelle lune. On pouvait voir les étoiles et il venait de l'éclairage des lampadaires. Les yeux de chacun étincelaient. Quand elle fut dehors, Clara dit timidement, la tête basse, mais le courage stimulé par l'obscurité:

–C'est pour... pour montrer *Partons la mer est belle* à... à elle.

–Et elle, c'est qui?

–C'est Huguette...

–Huguette Lapointe... je te connais, toi.

–Moi?

–Georges, c'est ton père. Et tu restes à trois maisons...

En cette époque, les adultes remarquaient si peu les enfants et leur parlaient si rarement que la fillette faillit s'évanouir de tant d'attention de la part d'un personnage aussi important et qui était encore et toujours considéré comme un nouveau venu dans la paroisse.

–Chanter *Partons la mer est belle*? Mais sûrement! Et on va le faire à deux, toi et moi, Clara. Parce que je sais que tu la sais. Je t'ai entendue souvent le fredonner.

–Oui.

Le docteur se leva. Il mit son pied sur la chaise et lança aux auditeurs invisibles:

–Ce soir, mes amis qui écoutez, on va former un duo pour vous chanter une jolie chanson. Ensemble, mademoiselle Clara et moi, on va chanter un air du folklore acadien: *Partons la mer est belle*. Et avant de commencer, je voudrais vous dire qu'à partir de ce soir, on va tous appeler Clara par son nouveau nom, celui de Clara... Goulet... Vous avez bien entendu?

–Oui, et c'est bien, cria Marie-Anna à son intention.

–Qui a dit ça, là?

–C'est mademoiselle Marie-Anna, fit une voix d'homme. Et je suis d'accord. Et moi, c'est monsieur le vicaire. Bravo,

Samuel! Et chantez nous ça tous les deux comme vous en êtes capables.

–Ben moi itou, je vous encourage, lança Ida Grégoire.

–Nous autres itou, enchérit Anne-Marie Lambert, la femme de l'aveugle.

–Certain! ajouta son mari en s'esclaffant de bonheur.

–Es-tu prête, Clara?

–Oui.

–Je vais chanter le premier couplet tout seul. Ensuite, tu vas chanter le refrain avec moi. Et là, tu vas chanter seule le deuxième. Tu les sais par coeur, les couplets?

–Oui.

Amis, partons sans bruit;
La pêche sera bonne,
La lune qui rayonne
Éclairera la nuit.
Il faut qu'avant l'aurore,
Nous soyons de retour,
Pour sommeiller encore
Avant qu'il soit grand jour.

–Avec moi, Clara, glissa-t-il entre le couplet et le refrain.

Et la fillette de plonger avec lui, le coeur battant, la voix mal assurée, ce qui ne paraissait aucunement à cause du duo.

Partons, la mer est belle;
Embarquons-nous, pêcheurs,
Guidons notre nacelle,
Ramons avec ardeur.
Aux mâts, hissons les voiles,
Le ciel est pur et beau;
Je vois briller l'étoile
Qui guide les matelots!

Un tel bonheur s'insinua dans le coeur et l'âme de la fillette, un tel bonheur... Le couplet aux paroles affligeantes qui tant de fois l'avait fait pleurer et surtout le matin de l'enterrement de sa mère, devint un air heureux, grandiose, aux confins du merveilleux sans pourtant y perdre en tristesse profonde. Elle s'élança, seule et forte, d'une voix divine:

Ainsi chantait mon père,
Losqu'il quitta le port,
Il ne s'attendait guère
À y trouver la mort.
Par les vents, par l'orage,
Il fut surpris soudain,
Et d'un cruel naufrage
Il subit le destin.

C'était l'ébahissement dans le noir en bas. Et pourtant, aucun phénomène d'entraînement n'entrait en jeu puisque la distance et la noirceur séparaient les têtes. Chacun se faisaient sa propre idée sur la qualité, sur la beauté de la voix entendue et la puissance des émotions qu'elle transportait.

D'autres personnages se rendant compte du remue-ménage en train de se produire dans le secteur s'étaient entretemps ajoutés aux premiers; ils écoutaient tout aussi religieusement.

–Un vrai rossignol! murmura Armand Grégoire qui avait accroché son pied à la rambarde de la galerie.

–Chut! lui dit sa soeur Berthe. Faut écouter ça...

Partie avec sa petite nièce dans le haut du village, Bernadette devait rater cet événement unique.

–Y a une enfant, j'sais pas qui c'est, qui chante en maudit torrieu, fit Ernest en entrant dans la maison par la porte de côté comme d'habitude.

Éva était déjà à l'écoute, appuyée devant la moustiquaire de la porte avant.

–T'as entendu, la mère? reprit l'homme en tournant le commutateur pour faire de la lumière électrique.

–Oui, je l'écoute itou! dit-elle dans la pénombre.

Il sut où elle se trouvait et se rendit dans la pièce avant en disant:

–C'est de valeur qu'on n'aye pas une de même icitte-dans, nusautr'...

–Justement, on n'a pas, ça fait que... écoutons celle-là le temps que ça passe. C'est la petite adoptée du docteur Goulet, j'pense.

Éva, tout en se délectant de cette voix angélique, se promettait de montrer à chanter à tous ses futurs enfants. Et c'est cet air qu'elle leur enseignerait d'abord. Elle espérait que le nouveau bébé en train de se former en elle, entende ce concert de toutes les beautés.

Raoul Blais était venu de chez lui à pied, de son pas lent et silencieux, aux fins de parler, si l'occasion s'en présentait, à Marie-Anna qu'il rêvait d'épouser un jour. Il s'approcha en douce de sa belle et du vicaire, et leur fit un joyeux signe de tête lorsqu'assez près pour qu'on le reconnaisse sous la lumière de rue. On comprit que ce hochement de tête signifiait un applaudissement à la voix venue de là-haut, venue de nulle part et de partout...

Le couplet suivant chanté en solo par Samuel arracha des larmes à sa mère dans la balançoire.

Je n'ai plus que ma mère
Qui ne possède rien;
Elle est dans la misère,
Je suis son seul soutien.
Ramons, ramons bien vite,
Je l'aperçois là-bas;
Je la vois qui m'invite
En me tendant les bras.

Tout comme il y avait un grand bonheur de chanter la tristesse dans le coeur de Clara, par une sorte de contagion indéfinissable et insidieuse, un bonheur tout aussi important remplit tout à fait celui de Samuel et la grande blessure de son deuil se transforma définitivement en joie de vivre. Il était de ceux capables de transformer le pire en meilleur, le passé en avenir, la mort en la vie. Mais que de temps il lui avait fallu avant que ce miracle enfin ne se produise et c'était à cause d'une enfant misérable en train de se muer en fillette adorable.

Partons, la mer est belle;
Embarquons-nous, pêcheurs,
Guidons notre nacelle,
Ramons avec ardeur.
Aux mâts, hissons les voiles,
Le ciel est pur et beau;
Je vois briller l'étoile
Qui guide les matelots!

Quand le chant fut terminé sur les deux voix combinées dans ce dernier refrain, ce furent des cris et des applaudissements fusant des quatre directions à la fois et montant au balcon comme une gerbe de fleurs à l'adresse des deux membres de ce duo magnifique.

Pour coiffer le tout, cerise sur le gâteau, l'on entendit un formidable éclat de rire puis un grand cri d'adolescent:

–Y a rien qu'au ciel qu'on peut entendre du beau chant de même. J'dois m'être fait tuer pis me trouver au paradis...

Le coeur de Jeanne d'Arc fit un bond. Son corps aussi. Elle savait qui avait ri et parlé ainsi. En même temps, elle fit glisser la moustiquaire de sa fenêtre et sortit sa tête à l'extérieur pour tâcher de mieux voir, de seulement le voir...

Énervée, heureuse, fébrile, elle ressentait néanmoins une grande contrariété. Pourquoi Luc Grégoire, car il s'agissait de lui, avait-il dit une chose pareille, cette deuxième phrase: '*j'dois m'être fait tuer pis être au paradis*' ?

Des plans pour attirer le malheur.

Sans s'être parlé ou presque, ce soir-là, Clara et Huguette devinrent des amies inséparables. Les gestes avaient suffi à les réunir pour la vie.

La fillette connaîtrait bien d'autres amitiés, mais aucune d'aussi naturelle que celle-là.

***

Chapitre 14

–Je peux vous le dire: c'est une petite fille bourrée de talent et j'aimerais lui faire apprendre le piano.

–Mère Bethléem donne des leçons à plusieurs enfants chaque année. Je suis sûre qu'elle va prendre la petite Clara sous son aile protectrice... si je puis dire.

Armandine s'adressait à Mère Supérieure dans son bureau du couvent. La soeur, une femme d'une cinquantaine d'années au visage plus que pâle possédait des rides adipeuses, mais aucune de vieillesse. Il émanait de sa personne lourdement vêtue de noir et de tissus empesés, une odeur de savon de Castille dont elle usait tous les matins pour laver la peau de son corps. Malgré usage de soude caustique, on ne parvenait jamais à débarrasser les vêtements des senteurs corporelles aspirées des profondeurs de la peau par la chaleur estivale exacerbée par le poids du costume et des dessous. Un mélange puissant de relents particuliers flottait donc dans l'air de la petite pièce humide et sombre.

–Je trouve intéressant que vous portiez le même nom, fit madame Goulet. Vous, soeur Clara... et notre petite adoptée.

–Il est rare qu'on m'appelle soeur Clara. On dit toujours Mère Supérieure: ça fait mieux l'affaire de tout le monde. Vous connaissez Mère Bethléem?

–Pas vraiment.

–Je vous la présente, attendez, je reviens.

Et la supérieure quitta sa place et le bureau pour y revenir quelques minutes plus tard, suivie d'une jeune soeur à joues rondes et au visage sanguin. Elle fit les présentations. Bethléem resta debout et se fit mielleuse:

–Je serai contente de montrer à la... à votre petite fille adoptée. Je l'ai entrevue l'autre jour en passant devant chez vous et elle est très bien... maigre, mais une fillette très bien.

–Elle a commencé à faire des gammes sur notre piano. Elle pourra pratiquer à la maison tant qu'elle voudra. Même Samuel n'en sera pas dérangé dans son bureau. Le bruit va être absorbé par le mur et la porte fermée. Il sait à quoi s'attendre et l'accepte d'avance.

–Tout est donc pour le mieux dans le meilleur des mondes, s'exclama Mère Supérieure. Vous saviez que les leçons ne sont pas gratuites, bien sûr. Il en coûtera un dollar par mois, soit vingt-cinq sous par leçon.

–Et les leçons seront le samedi matin à huit heures, ajouta soeur Bethléem de sa voix la plus douce.

Armandine ne sut lire une certaine lueur de méchanceté briller dans l'oeil de la religieuse pianiste qui enseignait aussi en troisième année. La supérieure se fit envoyer par elle la religieuse qui enseignerait à Clara dans ses classes régulières. Elle apparut bientôt. C'était Mère Saint-Joseph, personnage plutôt affable et qui apparut sympathique à la visiteuse.

Il était rare que des parents se rendent au couvent de cette façon en début d'année scolaire. Et on confiait les enfants aux religieuses avec la certitude que tout ce qu'elles feraient avec eux serait la bonne chose à faire. Armandine, elle, voulait attirer les bonnes grâces des soeurs sur sa petite fille, sachant bien que l'orpheline aurait besoin plus que les autres qu'on la prenne avec des gants blancs.

–Vous auriez dû emmener la petite Clara que je la connaisse tout de suite avant l'ouverture de l'école, dit soeur Saint-Joseph.

–Elle m'attend sur un banc de la galerie, dehors. Je peux

la faire venir.

–Rien ne me ferait plus plaisir.

Soeur Saint-Joseph elle-même courut chercher la fillette et la ramena dans le bureau. La jeune Clara était dans ses petits souliers, mais elle eut néanmoins un comportement digne et il n'y paraissait guère qu'à peine quelques semaines auparavant, elle n'était encore qu'une petite sauvageonne farouche et solitaire, emprisonnée dans son enfance misérable et douloureuse.

Ce fut une rencontre somme toute positive.

*

L'entrée scolaire se déroula au mieux pour la fillette. Elle retrouva son amie Huguette qui lui fit connaître les autres jeunes filles de la classe dès leur arrivée dans la cour de récréation le premier matin.

Gisèle Campeau, Fernande Larochelle et Thérèse Champagne firent la meilleure impression sur la nouvelle venue. Clara fut étonnée de tous ces regards qui se posaient sur elle; on la prenait pour un objet de curiosité. Son histoire était connue de toutes.

Les garçons ne l'intéressèrent pas, bien qu'elle en remarquât un plus que les autres: Laurent Maheux qui, elle le saurait quelques jours plus tard, prendrait comme elle des leçons de piano de soeur Bethléem le samedi. C'était un garçon trop grand pour son âge, le regard foncé, le sourire facile mais le souci rapide. Dans la classe, il fut placé voisin d'elle, sur la droite, rangée du fond, près des fenêtres.

Il était de mise d'envoyer au dernier rang les plus grands, et Clara, à cause de sa maigreur, paraissait plus grande que sa taille réelle.

Après son mot de bienvenue, soeur Saint-Joseph, une personne affublée d'un long nez retroussé provoquant la moquerie sous cape, demanda à tous de se nommer. Clara retint quelques noms et des visages, déjà un peu familiers vu leur circulation dans la rue principale, tandis qu'elle se trouvait dans la balançoire ou au balcon de la maison. L'un qui louchait et s'appelait Yves Grégoire dont elle saurait plus tard qu'il subissait deux fois par année les foudres de Mère Supérieure qui alors, en public, lui administrait une volée à coups de martinet sur les fesses, ce qui avait amené l'enfant à se mettre un catalogue Dupuis –l'épaisseur des autres catalogues aurait révélé leur présence– dans son pantalon chaque fois que la soupe devenait trop chaude au couvent pour lui.

Les soeurs de la Charité de Saint-Louis avaient un faible pour les petits garçons en ce que chacun d'eux, un jour ou l'autre, goûtait à leur médecine pas trop douce, comme les raclées sur les fesses à l'aide d'une courroie de cuir, les coups de verge à faire enfler du double de leur épaisseur les deux mains des petits, l'humiliation du bonnet de l'âne, l'agenouillement prolongé dans un coin, l'isolement psychologique et physique, les gifles sur les joues, les côtés et le derrière de la tête, les violents frottements d'oreilles, les coups de pied –chaussé d'une petite bottine noire et pointue– au cul, les pincements de la peau, les insultes et les serrages de bras.

Il y avait Raymond Bisson, joyeux garçon qui parlait à tout le monde, qui jouait des tours jamais méchants et qui riait aux éclats dix fois par jour. Lui et d'autres aussi bruyants, se faisaient souvent rappeler à l'ordre dans la cour de récréation par soeur Saint-Joseph qui craignait que le bruit ne dérangeât les prêtres du presbytère dans leur sieste d'après-midi à châssis ouvert ou les pieuses grenouilles qui allaient saluer le Saint-Sacrement à l'église voisine en plein coeur de jour.

En fait, c'est Dieu Lui-même qu'il ne fallait pas déranger par trop de cris autour de son église en certaines heures ou bien par du 'parlage' à l'intérieur quand on s'y rendait en groupe. "Dieu dort", pensaient les enfants à qui il était arrivé de se faire gronder pour avoir réveillé leurs parents enfermés dans leur chambre à coucher en plein coeur de jour.

Et il y avait Jacques Campeau, garçon tout frêle, qui parlait sur le bout des orteils et marchait de la même façon.

Les autres, Clara ne devait en garder les premiers jours que l'image et pas le nom. Mais elle ne tarda pas à les connaître tous par leur prénom, par leur patronyme et même à savoir où ils habitaient dans le village.

*

Ce samedi-là, elle se rendit comme prévu à sa leçon de piano. Elle sonna à la porte du sous-sol en tournant une clef branchée à une sonnerie mécanique. On vint lui ouvrir. Une odeur de ketchup vert fondit sur elle. L'accueillit aussi la soeur à tout faire: cuisinière, portière, ménagère, lavandière et commère. On l'appelait Mère Baptiste.

–C'est pour un cours de piano, ça doit? dit-elle, le regard menaçant de quelqu'un qu'on dérange.

–Oui.

–C'est quoi, ton nom?

–Clara Boutin.

–Clara?

–Clara... ben... Bou... Gou...

–Ah, Clara Goulet, la fille du docteur? Bon, entre. Pis monte l'escalier, là, et attends que Mère Bethléem vienne te voir.

La fillette gravit lentement, prudemment, les trente marches de bois verni. Rendue en haut, devant la porte à moitié ouverte de la salle de piano qui laissait entrevoir l'instrument noir, elle hésita puis s'adossa à la rampe courte qui empêchait les chutes dans l'escalier. Et attendit en regardant tout autour, le coeur battant.

Elle portait une jupe à carreaux noirs et blancs et une blouse bleu foncé, des vêtements achetés exprès pour elle par Armandine lors d'un récent voyage à Québec. Et ses cheveux avaient poussé. Ils étaient propres et bien peignés. Son corps paraissait moins maigréchine. Et c'est une Clara en pleine transformation que sa mère de là-haut, et chaque dimanche que l'enfant lui rendait visite au cimetière, découvrait avec bonheur. Son sacrifice de la vie n'avait pas été en vain, semblait-il.

La fillette entendit se rapprocher un bruit de grains de chapelet. Déjà il lui était familier à cause de Mère Saint-

Joseph qui parfois marchait vite dans le silence imposé à la classe et la remplissait de ce bruit que les petits croyaient angélique.

Soeur Bethléem apparut dans le couloir et passa devant Clara sans la voir ou feignant l'ignorer. Elle entra dans la salle de piano, un lieu fort éclairé par de nombreuses fenêtres hautes et posa des cahiers sur le dessus du piano. Pensant qu'elle ne l'avait pas vue à cause de la pénombre, la fillette s'avança sur le bout des pieds.

–Attends un peu, lui dit brusquement la soeur. Suis pas prête.

Elle lui claqua la porte au nez, laissant l'enfant dans une noirceur qui permettait à peine de distinguer les choses. Clara resta plantée debout à écouter le silence. Puis trois notes de piano, un do, un ré et un mi, se firent entendre. De nouveau le silence. Plusieurs secondes plus tard, un drôle de tic tac retentit. Clara n'avait jamais entendu un bruit semblable. Clac... clac... clac... clac... clac... Puis ce bruit cessa. Et un peu après, trois autres notes de piano, bien distinctes, fortes, traversèrent la porte et figèrent la fillette encore davantage sur place. Des notes noires. Dièses, bémols, elle n'en connaissait pas encore le nom, mais les savait noires pour les avoir toutes entendues déjà et à plusieurs reprises sur le piano de la maison qu'on lui avait permis d'utiliser et d'explorer à sa guise.

Alors la porte s'ouvrit brusquement et la voix pointue de Bethléem retentit dans le couloir:

–Vous pouvez venir.

Clara s'avança doucement. Sans que le temps suffisant ne lui ait été donné, la soeur répéta, impatiente:

–Vous pouvez venir, j'ai dit.

–Oui, Mère, fit Clara, la voix tremblante.

–Quand je vous dis de venir, il faut venir tout de suite, vous comprenez, Clara?

–Oui, Mère.

–Assoyez-vous là, sur le banc de piano.

–Oui, Mère.

Clara prit place. La soeur s'installa sur une chaise berçante mise entre le banc et une table sur laquelle se trouvait une pièce de tricot en construction: un bas sans doute, fait de laine brute. Et un peloton piqué de broches en métal.

–Ouvrez le cahier à la première page.

La fillette ouvrit, mais tomba à la page suivante. Encore une fois, le temps de rectifier son erreur ne lui fut pas donné et c'est une phrase dure qui lui fut jetée derrière la tête:

–Si vous êtes distraite, vous n'apprendrez jamais le piano. Voyez, la première chose que vous faites, c'est une erreur. Tournez à la première page, pas la deuxième...

–Oui, Mère.

Clara était au bord des larmes. Elle qui avait imaginé soeur Bethléem quelqu'un d'aussi gentil et bon que sa maîtresse d'école du rang des premières années faisait face à une nouvelle réalité plutôt cruelle. Ses mains s'agitaient et son corps frissonnait. Elle parvint à mettre le cahier gris à la page désirée.

–Connaissez-vous les notes du piano?

–N... Oui... Non... Je...

–C'est oui ou c'est non? Vous devez bien savoir si vous connaissez les notes, non?

–Oui.

–Montrez-moi le do.

Clara montra un do.

–Et un mi.

L'enfant faillit montrer un ré et vivement posa son doigt sur le mi qui résonna dans la pièce.

–Je ne vous ai pas demandé de jouer, Clara, je vous ai demandé de me montrer un mi.

La fillette explosa en larmes. La soeur fit, désabusée:

–Bon, on va attendre que ça passe...

Elle prit son tricot, ses broches et tricota quelques dizaines de mailles d'indifférence totale, tandis que l'étudiante pleurait et pleurait encore.

–On le sait que votre mère est morte, c'est pas une raison de brailler toute votre vie comme un bébé. À dix ans tout de même, vous...

Cette parole relança les larmes et les épaules de Clara se mirent à sautiller.

–Tenez, essuyez-vous le visage!

Bethléem lui jeta sur le clavier un mouchoir tout ratatiné par ses humeurs nasales séchées dans le tissu.

La fillette obéit.

La soeur soupirait. Il lui vint une idée. Elle se leva et mit en marche le métronome au-dessus du piano. Clac... clac... clac... clac...

Puis elle ironisa:

–Une larme, un clac, une larme, un clac, une larme, un clac...

Finalement Clara se tut, demeura prostrée. Comme si le bruit qu'elle entendait pour la seconde fois seulement la calmait, l'hypnotisait.

–Maintenant que vous êtes vidée de vos larmes, on va faire une gamme à sa longueur.

Clara n'attendit pas et la fit de do à do tandis que dans son dos, Bethléem la regardait de ses yeux bleus satisfaits:

–Voyez comme on apprend quand on arrête de faire le bébé...

Le reste de la leçon se passa sans autre incident pénible.

Quand ce fut terminé, Clara reçut un cahier de débutante déjà payé par Armandine. Bethléem lui dit de partir par le même chemin, soit le grand escalier et la porte du sous-sol. Dehors, la fillette arriva nez à nez avec Laurent Maheux qui venait à son tour prendre une première leçon. Pendant ce temps, la religieuse téléphonait chez les Goulet pour prévenir les coups si on devait demander à Clara pourquoi elle avait le visage ainsi ravagé.

Laurent que tous appelaient Paulo ne savait plus si

l'heure pour lui d'entrer était venue. Il dit n'importe quoi à la fillette:

–T'es-tu venue pour le piano, toé itou?

–Oui.

–T'as-tu joué?

–Ben... ouè...

–Ah!

–Ben...

–Là, je vas y aller jouer, moé avec.

Elle le prit en pitié. Elle savait, sentait qu'il se ferait faire du mal, lui aussi. Et fut prise de l'envie de se rendre au cimetière prier sur la sépulture de sa mère. Elle hésita un moment puis se décida à prendre cette direction. Mais après une douzaine de pas, elle rebroussa chemin et prit celui de la maison, de peur de subir un reproche pour son retard.

–La pauvre enfant, elle a beaucoup de peine, vous savez, disait en ce moment même Bethléem à Armandine.

–C'est normal, c'est si récent.

–Je vous félicite de lui avoir montré ses gammes.

–Elle apprend vite, vous savez.

–J'ai vu ça, oui... Elle a son cahier neuf, elle pourra pratiquer.

–Elle a l'air d'aimer beaucoup le piano, mais je ne vais pas la forcer. C'est Samuel qui ne le voudrait pas non plus.

–Saluez monsieur le docteur pour moi.

–Merci beaucoup de votre appel, Mère Bethléem.

–Y a pas de quoi, madame Goulet! Rien ne me fait plus plaisir. Inquiétez-vous pas pour elle, elle va être bonne en grand au piano... dans un an ou deux. Une future virtuose!

Pendant que Clara marchait lentement vers chez elle dans ce matin doux de septembre, Paulo à son tour goûtait aux pressions psychologiques de Bethléem qui ne parvint quand même pas à faire jaillir ses larmes. Elle ajouta un truc à sa panoplie de petites tortures: des coups de broche à tricoter sur le revers de la main. Jamais pour faire saigner et toujours assez pour faire du mal. Le garçon sortit de sa leçon, pâle comme la mort, et retourna chez lui son petit cahier sous son bras en se jurant de mettre fin illico à sa carrière de pianiste.

–Tant que la petite Clara Boutin, une orpheline adoptée, prendra des leçons de piano, toé, Paulo, tu vas prendre des leçons de piano, lui dit sa mère avec une rare autorité. Pis c'est ton père qui va dire comme moé.

Terrorisé par son père depuis toujours, le garçon s'inclina. Mais il résolut de savoir ce qui se passait pour Clara. La soeur lui donnait-elle aussi des coups de broches à tricoter chaque fois qu'il ratait une note? Lui faisait-elle autant que réprimandes et d'insultes qu'à lui? Il se souvenait de son visage quand elle était sortie du couvent, comme si elle avait beaucoup pleuré.

Il la surveilla venir le samedi suivant et courut la rejoindre de l'autre côté de la rue pour marcher avec elle jusqu'au couvent, même si d'aucuns diraient qu'il l'avait pour blonde.

–T'aimes-tu ça, prendre des leçons de piano?

–Ben... n... ben...

–Moé, j'haïs ça. Tu vas pas le dire à Mère Bethléem...

–Non... non...

–Sais-tu tes gammes?

–Ben... ouè...

–Elle m'a fait mal, moé, samedi... avec des broches à tricoter. Ma mère, elle me croit pas.

–Pis moi, elle m'a fait pleurer.

–Pis ta mère... ben madame Goulet, tu lui as dit?

–Non! Jamais! Elle me punirait. Elle... elle serait pas trop contente de moi. Monsieur Goulet non plus, je pense...

Il s'établit une solidarité entre les deux enfants. Leur calvaire se poursuivit chaque samedi matin. Et ils se le racontaient. Les broches à tricoter qui faisaient du mal à Laurent se transformaient dans la bouche de Bethléem en des paroles méchantes et calculées pour picosser Clara au plus sensible. Et la fillette pleurait souvent, tandis que le garçon se durcissait la couenne en grinçant des dents. Laurent se rendait près de chez elle et lui montrait les marques sur ses mains après sa leçon. Mais il les cachait à ses parents.

Un jour, Clara prit un crayon avec elle et quand elle sortit du couvent après sa leçon, elle se frappa le dessus de la main avec la mine pointue jusqu'à se l'écorcher en trois endroits. Puis elle courut chez elle et confia à sa mère:

–Mère Bethléem, elle m'a punie...

–Qu'est-ce que c'est ça? fit la vieille dame en lui examinant les mains. Samuel... Samuel, viens ici un peu...

Peu de temps après, le docteur accompagné de la fillette marchait en grande colère vers le couvent. Il ne sonna même pas à la porte du sous-sol et fila tout droit vers l'escalier puis la salle de musique. Là-haut, il s'arrêta et fit signe à Clara de rester coite. La porte était entrebâillée, mais on ne les avait pas entendus venir, car Laurent était à jouer.

Ce ne fut pas long qu'il surprit son petit manège sadique. Quand il recevait un coup de broche, Laurent se frottait le dessus de la main puis se remettait courageusement à ce tortueux et douloureux apprentissage. Samuel poussa brusquement la porte et, perdant toute sa bonne éducation, imitant les plus mal polis des paroissiens, il lança, le visage pourpre de colère:

–Toé, ma tabarnac de Bethléem, si tu retouches encore aux enfants, je reviens et je te botte le cul pis tu vas saigner à ton tour... T'es là pour leur montrer le piano, t'es pas là pour détruire leur talent naturel. As-tu compris?

–Mais... mais... j'ai rien fait, moi, dit-elle, obséquieuse.

Il la pointa du doigt et voûta le dos:

–Tu viens de picosser la main du petit Maheux, là. Vas-tu dire que je suis un menteur? Change de manière avec nos enfants: c'est tout ce que j'ai à te dire, Bethléem de mes fesses. Je t'ai à l'oeil à partir d'aujourd'hui...

Il prit la main de Clara:

–Viens t'en, on s'en retourne à la maison. Elle est mieux de filer doux avec toi à l'avenir parce que je demande à la police provinciale de venir l'arrêter.

Laurent se sentit devenir grand comme un boeuf. Quelqu'un du monde des adultes enfin venait à leur secours. Et il savait que Bethléem méritait pire encore que la volée de bois vert du docteur.

Clara se sentait un peu coupable. Elle avait menti pour la première fois de sa vie. Jamais Bethléem ne l'avait picossée, elle, avec les broches. Mais la solidarité complice établie entre les deux enfants faisait en sorte que chacun souffrait du mal fait à l'autre et le mensonge lui apparaissait en fait comme une vérité du fond du coeur.

Bethléem tairait sa méchanceté.

À la fin de l'année scolaire, elle quitterait l'endroit pour un autre où le médecin serait moins brutal... D'ailleurs, elle avait imputé cette violence au fait que le docteur Goulet était issu de la grande ville et n'était donc pas un véritable et authentique Docteur Campagne.

***

Chapitre 15

Toutes les têtes se tournèrent en un même mouvement vers le nuage de poussière qui s'était formé devant la porte du magasin général.

C'était pourtant le soir. Mais tôt en soirée. Et les jours précédents avaient été chauds et secs, de sorte que la chaussée affichait maintenant une surface poudreuse.

Ce nuage avait un air différent, particulier. Bien sûr, on savait qu'il avait été soulevé par une automobile, mais laquelle?

Sûrement pas la Chrysler du docteur Goulet puisqu'il venait à pied au bureau de poste le soir.

Ce ne pouvait non plus être le postillon du roi revenu à si bonne heure de la gare de Saint-Évariste avec les sacs de malle.

Quant à Uldéric Blais, il conduisait toujours avec une lenteur de vieux cheval et ne se faisait surtout pas remarquer par la poussière que sa nouvelle Packard aurait pu tirer de la rue principale.

D'aucuns pensèrent à Pampalon Grégoire, l'imprévisible et espiègle hôtelier de quarante ans qui, au volant de sa Pontiac 1937, se conduisait trop souvent comme un petit jeunot de seize ans. À moins que justement, ce ne soit son fils de cet âge: le grand Luc.

L'intérieur du magasin était divisé par une longue table centrale située à mi-distance des comptoirs des dames sur la gauche en entrant et de la marchandise sèche en face, de l'autre côté. Elles étaient plusieurs, alignées devant le comptoir des tissus et dentelles à souvent reluquer vers la porte afin d'y voir entrer quelqu'un. Les hommes qui flânaient dans l'autre section croyaient naïvement qu'elles attendaient le postillon avec impatience.

Depuis que la popularité de Samuel Goulet avait monté en flèche en même temps que lui était monté au choeur de chant, et après qu'il eut démontré avec tant d'éloquence sa grandeur d'âme, sa générosité, sa compassion par cette adoption d'une petite orpheline misérable avec la famille de qui il n'avait aucun lien de parenté, elles se tassaient là comme des sardines tous les soirs de semaine, sachant que Samuel y venait comme d'autres attendre que Freddé et Bernadette en aient fini avec le 'dépaquetage de la malle du jour'.

Le docteur faisait toujours une entrée spectaculaire. C'est qu'il voyait passer devant sa porte le postillon du roi, Tom Gaboury, souvent accompagné de son fils Albert, dit le grand Blanc, qui revenaient tous deux avec les précieux sacs de courrier et journaux.

Quelques minutes plus tard, il se rendait lui aussi au bureau de poste, et tous les regards alors, surtout les plus doux, se posaient sur sa fière et flamboyante personne.

Parmi les jeunes femmes libres du village, il ne manquait que Jeanne d'Arc Maheux, déménagée pour l'année à Courcelles où elle était partie enseigner, suite à une mésentente avec le président de la commission scolaire. Elle ne pouvait donc plus comme durant l'été, venir au magasin le soir pour y reluquer Luc...

Marie-Anna non plus n'y venait pas. Elle préférait se tenir dehors à cette heure, espérant court-circuiter ses consoeurs en s'attirant l'attention du docteur passant. Mais lui se contentait le plus souvent de la saluer de la main et d'un mot ou deux, avant de poursuivre son chemin sous son regard déçu, mais pas découragé...

Toutefois, la maîtresse de chapelle, Gaby Champagne, y venait faire son petit tour régulièrement. Elle s'y trouvait ce soir-là en compagnie de Cécile Jacques, la jeune personne qui ressentait sans doute le plus d'attrait pour le beau Samuel, mais aussi celle qui l'affichait le moins.

Les filles ont la propension de se tenir deux à deux: une forme de solidarité qui les sert toute leur vie durant. Il y avait Monique Blais et son amie Rita Fortin, petite femme pimpante et réservée, mais dont le regard quand il pénétrait celui d'un homme en laissait supposer beaucoup, même si le plus souvent, il ne disait rien du tout. Elles se tenaient au milieu des autres, tournées l'une vers l'autre, et c'est Monique, plus forte et imposante, qui avait les yeux tournés vers la porte du magasin. Elle les y laissa le temps que le nuage se dissipe...

Rose était la seule personne mariée du petit attroupement. Sa place favorite était devant l'étalage-coffre en verre contenant des produits de beauté dont les ventes en pareille période de pauvreté ne chiffraient guère dans les livres de Bernadette. Elle-même achetait au moins deux tubes de rouge à lèvres chaque année et parfois du savon d'odeur. C'est elle qui se tenait donc le plus près de l'entrée et ainsi recueillait toujours le premier regard et le premier sourire de Samuel. Et souvent la seule à s'en assurer, puisque l'homme filait naturellement du côté des hommes où il entrait vite en conversation avec ceux qui se trouvaient là le plus souvent comme Gérard Campeau, le babinaud, Dorilas Lacasse dit la catiche, Arthur Bégin, la langue pointue, Albert Quirion, le patapon, l'aveugle Lambert, Raoul Blais... mais aussi à l'occasion, des plus jeunes comme le grand Luc à Pampalon ou d'autres qui souffraient d'ennui comme le vicaire Turgeon.

Même les soeurs du couvent, au nombre de six, s'amenaient certains soirs, et entraient toutes en se suivant deux à deux comme des couples de pingouins, pour venir porter une ou quelques lettres, mais jamais elles ne musardaient à l'intérieur et reprenaient sans tarder, tête humble, regard bas, leur chemin de la sanctification et de la mortification.

Des enfants se cachaient sous la table centrale et prêtaient oreille aux propos des grands. Seulement des gamins et jamais des fillettes. Le grand efflanqué de Laurent Maheux s'y étendait souvent. Le rejoignaient parfois Yves Grégoire et Raymond Bisson. Ils cherchaient bien à en apprendre sur la vie, mais tout n'était pas mis sur la table au-dessus d'eux. Néanmoins, des propos sibyllins aux allures de gaudrioles leur mettaient la puce à l'oreille, qui provoquaient de grands rires étouffés. Et dans ces discours brumeux, ils pouvaient saisir des mots faciles comme lit, lune, miel, (quoique le sens de l'expression lune de miel leur échappât tout à fait), les 4 fers en l'air (qui leur faisait penser à un cheval qui se roule par terre), et combien d'autres tels que "le bout du monde", l'oiseau rouge, la petite cage...

Et pour compléter tout ce tableau, se tenant près du bureau de poste, il y avait Rachel Grégoire et son amie Jeanne Bellegarde, une jeune personne aux allures d'Indienne pur-sang. Tous, quand on livrait la malle, devaient circuler devant elles, comme ceux qui entraient à l'autre bout de la table centrale devaient passer devant le regard impassible de Rose qui gardait les bras croisés et observait silencieusement. Tout cela donnait à penser à une rivière le long de laquelle des pêcheurs jetaient leur ligne en attendant que le poisson morde. Il s'agissait ici de pêcheuses. Et la super truite alors, c'était le jeune et beau docteur Goulet.

Pourtant, l'impensable devait se produire ce soir-là. On volerait la vedette à Samuel et ce nuage de poussière, là, dehors, dans la grande rue, en était le signe annonciateur.

–C'est qu'il se passe donc, veux-tu ben me dire? dit de sa voix pointue Dorilas Lacasse.

–Une machine neuve, on dirait ben, ajouta Arthur Bégin.

–Ben sûr! s'exclama le babinaud Campeau. Vous l'avez pas vue encore? Vous êtes en retard...

Déjà Luc se hâtait vers l'extérieur pour voir de plus près. D'autres suivirent dont Rose et Gaby qui, précédée de Cécile, s'enthousiasmait:

–Il en a toute une!

Pendant un moment, Cécile crut qu'il pouvait s'agir de

Philippe Boutin, un jeune homme qui portait un très gros paquet dans la jambe de son pantalon.

Maintenant que l'air s'épurait et que le nuage se déposait apparaissait une superbe automobile flambant noire. Il paraissait que son conducteur attendait pour en descendre que la poussière soit tout à fait retombée. Peut-être aussi espérait-il des admirateurs venus encenser ce véhicule, le plus flamboyant désormais et pour un temps, de toute la paroisse, dépassant même en rutilance la grosse Packard à Déric.

–C'est vrai qu'il en a toute une! approuva Cécile.

Tous les gars furent dehors en quelques secondes. Et les filles quant à elles, s'approchèrent de la porte laissée ouverte, attirées par la curiosité des premiers.

Le conducteur descendit enfin et il apparut, tout aussi noir que son véhicule, le regard sûr, la fierté bien muselée, une surprise feinte devant tout cet intérêt pour sa modeste acquisition: une Cadillac douze cylindres 1938.

C'était le curé Ennis.

–Eh bien, salutations à vous tous!

–Monsieur le curé, lança Luc, c'est-il à vous?

–On dirait, fit le prêtre en contournant la grosse voiture dont le moteur tournait au ralenti.

–Pour de vrai? demanda Arthur Bégin en train de sortir de sa poche son paquet de tabac à cigarettes.

–C'est quelle marque? demanda Dorilas Lacasse.

–Ça, c'est une Cadillac, dit négligemment le prêtre.

–Drôle de nom!

–Eh bien non! Chevrolet, c'est le nom d'un ingénieur. Ford, c'est le nom d'un constructeur. Pontiac, c'est, comme vous le savez, le nom d'un chef indien. Et Cadillac, c'est simplement le nom du fondateur de la ville de Détroit où cette automobile fut assemblée... comme vous le savez également, j'en suis certain.

Rose à son tour osa poser une question:

–Monsieur le curé, on dit le mot Cadillac comme on dit

le mot ville ou ben on dit Cadillac comme on dit fille.

Le prêtre monta sur le trottoir, le traversa et gravit deux marches du perron en disant à bras largement ouverts:

–C'est comme chacun veut... tout simplement.

Les gars entourèrent la voiture. Les filles, le nez collé aux vitres du magasin, s'échangeaient des expressions emballées de surprise et personne ne remarqua l'arrivée du docteur Goulet qui se joignit aux autres pour examiner la vedette du jour. Le curé se tourna et dit en tenant sa main à hauteur de ses yeux:

–Quand tu pèses un peu sur la pédale de l'accélérateur, le nez lui lève comme ça.

–Il en a toute une, ne cessait de redire Cécile Jacques.

Arthur osa toucher la tôle:

–Pis ça reluit en ta... bergère, une machine de même.

Distraitement, il mit une poignée de tabac dans le papier blanc pour s'en rouler une, et en perdit la moitié qui tomba par terre.

Le vicaire ignorait tout de la nouvelle voiture de son collègue du presbytère. C'est que le curé était parti tôt ce matin-là pour Saint-Georges sans préciser le but de son voyage, l'air heureux, la mine réjouie, la démarche légère comme on ne la lui voyait jamais. Il avait parlé évasivement de renouveau dans sa vie...

L'abbé Turgeon était sorti du magasin avec les autres pour féliciter le curé, mais en lui-même, il n'approuvait pas cette dépense exagérée. Certes l'argent ne venait pas des ouailles, ni du salaire versé par la fabrique et pas un sou de la quête du dimanche ne se trouvait dans le pare-chocs ou le pare-brise de la Cadillac, mais c'était trop pour un seul homme en cette période de si grande misère. Comme s'il avait deviné les reproches éventuels, l'abbé Ennis déclara à tous ceux qui se trouvaient là, auxquels s'étaient joints Pampalon, ce grand amateur d'automobiles depuis vingt-cinq ans, et Armand Grégoire de même que les deux amies et voisines Ida et Itha, et encore d'autres:

–C'est une grosse automobile, mais qui n'est pas plus dispendieuse ou à peine que les autres. C'est un investissement qui me permettra d'aller bien plus sûrement visiter les malades et leur apporter les secours de la sainte religion. Et puis vous savez, avec le New Deal de monsieur Roosevelt, les États-Unis sont en train d'émerger de la récession économique, ce qui veut dire qu'il se passera la même chose pour nous dans l'année qui vient.

–En plus que si la guerre est déclarée par Adolf Hitler, lança Pampalon, ça va faire virer nos industries. Pis ça va donner de l'ouvrage à nos jeunes comme mon Luc, là.

–Ça va être bon pour les villes d'abord, fit Dorilas en plissant le front.

–Ce qui est bon pour les villes est bon pour nous autres, dit Raoul Blais en riant. Regardez, Montréal nous a envoyé le bon docteur Goulet pour prendre soin de nous autres.

D'autres voulurent parler, mais le curé imposa le silence:

–Ah, ah, ça, c'est très juste, Raoul. Tu n'as jamais aussi bien parlé, mon jeune ami.

–Ben... j'dirais que j'parle souvent pas si pire.

Tous se mirent à rire. Le vicaire les ramena à l'ordre:

–Bon pour les villes, mais un désastre pour l'humanité, la guerre. Allez voir dans le cimetière, les croix de nos soldats morts au champ d'honneur de la Grande Guerre.

Le curé reprit la parole:

–Monsieur le vicaire a tout à fait raison, vous savez. Une guerre en Europe et des millions de personnes mourront. Et de plus, on ne sait jamais, les fascistes pourraient vouloir débarquer chez nous au Canada.

Des exclamations de stupeur se firent entendre. Les paroles entraient dans le magasin par la porte ouverte et les jeunes femmes s'échangèrent des regards accablés.

–Bon, mes chers concitoyens, d'ajouter encore le curé, le temps est à l'optimisme. Si nous prions assez tous ensemble, il n'y aura pas de guerre. Cette fois, le bon Dieu pourrait bien s'en mêler et faire en sorte qu'elle ne soit pas déclenchée par l'Axe.

–La quoi? demanda Dorilas qui ne s'y entendait guère en politique internationale.

–Laxatif, cria Pampalon qui éclata ensuite d'un rire énorme.

Le docteur et les prêtres étant les seuls à connaître le mot –en ce temps et ce lieu, on disait toujours purgatif, un vocable bien plus familier en raison de sa parenté avec purgatoire– Pampalon ne récolta pas beaucoup de rires vrais, quoique plusieurs firent semblant de comprendre et ricanèrent bien un petit peu.

–Quand est-ce que vous nous faites essayer ça, monsieur le curé? osa demander Raoul.

–Tout à l'heure, si tu veux.

Se tournant vers la maison des Nadeau, le curé ajouta:

–Tiens, demande donc à Marie-Anna qui est là dehors, de venir avec nous autres, on va aller tenter les côtes du Grand Shenley jusqu'à la concession de Dorset. Tu vas voir que ma douze-cylindres, elle a du coeur au ventre.

Raoul était au ciel. Il avait un prétexte en or de 'sortir' avec Marie-Anna qui ne pourrait refuser, la suggestion venant du curé lui-même. Aussitôt, il courut vers chez elle.

–Va-t-il vous rester une petite place pour moi? demanda Rose.

–Oui, d'abord que tu me le demandes. Et tiens, pour toi aussi, Samuel. Et... une dernière place, c'est pour qui, celle-là par exemple?

Plusieurs mains se levèrent. Le prêtre se gratta la tête puis la hocha légèrement:

–Je ne sais trop qui choisir: tirez au sort.

Et le prêtre entra au magasin, mais se remit un pied dehors pour dire:

–J'ai trouvé... ce sera toi, Luc... Tu représentes notre belle jeunesse, notre avenir... Je sens que les automobiles, ça va te porter chance, à toi...

*

Pour la plupart, ce fut la déception de ne pas avoir été invités à 'essayer' la Cadillac 12 du curé, comme on appelait déjà la grosse voiture. Les jeunes filles auraient toutes voulu être avec Samuel sur la banquette arrière, mais le curé avait voulu que ce soit Rose, une femme mariée. Question de pudeur assurément!

Raoul ramena fièrement Marie-Anna qui ne savait plus où donner du sourire. Ni sur quelle banquette monter. Faut dire qu'il y en avait trois. On attendit le prêtre qui répartit ses passagers. Marie-Anna et Raoul sur la banquette arrière. Le docteur et Rose sur celle du milieu. Et Luc devant avec le conducteur.

L'abbé monta ensuite. Il appuya sur l'accélérateur. Le moteur émit un puissant grondement. Tous autour en furent impressionnés, d'aucuns émus aux larmes. Le petit Raymond Bisson aurait donné sa chemise et son pantalon vert pour monter dans cette voiture. Il ne put attendre plus longtemps et courut chez lui raconter à son grand frère Albéric ce qu'il venait de voir.

Et l'auto se mit en marche. Lentement. Cette fois, le curé voulait éviter de soulever de la poussière dans le village. Et puis bien des villageois auraient le temps de les voir passer. On lui donnerait la bénédiction pour avoir acheté pareille machine en un temps pareil quand on verrait avec lui ces parfaits représentants de la population locale. Raoul, fils d'industriel; Marie-Anna l'artiste et femme intéressée par les affaires; Rose, la femme au foyer; Luc, le jeune homme plein d'avenir; Samuel, le docteur campagne dont la réputation était à la mesure de sa popularité.

Mais la vraie, la grande vedette de ce soir-là, ce ne fut personne parmi eux et pas même le curé, ce fut la Cadillac 12. Toute la paroisse bientôt se sentirait fière à l'idée qu'une machine aussi réputée faisait partie de son arsenal patrimonial...

***

Chapitre 16

–J'pense que j'vas en faire une autre...

–Ben non, ben non...

–Je...

La scène se déroulait dans la chambre des Bougie. Dehors, depuis quelques minutes, il tombait une pluie battante, peut-être venue narguer l'homme parce qu'il avait souhaité l'orage le matin de l'enterrement de Maria Boutin.

Par 'une autre', la femme faisait allusion à une pleurésie hémorragique. Ce serait la troisième en autant de mois. Le bacille avait bien travaillé. Lentement mais sûrement! Et la tuberculose qui rongeait la femme depuis au moins deux ans s'apprêtait à clore un autre chapitre de sa vie. Le dernier. Le pire et en même temps le plus libérateur.

À l'étage, Rose-Anna dormait. Elle se couchait de plus en plus tôt à mesure que les nuits s'allongeaient. Le bruit de l'averse sur le toit et les vitres avait sur elle un effet soporifique.

La femme avait traversé les deux premières pleurésies sans les secours de la médecine. Chaque fois, elle s'en était remise et même avait repris du mieux par la suite. Quelque chose lui disait tout de même qu'elle était une morte en sursis. Son mari, quant à lui, avait conclu qu'il en serait toujours ainsi. Pour lui, le médecin faisait office d'intrus dans son territoire et ses affaires, et à moins d'un cas grave comme cet accident du piège à ours, il en faudrait beaucoup plus pour le décider à téléphoner au docteur Goulet.

L'homme au coeur sauvage n'avait pas conscience de la gravité de l'état de sa femme. L'eût-il été qu'il aurait jugé son mal irréversible et pensé que de toute façon, le docteur ne pourrait rien y faire. Pas plus qu'on ne peut quoi que ce soit pour un cheval à la patte cassée.

L'éclairage était fourni par une lampe à l'huile dont le globe n'avait pas été nettoyé depuis longtemps de la suie qui l'encrassait. Il dansait sur les murs des formes sombres semblables à des esprits maléfiques qui allaient jusqu'à oser accomplir des courses folles sur une statue de la vierge trônant haut sur une grande armoire noire, statue qui semblait regarder les vivants avec une profonde tristesse.

On était très catholique chez les Bougie. Héritage amérindien transmis de génération à génération depuis les premiers temps de la colonie quand les missionnaires français avaient baptisé à coups de promesses d'objets matériels tout ceux qui portaient plumes alors.

Au-dessus de la tête du lit, il y avait un très gros chapelet retenu par des clous. On s'en servait tous les soirs pour prier à trois –à quatre avant le départ du mari de Rose-Anna pour les États– en respect des traditions.

Par un effort surhumain, mais aussi parce qu'elle cherchait désespérément de l'air à respirer, la femme parvint à se mettre en position assise sur le lit. Les yeux luisants, rougis par les veinules de ses globes oculaires, Mathias restait debout à l'observer et à attendre, bras croisés, immobile. Comme il le faisait parfois devant une bête prise au piège dans la forêt, la provoquant pour que sa plaie se rouvre toute grande et attendant alors que l'animal se vide de tout son sang plutôt que de lui tirer une balle et l'achever dans la pitié.

"*Faut pas gaspiller les balles*," disait-il à ceux qui l'accompagnaient parfois dans sa tournée des pièges.

Des secondes interminables s'écoulèrent tandis que la

pauvre mourante cherchait du souffle, la bouche grande ouverte et qui s'agrandissait encore. Puis un bruit bizarre fut émis par sa gorge, une sorte de 'eurk' venu des profondeurs de sa substance vivante, sorte de mort cellulaire de tout l'appareil respiratoire avant la mort du reste de la personne.

Un flot de sang jaillit de sa bouche et frappa en l'éclaboussant une vieille commode blanche contenant les quelques rares vêtements que la femme eut jamais possédés. Son corps déjà hors de conscience, eut un autre mouvement semblable à un haut-le-coeur et sur un dernier râle, un deuxième jet, moins intense celui-là, tomba devant elle sur le plancher. Puis elle demeura immobile, sans souffle. Morte assise. Brisée vivante. Bouche bée. Sanglante. Filet de sang s'écoulant sur ses genoux. Sang et bave écumante.

–Bon, tu vois, c'est fini, là. Ça passe tout le temps... T'es toujours pas pour mourir à ton âge, là, toé.... La sainte Vierge qui est là, elle peut pas te laisser mourir comme une... comme une bête sauvage dans le grand bois... T'es du monde, toé, t'es pas... heu...

La porte de la chambre fut poussée brusquement. Rose-Anna parut dans sa longue jaquette blanche, regard sombre, âme noircie par un pressentiment terrible. Le drame lui apparut dans toute son horreur. Du sang gluant, brillant dégoulinait de la commode et tombait en gouttes sur celui qui se trouvait sur le plancher. Son père s'approchait de sa mère en hésitant. Il ne parlait plus que par sons. Et finit par atteindre l'épaule de sa femme, sa main tendue. Il exerça une légère pression et le corps inerte tomba sur le dos. On put alors voir les yeux ouverts qui semblaient fixer la vierge là-haut pour lui demander non point la vie, mais la mort.

La femme avait été exaucée. Toutefois, le prix qu'elle avait dû payer pour traverser son existence terrestre était très élevé.

Rose-Anna s'approcha par l'autre côté du lit afin de ne pas marcher dans le sang. Dans une tentative dérisoire, elle voulut ramener sa mère à la vie par ses paroles:

–Voyons maman, vous allez pas me laisser tuseule icitte.

Réveillez-vous, là, c'est Rose-Anna... Ben réveillez-vous.

Mathias s'était remis dans une station immobile. Il jeta laconiquement:

–Tu vois ben qu'est morte.

–Est pas morte... elle peut pas être morte... Maman...

Et elle toucha l'épaule. La jaquette était mouillée de sang là comme un peu partout.

–Laisse-la tranquille asteur.

–Faut faire venir monsieur le curé.

–Je vas téléphoner.

Il sortit de la pièce.

Rose-Anna prit place dans un lent mouvement sur le lit à côté du cadavre et se mit à parler sur le ton d'une aliénée mentale, mais avec toute sa tête et surtout son coeur:

–Pourquoi c'est faire que vous êtes partie, maman? Me laisser tuseule... J'peux pas partir aux États pis j'peux pas rester icitte... avec lui. Vous le savez que c'est un démon, lui. Il vous a fait mourir pis là, il va me faire mourir, moé itou. Si la bonne sainte vierge, elle vous a pas protégée, elle va pas me protéger plus que vous... pis encore ben moins...

Son monologue se poursuivit ainsi pendant que son père téléphonait au presbytère et disait au curé que sa femme avait rendu l'âme, et qu'on devrait venir lui donner les derniers sacrements sous condition.

Quand le silence revint dans l'autre pièce, Rose-Anna cessa de parler tout haut. Sa réflexion se poursuivit en silence. Qu'est-ce qui l'attendait maintenant dans cette maison? À qui se confier? Où trouver refuge?

Pendant un long moment, il ne se passa rien. Seuls des bruits légers lui parvenaient de la cuisine et même si la porte de la chambre était restée ouverte, elle ne pouvait distinguer les choses de l'autre côté par absence d'éclairage autre que celui déjà réduit, produit par la lampe posée sur une crédence à côté de la commode.

Soudain un feu éclata. C'était celui d'une allumette. Mathias venait de la frotter au cadre de la porte et il la tenait à hauteur des yeux. C'est que l'homme avait chargé sa pipe et que maintenant, il l'allumait tout en regardant ces deux femmes en jaquette, l'une morte, l'autre vivante. Il se demandait comment il disposerait de la morte et comment il utiliserait la vivante.

*

C'est le curé qui avisa le docteur. Et celui-ci monta avec le prêtre dans la Cadillac que le curé préférait à la Chrysler de son collègue. En plusieurs maisons, quand on vit les lumières des phares, on s'embusqua aux fenêtres pour savoir qui passait par là. Le téléphone permit de trouver quelqu'un qui avait reconnu l'auto et ses occupants. Germaine alla à sa fenêtre et devina qu'il devait s'agir d'un problème grave survenu chez les Bougie. Il y eut surveillance de la ligne et quelqu'en entendit le docteur appeler de là-bas chez Uldéric Blais aux fins de réclamer au nom de Mathias des services d'embaumement. Pas question de cercueil, l'homme en fabriquerait un lui-même dès l'aube. Le corps serait exposé un seul soir. Et il avait fallu une demande expresse du curé pour qu'il en soit ainsi, car Mathias avait suggéré un enterrement sans aucune exposition du corps.

–Et je te demande, Mathias, de laisser venir tous tes voisins pour rendre hommage à la défunte et pour vous offrir vos condoléances.

–Pas besoin de ça!

–Tous ces gens-là vont prier pour elle qui n'a pas reçu les derniers sacrements à temps parce qu'on n'a pas reçu d'appel téléphonique à temps. Je te le demande encore...

–On va l'exposer, on va l'exposer, dit Rose-Anna qui déjà portait le deuil.

–Ben ouè, ben ouè... enchérit le père.

Agissant à titre de coroner, le docteur établit son rapport sans délai. Il écrivit la cause de la mort: pleurésie hémorragique. Ce n'était pas la première fois qu'il devait citer ces mots et ce ne serait pas la dernière en ces années de misère et de morts prématurées...

Rose-Anna eut pour tâche de tout nettoyer, de laver la

commode et le plancher de bois noirci. Elle s'y employa le restant de la nuit après qu'à deux hommes, son père et le docteur, on eut déposé le corps sur la table de la cuisine sur un suaire.

Tout ce temps qu'elle mit à rendre les lieux moins souillés, Mathias demeura silencieux dans le noir, fumant sa pipe et crachant au hasard en direction d'un récipient de tôle quelque part à ses pieds. Souvent, il tournait la tête et regardait fixement sa fille agenouillée qui brossait le plancher de la chambre.

***

Chapitre 17

Vinrent les premières neiges.

Elles finirent de dénuder les arbres de leurs feuilles colorées et les habillèrent de blancs vêtements ouatinés.

Clara voyait ses petites soeurs parfois le dimanche.

Mais elle ne put continuer de visiter sa mère au cimetière une fois la semaine vu l'accumulation rapide de neige dans les sentiers entre les pierres tombales.

Il y avait si loin déjà entre sa nouvelle vie et l'ancienne au fond du rang de la concession. Pour accentuer le sentiment de distance temporelle, son père ne donnait aucun signe de vie. On le voyait parfois passer dans une voiture à planches, et se rendre livrer du bois de chauffage à ses pratiques ou bien en voiture fine aller dételer chez Maheux pour assister à la grand-messe, mais il ne s'arrêtait pas chez le docteur et ne tournait même pas la tête pour peut-être apercevoir son aînée et la saluer d'un signe de la main.

La fillette ne guettait pas son passage non plus. Elle était trop occupée à faire sa toilette du dimanche. Et la semaine, elle était à l'école à l'heure où son père venait. Il lui arrivait toutefois de le voir par la fenêtre de sa classe après que son voisin l'en ait avertie dans le dos de soeur Saint-Joseph. Alors, elle jetait un coup d'oeil et revenait vite à ses travaux du moment. Comme si elle craignait qu'il vienne la chercher pour la ramener tout droit dans son ancienne vie.

Un samedi soir, une horrible tragédie frappa la paroisse et laissa une marque indélébile en bien des âmes. Des grands-parents qui avaient la garde de leur petite-fille la laissèrent seule à la maison pour aller jouer aux cartes chez des amis du voisinage. La cheminée flamba et mit le feu à la demeure. Quand on se rendit compte qu'il sortait de la maison une colonne de fumée, il était déjà trop tard. La mort par intoxication avait dû surprendre la fillette endormie ou bien les flammes l'avaient-elles brûlée vive?

Les sauveteurs ne purent entrer à l'intérieur devenu brasier. Quant aux pompiers volontaires venus avec la pompe installée sur une voiture à chevaux, ils ne purent qu'à regret voir s'effondrer la construction sur elle-même.

Le curé fut demandé. Il donna à distance le sacrement de l'Extrême-Onction et tâcha, aidé par le docteur Goulet, de réconforter les parents prévenus par le vicaire Turgeon et accourus sur les lieux de la catastrophe. Tout le village s'était rassemblé dans la rue du drame, aux abords de l'incendie déclinant. Tout était si lugubre, aussi bien les visages que les bâtisses des environs ou ces flambées d'étincelles dérisoires jaillissant parfois du brasier agonisant.

–Y a la petite Suzanne Gaboury dans le feu, était-il colporté de bouche à oreille.

–Quel âge qu'elle a?

–Six ans. C'était sa première année d'école.

Bernadette Grégoire avait les larmes aux yeux et le chapelet à la main. Elle se demandait pourquoi on avait laissé une si jeune enfant seule à la maison. Mais elle n'aurait jamais dit une chose pareille à qui que ce soit. Les parents et les grands-parents devaient bien souffrir assez dans leur coeur sans subir les reproches de leurs co-paroissiens.

Le docteur Goulet ne serait pas si tendre, lui. Là aussi, il devait agir comme coroner et convoqua les grands-parents à son bureau pour le lendemain, dès qu'on aurait retrouvé le petit corps, ou ce qu'il en resterait, dans les décombres. Vers minuit, il ne restait plus rien d'incandescent dans les ruines que les pompiers n'avaient cessé d'arroser à en vider trois puits des environs.

Alors qu'il commença à tomber une neige tranquille, lourde et triste. Elle semblait jaunâtre sous la lueur de la lumière de rue. Et durant la nuit, elle recouvrit en partie les ruines. Le spectacle qui s'offrit au regard le lendemain matin avait de quoi arracher les larmes aux êtres les plus insensibles. Sauf peut-être aux enfants qui malgré une certaine inquiétude s'étourdissaient aux environs à fabriquer des bonshommes et autres objets en neige mouilleuse et pelotante.

Les ruines refroidies présentaient une lugubre image en noir charbonneux visible sous un blanc d'hermine. Comme si un peintre céleste avait voulu créer une toile symbolique où se côtoient et se superposent la pureté de l'enfance et l'horreur de la mort.

Bernadette, Ida et Itha vinrent dès l'aube afin de prier pour la pauvre petite Suzanne et du coup, assister au travail des premiers hommes venus déblayer à la recherche du corps. Il y avait des garçons curieux: Yves Grégoire, Laurent Maheux et deux autres qui n'osaient pas parler trop haut, comme s'ils avaient été à l'église ou en quelque endroit où le sacré domine.

Clara demanda à sa mère adoptive la permission de s'y rendre, elle aussi. Car la nouvelle de la tragédie était connue dans la maison depuis la veille par la bouche du docteur. La femme consulta son fils et cela lui fut refusé catégoriquement par le ton. On lui servit néanmoins des arguments, mais ils parurent indiscutables, nets, finals.

"Tu vas te salir." "Tu pourrais nuire aux recherches." "Et c'est dangereux." "Le bon Dieu aimerait bien mieux que tu pries de tout ton coeur pour la petite Suzanne."

C'est que la fillette disparue, que Clara n'avait vue qu'une seule fois et dont elle ne se souvenait pas avec précision, avait le même âge que sa petite soeur Françoise. Qu'une petite de cet âge soit associée à la mort réveillait en elle des souvenirs encore frais. Elle se sentait coupable de la ruine familiale causée par le départ de sa mère. Coupable de ne plus jamais voir son père. Coupable de penser trop à ses chères petites soeurettes. Coupable d'être si bien dans sa nouvelle demeure. De n'y être jamais laissée toute seule comme la pauvre enfant brûlée. De manger trois fois par jour. De dormir à la chaleur. De boire de la limonade. De prendre des leçons de piano. coupable d'avoir pour nouveau papa l'homme le plus aimé de la paroisse après peut-être monsieur le curé et monsieur le vicaire.

Comme s'il avait senti son profond désarroi sans pouvoir le détailler ni l'expliquer, Samuel mit sa main sur son épaule et lui parla doucement avec son plus large sourire alors qu'ils se trouvaient au pied de l'escalier:

"Ce n'est pas pour te punir, tu sais. C'est parce qu'on t'aime beaucoup."

Cette parole la transporta un moment, lui donna des ailes et sur un sourire rassuré et attendri, elle gravit les marches de l'escalier pour regagner sa chambre.

Le remords ne tarda pas à lui revenir. Cette fois, ce n'était pas à cause de sa famille éclatée, mais de ce petit mot impossible: *aime*.

"On t'aime beaucoup."

Jamais de toute sa vie elle n'avait entendu quelqu'un lui dire cela. Elle ne méritait pas qu'on l'aime, encore moins qu'on l'aime beaucoup. Le sens véritable de ces mots lui échappait-il? Certes, elle avait conscience d'agir du mieux qu'elle pouvait, de bien écouter à l'école, de bien étudier à la maison, de faire ses devoirs avec minutie, de se laver comme il faut tous les jours, de brosser ses cheveux, de courir au magasin quand Armandine le lui demandait, et de toujours demander la permission avant de faire quoi que ce soit à l'extérieur de la maison et même avant de pratiquer son piano. Mais comment cette docilité si aisée suffisait-elle à leur faire dire, à lui surtout, un homme, qu'on l'aimait beaucoup?

Bon, les mots, les phrases ne se présentaient pas aussi clairement dans sa tête, mais les idées et leur plein sens s'y trouvaient, se heurtant dans le brouillard de sa pensée encore mal structurée à cause de son enfance durable et de sa prime éducation.

Elle s'assit sur le bord du lit et des larmes se mirent à rouler sur ses joues...

Le docteur pendant ce temps se rendit sur les lieux de l'incendie. Quatre hommes s'y affairaient. Plusieurs poutres calcinées avaient été soulevées et emportées à côté, alignées sur le tapis de neige. Des objets tordus, pas faciles à reconnaître, mais que l'on identifiait à mesure: une horloge, un 'tea pot', un sommier à ressorts, un appareil de radio dont on put même voir que l'aiguille de syntonisation était restée sur le poste de *Grande Soeur* et *Vie de famille*.

On se parlait. On travaillait en lenteur. Comme si on avait voulu que l'horreur se présentât le plus tard possible.

–La chambre était de ce côté-là, fit Samuel qui l'avait appris du grand-père Gaboury durant la nuit.

Il faisait doux ce jour-là bien que l'automne fût avancé. A part cette neige de ouate qui fondrait avant le coup de midi, il n'était rien resté des premières neiges. Elle n'avaient servi qu'à inciter les gens à jouer aux cartes chez leurs voisins, pensa Samuel, et à laisser toutes seules à la maison des petites filles vulnérables.

–Quelle inconscience! Quel manque de lucidité! Quelle irresponsabilité! marmonnait-il en épiant le travail qui se poursuivait.

Un des gars, Barthélemy Bellegarde, souleva un autre morceau de bois calciné et son visage se glaça. Dessous, il aperçut ce qui ressemblait à un morceau de viande rond, cuit, noirci, et il comprit que c'était le corps de l'enfant. Ni bras ni jambes; et le tronc et la tête qui ne formaient plus qu'un seul morceau n'offrant plus rien qui l'apparente à une forme humaine: ni oreilles, ni cheveux, ni yeux, ni cou et bien sûr pas de lèvres, de nez ou de joues.

Samuel en avait vu d'autres et pourtant, il eut un haut-le-coeur. L'image de la chambre sanglante de la femme Bougie, c'était de l'enfantillage au chapitre de l'horreur à comparer avec cette scène insupportable. Il pensa à ce qu'était la fillette la veille, sa candeur, sa grâce enfantine, et il imagina sa terreur dans le noir, tandis que la fumée se répandait et entrait dans ses poumons, sa toux peut-être, ses cris, ses larmes et pire le feu qui s'approchait d'elle et provoquait ses hurlements de désespoir. Comment des adultes, grands-parents de surcroît, avaient-ils pu abandonner une fillette seule à la maison après avoir mis une attisée dans le poêle ou la fournaise à une époque de l'année, fin de l'automne, début de l'hiver, où les feux de cheminée sont si fréquents. Sans avoir fait ramoner la cheminée au préalable ou l'avoir fait eux-mêmes?

Pendant un court moment, Docteur Campagne mit ses mains dans son visage en soupirant:

"Ces choses-là n'arrivent pas en ville."

Ce en quoi il se trompait du reste. Car il n'avait pas vécu ni pratiqué dans les quartiers les plus pauvres de Montréal.

Les collègues de Barthélemy s'approchèrent. L'un avait un drap prévu pour recevoir les restes. Un autre, fort troublé par la scène, tâcha de se libérer de sa peur en blaguant:

–Ça ressemble à un cochon brûlé...

Samuel lui dit avec une colère froide dans la voix et tout le visage:

–Mon ami, ça me fend la face de t'entendre. C'est un corps humain, le corps d'une petite fille. Tu dois en avoir le plus grand respect.

Le jeune homme lui jeta un coup d'oeil et parut ne pas comprendre. Il regarda même autour de lui en pensant que le docteur s'adressait à quelqu'un d'autre.

–Quelqu'un peut-il courir au presbytère et avertir le curé qu'on a retrouvé le corps? Peut-être que monsieur le vicaire, ou même monsieur le curé, pourrait venir... faire... quelque chose...

–Moé, j'y vas, cria Yves Grégoire qui sortit de sa torpeur après avoir été médusé tout comme son copain Laurent par la vue du corps calciné.

Son strabisme lui donnait un air espiègle et le docteur ne put lire l'effroi dans son âme sensible. Il acquiesça en ajoutant à son signe de tête:

–Vas-y pis cours!

Les deux gamins dévalèrent la pente légère et coururent, pattes aux fesses, sous le regard mi-rieur mi-sérieux de Bernadette.

Après avoir satisfait leur curiosité, plusieurs autres dont Ida et Itha, s'en allèrent en frissonnant et en priant pour qu'un pareil malheur ne survienne pas chez eux.

–Y a personne de la famille? demanda Samuel en promenant son regard sur les badauds qui restaient.

Il dut bien se rendre à l'évidence et donna un ordre aux chercheurs:

–Enveloppez le corps dans le drap et laissez-le sur les poutres.

–Le drap va être tout sale! objecta Barthélemy.

–Vaut mieux sale que tout mouillé par la neige fondante.

–Bon! Les gars...

Samuel tourna les talons et regagna son bureau. Une heure plus tard, les grands-parents fautifs se présentèrent comme la loi le leur imposait. Il les fit asseoir après les avoir salués vaguement sans dire un seul mot. Et lui-même prit place derrière son bureau et ouvrit un dossier où il fit quelques annotations avant de s'adresser à ses visiteurs.

C'étaient des gens dans la soixantaine, de l'âge d'Armandine à peu près, et qui semblaient en parfaite santé. Même que Samuel ne se souvenait pas les avoir soignés depuis son arrivée dans la paroisse. L'homme possédait un visage sévère et montrait, dans une sorte d'attitude paradoxale, qu'il était introverti. Bras croisés. Moue de supériorité au visage. Paupières affaissées dans une sorte d'indifférence préfabriquée devant le blâme auquel il s'attendait. Il s'appelait Tommy Gaboury. Rien à voir avec le postillon du roi qui lui avait pour nom Tom Gaboury, Tom pour Thomas lui aussi. Il fallait bien les différencier et c'est par le diminutif de leur prénom qu'on le faisait.

Sa femme était un de ces personnages secs et tristes qui ne disent pas un mot depuis le matin de leur mariage jusqu'à leur mort sinon pour accepter ce qu'on leur impose sans la moindre objection. La décision d'aller jouer aux cartes avait appartenu à son mari; elle avait suivi comme il fallait. La décision de bourrer le poêle pour que la maison ne soit pas trop refroidie à leur retour avait appartenu à son mari; elle avait apporté le bois comme il fallait. La décision de fermer la porte à clef avait appartenu à son mari; elle avait mis le cadenas à la porte comme il fallait.

–Madame Gaboury, quel âge avez-vous?

–Soixante-cinq ans.

–Et vous, monsieur Gaboury?

–Soixante-huit.

–Grands-parents de plusieurs petits-enfants?

Les deux se regardèrent. L'homme haussa une épaule:

–Ben... ouè...

–Combien?

–Dix-sept, répondit la femme qui aussitôt regarda son mari dans les yeux pour savoir si elle avait bien fait de parler.

–Et vous en avez souvent en garde comme hier?

–Des fois.

–Ça vous arrive souvent de les laisser seuls et de les embarrer dans la maison comme hier avec la petite Suzanne.

La femme baissa les yeux puis la tête, et mit sa main devant son visage.

–Si c'est pour nous chiquer la guenille, nous autres, on va sacrer notre camp d'icitte à matin, dit Tommy, le visage blanc comme un drap.

Samuel donna un coup à sa chaise qui tomba à la renverse en même temps qu'il se mettait sur ses jambes. Et sa voix tonna si fort qu'on l'entendit depuis la cuisine où se trouvaient Armandine et Clara en train de réciter un chapelet pour le repos de l'âge de la petite Suzanne.

Samuel se mit à marcher de long en large tout en pointant du doigt à maintes reprises le vieil homme:

–Je vais vous dire une bonne chose, monsieur, ce matin, vous êtes requis par la loi de rester ici tant que j'aurai des questions à vous poser. Et si vous partez avant que je ne vous le dise, je demande aussitôt à la police provinciale de venir vous arrêter et de vous emmener en prison. Est-ce que je me fais comprendre?

L'homme haussa les deux épaules cette fois.

–J'ai posé une question: est-ce que je me fais comprendre, monsieur?

–Ouè...

–Madame?

–Oui... oui...

Et elle éclata en sanglots.

–Pleurez si vous voulez, criez, maudissez le sort, faites ce que vous voudrez, ça ne va rien changer à mon enquête et surtout, surtout à ce que j'ai à vous dire en sus de l'enquête proprement dite.

–On t'écoute, mon gars, dit sèchement Tommy, pis on va te 'reponde'...

Le docteur ne remit pas sa chaise sur ses pattes, ce qui eût été un moment d'aveu, si minime soit-il, d'une erreur ayant mené à un désordre tout aussi minime. Il n'était que trop familier avec cette prodigieuse capacité des gens fautifs de surfaire les justifications pour mieux réduire leurs responsabilités coupables.

Il se pencha donc pour inscrire les détails usuels. Noms des parents (qu'il verrait plus tard), âge, lieu où ils se trouvaient la veille au soir. Même chose pour les grands-parents. Puis il questionna sur le système de chauffage de la maison incendiée: la tuyauterie, l'état de la cheminée. Et l'attisée d'avant leur départ pour aller s'amuser.

Là, Samuel mit une main sur une hanche, soulevant le devant de sa veste et laissant ainsi voir une chaîne retenant sûrement une montre de poche.

–J'en ai une, une montre comme ça, dit Tommy afin de casser l'élan destructeur du personnage.

Samuel la fit émerger et appuya sur le bouton qui déclencha le mécanisme du couvercle:

–Ah oui? Eh bien, vous auriez dû vous en servir hier. Pour mesurer le temps qu'il vous faudrait pour aller jouer au whist chez les Labrecque...

–Nous autres, on joue pas au whist, on joue au neuf...

–Ça m'intéresse pas une miette, le jeu que vous avez joué hier soir. Le moins qu'on puisse dire, c'est que vous avez joué avec le feu. Monsieur, madame, si j'étais celui qui fait les lois, j'inscrirais ça parmi les actes criminels... laisser un enfant tout seul –et même plusieurs– à la maison sans personne pour les surveiller et en prendre soin. Mettre une grosse attisée et barrer la porte en vous en allant. C'est criminel, monsieur, criminel. Même... même Adolf Hitler dont on dit qu'il est un personnage terrible, ne ferait pas une chose pareille. Qu'est-ce que vous pensez de faire des choses aussi peu réfléchies, aussi mauvaises? Ce n'est pas rien que de l'inconscience, ce n'est pas rien que de l'imbécillité, c'est de la méchanceté. Et ça me surprend d'une femme telle que vous, madame.

Elle se remit à sangloter après s'être arrêtée un moment, figée par la peur de ces deux hommes.

–On n'est pas tuseuls à faire ça; prends pas le mors aux dents, mon jeune. Ça se fait dans ben des maisons, ça.

–Vous n'êtes pas ici pour parler des attitudes et des comportements des autres. Et ce qui se fait ailleurs n'excuse pas ce que vous avez fait, vous, des grands-parents. Des grands-parents, c'est en général plus aimant, plus soucieux encore des enfants que des parents. Vous avez montré la pire insouciance qui se puisse être. Et je vous dis qu'en faisant ce que vous avez fait, vous avez commis une faute grave.

–C'est au curé de décider de ça, pas à toé, mon gars. En attendant, quand c'est que t'auras fini, là, nusautres, on est prêt à sacrer notre camp d'icitte.

–Vous savez ce que j'ai vu tout à l'heure? Une espèce de rôti de viande sous les poutres calcinées... long comme ça... sans bras ni jambes, sans oreilles ni bouche... et ça, c'est ce qu'il reste de la petite Suzanne d'hier, une enfant adorable et toute rose... J'ai non seulement le droit mais j'ai aussi le devoir de vous adresser un blâme sévère et j'espère que vous vous en souviendrez pour le restant de votre vie. Et maintenant, quittez ce bureau. Je dois néanmoins vous dire avant de partir... que c'est le coroner et l'homme qui vous ont parlé, pas le médecin qui lui, sera toujours disposé à vous apporter des soins.

Le couple se leva. La femme regarda Samuel droit dans les yeux et ne put s'empêcher de marmonner:

–Que le bon Dieu nous pardonne!

De l'autre côté, dans la cuisine, on avait écourté le chapelet pour se mettre à l'écoute des propos qui éclataient dans le bureau. Quand ce fut terminé, Armandine dit à Clara que cette colère de Samuel figeait sans raison pourtant sur place:

–Tu vas venir avec moi, pis on va jouer du piano ensemble. Pis notre Samuel va retrouver le sourire...

"Notre Samuel": l'expression trottait comme une petite souris dans la tête de la fillette. Ou peut-être comme un petit sourire...

Dehors, Tommy dit à sa femme, tandis qu'ils repartaient à pied pour retourner chez ceux qui les hébergeaient:

–Le curé va ben nous sermonner encore pire que lui. Pareil comme si on a fait exprès, baptême de maudit. Je le sais c'est qu'on va faire, pis de même, y'ara pus parsonne pour nous donner de la marde pis nous tirer des roches...

Ce qui fut alors décidé par Tommy resterait dans les annales de la paroisse comme un événement unique. Il exigea du père et de la mère de la fillette décédée que l'on exposât son corps chez eux et l'on dut se soumettre à son autorité de patriarche de même qu'à un certain chantage en filigrane, car les grands-parents avaient du bien accumulé durant les bonnes années d'avant la grande crise et leur temps sur cette terre achevait...

*

–T'as besoin de pas aller là, toé, dit Éva Maheux à sa fille Fernande âgée de douze ans, la pire écornifleuse que la terre beauceronne ait jamais enfantée, et qui en comparaison, faisait passer Bernadette elle-même pour un être de grande discrétion.

La mère de famille avait appris que le corps de la petite Suzanne Gaboury était exposé et qu'il présentait l'aspect d'un gros morceau de boudin. Pas question de laisser les enfants voir ça et de les 'traumatiser' pour la vie. Traumatiser qui se disait plutôt en ce temps-là par des mots comme "troubler l'esprit", "choquer le coeur", "énarver pour la vie".

Mais c'était parler dans le vide que de vouloir empêcher la Fernande de mettre son nez où elle avait décidé de le fourrer. Et quelle formidable occasion pour elle d'assister à spectacle aussi inusité! Pour parvenir à ses fins, elle machina tout un scénario. Elle irait chez les Gaboury non seulement avec sa petite soeur Dolorès qu'elle y traînerait par la main, mais si possible avec la petite fille adoptée du docteur Goulet.

–Où c'est que vous allez comme ça? demanda Éva quand la Fernande fut à aider sa soeur de sept ans à s'habiller pour sortir.

–On va... faire une marche avec Clara Boutin.

–Faut dire Clara Goulet asteur.

–Clara Goulet d'abord.

La femme scruta le regard de sa fille:

–Par là?

–Ben oui, maman, par là.

Ce qui voulait dire vers l'ouest, donc dans la direction opposée à la maison où était la mise en scène macabre destinée à disculper Tommy Gaboury et sa femme aux yeux des paroissiens et même à retourner la situation en leur faveur.

Les deux soeurs se rendirent tout d'abord sonner chez les Goulet. Fernande demanda de sa voix la plus chantante et persuasive si Clara pouvait venir avec elles et Colette Grégoire faire une marche dans le village.

–Bien sûr, si elle veut. Mais faut que je lui en parle et qu'elle se prépare.

–On va aller chercher Colette pis on va revenir.

Colette dont le père était le cousin de Freddé et Bernadette habitait plus loin sur une côte. Les soeurs reprirent leur chemin sous le regard d'Éva qui, embusquée derrière un rideau de chambre, les regardait s'en aller. Il lui parut que Clara n'irait pas avec elles et ses soupçons s'évanouirent. Et puis la femme avait en ce moment une préoccupation bien plus grande: son accouchement se produirait dans les jours prochains. Elle ressentait beaucoup de fatigue et s'étendit sur son lit. Il lui vint à l'esprit que si ce bébé devait être une fille, elle lui donnerait le prénom de Suzanne, à cause de la pauvre petite fille brûlée vive. Cela porterait chance...

Fernande revint avec les deux autres. Clara les attendait à la porte. Elle les rejoignit.

–Vous allez où, prendre votre marche? demanda Armandine qui s'inquiétait sans savoir pourquoi.

–Par là.

Le signe de tête de Fernande pouvait signifier à peu près n'importe quelle direction. Et les quatre fillettes partirent du côté de chez Bernadette, deux à deux sur le trottoir de bois: Fernande et Colette en avant, les deux autres à l'arrière, se tenant par la main.

Passé chez Bernadette, Fernande bifurqua. Pour déjouer sa mère qu'elle savait la redouter, elle avait pensé prendre un détour par l'arrière du magasin général pour déboucher sur le terrain de l'église puis de l'autre côté, et revenir ensuite à la grand-rue. Le manège réussit. Les trois autres ne posaient pas de questions et se laissaient conduire docilement. Quand elles furent devant la porte des Gaboury, Fernande sortit son chapelet et le tint de façon à ce qu'on le remarquât.

–On va voir la petite fille brûlée, dit-elle aux autres qui suivirent comme si ça allait de soi.

Comme prévu, son chapelet noir lui ouvrit le chemin. On les laissa entrer dans la maison et s'approcher de la table de la cuisine sur laquelle le semblant de dépouille gisait sur un drap blanc, un chapelet posé sur cette 'chose'.

Deux choses frappèrent en même temps les quatre fillettes: l'image insoutenable de ces restes qu'elles ne parvenaient pas à s'imaginer avoir été une enfant et celle tout aussi frappante des grands-parents Gaboury, le monsieur surtout, effondrés, priant et gémissant.

Fernande fit agenouiller les autres sur le plancher froid et récita une dizaine de chapelet.

De retour à la maison, Clara raconta sa visite. Armandine en fut fort secouée. Elle appela Éva pour se plaindre de Fernande. La femme accablée s'excusa mollement pour sa fille et en profita pour réclamer le docteur, car elle avait des contractions très rapprochées...

Clara savait maintenant que la mort n'a pas d'âge.

Une autre conséquence de cette tragédie pour les Goulet: ils demandèrent à Clara de rebaptiser son chat afin de lui donner un autre nom que celui de Tommy qui rappelait trop le grand-père insensible et calculateur.

***

Chapitre 18

Et le vicaire arrosa. Et il arrosa encore à en percer sa lance. Une lance qu'il avait branchée sur un puits qui semblait intarissable, passant par la pompe à incendie mue par un moteur à essence. Et la glace se forma peu à peu, couche sur couche, sur la grande surface de terrain située devant la salle paroissiale, le long de l'église.

"Ça sert donc à rien avant Noël, de faire la patinoire!" lui avait redit trois fois le curé de sa voix lancinante.

"Quand on veut, on peut!" rétorquait alors de sa voix nerveuse l'abbé Turgeon en rajustant ses cheveux rebelles.

"Quand le bon Dieu veut... on peut, quand le bon Dieu le veut..."

"Oui, c'est entendu; mais quand le bon Dieu veut, faut le vouloir, nous aussi. Il ne vient jamais arroser la patinoire à vingt degrés sous zéro, et quand Il le fait, ça tombe en pluie et la glace fond."

"Bien pensé! Je disais ça pour vous mettre à l'épreuve. Allez arroser! Allez!..."

Et quand le vicaire s'habillait lourd et quittait le presbytère, ~~l'abbé~~ le curé Ennis pensait:

"Et ça va dompter vos instincts!"

Ce jour-là, plusieurs jeunes vinrent y voir. La neige était

rare, mais le froid mordait la peau. Des gamins offrirent au prêtre de tenir la lance: Yves, Laurent, Raymond et même le jeune et minuscule Jean-Jacques Labbé, garçon de onze ans que Clara Goulet commençait à intéresser drôlement.

Chaque fois, l'abbé refusa net.

"Arroser est un art. Il faut la bonne couche, le doigté."

On le croyait doté d'un don spécial. Un don du ciel. La glace bénie serait sûrement de meilleure qualité que la glace sauvage des champs autour du village.

C'était dimanche après-midi et les jeunes filles sortaient prendre l'air et marcher dans la froidure d'un hiver en train d'installer ses pénates au beau milieu de décembre. Ce que firent Gaby et Marie-Anna qui s'étaient donné rendez-vous devant l'église, l'une venue du haut du village et l'autre du bas. Quand même, pas cinq minutes de marche ne les séparaient puisqu'elles vivaient toutes deux 'collées' sur l'église.

Il fallait ce jour-là décider à propos du chant à la messe de minuit. Divers détails pouvaient se régler aisément, mais un choix délicat, à la pénible perspective, devrait être fait entre deux voix de grande qualité, pour chanter le classique *Minuit chrétiens*. L'ancienne et combien puissante voix de Jean Jobin, ex-secrétaire de la municipalité durant trente ans et homme en vue de la place depuis plus d'un demi-siècle, et celle oh! combien raffinée de Samuel Goulet, le populaire docteur de la paroisse.

Deux jeunes personnes de leur intelligence réaliste savaient bien qu'elles ne devaient surtout pas en faire une histoire de coeur. Ou bien Samuel l'aurait emporté haut la main. On savait que les deux hommes connaissaient le cantique depuis toujours, qu'ils l'avaient tous deux souventes fois chanté et qu'à ce chapitre, ils étaient aussi à égalité dans la course à la prestigieuse prestation de la nuit de la Nativité.

–Monsieur le curé veut toujours pas s'en mêler, annonça Marie-Anna à Gaby quand elles sc retrouvèrent devant l'église et leur décision à prendre.

–Allons donc voir monsieur le vicaire. Peut-être qu'il va en penser quelque chose.

Elles le voyaient arroser et se dirigèrent vers lui. Il vissa le bec métallique de la lance pour couper l'eau quand il les vit s'approcher et jeta le boyau par terre sur la glace bleue. Et marcha en dehors de la patinoire qu'entouraient des bandes de bois usées par les années et les intempéries, grises ou noires, et en plusieurs endroits défoncées par des coups de patin ou des coups de bâtons de hockey de ces valeureux Howie Morenz ou Aurèle Joliat de la paroisse.

Les deux femmes portaient un manteau d'étoffe tissée serré et lourd, l'un en vert bouteille et l'autre en bleu marine, avec col de fourrure blanche. Et des bas de cachemire. Et des bottes de cuir avec col de fourrure bouclée. Une fois par automne, elles se rendaient ensemble à Québec pour renouveler leur garde-robe malgré les temps difficiles. Cela leur apparaissait de plus en plus important à mesure que les années s'écoulaient et que le prince charmant se faisait attendre. Car c'est le bon prince que chacune désirait et non le premier venu; pas un gars de dur labeur, mais un être raffiné, un artiste et en même temps un revenu. Elles n'en connaissaient qu'un seul et celui-là avait les deux pieds emprisonnés dans le ciment...

–Les jeunes filles les plus chic de la paroisse! s'exclama le vicaire en ouvrant les bras vers elles dans un geste d'accueil.

–Qu'est-ce que vous allez chercher là? fit Marie-Anna à travers un rire fabriqué.

Le prêtre posa sa main sur le bord d'une bande et se donna un élan vigoureux qui le projeta de l'autre côté.

–Et vous le plus agile de la paroisse, dit Gaby avec un sourire entendu.

–Ah! on tient la bonne forme.

–On venait vous voir.

–Eh bien, je suis là. Au complet pour vous deux et vous deux seulement.

Après quelques minutes de petite conversation à propos de la température et de la patinoire, elles en vinrent à l'objet de leur visite. Marie-Anna fit son rire, moins inutile qu'il n'y paraissait en lui permettant de jauger, puis elle parla:

–On a le choix entre monsieur Jobin et monsieur Goulet pour chanter le *Minuit chrétiens* cette année. Faut se décider sans tarder à cause des pratiques à faire. Au moins deux ou trois avant Noël...

–Monsieur le curé refuse de s'en mêler. Il se fie à nous deux, qu'il a dit en riant, pour prendre la meilleure décision.

–Nous, on voudrait pas la bisbille. C'est une tradition avec monsieur Jobin...

–Et le docteur Goulet est demandé par pas mal de monde. On veut du changement.

Le vicaire regardait l'une et l'autre tour à tour:

–Moi, j'hésiterais pas une seconde.

Elles s'échangèrent un regard intrigué.

–Je tirerais à la courte paille.

Et le prêtre s'esclaffa. Elles grimacèrent de contrariété.

–Pas besoin de vous demander conseil pour ça...

–Je blaguais. Non, je pense que j'opterais pour la jeunesse. Quand on a un certain âge, faut savoir passer le flambeau à la jeune génération. Et monsieur Jobin, un homme de grande intelligence et homme de coeur, n'est pas sans croire ça aussi. Il a cédé son poste de secrétaire municipal, celui de gérant de la caisse populaire et maintenant, il doit se retirer des honneurs du choeur de chant pour ainsi dire. Une voix nouvelle: toute la paroisse attend ça.

Les deux jeunes femmes étaient aux anges. Facile de décider quand on a le peuple derrière soi. Moins facile d'annoncer la nouvelle à Jean Jobin, un homme réputé pour ses colères homériques.

–Là, ce serait le temps de tirer à la courte paille, dit Marie-Anna.

–Et pourquoi ça?

–Une va parler au docteur Goulet; l'autre à monsieur Jobin.

–T'es folle, Marie-Anna. Jamais j'oserais aller dire ça à

monsieur Jobin, il va sortir sa hache et nous pourfendre.

Le vicaire éclata de rire:

–Mais non, il n'est pas le diable en personne. C'est un homme raisonnable et de bonne éducation.

–Mais quand il se fâche...

–Allez-y ensemble alors.

–Pourquoi que vous lui diriez pas, vous, monsieur le vicaire?

–Il pourrait penser que je ne me mêle de ce qui ne me regarde pas. C'est pas le presbytère qui décide de ce qui va se passer au jubé de la chorale. Je vous ai donné mon opinion comme ça; vous n'avez pas à la suivre à la lettre...

–Qu'est-ce qu'on fait de ça? gémit Marie-Anna. Motadit... Excusez...

–C'est rien... J'y pense, peut-être que vous pourriez le lui faire dire par quelqu'un d'autre... je ne sais pas... tiens, mademoiselle Bernadette. Elle... elle va pas aller lui dire que vous ne voulez pas de lui... elle va même pas penser de cette façon, non... elle va plutôt annoncer dans le voisinage y compris chez monsieur Jobin, comme si c'était une nouvelle extraordinaire, que le docteur Goulet va chanter le *Minuit chrétiens*... Elle pensera peut-être même pas que c'était monsieur Jobin qui le chantait les autres années...

–Écoutez, dit Gaby, Bernadette est pas si naïve que ça, quand même.

–Pas qu'elle soit si naïve que ça, mais c'est une bonne personne, bonne comme du pain, toujours contente et qui pense que les gens sont tous un peu comme elle; et elle va en faire une bonne nouvelle, comme je vous l'ai dit.

–S'il fallait qu'elle mange la claque.

–La claque?

–Ben oui, la crise à monsieur Jobin quand il va apprendre la nouvelle. Non, faut lui téléphoner. Il pourra pas nous assommer au bout du fil.

–Tu vas lui parler.

–Non: toi.

Et le vicaire de s'amuser follement à les entendre se renvoyer la balle. Le pauvre ne se rendait pas compte que depuis son départ de la glace, un événement contrariant s'était produit sur la patinoire. Affaibli par l'usure et la pression, le boyau avait éclaté un peu plus haut que le bec d'étranglement et voici que l'eau jaillissait par le trou et 'refrisait' tout autour, ce qui imprimait à la lance un mouvement de serpent et construirait un deuxième étage de glace à la patinoire dans cette section proche de l'angle droit formé là par les bandes.

L'idée d'utiliser Bernadette fit son chemin dans leur esprit et c'est là finalement que les deux jeunes femmes se rendirent tout de go.

–Ben venez vous réchauffer, vous autres. Quel beau dimanche, trouvez-vous! Frette sec, comme on dit.

Elle leur ouvrait la porte et son accueil était aussi chaleureux que de coutume. Comme si chaque visiteur à sa maison, chaque interlocuteur rencontré sur la rue, chaque client au magasin, avait été le roi ou la reine d'Angleterre.

–On vient te voir pour jaser un peu comme ça, fit hypocritement Gaby.

–C'est ça, enchérit sa consoeur. En réalité, on vient te demander conseil.

Bernadette referma la porte derrière elles et s'écria:

–Un conseil? À moi?

–Ben... pas un conseil, une opinion.

–Venez vous asseoir au salon, là. Armand est parti voir Freddé. Berthe est partie avec la petite Lise. Suis toute seule. On a la maison rien que pour nous autres. On va jaser à notre goût. On va avoir du plaisir. Pis comme on dit: on va-t-il n'avoir d'l'agrément!...

–Nous autres, on va ôter nos bottes.

–Pis vos manteaux. Accrochez-les sur la patère, là, en arrière de la porte. Il fait une bonne chaleur. Je viens de mettre une attisée dans la fournaise. J'ai des biscuits secs frais faits d'hier. Pis je vas vous faire un 'tea pot' plein jusqu'aux ouïes... Un conseil? À moi? Ben j'en reviens pas...

Elle les conduisit bientôt dans le salon, une pièce assez sombre, mais très sophistiquée par ses draperies de chintz couleur bourgogne, son piano massif dont on pouvait jouer ou si on ne le pouvait, sur lequel on pouvait faire semblant de jouer tout en laissant l'instrument faire le travail pour soi automatiquement, aussi par ses cadres aux reproductions de grands maîtres tels que Rubens, Renoir et Rembrandt.

Ancien, mais d'une qualité extraordinaire, l'ameublement ne portait aucune trace d'usure. La mère Grégoire, femme aux goûts onéreux, l'avait acheté au début des années 10 et à sa mort, Bernadette en avait hérité pour meubler sa maison.

Et pour donner à la pièce un air d'été ou peut-être exotique, on l'ornait de plusieurs fougères aux feuilles vertes et en santé.

Les trois jeunes femmes furent bientôt assises.

–Un conseil? dit Bernadette pour la troisième fois. À moi?

Elle n'avait pas l'habitude.

Et pour la troisième fois, les deux autres s'échangèrent un regard coupable.

–Ben... comme je t'ai dit, pas tout à fait un conseil, surtout une opinion. C'est pour le *Minuit chrétiens*... Par qui c'est que tu aimerais l'entendre cette année? Monsieur Jobin ou monsieur le docteur?

Spontanément, Bernadette dit, les yeux agrandis:

–Pauvre Monsieur Jobin, faut pas lui ôter ça itou, vous allez le tuer. Il branle dans le manche, vous savez, depuis qu'il a perdu tous ses ouvrages.

–C'est pas ça qu'on te demande, dit Marie-Anna. C'est au sujet du *Minuit chrétiens*... par qui voudrais-tu l'entendre, toi, cette année?

–Par monsieur le docteur, c'est certain. La belle voix qu'il a, cet homme-là! Pis il a pas rien que ça de beau, hein!

Et elle adressa un clin d'oeil aux deux autres puis, après un moment de sérieux, éclata d'un rire contagieux qui toutefois ne fit pas d'adeptes là. Que des sourires retenus, que des raclements de gorge!

–On dirait que tout le monde veut la même chose, dit Gaby.

–Ah oui?

–On dirait, approuva Marie-Anna.

Bernadette fit les grands yeux:

–Et là, je devine qu'à vous autres, toi surtout Gaby, ça pose tout un problème. Hey... mettre Jean Jobin de côté, on rit pas avec ça.

–Il s'agit pas de mettre de côté monsieur Jobin, il s'agit de prendre monsieur Goulet.

–Ouais, c'est sûr, mais... un va pas sans l'autre, comme on dit.

–Savez-vous, je voudrais pas me mêler de ce qui me regarde pas, mais je pourrais en parler, moi, avec monsieur Jobin. Je ris beaucoup avec cet homme-là, je saurais peut-être par quel bout le prendre.

Les deux autres n'en espéraient pas tant. Elles se regardèrent: une lueur de soulagement passa dans leur regard.

–Si tu fais ça pour nous autres, Bernadette, on te laisse annoncer la nouvelle au docteur Goulet, dit Gaby. Je veux dire lui annoncer qu'il a été choisi pour le *Minuit chrétiens*.

–Hein!!! Non!!! Moi??? J'vous cré pas, dirait Jos Page.

Bernadette éclata de rire de nouveau, tandis que les deux complices se frottaient les mains d'aise.

*

Deux heures plus tard, la pauvre femme, blanche comme la neige restée au sol en de rares endroits, sortait de chez Jean Jobin en maugréant:

–Non, mais il est ben bête quand il veut, lui, là. C'est pas ma décision que j'lui ai annoncé, c'est la nouvelle que le docteur va chanter le *Minuit chrétiens*...

La porte non encore fermée s'ouvrit brusquement et le vieil homme rabougri parut sur le seuil:

–Pis toé, la fille à Noré Grégoire, là, t'as d'lair ben contente de c'que tu m'dis. J'm'en vas, le voir, moé, le docteur pis vous allez voir que j'me laisserai pas faire.

Brusquement, elle s'arrêta, se retourna:

–Monsieur Jobin, vous me traitez comme une malfaisante, là, vous...

–Je veux rien que tu mouches le nez à ceuses qui te font faire leurs commissions.

Au comble de l'impatience, elle tourna les talons:

–Ben j'm'en vas voir Pampalon pis Ida...

–C'est ça, va donc voir Ida, Itha, Irma pis Imelda tant que tu voudras!

Bernadette s'arrêta de nouveau et tourna la tête pour lui crier:

–Suis pas venue vous narguer, monsieur Jobin, suis venue pour... Ah, pis je le sais pas pourquoi j'suis venue vous voir. Je vas prier pour vous. Bonjour, là!...

Peu de temps après, la femme placotait avec son frère à l'hôtel situé dans la maison voisine de Jean Jobin, mais pas sur la même rue. Elle était à lui raconter ce qui venait de se produire lorsqu'elle aperçut par la fenêtre le vieux Jean Jobin qui passait en tricolant, et mal vêtu pour le froid qu'il faisait dehors cet après-midi-là.

–Je me demande ben où c'est qu'il s'en va de même. Il a parlé d'aller voir le docteur Goulet... mon doux Jésus, s'il faut... Quoi c'est que j'vas faire? Ah, la Marie-Anna Nadeau, elle me fait faire des affaires que j'veux pas faire dans le fond de moi-même...

–Mais que t'es pas capable de t'empêcher de faire? constata Pampalon, l'oeil malicieux.

L'homme jubilait. C'était le genre d'événements à lui apporter des sensations nouvelles. Tout ce qui sortait de l'ordinaire et du quotidien lui plaisait au plus haut point, l'excitait, faisait briller ses yeux. Et encore plus les bagarres épiques à condition que personne n'en sorte trop magané. Il adorait les élections, surtout les soirées d'élection quand son parti avait remporté la victoire. Et il encourageait alors secrètement ceux qui faisaient brûler des bonshommes de paille devant la porte des organisateurs du candidat défait, tout comme il l'avait lui-même si souvent fait du temps de sa jeunesse.

Il se rangea illico dans le futur camp du docteur, même si ce dernier n'était pas encore au courant qu'il y avait un conflit potentiel et qu'il en serait un des protagonistes et principal belligérant. Et puis une guerrette, ça mettrait de la vie dans une paroisse aussi morose que toutes les autres à cause de la dépression interminable. Tout était en place pour que la déclaration de guerre se fasse dans les prochaines heures. Le motif: le *Minuit chrétiens*. Les personnalités fortes: le docteur Goulet et Jean Jobin. Les soldats volontaires comme lui ou involontaires comme sa soeur Bernadette. Et les gens de coulisse tirant les ficelles: Marie-Anna, Gaby... Et puis les prêtres qui s'en lavent les mains...

La jeune femme se dépêcha de sortir de l'hôtel. Comme elle avait le pas trois fois meilleur que celui de Jean Jobin malgré une légère infirmité qui la faisait claudiquer, Bernadette fut un bon moment avant le vieillard devant la porte du docteur qui lui ouvrit lui-même et la reçut dans le salon. Dès les premiers mots, elle mit sur la table toute la situation:

–Gaby pis Marie-Anna ont décidé que ça sera vous qui va chanter le *Minuit chrétiens* à Noël... pis c'est le vieux Jean Jobin qui est pas content. Ah, pantoute, pantoute, là... Même que j'pense qu'il s'en vient par icitte... pis qu'il veut vous chauffer les oreilles... Ah, moi, par exemple, j'veux pas m'en mêler pantoute...

–Ah, mais il le chante fort bien! Je l'ai entendu l'an passé et... bon, je ne ferai pas d'objection...

–Non, fit-elle avec autorité. Tout le monde vous réclame, vous. Ça fait trente ans qu'on entend la voix à Jean Jobin, il est temps qu'on entende autre chose.

–Et comment il l'a su... qu'on m'avait choisi à sa place, je veux dire?

–Je lui ai dit... ben franchement comme je vous parle là...

La sonnerie de la porte se fit entendre:

–Mon Dieu moi, c'est lui qui arrive. Je pense que je vas me sauver. Il était mauvais après moi comme le diable...

–Il sonne au bureau. C'est pas grave: tu peux t'en retourner par l'autre porte, là...

–C'est ben ça que j'vas faire.

Elle se hâta de s'en aller à travers de vagues salutations, tandis que Samuel se rendait ouvrir à son visiteur dont le regard transperça aussitôt le sien.

–Entrez, monsieur Jobin.

On entendit de loin Armandine qui saluait Bernadette à qui elle n'avait pu adresser un mot tant sa visite avait été expéditive.

Pampalon traversa la rue et se rendit cogner à la porte de la maison chez Freddé pour lui raconter qu'il y avait danger de guerre dans le village.

Bernadette quant à elle se rendit chez le forgeron Maheux et annonça la bonne nouvelle à propos du *Minuit chrétiens* à être chanté par le docteur à la messe de minuit. Ernest se leva d'un bond de sa chaise, il expulsa un jet de salive vers le crachoir à ses pieds et lança de sa voix impériale une phrase bien sûr négative tout en appuyant solidement son dire avec le bouquin de sa pipe:

–Ça faisait assez longtemps, maudit torrieu, que le Jean Jobin faisait le jars au jubé avec son *Minuit chrétiens*... Qu'il s'assise donc, le vieux bonhomme, d'abord qu'il a pus rien que ça à faire, lui, là...

Mais au même moment, Freddé, maire de la paroisse, ne chantait pas la même chanson en rétorquant à son frère Pampalon:

–Pourquoi c'est faire qu'ils lui ôtent tout, au père Jobin. Il a rendu ben des services au monde. Le docteur Goulet pourrait ben attendre un an ou deux avant de prendre sa place. Il est jeune, lui...

–Justement, faut laisser la place aux jeunes.

–Pas besoin d'enterrer les vieux vivants pour ça.

Trois Grégoire, Bernadette, Pampalon, Freddé, trois grands coeurs d'or, mais trois pensées différentes sur une même question. C'était ça, le pays de Docteur Campagne...

Dans tout le village durant les jours qui suivirent, l'on se parla de l'affaire. Il ne transparut rien de la rencontre entre le docteur Goulet et Jean Jobin. Mais l'on sut à travers les branches que le vieil homme ne s'était pas résigné. Par contre, il était maintenant officiel que ce serait Samuel qui, des deux chantres, tiendrait la barre du *Minuit chrétiens* à la messe de minuit, car il fit trois pratiques en compagnie de Gaby et Marie-Anna qui le félicitèrent chaleureusement chaque fois et ne manquèrent pas non plus de se féliciter mutuellement de leur décision.

Le curé continua de rester muet sur la question malgré les doléances qui lui étaient adressées chaque jour par des supporteurs du père Jobin.

Le bruit courut que le vieil artiste déchu serait au choeur de chant et qu'il imposerait sa voix au moment du *Minuit chrétiens*, qu'il irait le premier se mettre devant le lutrin de la vedette d'une nuit. Tous ces mystères, toutes ces rumeurs et cette situation conflictuelle tenaient la paroisse entière en haleine à l'arrivée de ce vingt-quatre décembre 1938...

***

Chapitre 19

Il neigeait depuis la veille. Pas une bordée à tout casser, pas suffisamment pour bloquer les chemins, mais assez pour permettre aux gens des rangs de sortir les berlots et carrioles et se préparer à monter au village au son des grelots.

Et nouvelle d'importance: Cléophas Drouin dit Foster venait de se procurer une toute nouvelle autoneige inventée par J.Armand Bombardier de Valcourt. Huit familles avaient réservé leur place et seraient transportées au village par ce véhicule capable de recevoir sept passagers adultes. Des gens craignaient que leur cheval ne s'emballe dans la nuit au bruit de cet engin bruyant, et qu'il perde son chemin, ce qui pourrait s'avérer dangereux pour eux. Mais on n'arrête pas le progrès et personne ne fit défense à Foster de mener taxi avec sa nouvelle acquisition qui le rendait si fier et qu'il étrennerait officiellement le soir de la messe de minuit.

Toutefois, le duel entre la vieillesse, incarnée par Jean Jobin, et la jeunesse, représentée par le docteur Goulet, demeurait l'attraction principale, car on en attendait le dénouement à la messe de minuit.

Marie-Anna et Gaby étaient dans leurs petits souliers. S'il fallait que Jean Jobin leur fasse des misères au choeur de chant. Et puis on ne pouvait lui défendre de s'y mettre. Il avait toujours sa place là-haut et même si on avait pu souhaiter que son arthrite l'empêche de gravir les nombreuses marches pour s'y rendre, on ne l'aurait pas fait.

L'église achevait de se remplir.

Ceux qui pouvaient apercevoir le choeur de chant y jetaient souvent un oeil. Pas de Jean Jobin. S'était-il résigné et ne viendrait-il à la messe que de jour au matin?

C'est le vicaire Turgeon qui chanterait la messe et le curé quant à lui y assisterait depuis la chaire où il venait de monter et de s'asseoir sans avoir encore regardé personne en bas ni en haut.

Bernadette avait son banc au premier jubé et ne pouvait voir qui se trouvait dans celui des choristes là-haut. Mais quand elle vit pas loin d'elle Armandine et la petite Clara, elle en conclut que le docteur devait être rendu au choeur de chant. Il ne lui restait plus qu'à prier pour ce pauvre Jean Jobin, ce qu'elle fit en penchant la tête.

Pampalon détenait deux bancs dans l'église. Lui et Ida assistaient à la messe dans celui de la rangée principale. Il lui arrivait de tourner la tête vers en haut à l'arrière. Il dut se résoudre à penser que le combat de boxe n'aurait pas lieu faute de combattants. Car il ne pouvait apercevoir ni Jean Jobin ni le jeune docteur Goulet. Encore, se dit-il, que les stars sont toujours les dernières à se présenter dans une salle de spectacle...

Tout à coup, une sorte de vague se répandit dans l'assistance. Le vieux Jean Jobin venait de surgir en haut de l'escalier, venu du tambour. Il avançait lentement, aidé de sa canne, le corps droit, le moustache arrogante, les cheveux blancs décoiffés, habillé d'un lourd manteau noir, tenant son chapeau gris contre lui... Il s'arrêta un moment pour reprendre son souffle et jeta un oeil féroce à tout ce beau monde qui, le sentait-il, voulait l'enterrer avant sa mort, comme l'avait regretté Freddé le premier. Et là, il reprit son ascension vers le dernier jubé...

Après lui, ce fut le maire qui arriva. Il se rendit à son banc voisin de celui des Goulet et s'agenouilla. Puis arriva enfin Samuel que tous attendaient. Un peu plus et on lui aurait servi une ovation debout. Il fut rapide et monta les marches deux à deux.

Marie-Anna et Gaby blanchirent toutes deux quand le père Jobin fit son apparition. Il les dévisagea et poursuivit jusqu'à sa place pas loin du lutrin. Elles redevinrent rougeaudes quand Samuel parut à son tour à côté du grand orgue et se rendit à la sienne avec des signes de tête et des sourires en guise de salutation.

Par le miroir, Marie-Anna fit un clin d'oeil à Gaby et s'ajusta sur le banc, tandis que l'aveugle se préparait à actionner le soufflet. Elle dit à mi-voix:

–Une, deux, trois... une, deux trois...

Napoléon se mit à travailler comme un boeuf, et quelques secondes plus tard, l'instrument lançait par toute l'église l'ouverture de la messe.

Le curé Ennis se leva. Il regarda là-haut un moment, puis ses ouailles un peu partout. Et c'est des brebis qu'il voyait, brebis en capots de chat ou en manteaux de drap. Les portes venaient de se refermer sur les retardataires dont, bien entendu, Dominique Blais et Foster Drouin. Le prêtre s'agenouilla et fit le signe de la croix. Toute l'église le suivit. Pour la vicaire, c'était le signal et il se présenta à l'autel pour le début réel de la messe.

Au jubé de l'orgue, on put voir Jean Jobin se tourner la tête parfois et fusiller du regard le jeune docteur. Gaby était crispée. Marie-Anna qui regardait trop souvent par le miroir en direction du vieux chantre faisait parfois des fausses notes. Et alors l'aveugle se culpabilisait et pompait encore plus fort.

Mais il y avait aussi de l'amour dans l'air. Quelques couples s'échangèrent une bague de fiançailles au moment du *Gloria*. D'autres quand le choeur entonna *Les anges dans nos campagnes*. Gaby avait du mal à saisir la voix de Samuel, mais elle se contentait avec un immense bonheur de ses regards attendris. Se pouvait-il qu'il commençât à lui faire les yeux doux? Son coeur battait parfois la chamade quand ils s'échangeaient un nouveau regard. Mais sa main se crispait encore quand elle sentait que le père Jobin posait sur elle ses vieux yeux durs.

Le curé prêcha. Il parla du miracle de l'amour divin. Il parla de la paix et de la misère. Il annonça la fin de la dépression si les gens devaient s'aimer davantage les uns les autres. Pampalon acquiesça en se raclant la gorge. Bernadette en multipliant les hochements de tête. Freddé eut une larme; c'était un homme très sensible.

Puis vint l'heure de la communion. Jean Jobin ne bougea pas d'une ligne. D'aucuns se demandèrent si l'arthrite n'avait pas commencé à ulcérer son coeur ou bien s'il ne pouvait vraiment pas se permettre de descendre. Il fut l'un des rares de toute l'église à ne pas se rendre à la sainte table.

Le curé descendit de la chaire et aida son vicaire et le prêtre étranger à distribuer la sainte hostie. À trois, ce fut assez rapide et bientôt, chacun regagna sa place, y compris le curé qui du haut de sa chaire, dirigeait le chant de la foule.

Vint le moment tant attendu. L'heure cruelle pour les uns, l'heure divine pour les autres. Gaby se rendit auprès de Marie-Anna pour lui souffler quelque chose à l'oreille. C'est alors que la chose tant redoutée se produisit: Jean Jobin se leva et se rendit au lutrin avec dans sa main une feuille de chant que tous devinèrent être celle du *Minuit chrétiens*.

–Qu'est-ce qu'on fait? dit Marie-Anna.

Samuel les rejoignit et leur dit en portant sa main à sa gorge:

–Malheureusement, je ne pourrai pas chanter. Je ne l'ai presque pas fait durant la messe. Je pensais que ma voix se dégagerait, mais ce n'est pas le cas, on dirait...

Il se fit un lourd et long silence dans toute l'église. Le curé regardait là-haut et fronçait les sourcils. Le vicaire avait interrompu le rituel et attendait, dos tourné aux fidèles, mains jointes. La moitié des têtes se tournaient sans discrétion. Beaucoup de gens se parlaient à l'oreille sans voix. On se croyait en train de vivre un grand moment paroissial, mais un dur moment, un moment de scandale peut-être.

Le père Jean leva le bras et adressa un signe à quelqu'un qui attendait derrière l'orgue au sortir de l'escalier.

Marie-Anna et Gaby qui ne le voyaient pas, haussaient les épaules en signe d'hésitation et de stupéfaction tout à la fois. En fin de compte, concluaient-elles, le vieux Jobin recevait un coup d'épaule du bon Dieu en personne qui avait ainsi constipé les cordes vocales du docteur. Que faire maintenant sinon laisser chanter encore cette année le père Ti-Jean!

Parut Clara Goulet qui se rendit aussitôt auprès du bonhomme Jobin. Le vieux se pencha à son oreille et lui confia quelque chose puis fit signe à Gaby dont l'attention se portait maintenant sur eux, de s'approcher. Elle hésitait encore:

–J'me demande qu'est-ce qui arrive là?

Le docteur lui souffla:

–Tout l'air qu'il veut te parler, le père...

Le curé alors dit quelques mots pour que les fidèles se rassurent en bas et dans les mezzanines:

–Mes bien chers frères, c'est le moment, comme vous le savez, du *Minuit chrétiens*. Je pense que notre maître de chapelle, madame Gaby Champagne, nous a préparé une surprise cette année. Mais comme les belles choses doivent se faire attendre, nous attendons donc avec impatience –ce qui veut dire que nous avons bien hâte– et nous attendons aussi avec patience –ce qui veut dire que nous voulons espérer le temps qu'il faudra– et nos coeurs...

En fait, le prêtre s'attendait, suite aux rumeurs récentes, à ce que Gaby signifie au père Jobin son remplacement... puisque le vieil entêté s'était mis au lutrin sans avoir été attitré à chanter. Il savait que le vieillard savait. L'éviction de Bernadette avait fait le tour du village. Et puis toute l'église savait le docteur trouvère là-haut avec sa voix d'or prête à s'exécuter pour le plus grand plaisir de la paroisse entière. Même Foster Drouin en ce moment oubliait presque son autoneige et avait la tête au *Minuit chrétiens*...

Mais voici que pour les prêtres autant que leurs ouailles, tout s'embrouillait avec la venue au lutrin de l'orpheline de onze ans et la gestuelle bizarre du père Ti-Jean Jobin.

Gaby se rendit de mauvaise grâce auprès du personnage qui lui souffla sec:

–Vu que le docteur peut pas chanter pis que moé, j'veux pas, ben j'ai une remplaçante. Pis c'est la petite orpheline...

–Quelle est donc cette histoire, monsieur Jobin?

Samuel les rejoignit et put répondre à la question:

–Clara est capable... Elle a eu pas mal de pratique à la maison avec ma mère et moi-même... et même une fois avec monsieur Jobin.

Qu'est-ce que ce complot? se demandait la maître de chapelle qui en même temps pouvait voir en bas l'impatience faite homme bougeant dans la chaire du curé.

–Ben là...

Le père Jobin lui coupa le souffle et dit à voix haute de sorte qu'une partie de l'église l'entendit, fait rare en une époque où l'on considérait comme un presque péché de faire entendre ses cordes vocales dans le lieu de Dieu:

–Vu que vous voulez faire le ménage des vieux dans le choeur de chant pis rajeunir le monde icitte... on a pensé, le docteur pis moé, de vous rendre service.

La jeune femme fronça les sourcils et plissa le front en s'exclamant à mi-voix avec quelques sons indéchiffrables pour ceux qui se trouvaient à distance:

–J'peux pas accepter ça!... C'est moi, le maître de chapelle, pas vous, monsieur Jobin.

Samuel lui glissa à l'oreille:

–Gaby, si tu veux me faire bien chaud au coeur, accepte donc...

Elle le regarda droit dans les yeux, sentit son odeur particulière et, frappée par sa séduction une fois encore, saisit l'occasion:

–Ben... bon... OK! Mais... mais tous les deux, vous allez l'encadrer pour commencer... commencez avec elle pour au moins la moitié du premier couplet et si ça va pas...

–D'accord!

Le père Ti-Jean acquiesça à son tour par un signe de tête. Les deux hommes aussitôt se mirent de chaque côté de la fillette, ce qui provoqua une rumeur générale dans l'assistance: une vague de voix basses et sonores réunies se balançant d'un côté et de l'autre comme un champ d'avoine au gré du vent d'août.

Après un ultime regard à l'endroit de Samuel qui, tête tournée, lui adressa un clin d'oeil à la tendre complicité, Gaby retourna vers Marie-Anna et lui annonça la décision en deux mots, ce à quoi l'organiste rétorqua en grimaçant:

–C'est quoi?...

–Joue, Marie-Anna, et tais-toi.

Les premières notes de l'orgue envahirent l'église, imposantes, puissantes, et l'aveugle devinant qu'il s'était passé quelque chose de pas ordinaire mais d'important, actionnait le soufflet à s'en défoncer lui-même.

Les fidèles se turent tout en restant bouche bée, à bout de souffle, assis sur le bord de leurs sièges. Ce fut tout d'abord le duo masculin qui éclata sous la voûte et la voix enfantine s'en trouva écrasée, perdue. Mais dès la troisième ligne, elle apparut entre les deux autres, puis quand il la perçut à sa pleine valeur, Samuel fit taire la sienne après le mot 'originelle', ce que saisissant, le père Jobin imita après 'Sauveur'.

Minuit, chrétiens,
C'est l'heure solennelle
Où l'Homme-Dieu descendit jusqu'à nous,
Pour effacer la tache originelle
Et de son Père arrêter le courroux.
Le monde entier tressaille d'espérance,
À cette nuit qui lui donne un Sauveur.
....

Et alors, il resta la voix d'un ange, pure comme le cristal, claire comme l'eau d'une source, belle comme le ciel, et qui emportait les coeurs. À l'unisson, l'église respirait la vie, l'amour, la magnificence. D'autres couples se passèrent l'anneau de fiançailles alors.

Peuple, à genoux, attends ta délivrance;
Noël! Noël! voici le Rédempteur!
Noël! Noël! voici le Rédempteur.

Clara réussit à la perfection le redoutable second Noël de la dernière phrase et elle atteignit la note haute que pas même tous les ténors ne parvenaient à rejoindre. Marie-Anna fit un signe de tête en biais à l'endroit de Gaby dans le miroir de l'orgue, voulant dire son étonnement et son bonheur d'entendre quelque chose qui ressemblait au divin. Et la maître de chapelle qui n'avait pas à diriger ce chant souriait dans toutes les directions comme si une grande part du mérite lui revenait.

Le curé avait la larme à l'oeil. Il n'avait jamais donné le signal aux fidèles de chanter aussi. L'eût-il fait que personne n'aurait voulu intervenir et empêcher cette voix céleste de les atteindre au plus profond.

Pendant ce temps, le docteur se remémorait les événements depuis la venue chez lui d'une Bernadette survoltée, essoufflée, courant comme une queue de veau –ainsi qu'elle-même le disait souvent– pour tâcher d'arranger les choses et assurer au nom de Gaby et Marie-Anna qui craignaient de se mettre les doigts entre l'arbre et l'écorce, la transition souhaitée par la plupart des paroissiens entre la vieille génération chantante du père Ti-Jean et la neuve du jeune docteur.

"Tiens, bonjour, monsieur Jobin! Content de vous voir!"

"On va se parler, mon jeune homme."

"Suis capable d'écouter tout ce que vous avez à me dire."

Samuel connaissait le tempérament vif-argent du personnage et il ne s'en laisserait pas imposer.

"Pis je veux te parler dans le particulier," dit le visiteur en donnant un coup de tête du côté de chaque porte, celle donnant sur le salon et l'autre débouchant sur le couloir central menant à la cuisine et à l'escalier du deuxième.

Le docteur les ferma et invita le bonhomme à s'asseoir, ce qu'à sa grande surprise, Jobin fit aussitôt après avoir appuyé sa canne contre le mur.

"Vous voulez ôter votre manteau?"

"Pas besoin, je s'rai pas longtemps."

"Pour le temps..."

"Suis venu te féliciter, mon jeune. J'ai su qu'on t'a choisi à ma place pour le *Minuit, chrétiens* c't'année..."

"C'est rien qu'une rumeur, ça, là..."

"Y a pas de fumée sans feu. Bernadette est venue me le dire de la part de Gaby qu'a eu peur de le faire elle-même..."

"Pensez-vous?"

"Pis elle sort d'icitte, pis elle est venue t'avertir..."

"Ça, je l'avoue. Mais..."

Le vieil homme se mit à ricaner:

"Elle t'aura dit que j'avais le feu au cul pis que je venais te chanter des bêtises... J'y ai joué un bon tour... Je t'en veux pas pantoute. C'est le temps d'un autre. Pis t'es bon à plein. Je t'ai entendu souvent le dimanche: c'est ton temps à toé. Moé, c'est le temps de dételer."

"Je ne veux pas vous ôter votre place, monsieur Jobin. C'est prématuré. J'arrive à peine dans la paroisse et on me traite comme Caruso. Vous allez chanter le *Minuit, chrétiens* encore cette année, pas moi."

"Non, non pis encore non!..."

"Tasser les autres, c'est pas dans ma nature."

"Tu sais ben que c'est toé que les 'gensses' veulent."

"C'est pas une raison suffisante... C'est définitif: je ne vais pas chanter le *Minuit, chrétiens*."

"J'ai une tête de cochon, c'est connu, mon gars. Je le chanterai pas non plus, le *Minuit, chrétiens*. Ça fait que personne va le faire."

On entendit un bruit dans le couloir. Le visage de Samuel s'éclaira soudain. Il dit:

"Vous savez ce qu'on va faire? Préparer notre Clara pour le chanter, elle. La petite a une véritable voix angélique... On va vous la faire entendre: incroyable. Une dizaine de pratiques avec maman et ce serait une grande réussite..."

Les yeux du père pétillèrent. La prestation de Clara au balcon l'été précédent lui était venue aux oreilles par Ernest.

"Idée de génie, mon gars! Pis plus encore, on va tenir ça secret. Pis toé, tu vas te pratiquer avec la Gaby. Pis moé, je vas faire placoter le monde pis dire que veut veut pas, je m'en vas prendre la place au lutrin à la messe de minuit... On va avoir du plaisir à plein pis on va donner une leçon à toute la paroisse..."

La seule ombre au tableau de ce joyeux complot, c'était l'humiliation que pourrait ressentir Gaby, le maître de chapelle. Le docteur se dit qu'en y mettant du sien, en faisant agir son pouvoir de séduction qu'il était bien obligé de se reconnaître, il remédierait à la situation.

Ce qui était fait depuis quelques minutes quand Clara, fine seule comme une diseuse de grande expérience, se lança dans la deuxième partie du cantique.

Le Rédempteur a brisé toute entrave,
La terre est libre et le ciel est ouvert:
Il voit un frère où n'était qu'un esclave:
L'amour unit ceux qu'enchaînait le fer.
Qui lui dira notre reconnaissance,
C'est pour nous tous qu'il naît, qu'il souffre et meurt.
Peuple, debout! Chante ta délivrance,
Noël! Noël! chantons le Rédempteur;
Noël! Noël! chantons le Rédempteur!

À l'évidence, l'assistance ne se rassasiait pas. Et chacun, le curé en tête, aurait voulu que cela dure l'éternité. Le second couplet du chant, la plupart du temps escamoté, n'est donc pas familier, et pourtant, Clara l'avait pratiqué tout autant et le connaissait par coeur, mais elle avait pour consigne de ne pas le livrer. Samuel pensa qu'elle devrait le faire. Il en souffla un mot à Gaby, tandis que Marie-Anna faisait le pont avec sa musique superbe. Des signes de la main furent faits. Le docteur souffla un mot à l'oreille de Clara qui acquiesça avec un sourire.

Et ce fut le couplet intermédiaire:

De notre foi que la lumière ardente
Nous guide au berceau de l'Enfant,
Comme autrefois une étoile brillante
Y conduisit les chefs de l'Orient.
Roi des rois naît dans une humble crèche:
Puissants du jour, fiers de votre grandeur,
À votre orgueil, c'est de là qu'un Dieu prêche;
Courbez vos fronts devant le Rédempteur.
Courbez vos fronts devant le Rédempteur.

Cent autoneiges n'auraient pas pu transporter Foster Drouin plus loin. Bernadette pleurait et s'essuyait les yeux avec un mouchoir en pensant au chagrin de la fillette à la mort de sa mère. Et Dominique Blais, prostré dans le dernier banc de la petite rangée d'en bas, pas loin de la porte du tambour, se disait qu'il devrait boire moins et se marier pour avoir des enfants qui soient aussi doués que cette orpheline de la concession.

Le curé leva le bras et le tint rigide tout en regardant là-haut afin de faire taire l'orgue. Marie-Anna l'aperçut dans son miroir rétroviseur et cessa de jouer. Il se fit un silence total dans toute l'assemblée. Même les personnes affligées d'une toux se retinrent de faire du bruit.

–Pour ceux qui ne sauraient pas qui vient de chanter, je dis son nom: c'est Clara Goulet... en réalité Clara Boutin, la petite orpheline... Je me plais à croire que c'est sa mère qui du haut du ciel a chanté par sa voix...

On entendit alors quelqu'un éclater en sanglots et gémir. C'était le père de la fillette. L'homme caché dans le tout dernier d'un groupe de bancs situé au fin fond de la nef avait le sentiment de ne plus rien avoir, pas même ses enfants qui ne portaient déjà plus son nom. Clara crut reconnaître le son de sa voix, mais elle n'en était pas sûre...

–Étant donné la beauté de ce qu'on a entendu, poursuivit le pasteur, je demande qu'on reprenne tous ensemble la première partie du *Minuit, chrétiens...* pour remercier, celle que j'ai envie d'appeler la divine Clara, pour remercier le docteur Goulet de l'avoir adoptée avec tant de générosité –et quand je dis le docteur, je veux dire aussi sa mère, madame Armandine– et aussi, et c'est bien important, pour remercier monsieur Jean Jobin de nous avoir livré le plus beau chant qui soit pendant plus de trente ans. Car on m'a dit qu'il avait été le premier à le chanter quand cette église fut intronisée en 1901. Et je félicite le maître de chapelle pour son travail de même que notre organiste de talent. Et les choristes pour leur beau chant. Une paroisse qui chante est une paroisse unie, heureuse, chrétienne. Allons-y ensemble pour la première partie du *Minuit, chrétiens*.

Minuit, chrétiens,
C'est l'heure solennelle
Où l'Homme-Dieu descendit jusqu'à nous,
Pour effacer la tache originelle
Et de son Père arrêter le courroux.
Le monde entier tressaille d'espérance,
À cette nuit qui lui donne un Sauveur.
Peuple, à genoux, attends ta délivrance;
Noël! Noël! voici le Rédempteur!
Noël! Noël! voici le Rédempteur.

***

Chapitre 20

–Rare qu'on peut patiner le jour de Noël?

–Pas tant que ça!

La question provenait du docteur Goulet et Raoul Blais y avait répondu de sa voix tranquille et si assurée.

Présent lui aussi dans la véranda de la salle paroissiale où se réfugiaient les patineurs pour se réchauffer de temps à autre, le vicaire n'en savait trop rien, lui si fraîchement installé dans la paroisse.

Il y avait là Gaby de même que Marie-Anna en train de chausser elles aussi leurs patins. Avec Samuel et Raoul, elles formaient deux couples de patineurs. Et qui disait couple de patineurs était sur le bord de penser: couple d'amoureux.

Tout s'était organisé par téléphone sur l'heure du midi et rapidement. Gaby, sous le coup de l'enthousiasme créé en elle par les événements de la messe de minuit, par la chaleur de Samuel et par le triomphe de Clara, avait invoqué un mince prétexte pour l'appeler chez lui à l'heure de la grand-messe.

Ce qu'elle souhaitait, c'est que l'on fasse de Clara la vedette de la chorale mixte, la chanteuse solo, puisqu'il n'y en n'avait pas et qu'à cet égard on utilisait sans distinction l'une ou l'autre des voix, le plus souvent masculines. À vrai dire toujours masculines...

Mais le docteur s'était objecté, question santé. Il argua que la fillette possédait une frêle constitution et que cette pression additionnelle en sus de son école, de ses leçons de piano et du rattrapage en bienséance qu'elle devait faire à la maison, lui ôterait du temps pour s'adonner à de l'exercice physique comme par exemple du patin à glace qu'elle aussi était venue faire cet après-midi-là.

"Et si on en parlait un peu plus?" avait dit Gaby, un peu déçue.

"C'est la bonne journée pour ça, je pense. Beau soleil, bon froid. J'avais l'intention d'aller patiner... avec une cavalière, ce serait bien mieux."

Gaby en attendait bien moins en logeant son coup de fil. Cette proposition la ravit, qui lui paraissait contenir plus que la seule idée de passer du temps ensemble sur la patinoire. Et quelle joie de se rendre compte par certains déclics que d'aucuns parmi les trois co-abonnés de la ligne téléphonique écoutaient aux portes pour ainsi dire, ce qui signifiait que la nouvelle aurait tôt fait le tour du village voire de la paroisse entière. Ainsi, les rivales éventuelles en prendraient pour leur rhume.

La Cécile Jacques se trémousserait peut-être un peu moins à l'avenir en passant devant la maison des Goulet les soirs d'été et d'automne, et garderait ses déhanchements pour Philippe Boutin dont tous disaient qu'il ne se décourageait jamais de lui demander pour la fréquenter malgré tous les refus essuyés.

Et puis les mauvaises langues devraient bien se retirer au fond des gosiers, elles qui avaient osé prétendre tout bas que la Rose Martin, toute mariée qu'elle fût, guettait chaque soir au bureau de poste la venue du docteur en faisant semblant d'attendre la malle.

Quant à l'excitée de Jeanne d'Arc Maheux, quel soulagement de la savoir à Courcelles, celle-là pour au moins l'année scolaire! Sauf que la jeune maîtresse d'école était revenue chez elle pour la période des Fêtes et qu'en ce moment même, elle aussi se trouvait aussi dans la véranda de la salle, à l'autre extrémité avec les jeunes, son frère Laurent-Paul et le fluet Jean-Jacques Labbé ainsi que Clara venue avec son père adoptif et son amie Huguette. Et ça riait, et ça riait... comme partout où la Jeanne d'Arc mettait son long nez...

Gaby aussi riait, mais sous cape. Car c'est elle qui serait au bras du docteur cet après-midi-là et non pas la petite maîtresse d'école plus étourdie encore que les élèves à qui elle enseignait. Qu'elle fasse ou pas les doux yeux à Samuel, rien à craindre de sa part! Gaby se sentait en situation de force. Même qu'elle souhaitait que la Jeanne d'Arc propose au docteur de l'accompagner pour un ou deux tours de patinoire; et alors plus dure serait sa chute quand elle se rendrait compte que Samuel l'avait choisie, elle, Gaby Champagne... Une victoire en perspective et une mornifle sur le nez de la jeune énervée...

Mais la grande victoire du jour pour le maître de chapelle, c'était d'avoir enfin écarté en douce sa meilleure amie Marie-Anna de la liste des prétendantes aspirant à ravir le coeur du jeune homme, déjouant par le fait même les visées du vicaire qui faisait si souvent la promotion du couple potentiel Marie-Anna-Samuel.

Et Marie-Anna, par dépit et dans l'espoir de rendre jaloux le docteur Goulet avait acquiescé à la suggestion de Gaby et appelé Raoul Blais pour "s'offrir" à l'accompagner sur la glace. Le jeune homme ne s'était pas fait prier, lui qui attendait ce moment divin de toute éternité.

L'un des plus heureux en cet instant, était le vicaire Turgeon. Il riait aux événements mais aussi de lui-même pour n'avoir pas songé auparavant de favoriser une relation entre le docteur et le 'maître' de chapelle: un couple naturel, ainsi qu'il le concevait maintenant. Que Samuel s'amourache de Marie-Anna ou de Gaby ou même de Jeanne d'Arc, lui laisserait tout le territoire féminin de la paroisse où brouter à sa guise et à son goût l'herbe verte!...

–Si t'es prête, Marie-Anna...

Le jeune femme se mit sur ses patins et fit un noeud dans l'écharpe de laine qu'elle avait autour du cou. Son cavalier lui toucha la mitaine rouge. Elle retira vivement sa main tout en jetant un oeil vers Samuel affairé à ses lacets et penché en avant. Alors elle prit elle-même Raoul par la main. Et ils sortirent de la véranda vitrée.

Assise sur un banc entre le vicaire et le docteur, Gaby commençait à lacer ses patins blancs tout neufs quand il lui vint à l'idée de tenter le diable. Elle se rendrait aux toilettes à l'intérieur de la salle et y mettrait trois ou quatre minutes puis reviendrait chausser ses patins et voir l'état de la situation. Peut-être surprendre la Jeanne d'Arc en train de se river le nez... Elle le souhaitait... pas pour lui faire du mal, mais pour lui servir une bonne leçon... Après tout une maîtresse d'école ne doit pas que donner des leçons, elle doit aussi en recevoir...

Dehors, il faisait un froid raisonnable, assez pour que la glace ne ramollisse pas malgré les rayons obliques d'un soleil discret. Et pas de vent. Le Noël idéal pour les patineurs. Et déjà, il s'en trouvait plusieurs sur la patinoire, qui en faisaient tour après tour, accrochés les uns aux autres ou bien en solitaires. Des gamins occupaient un coin et s'y bousculaient: les petits Maheux, les petits Grégoire à Pampalon et les petits Champagne à Louis...

Laurent était à enfiler ses patins lorsque le délicat Jean-Jacques, se mit à rire. Lui qui voulait supplanter l'autre devant Clara, la fille de cet âge la plus en vue de la paroisse maintenant, venait de trouver un prétexte en or pour humilier son jeune rival, trop grand à son goût.

–Maheux, tu t'es trompé de patins. T'en as un pas pareil à l'autre.

–Pas vrai! fit Laurent dont le visage était envahi jusqu'aux oreilles par du sang plus que bouillant.

Il se sentait comme si l'humanité entière avait posé sur sa personne ses grands et gros yeux. On était trop pauvre chez lui pour acheter des patins neufs et il en avait déniché deux dissemblables dans le grenier de la boutique, sans doute laissés là du temps de l'ancien propriétaire.

Le freluquet fit un saut et s'empara du patin que Paulo

n'avait pas encore aux pieds, et le montra en disant pour que tout le monde entende:

–Celui-là est brun pis l'autre est noir...

–Donne-moé ça!

Clara en avait reçu des neufs pour Noël. Mais elle ne savait pas encore patiner. Il lui faudrait de l'aide. Huguette était là pour ça. Mais voici que la scène lui pinçait le coeur. Elle ressentait l'embarras dans lequel Laurent-Paul se trouvait en ce moment. Bien que partout présente, la pauvreté, au même titre que la tuberculose, faisait honte à tous ceux qui en souffraient. Elle qui l'avait tant connue et si récemment encore, en comprenait les effets et en portait les marques indélébiles. Que Jean-Jacques se donne des airs et cherche à tirer du grand pour l'impressionner, libre à lui, mais qu'il ne cherche pas à humilier les moins nantis! Voilà ce qu'en substance Clara pensait.

Paulo arracha le patin des mains de Jean-Jacques et lui érafla la main avec la lame:

–Ayoye! t'es ben sauvage, Maheux!

–T'as rien qu'à me laisser tranquille.

–Voyons, les petits gars, tenez-vous tranquilles un peu, ordonna Jeanne d'Arc.

Elle vit Gaby quitter la véranda en pieds de bas et s'en aller par le couloir menant aux salles des toilettes beaucoup plus loin. Elle se redressa, regarda au loin, eut une lueur malicieuse dans les yeux et se rendit sans attendre auprès de Samuel qui venait de se mettre debout.

–J'aurais des choses à te dire, Samuel.

–Moi, je vous laisse jaser, j'ai hâte de patiner, fit le vicaire en quittant.

–Ah bon? dit le docteur à la jeune fille.

–Allons faire un tour sur la patinoire et je vas tout te conter...

–C'est que... j'attends Gaby...

–Rien qu'un tour ou deux. Viens, tu vas pas le regretter...

Elle lui souffla quelque chose que personne ne put entendre à part lui. Il la comprit, d'autant plus qu'elle forma lentement tous les mots avec sa bouche. Et il dit aussitôt:

–Clara, dis à Gaby que je reviens, ça sera pas long.

–O.K! pa'

C'est ainsi maintenant que la fillette parlait à son père adoptif: une sorte de demi-papa qui se situait quelque part entre l'esprit de filiation et une sorte d'amitié adulte-enfant.

Quand Gaby fut de retour dans la véranda, elle s'étonna de ne pas y trouver son cavalier. Clara la rassura en lui répétant le message de Samuel. La jeune femme le repéra dans un coin de la patinoire, engagé dans une grande conversation avec Jeanne d'Arc. Elle se mordit les lèvres. Peut-être après tout avait-elle trop tenté le diable ou plutôt la diablesse... Pas de temps à perdre: elle alla s'asseoir et commença d'enfiler ses patins... S'il fallait une bataille rangée sur la patinoire, elle ferait face à la musique...

Clara se mit debout. Et faillit tomber. Elle dut s'appuyer la main sur l'épaule de Laurent pour rester sur ses jambes.

–Tu vas-tu m'aider avec Huguette?

Il se dit qu'elle n'avait rien entendu des paroles blessantes de Jean-Jacques à son endroit et accepta d'un signe de tête et d'un 'ben ouè' que l'autre garçon reçut comme une pichenette en plein sur le nez. Paulo se mit debout à son tour. Avec Huguette, il encadra l'apprentis patineuse que l'on aida à sortir de la véranda, à descendre l'escalier et à marcher jusqu'à la patinoire.

Jean-Jacques avait manqué son coup, lui qui voulait à tout prix attirer l'attention de Clara dont le nom était sur toutes les lèvres depuis son adoption et particulièrement depuis son inoubliable prestation du *Minuit, chrétiens* de la nuit précédente, changea de tactique. Plutôt de chercher à évincer Laurent-Paul, il crut plus avisé de se faire tout miel pour attirer la jeune fille... Son esprit de compétition se poliçait et trouvait des moyens plus raffinés.

Il les suivit jusqu'à la patinoire.

Seule encore dans la véranda, Gaby fronçait les sourcils devant l'image de Jeanne d'Arc qui jaspinait sans jamais cesser de rire et avait le toupet de toucher le bras de Samuel en certaines occasions. Qu'est-ce que ces deux-là avaient tant à se dire? Bien plus que de la familiarité de la part de la jeune maîtresse d'école, ses gestes confinaient à de la pure effronterie.

Mais les choses allaient bien autrement de ce qu'elles en donnaient l'air. Et la pauvre Gaby n'en saurait jamais rien, car Samuel, malgré ses questions détournées, tairait ce qui s'était échangé entre lui et Jeanne d'Arc.

C'est que la jeune femme qui enseignait maintenant dans un rang situé entre Courcelles et Saint-Sébastien, y avait fait la connaissance de Catherine Bussière dont un des enfants fréquentait sa classe.

Les mots que Jeanne d'Arc avait raboudinés dans la véranda en les moulant avec ses lèvres avaient été:

"Je connais une madame Catherine Bussière... qui dit te connaître. Veux-tu qu'on en parle?"

Lui que cette femme étrange fascinait depuis le moment où, assommé, il reprenait conscience et ouvrait les yeux ce jour-là dans l'érablière, n'aurait pas manqué pareille occasion pour tout l'or du monde.

Quant à Jeanne d'Arc, elle ne le faisait aucunement dans le but d'empêtrer le jeune homme dans une toile d'araignée et s'emparer de sa personne pour en faire son cavalier du jour: elle attendait le sien qui prenait du retard. Et alors même que Gaby arrivait sur la patinoire, voici qu'à l'autre bout, le grand Luc Grégoire ayant chaussé les patins chez lui, enjambait la bande. Il se dirigea aussitôt vers sa nouvelle amie de coeur, en fait sa première, et dont il n'avait pas encore voulu parler devant sa mère. Ils s'étaient donné rendez-vous la veille quand ils s'étaient rencontrés et parlé au magasin général sous le regard attendri et complice de Bernadette...

Chacun trouva sa chacune.

Bientôt, il y eut un petit cercle là, formé des trois couples, Jeanne d'Arc et Luc, Gaby et Samuel, Marie-Anna et Raoul, auxquels vint se joindre pour les bénir, le vicaire. Et tous s'engagèrent sur le chemin du fou-rire que vint perturber Clara, incapable de freiner, et qui leur tomba en travers des jambes pour se retrouver étendue de tout son long sur la glace. La jeune fille dérangeait... bien malgré elle... Mais comme tous les autres, elle s'amusait comme une folle.

***

Chapitre 21

Mathias Bougie regardait la nuit noire et n'y pouvait distinguer de la neige qui tombait que de rares flocons venus s'écraser sur la vitre, dans les rayons faiblards de la lampe à l'huile. Pas question pour Rose-Anna et lui d'aller à la messe de minuit et risquer de se perdre dans le brouillard au retour. Et puis il n'avait aucune confiance en son cheval qu'il battait souvent à coups de chaîne pour lui faire entendre raison, un cheval qui devenait de plus en plus rebelle. Et encore moins question de louer l'autoneige de Foster Drouin dont il savait l'existence et la disponibilité via un appel téléphonique général reçu l'avant-midi du vingt-quatre.

Le quinquagénaire au regard sanglant et dur ne quittait la nuit immobile que pour recharger sa pipe noire et l'allumer ensuite à l'aide d'un tison qu'il allait prendre dans le feu brûlant du poêle. Il en profitait alors pour ajouter quelques rondins de bouleau aux braises et aux flammes afin de ramener la rage dans les entrailles du poêle à bois, le tuyau bosselé et la cheminée en briques à moitié désagrégées.

Parfois, il lorgnait du côté de l'escalier menant au second étage silencieux. Là-haut, sa fille Rose-Anna dormait. Ou peut-être pas. Tout comme la colère, la peur aussi impose le silence quand elle est durable.

Et l'homme retournait s'embusquer devant la fenêtre

pour traquer et piéger dans le néant quelque sentiment rôdeur aux airs de pitié, de commisération. Le feu de la violence couvait en lui.

Rose-Anna le savait, qui s'attendait d'un jour à l'autre depuis la mort de sa mère à l'inévitable explosion. Entre eux, c'était le mutisme infernal. Quand elle le savait s'en aller dehors, s'éloigner de la maison, se rendre à l'étable faire le train, alors elle descendait de sa chambre et préparait un peu de nourriture le moindrement mangeable et cuite avec les rares ingrédients qui se trouvaient dans la dépense: farine, sucre blanc, oeufs, viande...

De retour à la maison, il se nourrissait des restes sans se plaindre, sans rien dire. À sa prochaine absence, elle nettoyait la vaisselle. Parfois pas.

Les deux silences devenaient chaque jour, chaque heure plus pesants, dangereux. En cette nuit de Noël, environné d'une profonde solitude, à distance de la civilisation, on vivait l'étrangeté. Et le vide séparant ce père étrange et sa fille paralysée par la crainte, se remplissait encore davantage de l'imprévisible, annonciateur d'éclatement subit et extrême.

Loin du monde par sa propre volonté ou celle des autres, prisonnier de l'exclusion, on a tôt fait de renouer avec ses instincts les plus primaires et de leur céder, quelles qu'en soient les conséquences. Doté d'un esprit simple, Mathias Bougie oscillait d'un pôle à l'autre, de la folie furieuse à la retenue désespérante imposée par le code catholique romain.

Et Rose-Anna laissait couler le temps, goutte à goutte, interminable, sans jamais, autrement que par nécessité de la vie courante, allumer la petite lampe posée sur sa commode, et se contentant d'imaginer sur les murs et le plafond des scènes de liberté.

Au crépuscule, après avoir mangé du pain et des oeufs durs, elle avait dormi jusqu'au coeur du soir puis s'était réveillée et assise sur le bord de son lit pour entendre des voitures inexistantes tintinnabuler dans la nuit de Noël, voir des enfants heureux aux yeux bouffis de sommeil en train de recevoir des cadeaux et des bonbons, se remémorer des heures de moindre mal du temps de son mariage et du vivant de sa mère.

Sa muse était Scarlett O'Hara. Elle avait lu et relu, encore et encore, *Autant en emporte le vent*. Et elle en imaginait toutes les scènes, les unes après les autres. La force morale, la volonté de l'héroïne l'empêchaient de sombrer dans la démence en lui suggérant qu'une femme peut s'en sortir dans les situations les plus désespérées. Son précieux livre, elle le gardait dans le premier tiroir de sa commode sous une jaquette, comme pour le protéger dc quelque chose.

Rose-Anna refusait d'établir un lien avec un animal et le chien de son père la regardait d'un oeil soupçonneux tandis que les chats passaient près d'elle dans la plus totale indifférence. Elle ne nourrissait ni l'un ni les autres qui recevaient parfois des restes de la part de Mathias, lui qui voulait ainsi prouver à ces bêtes qu'il leur était nécessaire.

Il arrivait à la jeune femme de traire une ou l'autre des trois vaches, souvent les trois, et là non plus, elle n'avait pas tissé de lien particulier comme ont tendance à le faire les êtres seuls et abandonnés. Elle sentait que d'agir de cette manière équivaudrait à une condamnation à mort pour la bête qui ferait l'objet de son attention. Dans les tréfonds de Mathias Bougie, l'isolement dans lequel mûrissait sa fille l'amènerait à une docilité parfaite. Elle devait lui appartenir entièrement, de son plein gré. Mais pour y parvenir, peut-être, se disait-il chaque jour, devrait-il dompter sa rébellion, la priver de sa réclusion après l'avoir privée de sa liberté.

La nuit passa.

À l'aube, l'homme attela un cheval à une sleigh, et lourdement drapé d'un manteau de fourrure de martre, il fit avancer la voiture jusqu'à la porte où il attendit sans rien dire. Rose-Anna sortit au bout de quelques minutes, enveloppée elle aussi d'un épais manteau de fourrure et s'assit sur la banquette de bois, dure et glacée.

On se rendit au village sans se dire un seul mot. Mathias dételait à la grange à Freddy. Sitôt là, Rose-Anna sauta à terre et marcha jusqu'à l'église en contournant la patinoire.

Il n'y avait pas vingt personnes dans toute l'église. Pas de chant. Pas d'enfants. Pas de vie. Même le curé qui chantait cette messe matinale semblait dormir en marchant d'un côté et de l'autre de l'autel.

La jeune femme avait choisi un banc de la rangée centrale en plein milieu de la nef. Mathias avait pris place derrière elle à quelques bancs. Même dans la maison du bon Dieu, songea-t-elle, le poids de son père la figeait sur place.

Au moment de recevoir la sainte communion, quand elle leva la tête pour accepter l'hostie, son regard croisa celui du prêtre et lui dit par des lueurs terribles: "Sauvez-moi des griffes du démon." Mais le prêtre était trop fatigué pour l'entendre et puis il devait aussi donner la communion à Mathias agenouillé juste à côté, et qui plongeait dans sa personne des regards acérés.

Cet après-midi-là, alors que des couples joyeux tournaient et tournaient sur la patinoire du village, Rose-Anna Bougie relisait une autre fois un chapitre de son cher *Autant en emporte le vent*. Et la guerre civile américaine venait la prendre tout entière et l'emporter dans un passé révolu, bâti à même la violence, la peur et l'horreur, par le fer, le feu et le sang. Mais aussi par l'amour et la liberté. Et quand elle termina et remit son livre dans le tiroir, il lui parut que son sort était bien plus pénible et désespéré que celui des acteurs du drame d'Atlanta.

Une grande question se posait en lettres infernales dans son esprit: comment se terminerait cette guerre larvée entre elle et ce personnage abominable dont elle devait partager les jours et les lieux?

Quand la nuit fut tombée, que le temps fut le même que la veille, qu'un noir d'encre eut enveloppé la maison, la terre et le ciel, l'homme se remit à la fenêtre de sa jonglerie funeste.

Au milieu de la soirée, Rose-Anna entendit un bruit de chaîne devant la porte de sa chambre. Pour plusieurs minutes, une heure peut-être, elle resta dans le noir, prostrée, glacée, paralysée. Puis elle osa allumer la mèche de sa lampe avec une allumette de bois dont elle n'avait plus qu'une boîte à moitié vide pour passer des mois et peut-être toute l'année à venir de 1939. Sa personne blanche composa une grande ombre sur le mur; elle prit la lampe et marcha sans bruit, dans des pantoufles triple épaisseur de grosse laine grise jusqu'à la porte où elle s'arrêta. Où elle écouta le silence oppressant qui semblait venir de toutes les entrailles de la maison, des entrailles de la terre entière... Elle posa son oreille contre la porte. Le vide absolu lui parla au coeur.

Puis elle déverrouilla, soit elle tira le loquet de bois inséré dans une crampe de métal et ouvrit doucement la porte qui émit un grincement sur ses gonds. S'arrêta. Sonda le noir jaunâtre que la flamme de sa lampe éclairait à peine. Absence. Qu'avait donc été ce bruit de chaînes? Qu'est-ce que son père était venu faire à l'étage, lui qui n'y venait pratiquement jamais? C'est alors qu'il lui vint un étrange sentiment, l'intuition du pire et elle baissa la tête et les yeux. Son regard devint fixe, mais l'horreur le traversait de part en part. À ses pieds, juste devant sa porte se trouvait un piège de métal, un gros piège à ours aux dents féroces, aux mâchoires béantes prêtes à se refermer brutalement sur le pied innocent qui s'y poserait.

Rose-Anna se dit que son père était en train de perdre la raison. C'est elle qu'il visait avec cet instrument barbare. Et cela voulait dire qu'il ne faisait plus aucune différence entre elle et les bêtes sauvages de la forêt voisine. Elle referma vivement la porte, et s'y adossa après avoir poussé le verrou. Comment agir maintenant? Que faire? Avait-il posé d'autres pièges ailleurs dans les environs afin de l'empêcher de partir, de se sauver vers un espace de liberté? Il fallait qu'elle sache à quoi s'en tenir. Ne pas rester enfermée sans rien faire. Il fallait pousser l'homme à dévoiler ses intentions. Se préparer à faire face à sa violence. S'armer. En fait, quelque chose en elle s'attendait à pareille confrontation et elle avait mis dans un tiroir deux couteaux de cuisine. L'un de boucherie qu'il avait cherché en vain quand il avait abattu un porc deux semaines avant Noël dans la grange. Et un autre, ordinaire, servant à beurrer le pain. Elle se rendit prendre le plus dangereux et revint à la porte. Puis laissa la lampe par terre et le couteau, et retourna à sa commode sur laquelle se trouvait sa broche à cheveux qu'elle prit et ramena. Elle devait provoquer une réaction et pour cela, rouvrit la porte; et après avoir attendu un moment en regardant fixement le piège, elle y jeta la brosse pour faire se déclencher le mécanisme. Ce qui ne réussit pas. Alors il faudrait plus. Elle pensa à une chaise droite de sa chambre dont il était possible de dévisser un barreau, ce qu'elle fit pour revenir ensuite au piège. En prudence, elle posa le bout du barreau sur la palette du mécanisme et appuya. Rien ne se produisit. Elle répéta son manège encore et encore jusqu'au moment où elle se rendit compte que le piège ne comportait aucun ressort. Impossible qu'il se referme sur un membre. Tout au plus pouvait-on s'y blesser au pied en marchant sur les mâchoires dentelées.

C'est alors qu'un rire sardonique lui parvint d'en bas. Son père avait dû entendre et comprendre ce qu'elle avait fait. Et une forme de méchanceté sadique le poussait à émettre un son qui ressemblait à prime abord à un rire, mais qui n'en était pas un. C'était plutôt un cri de bête carnivore qui cherche d'instinct à sidérer sa proie. Un râle d'affamé...

Rose-Anna reprit sa brosse et le bâton puis referma une autre fois la porte derrière elle. Et remit la lampe sur la commode avec le couteau et les deux autres objets. Pendant un moment, à moitié assise sur la commode, les mains appuyées au dessus, secouant la tête sans arrêt, elle gémit:

–Qu'est-ce qu'il va m'arriver asteur, qu'est-ce qu'il va donc m'arriver?

*

À trois milles de là, dans sa nouvelle demeure, Clara chantait. Armandine l'accompagnait au piano et Samuel, confortablement installé dans un fauteuil, écoutait avec un plaisir sans cesse renouvelé la voix magnifique de l'enfant-prodige.

On avait choisi un nouvel air dans un des cahiers de l'abbé Gadbois: *Envoi de fleurs**.

** paroles de Henri Bernard, musique de Paul Delmet*

Pour vous obliger de penser à moi,
D'y penser souvent, d'y penser encore,
Voici quelques fleurs, bien modeste envoi,
De très humbles fleurs qui viennent d'éclore.
Ce ne sont pas là de nobles bouquets
Signés de la main de savants fleuristes,
Liés par des noeuds de rubans coquets,
Bouquets précieux, chefs-d'oeuvre d'artistes.
Mais du moins ces fleurs, ce modeste envoi,
Ces très humbles fleurs qui viennent d'éclore,
Vous diront tout bas de penser à moi,
D'y penser souvent, d'y penser encore.

Et pendant que l'artiste en herbe charmait les oreilles, le docteur se félicitait d'avoir adopté cette enfant, et pour plusieurs raisons en plus de cette fierté qu'elle lui valait à cause de son talent célébré dans tous les coeurs de la paroisse. Il faudrait une femme d'une qualité encore plus grande pour envisager de l'épouser, de vivre avec sa mère et de prendre à sa charge une jeune personne dont l'adolescence était sur le point d'éclore. Et puis il savait maintenant, l'ayant appris de la bouche de Jeanne d'Arc cet après-midi-là, que Catherine aurait beaucoup aimé donner refuge à Clara à la mort de sa mère, qu'elle l'aimait et se proposait de venir la voir dès que cela lui serait possible après la fonte des neiges.

–Et qu'est-ce que vous diriez toutes les deux, si on allait à Saint-Sébastien?

–Mais ton automobile est remisée pour l'hiver, s'étonna Armandine.

–En voiture à cheval... tous les trois. Au jour de l'an, tiens. Une randonnée sur la neige. On passe par le Grand Shenley et on est là en deux, trois heures.

–Sans Gaby?

–Entre nous trois. On pourrait arrêter voir le papa de Clara en passant.

–C’est pas un peu risqué, ça, en plein hiver?

–Écoutez, maman, entre la maison de monsieur Boutin et la première de Dorset, y a pas un demi-mille. Il ne peut rien nous arriver de sérieux à moins de partir en pleine tempête de neige au milieu de la poudrerie.

–Eh bien moi, fit Armandine, je pense que ça pourrait être une bonne idée...

–Si?...

–Si vous y allez tous les deux, mais pas moi.

–Ben voyons, maman, une belle promenade en traîneau le jour de l’an... comme dans les chansons...

–C’est de votre âge, c’est pas de mon âge.

–Et toi, Clara, qu’est-ce que t’en penses?

–Je vas être contente.

Samuel se frotta les mains d’aise:

–Je m’en vais tout organiser cette semaine.

Armandine hochait la tête. Au fond, elle ne se sentait guère favorable à cette randonnée qui, cela crevait les yeux, était destinée à mener son fils à cette mendiante qui semblait l’avoir envoûté et qui même avait laissé une si grande impression dans l’âme de l’orpheline...

*

Couchée dans la pénombre depuis une demi-heure, Rose-Anna entendit de nouveau le bruit de chaîne qui l’avait confrontée à un terrible dilemme et décuplait ses craintes à propos de l’état mental de son père. Bientôt, elle comprit par d’autres bruits qu’il s’en retournait en bas et en fut soulagée pendant quelques instants.

Alors, un coup violent fut donné dans la porte qui s’ouvrit avec fracas, le verrou sautant comme une allumette que l’on casse entre ses doigts. Une voix caverneuse lança:

–C’est à soir que ça va se faire...

Resté debout, pantelant, bras pendants, une hart à la main droite, dessiné en silhouette jaune par la faible lueur de la lampe, Bougie arrivait à la dernière étape de sa stratégie de prédateur, visant à pousser sa fille jusqu'aux confins de la peur comme il savait le faire pour traquer une bête et la faire tomber dans un piège. Il voulait encager Rose-Anna pour la mieux terroriser encore par la suite, la dominer, l'avilir et la réduire à l'état de ces renards qu'il élevait pour la chair et pour la peau.

L'homme sait que pas une femme en cet univers ne voudrait jamais de sa personne. Il n'a ni la jeunesse, ni la richesse, ni la tendresse, rien qui puisse lui valoir l'attention de quelqu'un. Mais Dieu lui a donné et laissé malgré le temps la violence du désir charnel. Voilà pourquoi il était là, à ce moment, tenu à bout de bras par son instinct bestial. Et voilà pourquoi il avait agi de manière à abrutir sa propre fille depuis la mort de sa mère.

Rose-Anna que sa lecture assidue et répétée d'une histoire de guerre dans *Autant en emporte le vent*, avait sauvée de la dépression profonde et du désastre mental, connaissait aussi par les sermons du curé le dimanche et par des lectures de vieux journaux ensanglantés ayant servi à envelopper des abats de boucherie, que la guerre en Europe était imminente. Puis elle se disait, suite à des lettres reçues de son mari des États que si les Américains devaient être impliqués dans pareil conflit, il n'aurait plus à se cacher là-bas. On ne le considérerait plus comme un immigré clandestin mais comme un travailleur nécessaire et il pourrait alors faire régulariser sa situation. Ce qui l'amènerait à venir chercher sa femme pour l'avoir auprès de lui là-bas. Et peut-être alors qu'elle se trouverait du travail dans un moulin de coton.

Mais un grand sujet d'inquiétude la tracassait depuis un mois: pas une seule lettre ne lui était parvenue de son mari à qui pourtant, elle en avait envoyé une par semaine. Pas de cadeau du jour de l'an reçu encore. Plus aucune nouvelle depuis le début de décembre. Elle avait essayé de lui téléphoner, mais ne l'avait pas rejoint à travers un imbroglio linguistique, lequel avait ajouté une serrure de plus sur la cage de son enfermement.

La dernière chose au monde à lui effleurer l'esprit aurait été que son père soit à préparer le terrain pour lui faire subir la chose la plus odieuse qui soit en ce monde après le meurtre gratuit et la torture: un viol incestueux. Encore moins un soir de Noël alors que l'homme avait reçu le matin même la sainte communion.

"C'est à soir que ça va se faire!"

À le voir dans toute sa hideur, elle avait cru un moment qu'il voulait la battre comme il l'avait fait à plusieurs reprises du temps de son enfance et de son adolescence. Alors elle jeta un regard affolé vers la commode en se disant qu'elle devait y courir pour prendre le couteau et menacer son agresseur. Seule la violence, pensait-elle confusément, pouvait la sauver de la violence. Sauf que ce serait une forme passive de la violence, soit des menaces de représailles. Quand il verrait qu'elle montrait les dents, il comprendrait et s'en irait sans doute.

Mais le temps ne lui fut pas donné. Alors même qu'elle se redressait sur son séant pour mettre son projet à exécution, il la rattrapa, lui entoura le haut du corps et la plaqua sur le lit. Aussitôt, il mit l'aulne qu'il tenait sur son cou et exerça une pression en crachant:

–Plus tu vas grouiller, plus tu vas mourir!

Mais la panique fut bien plus puissante que la raison et, emportée par la terreur et le manque d'oxygène, elle ne tarda pas à perdre conscience.

Quand elle revint à elle, la notion du temps resta absente et c'est à cela tout d'abord qu'elle songea: quelle heure était-il donc? Quelle avait été la durée de ce cauchemar? Les images d'horreur ne pouvaient pas avoir été réelles. Les scènes terrifiantes n'avaient été que le fruit de son imagination. Tout était normal dans la pièce. La flamme de la lampe bougeait à peine. La porte était fermée. Elle avait tout inventé, tout rêvé à cause d'un trop grand désir de liberté et de la peur que lui inspirait son père, particulièrement depuis la disparition de sa mère... Le verrou était-il sur la porte? Elle ne pouvait voir dans cette pénombre. Le couteau était-il sur la commode? Non, et ça, elle pourrait le voir grâce à la lampe. Pourquoi donc cet horrible mal de gorge? Une mauvaise grippe dont les premiers symptômes s'étaient fait sentir durant son sommeil, sûrement. Il y avait réponse à tout...

Sauf à ce froid qu'elle sentait sur la partie inférieure de son corps à l'exception de ses pieds toujours recouverts de ses pantoufles. Alors elle prit conscience qu'elle était nue jusqu'à la taille et pour s'en assurer davantage, porta la main à ses cuisses... puis à son pubis. Pourquoi donc avait-elle ôté ses vêtements durant ce cauchemar? Ou bien ce rêve infernal n'avait-il pas été une réalité plus infernale encore parce que justement une réalité?

Elle toucha son sexe et le trouva mouillé d'une substance qu'elle connaissait de son mari. Il ne lui fut plus possible de douter, mais elle douta quand même. La réponse, elle l'aurait définitivement à vérifier le verrou de la porte. Elle abaissa sa jaquette, se leva, alla chercher la lampe et approcha en tremblant de tout son corps.

Quand elle vit que le verrou avait sauté et qu'il ne restait plus à sa place que des trous échiffés et dérisoires, des lueurs effrayantes traversèrent son regard noir où dansaient les reflets de la flamme. Mais sa raison s'aligna aussitôt avec son instinct de survie et elle courut vers sa commode où, déposant la lampe, elle se mit à chercher le couteau de boucherie dans les tiroirs.

Vaine entreprise. L'objet avait disparu. Et le second couteau aussi.

Devant elle se trouvait un miroir. Elle n'y aperçut que honte, horreur, haine...

Le goût de la mort lui vint en grande force. Mais elle ne pouvait mettre fin à ses jours ou bien elle irait en enfer. Pire, si son père devait la tuer, elle irait quand même en enfer... à cause de ce geste infâme qu'il avait posé et dont elle prenait sur ses épaules et sa conscience toute la responsabilité sans savoir pourquoi elle se sentait d'une telle culpabilité...

***

Chapitre 22

Ce fut dans un mélange de crainte et de joie que Clara s'installa dans le traîneau aux côtés de Samuel Goulet. Une pensée, de celles que les seules personnes ayant vécu la misère profonde peuvent nourrir, rôdaillait dans sa tête. Et si on utilisait ce prétexte de la randonnée en sleigh pour la ramener chez son père? Elle qui, comme la plupart des enfants de cette époque, avait bien peu accès au monde des adultes et ses façons de raisonner et de faire, se souvenait de bien des mensonges qui lui avaient été servis dans le passé. Mensonge quant à la naissance des bébés. Mensonges sur la cruauté des animaux. Mensonges sur l'amour de Dieu pour les enfants. Et d'autres. Mensonges dits par son père et d'autres personnes à ses petites soeurs pour leur faire accepter une transplantation dans une autre famille. Et ces affreux mensonges d'une religieuse, Mère Bethléem, qui avait caché sa vilenie en massacrant la vérité, et qui s'en serait tirée les mains blanches sans la perspicacité de Samuel. Et elle-même qui à cet égard s'était résignée à répondre au mensonge de Bethléem par le mensonge à ses parents adoptifs... Et même le joyeux mensonge du docteur concernant sa voix soi-disant malade à la messe de minuit dans le but de lui donner toute la place.

Il lui paraissait que le mensonge constituait un outil réservé aux grandes personnes, mais que certaines fillettes de l'école avaient appris à s'en servir avec habileté pour se défendre ou même pour attaquer...

–Dites-moi donc où c'est que vous allez de ce train-là la veille du jour de l'an?

Bernadette éclata de son rire le plus naïf et poursuivit ensuite:

–Malgré que ça me regarde pas pantoute. Mais quand je t'ai vu atteler ton cheval, Samuel, je me suis dit que t'allais te promener avec la belle Gaby...

Enterré de fourrures, caché jusqu'à la taille par une peau de carriole brune qui abritait Clara jusqu'au cou, le docteur rétorqua:

–Si tu veux tout savoir, Bernadette, je pars avec la belle Clara, pas avec la belle Gaby. Chacune son tour. Et puis on s'en va à Saint-Sébastien.

–Hein!!! Mon doux Seigneur, mais c'est à l'autre bout du monde, ça.

Penchée sur eux, debout sur le trottoir, la femme était vêtue d'un long manteau sombre à gros col de fourrure et d'un chapeau carré bardé d'une fleur de tissu noir. Elle eut tout à coup l'impression d'être regardée et tourna la tête vers la maison des Nadeau. Marie-Anna eut tout juste le temps de se retirer de la fenêtre derrière laquelle, depuis un moment, elle surveillait les événements de la rue.

–Deux, trois heures, on verra.

–Ah, mais il est tombé de la belle neige! Juste la bonne épaisseur. Tu vas pouvoir faire trotter le cheval des bons bouts.

–C'est pour ça qu'on a choisi d'y aller aujourd'hui.

–Mais j'y pense, je gage que vous allez voir la... la... la...

–La bohémienne... la quêteuse de grands chemins...

–Ben... c'est pas ça que j'ai voulu dire...

–Oui, probable qu'on aura l'occasion de la voir, hein, Clara?

–Oui.

–Ben... je vas vous laisser partir tous les deux. Vous devez avoir hâte. Si je me retenais pas, je te demanderais, Samuel, de me monter dans le rang jusque chez monsieur Bougie... pour voir la pauvre Rose-Anna pis monsieur Mathias... On les voit jamais... Tu pourrais me reprendre en revenant de là-bas. Passez-vous par la concession toujours ou ben par Saint-Évariste?

–Par la concession... Ah, si tu veux! Mais c'est pas certain qu'ils vont vouloir te voir, les Bougie. C'est du monde discret... pour ne pas dire secret...

–Ça, je le sais ben trop. Mais c'est notre prochain pareil. Pis le bon Dieu a dit d'aimer son prochain comme soi-même. Leur rendre visite dans le temps des fêtes, eux autres qui viennent de tomber en deuil, c'est faire la charité chrétienne, tu penses pas, toi?

–C'est sûr, mais... on peut pas aider quelqu'un qui veut pas. Et s'ils te mettent dehors, tu vas revenir à pied? C'est loin en bibitte, la concession, à pied.

–Je m'en viendrai chez madame Germaine...

Le docteur haussa une épaule:

–Hum... si tu veux. Si tu penses... Je sais que tu feras pas de mal à personne.

–Ben non, voyons, là!

–Clara, tasse-toi contre moi et... embarque, Bernadette.

La femme ne se fit pas prier. Et qu'importe si elle devait être forcée de revenir à pied, elle s'arrêterait à toutes les portes pour quêter de la chaleur tout comme la bohémienne mendiait des sous pour survivre.

Le chemin était à son meilleur pour une telle randonnée. Une couche de neige dure et tassée par les attelages venus au village durant la semaine permettait aux fers du cheval, renouvelés voilà quinze jours par Ernest, de mordre solidement tout en réduisant à peu de chose le frottement des lisses au sol.

Clara était bien contente de ce nouvel événement. Elle n'aurait qu'à écouter et à se tenir bien au chaud entre ces deux adultes aimants, pour elle les meilleures personnes de l'univers. Peut-être même s'endormirait-elle dans une douce quiétude.

Et monte les côtes. Et glissent les milles sous les patins du traîneau. Et sonnent les clochettes des menoires. On parla de mille et une choses. Par les propos échangés, Clara sut hors de tout doute qu'on allait à Saint-Sébastien pour la raison invoquée et non pour la ramener chez son père. Et quand il se fit un rare silence dans la conversation à bâtons rompus, elle osa suggérer que l'on chantât en choeur.

Il fallait un air que tous les trois connaissent par coeur. Samuel en nommait. On les discartait. Et l'on finit par s'entendre sur une chanson que tous les Canadiens français, grands et petits, jeunes et vieux, connaissaient sur le bout des doigts et des lèvres: *Sur la route de Berthier*.

–Qui commence? demanda Clara.

–Pas moi, en tout cas, fit Bernadette. J'ai une voix de coq pris dans une clôture de broche piquante.

–Je veux bien, dit Samuel à la condition que Clara prenne les guides. Tiens, ma fille...

La fillette sourit aux deux et prit les cordeaux entre ses mains. L'homme se racla la gorge et dit avant de lancer le premier couplet:

–Faut répondre en choeur à chaque ligne, O.K?

Elles acquiescèrent ensemble.

Sur la route de Berthier,
Sur la route de Berthier,
Il y avait un cantonnier,
Il y avait un cantonnier
Et qui cassait (et qui cassait)
Des tas d'cailloux (des tas d'cailloux)
Et qui cassait des tas d'cailloux
Pour mettr' sous l'passag' des roues, roues, roues, roues.

–Allez, tout le monde ensemble:

Ah! que la route est belle, belle, que la route est belle à Berthier!

La journée, malgré la magnifique clarté du ciel, s'annonçait remplie d'inconnues. Comment Bernadette serait-elle reçue chez les bougie? Quel accueil recevrait Clara chez son père où on s'arrêterait en passant? Et puis surtout comment réagirait Catherine à les voir surgir à l'improviste, venant de si loin?

Le docteur avait beau chanter, il se faisait du souci quant aux heures prochaines. La dépression et la pauvreté généralisée ajoutaient considérablement aux problèmes domestiques des gens de la campagne, quoique moins que chez ceux des villes, particulièrement des quartiers populaires.

Mais à la campagne, il y avait des Bernadette pour distribuer en abondance du baume fabriqué à même la bonté, l'amitié, l'empathie et la sympathie. Et des Catherine pour consoler les coeurs et donner à ses semblables le rare contentement de pouvoir contribuer à la survie de quelqu'un à peu de frais. Car la seule charité que l'on puisse se permettre en des temps aussi difficiles, à l'exception de la part de Dieu dont le versement relevait en fait du devoir religieux, c'était le minuscule sou noir ou bien l'oeuf de surplus que l'on donnait au quêteux... ou bien, cas rarissime, à la quêteuse...

–C'est Docteur Campagne qui te souhaite bonne chance, dit Samuel à Bernadette quand elle descendit de voiture sur le chemin devant la porte des Bougie.

Il avait été jugé prudent de ne pas engager l'attelage dans la montée à cause des craintes que suscitait Mathias depuis plusieurs années et surtout ces derniers temps où il lui était arrivé, disait la rumeur, de faire des menaces à ses co-abonnés de la ligne téléphonique.

–Tu veux que j'attende un peu pour voir?

La femme contournait la voiture par l'arrière. Elle vint répondre:

–Jamais de la vie! Tu vas voir: ils vont ben me recevoir. Puis monsieur Bougie a pas trop le choix: il nous doit de l'argent au magasin et on l'attend.

–Une dette cloue le bec: ça, c'est clair et net!

–Ben le bonjour, Clara, pis fais mes salutations à ton père, là, pis oublie pas de dire à madame Catherine que je prie pour elle tous les jours.

–Oui, madame.

–Dis-moi donc: 'oui, Bernadette', ça me ferait rajeunir.

Clara se contenta d'un petit rire réservé. Et à Samuel, la femme dit en tournant les talons:

–Merci, Docteur... Campagne... D'après ce que j'ai pu voir en chemin encore une fois, tu dois pas haïr trop ça, par chez nous.

Il la regarda aller sans rien dire et ayant l'air de réfléchir puis quand elle fut près de la maison visitée, il cria:

–J'aime ça par chez vous... par chez nous...

Elle se retourna, sourit et frappa à la porte.

Samuel clappa. Le cheval s'engagea dans l'équerre du rang. Devant, c'était le chemin de la concession. Clara reprit sa place. Elle regardait toutes choses comme des étrangetés, aussi bien les sapins auxquels naguère elle avait donné un prénom, que les branches cassées des bouleaux frisés ou de grosses roches qui lui avaient souvent servi de chaise à son retour de l'école après une très longue marche.

Samuel lui fit remarquer qu'il n'y avait aucune trace dans la neige et que son père devait donc être resté à la maison ces derniers jours puisque la dernière tombée de neige significative s'était produite le mercredi d'avant et qu'on était le dimanche. Elle ne dit mot. Et se contentait de soupirer parfois. Alors son père adoptif lui fit une révélation qui bouleversa la fillette en ce qu'elle la ravit d'une part et l'attrista au plus haut point du même coup.

–Tu sais ce que je vais dire à ton père? Je vais lui proposer de t'adopter devant la loi. De cette façon, tu vas grandir avec nous autres et tu ne vas jamais revenir vivre ici. Autrement, tu vois, s'il devait se remarier et venir te chercher, tu devrais te renfermer pour des années dans... dans le bois... et plus de piano... et plus de jolies petites robes... et plus de bain... et plus de balançoire... et plus de chant à l'église... On ne peut pas jouer avec une âme de cristal comme la tienne... Non... On finirait par la briser en mille morceaux...

La fillette éclata en sanglots. L'homme fit arrêter le cheval et prit l'enfant par les épaules puis la serra contre lui très fort en la rassurant:

–Tu sais, les larmes qu'on verse sont comme la pluie, elles font pousser les fleurs... les fleurs du coeur...

Une fumée sortait de la cheminée, signe que Roméo se trouvait à l'intérieur. Mais il ne se manifestait pas. Il ne pouvait pas ne pas avoir entendu les grelots. Ou bien était-il parti trapper. Clara passa devant, sonda la poignée et vit que la porte n'était pas verrouillée. D'ailleurs elle l'était si rarement du temps qu'elle habitait là.

Les deux visiteurs entrèrent pour entendre sitôt la porte refermée:

–Qui c'est ça?

–C'est Clara...

–Avec le docteur Goulet, ajouta Samuel.

–J'arrive, là...

Roméo était dans la chambre à la porte entrebâillée. Il faisait grande chaleur dans la cuisine et pour cette raison sans doute avait-il refermé à moitié la porte de la pièce où il devait être à se reposer et à jongler dans les profondeurs de sa solitude.

Il parut bientôt, ajustant à leur place sur un sous-vêtement gris les bretelles de ses pantalons d'étoffe brune.

–Ouais, de la grande visite à matin!

–On passe pour aller de l'autre côté de Courcelles, sur le chemin de Saint-Sébastien.

Roméo devina:

–Vous allez voir la quêteuse, je gage?

–Ben... oui.

–J'vois pas c'est que vous pourriez aller faire dans ce bout-là. C'est pas à porte, ça...

–C'est pas au bout du monde non plus.

–Dégreyez-vous un peu pis assisez-vous!

Il désigna des chaises et lui-même prit place dans une profonde berçante après l'avoir éloignée du poêle trop chaud et approchée de la fenêtre. Clara regardait partout et retrouvait les mêmes choses à leur même place dans les mêmes reflets de jour et pourtant, elles lui semblaient si lointaines, si lointaines... quelque part dans son rêve... Les visiteurs enlevèrent leurs mitaines et l'homme prit une autre berçante tandis que la fillette allait s'asseoir sur le banc comme naguère, laissant aux adultes les meilleurs sièges.

–Parlant de distance, dit Samuel, j'irai pas par quatre chemins, suis venu te parler d'adoption légale.

Roméo sourit d'un seul côté du visage:

–Je te dirai que voir sa fille adoptée par le docteur du village, c'est pas pour faire fâcher un père de famille, ça. Si elle... ben si elle dit que c'est correct, j'vois pas pourquoi c'est faire que je m'insurgerais contre l'idée.

–C'est à elle de nous le dire, n'est-ce pas, Clara?

La fillette regarda les deux hommes. Tous les avantages de vivre chez les Goulet ne pesaient pas en ce moment dans la balance. Elle songeait à ses petites soeurs qu'elle ne pourrait plus protéger et guider si elles devaient revenir vivre dans cette maison.

–Qu'est-ce que nous voici en train de faire? reprit Samuel. C'est un choix déchirant pour elle.

Surpris devant son hésitation, Roméo dit:

–Ben moé, j'pense qu'elle devrait choisir de vivre avec vous autres au village. Un ben meilleur avenir pour elle.

Clara d'habitude si placide éclata en sanglots pour la seconde fois en une heure.

Roméo promena gauchement son index en l'air:

–Ben on pourra en reparler. Pas obligé de prendre une décision drette-là. Des fois, ça se fait tuseul, ces affaires-là...

Samuel s'en voulait d'avoir mis la fillette devant une perspective aussi pathétique. Il avait voulu lui présenter un grand bonheur sur un plateau d'argent, et c'est tout un malheur qu'il lui offrait. Comme de choisir entre l'eau et le vin, l'eau de la réalité, le vin de la griserie, l'eau qui rafraîchit, le vin qui réchauffe, l'eau de la vie, le vin du rêve...

Il se remit vivement sur ses jambes:

–Allez, on arrêtera en revenant sur le mitan de l'après-midi. Les idées seront plus claires pour tout un chacun.

Roméo jetait parfois un regard furtif sur son aînée. Il passait des lueurs d'indifférence et d'impuissance dans ses yeux. Maintenant que les Goulet voulaient l'adopter à demeure, c'est ainsi que les choses seraient, il le savait bien. Mais il y a un temps pour dire puis un temps pour faire. On était à dire ce jour-là; on ferait plus tard.

Clara portait une tuque longue avec un pompon rouge qui lui battait l'épaule; des larmes y tombèrent puis diminuèrent à l'idée de partir et de poursuivre la route vers Catherine dont elle connaîtrait les enfants dans quelques heures.

–En route sur la croûte! dit Samuel qui prit sa main.

Elle le suivit. Roméo se précipita vers le banc et s'empara de ses mitaines blanches qu'il lui tendit quand elle allait sortir devant le docteur:

–Quen, oublie pas ça!

Elle les prit, leva les yeux et regarda son père qui baissa les siens.

–Ben... bon voyage! Pis arrêtez en revenant, là...

–C'est comme j'ai dit tantôt...

Ils sortirent. Roméo ajouta:

–D'abord, il va faire beau toute la journée. Ça se voit dans l'air du temps.

On reprit la route. Roméo referma la porte et se rendit à la fenêtre pour les voir aller. Il songea à l'hiver précédent, à toute cette vie qui grouillait dans sa petite maison. Tout cela était si loin, si loin dans son rêve...

*

Et Bernadette pendant ce temps accomplissait sa bonne action de la journée voire de la semaine. Non pas qu'elle en fut à sa première, mais parce que celle-ci dépassait en courage, en charité, en altruisme, toutes les précédentes depuis des mois. Ce n'était pas rien que de se présenter ainsi chez Mathias Bougie pour tâcher d'apporter un peu de bonne humeur dans cette maison endeuillée. Armand le lui avait répété trois fois, Berthe deux et Freddy une. Mais ce n'est pas un Grégoire qui arrêterait une Grégoire sur le chemin du devoir. Elle chanta:

–Monsieur Mathias, c'est Bernadette... Mademoiselle Rose-Anna, monsieur Mathias...

Il semblait qu'on ne lui ouvrirait jamais. Elle frappait de la mitaine et crut que le son était de ce fait amorti. Alors elle frappa à main nue, majeur replié, heurtant le bois du cadre, la vitre et même tapant respectueusement sur la clenche de métal elle-même.

Apercevant un espace libre de glace dans le haut de la vitre, elle y approcha ses yeux et osa regarder à l'intérieur. Et faillit s'évanouir quand un véritable spectre lui apparut soudain à deux pouces du nez. Un visage mortuaire au regard fixe et fou entouré de bistre, encadré de cheveux noirs étalés sur une jaquette pâle, paraissait dépourvu de sentiments et même de toute humanité. Elle reconnut Rose-Anna ou plutôt ce que la terreur et le désespoir en avaient fait.

–Tiens bonjour, c'est Bernadette, suis venue vous visiter en passant. Suis venue avec monsieur le docteur qui continue son chemin vers le bout de Saint-Sébastien... Comment c'est que ça va, toi? Mon doux Seigneur, mais t'as donc de l'air malade!

La jeune femme étrange réagit enfin et ouvrit la porte. L'autre pénétra à l'intérieur en s'enquérant à propos de Mathias:

–Notre bon monsieur Bougie est pas à la maison?

–Parti tuer, laissa tomber Rose-Anna.

–Ah, il est parti dans le bois.

–Oui.

–Bon, ben c'est pas grave. Je vas te rendre visite à toi pis rien qu'à toi pour aujourd'hui.

–Vous êtes mieux de même.

–Hein? Comment ça?

–Non, rien.

Bernadette eut un moment d'inquiétude. Il y avait cet air délabré de Rose-Anna et maintenant cette parole énigmatique. Mais suivant sa nature, elle s'adapta vite.

–Je te dérange pas trop toujours? T'étais-tu en train de faire un peu de cuisine?

–J'ai mis de la soupe aux pois sur le feu.

La visiteuse respira à pleines narines:

–Hey que ça sent donc bon!

–Assisez-vous.

Bernadette se pencha pour ôter ses bottes. L'autre l'en empêcha:

–C'est un vieux plancher de bois franc, pas besoin. Assisez-vous.

–Pis toi, comment ça va depuis que ta mère est partie?

Rose-Anna resta debout, bras croisés, le regard souvent parti vers la porte arrière, comme si elle avait redouté quelque chose. Bernadette reprit:

–Si ton père est parti dans le bois, tu peux ben me dire ton état d'âme... si ça te tente, bien entendu.

La jeune femme pencha la tête et s'enveloppa encore plus avec ses bras.

–T'es pas malade comme ta mère, toujours?

–N... non...

–Ta pauvre mère, elle est partie ben jeune...

–Sa mort a été une délivrance pis elle le disait avant...

–Arrête-moi ça, toi. Mourir, c'est pas ben drôle, ça. Moi, j'voudrais pas que ça m'arrive avant l'âge de... quatre-vingts au moins. J'veux ben aller au ciel, mais suis pas pressée pantoute...

Et elle éclata d'un rire qui ne dura pas, car il ne tirait même pas un sourire de Rose-Anna.

Tout était à l'ordre dans la maison. Rien sur la table. Rien qui traîne par terre, pas même au bord des portes. Et aucune mauvaise odeur. Un intérieur qui, somme toute, ressemblait aux autres du rang avec son poêle à deux ponts, ses armoires, son petit comptoir de l'évier surmonté de la pompe à l'eau, ses cadres religieux et l'horloge qui surveillait toutes choses pour mesurer leur temps et rendre les occupants plus alertes.

–Ah, suis pas un prêtre ni une religieuse, mais si... ben si quelque chose te tracasse, Rose-Anna, tu peux te confier à moi sans peur. Y a personne au monde qui le saura jamais. Je parle à ben du monde au magasin, mais je dis jamais quelque chose qu'une personne veut pas que je dise. Le secret de la confession pis plus encore. Comme dirait Nazaire à la radio: la tombe. C'est vrai, tu l'as pas, l'radio. Pas d'électricité, pas de radio. Si ils peuvent se rendre dans tous les rangs avec le courant électrique. Je te dis que ça met en contact avec le monde, l'radio, ça. T'as-tu eu des nouvelles de ton mari?

–Il vient pas.

–Pis c'est ça qui te rend un peu... triste, j'te comprends.

Rose-Anna bougea, recula, avança... Puis elle s'effondra sur le plancher.

–Mon doux Seigneur de mon doux Seigneur, c'est quoi qu'il t'arrive donc?

Et Bernadette se défit rapidement de son manteau qu'elle laissa sur la chaise. Elle courut vite à l'évier, trouva un linge qu'elle imbiba d'eau froide pour ensuite revenir à la jeune femme évanouie gisant sur le plancher froid. Elle s'agenouilla:

–Toi, t'as quelque maladie, c'est certain. Ou ben tu manges pas assez pis tu tombes en faiblesse. Là, va falloir que ton père, il attende pas trop tard comme pour ta mère avant de faire venir le docteur. Si j'avais su ça tantôt, il vient juste de passer devant la porte, le docteur Goulet.

Rose-Anna reprit conscience et ouvrit les yeux pour apercevoir au-dessus d'elle un visage souriant et inquiet, et sentir une compresse froide sur son front. Il lui était arrivé assez souvent de s'évanouir de la même façon subite et de s'écrouler sur le plancher cette dernière année. Pas même sa mère n'avait fait de cas d'elle avec autant de sollicitude et c'était pour entendre son père dire alors:

"C'est fait feluet pis c'est bon à rien."

–Des plans pour t'assommer!

–Quand j'tombe, suis molle comme une guenille, dit-elle à mi-voix éteinte.

Depuis la nuit de la terreur quelques jours plus tôt, Rose-Anna avait perdu conscience à trois reprises. C'était dû pour une bonne part à la sous-alimentation.

–Je vas t'aider à te relever pis te reconduire à un lit pour que tu t'étendes comme il faut. C'est ta pression qui doit être à terre. Ça prendrait du cognac.

–Non, fit l'autre en se relevant à l'aide du bras de la visiteuse, je veux rester icitte, dans la cuisine, pis écrire une lettre que j'vas vous donner pour la maller.

–Ah oui?

–C'est pour mon mari aux États.

Bernadette échappa bien malgré elle une confidence relative au courrier:

–J'vous pense, après le paquet qu'il t'a envoyé la semaine passée... un beau cadeau du jour de l'an, ça doit?

La jeune femme eut alors confirmation de ce qu'elle redoutait plus que tout: on interceptait le courrier échangé entre elle et son mari aux États. L'interminable silence de Louis lui avait mis la puce à l'oreille tout d'abord. Et son doute était devenu obsessionnel après le viol et lui avait fait rechercher dans toute la maison, en l'absence de son père, un crayon pour préparer une lettre. Il y avait toujours deux crayons dans la maison et maintenant aucun. Et en demander un à son père eût été provoquer sa violence une fois de plus. Le pire pouvait survenir à tout moment maintenant. Elle avait aussi cherché en vain le couteau de boucherie.

La jeune femme prit place sur la chaise que Bernadette venait de tirer sur elle près de la table et demanda:

–Vous auriez pas un crayon pis vous me donneriez pas du papier, là, dans l'armoire au-dessus du 'sink'?

–Un crayon, ça, c'est certain.

Bernadette glissa sa main dans sa poche de robe et en trouva un qu'elle mit sur la table. Puis elle se hâta de trouver le cahier à écrire dont avait parlé Rose-Anna.

La jeune femme se mit à écrire fébrilement, des larmes tombant sur la table et parfois même sur le papier. Quand elle eut terminé, elle arracha la feuille et plia soigneusement le papier puis regarda au ciel:

–J'pense qu'on n'a pas d'enveloppes...

–Donne-moi la lettre, je vas la mettre dans une enveloppe au bureau de poste pis te la maller. Pis crains rien, je vas pas la lire, tu peux en être sûre.

De toute manière, Rose-Anna qui lançait un cri de détresse dans son message à son mari n'avait pas évoqué ce viol qui resterait profondément enfoui dans la mare glauque de ses souvenirs les plus sordides.

–Je vas vous payer pour le timbre.

–Pas question, ma petite fille. Deux cennes, c'est rien. Je m'occupe de tout. Dors sur tes deux oreilles.

Rose-Anna n'irait d'aucune confidence à sa visiteuse. Ne la chargea d'aucun message pour le curé. Ni pour le docteur. Elle ne demandait pas d'aide. Comment aurait-elle pu dévoiler au monde que son propre père s'était livré à l'inceste dans un viol affreux? C'est elle que l'on stigmatiserait. C'est sur elle que toute la honte retomberait ainsi que tous les reproches. C'est ce qu'elle croyait en tout cas.

Le jour suivant quand Bernadette glisserait la lettre dans une enveloppe, elle se rendrait compte qu'elle ne disposait pas de l'adresse de Louis Talbot. Elle avait bien tenu des lettres pour lui déjà, mais n'avait pas remarqué le nom de la ville où il travaillait et résidait, encore moins celui de sa rue. Et elle devrait donc téléphoner chez les Bougie pour savoir. Ce serait Mathias qui répondrait. Il apprendrait ainsi que Rose-Anna avait réussi à écrire à son mari, mais il lui serait impossible, cette fois, de s'emparer de la lettre et de la détruire. Il connaissait aussi l'adresse de Louis, mais la modifierait pour que le courrier revienne. Son manège serait déjoué par sa fille qui entendrait de là-haut sa réponse à l'appel de Bernadette. Plus tard, après le départ de son père pour la trappe, elle téléphonerait au bureau de poste pour rectifier l'adresse donnée. Par bonheur, la malle serait encore là et Bernadette ferait la correction requise...

Et quand Bougie verrait quelque temps plus tard que la lettre ne revenait pas, il téléphonerait à Bernadette pour dire qu'il s'était trompé d'adresse. La femme lui dirait simplement que Rose-Anna avait apporté à temps la correction requise.

L'attitude de l'homme envers sa fille changera alors. Il la traitera mieux. Mettra tout en oeuvre pour qu'elle efface le viol dans sa tête et finisse par se persuader qu'elle avait eu un cauchemar... et seulement un cauchemar... et rien d'autre qu'un terrible cauchemar...

***

Chapitre 23

Samuel savait grâce aux indications trouvées avant son départ la route à suivre pour atteindre son but, soit la maison de Catherine. Jeanne d'Arc lui avait fourni tous les renseignements voulus et lui avait même décrit les environs de son école de Courcelles. Il lui suffirait de continuer de deux maisons pour traverser la limite entre les paroisses et se trouver dans Saint-Sébastien. Et juste là, il trouverait la demeure de celle qui l'intriguait tant depuis l'été précédent.

Par une entente entre les commissions scolaires des deux paroisses, il était accordé à la jeune femme la permission à cause de la trop grande distance à parcourir du côté de Saint-Sébastien, d'envoyer un de ses enfants à l'école de Jeanne d'Arc. L'autre n'avait pas atteint encore l'âge scolaire.

Serait-elle à sa demeure?

Une personne de cette pauvreté n'avait sûrement pas le téléphone et il avait jugé bon ne faire aucune recherche en ce sens via les centrales téléphoniques.

On arriva devant l'école située entre deux montées. Samuel s'exclama en riant:

–Pauvre Jeanne d'Arc, venir travailler dans un endroit pareil... reculé par le tonnerre. Une personne aussi sociable. Insondable Jeanne d'Arc!... Et imprévisible Jeanne d'Arc!...

Clara emmagasinait les mots curieux et longs tels que insondable et imprévisible. Elle en demanderait le sens plus tard à l'école comme elle avait pris l'habitude de le faire depuis qu'elle vivait chez le docteur. Parfois aussi elle demandait réponse à Armandine.

De tout le voyage, elle avait peu parlé, répondant par oui ou par non le plus souvent. Qu'importe, Samuel avait parlé pour deux. Et il avait noyé une certaine tension nerveuse dans de la joie et du rire quand ce n'était pas dans des chansons aux paroles improvisées sur des mélodies connues.

Il fit trotter le cheval sur le dernier arpent. Leur apparaissait qui se rapprochait à belle allure une maison grise, massive, longue, sûrement bâtie avant le siècle, calée dans le sol blanc; c'est là que la pauvre jeune mère devait habiter. En fait Samuel ne pouvait se tromper, tant il avait eu de renseignements de la maîtresse d'école.

Chez elle, Catherine tannait une peau dans la partie non chauffée de la maison qui servait de cuisine l'été. Elle faisait ce travail pour un voisin qui la rétribuait avec des victuailles et qui, à son insu, tirait un fort bon profit des peaux travaillées par des mains si habiles. La venue de cet attelage qu'elle pouvait apercevoir à travers la fenêtre et entendre de plus en plus nettement s'empara de toute son attention. Qui donc aurait pu venir de cette direction à moins d'avoir passé dans l'autre sens plus tôt, ce qui, elle le savait avec certitude, ne s'était pas produit. Elle essuya son front du revers de la main pour y enlever de la poussière inexistante et relever une mèche de cheveux puis s'approcha de la fenêtre.

–Ah non! Pas lui! Pas Samuel Goulet! Pis avec la petite Clara. Il viendrait-il me la confier?

Elle n'imaginait pas que l'homme puisse venir la visiter simplement pour la voir et lui parler. Et pour faire plaisir à Clara qui montrait de l'affection chaque fois qu'il était question de la mendiante.

Leur arrivée dans la cour ne laissa aucun doute. Elle enfila un manteau trois-quarts et sortit les accueillir:

–La surprise de ma vie!

–De la visite venue de loin!

–Pis de la rôdeuse de belle visite!

Tandis que Samuel et Clara descendaient de voiture, la femme demandait comment on l'avait trouvée.

–La maîtresse d'école...

–C'est vrai, elle vient de par chez vous, elle.

Catherine cachait l'intensité de sa joie. Il lui semblait vivre dans la réalité un rêve extrêmement agréable. Malgré ses déboires passés causés par deux hommes, son père et son mari, l'un décédé et l'autre parti, ce que Samuel avait appris de la bouche de Jeanne d'Arc, elle n'était pas quelqu'un à jeter l'anathème sur l'autre sexe pour autant. Et surtout, elle percevait en ce jeune médecin si vivant un être profondément humain, dans le meilleur sens du mot. La grande question qui se posait à elle, c'était de savoir pourquoi il lui montrait un tel intérêt. Ou bien cette impression profonde qu'elle ressentait n'était peut-être pas fondée sur une réalité et simplement provoquée par le hasard qui les avait fait se rencontrer dans des circonstances pour le moins dramatiques au cours de l'été précédent.

–Clara, suis contente de te voir. J'ai eu de tes nouvelles par Jeanne d'Arc: elle m'a dit que tout avait l'air de ben aller pour toi.

–Je pense qu'elle est très heureuse avec nous, n'est-ce pas jeune fille?

–Oui.

Réponse pas très éloquente, mais chacun des deux adultes était capable de lire dans un langage de fillette intimidée.

–Comme vous voyez, c'est une vieille maison de misère... une maison de quêteuse.

–Une maison ancienne, mais solide... faite pièce sur pièce, on dirait. Ça ne doit pas être dur à chauffer l'hiver.

–Faut pas mal de bois de chauffage. Venez. On va entrer dans la grande maison. Les enfants sont là. Clara, tu vas les connaître. Tu te souviens, je t'ai parlé d'eux autres le jour...

Catherine interrompit la phrase en son milieu pour ne pas remettre dans le coeur de la fillette le triste souvenir de ce jour malheureux de la mort de sa mère.

Et on entra.

L'intérieur surprit le docteur. Ça ne respirait pas la grande misère comme il l'avait supputé déjà en apprenant que cette femme était mendiante et mère. Tout y était comparable à ce qui se pouvait voir en d'autres maisons de cultivateurs ou de villageois modestes. Des murs de planchettes grises. Des meubles de gros bois équarri à la hache. Un poêle à deux ponts. Un évier avec pompe à eau. Armoires. Dépense. Horloge. Des berçantes et naturellement un banc de quêteux.

Une bonne chaleur qui invitait à se dévêtir et à fraterniser. On le fit.

–Les enfants, cria Catherine vers l'escalier qui menait au deuxième étage, venez, on a de la belle visite.

Certains disaient de Marcel Lavoie, le mari de la jeune femme parti ailleurs depuis trois ans, qu'il était rendu aux États-Unis en ces temps infortunés pour y gagner sa vie comme immigrant clandestin tout comme tant d'autres habitant pas loin des frontières ou même dans les villes, ceux-là qui ne possédaient pas de terre pour leur assurer ainsi qu'à leur famille une survie le moindrement décente, en tout cas trois repas par jour. Mais ce n'était pas tout à fait la vérité...

La jeune femme ne faisait aucun commentaire à ce propos et se contentait de dire qu'elle avait seule la charge de sa petite famille, et que d'autre part, il ne lui était pas possible de marier un autre homme puisqu'elle l'était déjà et que sa sainte religion défendait le divorce et encore plus les secondes noces, à moins de se trouver en état de veuvage.

La petite fille vint devant son frère. Elle descendit l'escalier telle une grande, et apparut aux visiteurs comme une enfant charmante, réservée, polie et bien mise dans des vêtements raccommodés mais propres. Lucien suivait, de son pas incertain, balançant son corps d'un côté et de l'autre. Lui avait sur le visage une tache de vin énorme qui lui enveloppait toute la région du menton jusque dans le cou. Et ça paraissait le gêner terriblement.

Samuel était renversé. En ce temps où les enfants étaient durement traités, et dans bien des familles considérés quantité négligeable, souvent élevés sous la menace de la férule ou carrément sous elle, voici qu'il trouvait en un lieu où on croit devoir découvrir uniquement misère, peine et négligence, deux petites personnes obtenant le respect d'une femme adulte: leur mère. Ou bien ceci n'était-il qu'un vernis de surface comme il lui avait été donné d'en voir en bien d'autres familles? Sans doute que non puisqu'on avait surpris la maisonnée à l'improviste!

Par contre, les enfants montraient eux aussi un grand respect. Ils prirent place côte à côte sur le banc et y restèrent, figés dans leur embarras, visage empourpré.

–Sont un peu gênés, mais... il vient pas souvent du monde icitte. La visite est rare.

–Toi, c'est Lucien? demanda Samuel en s'adressant au bambin.

L'enfant acquiesça sans dire mot.

–Pis ma belle fille, ben, c'est Carmen. Les enfants, c'est la petite Clara. Maman vous a déjà dit qu'elle a perdu sa maman, elle.

–Elle est morte? questionna Carmen qui interrogeait autant sa mémoire que sa mère.

–Oui. Je l'ai vue mourir. Pis monsieur Samuel, il l'a adoptée, la petite Clara.

Lucien ne comprenait pas. Son cerveau n'avait pas encore le développement nécessaire pour saisir ces choses nébuleuses. Carmen esquissa un sourire à l'endroit de Clara qui le lui rendit de la même façon. Les enfants se rapprochent vite, mais en marchant sur le bout des orteils.

–Ça te le dirait, Clara, d'aller jouer dehors avec Carmen pis Lucien?

–Oui.

La fillette consulta son 'père' du regard. Samuel fit un sourire approbateur. Elle se rhabilla tandis que Catherine habillait chaudement les deux petits et que l'on devisait à propos de la température et de l'état des chemins peu fréquentés empruntés par l'attelage du docteur.

Bientôt les trois enfants furent dehors à réunir de la neige en tas dans l'espoir, un peu dérisoire en raison du froid, d'en faire des boules puis un bonhomme qui se tienne debout. En ce temps-là, les projets dépassaient le plus souvent les réussites et c'était bien ainsi.

Catherine et Samuel se berçaient. Parfois la chaise du docteur gémissait un peu, alors il modérait son transport.

–Je suis étonné de voir ce que je vois ici.

–Vous pensiez trouver quoi?

–Sais pas...

–C'est mon allure quand je passe par les portes qui...

–Non...

–Je pense que c'est ça. Vous savez, un curé doit avoir l'air d'un curé, un docteur d'un docteur et une quêteuse... d'un quêteux.

Ils se mirent à rire tous les deux. Soudain, poussé par une impulsion incontrôlable, l'homme dit, le visage redevenu sérieux:

–Tu es très jolie, Catherine, belle comme le ciel bleu.

–Je vous prépare du thé?

–Mais tu me fais de la peine aujourd'hui.

Elle se leva:

–De la peine?

–Tu avais appris à me tutoyer et tu es revenue au vouvoiement. Et ça met une distance entre nous.

–Il faut plus qu'une distance entre nous, il faut une barrière très haute entre nous deux.

Il protesta du regard et de la voix:

–Mais pourquoi?

Elle se fit sévère:

–Parce que je suis mariée devant Dieu et les hommes: ça commence déjà à faire une bonne raison.

–Je sais bien, mais... il me semble qu'on pourrait s'apporter mutuellement... quelque chose...

Debout à quelque distance, tournée vers lui, elle se mit à rire:

–Un docteur et une quêteuse de grands chemins... y a que dans les livres que ça se peut.

–À nous deux de l'écrire!

–Du thé?

–Oui.

Elle remplit la théière d'eau froide dans un bruit de pompe qui interdisait toute conversation puis jeta dans le récipient une poignée de thé Salada pris à même un sac qu'elle remit ensuite dans l'armoire. Et mit le 'tea pot' sur un rond du poêle pour laisser infuser pendant une dizaine de minutes.

Pendant ce temps, Samuel détaillait sa personne. Depuis qu'il était devenu un docteur campagne, il lui arrivait bien plus souvent de voir de jeunes femmes habillées de vêtements masculins et cela réchauffait le sang dans ses veines tout en provoquant une certaine poussée d'adrénaline.

L'homme était divisé en lui-même. Les sentiments et la pulsion sexuelle ne s'étaient jamais rejoints en lui. Aucune femme ne lui avait permis de réunir les deux aspects de son instinct. Il avait beaucoup aimé Elzire, mais ne l'avait jamais vraiment désirée. Il l'avait protégée, soignée, dorlotée sans ressentir le besoin de s'unir à elle. Il la respectait et un rapport intime eût fait d'elle dans son for intérieur une fille de petite vertu. Mais voici que pour la première fois, devant cette bohémienne magnifique, il était capable de réaliser la jonction entre les élans de son coeur et ceux de son corps. Était-ce donc cela, le grand amour? Était-ce plus vrai que ce qu'il avait vécu durant tant d'années avec sa chère Elzire? Et Elzire n'était-elle que le pendant d'Elvire de Lamartine, le poète français dont il goûtait si souvent les méditations les grands soirs de pleine lune et de belles étoiles?

–Suis habillée comme une guenillou, fit-elle en reprenant sa place dans la berçante. Mais j'en suis une, hein!

–L'habit ne fait pas le moine.

–Mais ça donne une idée à celui qui regarde. La preuve, tu pensais que ma maison serait malpropre et tout le reste.

–Merci de me dire 'tu'.

–D'abord que tu le veux.

–Je le veux.

Elle soupira:

–Oui, je le veux... Si les femmes pesaient comme il faut dans une balance cette petite phrase... pas sûr que les cloches des églises sonneraient aussi fort pour annoncer les mariages étincelants promis aux bonheurs éternels.

–Qu'est-ce que tu veux dire par là?

–Je me comprends.

–Ton mariage à toi... est un désastre ou quoi?

Elle pencha la tête:

–Ça... ça m'appartient...

–Je sais, et à toi seulement. Mais si tu te confiais davantage, tu recevrais plus.

–J'demande rien à personne excepté un petit quelque chose dans mon porte à porte. Pis si on veut pas me donner par charité, ben qu'on garde. Pourquoi qu'il faudrait que j'me conte à tout un chacun?

–T'as raison, au fond, t'as bien raison.

Elle revint s'asseoir:

–Parlons donc de la petite Clara. J'en ai su par la maîtresse d'école, mais tu peux m'en dire pas mal plus, toé qui la gardes depuis six mois.

–Elle va magnifiquement bien. Tu veux que je te dise pour la messe de minuit? Ça, la maîtresse a pas pu te le dire parce qu'elle était revenue par chez nous pour jusqu'après le jour de l'an.

Et il raconta le bon tour que lui et le père Jobin avaient joué à la paroisse en forçant la main de Gaby et Marie-Anna et en surprenant tout le monde avec la voix extraordinaire de la fillette adoptée.

Catherine en avait presque la larme à l'oeil:

–C'est pas icitte qu'elle aurait vécu ça. J'aurais ben aimé la prendre l'été passé, mais quand j'ai vu que tu la voulais...

Emporté par l'enthousiasme et le rêve, l'homme dit, le regard pétillant et brillant:

–Si on pouvait frotter la lampe et en faire sortir un génie, tu sais ce que je lui demanderais? De réunir nos deux familles: la tienne et la mienne. On en ferait, du beau, tous ensemble.

–Tu parles pour parler, là. On peut pas défaire ce qui est noué ben serré pis pas défaisable.

–On peut toujours rêver.

Elle blagua intérieurement, mais dit, pince-sans-rire:

–Même pas! En plus que... toé, t'aimes le soleil, pis moé, j'aime la pluie... quand je quête pas sur les chemins ben entendu.

–Comment tu peux dire ça, là?

–Le convoi funèbre... l'orage... tu te souviens? Tu...

–C'est vrai, j'aime mieux le soleil. C'est ma nature optimiste qui veut ça. Le soleil, ça me bourre d'énergie que je peux redistribuer ensuite. Mais j'aime la pluie aussi... de temps en temps. Elle fait pousser les plantes et leur donne une fort belle couleur.

–C'est ça de gagné au moins.

Il se fit une pause et Catherine, fin sourire aux lèvres, demanda:

–Si tu me parlais de tes cavalières dans ton village? La maîtresse prétend que toutes les filles courent après toé. Paraît qu'elles vont attendre la malle à tous les soirs rien que pour te voir pis te parler.

Il fit d'énormes yeux étonnés:

–Jeanne d'Arc a dit ça? Où c'est qu'elle a pêché une histoire pareille, elle? Et je suppose qu'elle faisait la même chose quand elle était au bureau de poste?

–Elle dit qu'elle l'a fait de temps en temps, mais que là,

c'est un autre qui lui fait de l'oeil... Il s'appelle Luc. Elle l'appelle le grand Luc. Mais je connais un gars de Courcelles qui voudrait ben sortir avec elle itou. Une fille populaire, on dirait ben.

Le thé fut bientôt prêt. La jeune femme leur en servit à chacun dans des tasses au métal émaillé d'une substance jaune.

–Et Jeanne d'Arc a dit que le soir au balcon de ta maison, tu donnais des concerts pour tout le coeur du village.

Samuel s'esclaffa:

–Concert: le mot est fort. Je m'amuse à chanter la bonne chanson. Même que Clara vient chanter avec moi. C'est comme ça qu'on a su quelle belle voix elle avait.

–J'y pense, mais si quelqu'un tombe gravement malade le temps que t'es parti comme aujourd'hui...

–On s'entend entre médecins. Celui de Saint-Martin est averti. Ma mère lui enverrait les cas d'urgence s'il devait s'en présenter à mon bureau. On peut tout de même pas laisser des gens malades sans pouvoir compter sur des soins de santé. On n'est pas des sauvages, tu sais. C'est la crise économique peut-être, mais c'est pas encore la peste noire... Y a pas un lieu au Québec où on ne répond pas aux urgences, tu sais. Quand même, on est en 1939 dans une journée!

Puis ils parlèrent de choses et d'autres. Catherine était une femme avertie des événements de la scène internationale. Elle savait pour Hitler, pour la guerre imminente, pour le vote des femmes réclamé au pays et accordé en d'autres, notamment la Nouvelle-Zélande depuis un demi-siècle. Elle savait qu'on projetait de tourner un film l'année suivante, *Autant en emporte le vent*, basé sur le roman de Margaret Mitchell paru deux ans auparavant et qui, malgré la pauvreté généralisée, s'était vendu à plusieurs millions d'exemplaires. Dans ses tournées, elle glanait tout, écoutait parfois la radio, ramassait des journaux.

–T'as faim? Tu veux manger quelque chose? Il passe midi. Notre pauvre Clara, elle aura l'estomac dans les talons, comme du temps où...

–On a du manger avec nous autres. En venant, on a grignoté des biscuits. Et là, si tu veux, on va manger nos sandwiches. Maman en a fait pour nous deux et pour vous trois aussi. Des bons sandwichs avec du pain de boulangerie. Je ne pouvais pas t'arriver en pleine heure de repas sans rien dans ma boîte à lunch. J'y vais, je reviens...

–Ramène les enfants dans ce cas-là.

–C'est bon.

L'homme sortit sans mettre son manteau, et sous le reproche de la jeune femme:

–Faut être docteur pour vouloir attraper la mort...

–Rien que sortir et rentrer...

Il en profita pour couvrir le cheval d'une couverture épaisse, ce qu'il était temps de faire pour que l'animal ni ne sue pour avoir été couvert trop tôt ni ne prenne de froid pour l'avoir été trop tard.

Elle mit sur la table de la vaisselle et des ustensiles tout en se livrant à l'analyse de cette invraisemblable relation qui s'était installée entre eux, deux parfaits étrangers ne vivant pas dans la même paroisse et que le destin avait réunis deux fois avant que leur volonté ne les rassemble deux autres fois dont celle-ci.

Voici qu'elle se sentait très attirée par lui. Et à l'évidence, il s'intéressait énormément à elle pour avoir pris la peine de venir en traîneau: une aventure hors du commun. Mais ceci ne menait nulle part. Ou bien connaissait-il une destination où ça pouvait les mener? Voilà pourquoi elle s'était toujours fermée à lui: pour qu'il garde ses distances. Mais ce mystère n'avait réussi qu'à le pousser davantage vers elle, qu'à l'inciter à chercher par divers moyens à la découvrir.

Et s'il en venait à vouloir la séduire? Quelle serait sa réponse alors? Au fond d'elle-même, malgré l'embrigadement généralisé des gens par la religion catholique, ses lois et commandements, elle ne croyait pas au péché de la chair à moins qu'il ne s'agisse d'un abus, d'un viol, de violence quelle qu'elle soit, pas plus qu'elle ne croyait en l'intervention divine dans les affaires humaines. Les miracles, elle laissait ça aux naïfs. Et la prière ne lui semblait utile qu'au moment où elle voulait se faire croire fortement quelque chose à elle-même. Parfois mais rarement exprimait-elle ses vues sur la question et elle avait regretté de le faire devant Germaine Boulanger ce jour-là, l'été dernier, quand Maria Boutin était morte. C'est pourquoi elle avait tourné le propos à la blague alors.

Samuel aussi se posait la même question en abritant la bête qui faisait des signes de tête et renâclait comme pour exprimer de la reconnaissance. Ou peut-être approuver son maître en train de penser secrètement qu'il devrait profiter de la situation et se montrer entreprenant avec la jeune femme séparée.

Il fallait que des pas rapides soient franchis dans leur relation, sans pour autant la faire réagir dans le sens contraire de ses attentes, de ses espérances. Lui serait-il donné d'aussi bons prétextes que celui du jour pour la revoir et s'approcher par petits pas prudents et respectueux.

Le respect est un sentiment caméléon, songeait-il, dont les nuances ne doivent pas être régies par un code strict, mais qui doivent prendre la couleur des circonstances et des coeurs impliqués.

Il devait se passer quelque chose ce jour-là, dès ce jour-là. Mais comment cela se pouvait-il avec les trois enfants sur les bras et une Catherine entourée de hauts murs, celui de son mariage, celui peut-être de ses principes bien qu'il ne lui en connaisse pas d'aussi stricts que ceux de tout le monde, celui aussi d'une certaine agressivité envers l'homme et qui se pouvait déceler parfois dans les détails, celui enfin d'une distance psychologique certaine imposée par sa pauvreté, son rang social...

Rien n'était moins possible qu'une rencontre des coeurs et des corps. Et pourtant...

***

Chapitre 24

Ce fut un joyeux repas avec sandwichs en abondance pour tous. Aux oeufs. Au fromage. Au petit lard. Et pour se sucrer le bec: du sirop d'érable. Non seulement il y en eut pour tout le monde, mais il en resta autant qui serait laissé à Catherine et ses enfants malgré ses protestations. En fin de compte, elle accepterait quand il dirait:

–C'est de la part de Clara. Hein, Clara?

La fillette acquiesça.

Et maintenant Carmen et Lucien avaient perdu leur timidité et riaient comme des bons au souvenir de la joie qu'ils avaient connue avec Clara dehors tout à l'heure.

Par certains côtés, Carmen rappelait Françoise, la petite soeur de Clara, et celle-ci en l'adoptant rapidement ressentait confusément les mêmes sentiments que du temps où à la maison paternelle, elle s'occupait des plus jeunes, tandis que sa mère prenait soin des bébés et du reste. Le gamin quant à lui mettait souvent sa main devant sa bouche pour rire. C'était par réflexe pour cacher son indésirable tache de vin. Bien des fois depuis quelque temps, depuis qu'il avait pris une véritable conscience de son anomalie, il avait demandé à sa mère: “Pourquoi j'ai ça, moi, maman?” Et elle de répondre que ce n'était rien. Mais sans trop y penser, elle ajoutait que plus tard, quand il serait grand, il pourrait laisser pousser sa barbe pour la cacher. L'enfant saisissait alors un peu plus que la tache avait quelque chose de honteux.

Samuel demanda en souriant:

–Et la santé, ça va, tous les trois? C'est le temps d'être malade: le docteur est là.

–Je leur fais prendre des vitamines, de l'huile de foie de morue tout l'hiver.

–Mais que c'est bien! Et comme c'est peu fréquent! Les gens se plaignent de n'avoir pas les moyens.

–Pour nos enfants, faut les trouver, les moyens. On se trompe assez comme ça.

–Men sana in corpore sano!

–Ça, c'est du chinois.

–Non, du latin. Ça veut dire: une âme saine dans un corps sain.

–Suffit pas de prier pis de faire sa religion?

L'homme devint très sérieux et regarda les enfants.

–Non. Ça ne suffit pas. Faut manger comme il faut, si je peux m'exprimer ainsi. Et se soigner ou se faire soigner quand on est malade. Prier ne suffit pas. Faut travailler, s'aider, se battre, vouloir guérir quand on est malade...

Catherine parla au jeune homme par des signes du visage et des mots retenus et voilés en faisant allusion à la tache de naissance de Lucien:

–Y a-t-il quelque chose qui peut se faire pour... ce que tu vois de son...

–Non, malheureusement! C'est pas une catastrophe tant que ça; il pourra se laisser pousser la barbe plus vieux...

–C'est ce que je me dis.

Lucien paraissait bien occupé en ce moment, mais il gardait une oreille aux aguets et jeta un regard fuyant sur sa mère puis sur le docteur, et retourna à ses petites folies partagées avec les deux fillettes.

Clara ensuite aida les enfants à se rhabiller et les ramena dehors où à trois, ils replongèrent dans le même plaisir qu'ils trouvé avant le repas à jouer dans la neige.

Les observant à la fenêtre, Catherine soupira:

–Je les ai jamais vus de même.

Resté à la table, l'homme commenta:

–Clara n'est pas d'un naturel très exubérant pourtant.

–Viens voir ça.

Il s'approcha et constata à son tour. À peu de distance de la jeune femme, il pouvait percevoir son odeur: celle du pin ou de l'épinette. Il en fut étonné. Il ne devait sûrement pas se trouver un bain dans cette maison comme chez lui... Quelle sorte d'hygiène corporelle pouvait donc avoir une femme exerçant ce métier de mendiante qui l'obligeait à dormir à la belle étoile ou ailleurs, n'importe où. Personne ne lui offrirait de se baigner et puis presque toutes les maisons des campagnes ne possédaient pas encore ce luxe. Les hommes et les femmes en général ne se lavaient le plus souvent qu'à la petite serviette à l'évier de cuisine, en encore, pas tous les jours. Il en avait senti, lui, des odeurs prenantes, dans les chaumières et en avait l'habitude.

Mais ce relent sylvestre qui se dégageait de sa personne: de ses vêtements sans doute.

–Tu vas dans le bois parfois?

–Souvent.

–Tu poses des pièges?

Elle grimaça:

–Non, ça, je ne peux pas. Mais je tanne des peaux pour d'autres. C'est ce que je faisais quand vous êtes arrivés tout à l'heure. Bon... c'est aussi cruel tanner des peaux que de piéger les animaux...

–Non puisque les bêtes sont déjà mortes... et que de toute façon, quelqu'un d'autre fera le travail à ta place.

–Ouais... c'est ça que je me dis.

Il se fit une pause. Puis il murmura:

–Je resterais des heures ici à regarder jouer les enfants par-dessus ton épaule.

Ils furent dérangés par le chat de la maison qui, ne dormant que d'un oeil mais bien nourri de lait et d'un mulot, digérait en se prélassant sous le poêle depuis l'arrivée des visiteurs dont les voix l'avaient totalement indifféré jusque là. Mais voici qu'il vint se frotter contre la jambe de sa maîtresse, histoire de laisser son odeur pour mieux établir son territoire à lui.

–Tiens, c'est notre Léo qui se réveille.

La bête grise bâilla, s'étira les pattes avant puis arrière et repartit comme elle était venue.

–Léo?

–Un nom comme un autre.

–Clara en avait un...

Il raconta l'histoire de le petite fille brûlée vive et dit qu'on avait demandé à la fillette de changer le nom de son chat à cause du grand-père irresponsable.

–Et... elle l'a appelé comment, son chat Tommy?

Il gratta la tête:

–C'est pas fin, mais je l'ignore. Ça s'est fait à trois, elle, le chat et ma mère. Attends, je vais lui demander...

Il ouvrit la porte et lança sa demande à Clara qui lui cria la réponse entre deux rires:

–S'appelle Léon.

Samuel referma et s'étonna:

–J'en reviens pas, elle l'a appelé Léon. Et le tien, c'est Léo. Deux jumeaux par la pensée...

Catherine le regarda un moment droit dans les yeux. Ils ne se dirent mot. Puis elle alla nettoyer la table.

–Je peux t'aider?

–Y a rien à faire: on n'a pas sali de vaisselle.

–Je peux aller aux toilettes?

–C'est là, à côté de ma porte de chambre.

–Tu dors en bas et les enfants en haut.

–Sauf quand il fait trop froid: on ferme le haut et ils dorment dans ma chambre sur des paillasses.

Il ouvrit la porte. Avant d'y entrer, il dit en prudence:

–Et bien sûr, tu ne veux pas me parler de ton mari, n'est-ce pas?

Elle qui lui faisait dos s'arrêta de ramasser les ustensiles. Après un moment de silence, elle répondit à mi-voix en appuyant d'un hochement de tête en signe de refus:

–Non.

–Je comprends.

Et il entra dans la petite pièce éclairée par une fenêtre. Là, il comprit pourquoi la jeune femme exhalait une odeur sylvestre: il s'y trouvait une cuve de bois dont on pouvait aisément deviner qu'il s'agissait d'un bain improvisé de ceux que l'on pouvait voir un peu partout et dans lequel il avait été déposé des branches de sapin. Elle avait dû laver son corps dans une eau ainsi parfumée qu'elle avait ensuite jetée dans la cuvette des toilettes.

Voilà qui augmenta son désir de la prendre dans ses bras pour la serrer fort et qui faisait virevolter en son esprit toutes sortes d'idées exagérées comme de l'emmener, elle et ses enfants, vivre sous son toit en donnant à tous pour motif sa pauvreté, comme de la prendre, elle et ses deux enfants, à sa charge afin qu'elle n'ait plus à courir les grands chemins en demandant l'aumône à des gens guère plus riches qu'elle.

Il l'entendit pomper de l'eau et se rendit compte que la toilette ne comportait pas de réservoir. Quelques instants après, il ouvrit et trouva un seau par terre, le prit et jeta son contenu dans la cuvette où il n'avait fait qu'uriner.

Quand il revint dans la cuisine, il ne trouva personne. Le silence lui parut bien étrange tout à coup. À peine pouvait-il distinguer les rires des enfants au loin. Le chat Léo qui était couché entre la boîte à bois et la patte du poêle, souleva un peu la tête, l'air de dire "t'as donc l'air bête", et la recoucha sur ses pattes chaudes.

–Catherine? T'es dans ta chambre?

La porte était entrebâillée. À l'intérieur, la jeune femme

qui venait d'ôter ses vêtements masculins pour se mettre une robe se demandait si elle devait lui répondre ou bien le laisser la chercher, le laisser entrer, le laisser...

Elle referma la porte de la garde-robe où elle avait déposé ses vieilles hardes de travail et attendit qu'il redise son nom. Ce fut silence pourtant. Puis la porte de la chambre fut poussée doucement.

–Catherine, tu es là? J'ai entendu quelque chose...

Elle le laissa finir d'ouvrir et parut bientôt dans une lumière assombrie par des rideaux peu ouverts. Debout. Immobile. Comme la nouvelle mariée qui attend, timide, l'époux.

–Tu es là, Catherine? répéta l'homme nerveusement.

–J'ai mis... quelque chose de...

–C'était pas nécessaire... mais...

–Tu m'as toujours vue habillée en homme.

–Non pas. Pas aux funérailles de Maria Boutin, voyons.

–Oui, mais... c'était pas pareil, non? Je portais du butin de deuil cette fois-là...

–Disons... Je peux entrer? J'ai mis l'eau dans les toilettes.

–J'ai entendu. J'aurais pu le faire.

–Et pourquoi pas moi, hein?

–Ben... c'est l'ouvrage de la femme de coutume.

–Qu'est-ce que cette histoire? C'est mon... mon urine à moi et c'est à moi de la chasser avec l'eau.

Il faisait des petits pas vers elle, un à un, avec un arrêt entre chacun. La jeune femme se tenait du côté droit du lit. La lumière du jour silhouettait sa personne et rendait à l'observateur une image plus appuyée de ses formes agréables.

Samuel tourna un peu la tête et chercha à lutter contre lui-même. En de telles circonstances, le mieux était de faire appel au médecin en lui, au professionnel. Alors l'homme tairait ses désirs, bâillonnerait ses pulsions.

–Tu m'as dit que les enfants vont bien de leur santé tout à l'heure, mais tu m'as rien dit de la tienne.

–Je... oui... je...

Elle avait tout le mal du monde à réfléchir, à mettre un pied de son raisonnement devant l'autre. Tout tournait à vitesse folle dans sa tête. Les sentiments s'y bousculaient sans trêve. Elle parvenait à se dire et s'en convaincre que ce n'était pas que le souci de se faire voir sous son meilleur jour qui l'avait poussée à se changer de vêtements. Son corps de femme réagissait terriblement, frissonnait de la pointe des pieds à celle des cheveux. Son coeur lui disait de retenir cet homme par tous les moyens imaginables. Mais ses blessures de femme le lui interdisaient. Il lui passait des images affreuses en mémoire, qu'elle chassait aussitôt, qu'elle écrasait impitoyablement avec des images exaltantes nées dans les profondeurs de son esprit. Et parmi elles, l'une, la plus puissante, lui faisait voir Samuel la couvrir et l'aimer pour l'éternité.

Des flots d'ondes traversaient l'air de la chambre de lui à elle et d'elle à lui.

–N'as-tu pas un peu froid ici? fit-il, en profitant pour détailler sa personne de la tête aux pieds.

La robe à manches longues était de crêpe noir imprimé de motifs rouges tournoyants. Comme si, à l'image de toute sa personne intérieure, elle avait été bâtie de tourbillons incessants et de spirales symbolisant chacun de ses sentiments profonds.

Mais elle n'avait rien dans les pieds à part ses bas et ça lui donnait un air de petite fille qui se lève et attend qu'on la chausse. Il reprit:

–Tu vas attraper la mort, rien dans les pieds comme ça.

–Comme les docteurs qui sortent dehors sans rien sur le dos.

–Non, c'est pas la même chose... parce que je bougeais sans cesse et que je travaillais... et que c'était rien qu'un aller et retour...

–Je vais mettre mes souliers... ils sont...

Elle regarda à droite, à gauche...

–De l'autre côté du lit, je me souviens là...

Il fallait qu'elle se rapproche de lui pour contourner le lit. Quand elle eut fait deux pas, il s'avança et lui barra le chemin.

–Tu t'assis sur le lit, je vais les prendre et te les mettre.

Elle obéit. C'est alors qu'il lui vint en tête un doux mensonge à la Rose Martin, aussitôt énoncé:

–Tu m'as demandé pour ma santé... j'ai très mal à un genou... Je l'ai forcé, je pense, en rentrant mon bois de chauffage cet automne.

–Le droit ou le gauche?

–Le... ben le gauche...

–Tu veux que j'en profite pour l'examiner?

–Oui... faudrait peut-être fermer la porte par exemple.

–Certainement! Mais les enfants en ont pour un bout de temps à s'amuser dehors, je pense.

Il poussa la porte tandis qu'elle s'asseyait sur le lit. Et elle dit vivement:

–Tourne donc la clef dans la serrure.

C'est plutôt sa tête qu'il tourna lentement vers elle, cherchant à sonder son regard. Mais elle garda les yeux à terre, vers ses pieds qu'elle frottait l'un à l'autre en l'attendant.

Cette simple phrase disait tout. Disait qu'elle était prête pour lui, pour l'homme. Il lui fallait répondre. Ou bien tourner la clef ou bien ne pas la tourner: telle était la question. Il ne la retourna point dix fois dans sa tête, la question, et tourna la clef dans la porte, une clef longue, noire, qui représentait le crayon dont on se sert pour signer un contrat. Un pacte d'amour...

Il se rendit prendre les souliers et revint auprès de la femme assise. Et s'agenouilla devant elle. Jamais un être humain n'avait fait chose pareille et cela, jamais elle n'aurait pu l'imaginer de la part d'un homme. Un vrai conte de fée. Le prince charmant qui se met à genoux devant Cendrillon. Oui, c'était cela, elle vivait l'histoire de Cendrillon et bientôt, elle s'éveillerait dans la cruelle réalité. Tout redeviendrait normal: misérable et si quotidien, et si peu de chose...

Il s'empara de son pied droit et le frotta à la cheville puis ses mains frôleuses et auscultatoires remontèrent doucement jusqu'au genou.

–Je sonde les muscles et maintenant, les jointures... ou si on veut, les articulations.

Mais la substance féminine ressentait autre chose que des mains qui examinent. Et maintenant que son consentement mêlé d'un certain désir était acquis, elle eut envie de s'abandonner. Il tâta le genou avec les pouces. Elle fit semblant de souffrir.

–Bon, je vais maintenant palper ton genou souffrant. Tu m'as dit que c'est le gauche...

Confuse, déstabilisée, elle dit:

–Ça part, ça vient, la douleur.

Il toucha, contourna, effleura et se révéla:

–Sais-tu ce que tu es capable de me faire faire, toi? Atteler et voyager sur quasiment vingt milles en plein coeur de l'hiver pour venir te visiter. J'aurais le goût de te kidnapper pour la journée entière et une partie de la nuit.

–Me... quoi?

–Te kidnapper... comme le bébé Lindbergh, tu sais... il y a six ans.

–Je me rappelle, bien sûr.

Les deux coeurs battaient très fort maintenant. Si vite, celui de Catherine que sa voix tremblait, que sa respiration raccourcissait, que sa bouche se remplissait de salive qu'il lui fallait sans cesse avaler.

–Te kidnapper, t'enlever au monde, mais pas pour te faire du mal, bien au contraire. Tu me crois?

–Oui... oui...

–C'est un mot que j'aime.

–Quel mot?

–OUI.

–Ah!...

–Tu sais que j'ai le goût de toi depuis que je t'ai vue

pour la première fois?

Elle se mit à rire:

–T'avais pas l'air d'un champion.

Le docteur soudain disparut et l'homme en lui glissa ses mains sur les deux genoux de la jeune femme qui l'accueillit. Elle posa sa main droite sur l'une des siennes qui la prit en remorque.

–Tu es si belle, toi, si adorable, si... désirable.

Leur faim grandit, devint celle de la bouche.

–Viens me serrer fort dans tes bras... je...

Elle termina sa demande par un soupir. Puis doucement se laissa aller vers l'arrière et s'étendit, offerte, consentante.

–Oui. Je vais t'écraser dans mes bras.

Catherine ne se demandait même plus comment ce serait de se faire étreindre par Samuel. Elle le savait. Quoi qu'il arrive, ce serait le moment suprême de sa vie...

Il se coucha contre elle. Leurs bouches se rencontrèrent et s'unirent. Et il la serra si fort contre lui...

Ce fut de courte durée.

Le destin maléfique joua contre eux.

On entendit d'abord la porte d'entrée de la maison puis une petite voix criant:

–Maman, maman, un monsieur veut vous voir...

–Retourne dehors, j'arrive.

–Il veut vous voir tout de suite.

–Retourne dehors, Carmen, j'arrive.

Samuel s'inquiéta:

–On va continuer ensuite, dis-moi, ma douce Catherine?

Elle se redressa sur son séant; il fit de même.

–Tu as mon grand oui, dit-elle en le regardant droit dans les yeux.

–Qui ça peut bien être?

–Aucune idée. Probablement monsieur Breton pour des peaux à travailler. Je vais régler ça et je te reviens... je nous reviens...

Ils se donnèrent un baiser furtif. Elle enfila ses bottes avant de mettre son manteau puis sortit de la chambre. Il attendit quelques secondes et quitta la pièce à son tour. Aussitôt, il l'entendit crier à celui qui était venu pour elle:

–Tu veux quoi au juste?

Mais Samuel ne put déchiffrer la réponse du visiteur. L'homme à pied restait sur le chemin. Et cela parut bizarre à Samuel qui s'approcha de la fenêtre pour mieux voir. Les enfants s'étaient éloignés. Il ne pouvait les apercevoir; sans doute jouaient-ils maintenant sur le côté nord de la maison ou bien à l'arrière. Il retourna voir par la fenêtre de la chambre et les vit près du grand arbre dénudé qui s'y trouvait seul dans le champ de neige. De retour dans la cuisine, il entendit une autre phrase de Catherine et le ton dur lui fit deviner qu'elle avait affaire à quelqu'un d'indésirable.

–Pas question que tu viennes icitte. Approche-toé de la maison pis tu vas voir ce que tu vas voir.

Elle rentra aussitôt en maugréant:

–L'écoeurant, il est mieux de pas se montrer la face sur le terrain ou de venir cogner icitte.

Puis elle sortit de nouveau en disant:

–Je vas faire rentrer les enfants. Ça sera pas trop long...

Samuel en fut surpris, contrarié. Comment, avec les enfants à l'intérieur de la maison, pourraient-ils poursuivre ce qu'ils avaient si bien commencé? Il s'en désola, mais ne le laissa point paraître quand elle revint avec les petits et Clara.

–Qui c'était donc, celui-là?

Elle se fit évasive et répondit avec une impatience qui ne s'adressait pas à lui:

–Un achalant qui sait qu'il doit pas venir par icitte.

Puis elle se referma. Samuel ne put en savoir davantage et n'insista pas. On fut bientôt estomaqué par le temps écoulé. Il fallait reprendre la route si on ne voulait pas être surpris par la noirceur. Un cheval a beau avoir de l'instinct pour suivre une piste tracée, il eût été risqué de partir passé deux heures de l'après-midi.

–Tu veux que je revienne? demanda-t-il une fois installé dans la voiture et prêt à partir.

–Je vas aller voir Clara chez vous aussitôt que les neiges vont être fondues le printemps prochain.

–Ça va faire long.

Elle rétorqua sans sourire:

–Le printemps, c'est juste après l'hiver.

Depuis la venue de ce visiteur, un parfait inconnu pour Samuel, la jeune femme s'était montrée nerveuse, distante, lointaine. Comme elle l'avait souvent été avec lui quand ils s'étaient vus durant l'été. Elle avait eu beau s'habiller et le reconduire à la voiture, lui et Clara, il ne lui avait plus été possible de traverser un mur maintenant surgi entre eux après que toutes les barrières ou presque se fussent abaissées quand ils avaient passé tout près de s'unir par la chair, par le coeur et par l'esprit...

De tout le voyage de retour, l'homme aurait le coeur lourd. Sans la venue inopinée de ce passant qu'il pensait être le propre mari de Catherine, tout aurait été si différent... si différent... Malice du sort ?

***

Chapitre 25

Clara ressentit le malaise de Samuel et chercha en vain des prétextes pour le distraire sur le chemin du retour, mais le jeune homme demeurait sombre.

On s'arrêta de nouveau chez Roméo. Cette fois, la fillette répondit aux questions sans la moindre hésitation. Et aucune hésitation non plus dans sa décision de rester pour toujours dans sa nouvelle famille quoi qu'il advienne. On voulait son assentiment pour l'adoption légale définitive et on l'obtint sans devoir exercer sur elle aucune influence.

Au fond de son coeur, Clara souhaitait que se rencontrent non pas Samuel et Catherine, mais bien plutôt son père naturel et la jeune femme. La distance entre eux paraissait bien moindre, autant celle de la route que celle de leur condition humaine.

Mais il y avait entre eux l'insurmontable barrière de la séparation de Catherine, une situation qui la mettait en marge de la société, qui la confinait dans la pauvreté et la solitude. Rares étaient ceux osant questionner les usages en cours. Clara le fit ce jour-là. À travers des interrogations qu'elle mit simplement devant Samuel. Elle croyait confusément que ses points de vue à lui différaient de la pensée générale immuable.

Ils repartaient de chez son père naturel quand se produisit

un échange sur le sujet. Le soleil baissait sur l'horizon et la brunante s'annonçait. On ferait donc les derniers milles à la grande noirceur.

–Maman est partie pour toujours et papa peut se remarier à l'église. Le papa de Carmen et Lucien, lui, est parti pour toujours et Catherine ne peut pas se remarier à l'église. Pourquoi, 'pa'?

Elle le regardait. Il tourna la tête et leurs yeux se rencontrèrent. Des lueurs indéfinissables passèrent de l'un à l'autre. Il finit par dire après une longue pause et plusieurs soupirs:

–Pourquoi, oui...

Elle attendait sa réponse éclairée. Lui réfléchissait, tournait la tête vers la forêt, sombre d'un côté comme de l'autre. Quel sens humain donner en effet à pareille contradiction?

"Seule la mort séparera ce que Dieu a uni!" répondraient tous les clercs de ce monde tels des perroquets lancés par Rome sur la chrétienté universelle. Samuel ne pouvait répéter cela à un esprit aussi brillant que celui de Clara.

Le départ définitif du mari de Catherine n'est-il pas une mort pire encore que la vraie? Car il laisse en la personne abandonnée blessures profondes, souvent inguérissables, dénuement, solitude et réprobation de la société.

Quoi répondre à une enfant dont l'intelligence est au-dessus de la moyenne et qui ose raisonner sur l'absurdité des us judéo-chrétiens? Verser dans le cliché traditionnel et ainsi lui mentir en se mentant à lui-même ou bien livrer le vrai fond de sa pensée? Tout un dilemme en cette fin d'après-midi de fin de décembre 1938 pour ce pauvre 'docteur campagne'!

"La balance de nos opinions penche le plus souvent du côté de nos intérêts." C'est à lui-même que songea Samuel. Il se vit lui, au bras de Catherine devant l'autel et non point du tout Roméo Boutin comme le pensait Clara, elle.

Il dit enfin:

–Les lois de l'Église catholique ne sont pas forcément celles de Dieu. C'est pour ça qu'il y a les commandements de l'Église en plus de ceux de Dieu.

Clara le regarda encore quand il se tourna vers elle. Et voulut le sonder jusqu'aux tréfonds de l'être:

–Ça veut dire que si Catherine se remarierait avec un autre homme, elle irait en enfer?

Samuel pencha la tête en souriant légèrement:

–Qui va aller au ciel, qui ira en enfer? Bien malin qui saurait le dire. C'est à Dieu de décider par son jugement, pas aux humains de ce bas monde.

–Pourquoi Catherine est-elle condamnée à souffrir même si c'est pas de sa faute? Et pourquoi Carmen et Lucien sont-ils condamnés à souffrir même si c'est pas de leur faute?

Pendant quelques secondes, Samuel pensa aux incomparables progrès qu'avait faits sa fille adoptive dans sa manière de s'exprimer depuis six mois. Voici qu'elle avait transformé les 'moé' en moi, les 'pis' en et, et qu'elle lançait maintenant des phrases complètes, plus longues et bien mieux structurées et articulées. Il rendit hommage à sa mère Armandine pour cela. Mais ce petit bonheur du jour ne soulageait pas son coeur et celui de Clara pour autant.

–C'est injuste, mais... c'est comme ça. Faut croire qu'il faut se résigner...

–Non, non, non, non... non...

Cinq fois non et dits sur ce ton de refus global eurent l'heur de pousser Samuel à réfléchir de nouveau en profondeur. Et il finit par croire que le mieux était de laisser Clara dans son questionnement. Ne pas lui donner une réponse toute faite n'ayant pour seul effet que celui très pernicieux de lui clouer le bec comme se complaisaient à le faire la religion du haut de sa grandeur et les prêtres du haut de leur chaire. Il était incongru, monstrueux que Catherine Bussière soit encarcanée dans la mendicité parce qu'elle avait été mariée au premier venu après avoir subi les agressions de son père comme il en était certain, à lire et réunir tout ce qu'elle avait dit ou échappé devant lui depuis qu'il la connaissait. Et puis que sa misère retombe sur ses enfants avait de quoi 'démoniser' l'Église dans son esprit.

Il fallait que la jeune fille développe son propre sens critique et pour ça, en ce moment, il devait, lui, garder le silence. Une belle occasion se présentait: on arrivait devant la maison noire des Bougie.

–Je me demande si mademoiselle Bernadette a pu entrer les voir. Peut-être qu'elle est encore là. Peut-être qu'on devrait aller frapper pour savoir.

Il engagea le cheval dans la montée et se rendit frapper. Mathias ouvrit et le regarda d'un oeil soupçonneux:

–Je t'ai pas demandé de venir, toé, le docteur.

–C'est pour mademoiselle Grégoire. Elle est repartie?

–Savais pas qu'elle était venue.

–Je l'ai laissée en passant.

–Jamais vue, moé.

–Bon, dans ce cas-là.

–Salut ben!

–Merci quand même.

Et Samuel regagna la voiture, moins heureux qu'il ne l'était avant de s'arrêter là.

On fut au village, à la maison, une heure plus tard.

Clara n'obtint pas les réponses attendues. Elle comprendrait un jour que Samuel avait bien agi en gardant le silence.

*

Le docteur fut très occupé cet hiver-là. Il fit trois accouchements en janvier, deux en février, trois en mars. Et la paroisse compta un ou deux décès chaque mois. Des vieux cassaient leur pipe. Des vieilles mouraient sans bruit. La famille, le médecin et le moribond, tous savaient venir la grande faucheuse et on l'attendait calmement. Et quand elle avait passé et qu'elle avait prélevé son tribut, la vie reprenait son vieux cours normal, et les survivants rajustaient leur montre. Et leur pipe...

Mais ce n'était pas toujours aussi simple.

En mars, chez les Breton du rang quatre, il se produisit une tragédie affreuse. Un petit garçon de quatre ans reçut en plein visage la ruade d'une jument. On ne s'attendait pas à cela de la part d'un cheval aussi docile. On ne s'imaginait pas que la bête puisse en avoir assez d'être attachée par le cou depuis l'automne dans une stalle à peine plus large et longue qu'elle-même. Une bête faite pour l'espace et la liberté, pour hennir et courir dans les prés, pour se rouler dans l'herbe fraîche et frotter ses boursouflures à l'écorce des érables. On avait même eu la bonne idée de tresser sa queue, histoire de n'en pas recevoir un coup au visage quand on allait la soigner, ce qui empêchait l'animal de se libérer au moins de quelques parasites et de soulager les démangeaisons.

–C'est terminé, dit Samuel en s'éloignant du lit ensanglanté.

Il obtint un hurlement de la mère et un haussement des épaules du père.

Les sept autres enfants attendaient dans la cuisine en se regardant les uns les autres, paralysés par la peur de l'inconnu et de l'impensable. Ils savaient déjà, eux. Savaient avant leurs parents et avant même le docteur, que leur petit frère avait rendu l'âme. Ils baissèrent la tête. Samuel se sentit coupable d'impuissance devant l'impossible. Cela lui arrivait devant certaines morts violentes et imprévues.

Samuel continua de fréquenter Gaby Champagne, mais pas de manière assidue. Armandine voyait cela plutôt d'un bon oeil. Et continuait de se demander pourquoi son fils avait de l'intérêt pour une drôle de mendiante issue d'une autre paroisse et affligée du terrible défaut d'être une femme séparée de son mari.

Clara se mit à écrire à Catherine. Au moins une lettre par mois à compter de janvier. Elle lui parlait bien davantage de son père naturel que de Samuel. Non pas en raison de ses propres sentiments, mais dans l'espoir d'arrimer le sentiment des deux autres. Il lui paraissait que le grand obstacle, la grande muraille de Chine érigée par la religion autour de

Catherine, tomberait à son heure par la grâce de Dieu. Que ces deux-là s'entendent et Dieu les entendrait...

*

En mai, un événement exceptionnel se produisit dans la vie non seulement de Clara, mais aussi de Samuel et sa mère. On se rendit à Montréal en compagnie de Gaby pour assister au défilé qui aurait lieu dans les rues à l'occasion de la visite de leurs Majestés, le roi et la reine d'Angleterre.

Le voyage en auto fut une réussite. On passa par la ville de Sherbrooke, par Granby, et on traversa le fleuve par le pont du Havre dont Samuel avait assisté à l'inauguration en 1930. Il promit qu'on retournerait sur la rive sud en passant par un pont plus nouveau encore, le Honoré-Mercier ouvert depuis cinq ans. Voir de pareils colosses d'acier couchés sur le majestueux Saint-Laurent avait de quoi émerveiller la fillette; est-ce pour cette raison qu'à son premier soir là-bas, elle devint jeune fille et eut sa première menstruation?

Ce ne fut pas pour elle comme pour bien d'autres de cet âge ou plus jeunes, une catastrophe: Armandine l'avait avertie que le phénomène était sur le point de se produire et Clara s'y attendait. Elle en fut quand même troublée.

On visitait de la parenté, une soeur d'Armandine, femme pas 'gênante' du tout, et le petit problème de la nouvelle adolescente fut vite résolu. Les cousins, les cousines par alliance se montrèrent d'une certaine gentillesse en dépit de leur besoin d'affirmer leur supériorité de jeunes citadins de la métropole.

Mais tout le monde, ce jour-là, se préoccupait moins de sa propre personne que de celle de leurs Majestés. Le roi est bon. Le roi bégaie. La princesse Élisabeth n'est pas venue. La princesse Margaret non plus. La reine est toujours souriante. Paraît qu'il y aura la guerre.

Lorsqu'on fut dans la foule au coin de l'avenue Shakespeare et de Côte-des-Neiges, Samuel, malgré la présence chaleureuse de Gaby à ses côtés, songeait aux amours défendues du roi Édouard VIII, maintenant duc de Windsor et qui avait tout mis de côté y compris le trône de Grande-Bretagne trois ans plus tôt pour épouser sa belle divorcée, Mrs. Simpson. Que de courage il avait fallu à cet homme pour affronter les préjugés de son pays et ceux du monde entier! Et cette réflexion le conduisait dans un rang entre Courcelles et Saint-Sébastien. Qu'advenait-il de Catherine dont il n'avait rien su depuis leur rencontre de la veille du jour de l'an? Il n'ignorait pas que Clara avait reçu deux lettres d'elle depuis l'hiver, mais n'en connaissait pas le contenu, ce courrier appartenant exclusivement à celle qui l'avait reçu. Et Clara avait gardé le silence sur le sujet.

Chacun était survolté. Non seulement il se passerait dans la rue un événement unique, mais les coeurs en seraient marqués pour jamais. Chaque personne s'emparait de la célébration pour mieux comprendre une partie de soi et pour la modifier au besoin sous l'éclairage du grandiose et du bonheur. Personne ne songeait à la corde nationaliste, à l'ennemi anglais ou au fait que les monarques parlent peu le français. Quand il y a prétexte à la fête, le fêtard fête.

Gaby restait le plus près possible de Samuel et souvent bougeait de manière que leurs corps, épaule, bras ou main, se touchent. Clara le remarquait et s'en inquiétait au fond de son coeur. Elle partageait le sentiment d'Armandine et ressentait elle aussi de la contrariété anxieuse et jusque de l'angoisse parfois, de voir son protecteur s'intéresser à une personne dont la rumeur publique disait vite qu'il en ferait sûrement son épouse. Même Catherine qu'elle adorait pourtant n'avait pas sa place dans l'image qu'elle se faisait de cet homme au futur.

Et Armandine avait réussi à se glisser jusqu'au premier rang des spectateurs avec sa soeur Joséphine. Toutes deux parlaient anglais et ça leur aida grandement à se rendre à cette place de choix.

–Je me demande où est rendue maman? dit Samuel à Clara qui était restée auprès de lui et de Gaby.

–Elle a dit qu'elle donnerait la main à la reine Élisabeth.

–Elle en a assez pour essayer de le faire. Au risque de se faire écraser par l'auto royale ou ruer par un cheval de la

Police Montée Canadienne.

–À son âge, elle est capable de se défendre.

–N'en doute pas, n'en doute pas!

On entendit une rumeur au loin. Et la vague sonore se transforma en une onde qui parcourut l'interminable filée de monde, disant à chacun que le roi venait.

–Doivent s'en venir, dit Samuel aux deux autres.

Gaby s'adressa à Clara:

–Aurais-tu le goût de t'en aller plus proche du chemin? T'aurais peut-être la chance de toucher la main du roi ou de la reine. Ce serait le plus beau moment de toute ta vie.

Clara fit une légère grimace:

–Non... j'aime mieux ici.

–Comme tu voudras.

On attendait des MPs de la Gendarmerie Royale du Canada à dos de cheval, mais ce furent des agents à moto qui précédèrent la décapotable des souverains. On saurait plus tard que George VI n'aimait guère l'odeur chevaline et qu'un contact avec ces bêtes, si aimables fussent-elles, accentuait sa propension au bégaiement et ce, peut-être en raison de la faiblesse de ses voies respiratoires.

–Ils arrivent, ils arrivent, dirent ces milliers de voix dont celle de Samuel.

On vit descendre dans la dernière pente avant Côte-des-Neiges la voiture marron du couple royal. Le roi saluait sans arrêt de la main et de signes de tête, tandis que la reine penchait la tête d'un côté et de l'autre en guise de salutation. Un peu avant d'arriver à l'intersection, le roi se pencha en avant et toucha leur chauffeur à l'épaule, et lui glissa un mot. Cela avait été prévu. Plusieurs agents qui se trouvaient là formèrent un demi-cercle et permirent aux gens de s'approcher pour serrer sans cérémonie la main de la reine. Un heureux hasard permit aux Goulet d'en être. Armandine fut la première à lancer à Élisabeth sur le ton le plus pointu qu'elle puisse composer, à la mesure de son énervement et de son respect:

–God save the Queen, madame!

–Merci madame! répondit Élisabeth dans un français délicieux arrosé du même sirop d'érable que le couple avait dégusté de midi-là, du sirop fait, au dire de trois cents sucriers du pays, en au moins trois cents 'sucreries' du Canada français.

Si Adolf Hitler avait entendu ces mots et vu le visage ô combien transfiguré d'Armandine qui les recevait, il y aurait songé à plusieurs reprises avant de se laisser déclarer la guerre par la méchante Angleterre trois mois plus tard, de peur de se heurter sur les champs de bataille à la fierté invincible des Canadiens français. Mais il ne le sut pas... Mais il ne le sut pas... L'histoire a de ces fatalités...

Clara aussi toucha la main de la reine.

Gaby eut droit aussi à celle du roi.

Samuel perdit son tour et fut refoulé par les policiers. Le roi s'en rendit compte et lui adressa un salut particulier, index pointé vers lui et hochement de tête. Mais George VI fut contraint d'interrompre son geste. La toux l'obligea à fermer son poing et à le mettre devant sa bouche...

***

Chapitre 26

L'hiver de Rose-Anna Bougie fut long et dur. Et pourtant, son père, effrayé par cette lettre ayant passé à travers les mailles du filet installé par lui autour de la personne de sa fille, changea d'attitude envers elle comme envers tous. Dans le voisinage, on attribua ce virage à son veuvage. Il se montra bien plus conciliant, allant même jusqu'à rendre des services à certains.

À sourire, la brute récolte vite des amis, tandis que l'honnête homme pour sa part ne récolte que d'autres sourires. Mais ses actes n'en sont pas moins fondamentalement mauvais, répréhensibles, et ils portent en germe leurs conséquences funestes qui apparaîtront tôt ou tard. Tout comme son contemporain Adolf Hitler, Mathias Bougie balançait d'un jour à l'autre voire d'une minute à l'autre, entre le primitif cruel en lui et l'homme à demi civilisé, l'un, toujours le même, restant sans cesse à l'entier service de l'autre et lui servant de paravent doré semant l'illusion.

Dès le jour de l'an, il se rendit visiter son voisin Roméo et alla jusqu'à lui proposer de partager quelques sentiers de trappe et d'en diviser les fruits récoltés. Depuis longtemps, une telle idée somnolait dans l'esprit de Boutin. Les avantages étaient considérables. Le temps passerait mieux à deux. On jaserait de n'importe quoi. On aurait quatre bras pour ramener les prises. Ainsi, on pourrait rapporter plus de viande et en laisser moins aux charognards du printemps.

En guise d'approche, Mathias avait frappé à la porte de son voisin, lui expliquant tout d'abord pourquoi il n'avait pas sympathisé avec lui à la mort de Maria. Il prétendit n'avoir appris la triste nouvelle que le matin des funérailles, et encore, par déduction à voir la formation du convoi funéraire devant sa porte.

–Pis nous autres, on écoute jamais su'a ligne du téléphone quand c'est pas un appel général... ou ben qu'on le fait par accident... sans le faire exprès... quand on décroche pour téléphoner au village...

Roméo tomba vite dans le sourire-piège de son voisin qui en remit sans tarder:

–Pis pense que j'en avais une moé-même sur le bord de la mort dans la maison.

Roméo dut à son tour chercher des excuses pour n'avoir pas lui-même été au corps de la femme Bougie qui d'ailleurs n'avait été exposée que l'espace de quelques heures.

Ces deux hommes-là avaient subi à la même période deux chocs émotionnels violents plutôt qu'un, sans toutefois les ressentir de la même manière. Chacun avait perdu sa femme et, d'une certaine façon, ses enfants. Ceux de Boutin avaient été dispersés et certains comme l'aînée ne seraient jamais rendus à leur père. Quant à Bougie, le viol de sa fille signifiait la mort du lien du sang les unissant encore auparavant, mais si lâchement.

Au cours de leurs randonnées en forêt, les deux hommes se parlèrent moins des drames familiaux que des veuves de la paroisse. Et puis Mathias en apprit sur la mendiante qu'il avait vue avec le docteur le matin des funérailles de Maria. Roméo lui dit qu'elle avait pris soin de sa femme le jour de sa mort et qu'elle était venue au service pour cette raison. Il dit aussi que Samuel et Clara avaient rendu visite à la jeune femme séparée vivant dans le rang entre Courcelles et Saint-Sébastien. Bougie avait bien vu passer la carriole la veille du jour de l'an, mais il n'avait pas reconnu ses occupants à cause de leurs 'capots' jusqu'au cou. Il ne parla pas de l'arrêt de Samuel à son retour de là-bas.

Le meilleur complice de Bougie, c'était la perte de conscience de sa fille le soir du viol. Qu'elle en parle à son mari par lettre ou autrement et il le nierait à mort. Aux gens d'ailleurs, il avait commencé à dire que Rose-Anna faisait de terribles cauchemars depuis la mort de sa mère, sans doute à cause de tout ce sang que la pleurésie hémorragique avait répandu dans la chambre et la maison.

Il vint à l'esprit de Mathias qu'il lui serait possible de persuader Rose-Anna elle-même qu'il n'y avait pas eu viol et que l'événement cauchemardesque, n'était en fait que le fruit de son imagination morbide. Mais comment y faire allusion sans automatiquement en faire aveu? Il se dit que le mieux serait de l'amener à le lui cracher pour ensuite lui ancrer dans le fond de la tête qu'il s'agissait du plus atroce des rêves. La porte enfoncée et qu'il avait depuis réparée ne serait plus une preuve tangible s'il la dissociait des événements du soir de Noël. Peut-être que c'est par là qu'il devrait commencer.

Il fit semblant de quitter la maison un matin de février et revint en douce se cacher dans la chambre d'en bas en attendant que Rose-Anna descende de la sienne pour se nourrir un peu. Il l'entendit 'bardasser dans le manger' et quand il devina qu'elle avait pris place à table devant probablement des crêpes et du sucre, il poussa la porte. Elle échappa un cri d'horreur en l'apercevant et grimaça de peur.

–Crains-moé donc pas d'même: j'sus pas le démon en parsonne...

Il s'approcha très lentement de la table tout en le contournant pour garder entre eux une distance le moindrement rassurante.

–Pourquoi c'est faire que vous êtes pas dans le bois, vous, aujourd'hui?

–Je vas y aller tantôt. J'voulais te parler un peu. On se parle jamais pis on est rien que deux dans la maison.

–C'est que j'aurais à vous dire, moé?

Il tira la chaise qu'il occupait d'habitude et s'y appuya les mains sans s'asseoir:

–Je le sais que j'te faisais peur, mais j'ai changé... la mort de ta mère, ça m'a fait réfléchir. Pis ça serait important que le temps qu'il nous reste à vivre icitte, dans la même maison, on se regarde pas comme des bêtes sauvages.

–Y a rien qu'une seule bête sauvage dans cette maison.

–Pourquoi c'est faire que tu me parles de même?

–Vous le savez rien qu'en masse.

Il pencha un peu la tête:

–Disons que... oui, je le sais un peu. C'est parce que j'ai défoncé ta porte de chambre au jour de l'an. J'avais pris un peu trop de gros gin pis avec mon sang indien, ben... ça m'a fait perdre le contrôle...

–C'était pas au jour de l'an, c'était le soir de Noël.

Mathias n'aurait pas cru que le piège se refermerait si vite sur elle. Il fallait qu'il tienne la parole maintenant pour lui dire et lui redire que c'était au jour de l'an.

–Chaque année, j'sais pas pourquoi, au jour de l'an, j'me garroche dans la boisson. Tu le sais, ça. Tu te rappelles, l'année d'avant, j'avais quasiment mis le feu dans la maison, moé. Un vrai fou, je le sais. C'est des affaires que j'ferais jamais à jeun. Mais comme j'te dis, le changement d'année... Pis là, 1939, c'est quoi qui nous pend au bout du nez. La guerre est pas loin. C'est écrit dans la gazette tous les jours. Pis j'me dis que y a une autre année de ma vie qui vient de passer...

L'homme prenait des intonations qui sonnaient étrange aux oreilles de sa fille. Jamais elle ne lui avait entendu de pareilles nuances dans la voix, signe de sentiments certains autres que la colère et se situant plutôt loin de la violence. Depuis le pénible sursaut de surprise, elle était restée immobile sans même avaler le morceau de crêpe qu'elle avait dans la bouche à ce moment, la gorge serrée, le regard noir, une boule dans l'estomac.

–Faut dire itou, que j'avais ben envie d'oublier 1938, de

noyer c't'année-là qui nous a tout viré notre vie à l'envers. Moé, j'fais toutes sortes de rêves depuis que ta mère est morte... des cauchemars... Des fois, j'ai peur de faire des affaires sans m'en apercevoir pantoute. Pire que ça, des fois, je rêve que y a quelqu'un qui tire sur moé avec un fusil... pis là, j'me réveille tout en sueur... Des fois que les nuittes sont longues en 'verreu'. Pis souvent, je t'entends crier... on dirait que tu te débats dans ton litte... tu dois en faire itou, des cauchemars comme moé... En fais-tu?

Elle regardait dans le vague, les yeux ras d'eau et se demandait si elle ne tomberait pas enceinte de ce viol... Mais pourquoi avait-il l'air de penser ou de suggérer qu'elle avait peut-être rêvé tout ça? Se pourrait-il, comme il l'avançait, que la mort de sa mère l'ait perturbée au point qu'elle s'imagine des violences n'existant que dans ses peurs profondes dont celle que cet homme lui avait toujours inspirée. Et puis non, il était en train de la suborner, de lui faire croire ce qui n'était pas la vérité. Tremblante, elle osa dire:

–Je sais ce qui est un cauchemar pis ce qu'est une réalité.

–Attention, on pense qu'on sait...

–Vous avez défoncé ma porte le soir de Noël...

–Jour de l'an.

–Noël.

–Jour de l'an. Le jour de Noël, j'ai pas pris une goutte de boisson. C'est au jour de l'an que j'en ai pris. Pourquoi que j'aurais défoncé ta porte le soir de Noël?

Un élan de révolte la poussa à crier:

–Pour satisfaire vos bas instincts de bête sauvage...

Il fit une moue désolée qui ajouta à ses rides puis pencha un peu la tête:

–Ben voyons, ma fille, comment ça se fait que j'ai jamais fait ça de ma vie? Quand t'étais petite pis plus grande pis toute, je t'ai jamais touchée. Je t'ai donné quelques volées, mais pas plus qu'un autre père de famille du rang... pis de la paroisse... pis de la province... C'est de même qu'il faut élever des enfants. Pis c'est de même qu'on t'a élevée. Je te demande rien qu'une affaire, Rose-Anna, c'est d'y penser comme il faut. Si t'arrêtes de me prendre pour une bête qui te veut du mal, tu vas comprendre que c'est un cauchemar que t'as fait. La preuve, c'est que tu penses que j'ai défoncé ta porte... Pour l'avoir défoncée, je l'ai défoncée, c'est vrai... mais le soir du jour de l'an, pas de Noël.

Il entrait maintenant de la confusion dans l'esprit de la jeune femme. Un doute infime germait à travers toutes ces suggestions que son père faisait à répétition et en mitraille. Elle se rappelait qu'elle avait tout d'abord cru à un cauchemar ce terrible soir, et que l'indice lui ayant fait réaliser qu'il y avait eu viol était le loquet arraché de sa porte de chambre. Elle qui passait des heures, des journées entières, des semaines dans sa chambre, pouvait-elle avoir confondu jour de Noël et jour de l'an?

La confusion est le meilleur terrain où croît avec bonheur le mensonge. Tous les dirigeants dirigistes de ce monde le savent depuis toujours. Par l'hésitation de Rose-Anna, par son ton moins virulent, l'homme comprit qu'il avait semé en son esprit assez d'interrogations pour que sa version des faits à lui y trouve un terrain propice.

Chaque premier vendredi du mois, Rose-Anna se rendait à confesse. Pas une seule fois, elle ne parla de l'événement du soir de Noël. Chaque fois, elle se demandait si elle ne cachait pas un péché mortel, ce qui voudrait dire un autre péché mortel. Puis se disait qu'elle n'avait pas péché puisqu'on l'avait forcée à commettre un acte indésirable, tandis qu'elle n'avait même pas conscience. Puis commença à se dire qu'elle avait peut-être rêvé tout ça après tout. Comment penser en effet que cet homme puisse violer sa propre fille soudain et ne l'ait jamais fait auparavant?

À son mari en exil, elle ne confessa rien non plus, mais écrivit et répéta son voeu de partir le rejoindre, de quitter cette vie de solitude, d'enfer, cet état de morte-vivante.

L'incertitude est souvent la source de nouvelles certitudes. Et parmi elles, le fait que son état mental se détériore. Il lui arrivait de s'asseoir devant le miroir de sa chambre et de se regarder l'oeil à demi fou, le teint terreux, la chevelure entremêlée pour se dire qu'elle glissait sur une terrible pente: celle de l'aliénation. Combien de temps lui restait-il à garder une certaine lucidité? La guerre en Europe dont tant de gens parlaient comme d'un fait sur le point de s'accomplir, se déclarerait-elle assez vite, permettant à son mari de légaliser sa résidence en sol américain et de venir la chercher ensuite? Si seulement elle avait en ce monde une seule personne à qui se confier? À force d'y penser, elle finit par se dire que cette personne existait peut-être. Et c'était le docteur Goulet. Peut-être devrait-elle le consulter pour connaître la raison de sa stérilité et en profiter pour lui parler de toute cette confusion intérieure dans laquelle son esprit pataugeait. Mais son père ne ferait-il pas tout pour l'en empêcher? Où prendrait-elle l'argent pour payer sa visite? Quand le temps de la faire, cette visite, lui serait-il donné? Avant ou après la messe du dimanche?

Quand on marche dans la nuit profonde, les moindres obstacles auxquels on se heurte ressemblent à des montagnes à escalader. Rose-Anna qui aurait pu enfiler des raquettes et monter au village à pied y rencontrer le médecin craignait les pires représailles de la part de son père. Il la laisserait dehors au froid de l'hiver. Il pourrait la frapper voire la tuer... Elle n'était plus capable de prendre les bonnes mesures de sa situation. Et pour cette raison songeait de plus en plus souvent à mettre fin à ses jours.

***

Chapitre 27

L'hiver de Catherine fut moins pénible que celui de Rose-Anna, mais plutôt long lui aussi. Cloîtrée dans un univers trop étroit pour elle qui avait pourtant besoin de prendre la route pour aller au bout de son souffle, elle vécut comme un cloporte, seule avec ses enfants, seule surtout avec elle-même.

Chaque jour, elle s'ingéniait par maints travaux à épaissir le voile qui la séparait de son douloureux passé. Et y parvenait plutôt bien. Après le passage de Samuel et Clara, elle fut portée par le coup de coeur reçu ce jour-là pendant une semaine et plus; mais peu à peu, elle livra combat à force de bon sens contre ce sentiment dérisoire et commença à l'effacer. Inexorablement!

Comme si Clara, au-delà de la grande forêt, avait entendu son anxiété, elle vint à la rescousse par ses lettres dans lesquelles il était raconté en des phrases qui n'avaient l'air de rien le bonheur vécu par Samuel grâce à la jeune femme qu'il fréquentait: la belle et très cultivée Gaby Champagne.

Elle apprendrait qu'ils patinaient ensemble tous les dimanches de froid, qu'ils chaussaient les raquettes après chaque nouvelle bordée de neige fraîche et allaient au bois, qu'ils pratiquaient des chants profanes à l'église avec l'aide de Marie-Anna et la permission spéciale du curé. Plus elle en savait, plus elle se sentait en marge du monde aisé dans lequel le jeune docteur, sa famille et ses amis de là-bas vivaient. Et plus elle se demandait pourquoi Samuel avait presque cédé, tout comme elle, à ses pulsions charnelles? Ou bien pour lui, cela n'avait-il été que cela? Ça, elle avait tout le mal du monde à le croire. Le regard de cet homme révélait son état d'âme. Ils étaient allés tous les deux vers la fusion irrésistible et en fait, l'avaient connue. Seul un accident avait empêché qu'elle ne se produise concrètement.

Plus que de Samuel, Clara parlait chaque fois de son père naturel dont elle pensait du bien et qu'elle disait regretter. Catherine ne se rendait pas compte que la jeune fille favorisait une rencontre avec lui. Comment croire d'ailleurs qu'une jeune personne aussi catholique puisse espérer qu'il s'établisse un lien quel qu'il soit entre un veuf et une femme séparée de son mari?

Catherine aurait pu téléphoner de chez un voisin à Clara pour prendre de ses nouvelles et peut-être tomber sur Samuel, mais elle s'abstint. Il ne le fallait pas. Son ego brisé depuis nombre d'années l'en empêcha bien plus que la religion ou les tabous sociaux.

Mais elle ne résista pas à la tentation d'écrire à Bernadette et lui demander des nouvelles de Clara et d'elle-même, sachant bien que la femme ne manquerait pas de lui parler de celui qu'on appelait aussi souvent 'docteur campagne' que docteur Goulet.

Et sur chacune de ses réponses, Bernadette confirmait les dires de Clara quant aux amours de Samuel. Et toutes les lettres finissaient par les mots: '*fais-toi poser le téléphone et je vais t'appeler de temps en temps. Dans la vie moderne, il faut le téléphone ou bien on s'ennuie en motadit*'...

Deux bonnes raisons lui interdisaient ce luxe de la modernité de 1939. Tout d'abord les risques de harcèlement de la part de son mari déchu. Et puis les qu'en-dira-t-on des gens de la paroisse: comment concevoir qu'une mendiante puisse avoir le droit de communiquer avec ses semblables autant que les autres? Ce serait un peu comme d'accorder ce droit aux prisonniers. Pire, beaucoup de gens pauvres ne l'avaient pas eux, le téléphone, et ils vivaient de leurs propres moyens et non à l'aide des deniers publics obtenus par la mendicité. La jeune femme avait une conscience trop aiguë de ces choses pour se mettre la tête dans le sable. Certes, son revenu annuel lui aurait permis de se payer le téléphone, même par ce temps de crise économique, mais la société lui aurait fait de trop gros yeux.

Ce matin-là de la fin mars, Catherine se mit à sa fenêtre et jongla. La grisaille du ciel l'attristait. Ou peut-être était-ce son état d'âme qui donnait à la couche nuageuse un air aussi maussade. Il restait pas mal de neige dans la nature, mais si, comme le temps l'annonçait, la pluie devait tomber en abondance, les champs pourraient bien se dégager tout à fait avant le soir et ne laisser çà et là que des taches blanches sur une terre délavée aux odeurs nauséabondes.

Puis ses deux enfants descendirent d'en haut. Carmen devant, prête à partir pour l'école et le garçonnet ensuite avec sa chevelure en bataille et son visage coquin faisant vite oublier son handicap esthétique.

–Chacun une beurrée de lait-sucre à matin?

Une approbation joyeuse fut donnée à la mère par des sourires et des voix mélangées. Ils se mirent à table et la jeune femme alla chercher dans la dépense un plat de lait caillé qu'elle vint mettre sur la table. Puis elle fit un autre aller et retour et revint avec un pain de ménage à deux fesses et un sucrier ras bord.

–Il va mouiller aujourd'hui, Carmen, tu vas mettre ton petit capot ciré par-dessus ta robe de laine. T'auras pas besoin de ton capot d'hiver pour aller à l'école.

–Oui, maman.

–Moé, j'vas jouer dans l'étable, marmonna le garçonnet.

–Pas tout seul à travers les pattes du cheval... Y a un petit gars de ton âge qui est mort parce qu'il s'est fait ruer... C'est mademoiselle Bernadette qui m'a dit ça dans sa lettre. Un petit Breton du canton de Shenley. Pis il s'appelait comme toé, Lucien.

–Lucien, il s'appelle Lavoie, maman.

–Non, Bussière. Lucien Bussière pas Lucien Lavoie... plus Lucien Lavoie... jamais plus Lucien Lavoie... Non, le petite gars qui s'est fait tuer par les pattes du cheval, c'est Lucien Breton.

–Il est mort comme la maman à Clara? demanda la petite Carmen.

–Pis enterré dans le cimetière. Et... il pourra plus jamais voir sa mère... plus jamais manger de beurrées de lait-sucre comme vous autres.

–Il en mangeait-il, lui itou, des beurrées de lait-sucre?

Pendant que l'échange se poursuivait, Catherine tranchait le pain d'une main habituée et les morceaux blancs s'entassaient les uns à côté des autres. Puis elle en prit un et, le pinçant par les deux côtés, elle le posa sur le lait lourd et jaune qui commença de l'imbiber.

Les petites bouches affamées regardaient faire en salivant et la mort par ruade glissait sur leur esprit comme l'eau sur le dos de canetons. La tranche fut retournée et mise à plat sur la main de Catherine qui la saupoudra généreusement de sucre pris à même le contenant ouvert. Elle mit la tranche dans l'assiette de Carmen et répéta son manège, puis vint les coller l'une sur l'autre.

Ce fut ensuite au tour de Lucien de recevoir la sienne. Et Catherine s'en prépara une pour elle-même et la mangea en même temps que ses enfants tout en leur parlant de Clara dont elle savait par le courrier de Bernadette qu'elle chantait maintenant dans toutes les grandes occasions: soirées d'amateurs, fêtes paroissiales, journées de confirmation et de la visite de l'évêque, fêtes au couvent des soeurs.

Chanter, quel bonheur à bon marché!

À l'instar des Goulet, on s'y était mis chez Catherine. Et tous les matins, à table, on apprenait une partie d'un chant nouveau. Comme dans la plupart des foyers du Québec, il y avait chez elle aussi une collection des cahiers de l'abbé Gadbois. Le troisième album, celui contenant le chant appris ces jours-là, était sur le dessus de la machine à coudre entre la porte et la fenêtre. Avant de s'asseoir avec les enfants, la femme alla le quérir et le mit sur la table à portée de sa main droite.

–Bon, on recommence comme hier... Entre chaque bouchée, on chante un couplet... On prend une bouchée...

Ce qu'ils firent tous trois.

–Et on parle surtout pas la bouche pleine. On mâche pis on avale.

"Mon merle a perdu son bec...

–Ensemble.

Mon merle a perdu son bec
Un becs, deux becs, trois becs, ah! oh!
Comment veux-tu, mon merl', mon merle,
Comment veux-tu, mon merl' chanter?"

–Et on prend une autre bouchée...

Catherine Bussière était mère poule avec ses petits, elle qui pourtant, avait été élevée à la dure, dernière de sept enfants, les six plus vieux ayant déserté leur foyer familial, un véritable univers concentrationnaire, sitôt qu'ils avaient eu treize ou quatorze ans pour n'y remettre les pieds qu'en de rares occasions. Elle avait échappé aux mains d'un père abusif décédé prématurément pour tomber quelques années plus tard dans les griffes d'un mari qui ne l'était pas moins. Et tout aussi alcoolique. Mariée à seize ans au pire de la dépression en 1931, tout avait plutôt bien marché pendant quelques années, mais après la naissance de Lucien, l'homme s'était mis à boire. Et la violence n'avait pas tardé à suivre. Sourde, verbale puis physique. Insidieuse. En progression lente mais irréversible. Si bien que le jour où il avait frappé les enfants sans autre raison que ses frustrations et sa rage, elle l'avait chassé de la maison à la pointe d'un fusil, non sans avoir subi alors ses pires menaces.

La demeure appartenant alors à la mère de Catherine qui n'était pas encore morte, avis légal avait été envoyé à Lavoie pour qu'il n'y mette plus les pieds. Depuis cet événement, le mari avait fait plusieurs tentatives pour renouer avec eux entre ses longues disparitions qui le menaient en ville à la recherche de travail introuvable. Chaque fois, elle l'avait sévèrement éconduit, ne lui adressant la parole qu'à distance et dans des termes durs, définitifs. Entière, elle ne s'était montrée sensible à aucune promesse, aucune larme, aucun regret exprimé. Et qu'importe l'époque voulant que les femmes battues se taisent et endurent leur malheur dans le plus grand secret.

Quand il revenait à Saint-Sébastien, le personnage prenait pension chez son frère cultivateur pas loin de chez Catherine. En fait, il se 'donnait' pour sa nourriture comme c'était souvent le cas des petits travailleurs et ouvriers de cette décennie. Au bout de quelque temps, l'ennui le rattrapait et il retournait à Montréal en voyageant par train sans payer son ticket, c'est-à-dire en "jumpant le tender", s'accrochant à l'échelle du wagon de queue au départ du train de la gare de Mégantic puis se réfugiant sur le toit d'un wagon. Manège qu'il ne pouvait envisager durant la saison froide au risque de périr gelé au grand vent du nord que la vitesse du train rendait encore plus périlleux.

Contre toute attente, il était parvenu à revenir par un autre moyen que le train au temps des Fêtes et, renseigné par la ligne téléphonique, il avait su qu'un homme visitait Catherine la veille du jour de l'an. N'ayant pu s'empêcher de venir, sa visite avait gâché la rencontre entre 'sa' femme et le docteur. Ou peut-être avait sauvé quelque chose aux yeux de Dieu? Et cela avait-il été l'oeuvre de Dieu en fait? Personne ne le saurait jamais.

"Mon merle a perdu son cou
Mon merle a perdu son cou.
Un cou, deux cous, trois cous, ah! oh!
Comment veux-tu, mon merl', mon merle,
Comment veux-tu, mon merl' chanter?"

Et l'on chanta ainsi tout le long du repas et ensuite. Jusqu'au moment où l'on frappa à la porte.

–C’est Juliette, fit Carmen en se glissant hors de sa chaise.

–Tu mets ton capot ciré, hein? Il est dans la garde-robe...

–Oui, maman.

Juliette Rosa était une enfant du premier voisin d’en face. Au même âge que Carmen, les deux petites avaient pris l’habitude de s’en aller à l’école ensemble, main dans la main, quand le temps n’était pas excessif alors que des plus grands les encadraient et les protégeaient du vent cruel.

–Moé, j’veux aller dehors, dit Lucien à sa mère sur le ton de la demande expresse.

–Plus tard, je vas t’habiller pis tu pourras y aller.

Il y avait une petite grange grise derrière la maison de Catherine. Utilisée à moitié par le cultivateur Rosa, il y entreposait le foin récolté sur la terre peu productive de Catherine et en contrepartie, elle pouvait nourrir ses quelques bêtes à même ce foin tout l’hiver. Car la partie de l’étable lui servait pour y garder un cheval, une vache, quelques poules et des moutons. Il s’y trouvait en ce moment un drôle d’animal qu’on n’aurait pas cru trouver là. Dans l’espace situé sous la trappe menant à la grange, un tas de foin bougeait dans la pénombre. Le cheval brun attaché dans la stalle voisine hennit. Puis dans un bruit caractéristique, le tas de foin se redressa sur son séant.

C’était un personnage humain. Le gros du foin coula de la tête et du tronc, dégageant ainsi toute la physionomie. Le visage avait belle apparence. L’oeil bleu. Le nez un peu gros, mais l’ensemble des traits du visage plutôt harmonieux. Homme de trente-trois ans, blondin, cheveux en épis, Marcel Lavoie s’était introduit dans la grange à la faveur de la nuit pour continuer de boire et finir par s’endormir et cuver son vin dans la petite tasserie. Il avait maintenant la gueule de bois. Et ruminait la même intention que la veille au soir: tenter de nouveau de faire entendre raison à Catherine pour qu’elle le laisse revenir aux commandes de la famille comme il en avait le droit légitime de par leur mariage.

Il entendit des petites voix au loin et se leva en s'aidant d'une fourche appuyée à la stalle du cheval. Et se rendit à une fenêtre aux vitres sales qui le cachaient au regard de personnes se trouvant à l'extérieur de la grange. Les petites bonnes femmes passèrent sur le chemin, sac au dos et main dans la main. Laquelle était donc Carmen? se demandait-il en frottant sa nuque pour tâcher de faire diminuer la douleur intense qui lui faisait le tour du crâne. Elle avait pas mal changé et de la voir comme ça, de profil dans son capot noir, ne lui disait pas grand-chose.

Ça n'avait pas d'importance: après tout, des enfants ne sont quand même que des enfants.

L'homme se gratta la tête et se tourna vers la vache qui le regardait d'un oeil perdu. Il jeta un coup d'oeil sur son paire et vit aussitôt qu'elle était anneuillère, et qu'il ne pourrait donc en tirer la moindre goutte de lait pour étancher un peu sa soif brûlante.

Alors il se rabattit sur les oeufs. Les poules, comme les écrivains, se lèvent tôt et pondent de bonne heure. À fouiner, il trouverait sûrement quelques oeufs frais. Une dizaine de nids étaient alignés à hauteur des yeux dans une installation qu'il avait lui-même réparée du temps où il vivait encore en ces lieux. Il trouva cinq oeufs qu'il mit tous dans ses poches. Sans se dire qu'il s'emparait peut-être du repas du soir de ses propres enfants. Ça non plus n'avait pas d'importance puisqu'il avait soif en ce moment même et que le liquide des oeufs pourrait l'apaiser un peu.

Il alla s'asseoir près de l'enclos des moutons et brisa un premier oeuf en le heurtant contre le bout dur de l'autre, puis en avala le contenu. Le jaune éclata: un filet gras coula sur son menton. Il répéta son manège avec deux autres pour n'en garder dans les poches de son mackinaw que deux avec dessein de les 'boire' plus tard.

Puis se demanda comment entrer en contact avec sa femme. Simple: suffisait d'attendre. Elle viendrait bien tôt ou tard soigner les bêtes. À moins qu'il ne le fasse pour elle. Ça leur donnerait plus de temps pour se parler. Et ce serait un signe de bonne volonté.

Pendant ce temps, Catherine habillait son fils et le laissait sortir pour aller jouer dans la neige. Elle se remit à la fenêtre pour rêvasser un peu avant de s'en aller dans la cuisine d'été travailler sur des peaux. Elle qui n'aimait pas toujours les ciels gris se surprit soudain à y trouver plein de formes mystérieuses qui ne se voient jamais dans un grand ciel bleu uniforme où tout est pareillement beau d'un azimut à l'autre. Des moutons bien entendu. Des petits, des moyens, des tout déformés. Et des cheveux d'ange en certains coins. Car la couverture nuageuse laissait voir des éclaircies çà et là. Des trous qui symbolisaient l'espérance et la foi en l'avenir. Elle en vit deux vers l'ouest qu'elle imaginait être les yeux de Dieu. De grands oiseaux gris aux ailes déployées. Et par là, de larges morceaux de mie d'un pain qui nourrit et rassasie. Et puis des taches plus sombres comme celles de la lune quand elle est pleine et chevauche les coeurs tendres.

Pluie, douce pluie qui fait fondre la neige du printemps, qui murmure aux herbes et aux feuilles de se montrer le nez, qui révèle aux champs et aux arbres que le temps d'étrenner leur est venu. Il en tombait quelques gouttes maintenant, rien pour faire revenir Lucien encore...

Pour la millième fois, plusieurs images d'elle-même et de Samuel Goulet lui trottèrent en tête, agréables, rafraîchissantes, et porteuses de tristesse pour être chose du passé sans espoir de retour. Cet accident de vélo: quelle aventure! Cette tragédie chez les Boutin: quel drame humain! Et cette étreinte sur le point de se réaliser là dans la chambre: quelle étrange folie!

Elle soupira puis se leva de sa chaise et enfila un mackinaw avant de retourner à la fenêtre jeter un coup d'oeil à son fils qu'elle ne vit pas. Elle se souvint qu'elle ne l'avait pas vu non plus durant sa rêverie. Bon, elle ferait le tour de la maison pour voir. Et sortit. Nulle part à première vue de Lucien. Restait donc la grange et son front se rembrunit. Il avait dit vouloir y aller jouer...

–Lucien... Lucien...

Elle se dirigea vers la bâtisse sans remarquer dans la neige des pistes plus grandes que les siennes de la veille et entra en appelant de nouveau l'enfant.

–Il est icitte, chantonna Marcel.

Catherine figea sur place dans l'entrée et ne referma même pas la porte tant elle se trouvait loin dans une colère froide. La voix lui était familière. Aussitôt que ses pupilles seraient adaptées à la pénombre, elle verrait son mari quelque part avec le petit garçon et cette perspective lui glaçait le sang dans les veines.

–C'est que t'es encore venu faire icitte, toé?

–Parler.

–Tout a été dit déjà.

–Tout est jamais dit. Dis-toé ben ça.

Elle resta sans rien dire et le personnage lui apparut dans la petite tasserie près du cheval.

–Où c'est qu'est le petit?

–Icitte. On joue dans le foin.

–Toé, jouer avec les enfants. Des enfants, pour toé, ça vaut pas plus que la marde qu'y a là en arrière de la vache.

–Un homme peut toujours changer.

En s'approchant, elle aperçut sa bouteille de gin par terre et cracha avec tout son mépris:

–Toé, changer? C'que tu changerais, c'est n'importe quel de tes enfants pour une bouteille de whisky. Pis ça te ferait pas un pli dans le dos. Sacre ton camp, je t'ai assez vu. T'as pas d'affaire à te trouver icitte, t'as pas le droit non plus d'être icitte. Je vas te mettre la police au cul si tu continues.

–Je vas m'en aller, inquiète-toé donc pas, là... mais avant, j'veux te parler. Parler, ça fait mourir personne, ça...

–Parler avec toé, moé, ça me fait mourir. Dehors, dehors, dehors.

Catherine regrettait de n'avoir pas un chien pour remplacer celui qui était mort un an auparavant et se promit d'en reprendre un le plus tôt possible. Elle le ferait chasser par l'animal qui, de toute manière, aurait alerté la maisonnée quand cet intrus était venu.

–Tant que tu voudras pas me parler, je vas le garder avec moé, lui.

Maintenant, Catherine pouvait voir son fils derrière son mari.

–Depuis quand que t'es icitte?

–Je t'aurais jamais dérangée en plein coeur de nuitte, ça fait que j'ai dormi dans le foin... pas chaud, pas chaud...

–D'après la bouteille qu'il y a là, ça devait te faire ni chaud ni frette, hein!

–C'est justement: fallait ben que j'me réchauffe un peu.

–Lucien, viens avec maman, là.

L'homme retint l'enfant.

–Non, je te l'ai dit: faut se parler.

–Ça va rien donner: j'sais c'est que tu veux m'dire pis la réponse, c'est non. Je vas pas reprendre la vie avec toé. JAMAIS!!! NE-VER!!!

–T'aimes mieux quêter par les chemins.

–À plein! Un million de fois mieux, oui.

–Pis recevoir le docteur des fois itou.

–La maison icitte, pis la grange, ça m'appartient pis à personne d'autre. Je peux faire c'est que je veux tant que j'suis icitte.

–Un mari a des droits, tu sauras. Une femme doit obéir à son mari...

Catherine éclata de rire:

–Ça, là, c'est des histoires de curés. Pis un curé, si tu le sais pas, ça a un gros gargoton comme toé dans la gorge...

En le disant toutefois, elle le regardait entre les jambes.

–Regarde, j'ai soigné les animaux.

–Suis capable de faire ça tuseule. Ça fait des années que je le fais.

–Je le sais, mais...

–D'abord que t'es à jeun, Marcel, je vais te parler franchement. Ça sert à rien, tes démarches, jamais tu vas revenir avec moé pis les enfants.

Il émit un grognement de rage et frappa du poing la cloison de planches:

–T'as pas le droit de faire ça.

–J'ai pas mal plus le droit de faire ça que toé, tu l'avais de nous rapetisser pis de nous fesser comme t'as fait.

–C'était la boisson...

–Y a jamais eu une bouteille de boisson pour tenir un fusil pis forcer quelqu'un à la boire. Notre malheur a duré quasiment trois ans. Je t'ai donné toutes les chances de me parler pis surtout de te reprendre. Plus ça allait, pire c'était...

–C'est la misère, la maudite misère... Un maudit temps de misère noire...

–Tantôt la boisson, là, la misère. C'est la crise pour tout le monde pas rien que pour toé. Pis c'est pas tous les hommes qui font mal à leur femme pour ça.

–Y en a des pires que moé, tu sauras, dit-il en avançant de quelques pas vers elle.

La femme aperçut la coulée de jaune sur son menton et comprit qu'il avait dû voler le souper des enfants et le sien.

–T'as pas rien que soigné les animaux, t'a vu aux oeufs itou.

–J'ai pas vu aux oeufs.

–C'est ce qu'on va voir.

Elle se rendit aux nids et ne trouva pas un seul oeuf.

–C'est ce que je pensais: tu t'es servi. Pis eux autres à soir, ils vont manger du pain sec. Ben c'est toé qui vas te retrouver au pain sec pis à l'eau si tu t'en vas pas. C'est voler, ce que t'as fait.

–J'ai pas volé tes 'calice' d'oeufs, je les ai pas volés.

–Tu les as pris, c'est pareil.

–Je les ai pas pris: j'ai pas touché à tes oeufs.

Elle avait remarqué ses poches mouillées depuis un moment. Et comprit qu'il en là et avait dû les écraser en soignant les bêtes.

–Pis là, c'est quoi que t'as, hein? Vire donc tes poches à l'envers, là!

L'homme mit spontanément la main droite dans sa poche de mackinaw et hocha la tête:

–J'ai pris un oeuf pis après, tabarnacriss?

–Un? Pis dans l'autre poche, là?

Il plongea la main dans l'autre poche et l'y laissa aussi.

–Un par poche pour pas crever de faim, pis après?

–Y en a cinq tous les matins de ce temps-citte: t'en as mangé trois autres. Il t'en a coulé sur le bord de la bouche. Ça se voit de loin. En plus que tu pues autant à toé tout seul que les poules pis les moutons tous ensemble.

–C'est l'hiver: on se lave moins.

–Tu te laves jamais: pas plus asteur que quand tu vivais icitte. Me mettre dans le lit avec toé, j'avais l'impression de me coucher avec le tas de fumier en arrière de l'étable.

–Y a pas un homme qui se lave plus qu'une fois par semaine.

Elle songea à Samuel Goulet et ironisa:

–Tu devrais peut-être te renseigner un peu... paraît qu'on est en 1939...

Catherine ne s'en laissait pas imposer et restait à l'attaque. C'était la meilleure façon de se défendre et surtout de défendre son fils qui les regardait sans comprendre et avait le coeur gros d'entendre tant de phrases qu'il ne comprenait pas, mais sentait imbibées de rage et de violence. Profitant de l'inattention de l'homme, le petit s'était faufilé jusqu'à sa mère qui le prit par un bras pour le retenir auprès d'elle.

–Bon, asteur, tu t'en vas avec ta bouteille pis tes oeufs effoirés dans tes poches; nous autres, on va s'arranger pour le souper à soir.

Profondément humilié, enragé par l'entêtement de cette idiote qui gardait ses oreilles bouchées, cette femme qui aurait dû lui appartenir et dont il avait le droit d'utiliser le corps, et qui traînait par les grands chemins tout l'été depuis deux ans sous prétexte qu'elle avait des enfants à sa charge et un mari enfui, tandis qu'elle-même l'avait chassé à l'aide d'un fusil chargé, les deux mains baveuses d'oeufs crus et les doigts dans les coquilles écrasées, il hésitait entre une nouvelle approche conciliante et repentante, et l'imposition brutale de sa volonté. Souventes fois, ces deux dernières années de séparation, on lui avait conseillé de faire un maître.

Faire un maître. Faire un maître. Les mots étaient connus et souvent dans la bouche des hommes de ce temps. Ils étaient venus de la droite, de la gauche et ils résonnaient dans sa tête comme en écho. Un homme, un vrai, ça fait un maître...

Brusquement, il sortit ses mains de ses poches et s'empara de la personne de sa femme qu'il entraîna dans la petite tasserie en vociférant:

–Tu vas faire c'est que j'vas te dire de faire, tabarnacriss, tu vas écouter ton mari comme toute maudite femme qui est pas une putain fait pis doit faire...

Elle eut beau résister avec toute l'énergie de son corps que décuplait son mépris envers cet homme, elle avait affaire à trop forte partie. Il la contraignit de s'asseoir dans le foin tandis que le gamin restait seul dans l'allée à pleurnicher, ce qui ajouta à la peur que la jeune femme ressentait pour son enfant. Il cracha des mots cruels au gamin:

–Toé, le p'tit lette, avec ta tache de marde dans la face, tu vas jouer là-bas, hurla son père.

–Lucien, va voir les p'tits moutons, lui dit Catherine d'une voix tremblante, mais autoritaire et douce tout à la fois.

Voici qu'elle sentait tant de rage à l'intérieur de cet homme, la même qu'il montrait sous le coup de la boisson quand il la frappait et qu'il s'était mis à cogner aussi sur les deux enfants avant qu'elle ne le chasse de la maison. Il faisait la démonstration de sa violence naturelle avivée par la contrariété et n'ayant rien à voir avec un état d'ivresse, puisque malgré la puanteur de sa bouche et de toutes sa personne, il était visiblement à jeun.

Dans la stalle d'à côté, le cheval trépignait. Il ressentait lui aussi les émotions fortes et dangereuses, et devenait de plus en plus nerveux.

L'enfant continuait d'hésiter, debout dans l'allée. S'il marchait d'un côté, il irait tout droit entre les pattes de la vache et celles du cheval de l'autre côté de l'allée centrale séparant les deux bêtes parquées. Dans l'autre direction, il arriverait à l'enclos des moutons et pourrait les regarder à travers les planches ajourées.

–Asteur, toé, tu vas m'écouter, dit l'homme à la femme en ignorant le petit garçon terrifié qui ne savait plus où donner de la tête et du corps.

–Crie moins fort, tu lui fais peur pis tu fais peur au cheval, mais tu me fais pas peur à moé...

Puis s'adressant à Lucien:

–Va voir les p'tits moutons... va les faire bêler un peu...

Elle l'avait fait plusieurs fois déjà et l'enfant trouvait ça très drôle d'entendre sa mère imiter la voix d'un agneau. Il prit un moment encore puis s'en alla tranquillement vers l'enclos, un lieu qui lui était très familier et où il avait souvent été seul.

–Asteur, t'ôtes tes culottes, fit l'homme au regard fou furieux, mais à la voix dure et basse.

–Sais-tu c'est quoi, un viol?

–Un homme, violer sa femme, ça existe pas... en nulle part dans le monde, ça.

–Sais-tu c'est quoi, violer une femme ?

–Je le sais... pis c'est pas ça qui va arriver... t'as rien qu'à te laisser faire pis ça sera pas un viol pantoute...

–La porte de l'autre bord est encore à moitié ouverte pis on va geler comme des cortons pas de linge sur le dos... C'est pas l'été dehors...

–Inquiète-toé pas pour moé... pis toé, tu vas te trouver en dessous pis le derrière dans le foin...

Ils se parlaient sans hausser le ton, comme deux personnes qui négocient une entente et pourtant, en chacun, les vents de la colère soufflaient dans un violent tourbillon. C'était comme s'ils se trouvaient dans l'oeil de la tornade. Tout en elle répugnait à être prise par cette brute puante; tout en lui aspirait à la maîtrise de cette femme rebelle qu'il fallait mater, dompter une fois pour toutes comme une jument sauvage.

Il fit glisser ses bretelles de ses épaules et ses culottes d'étoffe du pays ne furent plus retenues que par ses hanches et les plis de sa combinaison à panneau.

Elle pensa qu'il ferait tout le contraire de ce qu'elle demandait pour la tenir en état de révolte et ainsi mieux la dresser, car elle percevait bien plus en lui qu'une recherche de plaisir charnel et son vieux besoin de dominer et d'avilir. Fallait qu'elle ruse.

–Fais comme tu veux, mais y a le voisin Rosa qui vient à la maison pour des peaux tantôt. S'il voit la porte de l'étable ouverte, il va rappliquer... vu qu'en plus, il se sert de la grange pour son foin.

L'argument porta. Mais l'homme prit ses précautions. Il la menaça de l'index pointé:

–Si je t'entends bouger de là, je cours poigner le p'tit pis c'est lui qui va en manger une. As-tu compris?

–C'est ben clair, on dirait.

Il hésita quand même, regardant tour à tour vers la clarté venue de là-bas et le regard féroce de Catherine. Il était vrai que l'air venu rendrait inconfortable le rapport sexuel. Déjà que la femme ne serait pas coopérative. La décision d'aller fermer l'emporta. Il recula en direction de la porte sans pour un moment la perdre de vue. Puis il se tourna et fit encore quelques pas... C'était l'occasion qu'attendait la jeune femme. S'aidant de ses mains entre les planches de la stalle, elle se remit sur ses jambes et s'emparant de la fourche restée debout dans l'entrée de la petite tasserie depuis que l'homme avait soigné les bêtes, elle courut vers lui en hurlant de toutes ses forces, emportée par des pensées qui, s'ajoutant les unes aux autres, formaient un vrai bélier capable de défoncer la muraille de Chine. "On ne la prendrait pas de force. Il cesserait de la harceler. Toutes les femmes du monde diraient qu'elle avait bien fait. Il ne leur volerait plus jamais leur souper. Il ne menacerait jamais plus ses enfants."

–Ahhhhhhhhhhhhh!

Un véritable cri de guerre induit en elle par ses quelques gènes abénakis remplissait l'étable au complet. Même les agneaux restèrent bouche bée sans bêler. Elle tenait la fourche, pointes d'acier devant, à hauteur de ses hanches. L'homme, s'il devait se retourner, serait embroché par le ventre et sinon par les reins.

Pour donner encore plus d'élan à l'outil, elle recula les bras au moment d'arriver sur lui; cela ferait la différence entre la vie et la mort de l'homme. Ce geste fit en sorte que les cinq fourchons entrèrent non pas dans un endroit vital au-dessus des fesses, mais dans le derrière de l'individu qui fut projeté vers l'avant dans l'embrasure de la porte où le seuil le fit trébucher. Il s'affala de tout son long à l'extérieur, pantalons aux genoux, face contre neige, sans trop savoir ce qui lui arrivait.

Catherine resta là sans bouger, fourche à la main, parlant d'une voix forte, monocorde et contrôlée, un peu chevrotante, utilisant des mots qu'il comprendrait:

–Tu tabarnacrisses d'icitte, pis la prochaine fois, c'est pas dans le cul que tu vas avoir la fourche, c'est dans le coeur.

Lui ne dit pas un seul mot. Sous le choc, il ne ressentait pas encore la douleur, mais il était certain d'une chose: c'est qu'il devait partir, s'éloigner de ce démon sorti de l'enfer, de cette femme infernale sur qui il n'aurait jamais le dessus.

Des coulées de sang tachaient sa 'combine à panneau' déjà brunie par autre chose. Il se releva, releva ses culottes et s'en alla. À chaque pas qu'il faisait en boitant, il sentait un tisonnier de plus le piquer au derrière et bientôt, il en souffrit cinq... et des plus brûlants...

***

Chapitre 28

C'était jour de la Fête-Dieu. Il y avait eu procession après la messe vers le bas du village. À la demande du curé, Rose et Gus avaient construit un reposoir devant leur maison. La moitié de la paroisse avait donc marché dans la rue et s'était agenouillée dans la poussière pour rendre gloire à Jésus Hostie. Le ciel bleu souriait à la jeunesse et le soleil livrait à tous de pleins paniers de promesses rayonnantes.

Bernadette profita de l'occasion pour lancer des invitations à tout un chacun en courant dans la file de fidèles. Elle et Cécile Jacques avaient organisé un pique-nique sur le cap à Foley (appelé plus tard le cap à Freddé), un bosquet de conifères aux racines agrippées dans le sol pauvre entourant un affleurement rocheux situé à quelques centaines de pieds de la salle paroissiale et du cimetière. Les invités apporteraient leur goûter, mais on pourrait leur vendre de la limonade à dix cents. L'argent recueilli serait versé au curé pour les familles pauvres. Et Bernadette fournirait gratuitement les ingrédients requis. Armand verrait à ce que l'on disposât de glace: c'était son rôle. Le clou de la fête qui se déroulerait au beau soleil de l'après-midi et jusqu'après souper, serait un concert donné par le docteur Goulet et la jeune Clara. Chacun chanterait en solo et ils formeraient un duo pour quelques autres chansons.

Des jeux étaient prévus.

Armand Grégoire conterait des histoires. On disait même que Pampalon en avait préparé quelques-unes: il était le meilleur à ce chapitre.

L'âge ne comptait pas. Tous ceux qui voulaient assister n'avaient qu'à s'apporter à manger s'ils le désiraient. On attendait pas mal de monde.

Une demi-tonne d'eau remplie ras bord fut montée là-haut par Armand aidé de Pit Veilleux, l'homme à tout faire de Freddé, ainsi qu'une demi-tonne de glace. On utilisa des quarts à farine vides montés sur une voiture à planches. Et le cheval fut ramené à l'écurie, en bas, dans la grange à Freddé. C'était le marchand qui fournissait la glace; on en aurait quand même en masse pour l'été, enfouie dans le bran de scie du hangar utilisé à cette seule fin. On avait aussi emporté une table sur laquelle la limonade serait servie par les organisatrices.

Certes, on avait obtenu l'aval du curé pour monter cette petite fête champêtre. Le prêtre en avait d'ailleurs parlé en chaire et il avait lancé l'invitation au nom des organisateurs. Même que le vicaire y viendrait faire son tour sur le coup de six heures du soir pour donner sa bénédiction aux pique-niqueurs.

Vers trois heures, tandis que le soleil brûlait la terre et les têtes, d'aucuns commencèrent d'arriver. Bernadette et Cécile se mirent à presser des citrons, à mélanger des liquides et du sucre blanc et à brasser dans leurs pots de cristal clair. Le dernier qu'on aurait cru y voir le premier fut Ernest, le forgeron, suivi de ses trois derniers en âge de marcher raisonnablement.

–Madame Éva est pas venue, Ernest? demanda Bernadette à l'homme qu'elle trouva différent, plus propre que d'habitude, pas barbouillé de poussière charbonneuse pour une fois.

–Comme tu sais, y a un jeune bébé dans la maison, ça fait qu'elle peut pas le laisser tuseul.

–Ah, la p'tite Suzanne. Que c'est donc un beau bébé, ça!

L'as-tu vue, toi, Cécile?

–Non, mais... j'en doute pas, les parents sont beaux tous les deux, répondit l'autre en s'esclaffant, ce qui entraîna à sa suite Bernadette la ricaneuse.

L'homme crut qu'on se moquait de lui à cause de sa calvitie que parvenait mal à cacher un coussinet de cheveux rapportés et il répliqua durement:

–On est pas trop beau, mais on trouve à se marier, nous autres.

Cécile rit moins:

–Veux-tu de la bonne limonade au citron? Pis avec de la glace dedans.

–D'où c'est qu'elle vient, votre glace? demanda-t-il en sortant une poignée de pièces de monnaie de sa poche, qu'il jeta sur la table sans trop de précaution.

–Du caveau à Freddé. C'est Armand qui l'a montée. Il doit être à la veille de revenir, là. C'est lui qui va rincer les verres à boire du monde tantôt. On peut quand même pas tous boire dans le même verre, avec les maladies qui courent de nos jours.

–Ben moé, ça me dérange pas pantoute. Le verre à Jos Page, j'ai pas mal au coeur de ça... C'est mon prochain... Quen, v'là quarante cennes noires ben comptées. Donne un verre de ça à chacun de mes enfants qui s'en viennent pis un à moé itou.

Bernadette agrandit les yeux:

–Mon doux Jésus, Ernest, mais tu y vas pas à petit coup aujourd'hui!

–Ça, c'est pas de tes affaires, tu sauras.

Les deux femmes savaient avoir affaire au champion des rabat-joie, mais c'était pire en ce moment, et elles s'échangèrent un regard, l'air de dire: non, mais il a le poil drette sur le dos aujourd'hui, celui-là.

C'est ainsi que sous un soleil de plomb s'ouvrit la vente au profit des pauvres et partant, la fête du jour.

Ernest porta le verre à ses lèvres et aspira un peu du

breuvage froid dans lequel flottait un glaçon, pour le goûter d'abord du bout des lèvres, comme il le faisait toujours avec son thé bouillant à la maison. Les deux femmes s'attendaient à une critique sévère, probablement une démolition, et avaient le regard plongé dans le doute craintif. Il évalua le liquide dans un mouvement et un bruit de touche et de langue, clappant, sapant...

–Bernadette, tu te mêles pas toujours de tes affaires... mais quand c'est que tu t'en mêles, tu fais quelque chose de ben bon.

L'homme aurait pu lui chanter toutes les bêtises de la terre que la dernière partie de sa phrase en aurait effacé l'entier mauvais. Ernest, aimer boire sa limonade qu'elle faisait au moins aussi bonne que celle de sa voisine Armandine, mais cela relevait du miracle. Un peu plus et elle faisait son signe de la croix.

Elle regarda plus loin ces formes ovales dessinées dans le roc et désignées par tous comme les pistes du diable et il lui passa une idée folle par la tête: élever sur le cap une statue à la vierge. Et transformer l'endroit en lieu de pèlerinage. Elle qui depuis l'enfance se disait qu'un jour, il se produirait là un miracle comme celui de Fatima, se demandait si ce jour béni n'était pas venu.

Son exaltation ne dura que le temps d'un Avé. Voici que le champ par lequel les villageois passaient pour venir là ressemblait maintenant à une fourmilière.

–Mon doux Jésus, on va manquer de verres à boire pis de tasses que ça sera pas long, pis le beau Armand qui est pas revenu d'en bas. Il se serait couché dans son 'campe' que ça me surprendrait pas pantoute. On n'aura jamais le temps de tout faire, nous autres.

–Inquiète-toi pas, si on arrive pas à tout faire, on va se faire aider.

Venue au bras de Luc, la fière et exubérante Jeanne d'Arc vint souffler à l'oreille de Cécile une rumeur qui fit rougir l'autre de bonheur:

–Paraît que le docteur a cassé avec Gaby.

Bernadette aurait bien voulu entendre, mais on la pressait de toutes parts et elle ne fournissait pas à verser de la limonade dans les verres, et à recueillir l'argent qu'elle mettait dans une petite boîte de tôle bruyante.

–Qui c'est qui t'a dit ça?

–C'est Gaby qui l'aurait dit elle-même à Marie-Anna qui l'a dit à ma mère qui me l'a dit.

Cécile ressentait un tourbillon de plaisir dans sa poitrine. Elle commenta, l'oeil faussement triste:

–Que ça me fait donc de la peine! Un si beau petit couple! Sont allés voir le roi d'Angleterre ensemble...

–Justement, c'est à cause de ça. En revenant, Gaby s'est montrée sévère avec Clara pis le docteur a pas aimé ça.

–Peut-être qu'il la protège un peu trop, sa petite adoptée, le bon docteur, mais ça, c'est son affaire comme dirait monsieur Ernest... ben j'veux dire ton père. Pis toé, tu sors avec le beau grand Luc asteur. T'es ben chanceuse: un bel homme de même.

–Beau pis fin, dit Jeanne d'Arc dans un de ses grands éclats de rire qui faisait tourner les têtes.

Luc parlait plus loin avec des jeunes gens de son âge qui enviaient tous son allure, son apparence et maintenant sa blonde, une jeune personne qui attirait les gars comme des mouches à miel.

Et parmi ceux-là, un jeune homme de Courcelles qui l'avait visitée à quelques reprises à son école durant l'année et qu'elle n'avait pas découragé de le faire, mais qui avait pris le bord à la veille de la fin des classes. D'autant que depuis quelques semaines, Jeanne d'Arc revenait à la maison avec le cheval et la voiture de Catherine qu'elle louait du vendredi soir au dimanche soir. D'autant aussi que pour se retrouver plus près de Luc, elle avait signé un contrat avec la commission scolaire de sa paroisse dont le président était changé maintenant. Elle n'avait pas prévu que l'audacieux personnage qui lui courait après oserait atteler son cheval et venir la voir sans prévenir cet après-midi-là en passant par le chemin cahoteux et vaseux de la concession.

–Salut Jeanne d'Arc! dit-on dans son dos tandis qu'elle continuait de jaser avec la Cécile Jacques et que cette pauvre Bernadette en avait plein les mains avec tous ces buveurs de limonades, enfants, adultes, vieillards, qui mitraillaient la petite caisse de pièces de dix cents.

Elle se tourna et se trouva face à face avec le blondin Laurier Dubreuil qui la regardait avec son sourire large comme le ciel et ses yeux aussi bleus que le mont Adstock.

–Laurier, s'exclama-t-elle, mais qu'est-ce que tu fais par chez nous?

–Qu'est c'est que j'viendrais faire dans ton petit village, tu penses?

–T'amuser avec tout le monde. Une si belle fête organisée par Cécile pis Bernadette.

Le jeune homme jeta un regard furtif vers les deux femmes qui lui souriaient. Il esquissa un sourire indifférent, haussa les épaules et revint à son dessein:

–C'est toé que je viens voir, personne d'autre par icitte.

–Veut veut pas, tu vas en voir pas mal aujourd'hui. Tout le village va venir prendre un verre de limonade. T'en veux un peu itou?

–Non, ça m'intéresse pas.

–Ça coûte juste dix cents.

–J'ai pas d'argent à gaspiller.

Cécile et Bernadette le trouvaient bien moins drôle encore qu'Ernest, celui-là venu d'ailleurs, si blond et mal peigné que sa chevelure en épis avait l'air d'un brasier incandescent.

–Je t'en paye un.

–Non, non... j'aime pas ça, des affaires avec de la vieille glace de l'hiver passé.

–De la glace, c'est de la glace, dit une voix nouvelle, basse et excédée.

C'était Armand Grégoire qui venait de surgir de l'arrière des quarts à farine. Ayant entendu le peu d'intérêt manifesté par ce jeune étranger pour les choses de la paroisse, il s'en était vite fatigué et avait décidé de remettre les pendules à l'heure puisque Jeanne d'Arc se montrait toujours trop conciliante et accueillante avec les jeunes gens qui montraient de l'intérêt pour elle.

–Qui que t'es, toé? demanda-t-il sans ménagement au blondin personnage.

–C'est Laurier, intervint la jeune femme. Un petit gars de Courcelles pas loin de l'école où je travaille... ben pour encore deux semaines.

–Il a pas l'air d'aimer ça, par chez nous.

Dubreuil toisa Armand de pied en cap. Il le jaugea dans la très jeune trentaine et de constitution plutôt frêle. Et visiblement trop bien mis et peigné pour avoir du muscle de fermier. Ça le rassura. Il se dressa de nouveau sur ses ergots. Prétentieux, arrogant, orgueilleux de la pointe des pieds à celle des cheveux, le visiteur possédait aussi une humeur exécrable. Il voulait fréquenter la jeune maîtresse d'école et son objectif en venant ce jour-là, c'était de s'assurer qu'elle devienne sa cavalière régulière. Éva lui avait dit qu'il retrouverait Jeanne d'Arc sur le cap, sans oser lui révéler que son aînée y accompagnait le grand Luc.

–Quoi qu'il veut, lui? dit Dubreuil à la jeune femme.

–Ben... heu..., hésitait Jeanne d'Arc.

Armand lança:

–Je veux juste que tu te montres poli avec nous autres, pis ben élevé.

Le rouge monta au visage de Dubreuil. Il avait l'occasion de montrer de quel bois il se chauffait et ne la raterait pas.

–Tu m'veux quoi, toé, le veau mal liché?

De bonne race, Armand avait la patience longue et la bonté grande, mais une fois sa colère allumée et tisonnée par la méchanceté pure et évidente de quelqu'un, il aurait attaqué un train en marche. Fort intérieurement et fier, il vint se planter devant l'adversaire et lui dit, yeux droit dans les yeux, mains sur les hanches:

–Que si t'es pas satisfait de ce qui se passe par chez nous, tu peux toujours t'en retourner par chez vous.

Jeanne d'Arc se déroba et retrouva vite Luc à qui elle dressa le bilan en trois mots:

–Dubreuil veut s'battre.

Qu'elle l'ait appelé par son nom de famille et pas par son prénom signifiait qu'elle le connaissait, mais sans plus.

Armand fut attrapé au cou par la main droite de l'attaquant et au poignet par l'autre. Le blondin cracha:

–T'as l'air pas mal 'feluette' pour quelqu'un qui veut jeter le monde dehors de par icitte.

Mais la bagarre avec Armand fut de très courte durée. De grosses mains empoignèrent les bras du personnage belliqueux et les tirèrent vers l'arrière où sans peine, Luc les replia dans son dos jusqu'à la douleur.

–C'est qu'il veut, lui, mon oncle Armand?

Mais c'est Bernadette qui, en furie, répondit à son neveu avec des gestes de refus de la main et du feu au visage jusqu'aux deux oreilles:

–Prends-moé ça, Luc, pis mets-le aux vidanges. Pas besoin d'un malotru comme lui par chez nous. Dehors, les chiens pas de médaille!

–C'est quoi, ton nom, Dubreuil? demanda Luc à l'oreille de l'autre.

–Dubreuil... C'est quoi que tu me veux, toé?

Puis il cria:

–Jeanne d'Arc...

Elle était déjà derrière lui et Luc. Et fit quelques pas pour qu'il la voie.

–Qu'il me laisse tranquille, le grand innocent ou j'sais pas c'est qu'il pourrait arriver icitte aujourd'hui!...

–Ah! c'est lui qui mène. Tu sais, ils veulent pas de chicane, ça fait que je pense que tu ferais mieux de t'en retourner à Courcelles.

–Pis je vas t'aider à sacrer ton camp, dit Luc en riant.

Et sous les rires des témoins qui ne savaient pas tous l'histoire, mais donnaient quand même raison au gars de la place, il poussa l'assaillant pied par pied devant lui jusqu'en bas du cap où il ajouta à son humiliation en lui adressant un coup de pied au cul sans toutefois y mettre l'énergie nécessaire pour le blesser dans sa chair, lui qui l'était un million de fois dans son orgueil.

–Je vas te retrouver, lui cria Dubreuil en s'éloignant de son pas le plus long. Garanti... j'vas te retrouver...

–Qui arrive en baveux s'en retourne en peureux! lança Armand qui s'empressa ensuite de raconter par le détail à son frère Pampalon arrivé entre-temps l'événement désagréable et somme toute joyeux qui venait de se produire là, sur le cap. Le commentaire de l'hôtelier au regard malin fut à sa mesure et dit d'une voix faussement rauque:

–Ça sera les pistes qu'y a là qui lui auront mis le diable au corps... C'est le cap... de l'enfer...

–Tais-toé donc, Pampalon, opposa Bernadette, c'est pas le cap de l'enfer, c'est le cap des miracles.

–Pourquoi c'est faire que tu dis ça, là?

–Je vais te dire...

Des pique-niqueurs s'installaient partout, déployant leurs nappes et y déposant leurs goûters. Et parmi eux, pas loin du centre des 'affaires', Rose et son mari avec leurs trois enfants qui ne tardèrent pas à en retrouver d'autres plus loin. Le vicaire Turgeon vint se joindre à eux. Il passait quatre heures à ce moment-là.

–Ben on vous invite pour souper avec nous autres, lui dit Rose quand ils furent tous trois installés à l'ombre au centre d'un groupe de trois épinettes à peu de distance des tables de la limonade.

–Disons que...

–Quand y en a pour cinq, y en a pour six.

–Cinq?

–Ben oui, les trois enfants sont partis par là.

Le prêtre tout de noir vêtu et de ce fait en sueur, pencha un peu la tête:

–On verra tout à l'heure. En attendant, il fait chaud sérieusement.

Rose qui sentait son corps moite sous ses vêtements pourtant légers, une robe blanche à petites fleurs jaunes et des souliers de toile, soupira en se rejetant un peu vers l'arrière sur ses bras:

–À qui le dites-vous?

–Ben moé, j'ai une idée, dit son mari. Je vas aller chercher de la glace en morceaux dans un linge que t'as apporté pis on va s'en servir comme compresse chacun notre tour pour s'éponger le front.

–Toute une idée! Fais donc ça.

L'homme se leva et s'éloigna en claudiquant. La femme plissa les yeux et sortit un peu la poitrine:

–Paraît que Samuel... je veux dire le docteur Goulet pis Gaby, c'est fini? Vous avez entendu parler?

Le vicaire était assis sur une petite pierre plate et adossé à une autre qui, restée du côté de l'ombre toute la journée, lui dispensait une certaine fraîcheur au dos. Il rôdait dans l'air l'odeur de résine provenant de très jeunes sapins qui tâchaient timidement de se frayer un chemin vers le ciel, serrés de près par les épinettes adultes et nourris par un sol avare.

–Entre les branches, entre les branches.

–Quelles branches si c'est pas trop indiscret de le demander?

Le prêtre rit:

–En fait, la grosse.

–La grosse branche?

–Oui... monsieur le curé.

–Si ça vient de... la grosse branche comme vous dites, ça

doit être vrai.

–Mais... c'est peut-être rien qu'une chicane d'amoureux. C'est des choses qui arrivent souvent.

–J'ai su qu'ils s'entendaient pas sur la petite adoptée.

–C'est ce que la rumeur veut, mais vous savez, Rose, des rumeurs, il en court dans une petite paroisse comme il court des racines dans le sol sous un arbre.

–Pas de fumée sans feu.

–On dit ça.

–Et qui voyez-vous pour remplacer Gaby dans le coeur de notre beau docteur Goulet?

Le prêtre s'étonna, rit un peu, dit, nerveux:

–C'est toute une question que vous me posez là, Rose.

–Marie-Anna?

–Elle fréquente Raoul.

–Cécile peut-être?

–Cécile?

–Cécile Jacques, là, à la limonade...

Le prêtre eut l'air de réfléchir. Son regard s'éloigna. Il mit sa main sous son nez:

–J'y avais pas pensé. Une belle idée!

Et il se proposa de la souffler sous forme de suggestion très voilée à l'oreille de Cécile au confessionnal, puisqu'il était de l'aveu même de la jeune femme, son guide spirituel. Mais surtout, il tâcherait de favoriser une rencontre entre ces deux-là. Par contre, se dit-il –et son front se rembrunit– il ne fallait pas semer la discorde à la chorale paroissiale car y évoluaient les trois personnages en question: Cécile, Gaby et Samuel.

–Mais Gaby est bonne joueuse.

–Quoi?

–Ah, je me parlais à moi-même. Ça m'arrive quand... un problème me tracasse.

Gus revint bientôt avec, bourré de glace en éclats faits au

pic par la main d'Armand, le linge attaché par les côtés et par les oreilles à l'aide de bouts de corde obtenues d'un loustic à force d'en crier le besoin autour de la table à Bernadette.

–Ça, ça va faire du bien, mes amis, annonça-t-il, content de lui-même.

Le prêtre accepta l'objet tendu et le posa de suite sur son front en manifestant par des soupirs profonds son grand contentement.

–Tu irais-tu voir aux enfants, mon mari? Ça m'inquiète un peu avec une foule de même.

La femme venait de saisir l'occasion en or qui se présentait de rester seule avec le beau jeune prêtre dans une situation hautement troublante. L'endroit peu passant se trouvait près de la clôture du champ, caché par les trois épinettes gardes du corps et l'on risquait peu d'y voir survenir un badaud. Elle savait que son homme, véritable moulin à paroles, s'accrocherait les pieds quelque part. Autant en profiter pour sonder les reins de l'abbé Turgeon et se payer un certain désir grâce à lui...

–Excusez-moé, monsieur le vicaire, je vous laisse avec Rose: elle vous fera pas mal.

–Faites donc.

Rose le regarda disparaître au-delà des arbres et une lueur dans ses yeux disait: t'inquiète pas, je lui ferai pas mal pantoute. Elle prononça tout haut une phrase espiègle bourrée d'ironie:

–Faire mal à un prêtre, on risquerait l'enfer.

–Tout dépend du mal que vous lui faites, sourit l'abbé qui fit descendre sur ses yeux la glaciale compresse.

Rose en profita pour le détailler à son goût, sachant qu'il n'en avait pas conscience, mais se demandant s'il ne le faisait pas exprès pour se livrer en pâture à son examen. Certes le visage était agréable à voir pour une femme: harmonie des traits, peau ni claire ni foncée, cheveux bien ordonnés. Avait-il seulement pris une jeune fille dans ses bras déjà? Et qui?

Et quand?

Le corps étant enveloppé de cette longue soutane noire, elle ne pouvait qu'en imaginer les parties. À en juger par la pilosité de ses bras, il devait certes posséder une toison de bête autour de la poitrine. Ou bien qui sait une toison d'or.

Et le ventre bien plat, ça, on pouvait le voir quand il marchait sur la rue ou dans l'église... Mais qu'est-ce que ça porte comme sous-vêtement, un prêtre moderne de 1939? Sûrement pas une 'soute à panneau' en plein été? Des caleçons blancs assurément. Comme Gus dans les occasions spéciales et souvent le dimanche.

–Rose, je me sens coupable. Je garde tout le froid rien que pour moi. Vous en voulez?

Elle réfléchit une seconde et osa dire:

–Vous savez, moi, c'est dans le dos que j'ai le plus chaud, mais j'peux pas me frotter par là.

Voilà qui lui rappelait ce massage thérapeutique que le docteur Goulet lui avait fait déjà. Du même coup, elle eut l'homme lui-même en tête. La réalité et l'imagination se réunissant, il se trouvait donc avec elle entre les arbres en ce moment deux êtres agréables, désirables.

–Tenez...

–Ça serait-il trop vous demander de...

Elle se pencha en travers et la naissance de sa poitrine apparut dans l'échancrure de sa robe. Un peu embêté, le prêtre se dit qu'il faudrait un esprit mal tourné pour y voir du mal et il s'étira avec le linge qu'il posa délicatement sur le dos offert.

–Ahhhhhh! dit-elle en frissonnant. Si ça fait du bien. Encore mieux que la limonade à Bernadette. Ah! que ça rafraîchit! Pouvez-vous changer la compresse de place ou ben les os vont me geler ben raide?

–C'est ce que j'allais faire.

Pris par leur manège, lui troublé sans le reconnaître et elle troublée et voulant l'être encore davantage, ils ne se rendirent pas compte qu'une paire d'yeux se posait sur eux en ce moment même entre les branches vertes. Des yeux pas comme d'autres. Boursouflés. Une ligne seulement. Et un étranger les voyant et les situant dans le visage qui les portait aurait crié, hurlé au diable. Car la face était monstrueuse, toute en plis, le front fuyant, le nez comme celui d'un gorille, pire, un nez d'homme ressemblant à une poire écrasée avec des naseaux de cheval.

L'espèce de Quasimodo eut une grimace qui pouvait être prise pour un sourire et il fouilla entre ses jambes où ses doigts gourds aux ongles longs et sales trouvèrent un organe génital qui apparut dans la clarté du jour. Une verge longue et molle avec une grosse tête semblable à une massue. Il la regarda, ricana, commença à uriner sur un piquet de clôture. Sans autre bruit qu'un grognement de soulagement à peu près imperceptible.

Rose et le prêtre ne le voyaient pas, et lui non plus, semblait-il, même s'il paraissait braquer ses yeux dans leur direction. Et l'abbé Turgeon continuait d'éponger Rose qui haletait, soupirait, émettait des petits cris de plaisir, comme si de se faire geler la colonne eût provoqué dans sa substance profonde des sensations incomparables.

Le prêtre ne put s'empêcher de laisser glisser ses yeux dans l'ouverture de la robe et il put y voir des miches rebondissantes, ce qui lui valut un électrochoc au coeur et entre les cuisses. Au même moment, le monstre de la clôture sentit une présence dans son dos et fit un pas en avant, posant le pied sur un végétal sec qui émit un craquement à réveiller les morts du cimetière voisin. L'abbé sursauta et recula en délaissant le dos de Rose. Et Rose tourna la tête et ses yeux tombèrent droit sur l'organe terrible qui la regardait d'un seul oeil grand ouvert en pleurant comme une Madeleine entre les branches d'épinette.

–Mon Dieu, c'est quoi, ça? fit-elle dans un premier sursaut de surprise.

Une voix se fit entendre derrière le personnage étrange:

–François, François...

Toute la paroisse connaissait François Bélanger depuis sa

naissance. Toute la paroisse avait alors pensé un moment qu'il constituait une punition du ciel, mais quand on songeait à ses parents, on se devait d'écarter cette possibilité. Toute la paroisse avait cru qu'un tel bébé monstrueux mourrait rapidement, n'atteindrait pas l'âge adulte et pourtant il était devenu un homme dans la vingtaine. Il parlait avec difficulté et il fallait l'oreille de sa mère ou une autre très exercée pour saisir ce qu'il voulait exprimer.

Et la voix derrière lui, c'était celle de Pit Roy, le plus grand écornifleux du canton, jeune homme dans la vingtaine aussi. Il regarda par-dessus l'épaule de ce pauvre François qui remisait sa verge sans même la secouer un peu et aperçut la masse noire du vicaire et celle, blanche, de Rose, tous deux assis par terre, et il imagina des scènes plus scabreuses que celle fournie par la réalité du moment.

–Scuémoué... yé a è sirè...

François marmonnait des excuses dans son langage particulier. Il se recula, tandis que Pit, lui, osait se montrer au couple:

–On pensait pas de trouver quelqu'un par icitte...

Et il s'esclaffa.

Le prêtre se sentait dénudé. Rose à moitié morte de rire à cause de ce qu'elle avait vu, s'en moquait tout à fait. Elle sauva la barque:

–Pit, as-tu vu Gus pas loin? Il vient juste de partir par là.

–Non. Ah!...

–Ben va faire ton tour, pis si tu le trouves, dis-lui de nous apporter de la limonade... ou peut-être que tu voudrais nous en payer un verre, à moi pis monsieur le vicaire.

Plus près de ses sous encore que senteux, Pit tourna aussitôt les talons:

–Je le trouve pis je vous l'envoye...

Rose ne put s'empêcher de faire un clin d'oeil à l'abbé qui se demandait ce que ce geste signifiait...

La paroisse eut confirmation de la rupture entre Gaby et Samuel quand on se rendit compte que le maître de chapelle brillait par son absence. Et surtout quand parut le docteur en la compagnie de sa mère et de sa fille adoptive. La chaleur diminuait. Le soleil baissait un peu plus chaque minute. On leur avait réservé une place en le point le plus élevé du cap étant donné la prestation que l'on attendait de Samuel et Clara. Il s'agissait d'un tertre au milieu duquel poussait une grande épinette, si importante parmi les autres, qu'elle ne laissait à aucun autre arbre près d'elle la chance de croître. Et au pied de laquelle une roche plate pouvait servir de table ou bien de piédestal ou encore de plate-forme de scène pour le duo qui était appelé à chanter un peu plus tard.

De là, on pouvait voir tout ce qui grouillait sur les flancs du cap à l'exception de ce qui se cachait derrière les arbres du gros bosquet lui-même vers l'ouest et le nord; et tous les participants à la fête pourraient quant à eux apercevoir et entendre les vedettes du soir. Car, modernisme obligeant, Armand avait fait courir deux fils depuis un amplificateur de son branché sur le courant électrique dans la salle paroissiale. L'un reliait le microphone sur pied dans lequel chanteraient les artistes amateurs et l'autre conduisait le son amplifié à un gros haut-parleur en forme de double flûte installé sur deux quarts à clous renversés et reliés par une planche. "Un maudit chef-d'oeuvre à Armand!" s'était exclamé Ernest en riant. Mais un chef-d'oeuvre qui fonctionnerait aussi bien que ses nombreuses patentes à lui.

–On a pour au moins trente piastres de limonade de vendu, vint dire Bernadette à la famille Goulet qui finissait de s'installer au pied de la grand épinette.

–Ça minote, ça minote! blagua Samuel.

–Mon doux Jésus, mais t'es donc ben beau, toi, à soir! fit Bernadette en portant aussitôt sa main devant sa bouche comme pour retenir des paroles déjà échappées.

Le jeune homme était vêtu en très pâle: un pantalon beige et une chemise de même couleur, manches courtes, col ouvert sur une toison qui attirait vite les regards. Clara portait aussi des pantalons; et un oeil exercé pouvait voir à travers le tissu ses formes adultes qui commençaient de s'affirmer. Dans un an ou deux, elle devrait adopter la robe en tout temps ou bien ce serait mal vu des prêtres.

–Pis toi, Clara, quoi c'est que tu vas nous chanter de beau tout à l'heure? J'ai assez hâte de t'entendre.

–C'est une surprise.

–Je te comprends. C'est mieux de même. En tout cas, t'es chanceuse pas pour rire, d'avoir trouvé des bons parents de même.

L'adolescente se contenta de sourire comme chaque fois qu'elle entendait cette opinion et c'était fréquent. Et elle aida Armandine à défaire le sac de victuailles qui contenait des sandwichs et des gâteaux.

–Comme ça, ça marche, la limonade?

–Ah, c'est sûr que ben des hommes me demandent, pis surtout à Armand, si on aurait pas de la boisson cachée dans nos quarts, mais on dit non, ils se contentent de ce qu'il y a. Ah! c'est certain que madame Armandine en fait de la meilleure que moi, là, mais...

–J'ai vu personne cracher dedans en m'en venant, dit la sexagénaire. Nous autres, on a apporté nos verres à boire... pas trop petits, pas trop grands...

–Je vous comprends. Boire dans les tasses des autres... malgré qu'Armand, il les rince à mesure ou c'est Cécile qui le fait. Donnez-moi les, vos verres, je vas les remplir pis revenir vous les porter.

–Si tu veux.

Bernadette retourna à la table et ce fut pour y rencontrer le vicaire qui après sa visite à Rose et Gus, avait poursuivi sa ronde un peu partout et s'amenait maintenant au coeur de l'action. Quand il la vit prendre de la limonade pour la famille Goulet, il dit, alors qu'elle s'apprêtait à retourner:

–Touche pas, je m'en occupe. Cécile, viens avec moi, on va y aller...

–Toujours prêt à rendre service! s'exclama Bernadette qui ne comprenait pas autrement l'attitude du prêtre.

Ainsi l'abbé Turgeon n'avait pas perdu de temps. Déjà, il favorisait une rencontre par laquelle, peut-être, il éclipserait

Samuel devant le regard des jeunes filles tout en faisant du jeune médecin le soleil d'une seule.

Là-bas, il jasa un brin puis concentra son attention sur Armandine et Clara afin de laisser Cécile et Samuel se parler de sujets qui puissent les intéresser en particulier.

Il arrivait à Clara de jeter un oeil inquisitif entre la personne de sa mère adoptive et la soutane noire du prêtre pour voir si l'intérêt de Samuel pour Cécile ressemblait à celui qu'il portait naguère à Gaby... Il lui faudrait y réfléchir plus pour en savoir davantage...

***

Chapitre 29

Quand il vit que la conversation avait l'air de bien rouler entre Samuel et Cécile, le vicaire lorgna du côté de Bernadette et s'inquiéta pour elle auprès d'Armandine et Clara.

–Je vais l'aider à la place de Cécile.

Puis à Cécile:

–Reste le temps que tu voudras, je vais donner un coup de main à Bernadette.

–Je vais y aller...

–Non, non, fais-moi ce plaisir...

Samuel intervint:

–Les gens vont aimer ça, se faire servir leur limonade par monsieur le vicaire. Ils vont se sentir honorés et ça va être bon pour les affaires.

–Là, j'veux pas vous déranger non plus.

Armandine déclara:

–Si on vient sur le cap pour pas se faire déranger, aussi bien rester à la maison.

Clara, assise elle aussi sur la table de roche, assistait à l'échange sans broncher. Mais cette nouvelle intrusion après celle de Gaby la troublait. Toutefois, elle cacha son inconfort moral derrière une impassibilité qui lui était coutumière.

C'est elle qui avait apporté la guitare de Samuel; elle avait le droit de s'en servir en tout temps pour apprendre à en jouer. Elle prit l'instrument laissé debout derrière la roche et s'éloigna. On aurait pu croire qu'elle se sentait de trop; mais plutôt, on crut que son talent d'artiste l'amenait à l'écart comme souvent à la maison. Elle descendit de l'autre côté du cap et emprunta le sentier des vaches jusqu'à voir plus bas un rocher à la verticale contre lequel elle alla s'adosser en mettant la guitare en bandoulière.

Paulo qui rôdait seul dans les environs saisit sa chance et la suivit de loin. Quand il la vit s'arrêter, il s'embusqua derrière un sapin, le coeur battant, les jambes de moins en moins solides.

Mais la jeune fille n'était pas dupe. Déjà sur le cap, avant de s'enfoncer dans le bosquet, elle s'était rendu compte de sa présence qu'il cachait mal. En prenant place pour se mettre à chanter, elle fit en sorte de se pencher et de regarder dans la direction du suiveur qu'elle n'eut aucun mal a repérer malgré les environs obscurcis par les arbres et le déclin des rayons solaires. Qu'à cela ne tienne, elle aurait du public pour ses chansons. Et peut-être finirait-il par s'approcher. Elle n'était pas réticente à cela puisque Laurent-Paul était son ami et qu'ils s'étaient vus presque tous les samedis de l'année au couvent, à leurs leçons de piano. Et que souvent, dans la cour de récréation, elle sentait qu'il la regardait à la dérobée. Et qu'il venait au bureau de poste quand il la voyait entrer dans le magasin général sans pour autant lui adresser la parole ni même la regarder dans les yeux, comme s'il avait commis une faute chaque fois.

L'odeur des conifères était prenante maintenant et partout présente. Et le sol aux alentours était jonché de cônes et de petites branches séchées. L'adolescente gratta la guitare et en sortit quelques notes puis un accord. Et s'arrêta pour écouter le silence profond. Le garçon aurait voulu retenir son coeur de battre. L'eau perlait à son front. Elle eut un léger sourire et reprit les accents puis lança sa voix qu'elle eut l'instinct de retenir, ce qui en ces lieux, lui donna une nouvelle grandeur que ni le jeune homme, ni personne, pas même Clara ne connaissaient.

Plaisir d'amour ne dure qu'un moment*
Chagrin d'amour dure toute la vie.
J'ai tout quitté pour l'ingrate Sylvie,
Elle me quitte et prend un autre amant.
Plaisir d'amour ne dure qu'un moment
Chagrin d'amour dure toute la vie.
Tant que cette eau coulera doucement
Vers ce ruisseau qui borde la prairie,
Je t'aimerai, me répétait Sylvie;
L'eau coule encor, elle a changé pourtant.

Sidéré, le jeune adolescent restait immobile. La voix de celle qu'il aimait en secret faisait vibrer chaque cellule de sa substance et constellait d'étoiles la moindre parcelle de sa jeunesse. La scène était unique et vécue en dehors du temps réel. Il aurait voulu courir vers elle, s'agenouiller, lui baiser la main encore et encore, tel un chevalier devant sa dulcinée, et la supplier d'accepter son sentiment. Mais il avait les pieds figés dans la colle des cônes. Pire que de la mélasse épaisse. Ce fut de nouveau le refrain bissé.

Plaisir d'amour ne dure qu'un moment
Chagrin d'amour dure toute la vie.

À la fin, elle appuya sa tête contre le rocher puis la tourna légèrement vers Laurent-Paul et lui dit à voix forte sans crier:

–Paulo, je t'ai vu. Reste pas là: viens chanter avec moi.

Mais il y avait odeur de péché dans tout cela, que lui ressentait bien plus encore qu'elle. Avant l'arrivée de Clara chez les Goulet, il avait circulé une histoire voulant qu'un

**paroles de Florian; musique de Martini*

garçon de l'autre bout du village fut venu dans le bosquet du cap avec une jeune fille et qu'on les ait surpris et conduits au presbytère où ils avaient dû pleurer toutes les larmes de honte de leur corps pour éviter les foudres du curé et les malheurs de l'enfer. Personne n'avait de certitude. On ne savait même pas qui étaient les coupables de ce terrible péché de la chair. On ignorait même s'il y avait vraiment eu péché de la chair ou seulement et simplement un péché de tendresse... Mais la rumeur passait pour une vérité. Et elle aidait à policer les jeunes adolescents dont l'éveil de la nature était toujours difficile à dompter et à contrôler.

Le garçon ne bougea pas. Il tremblait comme une feuille. La sueur coulait en ruisselets sur son front, ses joues, son nez... Un immense sentiment de culpabilité imbibait tous les pores de sa peau.

–Tu viens, Paulo?

Le garçon parvint à secouer le plâtre qui lui recouvrait l'esprit et à le faire tomber plaque par plaque. De l'énergie venue du centre de son être atteignit ses jambes, ses pieds. Il s'élança alors comme un projectile. Mais dans la direction opposée et s'enfuit à toutes jambes, le plus loin qu'il put de ses peurs, de ses hontes, de ses remords. Et aussi de ses plus vertes espérances...

*

Le vicaire se présenta au micro à l'heure prévue. Cécile avait retrouvé sa place auprès de Bernadette. Armandine et Samuel trouvaient que Clara tardait à revenir. On avait besoin d'elle maintenant. On avait besoin de la guitare. Mais il suffirait de l'appeler par le micro et l'abbé Turgeon s'en chargea, qui dit:

–On demande mademoiselle Clara... Clara Goulet à la grande épinette. On demande mademoiselle Clara Goulet...

Clara aurait entendu le nom de Boutin qu'elle n'aurait pas réagi. Le transfert en son esprit était maintenant définitif. Jamais plus elle ne serait ce qu'elle avait été. Et si le souvenir de sa mère, de la maison de la concession, de son père, de ses soeurs, demeurait vivace en son coeur, son changement d'identité, lui, était acquis et pour jamais.

Elle quitta son rocher, courut dans le sentier des vaches. Et parut tandis qu'on l'appelait encore. Le vicaire lui demanda d'approcher du micro, ce qu'elle fit après avoir déposé la guitare.

–Ah, que voilà notre vedette solitaire! Où étais-tu donc, Clara?

–Au bois.

–Elle était au bois, dit le prêtre à la foule en adressant une moue de joyeux étonnement.

–Pour chanter.

–Magnifique! Et maintenant que tu as chanté pour les arbres du bosquet, voudras-tu chanter pour nous tous de la paroisse?

–Oui.

Tous les yeux étaient tournés vers elle. La plupart des gens avaient mangé, mais pas elle, qui n'avait d'ailleurs pas faim encore. Armandine et Samuel croyaient qu'il valait mieux qu'elle chantât à jeun. Ainsi, elle ne risquait pas l'enrouement. Lui-même prendrait son repas après leur prestation. Il avait pris une collation au coeur de l'après-midi et cela suffisait.

–Et qu'est-ce que tu vas donc nous offrir comme première chanson ce soir?

–Un duo...

–Ah, un duo avec notre bon docteur?

–Oui.

–Et le titre de la chanson sera?

–*Hirondelle et papillon.*

–Magnifique chanson!

Mais le prêtre ne la connaissait aucunement. Il céda sa place. Et en même temps que s'effaçait son personnage tout noir, apparaissait celui, tout blanc, du jeune docteur. Bien des gens se demandaient lequel ils aimaient le plus. La question se fractionna et se perdit dans les rayons solaires qui frappaient le duo. Clara se pencha et prit la guitare qu'elle tendit à son nouveau père. Il lui sourit, salua les gens de la main puis il passa la sangle par-dessus son épaule et salua encore, mais de la tête seulement cette fois.

Et il gratta un accord.

Bernadette qui était à verser distraitement de la limonade ratait le verre tendu par une personne, regardait, éblouie, l'image qu'offrait maintenant la scène improvisée. Il lui venait à l'esprit que Samuel était le Christ réincarné revenu livrer son sermon sur la montagne. Car elle en voyait, de l'amour, les uns des autres, tout autour de ce cap d'espérance, et maintenant de charité qui, elle y songeait souvent, deviendrait peut-être un jour le cap de la foi.

François Bélanger s'était assis sur le roc entre deux pistes du diable. Il recevait les commentaires de Pit Roy resté debout, bras croisés et chapeau de paille calé sur l'arrière de la tête.

–La petite Cendrillon Boutin, elle a fait du chemin depuis un an.

–Patou on... mon... ançu... anvi...

–Non, pas tout le monde chanceux dans la vie, mais elle, oui, pas mal...

Toujours entourée des trois arbres, Rose préférait pour le moment ne pas s'avancer pour voir. Et la femme de pas encore quarante ans se laissait bercer par les voix entendues. Seule, Gus reparti avec les enfants, elle se sentait bien et la chaleur du jour ne l'accablait plus. Bien au contraire, elle la laissait se répandre dans ses muscles, son sang, toutes les parties de son corps engourdi.

Pas très loin de l'endroit où elle se trouvait, assis seul dans le foin neuf pas encore à sa hauteur, adossé à un piquet de clôture, Laurent regrettait son geste. Il avait fui comme un lapin par peur de tout: de l'enfer, du curé, des gens, de lui-même et surtout de Clara. Elle devait savoir que c'était lui puisqu'elle avait crié son nom. Quelle honte désormais de la croiser dans l'entrée du couvent ou du magasin! Il arracha un brin de foin, en porta la tige à sa bouche et la mâchonna en détestant la vie.

Le chant *Hirondelle et papillon** débuta, les voix alternant, Clara faisant l'hirondelle et Samuel le papillon:

H: Je suis une brune hirondelle
P: Je ne suis qu'un blanc papillon.
H: Je niche en haut dans la tourelle.
P: Je loge en bas dans le vallon.
H: Je pourrai par mon vol rapide
Visiter les pays lointains.
P: Mon vol étant faible et timide,
Je ne puis visiter que les jardins.
H: Auprès de moi, va, tu n'es rien.
P: En vérité, je le sais bien.
H: Pourtant je t'aime,
P: Et moi de même.

Au loin, sur la galerie du presbytère, le curé fumait sa pipe. Le son lui parvenait clairement et il se demandait quel immense plaisir il avait pu faire à Dieu pour qu'il gratifie sa paroisse d'un jeune homme aussi charmant.

Le deux voix s'unirent maintenant:

Soyons unis, soyons amis;
Rien n'est plus beau sur cette terre
Que de s'aider.
Et de s'aimer.
Pour nous la vie est passagère.
Rien n'est plus beau,
P: Rien n'est plus beau
H: Sur cette terre
P: Sur cette terre

**paroles de H. Gaboriau; musique de Ch. Pourny*

H: *Que de s'aider*
P: *Que de s'aider*
H: *Et de s'aimer*
P: *Et de s'aimer*
Duo: *La vie est passagère.*
Soyons unis,
Soyons amis!

Bernadette sortit un mouchoir et essuya quelques larmes douces. Le curé fut près d'en verser une aussi. Pit Roy ne cessait de dire: *ils font ben ça, ils font ben ça.*

Il se passait un événement dont personne n'était témoin. Et ça se déroulait au même endroit exactement où Clara s'était réfugiée une heure plus tôt pour y chanter en solo sous l'oreille attentive de son ami peu courageux. Partis pour une marche sur le sentier des vaches, Jeanne d'Arc et Luc avaient trouvé le lieu charmant et y étaient descendus pour s'asseoir dans les 'cocottes' et s'adosser au grand rocher debout.

Ils s'étaient expliqué à propos de Dubreuil. Elle lui avait dit qu'il ne cessait de lui courir après à Courcelles, qu'il passait devant sa porte le soir, qu'il reconduisait ses petits frères à l'école exprès pour la voir, qu'elle le trouvait sympathique sans plus. Et l'incident avait resserré leur lien amoureux. Cela risquait maintenant de tourner à la passion.

Quand ils furent assis, elle se coucha contre lui tout en s'accrochant à son bras. Ils écoutèrent ainsi les mots du couplet suivant qui leur parvenaient de loin parce que feutrés par les aiguilles des conifères.

H: *Ah! je te plains pour ta faiblesse,*
P: *Ai-je besoin d'être si fort?*
H: *Bien sûr, pour un cas de détresse!*
P: *Quand il vient, je subis mon sort!*
H: *Mais contre toi j'ai l'avantage*

De pouvoir vivre un peu partout!

P: *Et moi que l'on dit si volage,*

Je vis dans mon pays, c'est tout!

H: *Auprès de moi, va, tu n'es rien,*

P: *En vérité, je le sais bien.*

H: *Pourtant je t'aime*

P: *Et moi de même.*

Quand les voix se mélangèrent dans le duo, Jeanne d'Arc trouva la bouche de son ami et ce fut un baiser ardent qui le rendit tout d'abord mal à l'aise, mais qu'il se plut bientôt à partager à fond.

Soyons unis, soyons amis;
Rien n'est plus beau sur cette terre
Que de s'aider.
Et de s'aimer...

Cécile se demandait si par l'imagination, elle devait jouer le rôle de l'hirondelle ou bien celui du papillon. Il lui parut naturel de s'identifier à la voix féminine même si Clara ne se montrait pas très réceptive à son égard. La timidité sans doute. Et elle s'abandonna à sa rêverie tout en se préoccupant d'une clientèle maintenant rarissime car toute à la prestation des Goulet, père et fille. Il s'était fait si avenant avec elle plus tôt, si chaleureux et parfois, en chantant, il regardait de son côté et souriait. La voie étant libre par cette rupture avec Gaby... Si elle pouvait donc savoir ce qui n'avait pas bien marché entre eux. Pour éviter les mêmes écueils si devait se produire ce qu'elle espérait de toutes ses forces... Mais la Gaby se ferait discrète, elle, une jeune femme aussi digne et réservée... Et puis pas si libre que ça, la voie menant au coeur de Samuel. Il y avait Marie-Anna dont on savait qu'elle aurait sûrement délaissé Raoul pour lui. Il y avait Monique Blais toujours aux aguets dans l'ombre. Mais

Cécile, pas plus que la plupart des gens à l'exception d'Armandine, Clara et dans une certaine mesure Bernadette, ne connaissait le vif intérêt de cet homme pour une simple mendiante qui n'habitait même pas la paroisse, ni la paroisse voisine, mais trois paroisses plus loin. Ça s'était su que la quêteuse avait assisté Maria Boutin dans ses derniers moments et que pour cette raison, elle était venue à ses funérailles, mais le lien du coeur entre cette femme pour le moins marginale et le jeune docteur restait un secret bien gardé que pas même un témoin privilégié comme Jeanne d'Arc ne connaissait vraiment, elle qui vivait près de Catherine à Courcelles, sur la limite de Saint-Sébastien et tout près des Goulet quand elle revenait à la maison à Shenley.

Le troisième couplet fut entamé:

H: J'inspire des chants aux poètes,
P: On me chante pour ma blancheur.
H: Je brave les flots, les tempêtes.
P: Moi, je ne brave que la fleur.
H: Un enfant te prend et t'opprime,
Ou bien tu péris par l'oiseau,
P: J'aime mieux être la victime,
Cent fois, que d'être le bourreau!
H: Auprès de moi, va, tu n'es rien,
P: En vérité, je le sais bien.
H: Pourtant je t'aime
P: Et moi de même.

Quand ce ne furent pour un moment que des accords de guitare, transition entre le refrain et le dernier couplet, une voix masculine puissante s'éleva du cap en un seul mot formidable: BRAVO!

Cela déclencha une vague d'applaudissements et de bons mots à l'endroit des deux vedettes de la soirée. Tous les assistants savaient qui avait lancé ainsi son enthousiasme à la terre entière: c'était Dominique Blais, sûrement fort d'un coup de gin et encore plus sûrement ravi par le chant. Il avait donc hurlé tout haut ce que la plupart gardaient pour eux-mêmes et savouraient tout bas.

Samuel se sentit vraiment mal à l'aise pour la première fois depuis qu'il vivait dans cette paroisse. Il se sentait catapulté dans une sorte de vedettariat qui, s'il l'avait plutôt flatté jusqu'à ce jour, lui semblait maintenant confiner bien plus à l'adulation qu'à l'admiration. Heureusement, il partageait les fleurons avec Clara et heureusement pour elle qui, sinon, aurait pu s'enfler la tête de pareils hourra!

La misère confère aux gens pauvres le curieux pouvoir de transformer les bonheurs du jour en baume guérisseur. Cette pensée réconfortait l'artiste. Chanter dispensait à ces gens, pour la plupart misérables par ces temps pénibles, de la joie à bon compte. En ce moment, il se souvenait la substance d'un propos du richissime Américain J.P. Morgan qui attribuait son succès au fait qu'il distribuait en abondance depuis toujours quelques denrées qui ne coûtent rien et qui enchantent les coeurs comme les félicitations, la considération, le respect, les témoignages d'amitié.

Sauf, pensait également Samuel, qu'il faut aimer non seulement par les bons mots, les conseils et les fleurs, mais aussi en aidant par les gestes du quotidien et les autres. Et cette pensée qu'illustrerait le dernier couplet l'emporta avec le colossal cri de Dominique Blais par delà la distance et la grande concession, chez Catherine qu'il aurait donc voulu voir parmi la foule tout près. Si cette fête avait été annoncée plus d'une journée à l'avance, il aurait fait en sorte qu'elle vienne de Saint-Sébastien avec ses enfants, quitte à se rendre les chercher lui-même en auto ou bien de la faire quérir en taxi par Tom Gaboury ou Foster Drouin.

H: *L'hirondelle fut mise en cage,*
P: *Une fillette la gardait.*
H: *Le pauvre oiseau perdait courage.*
P: *Oui! Mais son humble ami veillait.*

H: Un jour, volant près de la grille
Que Rosette venait d'ouvrir,
P: Il fit courir la jeune fille
Et l'hirondelle put s'enfuir!
H: Tu m'as sauvée, oh! merci bien!
P: Et cependant, je ne suis rien.
H: Vraiment, je t'aime!
P: Et moi de même!

Le vicaire Turgeon avait rejoint les Boulanger du Grand Shenley, venus sans leurs enfants qu'ils avaient laissés à la garde d'Amanda. Germaine et Joseph avaient reçu une invitation spéciale de la part de Bernadette, tout comme les Bougie du fond du rang. Seulement les Boulanger étaient venus. Bras croisés, droit debout, l'abbé s'adressait à eux: assis dans l'herbe folle d'un flanc du cap.

Sans trop en dire, Bernadette avait glissé au prêtre son inquiétude profonde au sujet de Rose-Anna et de ses états d'âme, pour ne pas dire son état mental.

"Son père, lui avait-elle confié, s'inquiète pas mal pour elle, vous savez. Le pauvre homme en a assez enduré avec la mort de sa femme, faudrait pas qu'il perde sa fille en plus... malgré qu'elle va bien finir par regagner les États avec son Louis."

Sa sympathie universelle obnubilant son sens critique, la femme avait ajouté alors:

"Notre bon monsieur Mathias, il a assez changé depuis la mort de sa femme. D'abord, il a eu ben de la peine et ça le rendait plus noir encore qu'avant; ensuite, il s'est repris en main et il est devenu de bonne humeur avec tout le monde. C'est pour dire ce que le malheur peut faire à du monde!... Des fois, ça les 'rempironne', des fois, ça les 'renmieute'... pis lui, ça aura fini par faire les deux..."

–Et comment va Rose-Anna Bougie? demanda le prêtre à Germaine.

–Elle, on la voit rarement. Pis rien que de loin. On voit son père plus souvent. Avant: jamais, mais là, il vient de temps en temps... Il a fait ami avec Roméo Boutin. Chassent ensemble.

–Vont à la pêche itou, enchérit Joseph dont le crâne luisait sous les rayons du soleil penché, lui qui possédait une chevelure blonde aussi claire que la végétation du cap à Foley.

Et la conversation roula quelques secondes encore sur le sujet, mais comment approfondir une idée quand un pareil régal est offert aux oreilles en dépit de la friture parfois se produisant dans les hauts-parleurs.

Germaine se reprit d'attention pour cette voix d'or masculine qu'elle avait été l'une des premières à découvrir et avec laquelle, sûrement, elle avait été la première à former duo dans *Les yeux de Suzon* ce jour de l'accident de vélo survenu à Samuel. Et de temps à autre, lui arrivait de laisser glisser son regard sur la soutane du prêtre en bas de la taille... pour n'y rien découvrir.

Dans son rêve éveillé, pourtant, il y en avait beaucoup. Et cela se passait non pas parmi la foule réunie là, mais à la maison. En fait à l'étable, dans l'enclos où la jument avait mis bas au début de la saison. La femme s'y trouvait avec Joseph. Mais Joseph n'était plus Joseph. Il était quelqu'un d'autre. Il était comme la Sainte Trinité: un homme en trois personnes. Ou peut-être une personne en trois hommes. Lui-même par son corps, ses vêtements; le vicaire par son âme et quelques parties de son anatomie; et le docteur par la voix, le charme, la virilité.

"*L'oeuvre de chair ne désireras, qu'en mariage seulement.*"

Voilà qui sous-entendait la condamnation absolue de tout désir, de tout fantasme qui n'était pas dirigé vers son seul époux légitime. Germaine fit taire son remords en se disant que Joseph était tout de même au coeur de sa rêverie charnelle, les deux autres n'y apparaissant qu'en images superposées et tout ce qu'il y a de plus irréel. Elle se souvenait de l'enseignement du vicaire en matière de neuvième commandement et se garderait bien de franchir les limites territoriales du péché mortel, ce péché infini qui risquait de prolonger considérablement l'éternité si on devait passer de vie à trépas avec son incommensurable poids sur la conscience.

Elle ferma les yeux, tandis que le duo là-bas entrait pour la dernière fois dans le refrain de *Hirondelle et papillon*.

À la gauche des chanteurs, vers le grand bosquet, un trio formait avec une épinette aux branches asymétriques dont l'une avait été cassée très sûrement par la foudre, un quatuor aux unités disparates. Il s'agissait de Thanase Pépin, l'estropié de la main, qui avait récupéré et travaillait toujours au moulin à scie, de l'aveugle Lambert qui vouait un véritable culte au jeune docteur, et de l'industriel Uldéric Blais. Chacun avait mangé chez lui et ils étaient venus sans personne pour les accompagner. Uldéric avait mené Napoléon par le bras, car si l'aveugle se débrouillait partout sur les chemins et sentiers à l'aide de sa canne blanche, il lui aurait été impossible de s'y retrouver en plein champ sans quelqu'un pour le guider.

Ils se turent pendant que se terminait la chanson. Samuel salua de la main la foule qui les applaudissait, désignant sa jeune duettiste afin que glisse vers elle la reconnaissance des paroissiens enchantés. Clara était émue aux larmes. Des larmes qu'elle retenait du mieux qu'elle pouvait. Elle aurait voulu que ses petites soeurs soient là pour l'entendre, mais pas une ne s'y trouvait, même si l'appel général avait certes atteint tout le monde dans la paroisse. Son père Roméo n'était pas là, lui non plus. Il ignorait que sa fille chanterait pour la foule ce soir-là et même le sachant, il aurait été trop embarrassé pour se présenter sur le cap.

Samuel parla au micro:

–Un jour, qui sait, elle pourrait bien être aussi connue que Judy Garland.

Et lui-même applaudit sa fille adoptive qui osa prendre la parole à son tour:

–Moi, j'voudrais dire merci devant tout le monde de la paroisse à 'pa' pour m'avoir adoptée. Pis à maman Mandine aussi. Merci à vous. On a d'autres chansons si vous aimez nous entendre...

Ce fut une nouvelle ovation. Samuel, clairement ému, reprit la parole:

–À vrai dire, on va vous en faire chacun deux et ensuite, on va revenir en duo pour finir. Et c'est Clara qui va reprendre le bal avec... qu'est-ce que tu vas nous chanter, Clara, maintenant?

–Une chanson que je vas dédier à quelqu'un qui est ici sur le terrain. Mais j'vais pas dire qui c'est... et ça s'appelle: *Plaisir d'amour*.

Sur la galerie du presbytère, le curé mordit dans le bouquin de sa pipe. Ce titre-là faisait un peu osé tout de même. Et dédier la chanson à quelqu'un en plus... Puis il pensa que l'artiste n'avait pas donné de nom, ce qui rendait la situation un peu moins délicate et donc moins sujette à intervention de sa part.

Toujours caché dans les herbes, derrière son piquet de clôture, Paulo était au désespoir. C'était la même chanson si magnifique qu'il avait entendue dans le bosquet plus tôt et elle l'adressait à quelqu'un. Mais à qui? Sûrement pas lui en tout cas. La grimace aux yeux, il se mit à faire craquer les doigts de sa main gauche avec sa droite...

Uldéric Blais, Napoléon Lambert et Thanase Pépin reprirent leur échange. Mais ils hésitaient à trop en dire tant la voix de Clara les prenait, tout hommes qu'ils fussent et handicapés sentimentaux de surcroît, à part peut-être l'aveugle qui s'adaptait à toutes les sauces et les appréciait à leur valeur et à leur saveur...

Monique Blais qui savait comme tous à propos de la rupture entre Samuel et Gaby, s'approcha discrètement des Goulet. Quand la chanson fut terminée, elle tendit la main à la chanteuse puis au docteur.

Elle était la première à y songer, à oser. Quelle bonne idée! pensa-t-on un peu partout.

Seule Cécile fronça les sourcils à ce moment...

***

Chapitre 30

–Je comprends pas toute, mais j'en comprends un petit boutte.

–As-tu vu pire?

Bernadette et Cécile se parlaient entre les prestations des artistes. Leur tâche était bien moins exigeante depuis que tous les assistants avaient rassasié leur soif déjà une fois et maintenant que le soleil retirait de ses rayons peu à peu leurs aiguillons de feu. Le sujet était tombé sur la mendiante de Saint-Sébastien dont Cécile, au contraire de Bernadette, savait bien peu de chose.

–Ça m'étonne de pas l'avoir vue encore cette année. L'autre année, elle a fait une tournée dans le mois de mai si je me rappelle comme il faut. Bon... c'est quoi que tu comprends pas?

–Que j'comprends pas?

–Tu dis que t'en comprends un boutte, mais pas toute.

En fait, c'est la nature véritable du lien qui selon Bernadette s'était tissé entre cette femme de la misère et le docteur Goulet.

–Il peut pas l'aimer si c'est une femme mariée.

–Séparée... Mais il est pas en amour, là... Lui, il pense toujours à sa chère Elzire qui est morte de consomption au sanatorium.

–Je vas dire comme toi: as-tu vu pire? Il s'intéresse à des femmes qu'il pourra jamais avoir avec lui. On dirait quasiment... ben on a l'impression qu'il s'en sert comme d'une sorte de... paravent...

–Ce qui veut dire? C'est à mon tour d'en comprendre rien qu'un petit boutte.

–Il se cache derrière ces femmes-là... de nous autres, de celles comme toi pis moi qui pourraient... être avec lui pour... pour la vie disons.

–Non, mais... as-tu vu pire?

Bernadette regarda la foule tout partout et reprit, un oeil malicieux et l'autre doux:

–Va falloir tomber malade ou ben dans la misère noire pour qu'il nous remarque.

Puis éclata de son rire le plus total qui lui fermait un oeil et relevait une de ses jambes jusqu'au genou.

Après *Plaisir d'amour*, Clara, sur très peu d'accords en accompagnement, livra *Il pleut bergère*.

Quand vint le moment de la chanson suivante, Samuel eut la prudence de requérir l'aide du vicaire. Il avait quelques bonnes raisons pour ça. Tout d'abord, il voulait mettre le prêtre en évidence à son tour, car il lui arrivait de sentir un soupçon d'animosité chez l'abbé Turgeon; ça se traduisait par des lueurs contrariées dans son regard parfois quand on soulignait les mérites réels ou forgés de Samuel devant lui. Et puis, il lui refilerait le soin de faire chanter le peuple lors des "tralala" du refrain. Car il s'agissait du chant *Les cloches du hameau*.

–Mademoiselle Létourneau, lança le curé à travers la moustiquaire de la fenêtre, venez écouter ça. C'est votre air préféré depuis longtemps... selon en tout cas ce que vous m'avez dit.

–Je n'entends pas si mal d'ici, monsieur le curé.

–Mais encore.

–Je sors.

Le prêtre refit le tour du presbytère en marchant sur la galerie pour retrouver sa berçante et sa bouffarde. Il se désigna lui-même en silence l'homme le plus heureux de la terre. Sachant qu'on ne le verrait sans doute pas, il allongea sa jambe droite et accrocha son pied à la garde.

Samuel se lança sans aucune retenue, tandis que le vicaire était à sa gauche et Clara à sa droite. Quand viendraient les deuxièmes 'on entend' et 'les bergers', le prêtre étirerait le coup pour les chanter tout en portant sa main à son oreille en guise d'invitation à faire de même, lancée à la foule. Puis aux "tra la la", l'artiste en blanc reculerait de deux pas pour laisser un autre duo entraîner la foule dans la joyeuseté du soir tombant. L'abbé aurait le centre du micro, mais la voix très puissante de l'adolescente y entrerait avec la sienne et le peuple, tel un troupeau bien entraîné, suivrait.

Les cloches du hameau
Chantent dans la campagne,
Le son du chalumeau
Égaye la montagne,
On entend
        On entend
Les bergers,
        Les bergers
Chanter dans les prairies
Ces refrains si légers
Qui charment leurs amies:
Tra la la, tra la la la la la,
Tra la la la la la la la la la,
Tra la la, tra la la la la la,
Tra la la la la la la la la la.

La froide et toujours impassible mademoiselle Létourneau ne put s'empêcher d'entrer elle-même de vive voix dans les "tra la la" aux côtés du curé qui était à se dire qu'il devrait peut-être, du moins à l'occasion, livrer la foule au vicaire le dimanche pour qu'il la dirige, comme il montrait qu'il en était capable, dans les *Credo*, les *Kyrie* et les *Gloria* qui, s'élevant d'une même voix paroissiale jusqu'au ciel, valaient tant de faveurs à la communauté.

Pauvreté, sans doute, comme partout dans le monde, mais si peu de violence dans les chaumières... Ah! quelques-uns parmi les jeunes gens comme Gérard Buteau, Arthur Guenette, juraient bien un peu de temps en temps, mais ils n'y songeaient pas vraiment et ne le faisaient surtout pas avec 'préméditation'. Quant aux péchés de la chair, seuls les adolescents en étaient atteints comme d'une acné qui s'en irait avec le sérieux de l'âge adulte. Voilà pourquoi il fallait parfois demander à un bon père de retraite de venir donner un coup de main et un solide coup de poing sur la chaire pour cogner fort sur la masturbation et son cortège de maux comme les risques de maladie mentale et ceux d'éruptions cutanées. Les adolescentes, elles, restaient chastes et pures jusqu'au jour de leur mariage et en fait de leur mort puisqu'entre les deux, les rapports intimes constituaient essentiellement un devoir nécessaire pour la survie de l'espèce.

C'est l'heure du retour,
Et la jeune bergère,
Voyant la fin du jour,
Regagne sa chaumière.
On entend...

Tout le cap fit choeur dans les "tra la la" qui suivirent. Cela devenait une véritable prière s'élevant dans le grand soir de la Fête-Dieu. Puis ce fut le dernier couplet:

Lorsque dans le rocher,
La tempête tourmente,

Autour du vieux foyer
Joyeusement l'on chante.
On entend...

Et Germaine Boulanger assise dans le foin d'odeur, respirant fort et, buvant gorgée de limonade sur gorgée de limonade, elle continuait de rêver à la Sainte Trinité. Ce qui ne l'empêcha point de participer et mieux que tout le monde à tous les "tra la la" de l'abbé Turgeon.

Quant à Rose Martin, elle finit par dire à son mari qui allait et venait:

–J'en peux pus, on s'en va à maison.

–Ben non, faudrait pas faire ça à monsieur le vicaire pis à monsieur le docteur...

Samuel reprit le microphone. Tout en tendresse, il donna *Douce France* de Charles Trenet. Les têtes se balançaient doucement au son de sa voix. Les coeurs se laissaient bercer. Et pourtant toute cette beauté du chant, de la voix d'or, du soleil d'argent, tirait des larmes du fond du coeur de Clara. Assise près de sa mère adoptive qui lui touchait le bras, elle regardait Samuel qu'elles pouvaient voir de profil et sentait sa gorge se serrer de plus en plus à mesure que passaient les instants. C'est que la prochaine chanson serait livrée par elle. Et qu'il était trop tard pour en changer. Elle avait pleuré toutes les larmes de son corps chaque fois qu'elle l'avait pratiquée ces derniers mois. Son protecteur la présenta pour elle:

–Et maintenant, vous allez entendre de nouveau en solo, notre chère petite Clara... petite, écoutez, c'est une façon de dire parce qu'elle n'est pas encore une personne adulte comme la plupart d'entre nous... mais elle est plutôt grande pour son âge, n'est-ce pas? Le titre de son chant très très beau et que beaucoup d'entre vous doivent connaître sûrement, c'est *La voix de maman*. On comprend son émotion quand elle la chante.

Il se mit en retrait et fit quelques accords sur son instrument tandis qu'elle prenait place devant le microphone et promenait son regard pour embrasser toute la place depuis le noir bosquet jusqu'à la salle paroissiale en passant là, devant, par les dépendances du magasin général, puis au loin là-bas, sous le soleil, par les maisons du bas du village jusqu'au moulin à scie. Elle s'arrêta particulièrement à Bernadette, à Armandine et à Samuel qui virent tous trois ses yeux luisants, allumés par le soleil couchant et la tristesse qui s'en dégageait.

<u>La voix de maman*</u>

C'était un très gentil ménage,
Possédant un bébé charmant;
Les parents avaient bon courage,
Et chacun travaillait gaîment.
Lorsque rentrait la jeune mère,
Ayant quitté son atelier,
On entendait sa voix légère
Chanter en montant l'escalier;
Tendant les bras, l'âme joyeuse,
L'enfant s'écriait tout heureuse:
C'est la voix de maman,
C'est la chanson qu'elle aime,
Nul ne peut qu'elle même
Chanter si gentiment;
Cette musique étrange
Et ce refrain charmant
Comme un chant de mésange,
C'est la voix de maman!

**Musique: René de Buxeuil; paroles: C. Fortin*

Tout le peuple retenait son souffle. On sentait de plus en plus un trémolo dans la voix de Clara. L'émotion des autres éveille la plus grande curiosité; c'est une denrée exceptionnelle pourvu qu'elle ne coûte rien à ceux-là qui s'en abreuvent. Qu'arriverait-il? Pourrait-elle finir sa chanson?

Il n'est pas de bonheur qui dure,
Un jour, la mère s'alita,
Mais la vaillante créature,
À l'enfant cachait son état.
Pourtant, le soir dans sa chambrette,
Priant avant de s'endormir,
Qu'elle était triste, la pauvrette.
Entendant sa maman gémir,
Pleurant tout bas, l'âme en détresse,
L'enfant disait avec tristesse:
Chanter en montant l'escalier;
Tendant les bras, l'âme joyeuse,
L'enfant s'écriait tout heureuse:

Clara éclata en sanglots sous le poids d'une émotion si intense qu'elle en devenait insupportable. Les gens se regardaient en silence. Samuel cessa un moment de gratter la guitare. Mais on vint à la rescousse de l'artiste. Armandine réagit à la seconde et se rendit auprès de la jeune fille, et tout comme le prêtre un peu plus tôt, elle fit entrer la foule au complet dans le refrain:

C'est la voix de maman,
C'est la chanson qu'elle aime,
Nul ne peut qu'elle même
Chanter si gentiment;
Cette musique étrange
Et ce refrain charmant
Comme un chant de mésange,
C'est la voix de maman!

Et c'est à trois, la famille Goulet en choeur, que l'on termina la chanson par le dernier couplet:

Bientôt, l'enfant n'eut plus de mère.
Longtemps, son chagrin fut profond;
On essayait de la distraire,
Mais l'ennui pâlissait son front.
Son père alors fit mettre en place
Cet appareil mystérieux
Qui transmet à travers l'espace
Les airs les plus mélodieux.
Or, un beau soir, du haut des nues,
Descendit la chanson connue.

Lors du dernier refrain, toute la paroisse chanta et pleura avec l'orpheline.

–Batêche de crime, ils font me faire brailler, se plaignit Uldéric Blais lui-même.

Si l'industriel en était rendu là, rares étaient ceux qui n'exprimaient pas leur tristesse d'une façon ou d'une autre. Les hommes par des mots de colère ou d'indifférence fabriquée; les femmes par leur silence ou leur voix serrée...

Il passa un homme sombre aux pieds du curé en bas de la galerie. Le prêtre ne l'aperçut qu'au dernier moment tant son pas était silencieux. Sa façon de dire son émoi fut:

–Y a du monde en maudit torrieu sur le cap à Foley.

Et il poursuivit sans demander son reste. Le curé qui avait ôté ses lunettes pour assécher ses yeux ne le reconnut pas et dut demander à sa servante. Elle savait:

–C'est monsieur Ernest... on le voit souvent le soir qui rôde à la brunante entre les bâtisses, comme un fantôme...

–Ah! un homme intelligent! Il réfléchit beaucoup, vous savez... Un penseur... et un bon chrétien...

Samuel laissa les gens revenir de leurs émotions puis il annonça sa dernière chanson:

–Mes amis, si vous regardez là-bas, là, en haut, dans le ciel, vers le sud, vous verrez qu'une toute première étoile de la nuit s'est allumée. Et pourtant, il fait encore clair même si on peut voir aussi se lever le quartier de lune. On appelle ça l'heure entre chien et loup. Le poète Hugo a dit que c'est l'heure tranquille où les lions vont boire. Eh bien moi, je voudrais chanter pour vous et pour cette étoile solitaire, et je demanderai à ma mère et à Clara qu'elles se joignent à moi pour le refrain de même que vous tous, mes chers amis qui m'avez adopté de la plus belle façon qui soit: dans l'amitié. Tant qu'il y aura des étoiles, et des rêveurs pour les regarder, il y aura du bonheur sur cette terre malgré toutes nos misères, nos soucis et nos tracas. Je vais donc avec maman et... ma fille, vous chanter: *Tant qu'il y aura des étoiles*.

Ce n'était pas prévu. Il devait chanter en solo. Mais la jeune fille adorait cette chanson et la connaissait par coeur; de plus, c'est Armandine qui la lui avait montrée.

De l'autre côté du bosquet, Jeanne d'Arc et Luc marchaient, bras dessus, bras dessous. Assourdie par les arbres, la voix de Samuel leur parvenait difficilement. Ils n'avaient guère entendu la dernière prestation de Clara non plus. Mais pour eux, ça n'avait pas d'importance. Toutes leurs émotions ne pouvaient en ce moment jaillir que d'eux-mêmes pour retourner sur eux-mêmes comme un immense geyser venu de leurs entrailles et y retombant par vagues écumeuses et tourbillonnantes.

Eux aussi pouvaient apercevoir la première étoile du ciel et ils se dirent que leur amour aurait sa durée, qu'il serait donc éternel ou pas loin de l'être... Mais ils ne virent point que le soleil avait quelques gouttes de sang dans l'oeil...

Le trio familial entonna le refrain, Samuel encadré de celles qui partageaient sa vie et au moins une partie de son coeur. Bien souvent durant la chanson, les assistants le verraient regarder l'étoile solitaire comme s'il s'était agi d'un être vivant dont il était amoureux.

*Tant qu'il y aura des étoiles**
Sous la voûte des cieux,
Y aura dans la nuit sans voiles
Du bonheur pour les gueux.
Nous, les gars sans fortune,
Nous avons nos trésors;
Seul un rayon de lune
Vaut le plus beau décor.
Ici, à la belle étoile,
On s'ra toujours heureux,
Tant qu'il y aura des étoiles
Sous la voûte des cieux.

Puis ce fut le premier couplet en solo:

On est des clochards, on n'a pas d'abri,
On vit dans les rues sans fin.
On a l'ventre vid', le coeur tout meurtri,
Et l'on meurt de froid et d'faim.
Mais nous avons nos richess's malgré tout,
Le vent du soir, le printemps si doux,
Tout ça, c'est à nous.

**Musique: Scotto; paroles: Hornez et Vendresse*

Si la mendiante avait donc entendu ces mots, elle en aurait été émue aux larmes tout comme d'entendre *La voix de maman* interprétée par Clara. Les gens se levèrent et plusieurs se prirent par la main pour chanter le refrain: enfants, jeunes femmes et même des personnes plus âgées. Seuls les hommes demeurèrent froids en apparence. Pampalon penchait la tête. François Bélanger pinçait son gros nez qui avait commencé à couler. Pit Roy se raclait la gorge avec force. Le bonheur courait partout. Même Rose s'en voulait d'avoir pensé quitter les lieux parce que sa chair était trop chaude à un moment donné.

Y'a pas de tapis en dessous des ponts,
Ni de ciel de lit en soie,
Mais il y a d'l'air, je vous en réponds
Et puis l'on s'y trouv' chez soi.
On est bercé par la chanson du vent,
On n'a pas chaud, mais on fait pourtant
Des rêves charmants.

–Dernier refrain de la fête, glissa Samuel. Tout le monde ensemble dans l'amitié...

Tant qu'il y aura des étoiles
Sous la voûte des cieux,
Y aura dans la nuit sans voiles
Du bonheur pour les gueux.
Nous, les gars sans fortune,
Nous avons nos trésors;
Seul un rayon de lune
Vaut le plus beau décor.
Ici, à la belle étoile,
On s'ra toujours heureux,
Tant qu'il y aura des étoiles
Sous la voûte des cieux.

Et c'est ainsi qu'avec de la bonne volonté, quelques citrons, de la promotion et de la glace en masse, Bernadette prépara une fête à la limonade qui resterait mémorable dans les annales de la paroisse.

Il en fallait peu en 1939 pour rendre les gens heureux.

Il en faudra aussi peu le siècle d'après pour rendre les gens malheureux.

***

Chapitre 31

Les Boulanger retournèrent à la maison à la noirceur. La jument avait l'habitude. L'éclairage dispensé par le quartier de lune lui suffisait amplement pour suivre correctement son chemin et le faire docilement. Et la voiture fine aux roues bandées de cercles de caoutchouc laissait aux sabots de la bête tout l'espace-bruit disponible dans la nuit blafarde. Un fanal à l'huile à la mèche basse ajoutait aux rayons lunaires sur les visages de Germaine et Joseph.

Ils se parlèrent de l'après-midi et de la soirée sur le cap. Comme bien d'autres paroissiens, l'on compara la voix de Samuel à celles de Jean Lalonde et Jean Sablon.

–Pis un bel homme, faut le dire!

–Bah! il s'en fait un peu accroire, moé, je pense, commenta Germaine pour camoufler l'attrait que le docteur exerçait sur elle.

–J'sus pas prêt à dire, moé.

–Je te dis... T'as vu comment il s'habille. Sa manière de regarder les étoiles... Un poète qui se prend pour une grande vedette...

–En tout cas, il devrait aller chanter à radio.

–Tu penses?

–Certain que j'pense!

–Ben moé, j'trouve la petite fille à Méo encore ben meilleure que lui.

–Est pas pire pantoute elle non plus. Si on aurait cru ça quand elle passait en avant de chez nous pour aller à son école avec sa petite misère en dessous de son bras. Une petite fille tranquille de même.

–Attention, elle chantait souvent. Moé, je l'entendais des fois quand elle passait devant chez nous. Même que ta mère l'appelait le p'tit oiseau qui passe.

–La mère, j'sais pas si elle va nous attendre dehors à soir comme de coutume.

–Elle endure pas trop les mouches.

–Elle chiale tout le temps. Quand c'est pas les enfants, c'est nous autres pis quand c'est autre chose, c'est les mouches ou ben ses malaises. Là, les maladies sont parties avec l'hiver en attendant de revenir.

–C'est pas trop grave. Tant qu'elle cogne pas trop sur son plancher avec sa canne.

Germaine avait bien moins envie de parler de sa belle-mère Amanda que de Samuel Goulet. Et du vicaire Turgeon qui avait passé un long moment en leur compagnie ce jour-là, ce qui les flattait et ce dont ils s'étaient félicités dès son départ d'avec eux. Comme s'il avait deviné sa pensée, Joseph lança:

–Le vicaire itou est un bel homme.

–Tu trouves!

–Pas toi?

Elle s'en voulait de s'être piégée elle-même.

–Ben... heu... comme ça... ouè...

Non seulement elle voulut se rattraper, mais elle se mit à la tâche pour préparer la réalisation de son fantasme que cette journée si excitante avait fait germer dans sa substance tout entière.

–Le plus bel homme de la paroisse, c'est encore mon mari, que je te dis.

–C’est ce que tu dis, c’est pas ce que tu penses.

–Je te dis que je le pense.

–Voyons donc, après les années qui ont passé... ma face doit être usée dans ta tête...

Elle étira le bras et toucha sa cuisse:

–Tu veux que je te montre!?

–Es-tu folle: comme ça, sur le chemin.

La main remonta vers l’intérieur.

–Avec son mari, c’est-il péché? Même icitte sur le grand chemin? C’est pas parce que c’est pas dans le lit conjugal que c’est vilain: tu sais ça, mon homme...

Ils étaient à l’endroit même où Samuel avait fait une chute en vélo l’année d’avant. Parmi d’autres idées se bousculant, c’est celle qui vint en tête de Joseph, et il la dit pour noyer son embarras en même temps que cacher ce désir excessif qui recelait une touche de culpabilité:

–C’est icitte que le docteur Goulet a manqué se casser la gueule.

–Tu vois à noirceur asteur?

–Ben... on distingue un peu...

Elle atteignit sa cible. Il ressentit une puissante réaction dans tout son ventre et fut poussé en avant par une pulsion irrésistible. Il dit en soufflant:

–Par chance qu’il avait la quêteuse pour...

Germaine imagina la scène sans Catherine et en prenant la place auprès du docteur assommé. Et ça lui donna plus de prise dans la main.

–Pas trop fort, la mère, c’est sensible, ce boutte-là.

La femme avait la bouche remplie de salive. Et ce qu’elle dit sortit avec des postillons:

–On va dételer pis on laisser la jument dans le pacage.

Pour lui, c’était ce qu’on devait faire de toute façon et ça ne voulait rien dire de particulier.

–Tu m’arroses la face avec ta bave.

–Fait chaud... on va se coucher un boutte de temps dans le par' de la jument.

–Dans le par' de la jument?

Elle frotta son mari qui connaissait une vigueur monstrueuse maintenant:

–Ça te le dirait pas qu'on se repose un peu là en arrivant?

–Sûr et certain, comme dirait monsieur le vicaire.

Joseph avait le don d'alimenter la fantaisie de sa femme. Ou bien il parlait du docteur ou bien du prêtre. Comme s'il avait lu en elle cet après-midi-là et qu'une forme de perversité l'avait poussé à nourrir la flamme dangereuse... *Mais Joseph n'était plus Joseph. Il était quelqu'un d'autre. Il était comme la Sainte Trinité: un homme en trois personnes. Ou peut-être une personne en trois hommes. Lui-même par son corps, ses vêtements. Le vicaire par son âme et quelques parties de son anatomie. Et le docteur par la voix, le charme, la virilité.*

–Fais donc trotter la jument qu'on soye rendus plus vite.

–Faudrait pas prendre le clos comme le docteur Goulet.

"L'oeuvre de chair ne désireras, qu'en mariage seulement."

Voilà qui sous-entendait la condamnation absolue de tout désir, de tout fantasme qui n'était pas dirigé vers son seul époux légitime. Germaine fit taire son remords en se disant que Joseph était tout de même au coeur de sa rêverie charnelle, les deux autres n'y apparaissant qu'en images superposées et tout ce qu'il y a de plus irréel. Elle se souvenait de l'enseignement du vicaire en matière de neuvième commandement et se garderait bien de franchir les limites territoriales du péché mortel, ce péché infini qui risquait de prolonger considérablement l'éternité si on devait passer de vie à trépas avec son incommensurable poids sur la conscience.

–Mais on peut peut-être ben aller un peu plus vite par exemple.

Et l'homme fit battre les guides sur le dos du cheval qui se mit au petit trot tel celui des doigts de sa femme sur sa chair en folie.

Les quinze minutes qui suivirent furent pour lui à la fois divines et diaboliques, intolérables et irrésistibles... Germaine touchait son homme, et le prêtre, et le docteur, et aucune inhibition due à la menace du péché et de l'enfer ne pouvait l'atteindre tant elle s'était dit et redit comme une prière sans cesse répétée qu'elle désirait la chair de son homme uniquement et non pas celle des deux autres, même si l'esprit de leur chair se trouvait en celle de Joseph. Les plus habiles en pirouettes mentales sont aussi ceux qui jouissent le plus de la vie.

Seigneur de Seigneur qu'elle trouvait ça bon! Et elle s'attendait de trouver ça mille fois meilleur encore quand on serait dans l'étable à la lueur du fanal dans l'enclos d'hiver de la jument.

On y fut enfin. Le dernier bout fut franchi dans le plus grand silence possible et sans faire courir le cheval. De plus, on réduisit la longueur de la mèche du fanal au minimum. Et par bonheur, la bête ne hennit pas, même sentant son poulain pas très loin dans le champ de pacage.

Amanda ne fut pas dupe de leur manège. Son oeil de lynx plongé dans la nuit eut tôt fait de repérer la flamme vacillante qui dut bien apparaître quand Germaine descendit de voiture et tint le fanal pendant que Joseph dételait.

Délivrée du harnais, menée à la barrière que Germaine alla ouvrir, la bête se sauva après avoir reçu de Joseph une claque ingrate sur la croupe. Et l'homme mit ensuite ses deux mains sur la croupe de son épouse et la poussa joyeusement à l'intérieur de l'étable où ils se rendirent tout droit au lieu de leur projet ludique. Et lubrique.

Le fanal fut accroché à un grand clou, la mèche rehaussée, le feu allongé. Joseph alla prendre du foin frais dans la petite tasserie et en apporta une pleine brassée qu'il jeta sur d'autre foin resté là, dédaigné par le cheval qui avait bien mieux à brouter dehors par ce si bel été.

Il le jeta sur elle déjà assise sur le tas et tous deux s'en amusèrent. Elle se débarrassa aussitôt du plus gros en marmonnant sa joie. Son homme était debout devant elle, à portée de main, tel un géant lilliputien. Son pantalon brun parut noir dans le clair-obscur et cette couleur passa dans le regard de la femme comme celle d'une soutane.

–Fait chaud, hein!

–On est ben, j'trouve.

–On serait mieux avec moins de linge sur le dos.

–D'abord, ôtes-en, mon mari.

Il ne dit mot et fit glisser ses bretelles puis ses pantalons qui découvrirent une certaine blancheur rappelant à Germaine le pantalon du docteur chantant. Mais la couleur était celle, bien moins romantique, d'une 'soute à panneau', un vêtement dont Joseph ne pouvait jamais se passer, hiver comme été.

Il y avait de l'odeur dans l'air. Divers relents produits par la crotte de poule, celle des moutons, les bouses de vache et le crottin de cheval se mélangeaient à d'autres venus de l'extérieur par des fenêtres ouvertes, des senteurs plus acceptables du foin frais, des herbes neuves et de cèdres poussant aux abords d'un ruisselet du voisinage. Et somme toute, cela valait mieux aux papilles olfactives de Germaine que les douteux parfums naturels issus des glandes sudoripares de son mari.

Et puis elle respira fort deux odeurs fort agréables qui lui étaient restées en souvenir, de ce jour où elle avait soigné le docteur alors qu'ils avaient chanté ensemble, et de l'après-midi même quand l'abbé Turgeon dégageant des effluves de sueur mâle et de savon de Castille, s'était approché d'elle. Et tout en se défaisant de sa robe, elle se répéta sans cesse:

"Ça sent monsieur le vicaire, ça sent monsieur le docteur... Ça sent Joseph, ça sent Samuel..."

Le Joseph en question désignait bien sûr l'abbé Turgeon.

Elle pensa que de s'autosuggérer l'odeur d'autres hommes plutôt que celles de son malodorant mari n'équivalait tout de même pas à se vautrer dans le péché mortel contre le neuvième commandement.

Là où on se trouvait, aucune fenêtre à l'exception d'une seule ne pouvait permettre à un voyeur de les apercevoir. Le problème, c'est que l'éclairage produit par le fanal aurait pu appeler des yeux pervers à venir s'y embusquer pour les regarder s'ébattre. Et voilà ce qui était à se produire en fait. Des pas feutrés venaient. Des pas lents assurés par un objet de soutien, lequel montrait qu'il s'agissait d'une personne et non d'un animal quelconque.

–C'est rare que t'as le goût de faire ça, la mère.

–Ça arrive plus souvent que tu penses.

La femme qui s'était en partie dévêtue apparaissait maintenant dans ses sous-vêtements: des culottes bouffantes avec élastique aux genoux, un corset bien baleiné et un soutien-gorge débordant. Joseph ne l'avait jamais vue aussi désirable, même la nuit de noce. Il bougea un peu pour enlever d'elle son ombre large et lourde. Et faillit s'enfarger dans ses pantalons tombés à terre mais encore entourant ses chevilles.

–Ôtons-en encore, ôtons-en en masse!... D'abord, les enfants viendront pas, ils doivent dormir à l'heure qu'il est.

–On pourrait fermer le fanal.

–Non, non, j'aime autant voir un peu quelque chose.

Et Germaine commença de dégrafer son corset tandis que Joseph se libérait de son pantalon et descendait en hésitant quelque peu le haut de son sous-vêtement. Elle était contente de l'avoir poussé à se changer ce matin-là; au moins la vieille odeur serait absente, lavée par le savon fort et la belle eau claire.

On disait que le docteur, sa mère et maintenant Clara, prenaient chacun un bain tous les jours quand ce n'était pas matin et soir. Même au presbytère ou chez Bernadette, deux autres hauts lieux de l'hygiène paroissiale, on ne se lavait pas autant, selon la rumeur.

Le corset tomba. Les deux autres morceaux de vêtement, elle les garderait sur elle pour un moment encore.

–Je vas me piquer des brins de foin dans le derrière si j'ôte toute ma 'soute'...

–Ben non, c'est moé qui a le derrière au blanc.

–J'aime autant garder le bas, là, moé...

–C'est correct d'abord.

Il se mit à genoux dans le foin auprès d'elle:

–T'ôtes pas toute?

–Ben... j'pensais que tu m'aiderais.

–Si tu veux.

L'humain qui marchait avec un bâton s'arrêta pas loin du seul châssis de la grange donnant sur l'enclos de la jument et dont la fenêtre laissait passer malgré la crasse épaisse recouvrant les vitres, des lueurs faiblardes et dansantes. Il se remit en marche très lente et prudente, comme s'il avait eu de l'Indien dans les deux jambes.

Germaine aperçut la bosse dans le vêtement de son homme et la toucha aussi hardiment que lors de leur voyage en voiture. Puis s'allongea en soupirant. Joseph cette fois gémit de plaisir. Une plainte à petits sons espacés.

Ce n'était pas la première fois qu'ils auraient un rapport intime ailleurs que dans la chambre à coucher, mais ils l'avaient toujours fait à la sauvette en une époque où ils ne s'imaginaient pas que ces rencontres puissent durer un peu plus que le temps minimum pour un accouplement réussi au sens biologique du terme. Dans la tasserie de la grange au premier temps de leur mariage. Au bout de la terre, sur un voyage de foin. Quelques fois dans le bois au milieu d'une cédrière et même derrière une digue de roches. Mais pas très souvent car les travaux les poussaient toujours dans le dos. Et puis au meilleur temps de Joseph, ils faisaient leur devoir conjugal au coucher et au lever, ce qui réduisait les besoins entre-temps. Maintenant au tournant de la quarantaine, ils avaient la fantaisie dans les commodes et armoires. Ce soir-là les en sortaient...

–Joseph, Joseph, tu me fais chavirer, c'est pas mêlant.

Germaine confondait encore les deux hommes, son mari et le vicaire, portant le même prénom, et cela augmentait son excitation. Et pour y ajouter une fois encore par une sorte d'instinct pervers, son compagnon dit en lui touchant les épaules et le cou:

–Tu sauras que j'aimerais ça, moé, chanter comme le docteur.

–Peut-être que tu pourrais faire mieux que lui encore... As-tu déjà essayé?

–Tu le sais, la mère, que j'chante comme un veau pris dans une barrière.

–T'es fou, le père.

–Envoye, là, baisse ça, ces culottes-là.

–Non... à soir, tu vas faire ça tranquillement. On va prendre notre temps.

–C'est qu'il te prend? C'est-il parce qu'on est dans un tas de foin pis dans l'étable?

–C'est justement... les animaux, ils font ça le temps de le dire; nous autres, on a toute la nuitte pour le faire comme il faut.

Mais ce pauvre Joseph avait déjà tout le mal du monde à se contrôler. Il avait vu des femmes aux formes généreuses sur le cap à Foley et parmi elles, la Rose Martin qui, mine de rien, en mettait toujours plein la vue aux hommes pour ensuite guetter leurs réactions, leurs regards, leur excitation à peine voilée.

Il glissa son doigt sous l'élastique de la petite (grande) culotte blanche et parvint à dégager la cuisse et le pubis, malgré le peu de collaboration de Germaine qui voulait prendre le temps de rêver dans l'action.

Les deux jambes du rôdeur s'arrêtèrent à côté du châssis allumé. Il appuya son bâton contre le lambris et serra à sa taille la corde entourant son vêtement, une sorte de robe sombre aux chevilles qui n'était ni une robe de chambre ni un manteau. Le tissu avait l'air de guenille et le bas était sale et effiloché. Le personnage donnait à penser à un quêteux en recherche d'un refuge pour y passer la nuit...

–Couche-toé à côté de moé, Ti-Jos.

–Ouè... mais...

–Couche, couche...

L'homme obéit.

–On se sert juste de nos mains pour un bout de temps.

–Quoi, tu veux qu'on se taponne pis pas plus? Notre devoir, ça va plus loin...

Elle se fit impérative:

–On ira plus loin quand on se sera taponnés à notre goût.

Elle lui prit une main qu'elle mit sur sa poitrine et l'autre entre ses jambes.

–Pis quen, embrasse-moé donc un peu sur la bouche...

Il le fit et en fut fort aise. Germaine quant à elle oublia que son homme avait les dents jaunes et rêva à la bouche du docteur à la dentition toujours blanche, toujours éclatante. Joseph se mit à caresser le pubis, à la façon qu'il s'y prenait pour étriller la jument avec ses doigts rassemblés en forme de peigne.

Le corps et l'esprit de la femme basculèrent à ce moment. Il n'y eut plus devant sa substance en feu que des images mélangées, superposées, comme celles ayant envahi sa pensée durant l'après-midi quand le prêtre était avec eux et qu'ils assistaient à la superbe prestation du docteur.

Il y a Samuel qui la touche à la poitrine. Il y a l'abbé qui lui caresse la vulve. Il y a Joseph dont elle ne perçoit plus que vaguement la rugosité des mains et les odeurs de transpiration et de poussière.

Elle émet des soupirs prolongés, des sons imprécis. Son homme y prend goût à ces attentes du désir. Ses mains se font plus attentives, efficaces, fermes et douces à la fois.

Puis c'est une scène qui vient l'embraser tout entière, qui transforme son entrejambes en buisson ardent. Le docteur chantant est debout, devant elle, nu comme au jour de sa naissance, érigé comme la flèche de l'église, le coq-girouette au bout qui annonce une tempête de feu. Il se penche, prend sa guitare et chante la sérénade... Mais voici qu'une voix s'ajoute à la sienne et que l'abbé Turgeon fait choeur avec le docteur. Elle le voit tout noir. Puis ses yeux boivent à l'image de Samuel. Et de retour au prêtre, elle le voit maintenant tout blanc.

Joseph travaille plus fort. Sa chair fait mal. Il se dit que la frotter contre elle le soulagera bien un peu. Et colle son organe toujours prisonnier du sous-vêtement contre la fesse nue de sa compagne. Et bouge.

Et voici que par une alchimie dont seules la photographie (le cinéma) et l'imagination créatrices sont capables (un demi-siècle avant l'apparition des ordinateurs performants), l'abbé se fond avec le docteur en le couvrant de sa substance, et que cette nouvelle entité, brillante, éclatante, céleste, entre dans la personne de l'époux-amant. Au bord de l'éclatement, Germaine s'empare de Joseph et tire vers le bas en l'arrachant, la deuxième partie de son sous-vêtement, laissant son sexe se balancer dans l'air sombre comme la pôle de la voiture à planches que l'homme soulève toujours à l'aide d'une bûche pour qu'elle ne s'enfonce pas dans la terre et y pourrisse.

–Viens icitte toé.

Il se pourrait bien que l'acte en devenir se transforme en progéniture. Germaine n'en a cure. Joseph encore moins. Il saute par-dessus la cuisse, s'aligne, plonge. Mais heurte un barrage de foin sec et tendu qui le pique au plus sensible.

–Tordivisse, je le savais que j'me ferais mal.

L'idée même de la souffrance ajoute à la jouissance de Germaine qui dans un tournemain écrase en le tordant et le brisant le foin nuisible, laissant la voie libre pour que s'accomplisse d'une façon peu canonique le mystère de la Sainte Trinité. Trois hommes en une seule personne s'enfoncent en elle et l'atteignent droit au coeur.

Mais le ciel était-il content de ce qui ressemblait à de la dépravation agricole, qui avait guidé les pas d'un étrange personnage vers eux pour les observer par la fenêtre et leur préparer qui sait une punition immense, éternelle? À moins qu'il ne se fut agi de Satan lui-même venu prendre note des plaisirs charnels qu'il leur faudrait payer, capital et intérêts à lui qui prêtait la jouissance aux humains à des taux usuraires que seuls les grands magasins et les cartes de crédit se permettraient un jour d'égaler.

Le prêtre se fit tonnerre, le docteur devint ténor et Joseph tira son coup de canon tandis que Germaine convulsée lançait des paroles incohérentes et inintelligibles. Elle hocha la tête dans le foin et finit par ouvrir les yeux en se disant qu'il n'y avait eu aucun péché contre le neuvième commandement et que cela, même un prêtre ne saurait le comprendre puisqu'il s'agissait à l'évidence d'un mystère.

Mais plutôt que la détente bienfaisante attendue et naissante, c'est l'effroi qui se saisit d'elle, qui posa sa patte griffue à sa gorge quand elle aperçut ce visage diabolique grimaçant à sa fenêtre. Qu'est-ce que c'était donc que cette face déréelle? Amanda transformée en loup-garou? Ou bien un quêteux de grand chemin qui se rinçait l'oeil de la manière la plus perverse qui se puisse être? Ou bien un esprit malin envoyé par Satan?

–Regarde dans le châssis. C'est quoi, ça?

Joseph tourna la tête et le personnage terrifiant retira aussitôt la sienne. Mais l'homme crut y trouver quelque chose de familier.

–Pour moé, c'est une tête d'ours.

–Il est venu pour les moutons, ça doit.

–C'est drôle que le chien a pas jappé. Je m'en vas prendre le fanal pis lui faire peur.

Joseph remit sa 'soute' à la hâte et courut décrocher le fanal puis se rendit à toute vitesse à la fenêtre où il parvint à peine à distinguer dans la nuit une silhouette humaine qui s'en allait en boitant et marchant avec une canne.

–C'est la mère qui est venue sentir par icitte.

–Vieille tannante. Jamais capable de nous laisser vivre.

–C'est quoi que tu veux qu'on fasse?

–Lui parler dans la face.

Dix minutes plus tard, le couple entrait dans la maison. La cuisine n'était éclairée que par une lampe à l'huile dont la mèche était au minimum et tout était silence.

–On lui parle à soir ou ben on attend demain?

–C'est que tu veux qu'on lui dise? Qu'elle est venue mettre son nez le temps qu'on... qu'on...

–Qu'on faisait not' devoir conjugal. C'est pas une honte.

–Ben... dans le foin de même...

–Pis après?

On entendit le bruit de la canne là-haut. Amanda se rendit au bord de l'escalier et cria:

–C'est vous autres, là?

–C'est nous autres, cria Germaine.

–Vous venez d'arriver, là?

–Vous devez le savoir, quand c'est qu'on est arrivés.

–Là, je l'sais.

–Vous avez pris une marche dehors? dit Joseph.

–Es-tu malade, toé?

–On a cru vous voir.

–Ça sera le diable que t'auras vu parce que moé, j'ai fait coucher les enfants pis j'me suis endormie en même temps qu'eux autres.

L'homme et la femme s'échangèrent un regard incrédule.

–Penses-tu qu'elle nous conte la vérité?

–Faut dire que c'est sans bon sens qu'elle soye venue sentir dans le châssis de grange. J'ai cru que c'était elle à cause de la canne, mais...

Germaine soupira:

–Ça sera le grand Lustukru qui court la campagne pour ramasser les enfants qui dorment pas.

–Tu crés pas ces folies-là, à ton âge ?

Dans le rang, plus loin, celui qu'on avait pris pour une bête, pour un quêteux, pour Amanda et même pour le diable, s'en allait en claudiquant, aidé d'un bâton lui servant de canne, enveloppé d'un long vêtement de guenillou.

C'était Mathias Bougie qui retournait chez lui après avoir rôdé comme il aimait le faire à la noirceur autour des bâtisses de ses voisins. Les chiens ne donnaient pas l'alerte car il les avait tous apprivoisés en leur donnant souvent des os et de la viande d'ours ou d'autres morceaux de bêtes piégées ou abattues.

Il s'était versé le pied la veille et avait une cheville enflée. Rose-Anna l'entendit entrer. Elle verrouilla sa porte. Elle le craignait plus que jamais...

***

Chapitre 32

Même si son corps et son esprit avaient atteint des sommets inégalés, Germaine ressentit quelques regrets lorsqu'elle se mit au lit aux côtés de son mari. On était en son temps le plus favorable pour qu'elle tombe enceinte et elle espérait que cela ne se produise pas au moins avant l'année prochaine. Sans exempter la famille et risquer les foudres de l'Église catholique, on usait de prudence, Joseph et elle, d'un commun accord pour que les grossesses soient au moins un peu plus espacées que chez certains où les bébés arrivaient aux onze mois, mitraillés par le canon du père et l'obusier de la mère.

Mais s'il devait arriver qu'elle parte pour la famille, alors l'enfant recevrait pour prénom Joseph... comme son père et comme le vicaire. Et sûrement qu'il serait lui aussi un prêtre un jour. Bien sûr, elle ne s'imaginait pas qu'il puisse s'agir d'une fille, pas comme fruit d'une pareille union... Et puis la femme nourrissait quelques craintes au sujet de ce rôdeur que Joseph ne cessait de prendre pour un quêteux comme il en passait souvent durant les mois d'été. Mendiants qui faisaient les portes même le soir tard. Il avait dû frapper et Amanda endormie ne lui avait pas ouvert. Puis il avait aperçu de la lumière à l'étable et s'était dit qu'on devait y faire le train peut-être. Surprenant le couple dans des ébats qui doivent décemment rester sous les couvertures, même de foin, il avait eu la bonne idée de s'éclipser sans demander son reste.

Suite aux déductions de Joseph, il vint à l'esprit de la femme la curieuse idée qu'il ait pu s'agir de Catherine la mendiante, mais elle ne la retint pas. Pas plus que le temps d'un éclair.

Et c'est un éclair qui la réveilla quelques heures plus tard, en pleine nuit, alors que, contre toute prévision, l'orage éclata. Le coup de tonnerre lui, réveilla Joseph qui s'exclama aussitôt:

–Tordivisse, on pourra pas voir les pistes du diable demain matin.

Germaine songea aux marques sur le cap à Foley:

–C'est que tu veux dire avec ça?

–Ben... la personne en capot qui est venue sentir dans le châssis de la grange.

Germaine se dressa sur son séant:

–Tu me donnes le frisson, toé, quand tu parles de même.

–Comment ça?

–Ben... le démon, il existe, hein, pis on sait jamais quand c'est qu'il pourrait nous rendre visite.

Une série d'éclairs alluma la chambre. Le regard de la femme, encore brillant de la circulation intense de certains fluides dans son corps durant et après l'acte conjugal, lança des lueurs où auraient pu se lire des sentiments disparates et contraires. La peur sur plusieurs registres et pour diverses raisons, surtout d'ordre moral. La colère à l'idée que pour la première fois de sa vie, elle jouissait à fond de son corps et qu'il avait fallu que survienne un événement apte à le lui faire regretter. Le plaisir même, qui perdurait dans toute sa substance malgré son petit arrière-goût de péché et peut-être grâce à lui. Et une certaine anxiété que partagent tous les humains les nuits d'orage alors qu'il leur est jeté au visage leurs forces dérisoires et leur impuissance devant la grandiose puissance de la nature et partant, du Créateur de la dite nature.

Elle reprit:

–Tu y crés toujours, que le démon existe?

–C'est sûr! Mais avant de crier que c'est lui qui renifle dans nos vitres de grange, j'aime mieux "checker" les pistes demain. Mais là, y en aura pas...

–La quêteuse y croit pas trop, elle non plus, au diable.

–Ça l'avantage de pas crère à ça...

–Comment ça?

–Ben...

Un éclair remplit la chambre et le coup de tonnerre survint au même moment: un claquement sec et d'une violence extrême.

–Ouais, c'est proche en torvisse!

Et l'homme quitta le lit pour aller à la fenêtre:

–Pourvu que le tonnerre tombe pas sur la grange.

Il vit que non à cette minute et resta immobile. Germaine restée droite dans le lit ne parla plus pour un moment. Et attendit tout comme son mari que le pire soit passé.

Cela dura bien cinq minutes avant de commencer à s'atténuer. Lueur fulgurante et détonation simultanée. Encore et encore. De ces coups qui imposent le silence aux plus braves et que les prêcheurs du temps aimaient bien inclure dans la panoplie de leurs instruments de manipulation.

Le destin tisse et brode au gré de ses fantaisies les plus désordonnées. Et c'est lui, non le diable ou même Dieu, qui envoya cet orage cette nuit-là. L'orage devint catalyseur d'émotions. Il intervint en bien des têtes et des coeurs pour amener ces frêles esquifs humains si dépendants des forces de la nature à décider quelque chose et accomplir dans ses grandes lignes en l'accomplissant dans ses détails, le voyage de leur vie.

*

Il passa en pleine rage à peu près dans le même quart d'heure au-dessus de la maison de Catherine, au-delà de la grande concession forestière. Elle rassura les deux enfants puis se mit à la fenêtre elle aussi pour interroger le ciel et son destin. Jusque là, elle avait tenu bon et fait en sorte de mendier dans sa région. Pas question de prendre la route pour aller à Shenley. Elle ignorait la rupture entre Samuel et Gaby et l'eût-elle connue qu'elle aurait conservé la même décision de rester éloignée du docteur et pour cette raison, de sa paroisse. Par devoir. Par nécessité. Et parce qu'on ne mélange pas la pauvreté avec la richesse sauf dans les contes de fées. Encore que le paupérisme étant une plaie généralisée, le docteur n'avait pas beaucoup le choix parmi les personnes de familles un peu plus à l'aise et aux intérêts au-dessus de la moyenne. Sauf qu'il y avait loin dans les préjugés entre la pauvreté et la mendicité qui, elle, constituait la marche la plus basse dans l'échelle sociale, mendicité n'ayant pour seuls équivalents dans la balance des opinions que l'irréligion, l'excommunication, la criminalité, la tuberculose et l'enfantement hors mariage. Même l'ivrognerie et le blasphème, tous deux des péchés graves, tandis que la mendicité et la tuberculose n'étaient pourtant que des coups du sort, trouvaient grâce plus aisément devant le jugement des gens. Quant à l'abus des femmes et des enfants, on ne connaissait véritablement qu'un seul et unique cas: celui de la petite Aurore Gagnon de Sainte-Philomène. Et ça datait de vingt ans déjà. Les milliers d'autres resteraient cachés sous le voile du mystère et de l'impensable pour toujours, derrière les portes closes.

Toutes ces idées avaient trotté à sa manière dans l'esprit de Catherine et avec plus d'acuité cette nuit de tempête où la pluie, poussée par le vent, lui rappelait ce jour de l'enterrement de la mère de Clara. Elle revit la fillette courir de l'auto vers le corbillard, comme si elle y avait été appelée par une force irrésistible...

Sommes-nous les maîtres ou les jouets de notre destin? Telle était la question! La question que l'homme des cavernes se posait dans la nuit des temps en regardant l'éclair zébrer le ciel noir et le tonnerre éclater dans ses oreilles assourdies.

La réponse est ambivalente, se disait-elle. Sinon, pourquoi ne pas se laisser aller sur les vagues de la vie? Et puis le paratonnerre là-bas, sur la grange, que le ciel éclairait de ses lueurs intermittentes, faisait croire qu'on peut intervenir mieux que Dieu lui-même pour dompter les forces de la nature, ce qui comprenait celles de sa propre nature.

Elle s'était montrée rebelle à son père abuseur, rebelle à son mari abuseur et voici qu'elle se ferait rebelle aux préjugés abuseurs. Quoi qu'il advienne, elle confierait les enfants à la voisine au matin et prendrait la route avec sa bicyclette pour aller visiter Clara et faire une tournée des portes de ce coin-là. Un périple de deux ou trois jours.

*

Dans sa chambre, Clara ne dormait pas non plus. Elle s'était assise sur le bord de son lit et tâchait de ne pas trop s'inquiéter. Jamais comme en cet instant et aussi loin qu'elle se souvienne, elle n'avait ressenti un tel sentiment de solitude. Ce n'était pas le premier orage de sa vie, mais les autres, elle les avait passés à réconforter ses petites soeurs, à leur dire que le tonnerre n'est pas dangereux, à cause des paratonnerres quand on est à l'intérieur, et qu'il ne l'est dehors que si on a la mauvaise idée de s'abriter sous un arbre solitaire. Mais voici qu'elle n'avait plus personne à aider, plus de tâche à accomplir, rien de mieux à faire que d'attendre dans la facilité.

Les mots du dernier couplet de *Hirondelle et papillon* lui revinrent sur les lèvres; elle les fredonna doucement en faisant les deux voix, masculine et féminine, interrompue par le bruit du tonnerre:

L'hirondelle fut mise en cage,
Une fillette la gardait.
Le pauvre oiseau perdait courage.
Oui! Mais son humble ami veillait.
Un jour, volant près de la grille
Que Rosette venait d'ouvrir,
Il fit courir la jeune fille

Et l'hirondelle put s'enfuir!
Tu m'as sauvée, oh! merci bien!
Et cependant, je ne suis rien.
Vraiment, je t'aime!
Et moi de même!

C'est alors que la voix de Samuel se fit entendre dans son dos. L'homme avait profité des bruits du ciel pour ouvrir la porte, croyant pouvoir la réconforter en cette nuit peu rassurante. Il chanta avec elle qui perçut peu à peu sa présence:

Soyons unis, soyons amis;
Rien n'est plus beau sur cette terre
Que de s'aider.
Et de s'aimer.

–T'as pas trop peur toujours, Clara?

–Non 'pa'.

Armandine et lui avaient eu la même idée. Ils étaient venus la voir, lui en avant et sa mère ensuite.

–On va rester pour le plus gros de l'orage, dit la femme.

–J'ai pas peur. À la maison, mes petites soeurs venaient toutes autour de moi.

–C'est justement, dit Samuel, on voulait pas te laisser toute seule.

Ils prirent place chaque côté d'elle et l'encadrèrent de leur affection respectueuse tout en parlant de l'orage et de ses ravages possibles sur les chemin graveleux, ce qui incitait le docteur à partir pour Québec après l'aube et non avant pour le cas où les coulées d'eau auraient endommagé une chaussée quelque part sur les chemins menant là-bas. Il s'en allait pour quatre jours en apprentissage de nouvelles données de la médecine à l'hôpital du Saint-Sacrement. Armandine comme c'était l'habitude arrimerait les cas d'urgence avec le bureau du docteur Poulin du village voisin.

Clara était contrariée et attristée de cet éloignement...

*

L'orage provoquait des tourbillons en d'autres âmes. L'être de Mathias Bougie était tout entier baigné par une tempête cent mille fois plus violente et dangereuse que celle du ciel. L'homme avait l'insoutenable besoin de s'accoupler comme une bête. Mais aussi, comme son très lointain ancêtre au fin fond de la lignée humanoïde et à cause d'un gène hérité d'aussi loin, il avait le goût du sang. Sa raison s'effondrait. Son code moral tout autant. Appuyé au châssis de la fenêtre à l'avant de la maison, il regardait la nuit déchirée qui traçait dans ses yeux des lignes brisées portées par des lueurs féroces.

Sa cheville enflée d'une torsion subie la veille en revenant du bois le faisait souffrir et ajoutait à la folie meurtrière de son coeur. Il n'avait pas tué à la chasse à l'ours. Et pour prendre sa revanche, il avait torturé l'ours qu'il gardait en cage depuis un mois et qu'il affamait afin de mieux transformer la bête fauve en bête folle de rage. À l'aide de son bâton qu'il utilisait pour soigner les renards de son élevage, il avait piqué l'animal au sang à plusieurs reprises et joui de l'entendre grogner son désespoir et de le voir foncer sur les barreaux de la cage en bois et en broche que pas même un éléphant n'aurait pu endommager.

De temps en temps, il tournait la tête et regardait l'escalier qui menait à l'étage où se terrait Rose-Anna que malgré son changement d'attitude depuis l'hiver, il n'était pas parvenu à apprivoiser. Il savait qu'elle ignorait maintenant s'il y avait eu réellement un viol le soir de Noël. Mais la jeune femme semblait perdre la raison et ne garder de lucidité que celle qui entretenait profondément en son âme la peur de son père et l'horreur qu'il lui faisait de plus en plus à mesure que le temps passait.

Le bâton utilisé pour tourmenter l'ours noir lui avait servi de canne pour s'aider à marcher sans trop de douleur durant la soirée et aller rôder dans le voisinage. Tout d'abord, il avait vu par la fenêtre de la maison Amanda et les enfants. Le chien était venu à lui; il l'avait apaisé par les mots qu'il disait à tous les chiens en leur donnant à manger, et l'animal s'était tu et couché. Puis le couple était revenu du village. Mathias embusqué avait vu la femme toucher son mari dans la voiture. Intrigué, excité, il n'avait pu s'empêcher de les espionner jusque dans la grange, ne les voyant pas en sortir et parce qu'il n'était pas nécessaire aux deux de s'y rendre, ni même à un seul étant donné qu'ils avaient mis le cheval au pacage dès leur retour.

Et voici que l'image de cet accouplement le hantait. Cette femme de grosse chair blanche étendue dans le foin comme une panse de boeuf, la poitrine comme un paire de vache et l'homme avec son bâton d'étalon qui fonce devant et s'engouffre: toute chose de la chair devenait immonde en son esprit qui en faisait oeuvre insupportable, et cette hideur même embrasait son désir qui s'alimentait à lui-même, chaque seconde intolérable passant avec les rages de l'orage.

Le bâton était là, debout, près de la porte arrière, terminé à une extrémité en forme d'articulation osseuse et à l'autre bout par un amas de racines ébréchées, coupées en biseau, effilées, que le cerveau bizarre de l'homme voyait comme une patte griffue. Celle d'un ours puisqu'il était obsédé dans son atavisme tout entier par cette bête sauvage.

Le personnage arriva à un carrefour de son destin et de celui de sa fille Rose-Anna. Le visage affreux, l'oeil fou, la démarche d'un mort-vivant, il se rendit prendre ce qui avait été déjà un jeune arbre dont quelqu'un ou les intempéries avaient un jour cassé la tête mais ayant repris en forme de jointure, de cheville. Parce qu'il poussait trop près du puits et que ses racines risquaient de défoncer les parois, Mathias quelques semaines plus tôt avait attelé le cheval au jeune arbre pour le déraciner. Puis au lieu d'en faire des rondins pour le poêle, il l'avait taillé grossièrement: étêté d'abord puis émondé du côté des racines. Et l'avait jeté derrière la maison en se disant vaguement que l'objet servirait bien à quelque chose un jour ou l'autre. Puis il avait commencé de l'utiliser pour soigner les renards. Et pour torturer l'ours captif. Et enfin pour marcher avec moins de douleur à la cheville depuis sa foulure au pied.

Mais l'usage suprême serait celui qu'il en ferait maintenant. Il le prit, le tint par le milieu à hauteur de ceinture, le regarda fixement, le remit en place un court moment. Le temps de décrocher son manteau de mince guenille qu'il endossa. Reprenant le bâton, il tourna la tête vers l'escalier qui menait là-haut.

La raison de l'homme ne lui servait plus maintenant que pour accomplir le mal absolu. En fait son instinct de survie était rendu à son extrême limite sans toutefois correspondre à l'instinct animal en lui. C'était un mélange explosif de plusieurs pulsions: sexuelle, sanguinaire, reproductrice, agressive. Une concoction mortelle pour quelqu'un d'autre se trouvant dans les parages.

Et ce quelqu'un était sa propre fille en chemise de nuit blanche que la fenêtre éclaboussait de lumière chaque fois que le ciel frappait la terre de ses rages éclatantes. Rose-Anna était crispée dans l'angoisse, compressée dans sa prison intérieure et entre les murs oppressants de sa chambre et le plafond pesant.

Une voix terrible lui parvint à travers la porte en même temps que l'on frappait non point avec une main mais à l'aide de quelque chose de bien plus dur et lourd.

–Rouvre ça, toé.

La jeune femme fut saisie d'un très sombre pressentiment. Et les trois mots imbibés de la pire des menaces firent surgir du fond d'elle-même la peur extrême. Il lui paraissait que la fin était venue. Ou bien il la tuerait; ou bien c'est elle qui le ferait.

Depuis la disparition de sa mère, elle avait vu en sa tête diverses scènes possibles, mais rarement avait-elle envisagé le scénario du pire. Elle l'avait fait pourtant et pour cette raison avait gardé pendant plusieurs semaines un couteau de boucherie dans un tiroir de commode. L'homme l'avait confisqué et fait disparaître de la maison, mais Rose-Anna avait trouvé autre chose pour défendre sa personne advenant une agression grave: un poinçon à travailler le cuir qu'elle utilisait pour la fabrication de portefeuilles et autres petites commodités vendues à des particuliers et au magasin général.

La plus grande faiblesse des victimes, c'est leur tempérament de victime. Elles ont beau vouloir défendre leur vie, se préparer à cela, concocter des plans, se faire des promesses, vivre le futur tragique et le détourner en leur faveur par l'imagination, quand vient le moment d'agir, c'est la paralysie ou bien c'est la gaucherie. Et surtout, elles attendent le dernier moment, celui de l'attaque, puisque par définition, elles ne sont pas l'agresseur.

Le poinçon, instrument à manche de bois portant une tige acérée, n'était pas la seule arme de son arsenal, il y avait aussi la ruse. Au lieu de se terrer comme une bête dans son trou ou de montrer les dents et de mordre, elle jouerait le jeu de l'attaquant pour qu'il ne sache plus à quoi s'en tenir.

–Je rouvre: défoncez pas!...

Il frappait quand même avec le bâton. Elle crut que c'était le même qu'il avait utilisé pour l'étouffer le soir de Noël. Car tous ses doutes sur elle-même venaient d'être effacés par la peur revenue et elle ressentait dans toute sa chair le viol immonde subi alors.

Elle tira le tiroir. La main tremblante, à tâtons car même les éclairs ne s'y rendaient pas, elle chercha le poinçon qu'elle attrapa enfin et cacha derrière son dos en criant:

–Je vas la rouvrir, la porte, là...

La rage de Mathias fut questionnée par ces mots-là. Car comment imposer la peur à quelqu'un qui obéit et vous ouvre la porte? Quand on se transforme en loup-garou prédateur en quête de sang à boire et de chair à manger, la substance de la victime doit être attendrie par l'effroi. Il allait enfoncer quand même la porte quand la jeune femme tira le loquet et ouvrit. Emporté par son élan, aveuglé par la nuit, enfargé par sa douleur à la cheville, l'homme perdit le contrôle de ses pas et alla s'écraser sur le lit, tandis que Rose-Anna fuyait, pieds nus, en ne se guidant à tâtons que d'une seule main pour mieux garder fermement le poinçon dans l'autre. Elle avait l'intention de trouver refuge chez un voisin puis de partir ensuite au bout du monde pour ne plus jamais revoir cet homme.

Ayant descendu quelques marches, elle crut voir au-dessus dans l'étroit couloir qu'elle venait de quitter l'ombre funeste de son père alors qu'il s'agissait de son ombre à elle projetée là par une série d'éclairs. Pour vouloir faire plus vite encore, elle perdit pied, trébucha et dégringola jusqu'au pied de l'escalier où, tombée face contre terre, elle demeura immobile après quelques mouvements faibles et deux soupirs profonds.

Son père parut en haut, interrogea les éclats de lumière puis descendit lentement, bâton tenu au bout de son bras pendant, revenu à un état de semi-conscience. C'était comme si la peur transformée en folie meurtrière et jetée sur l'esprit de sa fille pour décupler la sienne avait été soudain privée d'objet et lui fut revenue comme un boomerang.

Il se pencha sur le corps, attendit d'autres éclairs. Il en vint qui lui montrèrent du sang en train de se répandre par le dessous et mouillant la jaquette. Il enjamba le corps, appuya son bâton au mur et se rendit prendre la lampe dont il haussa le mèche pour que toute la cuisine soit assez éclairée. De retour à Rose-Anna, il la souleva et l'emporta dans la chambre où il posa le corps inerte sur le lit. Il retourna chercher la lampe et put voir alors ce qui avait causé cet épanchement de sang. La jeune femme avait un poinçon fiché dans le ventre. Mais lui qui avait tué tant de bêtes de toutes les façons savait que ce ne pouvait pas être la cause de sa perte de conscience. Avec cette seule blessure, à moins qu'elle n'ait porté droit au coeur, elle devrait être consciente et souffrir, pas rester dans cet état comateux.

Il lui tâta le cou et trouva les vertèbres intactes. Il sonda les os du crâne sans déceler de fracture. Tout désir charnel l'avait déserté pour le moment. Il y avait matière à trop grande interrogation. Mourrait-elle? Fallait-il appeler le docteur pour sa protection à lui en cas de décès en évitant qu'il soit accusé de quelque chose. Et si elle racontait tout? Il fallait attendre. Voir la suite des événements. Quand elle se réveillerait, il lui parlerait à nouveau de cauchemar.

Et il retourna s'asseoir à la fenêtre de la cuisine. Il bourra sa pipe et se mit à fumer... Le plan que son cerveau, malade par intermittence, avait concocté, c'était de la violer comme le soir de Noël après l'avoir frappée et frappée avec son bâton. Et ensuite de tuer l'ours de la cage et de le transporter dans la maison pour que l'agression soit prise pour une attaque de bête sauvage. Mais les choses avaient tourné autrement et l'homme avait maintenant repris une partie de ses esprits. Ce qui ne l'empêchait pas de rester criminel et sauvage en laissant un être humain dans l'état où se trouvait Rose-Anna et attendre ainsi...

Et attendre l'aube... Et attendre encore...

La jeune femme restait dans le coma.

Elle ne saignait plus. Il avait vérifié à quelques reprises.

***

Chapitre 33

La première maison de la paroisse, et qui ne l'était pas à vrai dire puisque le chemin de la concession n'était pas municipalisé, encore moins verbalisé, et appartenait à la compagnie forestière, se trouvait celle de Roméo Boutin. C'est là que s'arrêta la mendiante pas même une demi-heure après le lever du soleil. En même temps que de tendre la main au nom du bon Dieu, elle prendrait des nouvelles de Clara et des autres enfants dispersés aux quatre vents depuis la mort de Maria, une tragédie qu'elle avait vue de trop près.

Clara, cela se sentait bien dans les lettres venues d'elle, cherchait à lui rendre sympathique le personnage sans considérer l'impossibilité pour Catherine de s'intéresser à un homme, étant mariée devant Dieu. Mais eût-elle été libre qu'elle n'aurait jamais pu ressentir quoi que ce soit de favorable envers cet être insensible qui avait tant hésité avant de faire venir le docteur, tandis que sa femme agonisait dans les pires souffrances.

Elle frappa tout de même à la porte. Et il lui fut ouvert largement sur un sourire accueillant.

–M'am Bussière, toute une surprise à matin!

–J'fais ma tournée.

–Ben rentre une minute.

–Faudrait pas si j'veux faire assez de portes dans ma

journée pour en valoir la peine.

Dehors, il faisait beau. Tout comme la veille. On pouvait même se demander s'il y avait bien eu orage au cours de la nuit. Mais la boue du chemin en témoignait. Et la couleur des feuilles et de l'herbe. Et cette humidité résiduelle partout sur les pierres, les souches, les troncs d'arbres, le toit de la maison Boutin.

–Ça te fera pas mourir de prendre une tasse de thé avec moé à matin.

Ils entendirent au loin un coup de feu et s'interrogèrent du regard sans rien se dire toutefois.

–Dix minutes, fit-elle.

Elle entra. Ils furent bientôt à table devant la tasse promise et commencèrent de siroter le thé tiède s'y trouvant tout en parlant de l'hiver, de l'immense vide de cette maison, des changements énormes survenus en la personne de Clara, des rumeurs de guerre en Europe, de la fin de la crise aux États-Unis et donc de sa fin prochaine au Canada. Et un peu aussi du déraillement de train survenu l'avant-veille à Sherbrooke causant au moins douze morts. Chacun en avait entendu parler sur le perron de l'église le dimanche matin.

Les dix minutes se transformèrent en une heure.

Il fut question des Bougie. Roméo dit que le Mathias avait beaucoup changé depuis la mort de sa femme et révéla qu'ils avaient trappé tout l'hiver ensemble. Ils en conclurent que le personnage avait un bon fond et qu'il avait fallu un événement tragique pour le faire ressortir au grand jour.

–Tu peux y aller asteur. S'il est pas à la maison, sa fille va ouvrir, c'est certain.

–Bon, j'y vas.

Elle quitta les lieux sur-le-champ en remerciant pour le thé et le sou noir qu'elle reçut pour la charité.

Il lui fallut marcher à côté de sa bicyclette sur une partie du chemin restant avant le rang gravelé et sa première maison, celle des Bougie. Elle y fut un quart d'heure plus tard et alla frapper à la porte avant.

En attendant, elle regarda le ciel qui lui parut encore plus bleu que durant son voyage depuis chez elle jusque chez Roméo. Elle vit venir une ombre à l'intérieur de la maison, qui resta en retrait à côté de la porte et cria:

–Qui c'est, ça?

–Je passe par les portes pour demander la charité... de coutume j'arrête pas icitte, mais monsieur Roméo Boutin m'a dit de venir... que vous...

La porte s'ouvrit brusquement et la jeune femme entra pour se retrouver devant un être sorti tout droit d'un film d'horreur. Revêtu de son manteau de guenille, Bougie gardait une main derrière son dos et il la regardait sans rien dire, l'oeil fou, fixe, fiévreux.

–Je...

Elle ne put dire que ce simple mot. Tout devint noir autour d'elle.

Quand elle retrouva ses esprits, elle était attachée solidement au poteau de la rampe d'escalier, du sang dans le cou, revêtue d'un manteau de guenille taché de sang, un bâton d'une forme bizarre tout ensanglanté à ses pieds. Tout souvenir s'était effacé depuis le moment où elle avait quitté la maison de Roméo. Une des premières choses dont elle prit conscience fut l'extrême enflure de son visage. Puis la douleur se fit sentir. Fulgurante. À la mâchoire inférieure.

Tout était d'un mystérieux silence dans la pièce sombre. Après avoir repris conscience de son corps et s'être rendue compte que toute image ultérieure à sa sortie de chez Roméo avait disparu de sa mémoire, elle examina de plus près sa situation. Les liens étaient de deux sortes: une chaîne cadenassée pour la retenir à la rampe et de la corde chevelue entourant ses reins, ses poignets et ses chevilles pour l'immobiliser à peu près totalement.

Cette privation de sa liberté, ses blessures, la vue du sang sur elle, l'étrangeté du lieu, tout cela créa en elle un vent de panique: elle fut sur le point de hurler de désespoir. Mais les leçons du passé lui vinrent en aide. Quand elle avait été traquée, battue par son père puis par son mari plus tard, elle avait appris à maîtriser ses nerfs en respirant comme un chien sans arrêt jusqu'à retrouver une partie de son calme, ce qui l'aidait considérablement à contrôler la douleur.

Puis elle put réfléchir enfin.

Elle tâcha encore de faire émerger les souvenirs récents, mais rien de mieux que précédemment ne lui vint en tête. Elle avait entendu parler de gens ayant subi un accident et que la mémoire des événements frais avait désertée. C'était presque incroyable. Maintenant, il lui fallait se rendre à l'évidence. On disait aussi qu'avec le temps, soit quelques jours ou plus, les souvenirs revenaient un à un. Peut-être trouverait-elle les réponses plus vite si elle se répétait les quatre questions importantes...

Pourquoi son visage était-il ainsi tuméfié?

Pourquoi était-elle ainsi ligotée?

Pourquoi ce vêtement tout taché de sang?

Où était-elle en ce moment?

Son esprit la ramena chez Roméo Boutin, à la table du thé matinal. Son imagination l'emporta sur une voie ferrée. Un train qui déraille. Voilà qui expliquait son visage enflé, éclaté... Elle se trouvait sur le train ou quelque part trop près des rails et avait été impliquée dans l'accident d'une manière ou d'une autre... Le sang, le vêtement de guenille, l'endroit où elle se trouvait, tout ça pouvait entrer dans ce scénario de l'invraisemblable, mais pas les liens. Avait-elle pu perdre la raison et l'avait-on attachée pour la protéger contre elle-même comme dans les asiles de fous?

Aussitôt apparues dans sa tête, aussitôt envolées, ces pensées absurdes et incongrues, sans aucune forme de logique.

On avait parlé de la guerre probable en Europe... Aucun lien à en tirer non plus... Soudain, il lui revint qu'on avait aussi parlé du voisin sauvage où elle ne s'arrêtait pas dans ses tournées à cause de sa mauvaise réputation. Un homme qui se serait amendé depuis la mort de sa femme en automne, racheté pour son passé de misanthrope. "S'il est pas là, sa fille va t'ouvrir."

Mais elle avait beau ressasser tout ça, quand elle essayait d'y voir plus près dans le temps, elle se heurtait invariablement à une muraille épaisse érigée devant la maison Boutin, loin même de la maison Bougie.

Après ces quatre interrogations visant à comprendre les événements du présent, il en vint une à propos de l'attitude à prendre.

Que faire dans les circonstances?

Parler?

Appeler à l'aide?

Essayer de se libérer?

Ceux qui l'avaient attachée devaient s'attendre à des réactions semblables et les guettaient dans l'ombre, dans la chambre voisine dont il n'émanait que le silence et la pénombre, à l'étage peut-être dont il ne lui apparaissait qu'un trou noir au-dessus de sa tête.

Il lui vint une autre idée. Frôlant l'absurdité, l'impossible, l'impensable. Chanter. Et peut-être désarmer les 'assaillants'. Chanter quelque chose. Désarçonner. Intriguer. Obliger les fantômes de cette maison à se manifester et modifier leurs sombres desseins qui sait...

Mais chanter quoi?

Le mieux, se dit-elle, ce serait un air que tout le monde connaît, mais dont rares sont ceux qui en connaissent toutes les paroles. Elle fouilla en sa tête parmi celles qu'elle avait montrées aux enfants. Et entama d'abord à mi-voix puis avec plus de force *La prière en famille**. La voix sortait tordue, sourde, à cause de la terrible douleur à la mâchoire et de la fracture qu'elle soupçonnait là.

Quand notre Laurentie se glisse dans la nuit,
Quand notre Laurentie se glisse dans la nuit,
Vers le ciel blanc d'étoiles, comme en un pré fleuri,
Monte un bruit de prières que le vent reconduit.

**paroles de Blondin Dubé; musique de Chs-Émile Gadbois*

Aucune réponse, aucun signe de vie. Silence tout comme celui suggéré par le premier couplet. La jeune femme sonda la chaîne qui la retenait prisonnière et vit aussitôt qu'elle perdrait son temps à essayer de s'en libérer et ne parviendrait qu'à s'infliger des blessures. Elle reprit son courage et son chant:

Dans chaque maisonnée, c'est coutume chez nous,
Dans chaque maisonnée, c'est coutume chez nous,
Au pied de la croix noire, ce divin rendez-vous,
S'unit pour la prière la famille à genoux.

Comme en la plupart des demeures, il y avait en celle-ci aussi une croix noire. Signe d'humanité. Signe d'humilité. Signe de moralité. Signe d'honnêteté. Et signe de sobriété. Mais surtout pas signe de brutalité.

Elle entreprit la première ligne du troisième couplet, *près du feu qui chantonne*, mais s'arrêta, la bouche empâtée, la gorge écrasée. L'instant d'après, elle éclata en sanglots. Elle pleurait encore, mais plus doucement quand des voix lui parvinrent de l'extérieur. Puis la porte s'ouvrit brusquement:

–C'est elle qui l'a tuée, c'est elle, la quêteuse de grands chemins. C'est la coupable, c'est elle... Je l'ai pognée qu'elle fessait Rose-Anna avec... c'te bâton-là... Venez voir...

Tout allait si vite. Joseph Boulanger suivait Mathias Bougie qui entrait en boitant, suivi de Germaine que Catherine reconnut aussitôt, mais qui ne réagit pas quand elle lui adressa un sourire que l'enflure transforma en grimace dérisoire. Catherine connaissait aussi Joseph. Mais le visage de l'autre homme échappait à sa mémoire. Du moins en grande partie car il avait aussi quelque chose de familier... Elle ne put l'analyser plus longtemps; l'homme courut aussitôt vers la porte de la chambre qu'il ouvrit à sa pleine grandeur en vociférant:

–R'gârdez c'est qu'elle a fait à ma fille, la maudite quêteuse de grands chemins. Ça sera ben pour la voler... Moé, j'étais pas proche quand c'est que ça s'est passé... J'étais un bon boutte sur ma terre par en haut, là... R'gârdez c'est qu'elle a fait... Je l'ai pognée sur le fait en revenant dans la maison...

Joseph marcha sans broncher. Il entra dans la chambre, suivi de Germaine qui laissa échapper un cri d'horreur puis sortit en reculant, la main sur la bouche et la terreur dans le regard.

–C'est quoi qu'il est arrivé? demanda Catherine à qui personne ne répondit et que l'on n'entendit même pas.

Joseph resta figé devant la scène affreuse qui s'offrait au regard. Mathias pour en faire ressortir davantage toute l'infamie et augmenter encore l'épouvante chez les témoins alla ouvrir les rideaux qu'il accrocha sommairement sur le rebord du châssis.

Le corps de Rose-Anna était couché en travers du lit. Affreusement mutilé. Lacéré, labouré comme par de puissantes griffes d'ours. La jaquette ensanglantée ne le découvrait pas, mais les déchirures laissaient voir la peau ouverte et des lambeaux de chair attachés au corps par des filaments. Plus massacré encore était le visage. Comme si l'assassin s'était acharné à le détruire pour ainsi l'empêcher de voir sa rage démentielle. Les yeux arrachés. Le front défoncé. La bouche démantibulée dans un abominable fatras où des humeurs jaunâtres mêlées de caillots de sang restaient figés dans l'éternité. Cheveux agglutinés dans ce liquide encore visqueux et qui brunissait déjà.

–Bon, parvint à dire Joseph au bout d'un long moment, reste rien qu'à attendre le docteur, le curé pis la police. Ça devrait pas retarder. Le temps qu'on vienne... ils ont dû faire du chemin.

Enfin Catherine entendait quelque chose de rassurant. Dès que Samuel serait là, il ferait en sorte que tout s'éclaire. Car elle comprenait maintenant qu'on l'accusait de meurtre. En fait que cet homme portait une accusation contre elle. Il l'avait assez dit en entrant et voilà qu'il le répétait une autre fois:

–Elle sera rentrée par la porte d'en avant, c'est jamais barré icitte à part que quand on va à messe le dimanche. Elle a voulu voler quelque chose... pis Rose-Anna l'a surpris. C'est ça qui s'est passé... Quand c'est que je l'ai vue avec le bâton dans les mains, qu'elle fessait sur elle dans le lit, je l'ai pognée, pis je l'ai reculée pis je l'ai assommée... parce qu'elle était comme une bête enragée... Le démon sorti de l'enfer aurait pas été pire... Un vrai démon! Ça quête, ça vole pis ça tue...

Elle se retint de crier son innocence. L'accusateur en ajouterait encore. Elle choisit de se taire malgré sa révolte intérieure et un galimatias d'autres sentiments plus désordonnés les uns que les autres.

Joseph Boulanger fut le premier à penser que Rose-Anna ne pouvait pas avoir été massacrée de cette façon par son propre père. Ce crime est si répugnant pour toute personne humaine, si incompatible avec la loi naturelle, qu'on le rejette d'emblée. Mais si ça ne pouvait être lui, ça ne pouvait être que l'autre... c'est-à-dire la quêteuse...

L'homme ne se questionna pas davantage pour le moment et sans tourner la tête vers la prisonnière assise sur le plancher de la cuisine, il retrouva sa femme qui s'était réfugiée sur la galerie arrière en laissant la porte ouverte, et semblait sur le point de vomir.

–C'est de même quand on cré pas au bon Dieu, dit la femme.

–C'est pour dire quoi, ça?

–Ben la quêteuse qui cré pas au bon Dieu... Pis pas sûr qu'elle fait sa religion.

–Ah!...

Mathias s'assit par terre dans la chambre et se mit à se lamenter. Catherine n'avait d'autre choix que celui d'attendre et de tout entendre... Et que Samuel vienne donc au plus vite! Alors, mais sans y réfléchir cette fois, simplement pour appeler Dieu à son aide, elle se mit à fredonner le troisième couplet de *La prière en famille*.

On fait la grand'prière que récite maman,
On fait la grand'prière que récite maman,
Son âme radieuse pénètre ses enfants;
Et tous les saints défilent dans l'ombre, lentement.

Un klaxon se fit entendre. Une auto arrivait dans l'entrée. La jeune femme ne put reconnaître le bruit du moteur, celui de la Chrysler de Samuel, car il s'agissait de celui, bien plus lourd, de la Cadillac 12 du curé. Le prêtre arriva à la porte avec, sur les talons, un autre prêtre, soit le vicaire. On avait appris par téléphone, l'appel venant des Boulanger quand Mathias avait couru chercher de l'aide, qu'il s'était produit une mort violente, celle de Rose-Anna Bougie. Et parce que l'incident était de cette importance et unique dans les annales de la paroisse, en tout cas à première vue, on avait cru bon s'y rendre à deux prêtres plutôt qu'un.

Mathias courut à la porte qu'il ouvrit devant eux.

–Mais qu'est-ce qui arrive donc, mais qu'est-ce qui arrive donc? dit le curé en franchissant le seuil sans attendre.

Le vicaire suivit avec le nécessaire à Extrême-Onction. Au presbytère, on ne savait jamais avant de partir sur appel si la personne en agonie ou décédée avait bien rendu l'âme et on l'administrait sous condition. Sous réserve. Pour ne pas gaspiller les prières et le sacrement...

–Mais qu'est-ce que cette petite madame fait donc là? demanda le prêtre en passant.

–Je le sais même pas, monsieur le curé, fit Catherine en montrant ses mains liées et son visage blessé dans des gestes incomplets, éplorés.

On passa tout droit malgré une question à mi-voix qui suivit:

–Samuel va-t-il venir?

Seul le vicaire entendit. Il y avait plus pressant que de répondre à cela. Il s'engouffra à la suite des deux autres dans la chambre et des voix sidérées en sortirent aussitôt. Puis le rituel sacramentel commença.

Pour se calmer, Catherine ferma les yeux et se remit à chanter presque tout bas comme une petite fille, le dernier couplet de la chanson:

Au lit, veillé par l'ange, chacun sommeille 'à plein',
Au lit, veillé par l'ange, chacun sommeille 'à plein',
Après son attisée, le père suit les siens.
C'est la nuit, tout repose au pays laurentien.

Quand elle reprit le sens du réel, on l'entourait. Le curé dit à Mathias:

–Pourquoi laisser cette petite madame enchaînée ainsi?

–Parce que c'est elle qui a tué ma fille.

Le vicaire intervint aussi:

–Mais voyez comme elle souffre. Il faut la détacher tout de suite.

–C'est une furie, un démon...

–J'ai tué personne, monsieur le curé, j'ai tué personne. Samuel, il s'en vient-il?

–Il viendra pas, c'est le docteur Poulin qui s'en vient de Saint-Martin.

–Pis la police de Saint-Georges, ajouta Joseph.

–J'ai rien fait, moé, détachez-moé, s'il vous plaît.

Le vicaire s'accroupit et commença de la détacher. Le curé demanda à Mathias où était la clef du cadenas. L'autre reprit son discours accusateur:

–T'inquiète pas, mon ami, on est assez d'hommes pour la maîtriser. Là, faut pas la laisser de même. Regarde, elle saigne de partout, cette personne-là.

–C'est le sang de ma fille, monsieur le curé.

Et Mathias mit son visage entre ses mains. Il commença à gémir et courut se réfugier dans la chambre de la morte.

–Pauvre homme, il est secoué, dit le prêtre.

Quand enfin Catherine fut délivrée, elle se remit sur ses

jambes, se débarrassa du manteau qu'elle laissa par terre et prit la parole, mais le curé la lui coupa aussitôt:

–Ce n'est pas à nous de faire enquête et de te juger, il y a la loi civile pour ça. Quand tu voudras te confesser, c'est une autre histoire, mais même là, que tu sois innocente ou coupable, tout restera sous la loi du silence, la loi de la confession qui nous est imposée par la sainte Église.

–Je veux me confesser dans ce cas-là.

–Très bien, fit le curé en ouvrant les mains devant lui. Nous sommes deux prêtres... je préférerais que tu te confesses à monsieur le vicaire, mais tu as le choix.

–C'est correct.

Le curé retourna à la chambre de la morte demander:

–Y a une chambre en haut? Monsieur le vicaire va s'y rendre avec la petite femme pour la confesser.

–Y a la chambre à Rose-Anna, mais j'veux pas la voir là, celle-là qui l'a tuée...

–Même si elle l'a tuée, là, faut savoir pardonner, Mathias. et le pardon, ça commence ici et maintenant. C'est pour ça qu'elle va se confesser. Tu devrais peut-être en faire autant. Dans les pires moments d'une vie, dans les plus affreuses tragédies, un sacrement, ça aide grandement, tu sais.

–Faites donc ce que vous voudrez d'abord. Mais faites attention, c'est une personne dangereuse, je vous l'ai dit.

–Merci... On va s'arranger...

Pendant qu'en bas, la conversation roulait sur les événements, Catherine et le vicaire s'enfermaient dans la chambre du haut. Le prêtre remarqua le tiroir de commode ouvert et son contenu tout chambardé. Elle remit en place la catalogne tant bien que mal et s'agenouilla; lui s'assit.

–Laisse faire les formules et dis seulement tes péchés.

–J'en ai pas à accuser, pis j'en cache pas non plus.

–Ce n'est pas toi qui a tué Rose-Anna Bougie?

–Je l'ai pas tuée.

–Pourquoi étais-tu attachée avec du sang partout?

–Je... ça, j'peux pas vous dire, je le sais pas. J'me rappelle de rien. J'me rappelle d'avoir pris une tasse de thé avec monsieur Boutin...

–Monsieur Bougie, vous voulez dire.

–Non, monsieur Boutin, le père de Clara.

–Ah bon!

–Je l'ai pas...

–Monsieur Bougie prétend qu'il t'a surprise à frapper Rose-Anna avec un bâton, qu'il t'a maîtrisée et qu'il a fini par devoir t'assommer pour te faire tenir tranquille.

Catherine gémit:

–Il dira ce qu'il voudra, moé, je me rappelle de rien. Mais j'peux pas avoir tué quelqu'un, j'peux pas... J'ferais jamais ça. Mon père me battait, mon mari m'a battue pis j'ai jamais pu me revenger, jamais.

–Comme a dit monsieur le curé, c'est pas au prêtre d'enquêter. La justice des hommes va suivre son cours. As-tu d'autres péchés à accuser?

–Non... pis j'ai pas celui-là non plus.

–En ce cas, je te donne l'absolution.

Ils se relevèrent tous les deux. Elle poussa le tiroir de la commode. Et le précéda pour retourner en bas. Le curé lui demanda de s'asseoir à la table de cuisine et d'attendre sans rien dire. Elle obéit.

***

Chapitre 34

Quand le docteur Poulin arriva à la maison Bougie, il y avait déjà plusieurs autos dans le rang aux abords. La nouvelle du meurtre avait fait le tour de la paroisse comme une traînée de poudre et on se le disait sur les lignes téléphoniques dans tous les environs. Qui aurait pu imaginer un crime aussi crapuleux dans un monde aussi tranquille et jamais touché par de tels scandales? Ou si rarement. Depuis quand le dernier assassinat dans tout le territoire? Dix, quinze ans. À Saint-Méthode peut-être? La femme qui avait empoisonné son mari?

Et les langues sur les lignes transportaient toutes sortes de rumeurs le plus souvent basées sur des coups de coeur ou des vérités déformées qui pour la plupart condamnaient d'avance l'étrangère venue mendier et sans doute voler le 'durement gagné' des gens de la paroisse.

"Pourquoi c'est pas défendu, le quêtage, de nos jours?"

"Avec la loi du secours direct, c'est pas nécessaire."

"Pis les quêteux, c'est plus riche que nous autres."

"Ça mange du pain de boulanger, saviez-vous ça?"

"Paraît que y'en a qui ont le téléphone pis le courant électrique dans la maison."

"Ouen, pis nous autres, on l'a même pas."

“Aurait menacé quelqu’un avec un fusil par chez eux.”

“Pire que ça, elle aurait attaqué un homme avec une fourche à foin. Une démone de femme, paraît.”

“A chaque année, elle passe en bicycle par icitte aller et retour.”

“Si je me rappelle. J’connais des hommes du village qui se laissent... en tout cas, je l’dirai pas... Y a des affaires qu’il faut pas dire trop tout haut...”

“Jeanne d’Arc Maheux la connaît: elle fait l’école à ses enfants. Pis est séparée de son mari.”

“Elle était là quand Maria Boutin est morte... on peut se poser des questions là itou... On sait jamais, une femme de même...”

Le docteur Poulin voyageant en une Chevrolet 32 qui devenait poussive dans les côtes abruptes, fut rattrapé dans le rang par la police venue en Ford 38, une auto brune aux ailes noires, occupée par un homme d’âge mûr en uniforme, flanqué de son assistant plus jeune aux nerfs à vif, lui qui n’avait jamais vu une scène de meurtre et s’en régalait par avance.

Les trois furent observés par plusieurs dizaines de loustics venus voir ce qu’ils pourraient bien voir, mais qui entouraient la maison. Et on put apercevoir une filée du genre de celles qui se formaient près de l’hôpital où étaient élevées les jumelles Dionne en Ontario. Les curieux longeaient le mur à la queue leu leu jusqu’à la fenêtre de l’assassinat et se repaissaient à regarder un moment la morte ensanglantée. Mathias profitait de l’occasion pour montrer à toute la paroisse son désarroi voire même son désespoir. Il hochait la tête, se frappait la poitrine, s’essuyait les yeux... Un père éploré comme un peuple unanime les aime.

–Faut d’abord voir ce qu’il y a à voir, déclara le chef de police Vachon en entrant. Faut que personne touche à rien et va falloir que chacun de vous me dise ce qu’il ou elle a vu en arrivant dans cette maison. Je fais le tour des lieux avec le constable Thibodeau. Je vous demande d’attendre là même où vous êtes.

Les deux prêtres et les Boulanger formaient un cercle à quelque distance de la table où Catherine restait silencieuse et dubitative. Encore assommée par le choc physique subi et plus encore par le choc psychologique. Elle ne tourna même pas la tête quand les policiers et le docteur arrivèrent. L'inquiétude en elle grandissait à chaque minute. Personne ne lui parlait. On l'isolait comme si elle avait été une pestiférée, une coupable à coup sûr. Elle avait trop compté sur la venue de Samuel Goulet et maintenant, elle se sentait seule au monde... dans un monde hostile, en tout cas qui lui montrait bien peu de sympathie...

Elle était pauvre, elle était femme, elle était jeune, elle venait d'ailleurs. Rien que cela faisait d'elle le suspect numéro un. En fait, le seul suspect. Comment aurait-il pu en être autrement dans l'esprit des paroissiens, puisque le témoin du crime était le père de Rose-Anna lui-même?

Et puis la quêteuse avait osé critiquer une valeur inattaquable: Dieu lui-même. Ça, Germaine Boulanger le confia au curé en personne tandis que la jeune femme était à se confesser. Elle révéla ses doutes exprimés sur la Providence. Et cita à témoin Bernadette Grégoire devant qui Catherine avait affirmé ne pas croire en l'intervention divine dans les choses de ce monde. L'abbé dit à la femme de garder ça pour elle...

C'est le docteur Poulin, personnage rondouillard, qui le premier se rendit auprès du cadavre qu'il examina en ne le touchant qu'au poignet afin de constater le décès. Il jeta un coup d'oeil sur les mutilations après avoir soulevé la jaquette et dénudé le corps en utilisant le sien pour boucher la vue aux indiscrets à la fenêtre. Il examina la vulve; rien n'indiquait qu'il y avait eu viol. Et il ne put pas voir la blessure faite par le poinçon disparu, laquelle blessure se perdait dans les autres lacérations. Il remit la jaquette en place. Bougie garda le silence et se limita à se lancer parfois dans des éclats de sanglots qui se terminaient en reniflements.

Puis le docteur laissa l'espace aux policiers et se retira dans l'autre pièce où il alla s'entretenir avec les prêtres. Il téléphona ensuite au bureau du docteur Goulet. Armandine l'informa du fait que Samuel qu'elle avait rejoint à l'hôpital du Saint-Sacrement, revenait en catastrophe en ce moment même de Québec et serait sur place dans moins de trois heures.

Vachon examina la victime du regard et ne put s'empêcher de grimacer à quelques reprises.

–Ils l'ont pas manquée, hein, mon Charlie?

Vachon dictait. Thibodeau notait dans un cahier d'écolier. Mathias assis sur une chaise au pied du lit leva la tête et marmonna:

–C'est la maudite folle de l'autre bord qu'a fait ça à ma fille... est venue icitte pour voler...

–C'est vous, Mathias Bougie? Vous êtes témoin. On va vous questionner tout à l'heure après avoir fait le tour de la maison.

–C'est pas moé, le tueur, c'est...

–Écoutez un peu... vous êtes un témoin, elle est un témoin, le curé même est un témoin, tous ceux qui sont dans la maison sont des témoins. On va les questionner et vous également...

L'homme remit sa tête dans ses mains. Vachon dit à son collègue en montrant la fenêtre qui servait aux curieux d'écran pour film d'horreur:

–Charlie, va leur dire de s'en aller d'icitte. Y a pus rien à voir...

Le constable, personnage à gros traits, se rendit à la fenêtre et lança à la file des senteux:

–Le showtime est fini, les boys. Allez-vous-en, on ferme les rideaux.

Le suivant de celle qui la dernière avait pu se donner du plaisir morbide à voir le cadavre mutilé, un personnage dans la trentaine, maugréa:

–On a le droit de voir, nous autres itou.

–Toé, t'as aucun droit icitte... pantoute.

–T'est rien qu'un maudit baveux, toé!

–Coudon, c'est quoi ton nom, toé?

–Moé, je m'appelle Menomme Grégoire pis j'ai pas peur de le dire.

–Ben mon Menomme, tu vas aller 'menommer' ailleurs. Ou ben je t'arrête pis ça va être dix piastres d'amende. Tout vous autres, allez-vous-en. On ferme le châssis pis les rideaux.

La filée se brisa puis se reforma aussitôt devant une autre fenêtre, celle de la cuisine qui permettait d'apercevoir la meurtrière présumée.

"C'est elle, la quêteuse, à table!" fut-il dit de bouche à oreille jusqu'au bout du rang sur le grand chemin.

"Elle l'a tuée avec le bâton qui est là, dans les barreaux de l'escalier. C'est plein de sang dessus..."

C'est ainsi que le procès public allait bon train, avant même le début de l'enquête policière qui, elle, serait suivie de l'enquête du coroner puis de l'enquête préliminaire et s'il y avait lieu, du procès devant la justice.

Vachon demanda à Mathias de les suivre et lui ordonna de ne rien dire à moins qu'on le questionne. Et alors de ne répondre que par oui ou par non. L'homme accepta et les suivit hors de la chambre.

Le chef referma la porte. Il défendit à quiconque d'y pénétrer. Puis ordonna à son adjoint d'ouvrir une page par témoin dans son cahier et d'y inscrire tout de suite les noms et adresses. Pendant ce temps, lui se rendit aux environs de l'escalier où il s'intéressa à deux objets bien précis: le bâton mis debout entre deux barreaux et le manteau ensanglanté laissé sur le plancher. Il sortit des gants qu'il enfila et prit le bâton qu'il examina. Aucun doute, c'était l'arme du crime. Il y vit du sang, des petits lambeaux de chair. Et puis la forme des griffes de l'objet correspondait à première vue aux lacérations faites à la victime. Pièce à conviction numéro un. Il alla la déposer dans le coin de la cuisine et en barra l'accès par deux chaises. Et revint s'intéresser au manteau qu'il emporta et regarda en pleine lumière devant une fenêtre. Tout ce sang indiquait à coup sûr que l'assassin le portait en tuant sa victime. Il fouilla dans l'unique poche du vêtement et y trouva deux objets qu'il examina rapidement sans trop les questionner: une montre-bracelet pour dame et une chaînette de cou avec un pendentif en or en forme de coeur. Trois autres pièces à conviction qu'il mit sur le plancher avec la première. Enfin, les liens ayant servi à ligoter Catherine, chaîne et cordes, furent sommairement examinés et mis avec les autres pièces.

Thibodeau qui en avait terminé avec ses notes préliminaires vint à sa demande et il écrivit plus loin dans le cahier la liste des objets recueillis par le chef.

–Asteur, va falloir que chaque témoin situe ces choses-là où elles se trouvaient quand il les a vues pour la première fois. S'il les a vues...

–Je les appelle?

–Pas maintenant. On fait d'abord le tour de la maison avec Bougie, ensuite on questionne les témoins et enfin, on fera ça.

Ils firent venir Mathias et se rendirent à l'étage où la chambre de Rose-Anna reçut une inspection brève qui valut comme annotation: tout en ordre dans la chambre de la victime. Les autres pièces furent à peine regardées et, pour l'heure, négligées. Aucune question ne fut posée au père de la morte encore.

De retour en bas, on demanda à tous de sortir et d'attendre à l'arrière de la maison. Ordre leur fut intimé de n'entrer en communication avec personne parmi les curieux de plus en plus nombreux. Le docteur prit quelques minutes pour soigner les blessures de Catherine et lui fit un pansement qui entoura sa tête et sa mâchoire inférieure. Elle lui demanda pourquoi ce n'était pas le docteur Goulet à sa place; il lui dit que Samuel arriverait dans deux heures environ, ce qui valut à la jeune femme un grand soulagement moral. Il diagnostiqua une fracture possible au niveau de l'articulation temporo-mandibulaire, disant espérer qu'il ne s'agisse que d'une simple fêlure que le temps réparerait en quelques jours. Puis il la conduisit dehors avec les autres.

On avait retenu Mathias pour interrogatoire. Cela commença dans la cuisine à la table où les trois hommes prirent place, le chef en face du témoin interrogé. Après les formalités d'identification, Vachon dit à Mathias:

–Monsieur, racontez-nous ce qui est arrivé ici et dont vous avez été témoin. Quand avez-vous vu votre fille vivante pour la dernière fois?

–Hier soir.

–Et pas ce matin?

–Suis parti à la barre du jour pour aller chasser le p'tit gibier, les siffleux, les perdrix.

–Dans le bois de la concession?

–Non, sur ma terre, pas trop loin...

–Vous avez tué quelque chose?

–Non.

–Ensuite?

–Suis revenu une heure, une heure et demie après... J'ai ben vu quelque chose de pas normal à maison... La porte d'en arrière grande ouverte... Rose-Anna faisait jamais ça... les mouches pis tout... les rats... on sait pas...

–Et vous êtes entré?

–C'est ça... Pis rendu sur la galerie, j'entendais crier... j'pensais que c'était ma fille...

–Vous aviez votre fusil?

–Oui... Non, je l'avais laissé dehors à terre, après la galerie, là...

–C'était une voix de femme?

–Oui...

–Et vous êtes entré?

–J'ai rentré dans la cuisine pis j'ai vu par la porte de chambre la quêteuse qui bûchait sur Rose-Anna avec un bâton. Elle criait comme une folle, mais Rose-Anna, elle, a bougeait pus pantoute...

–Elle bûchait... avec une hache?

–Non, non... avec un gros bâton... le bâton qui se trouve là...

Il tourna la tête.

–Je l'ai mis là-bas derrière les chaises.

Vachon resté ganté se rendit le prendre et vint le montrer:

–Elle le tenait par quel bout?

Mathias allongea la main pour prendre l'objet, mais le policier le retira pour l'en empêcher:

–Faut pas y toucher... Va falloir prendre les empreintes digitales qui s'y trouvent et on va faire analyser le sang pour savoir si c'est bien le même que celui de votre fille. Tout ça va partir aujourd'hui même pour le laboratoire de médecine légale.

–Mes empreintes, sont dessus: a fallu que j'y arrache des mains, le bâton pour qu'elle arrête de fesser avec...

–Des empreintes, ça n'incrimine pas forcément quelqu'un, ça dit juste que quelqu'un a touché l'objet.

–Y aura les siennes pis les miennes.

–En passant, monsieur Bougie, vous avez pas besoin d'essayer de faire notre ouvrage, on sait ce qu'il faut faire et comment enquêter.

–J'sais ça.

–Donc... vous l'avez surprise qui s'acharnait sur le corps de votre fille avec ce bâton? dit Vachon qui retournait mettre l'arme avec les autres pièces.

–C'est ça. Pis là ben... j'y ai crié d'arrêter... elle m'a r'gârdé comme une bête sauvage... pis elle a foncé sur moé. Je l'ai r'pârée pis j'y ai arraché le bâton... Elle a sauté su' moé comme une mère ours qui attaque... j'lui ai maudit un coup de bâton en pleine face. Pis là, suis allé voir ma fille... pis quand j'ai entendu qu'elle, la quêteuse, elle râlait dans la cuisine suis revenu pis je l'ai attachée comme il faut... après l'escalier là...

–Avec quoi?

–Avec de la corde... pis une chaîne... sont là...

–Derrière les chaises avec le bâton et...

Vachon qui était revenu s’asseoir ne termina pas sa phrase. Il demanda plutôt:

–Elle a repris conscience?

–Qui?

–La... dame.

–J’pense pas.

–Et vous avez fait quoi ensuite?

–Suis retourné voir ma fille. J’ai ben vu qu’elle était morte.

–Vous avez pris son pouls.

–J’ai vu assez d’animaux mourir dans ma vie, que j’sais c’est quoi la mort.

–Et vous avez tué quoi à la chasse déjà ce matin?

–Rien pantoute.

–Après avoir vu que Rose-Anna était morte, qu’avez-vous fait?

–Là, j’ai couru su’ Boulanger pour avoir de l’aide.

Vachon tourna la tête et regarda l’appareil de téléphone suspendu au mur:

–Pourquoi c’est faire que vous ne vous êtes pas servi du téléphone ici?

–J’aurais ben dû, c’est certain... Mais la ligne était occupée quand c’est que j’ai décroché... pis surtout, moé, en partant d’icitte, j’avais dessein d’aller su’ Roméo Boutin, pas su’ Boulanger. Au chemin, j’ai changé d’idée... Vous devez savoir que j’étais pas mal ‘énarvé’, là, moé... Pis faut dire que Méo a pas le téléphone, lui.

–Mais pour appeler le docteur, le curé.

–Rose-Anna était déjà morte. Elle pouvait pas être plus morte ou ben moins morte. M'fallait du monde vite pour m’aider à m’occuper de tout... Pis c’est pour ça que j’ai pensé aux Boulanger rendu au chemin. Sont deux, eux autres. Pis ils ont ben fait ça, Germaine pis Joseph. Ont vu à tout... appelé le docteur, le curé, la police... ben vous autres...

–Bon... tout est noté, Charlie?

–L'essentiel... comme il faut.

–Monsieur Bougie, le manteau plein de sang, ça vous appartient?

–Non. Pantoute. Elle l'avait sur le dos, la quêteuse.

–Et selon vous, pour quelle raison elle aurait tué votre fille?

–Pour voler dans la maison. Ce monde-là, c'est comme des gypsies, c'est voleur... pis elle a dû se faire surprendre sur le coup...

–Mais pourquoi s'acharner de cette manière sur le corps de votre fille?

–Ça... c'est ben enrageant... pis ben triste... Y en a que la vue du sang, ça les rend fous... ça sera ça qui est arrivé après qu'elle l'aura assommée pour la tuer... Là, on sait pas ce qui se passe dans la tête de ces gensses-là...

–Bon... pour le moment, ce sera tout, monsieur Bougie. Je vous demande de vous en aller dehors avec les autres. Mais ne parlez pas de ce que vous avez vu.

Vachon se doutait que l'homme ne saurait pas se retenir, mais c'était le seul moyen disponible pour empêcher les témoins d'entendre les dépositions des autres. Il alla chercher Catherine et la fit asseoir devant lui.

–Vous avez beaucoup de mal, madame...

–Bussière, dit Charlie.

–Moyen, dit-elle.

–C'est pire quand vous parlez?

–Un peu.

–Faites-moi les réponses courtes.

Puis, étant donné qu'il la considérait comme suspecte, il lui fit lire ses droits par son assistant. Quand elle sut qu'elle avait le droit de ne rien dire sans avoir vu un avocat, elle choisit cette voie. Ce qui la rendit encore plus suspecte. En fait, elle voulait se confier à Samuel Goulet, le coroner, et à personne d'autre.

Ce fut au tour de Joseph Boulanger ensuite. Il raconta que Bougie était survenu chez eux alors qu'ils étaient à table en train de déjeuner avec les enfants. Il parla de sa nervosité qu'il trouvait anormale avant de savoir ce qui s'était passé, mais normale dans les circonstances. Et dit avoir appelé au village, chez le docteur Goulet, au presbytère...

Le chef lui demanda ensuite de se rendre chercher Roméo Boutin. On pensait qu'il pouvait se trouver parmi les curieux, mais peut-être pas puisqu'il ne disposait pas du téléphone et que de chez lui, il ne pouvait apercevoir que du bois et encore du bois.

Germaine répondit à son tour aux questions. Elle ne fit que confirmer les dires de son mari.

Puis ce furent tour à tour le curé, le vicaire et le docteur Poulin.

Le curé parla de ce qu'il avait vu en entrant dans la maison. Vachon s'intéressa particulièrement à la personne de la quêteuse. Il sut de quelle manière elle était attachée, apprit qu'elle portait le manteau et fut mis au courant qu'on l'avait entendue chanter.

–Mais c'était sans doute pour se donner du courage, affirma aussitôt le curé qui ne voulait pas que son témoignage serve contre qui que ce soit, même une étrangère à la paroisse.

Du vicaire, le chef Vachon n'apprit de pertinent que le fait qu'il avait ramassé le bâton gisant sur le plancher et l'avait mis entre les barreaux de la rampe d'escalier. Il faudrait en conséquence prendre les empreintes digitales du prêtre en plus de celles de Bougie et Catherine afin que les experts de la médecine légale s'y retrouvent plus vite et plus aisément.

Le docteur Poulin fut questionné à son tour. Il dit que Rose-Anna avait dû rendre l'âme au matin. L'apparence du sang coagulé inclinait vers cette hypothèse. Vraisemblablement, le décès avait été causé par des blessures au crâne infligées par un objet tel le bâton que lui exhiba l'enquêteur et que les lacérations sur son corps avaient sans doute été causées par l'objet en question. L'autopsie infirmerait ou confirmerait ses hypothèses. Quant à l'épanchement sanguin, il ne lui était pas apparu suffisant pour avoir causé la mort directement et ne pouvait que s'être ajouté aux autres causes plus directes.

–On a tout ce qu'il faut pour la tenir criminellement responsable de la mort de Rose-Anna Bougie-Talbot, dit Vachon à son adjoint quand ils furent de nouveau seuls dans la pièce. Mobile: le vol. Arme: le bâton. Évidences: suffisantes. Il reste à attendre le coroner voyageur...

–Il doit être ici dans une heure.

–Moi, je vais aller au village, à l'hôtel, et manger une croûte. Je dois te laisser pour garder la suspecte.

–On pourrait l'attacher à l'escalier comme Bougie a fait.

–C'est qu'elle est pas encore en état d'arrestation. On connaît pas sa version, tu comprends. Qu'elle reste ici sous surveillance. On va l'arrêter après l'enquête du coroner... qui aura lieu, j'espère, dans le courant de l'après-midi. Elle veut toujours pas faire venir un avocat?

–Elle répète tout le temps qu'elle va tout dire au docteur Goulet.

–Anyway, faut un policier pour surveiller la scène du crime, comme tu sais. Les pièces à conviction doivent pas être touchées. Personne ne doit retourner dans la chambre de la morte. Personne ne doit entrer dans la maison. C'est bon de même. Je vais manger et je t'en apporte. Tu veux quoi, mon Charlie?

Les prêtres retournèrent au village.

Le docteur précéda Vachon vers l'hôtel; ils pourraient ainsi se parler plus aisément du crime tout en prenant leur repas du midi.

Quant à Roméo Boutin, il vint trop tard avec Joseph Boulanger. Le constable Thibodeau lui dit qu'il devrait revenir pour l'enquête du coroner. Entre-temps, le veuf répandit parmi les curieux l'idée que Rose-Anna ne pouvait pas avoir été tuée par son père et pas plus par la mendiante.

Un “*mais qui d’autre?*” circula partout.

Bougie se rendit manger chez les Boulanger. À tous ceux qui lui présentaient leurs condoléances, il se montra découragé et enragé tout à la fois. Triste et en colère. Blessé.

Le “*mais qui d’autre?*” redevint un index accusateur pointé en direction de l’étrangère venue mendier...

***

Chapitre 35

–Un crime d'une rare violence s'est produit ce matin dans le canton de Shenley. Une jeune femme dans la vingtaine dont l'identité n'a pas encore été révélée officiellement a été assassinée et son corps affreusement mutilé. C'est le père de la victime qui a fait la macabre découverte à la demeure familiale après avoir lui-même désarmé l'agresseur. Le témoin principal est détenu sur place en attendant l'enquête du coroner qui devrait débuter dans quelques heures. Il s'agit d'une jeune femme dans la vingtaine également. Une mendiante. Le vol pourrait bien être le mobile du crime.

Voilà ce qu'entendit Samuel en revenant de Québec, à mi-chemin, alors qu'il s'était arrêté à un restaurant pour téléphoner à la maison. Sa mère lui confirma ce que venait de diffuser l'appareil de radio de l'endroit, qui syntonisait une station de Québec, la Beauce ne possédant pas encore sa propre station. Armandine précisa que la mendiante était bel et bien la Catherine que lui et Clara avaient visité au jour de l'an. Il blêmit et raccrocha sans rien ajouter. Mais il poussa à fond la Chrysler par la suite.

Plus tôt, quand sa mère l'avait rejoint à l'hôpital du Saint-Sacrement où il venait à peine d'arriver, elle l'avait informé simplement de la mort violente de Rose-Anna, sans parler de Catherine dont elle-même ignorait à ce moment la présence dans le sinistre décor de la maison Bougie. Elle l'avait pressé de revenir, disant que le docteur Poulin, un personnage généreux et très respectueux des territoires et des personnes, préférait ne pas agir comme coroner par intérim et s'attendait à son retour de Québec dans les heures à venir.

Dès qu'il eut mis le pied à l'intérieur de la maison pour y prendre en vitesse le nécessaire de circonstance s'ajoutant à sa trousse médicale qu'il gardait toujours avec lui, même en voyage, et qui se trouvait donc encore dans l'auto, Armandine l'informa de ce que le chef de police Vachon l'attendait à l'hôtel. Il lui avait dit qu'il y serait jusqu'à deux heures, donc pour encore quinze minutes, après quoi, il retournerait à la maison Bougie où Samuel le retrouverait pour préparer son enquête à partir des renseignements déjà ramassés par les policiers l'avant-midi.

–Clara est au courant? demanda-t-il à sa mère à mi-voix au pied de l'escalier.

–Pas encore. Ou elle m'en aurait parlé sûrement. Revenue du bureau de poste au milieu de l'avant-midi, mais... En tout cas, elle avait l'air normal... Je lui ai rien demandé, elle a rien dit. S'est enfermée dans sa chambre. Si elle savait quelque chose, elle aurait dit quelque chose...

–Laissons ça comme ça, maman. Pour le moment. Attendons le plus tard possible pour lui parler de l'implication... prétendue de Catherine... de madame Bussière dans cette histoire. Tiens, je vais lui dire deux mots...

Il enjamba l'escalier trois marches à la fois et se rendit frapper à la porte de l'adolescente qui ouvrit aussitôt, comme si elle s'attendait à sa visite. Il resta debout dans l'embrasure pour lui parler:

–J'ai pas été longtemps à Québec. Il y a eu... une mort...

–Je sais 'pa'... c'est Rose-Anna qui a été tuée par une bête sauvage... dit posément Clara.

Abasourdi par cette réplique, Samuel mit sa tête en biais:

–Qui l'a tuée, c'est l'enquête qui va le montrer. Ou du moins va tenter de le faire.

–Je peux aller avec vous?

–J'ai bien peur que non. Vaut mieux que tu restes avec maman.

–C'est quoi, un coroner, 'pa'?

–C'est moi... je veux dire, c'est un médecin qui enquête pour établir les circonstances de la mort d'une personne quand la police a lieu de croire qu'il s'agit d'un meurtre ou d'une mort suspecte. Par exemple, à la mort de ta mère, j'étais là en tant que médecin, non pas en tant que coroner, parce que ta mère est morte d'une mort naturelle. Mais là, d'après ce qu'on dit, Rose-Anna aurait été... enfin, sa mort ne serait pas naturelle selon toutes les apparences... Il faut enquêter. Et c'est mon rôle. Et je dois y aller sans perdre une minute. Je voulais te parler un peu parce que je sais bien que tu as connu Rose-Anna Bougie. Tu l'as vue souvent, j'imagine?

Clara demeura sans dire. Elle regarda Samuel dans les yeux pour tourna la tête. Il ajouta en regardant sa montre-bracelet:

–Tu n'as rien d'autre à me dire? Eh bien, je me sauve. Bonne journée!

–Merci 'pa' !

–Et alors? demanda Armandine avec un signe de tête en direction de l'escalier.

–Elle dit que Rose-Anna a été tuée par une bête sauvage.

–C'est au bureau de poste qu'elle aura entendu ça. Et toi, Samuel, crois-tu que la bête en question soit la... quêteuse?

Sa fonction lui interdisait de dire à qui que ce soit, même à sa mère, qu'il ne croyait aucunement en la culpabilité de Catherine. À lui de faire éclater la vérité au grand jour afin de disculper la jeune femme. Et là seulement, on raconterait à Clara ce qu'elle ignorerait encore.

–Je te laisse le soin de l'informer en temps et lieu.

–Merci, maman!

Les deux ignoraient que Clara en savait davantage. Tout d'abord, elle avait entendu Armandine téléphoner à Québec et parler à Samuel du meurtre de Rose-Anna Bougie. Puis, voyant que sa mère ne lui dirait sans doute rien, elle avait demandé la permission pour se rendre au bureau de poste quérir la malle du matin.

Là, elle avait tout su de Bernadette ce qu'il y avait à savoir pour le moment.

–Si c'est pas ma petite Clara! s'exclama la femme en la voyant. Tu viens chercher la malle à monsieur le docteur. T'as appris ce qui est arrivé. Mon doux Jésus, j'y pense, mais c'était ta voisine... Je veux dire...

–Rose-Anna Bougie a été tuée...

–Tu le savais. Imagine donc, y en a qui disent que c'est Catherine... notre Catherine, la mendiante... Sont fous de dire ça... Je sais ben que c'est pas son père non plus qui a tué Rose-Anna, mais... Personne pense qu'une personne qui se fait maganer de même, d'après ce qu'ils disent, *ça prend rien qu'une bête sauvage pour faire ça*. Catherine, on la connaît, moi pis toi, pis c'est loin d'être une bête sauvage. Au contraire, c'est une bonne samaritaine, pas une bête sauvage... Sont fous... Tiens, v'là ta malle, ma fille. Tu peux être sûre que j'vas leur dire c'est que j'pense, moi. Accuser de meurtre une petite madame aussi bonne qu'elle, j'en reviens pas... Elle a soigné ta mère le jour de sa mort... pis Samuel quand il a eu son accident de bicycle... C'est pas une voleuse ou une tueuse qui aurait fait ça... J'te dis que y en a qui ont pas la jarnigoine entre les deux oreilles...

Elle se mit à rire et enchérit:

–Leur jarnigoine, ils l'ont surtout entre les deux orteils.

Embusquée derrière son rideau, Clara regarda Samuel monter en voiture, faire un virage en U dans la rue grise et s'en aller à l'hôtel. Alors elle s'assit sur son lit et son regard se perdit dans le lointain.

Elle revit la douceur et la bonté dans les yeux et les gestes de Catherine le jour de la mort de sa mère. Elle revit la générosité de ses yeux le matin de l'enterrement. Elle revit son respect de ses enfants quand on l'avait visitée au jour de l'an. Mais aussi, elle ne pouvait s'empêcher de voir ces lueurs de tendresse dans son regard quand elle le posait sur Samuel... Puis la jeune fille imagina un ours enragé entrer dans la maison des Bougie et frapper Rose-Anna à coups de griffes... "*Ça prend rien qu'une bête sauvage pour faire ça.*" Les mots revenaient sans cesse dans sa tête et semblaient frapper l'intérieur de ses tempes. Elle se releva et descendit en bas où elle demanda à Armandine la permission de faire un tour de bicyclette.

Contrariée, la femme demanda:

–Où c'est que tu veux aller?

–Je... sais pas... la Grand' Ligne, par là-bas, vers Saint-Martin.

–Mais pas plus qu'une heure, hein? fit la femme dans une hésitation qu'elle ne parvenait pas à camoufler derrière la sévérité du ton.

Clara se rendit tout droit chez les Maheux, trouva Laurent dans la boutique et lui demanda s'il voulait l'accompagner pour une randonnée dans le Grand Shenley. Elle lui donna rendez-vous à l'entrée du rang et passa à toute vitesse devant chez elle pour ne pas risquer d'être vue et interceptée par Armandine. Cinq minutes plus tard, ils attaquaient la grande côte...

Pampalon vint au-devant de Samuel qui entrait à l'hôtel. Il lui dit, l'air grave, de sa voix la plus grosse:

–Non, mais c'est de valeur ce qui est arrivé dans le Grand-Shenley.

–J'en sais pas encore grand chose. Je viens voir...

–Le chef de police... il t'attend... Suis-moi, je vous laisse la petite salle à dîner rien qu'à vous autres. Les autres clients sont partis.

Vachon se leva pour serrer la main tendue et les deux hommes reprirent place pour aussitôt entrer dans le sujet. Le policier révéla tout ce qu'il savait. Il termina en énumérant tous les éléments qui faisaient pointer l'accusation tout droit dans une seule direction: celle de la mendiante.

–Le mobile, l'arme du crime, les pièces à conviction, tout est là, dit le rouquin policier.

Samuel lui sourit de manière énigmatique:

–Le coroner aura pas grand-chose à faire pour gagner son argent. Il en faudrait partout, des fins limiers comme vous deux.

–Faut dire que le constable Thibodeau fait rien que prendre des notes.

–C'est d'autant plus méritoire pour le chef Vachon... En ce cas, allons-y. Aussitôt sur place, je vais assermenter un jury et l'enquête sera peut-être une simple formalité.

–Peut-être? Sûrement!

–On verra. On sait jamais, peut-être que la... suspecte me révélera des choses...

–Elle a commencé par dire qu'elle se rappelle de rien depuis son arrêt chez Boutin, ensuite, elle a choisi de rien dire avant de voir non pas un avocat mais le docteur Goulet... Vous vous connaissez?

–Un peu. Tout le monde la connaît, elle fait des virées deux fois par année pour ramasser de l'argent pour sa famille... C'est une femme séparée de son mari...

–Et on a même su à travers les branches que c'est elle qui l'a chassé... Elle l'aurait menacé de mort avec un fusil. Pire, ce printemps, elle l'aurait attaqué avec une fourche.

–Faudra examiner tout ça en plus du reste.

Ils se mirent en route, les deux autos se suivant, sous l'oeil exagérément intrigué de Pampalon qui, debout dehors, lança aussitôt un cri vers le deuxième étage de l'établissement:

–Luc, Luc, amène-toé, on monte dans le fond du Grand-Shenley.

Une voix féminine traversa la rue depuis le magasin général, qui lançait:

–Je peux-t-il y aller avec vous autres, Pampalon?

–Embarque, Bernadette: plus de monde, plus de fun.

–Je vas aller prier pour Rose-Anna.

–Prie pour qui tu voudras, c'est ton privilège.

De chez elle, Jeanne d'Arc entendit les cris de Bernadette, et en deux temps trois mouvements, elle fut sur le bord du chemin, attendant l'auto de Pampalon qui s'amena bientôt, Luc au volant.

Éva sortit de la maison pour demander à son aînée:

–Où c'est que tu t'en vas comme ça?

–À la maison Bougie... tout le monde va là à midi...

–Ben moé, j'irai pas. Des histoires de meurtres, là, moé...

La jeune fille monta à l'arrière ainsi que Bernadette et Pampalon lança à la mère de Jeanne d'Arc:

–Veux-tu venir avec nous autres, Éva, y'a encore une place dans la machine.

Elle hésita. Il dit:

–Viens prendre un tour de machine.

Elle pencha un peu la tête:

–Ah... ben... si c'est pour prendre un tour de machine...

*

Pas moins de cent véhicules étaient garés sur le bord du chemin et dans un champ appartenant à Bougie. Et plus de deux cents personnes attendaient la suite des événements par petits groupes. On faisait toujours la file à la fenêtre de la cuisine afin de voir celle qui était devenue la vedette du jour: la mendiante étrangère. Il n'y avait plus de doute dans la plupart des têtes, c'était elle la meurtrière. Par une sorte d'alchimie douteuse se produisant dans les sombres tréfonds de l'âme humaine, on a vite fait de mettre les assassins sur un piédestal pourvu que les victimes ne soient pas des enfants ou des personnes chères. On aurait proposé à toutes ces bonnes gens de voir les jumelles Dionne, peut-être même Clark Gable et Vivien Leigh en personne en train de tourner le film *Autant en emporte le vent*, qu'ils auraient choisi de poser leur regard sur ce spécimen unique: une femme misérable, voleuse, tueuse, enragée...

Des rares personnes qui s'amenaient encore du village, les premiers rendus furent Clara et Laurent-Paul. Depuis le chemin, ils se rendirent à pied à côté des bicyclettes qu'ils laissèrent à la grange Bougie et se perdirent dans la fourmilière humaine des environs.

Puis le chef de police arriva à son tour, suivi d'assez près par le docteur Goulet. Ils entrèrent dans la maison. Catherine sentit un immense poids soulager son dos quand elle aperçut Samuel. Il lui jeta une oeillade. Le docteur Poulin qui venait au-devant de lui le renseigna et lui décrivit son état physique. Il s'approcha d'elle qui disait déjà, la voix tordue et la gorge en feu:

–C'est pas moé, c'est pas moé...

–Ne parle pas. Tu n'as pas à le faire.

–J'ai pas voulu parler à la police, mais je...

–Je fais le tour de la maison avec la police, je vais examiner le corps et je vais revenir te parler dans quelques minutes. Est-ce qu'on t'a donné à manger?

–Pas besoin... j'ai pas faim...

–Je reviens.

–Merci...

Les Grégoire arrivèrent ensuite et Luc trouva une place de stationnement dans le champ des Boulanger devant l'entrée de la maison Bougie. On aurait peu à marcher.

Et cette pauvre Bernadette qui se mit à clamer l'innocence de la mendiante faisait rire d'elle par ceux à qui elle le disait. Elle put se rendre à la fenêtre et aperçut la suspecte toujours confinée à la table. Elle lui cria:

–Catherine, Catherine, c'est Bernadette, je le sais que c'est pas toi qui a fait ça, je le sais...

Catherine tourna la tête et essaya de sourire. Ce sont des larmes qui lui vinrent.

–Mon doux Seigneur, c'est qu'ils t'ont donc fait?

Après avoir examiné le corps, les lieux, ainsi que les pièces à conviction, Samuel revint auprès de Catherine et lui parla de ses droits en présence du chef de police en utilisant cette fois le vouvoiement. Il lui expliqua son rôle de coroner et lui dit qu'il devait assermenter un jury afin que la décision soit prise de porter ou non une accusation formelle contre elle. Elle exprima le désir de lui dire ce qu'elle avait fait depuis la barre du jour. Il lui demanda d'attendre et de le faire devant le jury afin que sa réponse soit plus naturelle, spontanée. Elle parvint à dire:

–Tout le monde me regarde comme une coupable.

–Le verdict du jury ne voudra pas dire qu'il vous pense coupable, juste qu'il y a, selon les jurés, matière à procès.

–M'accuser, c'est déjà trop. J'ai pas tué Rose-Anna...

Vachon intervint avec une lueur d'ironie dans l'oeil:

–Dans ce cas-là, vous n'avez pas à vous inquiéter.

Le regard suppliant de la jeune femme croisa celui de Samuel. Il changea d'idée au sujet de la déposition qu'elle voulait faire et l'exprima. Sûrement qu'il lui apporterait un grand soulagement, seulement à l'écouter et il voulut le faire le plus vite possible pour que les tuméfactions intérieures s'amenuisent un peu si cela ne devait pas aider à soulager celles de son visage.

Malgré la chaleur, on ferma les fenêtres pour que personne ne puisse entendre de l'extérieur. Tous les témoins convoqués y compris les prêtres sortirent. Il ne resta à la table que la suspecte, les deux policiers et le coroner qui mènerait l'interrogatoire.

Catherine raconta en quelques mots ce qu'elle avait fait entre le moment de son réveil et son arrivée chez Roméo Boutin.

–Comment étiez-vous habillée?

–Comme là.

–Pas même un manteau léger pour vous protéger du froid matinal?

–Comme lui que j'avais en me réveillant? La queue se

prendrait dans les “rés” (*rayons*) de bicycle ou ben dans la chaîne. Jamais je mettrais une affaire comme ça pour voyager en bicycle.

Samuel échangea un regard avec Vachon qui haussa une épaule, signifiant que la réponse ne l'impressionnait pas.

–Vous arrivez chez Boutin. Vous frappez. Vous attendez qu'il ouvre.

–C'est là que j'ai entendu un coup de fusil.

–Monsieur Boutin a tiré?

–Non, il venait d'ouvrir. C'était loin, loin...

Vachon prit la parole:

–C'était Mathias Bougie... il est allé chasser le petit gibier de bonne heure...

–Vous avez dit qu'il n'avait rien tué.

–Ça veut pas dire qu'il a pas tiré.

–En effet! Ensuite, Catherine...

–On a bu du thé. On a parlé de Clara, de sa maison qu'il trouve ben vide... pis de la guerre qui s'en vient, pis du train qui a déraillé à Sherbrooke...

–Boutin a déclaré la même chose, dit Vachon.

–Combien de temps à peu près êtes-vous restée chez monsieur Boutin.

–Autour d'une heure.

–Boutin a dit pareil, fit Vachon. C'est consigné dans le rapport de police là.

–Et vous êtes repartie?

–Mais là, j'me souviens pus de rien ensuite.

–De rien? Après être repartie, avez-vous monté sur la bicyclette?

Elle regarda le plafond, ferma les yeux:

–N... non, j'ai marché à côté... Je me souviens, c'est trop vaseux à cause de l'orage...

–Et ensuite?

–Et ensuite, je me suis réveillée icitte, attachée après le

poteau de l'escalier, des cordes ben serrées aux chevilles, aux poignets... pis j'avais un vieux manteau plein de sang sur le dos. Y avait personne dans la maison... J'savais pas que Rose-Anna était morte dans la chambre...

–Je ne vais pas vous demander ce que vous avez ressenti, on peut très bien l'imaginer, mais... il a fallu combien de temps avant qu'on vienne et qui est venu?

–C'est monsieur Bougie... avec les Boulanger, madame Germaine pis monsieur Joseph.

–Combien de temps?

–J'pourrais pas le dire, j'étais à moitié sans connaissance.

–Avez-vous fait quelque chose, essayé de vous libérer par exemple...

–J'ai vu tout de suite que j'pourrais pas... ça fait que pour me calmer un peu, j'ai chanté...

Vachon dit:

–Elle a chanté, même après avoir su que Rose-Anna avait été assassinée. Le curé et tous les autres l'ont entendue...

Samuel bougea la tête et jeta durement:

–Quelqu'un qui chante, ça veut pas dire qu'il est heureux ou qu'il est coupable de quelque chose. J'aurais bien plus tendance à me méfier d'un meurtrier qui se désole et pleure devant sa victime.

Il ne faisait pas allusion aux réactions du père devant le corps inerte de sa fille, les ignorant en bonne partie et n'ayant vu Mathias qu'à la dérobée depuis qu'il se trouvait dans la maison.

–Et il y avait un bâton près de vous?

–Pas loin devant.

–Vous ne pouviez pas l'atteindre?

–Non.

–Vous l'aviez déjà vu?

–Jamais.

–Et en entrant, monsieur Bougie vous a accusée du meurtre de sa fille.

–Il dit qu'il m'a surpris... en train de la frapper avec le bâton pis de la... de la déchirer avec les espèces de griffes au bout...

–Tu... vous ne l'avez pas fait?

–Pourquoi j'aurais fait une chose pareille?

–Répondez par oui ou non.

–J'peux pas. J'sais pas ce qui s'est passé à partir du moment où j'me trouvais sur la trail de la concession jusqu'au moment où j'me suis réveillée icitte, la face comme je l'ai là, à moitié morte, assommée, pis sans savoir même où c'est que je me trouvais.

–Bon, ce sera tout. Je vais vous poser les mêmes questions devant les membres du jury. Ou à peu près. Vous n'aurez qu'à répondre de la même manière. Moi, je vais aller constituer ce jury de cinq personnes. Et ne vous inquiétez pas, je vais trouver des gens qui n'ont pas trop de préjugés et qui, selon moi, ont un certain sens de la justice. Des hommes impartiaux et vous verrez que vous serez libre avant la fin de la journée. Je vais demander à madame Boulanger d'aller vous préparer quelque chose à manger et pour moi aussi. *(Il soupira.)* On a du pain sur la planche et va falloir en manger, du pain, pour faire face à la tâche qui nous attend.

En l'âme de Catherine, le doute côtoyait l'espoir. Il y avait tant de temps déjà entre le jour de l'an et ce lendemain de la Fête-Dieu: un très long chemin. Or ce chemin les avait éloignés, conduits dans deux directions opposées. Il avait envers elle une réserve qu'elle comprenait mal. Elle avait fondé tant d'espoir sur sa présence et voilà que tout était si désincarné, si technique, si juridique. Et ce vouvoiement qui mettait entre eux une distance bien plus grande encore que la grande concession forestière...

Pendant que Germaine se rendait chez elle chercher à manger, une tâche qu'elle trouvait hautement valorisante par son importance, et pour laquelle le système judiciaire la rétribuerait grassement, Samuel sortit de la maison. Par des gestes vers les gens venus et des mots rassembleurs aux plus rapprochés, il parvint en quelques instants à réunir devant lui le gros des curieux. Et il parla en la présence des policiers:

–Mesdames, messieurs, l'heure est grave. En tant que citoyens libres de ce pays, vous allez maintenant, en tout cas quelques-uns parmi vous, être appelés à participer activement au processus judiciaire. Il y a eu meurtre dans cette maison. Du moins il y a toutes les apparences d'un meurtre. Il y a aussi dans cette maison une personne soupçonnée de ce meurtre. Soupçonnée ne veut pas dire coupable. Car dans notre système, toute personne est présumée innocente jusqu'à preuve du contraire...

–Rien qu'à voir, on voit ben qui c'est qui a tué Rose-Anna, lança une voix cachée dans la foule.

–Non, mon ami! Souvent, ce qu'on voit ne correspond pas du tout à la réalité. Et pour voir non seulement les apparences d'un crime, mais les dessous d'un crime, il faut examiner de plus près tous les éléments à la disposition de la justice: témoignages, pièces à conviction, preuves circonstancielles...

–C'est quoi que ça mange l'hiver, ça? dit la même voix que suivirent des rires niais.

–Ça sera expliqué au jury en temps et lieu... La justice a prévu que le jugement de plusieurs est meilleur que celui d'un seul homme. Et pour obtenir ce jugement, il faut réunir un jury. Je vais donc choisir parmi vous cinq hommes qui vont former ce jury. Il ne s'agit pas d'un procès et on en est encore loin. Mais il s'agit de l'enquête du coroner qui vise à déterminer les causes de la mort de Rose-Anna Bougie et à décider s'il y a lieu ou non de porter des accusations criminelles contre la personne détenue comme suspecte dans cette affaire par la police... suite à l'enquête policière de cet avant-midi.

–Pas besoin de faire du chiard de marde: jetez-la en prison, la quêteuse, dit la voix que Samuel ne parvenait pas à situer.

–Lui, si je l'pogne, j'vas lui serrer les ouïes, maugréa Bernadette qui se trouvait au premier rang.

Au loin, des hommes se mirent à marcher pour s'éloigner.

–Huhau! là-bas, huhau! On ne se défile pas, on ne se dérobe pas à son devoir de citoyen. Ou bien la police qui est ici à mes côtés pourrait vous mettre en état d'arrestation et vous y mettre, vous, en prison.

–C'est-il de notre faute, à nusautr', si la quêteuse a tué Rose-Anna? Qu'elle paye tuseule pour son crime!

Une rumeur approbatrice circula parmi la foule. Samuel la toisa et son regard lança des éclairs foudroyants:

–Celui qui vient de crier est... stupide. C'est un très mauvais citoyen. De plus, c'est un être sans aucun courage. Qu'il s'exprime au grand jour ou bien qu'il se taise!

Bernadette se mit à applaudir. Une partie de la foule suivit. Autant de femmes que d'hommes. Les autres se renfrognèrent.

Samuel en profita pour glisser quelque chose à l'oreille du chef de police. La peur de l'uniforme fit taire tout le monde.

–Je vais descendre de la galerie et circuler parmi vous. Je vais choisir douze hommes au hasard. Par la suite, je vais questionner leur impartialité dans l'affaire et cinq d'entre eux seront retenus. Et que personne ne bouge en attendant. La police vous a à l'oeil.

Quand il fut en bas, Bernadette l'aborda:

–Pourquoi pas des femmes?

–La coutume...

–Pour juger une femme, une autre femme, ça serait peut-être une bonne idée, non?

–C'est pas un procès donc pas un jugement comme tel. C'est rien que l'enquête du coroner...

Il se demanda si la loi permettait de recruter des femmes pour faire partie d'un jury du coroner, elles qui n'étaient pas reconnues comme entités juridiques et n'avaient pas le droit de vote. Il dut s'avouer à lui-même qu'il n'en savait rien.

–Tu voudrais, toi?

–Ben non: j'connais trop la petite madame Catherine, tu sais ben. Pis mon idée est faite: je dis que c'est une bête sauvage qui a tué Rose-Anna d'après ce que je sais de ses blessures. Y en a plusieurs qui l'ont vue par le châssis de la chambre...

L'homme bien trop occupé ne fit pas le rapprochement avec cette même expression chez Clara qui l'avait pourtant frappé à son retour de Québec.

Samuel désigna onze hommes et une femme et leur demanda d'entrer immédiatement dans la maison. Là, il réduisit leur nombre à cinq dont cette femme qui restait estomaquée depuis le moment où il l'avait pointée du doigt dehors.

C'était Éva Maheux, venue là pour faire un tour de machine comme elle l'avait déclaré au départ. Les autres élus furent Pampalon Grégoire, Joseph Roy dit Pit, Joseph Boulanger et celui qui fut aussitôt nommé président du groupe, le vieux Jean Jobin, grognard et entêté.

Le choix de Samuel assurait d'éviter le parti-pris et le préjugé. Jean Jobin était homme de droiture et la paroisse aurait voulu le pendre qu'il n'aurait pas bronché d'une ligne quand son idée serait faite. Pampalon était homme de générosité et il inspirait la confiance à tous. Habitué aux gens venus d'ailleurs, il avait de la tendresse pour la gent féminine, ce qui ne nuirait pas à la cause de Catherine. Pit Roy pencherait du côté où la balance pencherait. Éva donnerait de la crédibilité au jury auprès des femmes de la paroisse et à travers elle, auprès des hommes aussi. Mère de famille nombreuse, bonne chrétienne, on s'identifierait aisément à elle. Mais celui que le docteur avait voulu le plus parmi les jurés était Joseph Boulanger. Et ce n'était pas par déduction puisqu'il le savait plutôt défavorable à la prévenue, mais par intuition. Il sentait que la clef de l'enquête était sur lui et que peut-être le petit homme l'ignorait encore...

Samuel agirait comme pourvoyeur de données, qu'il s'agisse de leur faire part de ses constatations quant aux blessures de Rose-Anna, de ses supputations à propos des pièces à conviction puis des interrogatoires qu'il ferait subir à tous les témoins dont il avait déjà dressé la liste: Mathias

Bougie, Catherine Bussière, Germaine Boulanger, Joseph Boulanger déjà là comme juré, Roméo Boutin et possiblement quelqu'un venu de Saint-Sébastien et que Vachon s'était efforcé de contacter par téléphone à l'heure du midi. Également le curé Ennis, le vicaire Turgeon et le docteur Poulin.

Germaine fut de retour.

Elle servit à manger à Catherine à la demande de Samuel. On la laissa seule à table et la jeune femme parvint à avaler des liquides: lait, jus de tomates, oeufs battus et sucrés. Pendant ce temps, Mathias indiqua aux membres du jury les lieux où ils pourraient trouver des chaises: ils allèrent en quérir. Samuel mangea sur le pouce, assis dans l'escalier, sans jamais jeter les yeux vers la table et la mendiante. Il demanda au constable Thibodeau d'ouvrir toutes les fenêtres qui avaient une moustiquaire afin de faire baisser la température de la maison et d'aérer. Cela rendrait le travail plus confortable et pourrait réduire un peu la vitesse de putréfaction du cadavre et partant, l'apparition d'odeurs insupportables.

Dehors, les gens attendaient. Ils avaient faim, eux aussi, mais pas de nourriture puisque la plupart s'étaient sustentés avant de venir, et plutôt de développements dans l'affaire, et ils supportaient facilement les affres du soleil brûlant pour pouvoir se rassasier un peu grâce à l'enquête.

Clara s'était tenue loin pour éviter que Samuel ne l'aperçoive. Paulo la suivait comme son ombre. Et quand le jury, les policiers et les témoins entrèrent, elle s'approcha de la maison par l'arrière et s'embusqua près du châssis de la morte. Et quand Thibodeau ouvrit les rideaux et la fenêtre, elle ne tarda pas à mettre son nez pour voir...

L'image était terrible, mais elle avait quasiment l'habitude avec la mort de sa mère et tout ce sang que la naissance d'Elzire avait alors répandu. Et puis, elle avait vu l'enfant-boudin exposé, ce qui n'était pas moins affreux. Et avait vu des blessures au bureau du docteur...

La vue de toutes ces lacérations lui remit en tête la parole de Bernadette: “*Ça prend rien qu'une bête sauvage pour faire ça*.” Un bâton terminé par des griffes entre les mains d'une personne qui a perdu la raison, c'était l'équivalent d'une bête sauvage, mais l'adolescente ignorait l'existence de ce bâton.

Son compagnon emporté par la curiosité mit aussi le nez à la fenêtre; il le retira aussitôt et faillit s'évanouir. Elle l'entraîna plus loin...

***

Chapitre 36

Les témoins furent de nouveau envoyés à l'extérieur le temps de la visite de la maison par le jury sous la conduite du coroner que le chef Vachon accompagnait, tandis que son collègue veillait au grain parmi les témoins afin qu'on ne se parle pas de l'affaire tel que requis par Samuel. On commença par l'étage. Un seul et simple coup d'oeil sur les pièces avec un arrêt à peine plus marqué dans la chambre de Rose-Anna.

–C'était une personne à l'ordre, dit Samuel. Tout était comme vous le voyez en ce moment.

–Sauf une chose, dit Vachon. Quand monsieur le vicaire est venu ici avec la quêteuse...

–Dites donc madame Bussière, demanda Samuel.

–Madame Bussière a refermé un tiroir en passant. C'est qui ressort des réponses du vicaire.

Une autre difficulté à surmonter, songea le docteur. On pourrait croire qu'elle n'avait pas posé le geste machinalement, mais parce qu'elle avait oublié de le faire en volant la chaînette au coeur d'or trouvée dans la poche du manteau de guenille.

Aucun des jurés pourtant n'y vit plus qu'un geste banal sans raison ni conséquence. Même que Joseph Boulanger était distrait et revoyait par le souvenir la mendiante précéder le vicaire dans l'escalier pour aller se confesser à part.

On retourna en bas et on fit examen des pièces à conviction. Samuel révéla le lieu où chacune se trouvait à l'arrivée des Boulanger, ce que Joseph confirma. Puis on se rendit dans la chambre de la morte. Éva eut du mal à supporter le navrant spectacle. Jean Jobin se rendit compte de sa pâleur et lui tint le bras, bien heureux de se savoir plus fort qu'elle et encore utile à son âge. Pit Roy ne cessait de rajuster son chapeau. Pampalon hochait la tête sans arrêt et regardait le plancher bien plus souvent que le cadavre mutilé. Samuel résuma la situation. La chair avait été labourée par un objet quelconque ayant des griffes.

–L'important, c'est de savoir quel était l'objet et qui le tenait. Suivant le témoignage de monsieur Bougie, il a surpris madame Bussière en train de mutiler le corps de sa fille à l'aide du bâton ensanglanté que je vous ai montré tout à l'heure. Voilà pourquoi le principal témoin dans cette affaire, pour le moment du moins, est madame Catherine Bussière. Et voilà pourquoi elle est dans les faits, détenue ici par la police.

Pampalon posa une question tout doucement:

–C'est certain que... il doit pas y avoir eu de...

Il regarda du côté d'Éva et continua d'hésiter:

–... de... ben disons le mot...

–De viol? coupa Samuel. D'après l'examen du docteur Poulin non. D'après le mien non plus. Mais j'ai fait un prélèvement là où il faut le faire, qui sera envoyé au laboratoire médico-légal aujourd'hui et on saura. Il faudra vous faire une opinion sans les résultats et sans considérer le viol comme mobile. Parce que, chacun comprend que s'il y a eu viol, ce n'est pas madame Bussière la coupable. On le saura hors de tout doute dans quelques jours.

–C'est sûr! fit sèchement Jean Jobin.

Samuel croyait pourtant qu'il y avait eu viol. Un massacre d'une si rare violence révélait que l'assassin, comme l'avaient si bien dit Clara et Bernadette, ne pouvait être qu'une bête sauvage. Or, il n'y a pas plus sauvage comme bête qu'un détraqué sexuel.

Puis il sourit un peu en se disant que Clara avait dû entendre l'expression bête sauvage de Bernadette au bureau de poste, ce qui signifiait qu'elle en savait plus qu'il ne le croyait. Sans doute sa pupille savait-elle l'implication de Catherine dans l'affaire et n'en avait rien dit.

–D'autres questions?

Personne ne s'exprima et l'on retourna dans la grande cuisine où les jurés prirent place sur des chaises, le dos tourné au devant de la maison. On fit appel au premier témoin, le père de la victime qui redit les mêmes choses qu'à la police. Joseph Boulanger confirma ses dires à propos des faits qu'il avait été à même de constater.

Catherine fut ensuite amenée à la table des témoins. Le coroner attira l'attention des jurés sur son état physique et proposa de livrer lui-même les grandes lignes de son témoignage.

–Si quelque chose n'est pas conforme à la réalité, elle pourra intervenir et le chef de police également.

Il fut redit une autre fois qu'elle n'avait aucun souvenir des événements se situant entre son départ de chez Roméo Boutin et sa reprise de conscience alors qu'elle était ligotée là même et attachée au poteau de l'escalier.

Après elle, qui retourna dehors à l'arrière, ce fut le témoignage du curé. Il dit ce qu'il avait vu en arrivant dans la maison Bougie et n'incrimina personne. La seule révélation du vicaire concerna le tiroir que refermé par Catherine. On le savait déjà, mais il fallait lui faire redire pour le jury. Pour le reste, il était lié par le secret de la confession.

Germaine Boulanger dit à son tour tout ce qu'elle savait. Elle ne livra aucune opinion défavorable à Catherine comme en avant-midi. Roméo Boutin n'infirma en rien le témoignage de l'inculpée. Ce fut ensuite au tour de Joseph Boulanger d'agir comme témoin. Il dit ce qu'il savait et avait vu. Mais il exprima son hésitation avant de terminer.

–Sais pas, il me semble que j'ai d'autre chose, mais ça me revient pas.

Les choses allaient rondement. Aux fenêtres, on écoutait. Il y avait entre autres un journaliste de l'hebdomadaire beauceron *L'Éclaireur*, et un homme du quotidien *Le Soleil* de Québec. Et puis Clara s'était glissée sous l'escalier extérieur qui donnait près d'une autre fenêtre et ainsi, elle pouvait comme d'autres curieux agglutinés là au-dessus, saisir ce qui se disait à l'intérieur.

–Bon, dit Samuel, maintenant, on va faire rentrer madame Bussière ainsi que monsieur Bougie et puisque l'essentiel a été mis sur la table, nous allons les interroger de nouveau et chacun de vous pourra poser les questions qu'il ou elle voudra à l'un ou à l'autre.

Les deux témoins furent invités à s'asseoir à la table, un de chaque côté. Mathias protesta, mais il fut mis à la raison par les policiers.

Pampalon posa une première question avec une grande douceur dans la voix:

–D'après toé, Mathias, il se serait produit quoi avant que tu reviennes de la chasse à matin?

–Elle a dû cogner à porte. Rose-Anna a répondu. Une fois en dedans, elle l'aura assommée avec son bâton pour lui voler sa montre. C'est tentant, une belle montre de même pour une quêteuse de grands chemins. Pas contente de ça, elle l'aura achevée avec son bâton...

–J'avais pas de bâton. J'ai jamais vu le bâton avant de me réveiller. Demandez donc à monsieur Boutin si j'avais un bâton.

Mathias supputa:

–Il pouvait traîner quelque part sur le bord du chemin.

Vachon intervint:

–Oui, peut-être que c'est vrai, ça. Et peut-être que ce que madame Bussière dit est vrai aussi. Sauf qu'elle se souvient de rien. On pourrait penser qu'elle aurait pu ramasser le bâton le long du chemin et s'en servir contre la victime sans même s'en rendre compte.

–Suis pas une folle! protesta Catherine.

Jean Jobin parla:

–Y a des maladies comme ça... des personnes perdent la carte un bout de temps...

Les apparences étaient si défavorables à la suspecte qu'on avait déjà envie de lui trouver un alibi, une motivation qui la rendrait moins coupable et sûrement moins odieuse. Jobin la prenait en pitié malgré lui. Pit Roy avait du mal avec ses nerfs: il aurait voulu que l'affaire prenne fin sans que personne ne soit accusé. Pampalon priait parfois. Et Joseph Boulanger ne cessait de fouiller dans sa mémoire, dans son inconscient pour trouver quelque chose... mais quoi?

–C'est vrai, ça, dit Mathias. Rose-Anna était un peu de même. Elle faisait des cauchemars pis elle pensait que c'était la réalité.

Samuel qui suspectait l'homme depuis le début sauta sur l'occasion:

–Donnez-nous un exemple de ça, monsieur Bougie.

–Ben... j'ai pas ça comme ça, là...

–C'était une personne ben ben craintive, dit Joseph. Pis j'pense qu'elle avait peur des hommes plus que des femmes. C'est pour ça qu'elle a ouvert la porte à madame, si... Faudrait parler de ça à Germaine...

Tandis que le pauvre continuait de se débattre avec sa mémoire, ce fut au tour d'Éva de sauter sur l'occasion, elle qui aurait donné ses deux mains à couper si Catherine devait être coupable du meurtre et ses deux pieds si Bougie devait être innocent du même crime.

–Monsieur Bougie, vous avez jamais fessé sur votre fille, vous, non?

–Qui, moé?

–Oui, vous.

–Jamais!

–Au grand jamais? Même quand elle était ben jeune?

–Jamais, madame!

–C'est ben rare, ça, un père de famille qui donne pas une

claque au moins une fois dans sa vie à ses enfants. Ou ben quelques coups de hart sur les fesses...

–Non, mais... c'est que vous voulez dire avec ça, là, vous? C'est-il moé qui a tué Rose-Anna ou ben si c'est elle?

–Personne vous accuse, on veut juste faire de la lumière, un peu plus de lumière...

Soudain une image claire revint à l'esprit de Joseph Boulanger et ce fut celle de Catherine montant l'escalier pour aller se confesser. Quelque chose clochait dans sa façon de gravir les marches. Et pourtant, tout était normal dans sa démarche...

–Pensez-vous qu'elle aurait pu lui voler autre chose à part que sa montre? demanda le chef de police.

–Personne l'a fouillée: aurait fallu le faire. Si elle a pris autre chose à ma fille, elle aura eu le temps de s'en débarrasser, tiens ben.

–Rose-Anna avait pas une chaîne avec un coeur en or?

–Oui, justement, fit aussitôt Bougie.

–On l'a retrouvée avec la montre...

–Mais, dit Samuel en interrompant Vachon, elles étaient sur la table de la cuisine.

Mathias tomba dans le piège tendu:

–Elle les aura pris dans le manteau pour les mettre là... pour s'en débarrasser...

–Vous saviez qu'elle les avait dans la poche du manteau?

–Ben... ça a été dit devant moé... C'est que j'vous disais? Une voleuse pis une tueuse.

–Dites-nous, poursuivit le policier, où Rose-Anna mettait-elle sa petite chaîne en or d'habitude?

–Dans son tiroir de commode... dans sa chambre.

Le regard de Samuel croisa celui, atterré, de Catherine. Il lui adressa un léger signe de tête propre à la rassurer quelque peu.

Le jeune homme n'était pas plus inquiet qu'avant de venir, si ce n'est à propos de l'état d'âme de la jeune femme.

Malgré toute sa bonne volonté, malgré son choix d'un jury le plus impartial possible voire favorable peut-être à la suspecte, la barrière à franchir pour la disculper à la suite de l'enquête du coroner lui semblait de plus en plus haute. Toutes les apparences jouaient en sa défaveur. Mais l'accusation ne serait qu'une formalité et prodiguerait dans le dossier ce qui manquait le plus en ce moment: du temps. Le temps de réfléchir, de chercher des indices ayant échappé aux deux policiers, de bâtir des scénarios possibles. Le temps surtout de connaître les résultats de l'autopsie, des analyses du sang et prélèvements et des expertises de laboratoire sur les pièces à conviction. Et puis, élément majeur, résultats des prises d'empreintes sur les objets concernés.

Samuel veillerait personnellement à ce que tout soit passé au crible et ferait en sorte que le meilleur avocat de la Beauce défende la jeune mère de famille. Pour l'heure, il se sentait de plus en plus démuni devant l'accumulation de probabilités dans ce qu'il voyait sans l'ombre d'un doute comme une mise en scène montée de toutes pièces par Bougie lui-même pour camoufler son crime et faire porter le chapeau à une pauvre mendiante passant par là. Le bouc émissaire parfait que le destin lui avait servi sur un plat d'argent.

Consolation: plus l'étau se resserrait sur elle, plus ça sentait le coup monté et le mensonge le plus grossier. Et seul le père de la victime pouvait en être l'auteur. Mais soulever cette hypothèse maintenant, ce serait jeter du discrédit sur sa tâche et ne pourrait que desservir la cause de Catherine. Il devait s'abstenir.

Les préjugés continuaient de jouer en faveur de Bougie. Au moins Éva avait dilué quelque peu l'un d'eux. Mais dans la plupart des têtes, on ne pouvait même pas examiner l'idée d'un sinistre infanticide.

Samuel n'en démordait pas: la clef de l'énigme, il le sentait plus qu'il ne le savait, se trouvait quelque part dans les poches de Joseph Boulanger. Il le suivait donc à la dérobée, mais ne trouvait chez lui que distraction, hésitation et même opposition.

Il montait des souvenirs à l'esprit de Clara qui écoutait d'une part et se rappelait de l'autre. Elle revit cette scène de l'accouchement et les plaintes du docteur contre les mouches trop nombreuses à son goût, et qui les chassait à coups de linge lui servant de 'tapette'. Maintenant qu'elle avait appris l'hygiène, ces insectes l'incommodaient cent fois plus, mais il y en avait peu autour d'elle... Pourtant, elle en avait vu tout un nuage plus loin au-dessus des herbes hautes dans un bouquet d'aulnes...

Tandis que les jurés se parlaient entre eux, le téléphone sonna et le chef Vachon alla répondre. Il savait que c'était pour lui et de toute façon, n'aurait laissé personne d'autre prendre l'appel. Il raccrocha et convoqua Samuel à l'écart, près de l'enclos des pièces à conviction, pour lui faire part d'une nouvelle:

–Elle a de la chance, son mari ne viendra pas déposer ni à l'enquête du coroner, ni au procès.

–De la chance? Moi, je dis malchance. Et pourquoi ne se présente-t-il pas? Au procès, je ferai en sorte qu'il lui soit envoyé un subpoena.

–Certainement pas!

–Et pourquoi pas?

–Il est mort.

–C'est une blague.

–Dans le déraillement du train à Sherbrooke. Ils ont mis du temps pour identifier le corps...

Samuel fut sidéré. Il ne put empêcher une vague de contentement l'envahir à l'idée que Catherine soit maintenant veuve et libre. Mais libre pour combien de temps? D'autres chaînes étaient à l'entourer comme les fils gluants d'une toile d'araignée. Et s'il fallait que le coup monté réussisse et qu'elle soit condamnée à mort?...

La chair de poule souleva les poils de ses bras. Il hocha la tête en ricanant:

–Non, mais on se croirait au cinéma. C'est un malheur

pour elle parce que sa réputation de femme violente ne pourra pas être... lavée au moins en partie par le témoignage de son mari qui ne l'aurait sûrement pas accablée malgré leurs différends... On se croirait au cinéma...

Vachon se racla la gorge:

–Le rôle du coroner, ce n'est pas celui d'un avocat de la défense...

–Je sais, oui, je sais... Merci bien pour le rappel à l'ordre. Vous me laisserez me charger de l'informer en temps et lieu, n'est-ce pas?

–Pas de problème!

Quand il retourna auprès du jury, Samuel se refusa à regarder en direction de Catherine qui pourtant l'interrogeait des yeux, alertée par un sixième sens lui disant que cet appel téléphonique et la conversation entre les deux hommes la concernaient.

Et une fois encore, on fit redire à Bougie ce qu'il avait vu et entendu en revenant à la maison. Le jeune femme demeura silencieuse et garda la tête basse.

–Ça te fait rien que j'te pose une question, Mathias, juste par curiosité, dit tout à coup Boulanger.

–Envoye donc!

–T'as mal à la cheville, tu marches en boitant, pourquoi que tu prends pas une canne pour t'aider?

–J'en avais une... sais pas là, je l'ai mis dehors en arrière de la maison.

Samuel se demanda pourquoi Joseph posait cette question anodine et il pensa au bâton qui avait servi à tuer Rose-Anna, encore qu'il commençait à nourrir des doutes là-dessus également. Et Joseph ne poursuivit pas dans cette direction: à croire qu'il avait dit ça comme ça...

–Bon, les amis, il va falloir délibérer. Vous savez qu'il n'est pas requis de faire l'unanimité pour porter une accusation. Ce n'est pas un jugement de procès. Beaucoup trop d'éléments manquent au dossier et s'ajouteront dans les prochains jours: examen des empreintes, analyses diverses, rapport d'autopsie. Mais porter une accusation contre une personne, c'est déjà faire peser sur elle des doutes susceptibles de lui causer du tort toute sa vie, même si le procès devait la disculper. Et cela suppose aussi qu'il faut l'emprisonner dans l'attente de son enquête préliminaire. Voilà pourquoi je propose une sorte de jeu qui n'est pas la coutume lors d'enquêtes du coroner, mais qui ne saurait nuire à la vérité... Je suggère que deux scénarios des événements vous soient soumis. L'un par notre ami le chef de police et l'autre par moi. En mariant les deux à vos propres perceptions, peut-être que votre décision sera d'autant facilitée et se rapprochera de... de la vérité et par conséquent de la justice. Et... j'aurais envie d'inviter monsieur le curé afin qu'il bénisse nos délibérations et pour qu'il assiste à ces films des événements pour ainsi dire.

–Parfait, ça! de s'écrier aussitôt Pampalon.

–Mathias, t'es pas contre? demanda Joseph.

–Moé? Pantoute. Faites c'est que vous voulez.

–J'approuve, fit sèchement le vieux Jean Jobin.

Personne ne s'opposa à l'idée. Samuel prenait un risque calculé. Certes Vachon chargerait Catherine tant qu'il pourrait, mais pourrait-il aller bien plus loin que ce que disaient déjà les éléments réunis et les témoignages?

Quant à lui, fort du consentement général, il ferait d'elle une victime de coup monté comme il savait qu'elle l'était dans les faits sans pouvoir le démontrer, encore moins le prouver.

Ceux qui écoutaient dehors avaient l'eau à la bouche. Le spectacle en vaudrait la peine. Il faudrait plus qu'un soleil de juin pour envoyer les curieux paître ailleurs. Et puis la chaleur commençait à diminuer en cette deuxième partie de l'après-midi. Des pipes se vidaient, se rechargeaient, des cigarettes se roulaient, s'allumaient...

Laurent attendait sagement Clara là-bas près des bicyclettes. Elle ruminait à propos des événements durant la pause qui précédait ce jeu de la plaidoirie proposé par Samuel et accepté par tous, quand une voix familière lui fit tourner la tête:

–C'est que tu fais icitte, toé?

C'était son père naturel dont le visage lui apparut dans le triangle de bois à travers lequel l'adolescente mince s'était glissée pour être un témoin de première ligne.

–Ben... suis venue voir.

–Tu dois pas voir grand-chose dans ce trou-là.

–J'entends ce qu'ils disent en dedans.

–Ton père est-il au courant?

Entendre dire 'ton père' par son père et savoir que l'expression désignait un autre homme que lui montrait à la jeune fille la distance parcourue depuis son départ de la maison et le démembrement de la famille.

–Non.

–T'es venue comment?

–En bicycle.

–Pis le docteur le sait pas.

–Non.

–Bon...

Et ce fut tout. L'homme n'en dit pas davantage et il s'en retourna avec les témoins sur la galerie. La jeune fille sortit de sa cachette et s'éloigna. Elle voulait se faire oublier et en même temps se soulager d'un besoin naturel. Sans trop regarder devant, elle s'enfonça dans le bouquet d'aulnes, droit vers le nuage de mouches, et tomba bientôt sur quelque chose qui la fit reculer d'effroi: la carcasse ensanglantée d'un ours...

"*Ça prend rien qu'une bête sauvage pour faire ça.*"

"Ça prend rien qu'une bête sauvage pour faire ça."

Le cerveau de l'adolescente était martelé par cette phrase de Bernadette. Dans sa tête, l'image du corps de Rose-Anna lui revenait par éclairs. Elle regarda la patte griffue de l'animal mort et pensa que l'arme du crime, ce pouvait bien être ça et pas un bâton dont on avait parlé à quelques reprises quand elle avait écouté à la fenêtre. Son envie d'uriner disparut. Tournant les talons pour marcher, elle pila presque sur une patte d'ours et s'arrêta pour regarder la chose: il s'agissait en effet d'une patte en tous points semblables à celle de la bête, mais celle-ci était détachée du cadavre et les poils noirs ainsi que la corne des griffes étaient barbouillés de sang, ce qui était normal en les circonstances.

Elle courut à la maison et ce fut pour tomber sur Samuel qui, averti par Roméo de sa présence sur les lieux, la cherchait du regard. Il la prit à part pour la réprimander, mais elle lui parla aussitôt de sa découverte en disant qu'elle avait trouvé la bête ayant tué Rose-Anna.

D'abord contrarié puis fortement intrigué, la jeune homme la suivit dans les herbes hautes. Il eut tôt fait de tomber sur l'ours massacré à la patte coupée. À l'évidence, on l'avait tué d'un coup de fusil. Et c'était récent. Voici peut-être l'explication, songea l'homme, à ce coup de fusil entendu le matin même par Catherine et Roméo, peut-être aussi les Boulanger.

Mais pourquoi cette patte coupée? Et pourquoi Bougie avait-il voulu se débarrasser d'une carcasse fraîche, lui qui mangeait de la viande d'ours?

–Vous êtes fâché après moi, 'pa'?

Samuel qui avait un genou par terre leva la tête et, une larme à l'oeil, il lui dit:

–Non, ma fille, non. J'ai jamais été aussi peu fâché après toi que maintenant, jamais... Tu sais, je pense que grâce à toi, on va sortir Catherine des griffes du diable.

–C'est la bête qui a tué Rose-Anna?

–Peut-être pas, mais...

L'homme ignorait encore tout ce que cela voulait dire, mais il était certain qu'il s'y trouvait un lien direct avec la mort de Rose-Anna et qu'il pourrait s'en servir pour désarçonner Bougie et l'amener à se mettre à table. En tout cas, il espérait soulever un tel doute dans l'esprit du jury qu'on risquait de porter des accusations contre le père de la victime et non plus contre Catherine.

–Tu dis un mot à personne, Clara, à personne. C'est bien important.

–Oui, 'pa'.

Pendant l'absence du coroner, le chef avait eu le temps de préparer son propre 'film' des événements, les apparences lui servant de metteur en scène. Au retour de Samuel, il relata les événements présumés. Il avait été entendu par toutes les personnes présentes dans la maison de n'interrompre l'exposé sous aucun prétexte. De plus, on mit les pièces à conviction sur deux chaises à portée de vue des jurés.

Marchant de long en large devant le jury, il se départit de son habituelle placidité de policier pour faire place aux envolées sentimentales d'un avocat:

"Ce matin, à l'aube, madame Catherine Bussière enfourche son vélo chez elle à Saint-Sébastien et se met en route pour le canton de Shenley. À la même heure, monsieur Mathias Bougie part pour la chasse au petit gibier dans les environs. Il ne saurait aller bien loin en raison d'une foulure au pied qu'il s'est faite il y a quelques jours. Mais il va passablement loin en y mettant le temps qu'il faut.

Madame Bussière, qui a la réputation de femme violente pour avoir attaqué deux fois son mari dont elle est séparée, allant même jusqu'à le blesser avec une fourche ce printemps, s'arrête à la première porte de la paroisse, celle de monsieur Roméo Boutin. Il faut dire qu'elle fait le métier de quêteuse; personne bien entendu ne saurait lui reprocher ça dans un temps de crise comme celui que nous vivons tous.

Elle frappe. On vient ouvrir. On entend alors un coup de fusil au loin. Elle entre. On prend une tasse de thé. Tout ça est confirmé par monsieur Boutin. On parle des Bougie. Monsieur Roméo conseille à madame Bussière de s'arrêter là, lui dit que monsieur Bougie est plus accueillant qu'avant. Et il lui dit également que c'est un bon voisin et qu'ils partagent des sentiers de trappe l'hiver. Et qu'ils se parlent souvent.

Et là, elle part. Et nous dit qu'elle a perdu la mémoire pour se réveiller longtemps après, solidement attachée au poteau de l'escalier comme vous l'avez déjà appris de sa propre bouche.

Ce qui s'est produit, il faut l'imaginer pour un bout. Elle a effectivement frappé à la porte des Bougie et Rose-Anna lui a ouvert la porte. Elles parlent. Rose-Anna porte sa montre au bras et madame Bussière la voit. Bon, vient le temps de partir. Elle part. Mais pas loin, après avoir médité à tout ça, sachant que monsieur Bougie est absent et que Rose-Anna est seule à la maison, sans chien ni rien pour la protéger, elle trouve le gros bâton qui finit par des griffes et elle revient. Elle entre sans faire de bruit, trouve Rose-Anna couchée dans la chambre du bas de la maison. Là, elle l'assomme pour prendre sa montre. Ensuite, elle va dans sa chambre, trouve le coeur en or dans le tiroir de commode et le met dans sa poche de manteau. Le manteau, faut en parler un peu. C'est vrai qu'elle ne l'avait pas sur le dos pour faire du bicycle ni chez monsieur Boutin, mais elle l'avait sans doute dans son pacsac. Elle l'a mis avant d'entrer pour ne pas se tacher de sang parce qu'elle avait l'intention de tuer Rose-Anna pour ne pas se faire accuser de voler et se faire mettre en prison..."

Éva gardait sur les lèvres un petit sourire en coin bourré de scepticisme. Jean Jobin restait droit comme un hêtre sur sa chaise dure. Pit Roy ne bougeait pas d'une ligne tandis que Pampalon écoutait religieusement. Joseph Boulanger qui regardait fixement le bâton et le manteau depuis un moment eut tout à coup une vision, la vision qu'il cherchait. Et c'était une image réelle qui datait de la veille au soir dans l'étable où ils faisaient l'amour, lui et sa femme. On avait aperçu une sorte de démon à la fenêtre. Il y avait couru pour ne voir furtivement dans la pénombre qu'un personnage marchant à l'aide d'un bâton et revêtu d'un pareil manteau de guenillou. Et alors, il revit pour la troisième fois par le souvenir, Catherine Bussière gravissant les marches de l'escalier pour aller se confesser au vicaire; or, elle ne boitait pas, et son pas était tout à fait normal. En outre, elle pourrait sans doute prouver qu'elle avait passé la nuit avec ses enfants chez elle. Si ce n'était pas elle, ce ne pouvait être que Mathias Bougie à la cheville foulée... L'homme se remit droit sur sa chaise avec l'intention de parler le moment venu, soit après les deux 'films' des événements. Son regard croisa celui de Samuel et il sourit. Samuel sentit qu'il venait de se passer quelque chose en lui. Mais quoi? Puis Joseph pensa qu'il lui faudrait avouer avoir accompli son devoir conjugal sur un tas de foin et il croisa les bras...

Vachon poursuivit:

–Elle l'assomme donc comme je l'ai dit. Ensuite, elle monte dans sa chambre en haut, fouille dans le tiroir de commode. Trouve la petite chaîne qu'elle met dans sa poche de manteau avec la montre. Énervée, elle oublie de fermer le tiroir et c'est pour ça qu'après sa confession, elle le repousse à sa place. Vous voyez que tout s'explique. Les criminels sont tous très intelligents.

Revenue en bas, elle entend crier Rose-Anna qui a un peu repris connaissance et c'est là qu'elle la frappe, encore et encore. Sur le visage. Sur le corps. En labourant avec son bâton. En rage. Probablement rendue folle par la vue du sang. Et là, le père de Rose-Anna arrive. Il entend les cris de sa fille. Il entre et il maîtrise la meurtrière tandis que sa fille agonise en travers du lit. Il faut qu'il l'assomme la meurtrière et ensuite l'attache. Puis il va auprès de sa fille et se rend compte qu'elle est morte. Alors il court chercher de l'aide chez ses voisins, les Boulanger. Durant ce temps-là, madame Bussière reprend connaissance et essaye de se libérer sans succès. Elle a le temps de réfléchir et trouve que le mieux à dire est qu'elle ne se souvient de rien depuis le moment où elle est partie de chez monsieur Boutin à matin...

La suite, vous la connaissez par les témoins: les Boulanger, les prêtres, le docteur Poulin... C'est comme ça que c'est arrivé. Comment voulez-vous autrement? J'ai fini. Je laisse à notre ami le docteur Goulet la parole."

Dehors, un journaliste à l'oeil excité dit au premier venu,

soit Dominique Blais arrivé sur les lieux quelques minutes avant:

–La Bussière est cuite. Elle va être pendue par le cou jusqu'à ce que mort s'ensuive pour ce qu'elle a fait.

–Ils pendront jamais une femme.

–La justice doit être la même, que t'aies les deux boules entre les épaules ou entre les jambes. Pis ça serait pas la première fois qu'une bonne femme serait exécutée pour ses crimes

–Ben moi, je la connais un peu, la petite madame quêteuse, pis c'est une personne qui a du coeur, pis qui s'en donne à plein pour faire vivre ses enfants... pas d'homme pour l'aider...

–Peut-être pour ça qu'est devenue une voleuse de grands chemins. Une femme pas d'homme, c'est pas long que ça devient vicieux...

–Veux-tu, je vas te dire de quoi, le journaliste, pour mettre dans ton journal?

–Oui, quoi?

–Va donc chier!

Il était temps pour Samuel d'annoncer à Catherine la mort de son mari. Il devait obtenir d'elle les raisons de sa violence envers lui. Elle échappa deux mots quand il lui révéla l'accident de train et la fin du tyran:

–Enfin libérée!

Puis elle résuma les causes de sa violence envers lui en deux phrases courtes et frappantes:

–Quand il a voulu fesser sur mes enfants, je l'ai chassé à coup de fusil. Quand il a voulu me violer, je l'ai chassé avec une fourche plantée dans le cul. La mort d'un ivrogne qui bat pis qui viole, c'est un débarras pour la terre entière, surtout pour ses propres enfants.

–Si j'en parle tout à l'heure, faudrait essayer d'exprimer de la... une certaine affliction, disons...

Elle fit signe que non.

Ensuite, Joseph Boulanger amena Samuel à l'écart et lui parla du personnage étrange qu'il avait aperçu à la fenêtre de sa grange le soir d'avant. Samuel pensa que devant une cour de justice, cet épisode n'aurait pas un si grand poids, mais là, s'ajoutant à la présence de l'ours mort, il permettrait de mieux coincer Bougie.

Mathias s'inquiétait de plus en plus à voir tous ces petits conciliabules faits par le coroner avec celui-ci, celui-là. Au contraire, Catherine paraissait impassible maintenant. L'enflure de son visage avait commencé de diminuer imperceptiblement. Et les tuméfactions de l'âme, les blessures et cicatrices se recouvraient d'un baume incomparable, celui d'un immense sentiment de liberté qui lui donnait des ailes, qui lui donnait confiance, qui lui redonnait vie. La mort du tyran décuplait ses forces et son courage. Car auparavant, elle se disait qu'un jour ou l'autre, cet homme violent et possessif finirait par la tuer... et à chaque jour, cette certitude angoissante la tuait à petit feu.

Les jurés se redressèrent sur leur chaise lorsque le coroner reprit la parole devant eux. Le curé était assis entre les deux témoins principaux comme pour empêcher par sa personne sacrée les colères noires de passer de l'un à l'autre, de s'alimenter, d'éclater.

Des oreilles dressées restaient à l'affût aux fenêtres, mais pas celles de Clara. La jeune fille s'était mise en embuscade à l'arrière de la maison, à moitié assise sur une corde de bois, surveillant les lieux de la mort de l'ours afin que personne ne s'en approche comme l'avait d'ailleurs souhaité Samuel en repartant de là.

–Voyez-vous, le noeud gordien de cette affaire, c'est la période de noirceur dans la mémoire de madame Bussière. Noeud gordien, vous ne savez peut-être pas ce que c'est, eh bien, je vais vous dire...

Et pendant qu'il parlait un peu de mythologie pour que par comparaison automatique dans l'esprit des jurés, l'histoire qu'il allait leur raconter parût bien plus vraisemblable encore, la nouvelle de la culpabilité certaine de Catherine et donc de sa pendaison avant la fin de l'année circula parmi la foule. D'aucuns comme Arthur Bégin prièrent pour qu'il n'en soit pas ainsi. D'autres comme le grand-père de l'enfant-boudin regrettaient qu'il n'y ait plus d'exécutions publiques comme du temps de Cordélia Viau. Il aurait aimé voir ça de près, lui, un cou de jeune femme cassé par une corde raide et l'étouffement de la victime...

Mais de tous ces gens, l'être qui réagit le plus sans en donner l'air fut Rose Martin, arrivée sur le tard tout comme Dominique Blais qui d'ailleurs était venu avec le couple dans l'auto de Gus. Elle avait rejoint un groupe de trois femmes et tâcha d'éveiller chez elles un sentiment de solidarité que seules de grandes occasions comme celle-là pouvaient permettre de faire surgir, mais à peine. Ignorant comme tout le monde les dessous de l'affaire et pour cette raison, refusant d'en discuter, elle voulut néanmoins prendre la défense de Catherine pour ce qui était de sa conduite. À propos de la mendicité et du porte à porte, elle souligna la somme de courage qu'il fallait à une femme pour le faire alors qu'aucune femme à sa connaissance et celle des trois autres ne faisait ce métier dans grand. Ou bien on l'aurait su par le bouche à oreille ou par le journal. À propos de la prétendue violence de la mendiante à l'égard de son mari, elle proposa la légitime défense de celle qui doit vivre avec un ivrogne abuseur et qui doit protéger ses enfants. En fait, par intuition et par l'intelligence du coeur, Rose voyait juste dans les deux cas. Et c'est pour cette raison qu'elle était si sûre de ce qu'elle défendait. Pas rien qu'une personne humaine, mais aussi des valeurs féminines.

–Si on prend pour une vérité qu'une telle absence de mémoire soit possible suite à un choc, et c'est un fait, il faut se dire que cela pourrait arriver à chacun d'entre nous. Un choc physique par exemple, comme celui qu'elle a subi on ne sait comment. Voyez son visage. Et les souvenirs se sont effacés d'un coup pour une période donnée. C'est comme ça que le cerveau humain fonctionne... il ne supporte pas l'insupportable...

Près d'une troisième fenêtre, assis contre le mur de la maison, main dans la main, Jeanne d'Arc et Luc pouvaient eux aussi entendre tout ce qui se disait à l'intérieur. Le jeune homme imagina qu'un arbre lui tombait dessus, écrasait sa tête et le décérébrait; et ce qu'il ressentait n'avait rien d'horrible et au contraire lui semblait libérateur. Peut-être, songea-t-il, que cette réaction était due au fait qu'il vivait avec sa jeune amie un sentiment divin...

Samuel avait choisi une attitude détendue, debout, un pied posé sur une chaise comme il aimait le faire en chantant parfois.

–Mais aussi un choc de l'âme peut provoquer un tel blocage. Supposons un choc violent... du coeur... subi non pas cette fois par madame Bussière, mais par notre second témoin important, notre bon monsieur Bougie... Il pourrait en résulter une conduite erratique, désordonnée et tout à fait incontrôlée... Une telle chose pourrait vous arriver à vous, ça pourrait m'arriver à moi... et ça pourrait être arrivé à monsieur Bougie. Voici donc le film de ce qui aurait pu se passer...

–J'me rappelle de tout, c'est elle...

Bougie ne put terminer sa phrase. Le curé posa sa main sur son épaule et dit avec une froide autorité:

–Tu dois écouter d'abord, mon ami. Tu parleras ensuite quand on te le demandera.

L'homme se tut et croisa les bras sur sa poitrine, le corps de travers sur sa chaise à dossier.

Samuel poursuivit:

–Monsieur Bougie se lève à la barre du jour comme tous les matins. Il voit sa fille Rose-Anna... ou peut-être pas... ça n'a pas d'importance. D'une façon ou l'autre, il la sait vivante. Il prend son fusil de chasse et son bâton pour sortir de la maison. Il a besoin des deux. Le bâton pour s'aider à marcher, parce qu'il s'est foulé la cheville et pour réduire la douleur et ne pas empirer les choses. Le bâton, je ne dis pas que c'est celui qui sert de pièce à conviction... un bâton, c'est tout. On le trouvera quelque part c'est certain. Disons que monsieur Bougie est un homme de la nature et qu'il sait quoi faire avec une blessure; c'est pourquoi il consulte moins le docteur que la plupart des citoyens et c'est bien ainsi... Mais voilà qu'il a les deux mains occupées et qu'il doit refermer la porte avec son pied valide, déséquilibré par l'autre. La porte ne se referme pas bien: elle ne clenche pas. Il ne s'en rend pas compte et part à la chasse, clopin-clopant comme on dit, au petit gibier. Nous n'allons pas le suivre là où il s'est rendu et plutôt revenir voir et suivre ce qui se passe à la maison dans l'entretemps... Peut-être que mademoiselle Rose-Anna descend prendre quelque chose à manger, peut-être pas. On peut supposer en tout cas qu'elle est réveillée comme à peu près tout le monde à cette heure, surtout chez les cultivateurs. Il se pourrait, tiens, qu'elle soit en train de lire un chapitre ou deux de *Autant en emporte le vent* que vous avez vous pu voir sur sa table près de son lit. Ou bien un autre livre sous celui-ci... L'avez-vous remarqué quelqu'un, ce deuxième livre?

Par cette question, Samuel cherchait à tester le sens de l'observation des jurés. S'il était bon, on embarquerait mieux dans son récit. S'il était faible, on aurait tendance à se rallier à son autorité. Cette fois, il s'inquiéta du résultat. Le seul d'entre eux qui avait vu l'autre livre était Jean Jobin qui le déclara:

–J'ai vu ça, moé. C'était *Un homme et son péché* par Claude-Henri Grignon, aux éditions du Vieux-Chêne. Je l'ai itou à la maison.

Le vieil homme montrait ainsi son érudition et la qualité de son oeil. Déjà président du jury, il pourrait encore plus facilement amener les indécis à son idée... Et si dans sa pensée, il condamnait Catherine... Samuel fit une moue et reprit, l'air de rien:

–C'est bien ça... Et en passant, vous savez tous que dans trois mois, le roman sera adapté à la radio... Eh oui, on pourra entendre parler Séraphin, Donalda, le père Ovide et le père Laloge sur les ondes. Formidable, le progrès, non. Bon, revenons à nos moutons. Donc imaginez mademoiselle

Rose-Anna qui lit dans un livre ou l'autre... ça n'a pas d'importance... depuis une demi-heure, une heure peut-être, et qui tout à coup entend un bruit dans la maison en bas. Elle sait que son père est parti à la chasse au petit gibier; peut-être même qu'elle l'a vu s'éloigner par sa fenêtre de chambre... Elle se dit que c'est peut-être quelqu'un d'autre qui est entré, peut-être un voisin qui a frappé à la porte et à qui on n'a pas répondu... et qui a risqué un oeil à l'intérieur... Alors elle descend lentement l'escalier et ne voit rien si ce n'est la porte ouverte... grande ouverte... Elle s'approche pour voir si le bruit vient de là et pour refermer, mais au moment d'arriver, une bête sauvage se lève sur ses pattes arrière... un ours noir féroce et surpris... La jeune femme recule. L'ours grogne. Elle ne sait plus où donner de la tête. Comme la porte de chambre qu'il y a là, celle de son père, est ouverte, elle s'y précipite pour s'y réfugier. Mais il est déjà trop tard. L'ours a foncé à sa poursuite à l'intérieur. Quand elle est près du lit et vient tout juste de se retourner, il l'atteint d'un coup de patte au visage. Elle crie de toutes ses forces. La bête frappe encore et encore. Mais monsieur Bougie, lui, est sur le point d'arriver. Même que c'est lui qui, sans le vouloir, a débusqué l'ours du boisé... Il arrive près de la maison, entend les cris, et en s'aidant de son bâton et de son fusil qui lui servent de double béquille, il entre le plus vite qu'il peut pour découvrir une scène affreuse, impensable, impossible... la bête en train de massacrer sa fille qui ne crie plus, ne bouge plus et ressemble à un pantin désarticulé maintenant... Le voilà, le choc de l'esprit, un choc si violent qu'il aura pour effet de faire entrer monsieur Bougie dans une sorte de transe hypnotique. Il ne sait plus ce qu'il fait dans un sens et il le sait dans l'autre. Tout d'abord, il jette son bâton et hurle à la bête qui aussitôt délaisse sa victime pour foncer sur lui par la porte de chambre; il abat l'animal d'un coup de fusil qu'on entend chez monsieur Roméo Boutin. Remarquez que depuis son départ pour la chasse, monsieur Bougie porte un manteau parce qu'il fait frais dehors de bon matin. Un manteau qui n'en est pas un, juste ce qu'on appelle un 'smock' aux genoux. Il se porte au secours de sa fille, la prend dans ses bras, ce qui a pour effet d'ensanglanter le manteau en question. Tout ça se passe comme s'il vivait dans un cauchemar, rappelez-vous en. Il n'a plus sa raison. La peur, la rage, la douleur sont ses seuls maîtres alors. Et c'est humain dans de pareilles circonstances, et c'est normal... On pourrait tous être dans le même cas à sa place... Et qu'est-ce qui arrive sur les entrefaites? Madame Bussière vient frapper à la porte. Monsieur Bougie entend le bruit et croit naturellement que c'est l'ours qui n'est pas mort. Mais il n'a plus son fusil qui est resté de l'autre côté, dans la cuisine, sur la table, près de l'ours; alors il reprend son bâton et sort pour se rendre compte que ce n'est pas l'ours, mais quelqu'un qui ressemble à un ours à la porte d'en avant, une forme noire que, dans son cerveau momentanément dérangé, il prend pour une bête. Il s'y rend, ouvre et assomme l'arrivante d'un coup de bâton en plein visage...

À ce moment, Catherine ferma les yeux et secoua la tête. L'image surgit de son inconscient et revint dans sa mémoire. Elle cria:

–Oui, c'est ça, c'est ça...

Le curé la toucha aussi au bras pour qu'elle se taise et le coroner poursuivit son exposé. Mais voici que le film risquait de casser tant la pellicule du scénario était mince à ce moment. Il plongea quand même dans l'invraisemblable:

–Et voilà que monsieur Bougie reprend alors une partie de sa conscience. Il se dit aussitôt qu'on le prendra pour l'assassin... Il y a là une femme morte et une autre assommée, peut-être morte aussi. Quoi faire? On le prendra, on le pendra... Madame Bussière bouge. Il le voit. Et pense lui faire porter le chapeau... Comme ça, on ne l'accusera de rien. Il ôte le manteau ensanglanté et lui met sur le dos. Puis la ligote. Quoi faire maintenant? Il faut enlever le corps de l'ours... trop lourd pour lui. Il va chercher son cheval et l'approche de la maison. Il chaîne l'ours par la patte et le fait tirer dehors puis dans le boisé. Rendu là, il a du mal à déchaîner la carcasse, alors il prend son couteau et coupe la patte de l'ours... Il revient à la maison avec le cheval, laisse la chaîne près de la porte, va remettre le cheval dans l'étable et revient. Il entre la chaîne dans la maison et attache la jeune femme au poteau de l'escalier. Je lis dans l'oeil de certains parmi vous que ce que je raconte est tiré par la patte, pour faire un mauvais jeu de mots? Eh bien, mes amis, nous allons ensemble tout à l'heure nous rendre dans le boisé tout près. Il y a là une carcasse d'ours... frais tué du jour et l'ours a une patte coupée et une balle dans la tête. J'ai vu ça moi-même tout à l'heure grâce à ma fille, la jeune Clara Goulet... On peut très bien voir aussi les traces de passage d'un cheval. N'importe qui verra que l'animal a été traîné là et pas hier, mais aujourd'hui même...

Une rumeur d'étonnement parcourut les jurés. Dehors, la nouvelle partit à travers la foule comme vrai un coup de canon:

–C'est pas la quêteuse qui a tué Rose-Anna, c'est pas la mendiante, c'est un ours.

–Je vous l'avais dit que c'était une bête sauvage, lança Bernadette, l'oeil sévère, à son entourage.

–Et maintenant, si on parlait un peu du bâton qui servait de béquille à monsieur Bougie et qui a servi à assommer madame Catherine... De retour à la maison après avoir fait traîner la carcasse de l'ours dans le bois, monsieur Bougie qui reprenait à chaque minute un peu plus une part de son bon sens, s'est dit qu'il fallait une meilleure mise en scène, un mobile et une arme du crime. L'arme: pourquoi pas le bâton? Le mobile: le vol? Alors il va chercher la montre de Rose-Anna et vient la mettre dans la poche du manteau. Il monte prendre une chaînette qu'il revient mettre dans la même poche. Et pour finir, il prend le bâton et va dans la chambre de sa fille et le macule de son sang puis le remet sur le plancher devant Catherine Bussière toujours inconsciente et bien attachée. Maintenant, rappelons-nous que madame Catherine ne portait pas le dit manteau quand elle est allée chez monsieur Boutin et monsieur Boutin ne lui a pas vu non plus de bâton attaché à la bicyclette. Un tel objet ne se cache pas dans ses poches tout de même... Pour nous parler un peu du manteau et aussi du bâton, je laisse à monsieur Joseph Boulanger la parole... Joseph...

–Écoutez, moé, hier soir, en revenant du village, suis allé dans ma grange. Ma femme était avec moé. On avait de quoi à voir... Pis là, on a vu comme une face dans un châssis. J'ai couru voir. Tout ce que j'ai vu, c'est quelqu'un qui s'en allait, un rôdeur, un homme ou une femme, je le sais pas, avec un manteau comme celui-là pis qui marchait avec une canne qui pourrait ben être le bâton qu'il y a là... Peut-être ben qu'il reste des pistes autour de la grange... on pourrait aller voir ça tantôt en même temps qu'on irait voir l'ours mort...

Un grand coup de poing s'abattit sur la table et Bougie hurla de sa voix la plus rauque:

–Je l'ai pas tuée, ma fille Rose-Anna, je l'ai pas tuée. Pis c'est pas un ours pantoute non plus qui l'a tuée.

–Vous vous entêtez à dire que c'est madame Catherine? lui cria Samuel.

–C'est pas elle non plus. Elle s'est tuée par accident en déboulant l'escalier. Pis elle s'est rentré un poinçon dans l'estomac. J'pensais pas qu'elle mourrait pis elle est morte à matin...

Et l'homme raconta ce qui s'était réellement passé sans évidemment révéler qu'il avait violé sa fille le soir de Noël ni qu'il s'apprêtait à le faire aussi la veille, excité par la vue des Boulanger et par l'orage.

Il dit avoir eu peur de passer pour un assassin et avoir maquillé l'accident en attaque de l'ours. Pour cela, il avait abattu l'ours qu'il gardait en cage depuis quelque temps, avait fait traîner la carcasse par son cheval jusqu'à l'endroit où elle était maintenant, avoir coupé une patte de l'animal puis s'en être servi pour mutiler le corps de Rose-Anna. Mais il s'était produit un impair, un imprévu: l'arrivée de la mendiante. Il avait eu peur qu'elle ne devienne un témoin de sa présence à la maison à cette heure, lui avait ouvert, l'avait assommée avec le bâton puis avait modifié la mise en scène pour la rendre bien plus plausible.

–Je l'ai pas tuée, Rose-Anna, je l'ai pas tuée, répétait-il en sanglotant.

Pampalon lui lança, rouge de colère:

–Mais t'aurais été prêt à faire pendre une petite madame innocente qui passe par les portes pour faire manger ses enfants pis tu penses qu'on va te croire asteur, là, nous autres? Tu dis que tu l'as pas tuée, la Rose-Anna, mais t'aurais pas fait tout ça si tu l'aurais pas tué, moé, je dis. Tu te sentais coupable pis c'est pour ça que t'as voulu faire porter le chapeau à un ours pis ensuite à une pauvre quêteuse... Et je dis que l'accusation de meurtre, c'est contre toé qu'il faut la porter. Venir nous dire que t'as mutilé le cadavre de ta fille, si ç'a du bon sens des histoires de même... une vraie boucherie de guerre...

–J'pense comme Pampalon, fit Jean Jobin en faisant claquer sa voix comme un fouet.

–Suis pas prêt à dire qu'il l'a tuée, dit Joseph Boulanger, mais une affaire est certaine, c'est pas la madame de Saint-Sébastien.

La nouvelle sortit par la fenêtre et se répandit comme un coup de vent:

–C'est pas la quêteuse, c'est pas l'ours, c'est Bougie lui-même qui a tué sa fille Rose-Anna.

Samuel toisa le jury en disant:

–Et je vais vous dire au sujet des gestes violents qu'elle a posés envers son mari, qu'elle les a posés uniquement pour la protection de ses enfants et d'elle-même. (*Il cria vers la fenêtre.*) Et ça, que les journalistes le fassent savoir au public. Cet homme était un ivrogne dangereux, un homme qui, Dieu ait son âme, ne fera plus jamais de mal à personne puisqu'il a péri il y a trois jours dans le déraillement du train à Sherbrooke.

Il fit une pause et reprit:

–Si trois jurés sur cinq disent qu'il ne faut pas porter d'accusation contre madame Bussière, elle est libre. Et j'imagine que le chef de police sera d'accord.

Vachon opina du chef.

Les cinq mains des jurés se levèrent en une seule opinion.

Suite à la sortie de Pampalon, Éva posa à celui qui devenait maintenant le témoin principal la grande et terrible question:

–Pourquoi c'est faire, monsieur Bougie, que votre fille a déboulé l'escalier en pleine nuitte avec un poinçon entre les mains? Ça serait-il qu'elle avait peur de quelque chose ou de quelqu'un? De l'orage... ou ben de la rage?...

La seule femme du jury avait senti, elle, que l'arme mortelle n'était ni un bâton, ni un poinçon, ni la main de l'homme, l'escalier ou l'orage, mais que l'arme mortelle était la peur, la terrible peur, instrument principal de tous les destins...

Quatre membres du jury furent d'accord pour qu'une accusation de meurtre soit portée contre la personne de Mathias Bougie. Joseph Boulanger préféra s'abstenir, son vote n'étant pas nécessaire de toute façon.

On trouva l'ours mort.

On trouva des pistes dans la terre noire près de la grange des Boulanger et ce n'étaient pas les pistes du diable, mais celles d'un homme qui avait marché là en s'aidant d'une canne dont l'extrémité ressemblait à une pioche à plusieurs branches pointant dans diverses directions.

On trouva des traces de cette terre sur le bâton incriminant. Le laboratoire verrait à confirmer...

Catherine fut donc libérée à six heures du soir et lavée de tout soupçon. Elle ôta alors le bandage qui lui entourait la tête en passant sous la mâchoire. Déjà mis en état d'arrestation, Bougie fut emmené par les policiers à la prison de Saint-Joseph où il devrait séjourner en attendant son enquête préliminaire. Une ambulance vint chercher le corps de Rose-Anna. On ferma la maison, on mit les scellés sur les portes. Joseph Boulanger verrait au soin des animaux en l'absence de son voisin. La patte de l'ours fut ajoutée aux pièces à conviction.

À sept heures du soir, il ne restait plus sur place que les deux adolescents Clara et son ami Laurent, Catherine et Samuel. Ils étaient tous quatre sur le chemin du rang près de l'auto du docteur. Samuel était en train d'installer la bicyclette de la jeune femme à l'arrière.

–Partez en avant, les jeunes, dit-il. Prenez de l'avance sur nous autres, on va souper tous ensemble à la maison. J'ai téléphoné à maman Mandine, Clara, elle nous attend tous les quatre.

–Laurent pourra manger avec nous autres?

–Et aussi Catherine.

La jeune fille regarda la mendiante. Elle devint songeuse. A son sourire, elle répondit par un autre qui comportait de la compassion, de l'amitié et une certaine inquiétude...

***

Chapitre 37

Sachant que Samuel avait prescrit entre autres à Catherine un bain chaud, Armandine la conduisit au deuxième étage et lui donna le nécessaire qui comprenait une de ses robes du temps qu'elle était plus mince ainsi que des sous-vêtements.

Il y avait du sang sur les vêtements de la jeune femme, dans ses cheveux, sur son visage et ses jambes, et elle ne serait lavée de toute l'histoire Bougie qu'une fois propre de toute sa personne. Absolument immaculée!

Plus tard, quand Armandine sut par le temps écoulé et les bruits furtifs venus d'en haut que la jeune femme achevait sa toilette, elle retourna auprès d'elle et lui prêta un parfum. Puis elle noua une serviette autour de sa tête pour lui servir de turban léger, le temps de laisser sa chevelure sécher et de la brosser leur manquant en raison de la faim qui appelait tout le monde à table. Elle retourna en bas et peu de temps après, sous le regard affectueux de Samuel et celui amusé de Clara, Catherine qui avait l'aspect d'une femme des années 20, descendait l'escalier dans sa robe blanche à petits motifs bleus en forme de losange.

*

Sa mère Éva possédant tous les talents pour gagner le trophée de la pire cuisinière du canton, Laurent-Paul se régalait chez les Goulet...

D'abord, on porta un toast à la liberté. Les deux adolescents ignoraient ce qu'était un toast et comprirent quand le docteur et sa mère, puis Catherine timidement, levèrent leur coupe d'un petit vin rouge sucré et les entrechoquèrent dans un son supposant les premières notes joyeuses d'une mélodie du bonheur. Clara en avait beaucoup appris depuis bientôt un an qu'elle vivait dans sa nouvelle famille, mais pas ça encore, même si on avait déjà levé des verres devant elle. Et Paulo, quant à lui, associerait aussitôt la joie conviviale accompagnant le geste aux effets grisants de l'alcool qu'il ne tarda pas à ressentir.

Il eut vite le visage couleur du vin. Enhardi par sa chaleur, il osa prendre la parole tandis qu'on entamait un potage aux carottes. Il raconta une anecdote faisant partie de ce que Samuel appelait les dehors de l'enquête, parodiant là l'expression les dessous de l'enquête et voulant désigner les réactions des gens qui attendaient à l'extérieur de la maison Bougie ce jour-là.

–Y a eu une grosse chicane... Dominique Blais pis un gars d'ailleurs...

On interrogeait du regard l'hésitation du garçon qui craignait quand même ennuyer les grands de la table, lui que personne jamais n'écoutait à la maison. Il continua, le coeur battant:

–Le gars écrivait toutes sortes d'affaires dans son cahier noir...

–Ça, c'était le journaliste du Soleil, glissa Samuel. Et ensuite?

–Ben... Dominique pis lui, ils se chantaient des bêtises... Dominique, il l'a poigné par le gargoton pis il lui parlait à deux pouces du nez... Il disait... mon maudit... trou du cul, si tu veux rire de nous autres dans ton journal... j'monte à Québec avec trois gars du moulin pis... tu vas savoir où c'est que la chatte a mis ça... Le gars a dit... j'écrirai ben c'est que j'voudrai... il appelait ça... liberté de presse... il a dit ça trois fois de file... liberté de presse... Mais là, Dominique y a donné une maudite binne pis a dit tout de suite après: pour me faire comprendre...

–Une binne? demanda Samuel.

–Un coup de genou... su' la cuisse... icitte, au-dessus du genou. Ça fait mal en maudit...

Ce fut un éclat de rire général à part Catherine qui parvint quand même à sourire, malgré l'état de son visage. Un examen par Samuel dans son bureau en arrivant avait révélé qu'il n'y avait aucune fracture à la mâchoire.

Paulo, reprit, le regard brillant:

–Le gars... il a bêché par en avant... pis il disait tout le temps O.K! O.K! O.K!...

Samuel commenta:

–Dominique a parfaitement raison: la liberté de presse, c'est pas la liberté donnée au journaliste d'écrire n'importe quoi.

Puis il adressa des félicitations à sa mère pour sa rapidité à préparer un repas pour cinq et surtout pour l'avoir fait aussi bon. Mais la femme n'avait guère envie que l'on parle d'elle-même, et c'est surtout la personne de Catherine qui l'intéressait en ce moment. Elle ne connaissait que trop les faiblesses de son fils et savait que le lien quand même assez ténu qui s'était tissé entre eux durant la dernière année risquait maintenant de se transformer en un vrai câble d'acier. Et pour deux bonnes raisons plutôt qu'une. Bien sûr, la voie était maintenant libre puisque la femme était veuve et aucunement une veuve malheureuse. Mais Samuel étant homme de compassion, et maintenant qu'il avait sorti la mendiante des griffes du diable, tomberait aisément en amour avec elle. S'il avait fait le voyage en carriole jusqu'à elle, trois paroisses plus loin au jour de l'an, qu'est-ce qu'il ne ferait pas désormais pour s'en rapprocher? Certes, il était assez facile de constater que le coeur de cette jeune femme portait autant de meurtrissures que son visage, mais raison de plus pour Samuel de la prendre sous son aile, ce qui pourrait fort bien aller jusqu'au mariage.

Et ça, Armandine ne l'aurait pas voulu, elle qui préférait

voir son fils demeurer célibataire tout en se disant qu'il devait prendre femme, elle qui alors aurait toléré dans la maison une Gaby Champagne ou une Marie-Anna Nadeau, deux jeunes personnes sophistiquées, et à la rigueur Cécile Jacques qui possédait aussi une belle prestance, surtout une belle apparence. Mais avant d'aller à l'église, il y avait tout de même la concession forestière à traverser et ça, c'était large. Et puis la femme pressentait en Clara une alliée. Car l'adolescente avait beau aimer et respecter Catherine, et se reconnaître bien des affinités avec elle, et avoir tout fait pour la sauver, pas sûr, vraiment pas sûr qu'elle aurait voulu la voir au pied de l'autel avec Samuel.

Il ne leur appartenait pas d'intervenir dans un sens ou dans l'autre, se dit-elle, et le mieux pour l'heure, c'était de sonder les reins et le coeur de cette veuve mendiante ayant vécu jusque là dans des eaux troubles.

Il était entendu que Catherine passerait la nuit dans cette maison. Une chambre l'attendait. Chacun savait qu'elle ne se ferait pas prier pour aller dormir après le repas tant son visage reflétait sa fatigue extrême après une telle journée de compression morale et de douleur physique.

Après la soupe, Armandine mit au milieu de la table un chaudron de sauce blanche dans laquelle trempaient des morceaux d'oeufs à la coque en quantité. Il était trop tard quand Samuel avait appelé pour entreprendre la préparation d'un plat à base de viande et il faisait trop chaud pour en manger avec agrément. Comme la sauce aux oeufs plaisait généralement à tous, la femme s'était rabattue sur cette idée. Et comme elle disposait d'une fournée de pain de la veille, une fesse fut mise à la place libre sur une planche avec un couteau dentelé qui piqua la curiosité de Paulo.

Samuel servit tout le monde en commençant par sa mère. Puis il vida une louche de sauce dans l'assiette de Catherine en disant:

–Maman ne pouvait pas trouver mieux pour toi. C'est pas dur à manger et à avaler.

–Hum hum...

On échangea d'autres banalités puis Armandine prit la parole. Et parla de sa surprise en apprenant qu'il y avait vraiment une bête sauvage impliquée dans le meurtre de Rose-Anna. Samuel commenta:

–En réalité, deux bêtes sauvages, mais indirectement si on veut. L'ours a rien fait, mais sa patte de bête sauvage a servi à mutiler le corps. Et on peut dire facilement que celui qui la tenait, cette patte, pour accomplir un travail aussi odieux est la pire des bêtes sauvages.

–Ce qui veut dire que notre Clara a eu raison... ou bien a eu une vision.

Samuel demanda à l'adolescente:

–C'est-il Bernadette qui t'a parlé d'une bête sauvage, Clara, ou si c'est toi qui lui en a parlé?

–C'est elle quand je suis allée au bureau de poste à matin.

–C'est pour dire le flair d'une femme! s'exclama Armandine. Vous autres, les hommes, ça vous dépasse.

Il dit:

–Et si vous saviez, maman, ce qu'a dit madame Maheux... la mère de Laurent à la fin de l'enquête... j'avais parlé d'un noeud gordien avant d'exposer mon film à moi des événements, et c'est quasiment elle qui l'a dénoué... Attendez, je vais essayer de me souvenir... elle a dit... “Pourquoi c'est faire, monsieur Bougie, que votre fille a déboulé l'escalier en pleine nuitte avec un poinçon entre les mains? Ça serait-il qu'elle avait peur de quelque chose ou de quelqu'un? De l'orage... ou ben de la rage?...”

Catherine fut peu loquace de tout le repas et pour cause. On ne lui demandait pas de parler, elle qui eut beaucoup de mal à manger et le fit avec une extrême lenteur. Il y eut une tarte à la forlouche au dessert. Et deux bonnes grandes tasses de thé chaud bues sur le conseil de Samuel par petites gorgées successives, eurent pour effet de redonner vie à la jeune femme qui parvint de plus en plus à secouer sa paralysie intérieure et à sourire, particulièrement à Clara.

Après le repas, Armandine refusa qu'on l'aide à desservir

la table et faire la vaisselle. Elle suggéra aux autres d'aller prendre une marche de santé le temps qu'elle mettrait de l'ordre dans la maison et dit qu'elle les attendait pour fêter la victoire de Catherine et du coup, celle de Samuel et Clara, par quelques chansons au salon, qu'elle accompagnerait au piano.

Les deux adolescents marchaient devant sans se dire grand-chose. Quand Laurent aperçut l'église, il s'imagina des ailes qui l'emportaient au-dessus du coq lui-même au bout de la flèche. Le coton raide, il n'avait jamais été aussi fier d'être Shenleyen. L'on entendit soudain des bruits de pas pressés sur le trottoir de bois, et qui se rapprochaient en claudiquant. Même l'aveugle aurait su qu'il s'agissait de Bernadette. Elle les avait vus passer, avait avalé en hâte le contenu de son assiette et s'était mise à leur poursuite. C'était pour dire à Catherine son bonheur de la voir libre et à Samuel sa joie de savoir qu'on avait pour coroner et docteur un homme aussi éclairé que lui.

–Éclairé? s'écria Samuel. Moi, éclairé? Il m'a fallu l'éclairage de notre Clara qui elle, est venue à la maison Bougie éclairée par ton éclairage, à toi, Bernadette. Ça t'éclaire un peu, là?

–Qu'est-ce c'est que tu dis donc là, toi? Jamais été une lumière de ma vie, moi...

Et elle éclata d'un rire qui éclaira tout le canton...

Samuel l'invita à les suivre à la maison. Une demi-heure plus tard, tous assis au salon, Armandine au piano et Clara debout, purent entendre une première chanson que l'adolescente présenta:

–Ça s'appelle *L'hiver a chassé l'hirondelle*. On dit que c'est une chanson de par chez nous, beauceronne, mais on ne sait pas qui est l'auteur. Il y a trois couplets. Je commence par le refrain.

La pianiste donna le ton et la jeune fille y alla en regardant chacun, mais surtout Catherine à qui elle semblait par ses yeux dédier le chant:

L'hiver a chassé l'hirondelle,
L'hiver a chassé les beaux jours;
Mais de notre coeur, ô ma belle,
L'hiver ne peut chasser l'amour.
Le dur hiver s'avance,
Adieu les belles nuits
D'amour et d'espérance,
Les beaux jours nous ont fui;
Nous n'irons plus, mignonne,
Dans les sentiers fleuris:
Car les feuilles frissonnent
Dans nos rosiers jolis.

–'Pa', vous voulez venir chanter le refrain avec moi?

Samuel sauta sur ses pieds et alla former duo avec Clara à côté du piano. Ce fut le refrain pour la deuxième fois et l'homme plongeait son regard dans celui de Catherine qui ne parvenait pas à le soutenir et penchait la tête pour mieux ravaler quelques larmes.

–Savez-vous ce qu'on va faire, dit Samuel, interrompant la chanson, on va faire venir monsieur Jobin, monsieur Pampalon et madame Éva pour prendre un petit verre de vin avec nous autres... Qui c'est... Laurent, peux-tu courir leur dire qu'on les invite?

Horrifiée, Bernadette s'écria:

–Mais monsieur Jobin, il va m'écraser la tête comme une noix.

–Non, il est pas méchant. Il montre les dents des fois, c'est tout...

Et tandis que se réunissait tout ce beau monde dans le salon qui rapetissait de plus en plus et qui compta aussi Pit Roy, l'autre juré, et même Ernest Maheux au visage frais lavé, on pratiquait d'autres chansons.

Et quand tous eurent une pleine coupe de vin entre les

mains, le concert reprit. Des chants livrés la veille sur le cap à Foley furent demandés. Catherine ne put retenir ses larmes lorsque ce fut *Hirondelle et papillon* et tout compririent le sentiment de Samuel à son égard quand, accompagné cette fois de sa guitare, il chanta *Étoile du soir*.

Éva obtint comme faveur spéciale que Clara chante *Plaisir d'amour*. La femme avait vaguement entendu l'air transporté par les hauts-parleurs depuis le cap jusque chez elle la veille au soir. Ça lui rappelait tellement sa jeunesse avant son départ pour les États puis son retour, son mariage et les onze grossesses et enfantements.

À son tour de pleurer même si Ernest à côté d'elle échappait presque tout bas des petits "oué oué oué".

*

Samuel reconduisit Catherine à sa chambre. Il s'arrêta à la porte. Déjà dans la sienne qui se trouvait la porte d'à côté, Clara tendit l'oreille. Il dit:

–Dure journée pour toi. Dure mais belle pour moi. Je veux te dire que pas une seule seconde, je n'ai douté de toi dans cette histoire. Clara non plus, tu penses bien. Bernadette non plus. Et madame Éva non plus. Ça veut dire que dans la vie, même si on se pense tout fin seul, on peut toujours compter sur quelqu'un.

–Comme tu vois, c'est des femmes qui ont senti la vérité.

–Et moi, je suis une femme peut-être?

–Toi, tu me connaissais ben mieux que les autres.

–C'est vrai... mais il y a eu monsieur Pampalon, monsieur Jobin qui ont cru en toi sans avoir de preuves en ta faveur... en tout cas, je pense. Pis même Dominique Blais... t'as entendu Laurent tout à l'heure...

–Faudrait quasiment que je dorme asteur...

–Oui, oui... mais j'ai envie de te demander... est-ce que je peux te serrer fort dans mes bras?

–Le docteur qui prend sa patiente dans ses bras...

–C'est Samuel et Catherine.

Elle s'avança elle-même et ce fut l'étreinte.

–Si c'était de te faire du mal à cause de tes blessures, je t'embrasserais, lui glissa-t-il à l'oreille.

Et vivement, délicatement, il dépose un chaste baiser sur son épaule.

Clara entendait le silence et ses yeux brillaient dans la pénombre.

De nouveau, la femme prit l'initiative et de ses lèvres, frôla celles de l'homme. Brièvement, furtivement... Contre toute espérance, ce fut pour l'un et l'autre un baiser quelque peu douloureux... Puis elle entra dans sa chambre en disant:

–Bonsoir. À demain, là!

Grisé, son coeur battant la chamade, il chuchota deux simples mots:

–Bonne nuit!

***

Chapitre 38

Le jour suivant, Bernadette vendit à Catherine de nouveaux vêtements masculins y compris des chaussures flambant neuves pour lui permettre de poursuivre sa tournée. La facture irait au gouvernement via le coroner. Et la jeune femme reprit la route. Son mari serait enterré sans sa présence...

Samuel avait dû quitter à bonne heure pour se rendre au Palais de Justice de Saint-Joseph. Il lui avait fait dire par sa mère qu'il se rendrait à Saint-Sébastien en auto vers le vingt-quatre juin, soit dans deux semaines.

Après l'avoir tirée des griffes de l'injustice, l'homme désirait maintenant la soustraire à celles de la pauvreté. Mais la jeune femme se montrerait plus réservée que prévu. Son passé lui interdisait de penser que puissent se croiser dans une relation heureuse et stable, une misérable de son espèce, femme qui se disait marquée par le malheur, et un personnage comme le docteur, d'une telle harmonie intérieure, d'un tel registre social et culturel. Elle perdrait sa beauté et sa jeunesse, mais lui garderait cette haute qualité d'homme qu'il possédait. Une union vouée à l'échec, se dirait-elle chaque fois qu'elle y songerait ou qu'il lui ferait penser à leur possible mariage en 1940 si aucun événement pour l'empêcher ne se produisait...

Dans l'affaire Bougie les expertises incriminèrent le père de Rose-Anna. Grâce à elles, l'enquête préliminaire alla dans le même sens, mais beaucoup plus loin, que l'enquête du coroner. Empreintes digitales, analyses du sang, poils d'ours trouvés dans les blessures infligées au corps de la victime, correspondance entre les mutilations et des griffes d'ours tenues par une main d'homme, terre retrouvée sur le bâton, tout affirmait le scénario donné par Mathias Bougie et qu'il répéterait à son procès tenu au mois d'août. L'élément central fut la blessure mortelle trouvée sur le cadavre, soit celle au thorax infligée par le fameux poinçon que Bougie avait mal nettoyé et mis dans son hangar, et que la police avait récupéré le jour même de l'enquête du coroner. Sur le manche, il y avait bel et bien les empreintes de Rose-Anna, mais aussi celles de son père et aucune de Catherine Bussière.

La thèse de l'accident pourrait avoir le même poids chez un jury tout à fait impartial que celle de l'assassinat. En fait, il s'agirait sans doute d'un procès d'intention, puisque les éléments de preuve pouvaient renvoyer dans une direction aussi bien que dans l'autre.

Il fallait prouver la préméditation. Mais comment y arriver puisqu'il n'y avait pas eu de viol et ça aussi, les expertises l'avaient démontré? Ce fut donc une sorte de guerre de témoignages entre la défense et la couronne devant la cour. Ce qui pesa le plus lourd contre Bougie fut le temps qu'il avait laissé s'écouler entre la chute de sa fille dans l'escalier survenue durant l'orage et le moment de sa mort un peu avant l'aurore. Mais parmi les jurés, plusieurs hommes étaient peu enclins eux-mêmes à faire venir le docteur en cas de maladie ou d'accident dans leur famille en raison du manque d'argent généralisé.

Servie en abondance des sensations les plus fortes par les journalistes locaux et provinciaux, la Beauce se partagea en deux clans: les pro-acquittement et les pro-condamnation. Si l'homme devait être condamné, ce serait la pendaison avant la fin de l'année.

L'incroyable s'était produit dans cette affaire. Il y avait eu préméditation, mais il n'y avait pas eu meurtre au sens légal du terme. Rose-Anna était morte accidentellement et pourtant, la première personne à sentir Bougie responsable de cette mort tragique avait été Bougie lui-même, puisqu'il avait tout tenté pour maquiller le drame en un autre drame.

Le coroner Goulet fut appelé à la barre des témoins durant la dernière semaine du procès et du mois d'août. Il présenta les choses de la même façon que lors de son enquête, sans les exagérer ni les atténuer.

C'est le lundi suivant, quatre septembre, que tomberait le couperet sur la tête de Bougie, soit pour trancher la corde nouée autour de son cou, soit pour lui trancher le cou lui-même.

Au salon des Goulet, on écoutait la radio religieusement et ce, pour deux excellentes raisons. Ce soir-là, c'était le tout premier épisode de l'émission *Un homme et son péché*. Et on s'attendait à ce que l'on annonce aux nouvelles le verdict rendu dans la journée dans l'affaire Bougie de même que la sentence si le père de Rose-Anna devait être déclaré coupable de meurtre avec préméditation.

–J'm'en vas vous la prêter, l'argent, le pére Laloge, pis j'vous chargerai pas une cenne d'intérêt à part de ça.

–Toé, Séraphin, prêter de l'argent sans intérêt: de quoi c'est que ça cache, ça. En par cas, tu m'surprends...

–J'veux rien qu'une affére, le pére...

–Parle, Séraphin.

–Que vous m'laissiez fréquenter tous les beaux soirs votr' fille, la belle Donalda.

–Ma p'tite fille, mais est en amour avec A'exis, tu le sais ben, Séraphin...

–A'exis Labranche, Joe Branch, vous avez rien qu'à le sacrer dehors pis y dire de jamais r'mettre les pieds dans votr' maison icitte dans. Vous êtes le boss chez vous?... Vous voulez la garder, votr' terre ou ben vous voulez la pardre viande à chien?...

–Mesdames, mesdemoiselles et messieurs, nous interrompons le cours de cette émission pour vous présenter un bulletin spécial d'information...

–C'est le verdict, glissa Samuel. Écoutez bien...

L'homme de la radio poursuivit de sa voix monocorde et nasillarde, dénuée de tout sentiment:

–Une dépêche d'outre-mer en provenance de l'agence Reuters nous est parvenue voilà quelques minutes par câble et son texte se lit comme suit:

“À dix-huit heures, ce dimanche, le trois septembre 1939, la France et l'Angleterre ont déclaré officiellement la guerre à l'Allemagne hitlérienne suite à l'invasion de la Pologne lancée le premier jour de septembre par le 3e Reich. Les dirigeants allemands n'ayant pas obtempéré à l'ultimatum lancé à leur pays le jour même de l'invasion de la Pologne, les deux alliés européen n'ont eu d'autre choix que celui de déclarer la guerre conjointement à l'Allemagne. Aucune déclaration n'a encore émané de Berlin.”

Pour nous qui sommes lundi le quatre septembre, la guerre en Europe est donc déclarée depuis déjà une journée. Il est à espérer qu'elle ne traversera jamais l'océan Atlantique. C'était un message spécial de notre service des nouvelles. Et nous retournons à l'émission en cours.

–Parle, Séraphin.

–Que vous m'laissiez fréquenter tous les beaux soirs votr' fille, la belle Donalda.

–Ma p'tite fille, mais est en amour avec A'exis, tu le sais ben, Séraphin...

–A'exis Labranche, Joe Branch, vous avez rien qu'à le sacrer dehors pis y dire de jamais r'mettre les pieds dans votr' maison, icitte dans. Vous êtes le boss chez vous?... Vous voulez la garder, votr' terre ou ben vous voulez la pardre viande à chien?...

Samuel n'entendit pas la répétition de texte imposée aux acteurs se produisant en direct sur les ondes. Il sortit prendre l'air afin de réfléchir aux conséquences inimaginables de cette déclaration de guerre. Avant, on en parlait; maintenant, c'était la réalité brutale...

Dans la plupart des autres foyers du village branchés à la radio, l'on fit beaucoup plus de cas de Séraphin que de Hitler ce soir-là, l'avare de Sainte-Adèle apparaissant autrement plus haïssable que le dictateur de Berlin.

*

Jos King, un cousin d'Éva, s'arrêta chez les Maheux le jour suivant. L'homme vivant aux États avait divorcé de sa femme pour en épouser une autre. On le tolérait parce qu'on le connaissait depuis longtemps et à cause de son énorme gentillesse, mais quand il s'en irait, toute la famille prierait pour lui afin qu'il ne brûle pas à tout jamais dans les flammes de l'enfer s'il devait mourir sans s'amender, se confesser et revenir au respect des commandements de la sainte Église catholique.

Toutefois, il ébranla les croyances de sa cousine en lui parlant de réincarnation. Il le fit quand on apprit une stupéfiante nouvelle par le journal *Le Soleil* ce matin-là. Mathias Bougie avait été trouvé coupable de meurtre au premier degré et condamné à être pendu le vingt-six décembre suivant à la prison de Québec.

–Anyway, mourir, c'est pas grave, de dire Jos King, on revient sur la terre dans un autre corps. Peut-être que le Mathias Bougie, il va se réincarner par icitte... pour être pas loin des lieux qu'il a habités... C'est toé, Éva qui pourrait porter l'enfant qui aurait dans le corps l'âme à Mathias...

–Es-tu malade, toé, Jos King? dit-elle en frissonnant d'effroi.

–On sait jamais...

–Il aurait de la misère parce que... ben suis déjà repartie pour la famille...

–Douzième fois? Ernest, il te fait la vie dure, ma cousine.

–Ben... les grosses familles, c'est chrétien...

–Pour une femme, c'est pas chrétien, justement.

Puis Jos visita Ernest à la boutique de forge avant de s'en aller voir la parenté autre part.

Assise à table, Éva demeura longuement songeuse en feuilletant son journal et se demandant si elle avait bien fait, ce jour-là de juin, d'aller à la maison Bougie, ce qui l'avait amenée à mettre en doute la bonne foi du père de Rose-Anna et, par la suite, dans une chaîne d'événements, finirait par entraîner Mathias à l'échafaud. Elle se disait que "pour vouloir faire un petit tour de machine, on peut faire pendre un homme." Et qu'il ne faut jamais céder à ses caprices.

Et s'il fallait que pour se venger d'elle, Mathias Bougie se réincarne en son ventre? Ah, mais non, la place était déjà prise...

Sauf qu'après Gilles né en 1940, Éva connaîtrait une dernière grossesse, la treizième, ce qui ne portait pas chance, et que l'enfant lui paraîtrait presque monstrueux quand elle le verrait pour la première fois avec sa grosse tête à la Mathias Bougie.

Si elle avait su qu'il deviendrait un jour romancier...

***

Épilogue

Mathias Bougie, à la fois innocent et coupable, monta sur l'échafaud à dix heures de l'avant-midi le vingt-six décembre 1939 en clamant son innocence et en répétant que sa fille était morte par accident. Après le bruit de la trappe qui claque, les maillons d'une chaîne sous l'échafaud tintèrent en même temps que son âme s'envolait pour on ne savait quel étrange au-delà ou peut-être se mettre en embuscade pour attendre un ventre disponible dans des environs qui lui étaient familiers quelque part dans le canton où il avait vécu.

Au même moment, une carriole se mettait en route pour une randonnée dans le rang de Catherine à Saint-Sébastien. Samuel Goulet ouvrit son manteau et demanda à la jeune femme de poser sa tête sur sa poitrine. Ce qu'elle fit...

À SUIVRE...

dans

Les fleurs du soir

La saga des Grégoire

en 7 tomes

La saga des Grégoire comporte 7 romans biographiques : (*recherches biographiques faites par Hélène Jolicoeur, petite-fille d'Honoré et Émélie Grégoire*)

1. *La forêt verte* (1854-1884) 2. *La maison rouge* (1884-1895) 3. *La moisson d'or* (1895-1908) 4. *Les années grises* (1908-1918) 5. *Les nuits blanches* (1918-1929) 6. *La misère noire* (1929-1950) 7. *Le cheval roux* (1950-1995)

Cette saga beauceronne compte 3,700 pages remplies de fraternité humaine, d'entraide, d'amitié, d'amour... et aussi de grands deuils. Mais à part quelques chicanes folkloriques sur fond de respect, elle est quasiment dénuée de violence, de colère et repose de tout ce qui hurle si fort de nos jours...

Au coeur de la série : le **magasin général** depuis sa fondation en 1880 par une jeune fille de 15 ans (Émélie Allaire) et son père. Un siècle en avance sur son temps, femme aguerrie par les drames incessants, Émélie épouse en 1885 leur commis Honoré Grégoire. Le couple se bâtira un avenir prospère et aura 13 enfants (1887-1910).

528 pages
ISBN 2-922512-30-4

La forêt verte ouvre ses pages en 1854, année où le premier arbre du canton fut abattu, et les ferme trente ans plus tard sur une communauté paroissiale bien organisée qui achève de passer du temps de la colonisation à celui des terres faites. Il y a une chapelle, il y a des chemins verbalisés et à partir de 1880, il y a un magasin général ouvert par Édouard Allaire, un veuf analphabète, et sa fille Émélie, 14 ans, qui tient entre ses mains d'adolescente instruite les rênes de l'entreprise. Émélie a vu les siens mourir : son frère, sa mère qui lui montre à retenir ses larmes, et deux petites soeurs. Puis (1880) sa famille est déracinée pour aller vivre au fond des bois. C'est que son père va enfin vers une femme devenue pour lui mythique et dont il sent l'appel depuis un quart de siècle.

On a besoin d'un commis au magasin. Il vient un jeune homme de belle prestance et bonne éducation. Pas facile à Honoré et Émélie d'attendre le mariage. Surtout que d'autres comme Séraphie l'aiment aussi, ce prince charmant, et que bien des jeunes gens s'émeuvent à voir la belle grande Émélie, fière et forte, mais généreuse et accueillante, et qui se refuse longtemps à son sentiment véritable...Il faudra un drame affreux dans la vie de Marie, soeur d'Émélie, pour rapprocher enfin ces deux-là...

Tome 2

La maison rouge ouvre ses pages en 1884, année où est enfin dévoilé le sentiment qui depuis 4 ans, couve en Émélie, 19 ans, gérante du magasin, et Honoré, le commis de 20 ans.

En ce coeur du village où sont groupés le magasin, la chapelle, la maison presbytérale et le cimetière vont et viennent des personnages secondaires animés de sentiments heurtés par les événements.

Marie atteinte de tuberculose. Édouard Allaire qui depuis 25 ans, ressent l'appel de la terre à travers celui d'une femme rêvée. Genest, le soldat marqué par la guerre civile et qui vit en ermite. Augure, le quêteux, et l'Indienne Amabylis. Aussi Georges, amoureux de Marie malgré sa cruelle maladie. Et d'autres, différents et attachants, comme Restitue Jobin, Odile Blanchet, Obéline Racine...

Le beau Marcellin venu de loin se fera maltraiter par la vie tout comme le petit Napoléon Lambert. Les enfants naissent au couple Grégoire, un tous les deux ans. Et puis le train qu'on espère depuis 20 ans finira par venir...

Tout comme ***La forêt verte***, ***La maison rouge*** situe les Grégoire dans leur paroisse mais aussi dans le pays, à travers des figures connues comme Laurier, Mercier, le curé Labelle, la reine Victoria et même le fugitif Morrison.

528 pages
ISBN 2-922512-31-2

Tome 3

La moisson d'or fermera en 1908 des pages ouvertes en 1895 alors que le chemin de fer se rend pas loin de St-Honoré, ce qui accélère son développement et met les Grégoire sur la voie de la prospérité. Après avoir obtenu le bureau de poste, le couple fait bâtir en 1900 un nouveau magasin et une résidence modernes, tandis que l'année suivante, sera érigée tout près une vaste église.

La famille s'agrandit. En 1908, Émélie alors âgée de 42 ans, aura donné la vie à 12 enfants : Alfred, Éva, Ildéfonse, Alice, Henri, Pampalon, Bernadette 1, Armandine, Eugène, Bernadette 2, Maurice, Armand. La mort toutefois en ravit quelques-uns...

Maints personnages colorés gravitent autour de la famille. Le petit Lambert qui perd un oeil. L'Indienne Amabylis, prophétesse de malheur. Les voisins Foley dont Mary que se disputent deux prétendants. Le docteur Drouin qui soigne et rassure. Le quêteux Rostand, un être nécessaire. La petite Èveline Martin dont les sens s'éveillent tôt... Et puis Arthémise que Freddé admire... Et combien d'autres, tous réels, tous ayant vécu sur ce pont entre deux siècles, un pont ô combien plus solide que celui de Québec...

L'on naît, l'on grandit, l'on vieillit, l'on meurt : les douleurs succèdent aux bonheurs en cette période de moisson d'or qui s'achève sur un terrible drame humain et, 13 jours plus tard, sur la menace d'un feu de forêt qui pourrait ruiner le couple.

528 pages
ISBN 2-922512-32-0

Tome 4

Voici ***Les années grises*** qui ouvre ses pages en 1908, l'année du grand feu et les ferme en 1918, sur la grippe espagnole.

L'aîné, Alfred, cherche l'amour, Éva trouve l'homme de sa vie et Alice la remplace comme 'petite mère' de famille. Bernadette frotte les planchers tandis que Pampalon se passionne pour les 'machines' et que son frère Henri court à l'exil. Et il y a Eugène dont l'âme d'artiste s'exprime. Armand, lui, est un être complexe... Et Berthe, la cadette, verra le jour en 1910.

Les jeunes Grégoire grandissent dans un entourage coloré. La famille irlandaise à côté. Les Dulac et les Bizier aux femmes de souche indienne. Les Racine qui s'installent en face du magasin quand on démolit l'ancienne église. Les Champagne qui ouvrent un magasin concurrent. Les Blais qui s'installent... Et la belle Éveline qui grandit. Chacun va son chemin, mais tous les chemins se croisent au magasin général....

Survient la guerre; d'aucuns partent. Arrive la grippe espagnole; certains meurent. Les Foley et les Grégoire seront touchés.

528 pages

ISBN 2-922512-33-9

Tome 5

En 1918, année de la grippe espagnole, plusieurs proches de la famille sont malades. Qui retrouvera la santé? Qui mourra ?

La seconde génération s'affirme. Alfred fait des enfants. Éva travaille comme une fourmi tout comme Pampalon dans ses divers métiers. Alice vit heureuse à Mégantic. Et Bernadette hésite entre le voile et son amour pour un futur prêtre.

Berthe grandit trop vite et Armand installe sa personnalité unique. Des enfants naissent, des vieux partent... Le quêteux la Patte-Sèche, un oiseau de mauvais augure, irrite Émélie. L'aveugle Lambert est cruellement frappé par le sort. Les Foley émigrent aux États. Les Racine, les Blais sont là au besoin ainsi que le docteur Goulet. Aussi, il y a ceux qu'on peut déjà voir venir, les Jolicoeur, les Mathieu, les Pomerleau... Quant à Éveline Martin, elle continue de lutter contre sa propre chair...

Émélie et Honoré n'échappent pas au temps qui fuit... Entreront-ils sans problème dans leur troisième âge ?

528 pages
ISBN 2-922512-36-3

Tome 6

La misère noire ouvre ses pages en 1928, quand Honoré fait sa thrombose. La fin arrive pour le couple Grégoire qui ne cessera pas de bâtir malgré la maladie, la soixantaine et la grande dépression dispensant à nombre de familles la vraie misère noire.

La seconde génération prend la relève. Le sort s'acharne sur Éva qui peut compter sur le soutien d'Alice.

Bernadette doit sublimer son sentiment pour Eugène Foley qui est ordonné prêtre. Pampalon réalise enfin ses rêves. Alfred et sa famille s'installent à la résidence et au magasin. Henri, au loin, connaît certains déboires. Et Armand vit mal mais à sa manière. Tandis que Berthe s'épanouit et fonde une famille après de brillantes études.

Face au magasin, la famille Mathieu succède aux Racine, et l'aînée épousera un Grégoire. Le quêteux la 'Patte-Sèche' disparaît. L'aveugle Lambert voit tout. La famille Blais fait sa marque et le docteur Goulet connaît l'épreuve. Et la belle Éveline continue son combat avec elle-même...

528 pages
ISBN 2-922512-37-1

Tome 7

Le cheval roux ouvre ses pages en 1950. Berthe, enceinte, est hospitalisée pour sa tuberculose en même temps que son frère Armand, son neveu Ti-Lou et un voisin de naguère. Le bébé (Hélène) naîtra au sanatorium en '51.

Et à Saint-Honoré, les valeurs changent et le milieu rajeunit : les Grégoire survivants vieillissent et il faut les reconduire un à un au cimetière.

Les rejoignent à leur tour dans l'éternité tous ces personnages colorés qui furent de leur temps : le Blanc Gaboury, Éva Pomerleau, Louis Grégoire, le curé Ennis, l'aveugle Lambert, les Page, les Dulac, Éveline Martin.

Quant **au cheval roux**, toutes ces années, il sera le témoin de bien des événements survenus aux alentours du cap à Foley et de ses mystérieuses pistes du diable...

La saga se termine sur la fête des Grégoire en 1995.

528 pages
ISBN 2-922512-38-X